スティーヴン・ミルハウザー
柴田元幸 訳

ある夢想者の肖像

白水社

ある夢想者の肖像

1

僕自身の母、僕自身を僕は歌う――孤独者たちの主、夢を司る公爵、道化者たちの王。若さと死を僕は歌う、日の光と月の光を、法と法を破る者たちを。僕、アーサー・グラム、愛する者にして殺す者。

そして君たちよ、僕の思春期の暗い天使たちよ、君たちのことも僕は歌う、おお落着かぬ者たちよ。人生二十九年目の今日この日、夢見る青春の旅へと乗り出す。僕、アーサー・グラム……

陽のあたるコネチカットの町の、影深い片隅で僕は生まれた。僕の父はブレーキ摩擦材製造会社で簿記係をしていて、母は小学校一年生担任の教師だった。僕たちは古い二世帯住宅の並ぶ通りに建つ古い二世帯住宅の下の階に住んでいた。上の階にはミセス・シュナイダーと三匹の白猫が住んでいた。ウインケン、ビリンケン、ノド。そのころの情景で僕が一番好きなのは、幹の太いカエデの木が立ち、深緑の高い生垣に縁どられた、ところどころ土の覗く裏庭だ。ぴかぴかの尖った葉っぱが僕は好きだったし、生垣の白い花や、ふかふかに毛深い眠たげなクマンバチも好きだった……あのふかふかに毛深い眠たげなクマンバチたち……突然開けた空間を通し、ごく幼いころの僕には禁じられていた宇宙が一瞬明るく垣間見えたりもした。というのも生垣のすぐ向こうで世界は草の生い茂る原っぱに向かってゆるやかに下っていて、その原っぱが遠くの方で、沈んだ、見えない小川のコンクリートの土手と交叉していて、その向こうでは茶色い上り坂が自動車の車体工場のぴかぴか光る側面の壁に通じていた。ふかふかに毛深い、眠たげな夏の午後、僕は芝生の日蔭の隅に腹這いに横たわっては、茶色い生垣のアーチごしに、あの禁じられた、年上の男の子たちが石で戦ったり棒きれと陽を浴びて光るガラス壜とを手に蛇を探したりしている不思議の国を何時間も眺めるのだった。あるいは僕は、カエデの木からぶら下がった木のブランコに乗ってぐんぐん高くこぎ、やがて突然、白く花咲く生垣の向こうにコンクリートの小川が見えて、手の込んだデザインの広告のように、生垣の一本の茎の緻密な緑の葉が斜めに交わっているのだった。

滑車につながれた物干しロープが、カエデの木から、細長い裏手ポーチの四角い灰色の柱に張られていた。裏手ポーチのその柱のかたわらに立って、足下には籐の籠が置かれ手すりからは洗濯バサミの入った赤い袋が垂れている――そんな母の姿を僕は一番よく覚えている。陽の光がまぶしいせいで母はしかめ面を浮かべ、物干しロープを押し出そうと巨大な両腕をぴんと伸ばしている。僕にとって母はいつまでも、僕がごく幼かったころの、弾む頬の、艶やかな赤茶の髪を編んで積み上げた巨大なママでありつづけるだろう。母が籠の方にかがみ込むと、僕はその編んだぐるぐる巻きの中に鼈甲《べっこう》の髪飾りのきらめきを探す。僕は母に洗濯バサミを――だが突然何もかもがどうしようもなく退屈になり僕はもうこれ以上続けられない。僕のママ、僕のパパ、僕の退屈な幼年期、そんなもの本当に存在したのか？　したとしたら、それでどうだというのか？　彼らよ安らかに眠れ、彼らよ安らかに腐れ、こんなたわごとはさっさとやめにしよう。そして僕はどれだけ君をあざ笑いたいことか、どれだけ君を侮辱したいことか！――君よ、読者よ、いまこの瞬間にこのページを鹿爪《しかつめ》らしい顔で見ている愚鈍で自惚《うぬぼ》れな読者よ。ああ、何もかもがどうしようもなく退屈、どうしようもなく退屈だ……それが僕の探している言葉なのか……鼈甲の髪飾りのきらめき。僕は母に洗濯バサミを渡すことを許されていた。洗濯バサミには二種類あった。「どっちでもいいのよ」と母は言うのだった。「どっちでも同じなのよ」、でも片方にはバネがついていて開けたり閉めたりできるけれど、もう一方は硬くて人間みたいな頭が付いていた。「どっちでもいいって言ったでしょ、どっちだって同じなのよ。ほんとに、なんでそんなこと訊くの！　いいことアーサー、これ以上確かなことはないのよ――洗濯バサミなんて、ひとつ見たらもう全部見たことになるのよ、ほんとにそうなのよ」。そうして、母が洗濯物をロープに止めているすきに、僕はこっそり、バネのついた方の洗濯バサミをいくつも母のスカートの裾にくっつける。突然母は、両脚を横切って洗濯バサミが並んでいるのを感じて下を見る。そして片手を胸に当て、大きな茶色い目を丸くして言う、「ああ、タメイキ。かわいそぉぉぉぉなあたし。自分のことマーサ・グラムだと思ってたけど、実はただの、木からぶら下がった物干しロープだったのね」。それから母はぐすっと鼻をすすり、額を皺だらけにして僕を見て、涙を拭い去るふりをした。

　当時の記憶の中で、僕の父親は二つ別々の生物として存在している。きちんとアイロンのかかった灰色のスーツを着た、疲れたようにため息をつきながら仕事に出かけていく、威厳ある悲しげな紳士。そして、だぶだぶのズボンをはいた、指を下に向け自分の頭を指しながらおどけたホーンパイプダンスを踊っている騒々しい遊び仲間。仕事から帰ってくると、父は母と僕に向かって悲しげに微笑み、いつも座る椅子の茶色い柔らかさへと疲れたように落ちていき、晴れた夕方には椅子から小さな埃が音もなく渦を描いて舞い上がるのが僕にも見え、父はじっと動かず座り、赤い革の足載せ台に両足を載せてしかめ面を浮かべ、ぽっちゃりした白い頰を手の甲に載せていて、ネクタイの結び目は一番上の外したボタンの下まで引き下ろしている。少しすると、父は難儀そうに立ち上がる。大きな灰色の背中が部屋からゆっくり消えていくのを僕は見守った。やがて、遠くから、ハンガーがこすれる微《かす》かな音と、引出しの真鍮の取っ手に物が軽くぶつかる音が聞こえて――それから突然、スリッパとくしゃくしゃのズボンをはいた、髪の毛のあちこちがつき出して赤と黒のランバージャックシャツの袖を肱までまくり上げた父が飛び出してくる。遊ぶことを、父はどれだけ愛したか！　ウヒョー！　ヘイ！　と声を上げて、ゲーム、趣味、旅行、計画に、僕よりはるかに熱心に没頭する。食卓に僕と並んで父は座り、組立て前の模型船の部品を宝物のように目の前に広げ、父にとってはカラー世界地図より魅惑的な図入り説明書の白黒ページをじっくり眺め、そのあいだ僕は夢見る目で、接着剤のチューブ、剃刀の刃、船の本体を成す大きな白っぽいバルサ材、金属の救命艇、真鍮の鎖、黒と金の塗料が入った小さな罎、色もすっかり塗られ索具《さくぐ》も備えつけた三本マスト船の勇姿が描かれたぴかぴかの箱の蓋に見入るのだった。少しすると父は顔を上げ、拳骨《げんこつ》でもう一方の手のひらをばしんと叩き、「ふう！　こいつぁすごいぞ。紙やすり取ってくれアーティ、大した船だなぁ」と言う。子供心にも、父が自分の仕事を嫌っていて、家で家族と一緒にいろんな趣味に囲まれて遊んでいる方が好きなことは感じとれたし、父の魂がそんなふうに分裂していたことが、僕自身の、より暗い開花にそれなりの役割を果たしたことは間違いないと思う。バットの持ち方やボールの投げ方を教えてくれたのは父だったし、石英と長石の見分け方を教えてくれたのも、ポイゾンアイビーとポイゾンスーマックの識別法を教えてくれたのも父だった――ある晴れた夏の日、狭い土の道を通って、父はとうとう、わが家の生垣の向こうの、それら毒性の植物があちこちに生えている斜面に連れていってくれたのだ。

2

僕の古い茶色の靴は底を張り替えたばかりで、父の手にしがみついた僕は険しい坂道で何度も足を滑らせた。葉の茂った雑草がむき出しの脚をこすった。黒い点のついた赤いテントウムシが、深緑のシダの葉から僕を見ていたが、飛び立つとともにその体がぱっくり二つに割れるように見えた。暑い、霞んだ青い空で、青白い月が透明な身を震わせていた。そして僕がこれらの細部を、そしてほかの細部も覚えているのは、あくまでそれらが心に留《とど》まるよう意図して記憶に刻みつけ、恐ろしい歓喜から気をそらすよう努めたからだ。その歓喜を僕は、両のこめかみの、血管が脈打つところにある重苦しい力として感じていたのだった。というのも、すでに僕は、早くも僕は、夢見がちで眠たげな性格の危険な裏面たる、興奮しやすい気性の徴候を示していたのである。何か月ものあいだ、コンクリートの土手に隠された青い小川を僕が夢見ていたことを理解してもらわないといけない。空腹の人間が一切れの果物を歯と舌で所有したいと焦がれるように、僕はその小川を目で所有したいと焦がれた。棘の多い茂みや雑草のあいだをくねくね伸びているはっきりしない小径から出ぬよう気をつけて、僕と父は野原を越えていった。ジュースの壜の凹んだ蓋があちこちで光った。暗いオレンジ色のしみがついた、アイスキャンデーのごわごわの包み紙が、キャンデーの棒にくっついたまま、チョークのように白い大便のかけら二個と並んで転がっていた。陽を浴びて無色にきらめく、割れたジュース壜の首に、小さな茶色いバッタが一匹じっと動かず止まっていた。途中、僕の父がかがみ込み、白い線の一本入った紫色の平らな石を拾い上げ、しかめ面で吟味してからまた放り投げた。こちら側の土手の、コンクリートの出っぱりに近づいていくにつれ、反対側の壁がどんどん低くなっていくのが見え、夢に見た青い、勢いよく流れる川がいまにも見えるのではと僕はわくわくした。種をたっぷりつけた、緑色の茎のてっぺんがいくつも現われた。危険な出っぱりに僕が脚を載せることを父は許してくれず、隠された小川を見るために僕は父の手につかまって精一杯身を乗り出さないといけなかった。

槍形の高い草、暗い色の低いシダ、てっぺんが毛虫みたいなぴかぴかの緑の茎、ホウレン草の緑やレタスの緑をしたレース状で葉の多い雑草、それらが両方の岸で乱雑に熟して生い茂り、陽のあたる川床の波打つ輪郭にまで広がっていた。硬く乾いた川べりには、丸っこい石ころやギラギラ光るガラスのかけらが散らばっていたが、ところどころ色が暗くなって、ちろちろと光る泥の広がる濡れた茶色い平面になっていた。傾いた液体がまだ中に残っていて、折れ曲がった白いストローが刺さっている深緑のジュース壜が一本、なかば雑草に埋もれなかば埃っぽい小川に埋もれている陽に褪せたゴムタイヤの内側の縁に寄りかかっていた。さほど遠くないところで、灰色の、上下にひっくり返って紐もなくなった低いスニーカーが、すり減った足裏の模様を巨大な指紋のようにさらしていた。指紋が波打ち、雑草は霞んで溶け、石が流れはじめ、僕がわっと、あまりに激しく泣き出したものだから、はじめは大変だという表情を、次に優しさを見せた父の顔はやがて非難の色に変わり、父は僕の前にしゃがみ込んで、僕の両肩をつかんで言った――「お前、どうなってるんだ！　え？　お前、どうなってるんだ？」

3

「この子は夢想家だよ」とこの当時父はため息をついて言った。もしこの評が、家の涼しい側にある自分の部屋に寝転がってカラフルな絵本を前に広げている方が烈しく黄色にぎらつく悪意ある太陽の下で暑い黒い街路を駆け回っているより好ましいという意味であるなら、まあそのとおりだったと思う。気だるい夏の夕方、僕は生垣の前で腹這いに横たわり、巨大な警告灯のような光を発している大きな丸い太陽が、次第に暗くなっていく白い車体工場の屋根の向こうに滑り落ちていくのを眺めた。目をそらすと、オレンジ色の光の斑点が芝生の上で踊っているのが見えた……そう、僕は熱烈なる、敏捷《びんしょう》なる夢想家だった！　あれらの眠気を誘う夏の午後……そして君も愛しはしないだろうか、センテンスを終わらせるというより溶解させるあれらの夢見る点々を……燃えるようにまぶしい夏の日、堅固なハイウェイが溶けて遠いゆらめきと化すように……概して僕は静かな、一人でいることの多い、どこかぼやけた少年だった。札入れのすり傷だらけの透明窓に父が入れて持ち歩いていた、唯一残っている当時の写真の僕は、公園の木のベンチに座った母の膝の上に乗っている。何かに気を惹かれたのだろう、大きな四つ穴のボタンがついてぴかぴかのベルトバックルが大文字のDみたいな形をした冬物コートは細部までくっきり写っているのに、その上の顔はぼやけている。

　僕が夢想家だとしたら、少なくともその責任の一端が自分にもあることが父にはわかっていなかった。もうそのころからすでに、僕はぼんやり理解していたにちがいない、父のさまざまな趣味は父にとっての夢、茶色と灰色に覆われた日常生活の中のカラフルであざやかな裂け目にほかならないのだと。父が使っている、どっしりしたマホガニーのたんすの中央、丸めたソックスが黒々と並び畳んだパンツがきちんと積まれた厳めしい下着引出しの下の方に、オレンジと紫の郵便切手が三列全部に差し込まれたクリーム色の切手帳、外国から届いた薄青の封筒、緑っぽいヒンジがあふれ出ている袋、未使用切手のセットが入った小さなセロファンの包み等々の色あざやかな宝物が横たわっている……父は一度、茶色と黄土色の郵便局に僕を連れていき、新しく発行されたアメリカ切手全部のプレートブロック（シートのうち、縁に通し番号が刷られている通常四枚続きの部分）を買った。窓口の中の郵便局員が紅と青のシートから、余白に番号が入った四枚の精緻な切手を丹念に千切るのが見えるようにと、父は僕を腋の下で抱えて持ち上げてくれた。

散らかった地下室の奥、洗濯機と深い四角の流し台の向こう、ミセス・シュナイダーの黒い古トランクや壊れた椅子の向こうから、岩石の箱がはじまっていた。そこからさらに奥の、黒い万力の付いた作業台まで箱たちはのびていて、台は一面小さな岩石のかけらで覆われ、それに交じって、細長い頭の付いた、すべて金属で出来ている金槌が転がっていた。作業台の先、角を曲がったところに、埃をかぶった捕鯨船が上に載った、父が自分で採集したコネチカットの鉱物標本を陳列した大きな茶色い本箱があった。どの標本の前にも、几帳面な筆記体で書かれたラベルが置いてあった。チェシャーで採ったクリーム色の重晶石の結晶と緑色の孔雀石があり、ロクスベリーの深紅のざくろ石があり、ポートランドの黒い電気石と金色の緑柱石《りょくちゅうせき》と藤色の鱗雲母《りんうんも》、ブランチヴィルの大きな銀色の雲母の膜があった。それら町の名前も、僕にとっては父さんの栗色の切手アルバムの中のグリーンランドや黄金海岸《ゴールドコースト》といった名と同じくらい華やかに思えた。この本箱は父さんの誇りであり喜びだったが、僕はもっと小さい方の本箱に入った、父さんが自分で採集したのではない結晶や鉱物を並べてあるコレクションに、いっそう魅惑されていた。ピラミッドの底同士をくっつけたみたいな形の、透明な薄紫色の蛍石《ほたるいし》の結晶。絹のような石綿の白い房。小さな四角いバタースコッチキャンデーみたいな黄色い水鉛鉛鉱《すいえんえんこう》の結晶。高さ十センチに及ぶ、ガラスのように透きとおった石英の結晶。そして僕の一番好きな、黒光りする紫水晶の小さな結晶が歯のように点在する、あたかも大きく口を開けているかのような晶洞石《しょうどうせき》。この本箱の一番下の棚は、きらきら光る結晶に較べてずっと見劣りする鉱物の地味なセットが占めていて、何でこんなものがここに、と訝《いぶか》しんだことを僕は覚えているが、やがてある晩、びっくりするものを見せてやると父さんは言って、鉱物の前に僕を連れていき、ダンボール箱から、黒いコードが付いた、黒い懐中電灯のようなものを取り出した。そしてコードをコンセントに差して、電灯を消した。真っ暗ななか、奇妙な懐中電灯は鈍い、紫っぽいほのめきを発した。父さんがその紫の光を、結晶コレクションの一番下にある地味な鉱物の列に当てると、闇の中から、何か途方もない懐中時計の、闇に光る文字盤から浮かび上がるかのように、黄緑、緑青、レモン色、薔薇色、オレンジがかった朱色のほのめく裂け目や波紋が現われた。

　夢を見るのを愛する心が父親から来ているとすれば、僕が物事に秩序を強く求める傾向は母譲りなのだと思う。きちんと畳んだナプキン、閉じた引出し、プレスしたズボン、磨いた爪先、アイロンのかかった一時間としっかりたくし込んだ半日。そしておそらく、それらと正反対の無法なものたちにもどうしようもなく惹かれてしまうところも、やはり母に由来しているのだろう。眠たい夏の朝に僕がいつにも増して烈しく感じとったとおり、宇宙そのものの秩序の維持、それこそが母の使命だった。たっぷりしたワンピースを着て、ぼろ切れと壜と不吉な機械とで武装した母さんは、家じゅうを行軍し混沌の力と闘った。母はまさしく芸術家であり、その傑作はわが家の居間だった。真鍮の蠟燭立てがスプーンのような光を放つまで磨き込み、マホガニーのランプテーブルが緑のシェードの付いた磁器製ランプを映し出す茶色い鏡と化すまでワックスをかけ、大きな頭をうしろにそらし目をぎらぎら光らせ敵の匂いを嗅ぎつけたかのように鼻の穴をしかと広げた母さんは、先端がピンクになった銀の鼻を荒々しく鳴らしつつすべてを吸い込む強者《つわもの》の電気掃除機でもって絨毯の埃を呑み込み、クッションの下に攻め込み、ブラインドを掃射し、壁と天井の継ぎ目までも掃射するのだった。

　母さんは別の場でも、別の軍服を着て無力な裏庭を急襲し、芝生の縁に置いた房付きのクッションに座るか生垣や木々の脇に据えた脚立の上に立つかして別の武器を駆使し、全力を尽くして大いなる自然そのものの埃を払い、磨き、掃除機をかけ、そのかたわらで僕は、物言わぬ荒れ狂う幼年期の自由に包まれて、タンポポに囲まれて夢を見るのだった。

4

実のところすべては相当退屈だった。僕は頬杖をついて、地下室の作業台で父さんが岩を削るのを何時間も眺めていた。やがて父さんもそれ以上我慢できなくなって、外へ行って「友だち」と遊んできなさいと僕に言うのだった。母さんがカウチの上に口を開けて寝そべり、斜めになったクッションの下に両脚をつっ込んで眠っているのを見るのが僕は好きだった。母さんは時おり、ベッドの縁に腰かけて小さなガラス壜から細い黒のブラシが付いた蓋を外すとき、ぴかぴか光る爪に僕が息を吹きかけるのを許してくれた。埃っぽい陽光が差し込むなかを行ったり来たりするのも楽しく、宙に浮かぶ毛玉を僕はつかまえ、ブラインドは下に押すとかたんと鳴って跳ね上がった。一番気に入っていた玩具は揺さぶると雪が降るドームだったが、好きなのは雪ではなく、青い少年、茶色い家、三本の緑の木を永遠に水没させている神秘的な水だった。僕は一人、闇の中で煉瓦の壁を積んだ。重たい赤煉瓦を丹念にぴっちりくっつけ、つねに左から右へ、一列十個ずつ並べていく。壁はじわじわと僕の膝に達し、僕の腰、首に達して、ついに最後の一列を積むときは小さなベンチに乗らないといけなかった。全行程にたっぷり一時間以上かかったにちがいない。すべてを終えると、僕は一歩下がって自分の仕事をほれぼれと眺めた。それからそばに寄っていって、両腕を広げ、目を閉じて、しばし立ちつくしてから、すーっと前に倒れる。官能的なる破壊者、無音の崩壊……

何の偶然か、近所の子供たちはみな何歳か年上で、彼らの埃っぽい遊びから僕は排除された。はじめ僕の昼間の相手は母さんだけだったが、その母さんもじきに消えていき、昼食時と四時十五分前に戻ってくるだけで、あとは、色褪せた緑のオウムの柄の茶色い敷物が広がる、ミセス・シュナイダーとあくびをしている猫たちと過ごす眠たい場に僕は置き去りにされた。こうした孤立も夢想的な傾向を助長したにちがいない。とはいえ、僕の孤立ぶりを誇張してはなるまい。夕方には父さんと一緒に跳ね回りふざけ回ったし、夜には母さんが本を読んで聞かせてくれて、春と夏の週末は緑と青の祝祭であり、ブラックベリーを摘み池で泳ぎ緑の丘にある石切場跡の白い石の山に入って鉱物を探した。孤立がちで、夏は暗い場を探し求め、冬は読書ランプのかたわらでいっそう青白くなっていくことに満足している子供だったとしても、僕がそもそもの始めから、他人に対し熱い、秘密の、破滅的な愛着を抱く傾向があったことも等しく事実なのだ。

当時、少し離れた緑の町の、日蔭の多い通りに建つ白い家に住む、いつも笑顔の兄と週末に訪問しあうのが父さんの習慣だった。僕の好きなマニー伯父さんは僕のことをアーサー・パーサーと呼び、カードを出しては一枚引けよと僕を誘い、丸々としたゆっくり渦巻く白い煙の輪を吹き出し、それを僕は嬉々として打ち砕くのだった。伯父さんのぴかぴか光る茶色いベストからは懐中時計の鎖が垂れていて、その鎖を持ち上げると重い円が太陽のようにポケットから上がってくるのを眺めるのも好きだった。ルー伯母さんのことはもっと好きで、ピンクの足指、瞼は緑、明るい赤のスラックスをはいて花模様のホールターを着た伯母さんは、「アーヒヒヒ、アーヒヒヒ」とはっきり二つの音に分かれたにぎやかな笑い声を上げた。蠟紙のような水玉模様の紙にくるんだ太いチョコレートのアイスキャンデーを伯母さんは僕にくれて、そのぽっちゃりした手で僕のうなじを上下に撫でてくれた。大人たちは居間か、庭のローンチェアに座り、マージョリーと僕は二人で遊びに出ていった。

僕たちは六歳だった。晴れた日だったが、午後はもう終わりかけていた。湿った新聞の臭いがする、蜘蛛の巣の張った地下室に僕たちはいた。僕は二十五まで、マージョリーの足音の方向を聞かぬよう大声で数えてから彼女を探しに行った。僕はわざと音を立てて最初の角を回り、彼女の不意を捕らえようとこっそり戻っていったが、今回彼女はいい場所に隠れていてなかなか見つからなかった。危険な給湯タンクの陰の、黒いパイプの上に立っていたのだ。競走には負けない自信があったから、僕はすぐさまホームめざして駆け出しはせず、わが小さな捕虜たるマージョリーを見ながらニタニタ笑って立っていた。すると突然、膝を掻こうとするみたいに彼女はかがみ込み、それからいきなり立ち上がって青と白のチェックのワンピースを持ち上げた。ケラケラ甲高く笑いながらまたすぐ下ろしたけれど、僕をハッとさせたのは、持ち上がったスカートの裾の上から僕を厳めしく見ている彼女の黒光りする瞳だった。ホームへ走っていく僕の頰は、何か悪いことでもしたみたいに熱かった。僕がふたたび二十五まで数え、両目を腕に押しつけると、危険な給湯タンクの影の黒いパイプの上に立つ彼女が黒光りする瞳で僕を凝視しているのが見えた。僕はふたたび彼女を探しにかかった。すばやく、こっそり、給湯タンクまで行って、禁じられた暗い隅を恐るおそる覗き込む……マージョリーは階段の下から飛び出し、鼻高々ホームに駆けていった。自分が隠れる番になると、僕は一瞬迷ってから、蜘蛛の巣のかかった樽の中にもぐり込んだ。けれども、顔を上げてみると妙に無防備な気がして、樽から這い出し、べたべたの蜘蛛の糸を唇や目から拭って、危険な給湯タンクの方に進んでいった。つるつる滑る黒いパイプの上に立って、チクチクする壁に背中を押しつけ、埃っぽい闇の中で荒く息をしながら、近づいてくる足音の、革のように柔らかな、ザクザクという音も混じった響きに僕は耳を澄まし、そうしているうちに頰が火照《ほて》ってきて鼓動も速まり、眠たい、卒倒するような感覚に僕は襲われて、もしいま僕が突然ワッと叫んだら彼女は混乱と興奮の悲鳴を上げるだろう、彼女はハッと凍りつくだろう、僕は飛び出してホームに駆けていくだろう、彼女は怒って泣き出すだろう、するとタンクと壁の薄暗い空間に彼女が突然現われて、期待をみなぎらせた目を闇の中で光らせ僕を見て、僕の胃をさざ波が過ぎていき、自分が何をすべきなのか僕にはわかり、自分が何をしたいか、何が絶対できないか、何をいまにもしようとしているか僕にはわかり、するといきなり僕たちの頭上で台所のドアがバタンと閉まって母さんが「八月にあの人来れるかどうか」と言うのが聞こえて、僕は何もできず、何もしなかった。

葉のない育ちぞこないの木が何本か生えた、高い藪が多くてチクチクかゆい原っぱで僕たちはブラックベリーを摘んでいた。みんなそれぞれ台所から鉢を持ってきていた。ボトン、と最初のベリーが鉢に放り込まれる重たい音を僕は思い出す。すごく剝がしづらい、小さくて黒っぽい葉っぱ。紫っぽい赤に染まった指。僕はトイレに行きたくなった。「うーん、こりゃいい、大したベリーだよルー、大したベリーだよ」と父さんが言っていて、マニー伯父さんは「むむむむうまうま美味い美味い。上等上等」と言っている。僕は自分の鉢を平らな岩の上に置いて、草の茂った小径《こみち》をこっそり、茂みの多い近くの小山めざして進んでいった。小山を登って、父さんの金髪の頭と並んだルー伯母さんの明るい赤のスカーフを見下ろし、そそくさと小山の向こう側へ降りていった。高い藪のかたわらで、僕は半ズボンを下ろしたがパンツは下ろさず、痛いほどの快感とともに黒っぽい葉にジャバジャバ撥ねかけると、陽を浴びて葉がキラキラ光った。流れが弱まってくるとともに右の靴に撥ねかかってしまい、靴はあたかも磨いたかのように突然光り出し、熱いものが足を伝って流れるのを僕は感じた。不意に物音がしたのでさっと横を向くと、三メートルくらい先にマージョリーが立っていた。灰色の鉢を、帽子みたいに頭にかぶっていた。真剣に、眉間に皺を寄せて僕を見ていて、唇はわずかに開き、片手は紫の口にブラックベリーを一粒持っていく動作を中断したままだった。

サッサカス湖行きは、単に泳ぎに行くだけではない、ピクニックテーブル、松林でのバーベキュー、遠くの赤いカヌー、湖水に映る丘から成る丸一日の遠出だった。遊泳が許可されているのは湖のごく一部分で、そこは白い樽を並べて仕切り、向こう側をモーターボートが疾走していくと樽の連なる澄んだ鏡像にさざ波が立った。マージョリーと僕は父さんが火を熾《おこ》すのを見るのが好きで、僕は時おり、枕みたいな形の小さな炭を揺すって黒ずんだ石の輪の中に落とす仕事をさせてもらった。父さんが炭にライター用燃料を振りかけてマッチを擦ると僕はうしろに下がり、炎が突然ボッと舞い上がるのを息を殺して待った。僕たちはたいてい夕暮れまでそこにいて、森や丘が暗くなっていくなか、ちらちら光る銀の帯のついた短い茶色い柱が両側に並ぶ狭い曲がりくねった道を車は走り、マージョリーと僕は父さんと一緒に歌を歌い、父さんは片手で運転してもう一方の手で指揮を執り、母さんは心配そうに道路を見ていた。

サッサカス湖の珍しい特徴のひとつは、脱衣所があることだった。細長い、ペンキを塗っていない木造の建物が、いくつものじめじめした小部屋に分かれていた。男が一方の側で着替え、女がもう一方で着替える。車を駐めてすぐ着替えるのが僕たちの習慣で、それから、魔法壜、アルミの折畳み椅子、ピクニックバスケット、つぎを貼った浮き輪を、湖が見える湿ったテーブルに持っていった。僕は父さんと着替えマージョリーはルー伯母さんと着替えたが、マージョリーはさっさと外に出されて父さんとマニー伯父さんと僕と一緒に待ち、女の人たちは、マニー伯父さんの言を借りれば「悠長に時間をかけて」着替えた。ある日、男の側で待っていてマージョリーと僕は退屈になってきた。僕たちは二人で建物の端から端まで歩いていき、ドアの下のすきまから時おり見える白い毛深い足をちらちら眺めた。父さんとマニー伯父さんは喋っていて、僕たちが角を曲がるのを見なかった。僕たちは裏側を歩きはじめ、僕は時おり、赤い足指の爪や、絹のような衣服を拾おうと降りてくる手などを垣間見た。と、いきなりドアが内側に開き、黒い髪で黒い水着の魔女が、赤白の服の山を片腕に載せて出てきた。魔女は一瞬眉をひそめて僕たちを見た。それから、緑のサングラスを勢いよくかけて、地面を睨みつけ小石を踏みつつ何やら呟きながらそそくさと歩き去った。

甲高い小さな笑い声を上げて、マージョリーは中に上がっていった。僕もあとを追って上がっていった。彼女はドアを閉め、僕は爪先で立って片方の頬っぺたを木に痛いくらい押しつけ体をぐいぐいぐいぐい持ち上げて小さな黒っぽい木の閂《かんぬき》をきっちり差した。そして向き直り、壁に黒っぽい湿気の模様が浮かぶその禁じられた部屋の茶色い薄闇のなか、かかとを日なたに、爪先は日蔭に据えて僕は立ち、どきどき鳴る心臓を抱えて待った。マージョリーがゆっくり数えはじめた。かかとを日なたに、爪先は日蔭に据えて僕はそこに立ち、どきどき鳴る心臓を抱えて待ち、これから何が起きるのか怖々と考え、これから何が起きるのか怖々と僕にはわかり、「三」とマージョリーはささやき、僕たちはすばやくそしてぎこちなく水着を引き下ろし、また引き上げ、遠くの方で、外の世界で、砂利をザクザク踏む音がして、僕は待って！　待って！　と叫びたかった、なぜならたったいま何が見えたのか僕にはわからなかったから、けれど遠くの方で砂利をザクザク踏む音がして、突然、ドアの下のすきまから怒った赤い膝が一対見えて、僕は恐怖に包まれて息を呑み、太陽の下、水の上に僕は横たわり、黒い浮き輪に乗ってゆっくりぐるぐる回っていて、水の中に指を一本浸し、浮き輪の濡れていない部分に黒い水の筋を描き、はるか上では熱い青空が燃え、僕は気だるい頭をものぐさに持ち上げ遠くでは松林のただなかに折畳み椅子四脚と散らかったテーブルとオレンジと白のビーチボールが見え黒ずんだグリルが木に寄りかかり、やがて母さんが手を振りはじめて突然僕は喘ぎながら前方にかがみ込み、茶色い薄闇の中でマージョリーの黒い瞳が見開いたが、何も起こりはせず、膝は過ぎていき、少し経ってから僕は外に歩み出て、痛い光に目をすぼませた。

5

一週間くらい経った晴れた日、僕たちは二階の、ピンクと銀の揺り木馬模様の、青緑色の壁紙を貼ったマージョリーの部屋にいた。開いた窓から、裏庭にいる大人たちの声が聞こえてきた。マージョリーのおもちゃはあまり面白くなかった。はじめは驚かされるけれどあっという間に驚きが失せてしまうたぐいのおもちゃが彼女の好みで――湿らせた筆を当てると絵がいろんな鈍い色に変わる魔法の塗り絵本とか――僕たちはじきに飽きてしまった。ほかにすることもないので、僕たちはくすぐりっこをすることにした。ピンクのうね織りのベッドカバーがかかった、空色の頭板《ヘッドボード》には明るい赤の野球帽をかぶった明るい黄の熊が描いてあるマージョリーの大きなベッドに僕たちはよじのぼり、膝をついて向かいあい、じきにキャッキャッと笑いながらベッドの上を転げ回っていた。彼女は腋の下、脇腹、ふくらはぎ、ととにかくそこらじゅうくすぐるのが好きで、僕はどこか一点の感じ易い場所に集中することを好んだ。僕が彼女の脚の上にまたがり、膝で脇腹を押さえ込んで、肋骨の下の方をすごくそっと、規則的に、指先をすばやくそっと動かしてくすぐると彼女はキーキー声を上げて身もだえし、小さな手で僕につかみかかるのだった。僕のくすぐりは大した腕前だった。僕は決して手をゆるめず、ゆるめると見せかけてまた突然圧力を増加させていっそう狂おしい喘ぎのヒステリーへとマージョリーを追い込み、笑いの涙、苦悶の涙がその目からこぼれても絶対にやめず、チクチクと疼く、刺すような、気絶しそうな麻痺状態へと彼女を入念に導いていき、その敏感な苦しめられた肌に小さな衝撃の波が次々と走るなか彼女は息をしようと大きく口を開け、ベッドの上で頭が前後に揺れて、目には恐怖がみなぎり、すると突然庭から「こらお前たち、何やってるんだ？」と声がして、僕はこそこそと離れ、彼女はすぐさまぴんと背を伸ばして、気を張りつめ目を光らせ肩で息をしていた。網戸がばたんと開け閉めされる音はなかった。じきに大人たちのもごもご言う声が再開された。まだゼイゼイ言いながらマージョリーはベッドから降りて、部屋を横切ってクローゼットの中に入っていった。

それは大きな、奥深く暗いクローゼットで、靴やおもちゃがごちゃごちゃ散らばっていた。左右の暗い隅どちらにも何も見えなかった。「マージョリー」と僕はささやき、じっと耳を澄ましたが、聞こえてくる速い息は僕自身の息だった。ゆっくりと、一種夢のような興奮とともに、ぎっしり並んだ服を僕はかき分けて進んでいった。針金のハンガーがこすれ、バックルが僕の袖をつかんだ。奥の闇に踏み入ると、片足が何か柔らかいものを踏み、フウッとゴムのような音が立った。「マージョリー」と僕はもう一度ささやいた。するとその真っ暗な闇の中で、妙に聞き慣れた音が聞こえた。ぱちん、ぱちんとくり返される、何の音だかもう少しでわかりそうな……「マージョリー」と僕はささやき、ぎっしり並んだ服に脇腹を柔らかく押されながらどうにか右の方に進んでいった。と、僕はいきなり立ちどまった。彼女は隅に、影に包まれ、壁を背にして立ち、黒いかたまりとなった短パンがくるぶしあたりに垂れていた。暗くひそかに、体をじかに包むゴムを彼女はぱちん、ぱちんと腹に当て、僕はそこに立って耳を澄ましながら、いますぐ陽のあたる明るい部屋に帰らないといけないことがわかっていた……あのぎっしり固まった服の中を抜けられさえすれば……でももしあの服のただなかで、柔らかな生地の海で溺れてしまったら……今回はなぜかいつもよりずっと罪深いことが僕にはわかっていたけれど、でも……夢のような、禁じられた自由……

6

今日までずっと、僕は禁じられたものに惹かれてきた。死ぬことを母さんに禁じられて間もなく（僕は薬棚の中をいじくり回していたのだ）、初めての自殺を試みた。そしていまも、マージョリーと自分が悪いことを、誰かに知られたらきっと罰を受けることをしているとわかっていたが、何年かあとに扇風機に手を入れるのをやめられなくなるのと同じように、自分を止めることが僕にはできなかった。僕たちはいまや、二人になるたびにどこかの闇に、薄暗い片隅に赴いて、笑いもせず、興奮と危険の感覚はいっこうに減じることなしに、禁じられた遊びをくり返していた。一度、マージョリーが僕に触ろうと手をのばしてきたことがあったが、僕は顔をしかめてその手を追い払った。なぜなら僕が、いとこのマージョリーとともに闇の中に隠れて求めたのは、五感の粗雑な快楽などではなく、侵犯の微妙な快楽だったからだ。僕が求めたのは、入ってはいけないところに入るという感覚だった。あまりにも味気なく見慣れた明るい鬱陶《うっとう》しい世界を離れて、暗い、深い、ああ、目もくらむほどに禁じられた果てしない領域に入っていくことの夢にも似た歓喜を僕は求めたのだ。そして僕はいつも、誰ともまともに目を合わせられないという思いとともにマージョリーとのやりとりから出てくるのだった。

不思議に聞こえるかもしれないが、そもそもの始めから僕は、禁じられた領域へのこうしたささやかな冒険に愕然としてもいたのである。なのに僕以外はみんな、そうした冒険をもっとずっと軽く受けとめていたように思う。僕はひたむきな子供だったのであり、暗い冒瀆へ引き込まれるのを感じるときはいつにも増してひたむきだったのだ。僕の正義感はしばしば、見張りと処罰の任をきちんと果たさぬ大人たちによって大いに憤慨させられた。父さんはため息をつき、傷ついた表情を見せ、母さんはカンカンに怒ってドアを乱暴に閉め、僕の夕食を禁じるが、結局あとで僕の部屋に厳しい顔で入ってくるけれど手には温め直した食べ物を持っているのだ。その間ずっと僕は、この人たちは僕の脚に重い石を縛りつけて海に落とすべきだと感じていた。病気で寝ていたある午後のことを僕は思い出す。退屈して、ひどく退屈して、僕はぬりえ帳に色を塗っていた。カウボーイの顔を僕はいい感じのターコイズブルーに塗り、帽子を愛らしいピンクに、投げ輪を燃えるような赤に塗ったが、なぜかそれは依然として退屈なカウボーイのままで、僕は怒りとともにぬりえ帳を閉じたが、閉じた感触のいかにも紙っぽい柔らかさは僕の憤怒をあざ笑っているように思え、僕は仰向けに横たわって見慣れたこぶや波のある天井を睨みつけ、それから、銀と深緑の網模様の入った薄緑の壁紙に目をやった。気だるい思いで、僕はその銀の線を数えた。そして突然、何の理由もなく、僕は焼き尽くされた、そう、焼き尽くされたのだ、耐えがたいほどの欲求に。心臓が痛いほど激しく脈打ち、僕は赤いクレヨンをつかんで、薄緑の壁紙に荒々しい赤い円を描いた。自分の犯罪に愕然とし、ぞっとして体が熱を帯び、僕は長いあいだ恐怖に彩られた沈黙とともに横たわり、待った。とうとう母さんが、カップ入りスープと大きな銀のスプーンを持って入ってきた。僕は何も言わなかった。口が利けなかったのだ。突然——あたかも漫画のように——母さんの笑みが消えた。壁から僕に、僕から壁に、壁から僕に母さんは目を移して、「アーサー、何でこんなことしたの？　なぜ？　なぜ？」と言った。それから怒った顔になって、スープのカップを僕のかたわらに置いて、立ち去った。しばらく経って、父さんが入ってくると、おぞましい赤い円を母さんは父さんに見せ、冷たい声で喋った。父さんはティッシュペーパーを何度も小さなガラス壜の口に持っていっては壁をこすったが、円は落ちなかった。僕に対しては誰ももう何も言わず、僕の身にはまったく何も起こらず、ふだんから誰かにほんのちょっとでも眉をひそめられただけで僕の胸は恐怖の念で一杯になったから僕としては心底ほっとしたものの、それでも何かが終わっていないという思い、均衡がとれていないという思いに僕は苛まれた。僕の犯罪は荒々しい赤い刑罰によって均衡を保たれるべきだと僕は感じていたのである。

　僕たちの秘密の遊戯がいくぶん進展し、僕の胸を不安で満たす日が訪れた。僕はマージョリーの部屋の暗いクローゼットの中に一人で立っていた。一二三（"One, two, three"と数えてから鬼が動き出す鬼ごっこ）のいささか元気ないバージョンを僕らは終えたところだった。マージョリーはすでに、ぎっしり固まった服を押し分けて陽のあたる部屋に消えていた。でも僕は闇にとどまった。闇から光への移行が僕は前々から苦手だった。明るい陽光はその鋭い、突然のまなざしでもって僕を威嚇し、僕は心休まる闇へ戻りたくなってしまうのだ。けれど結局僕も、服が作る、防虫剤と匂い袋との不調和な香りの漂う柔らかい壁を抜けていき、闇から出て目を射る光へ入っていった。きらめく白い窓枠、黒い影のストライプ、燃えるようなピンクのおもちゃだんす、炎を放つ紺の敷物、陽に貫かれ陽に舞い上がり陽に狂った埃の粒……マージョリーはピンクのおもちゃだんすのそばに立っていた。薄茶色の髪のほつれ毛が太陽と同じ黄色に光った。黒い瞳は陽光と危険に燃えていた。そして突然、僕は周りじゅうに危険の存在を感じ、心臓が激しく脈打ちはじめ、心休まる闇に僕は戻りたかった。けれどマージョリーはすでにゆっくり「いいぃいぃち」「にぃいぃいぃい」と数えはじめていて、三を待ちながら僕は、いったいなぜ彼女は闇から出て明るい陽光の中でそんなことをやろうなんて思えるのだろうと不思議に思った、なぜならそれはあたかも彼女がまるで暗さと明るさを混ぜているかのように、クローゼットの暗さを部屋の明るさの中に持ち込んでいるかのように思えたのだ、それはあたかも僕たちの暗い秘密を陽のあたる世界全体に向かって彼女が宣言しているかのように思えたのだ、それはあたかも、それはあたかも、それはあたかも何なのか僕にはわからず、暖かい光の中で僕は立ち、興奮に卒倒しかけながら、まぶしい混乱を、暖かい狼狽を、陽のあたる屈服を感じていたのだ、あたかも陽の光それ自体が明るさという安全な闇で僕を包み込んでいるかのように。

7

そして、一般に、屈服することと以上に大きな快楽、屈服することと以上に大きな罪があるだろうか……何らかの内的緊張を緩め、何か未知の束縛を解き放って、夢のような禁じられた自由の領域に入っていく、罰と破滅に終わるであろう自由に入っていく……終わりは突然、ある雨の降る夏の午後に訪れた。けれどマージョリーと僕が、秘密の場所で禁じられた遊びをする以外何もしなかったという印象を残してはいけない。マージョリーの家の茶色い居間でテレビを観たり、浜辺でトンネルを掘ったり、午後ずっと二人で無邪気な遊びをして過ごすこともよくあったのだ。「浜辺でトンネルを掘った」と一口に言う。だが、きらきらとまぶしい浜辺で、傾いたビーチパラソルの影のかたわら、銀色の飛行船が気だるく浮かんでいる青空の下、絹のような熱い砂の下の固い冷たい砂の中で、燃えるように熱い指でもって僕たちはゆっくりトンネルを掘り進んだのであり、やがて突然紙やすりのような感触に僕たちは行きあたった。チョークのように白い、滑らかな紫色の裏地がついた灰皿形の貝殻を探して僕たちは浜辺を漁り、つぶすとパチンと鳴る莢《さや》のついた茶色いゴムのような海草を探し、組んで敷物にするための濡れたキャンデーの棒を、芸術家たる波によって滑らかな宝物に仕立て上げられた薄緑のコーラ壜のかけらを探した。砂洲の黒っぽい光沢に僕たちは足を押しつけ、光沢を押し出し代わりに青白い足跡を残していったがその足跡もたちまち黒ずんでキラキラ光るのだった。僕たちは体じゅうにひんやりしたヌルヌルの泥をこすりつけた、ズブズブ柔らかな泥を、美しく汚らしい泥を、そして泥がお尻からポタポタ落ちるたびに僕たちはクスクス笑った。二つの砂洲にはさまれた温かい緑っぽい茶色の水にたがいの足を寄せあって僕たちは座り込み、両手を揃えてお椀に仕立て金色の陽光の作る魚眼を掬《すく》いとろうとした。僕たちは突然目を合わせて、クスクス笑い出す。少し離れて立っていたルー伯母さんが、僕の母さんの方を向いて「この子たち見てるとほんと楽しいわねぇ。あたし知ってるわよぉ、エム・エー・アー・ジェイ・オー・アー・アイ・イーが大人になったら誰と結婚したいか……言わないでおきますけどね」と言って盛んにウィンクしたが、終わりは突然、雨の降るある夏の午後に訪れた。一階の居間から大人たちの声が柔らかな呟きとなって聞こえ、時おりそれに切れ目を入れるかのように、わっと鋭い、ほとんど怒りのように響く笑い声があいだに入った。マージョリーの部屋の天井から下がった電灯の温かい黄色いほのめきの下、僕たちは床に彼女の持っているパズルをすべて広げていった。僕は床全体をパズルで覆いつくしてパズルの宇宙を創造したかったが、あいにくクローゼットの扉とピンクのおもちゃタンスのあいだのスペースを覆う前にパズルが尽きてしまった。退屈した、苛ついた気分で僕たちは新しい遊びの候補をいくつも検討しては却下し、結局、さして気乗りもせぬまま〈みんな落ちろ〉に決めた。僕は空色の踏み台にのぼって柔らかく弾むベッドの上に顔を下にして落ちた。マージョリーが空色の踏み台にのぼって柔らかく弾むベッドの上に顔を下にして落ちた。僕は空色の踏み台にのぼって柔らかく弾むベッドの上に顔を下にして落ちた。少しして、まったく何の理由もなしに、僕はドアのところに行って明かりを消した。

部屋は突然の、胸躍る薄闇に落ちていった。窓は上が濃い灰色で下が濃い緑の侘しい長方形となった。僕は両手を頭の上に持っていき、目を大きく開いて「ブゥゥゥゥゥ」と言った。マージョリーは髪を何度か持ち上げて「カカブゥブゥブゥ」と言った。僕たちは二人ともクスクス笑い出した。「幽霊ごっこ」がたちまち創作された。一方が目を覆って、こっそり近づいてくる相手の動きに耳を澄ます。でもこれも退屈で、すごく退屈で、マージョリーはむすっとした顔になって、あくびをし、両手の甲で目をごしごしこすった。僕は十の新しいゲームを提案したが、その全部を彼女は不機嫌な蔑みもあらわに却下した。そして彼女が退屈していたから、僕が退屈していたから、薄闇だったから、運命の定めだったから、僕は次に、僕の冗談半分のささやき声で、いままで暗闇の中ですらやっていないことをやろうと提案した。そうささやいたせいで、心臓が狂ったように高鳴った。僕は、二人とも服を全部脱ぐことを提案したのだ。

マージョリーはいっぺんに活気づいた。そして何でもなさそうにさっさと脱ぎはじめ、赤いジーンズと黄色いシャツを椅子の上に放り出し、白いパンツを蹴るようにして部屋半分くらい向こうまで飛ばした。それから両手を腰に当てて立ち、僕が落着かなげにのろのろ服を脱ぐのを大胆に眺めた。僕は両方の靴を揃えて置き、それぞれの中にストライプの靴下を入れ、ズボンを丹念に空色の踏み台に掛け、シャツをきちんと椅子の背から吊した。けれどもパンツまで、ほとんど膝まで届くぴったりしたパンツまで来ると、強い気後れに僕は襲われた。ほとんど痛みのように烈しい恥じらいとともに僕は椅子のうしろで縮こまり、階段をきしませる足音が聞こえてこないかと耳を澄まし、そしていきなり、何もかもがあまりに速く起きている気がし、僕たち二人が騒々しくぎこちなくまっしぐらに破滅へ向かっている気がしたが、用心深く「もうやめようよ」と僕がささやくさなかにも、もう手遅れだと僕にはわかっていた、彼女が決して――なぜなら彼女はそこに立って、丸い小さなお腹をつき出しじれったそうなしかめ面をその強情な顔に浮かべていたのだ（「シーッ！」と僕は警告した）。だがマージョリーはカンカンだった。顔を歪め、下唇をつき出し、ルー伯母さんを真似てじれったそうに片足をとんとん叩いた。でも彼女が見ているというのに、とうてい僕には――「見るなよ」と僕は怒った声で言った。彼女はそれぞれの手で片目ずつを覆った。「向こう向けよ」と僕は命令した。蔑みの表情とともに彼女は従った。僕のこめかみがずきずき疼き、額は湿っていた。僕は奇妙にも疲れきっていて、一瞬、このまま卒倒して、快く卒倒して、前にばったり倒れてしまうのではと思った……痛みを伴って快く卒倒しつつ僕は屈服した、パンツのゴムが膝のあたりでぴんと張るなか僕は両目をなかば閉じた。突然、マージョリーがこっちを向いた。僕は怒って顔を赤らめぎこちなくパンツを引き上げた。彼女は僕に罵りの言葉を浴びせ、片足を踏み鳴らし、ベッドによじのぼって、腹這いに横たわってあごを両手で抱え、赤いロバのイーヨーと会話をはじめた。僕は少しのあいだ追放されて拗《す》ねて立ちむっつり暗い顔でマージョリーを見ていたが、彼女は僕を無視しつづけた。遠くでグラスに入った氷がかたかた鳴る音が聞こえた。そして僕は、服を着て下の階に降りていけたらどんなに素敵だろうと思った、僕は茶色い椅子か緑の足載せ台に座り、両手を膝に載せて大人たちの話を聞くだろう、そこには氷の入ったピンクレモネードがあるだろう、輪になったプレッツェルもあるだろうし、塩味ミックスナッツの入った木のボウルもあって、退屈なピーナツやありふれたカシューに交じって完璧なブラジルナッツの茶色と象牙色の滑らかな側面がわずかに見えているだろう。けれど僕のズボンは踏み台に掛かっていてシャツは椅子から垂れていて靴は部屋半分向こうにあってすべてはあまりに困難だった、あまりに退屈だった、そして僕は怒ってベッドの方に行きよじのぼってイーヨーの黒い尻尾を引っぱると尻尾は取れてしまった。マージョリーは僕を無視しつづけて、僕は災難を招いていることを自分でもはっきり意識しつつイーヨーを拾い上げてマージョリーのゴムみたいなお尻の上に立たせようとしたが、全然上手く行かないので今度は背骨の出っぱりにそってのぼらせ髪まで歩かせてから横を向かせてその脚で彼女の首にまたがらせた。そして突然彼女は僕のパンツのゴムを引きずり下ろしていて僕は彼女の手をほどこうとあがきイーヨーは悲しげに転がって自分の尻尾のかたわらにいる僕たちを眺めていた。あの悲しみに沈んだ楕円形の瞳……そのときドアが開いて明かりが点いた。僕たち三者みなを責める光――僕はハッと息を呑み、イーヨーは顔を赤らめ、マージョリーは泣き出した。やがて僕も泣き出してひくひくと苦悩の喘ぎを漏らし、濃い熱い涙が僕の中からあふれ出てそのあまりの激しさに僕は怖くなってますます熱い涙を流した。遠くでグラスに入った氷がかたかた鳴る音が聞こえた。その後、僕は悪い子マージョリー・グラムとは二人きりでは会えなくなった。そしてイーヨーは二度と尻尾を取り戻せなかった。

8

記憶の中で僕の小学校の年月は、長い茶色のお行儀よいぼやけとして存在している。僕はどの科目もよい成績で教師たちに好かれ、級友たちのあいだに敵も作らず友だちも作らなかった。いろんな鳥を描いたことを僕は思い出す。青鳥、カワセミ、赤い羽根の黒鳥、ボルチモアムクドリモドキ、そして体のそれぞれの部分にラベルが貼られた白黒の鳥の絵を。「かわいいかわいいかわいい子ちゃん《スイート・スイート・スイーティー》」「ウイート・ウイート・ウイーチー」と歌う鳥のことを僕は思い出す。じきに僕は緑の青鳥、黒い羽根の赤鳥、黄色いカラスを描いていた。ある日僕は体内に卵がある太った大きな鳥を描き、その卵の中に太った小さな鳥を描き、その鳥の中に太った小さな卵を描き、その卵の中に小さな小さな鳥を描き、その小さな小さな鳥の中に小さな小さな卵を描いた。のちに僕たちはインディアンのテント小屋を描き幌馬車を描き、楽器をめぐる歌を歌い、その歌の「クラリネット、クラリネット、歌うよドゥードル、ドゥードル、ドゥードル、ドゥードル、デット」という一節を僕は思い出す。ある日僕は単語を音節に分けることの大切さを教わった。"b-a-c"――間《ま》――"k-a-c"――間――"he"と先生は綴りを言い、僕は即座に答えを叫んだ(backache=腰痛)。僕は頭のいい子供だったのだ。五年のときの先生が物語を読んでくれてその中でいきなり「彼女は自分の務めを果たした」という言葉が出てきてクラス中がクスクス笑い出し、何で笑うのかわからない先生の怒った青い眼がピンクの縁の眼鏡の上から僕たちを睨みつけた("She did her duty"は俗語で「彼女はうんち「またはおしっこ」をした」の意にもなる)。本を一冊読み終えるたびに僕は色画用紙から小さな本を切りとり、自分の名前の横の表に貼りつけた。じきに僕の本の列はほかのどの列よりもはるかに長くなったが、これは僕にとって全然嬉しいことではなく、恥ずべき読書量を僕は隠すようになった。いとこのマージョリーはすっかり澄ましたお嬢様になって、僕はもうめったに彼女に会わなかった。「ようアーティ、ちょいとキャッチボールでもしないか」と父さんはいつも言い、「いまはやめとくよ」と僕はいつも答えた。僕はよく病気をした。学校を休んで家で本を読んだり夢を見たりするのは大好きで、勉強に遅れる苦悩もやがて和らいで残念さに転じ、さらに無関心に、活気ある忘却に変わっていった。

それらの年月全体が作るぼやけの中で、二つの出来事がくっきり浮かび上がっている。扇風機事件と、自殺未遂事件。扇風機は小型でスタンドが付いていて金網の丸いケージに覆われているタイプで、暑い夏の日に母さんはよくそれを自分に向けて回していた。金網の中に指を入れないようにと僕は警告されていたし、あれでもし、なぜかどこを見ても扇風機が目に入るなんてことがなければ何の誘惑も生じなかっただろう。羽根の作るぼやけを、流しの横の緑のカウンターの上、ぴかぴか光る白いレンジの上、ダイニングルームの食器棚の上、居間の窓の下のガラステーブルの上で目にしているうちに僕は、もし何か不測の偶然が生じて指が突然一本ケージに入り込んだらどうなるか思案せずにいられなかった。青っぽい灰色のぼやけは僕の好奇心をそそった。大きな平たいライマメのような形をした固形の羽根四枚の堅固な明瞭さに較べて、それはきわめて柔らかい、実体に乏しいものに見えた。ほとんど靄《もや》のよう、ティーポットから出る湯気のようで、あそこに指を入れたところで、冬に出来る息の雲に指を入れるのと同じくらい無害ではないだなんて信じがたかった。ケージのうしろの灰色のふくらみについた銀のつまみの使い方はすぐにわかった。堅固な羽根が溶けて靄と化すのを眺めるのが僕は好きだった。はじめはゆっくりと、じらすように回って、形もはっきり見てとれるし、速くなって数が増えていってもまだ明瞭な輪郭がくるくる過ぎていくのが見てとれるが、いきなりそれらは消えて柔らかい、小刻みに震える靄が現われ、さらに速度が増すとともにだんだん濃くなり震えも収まってくる。つまみをもう一度回すことでこの過程は逆転でき、震える靄がその最初の縁をあらわにする瞬間を僕はわくわくする思いで待った。固体の羽根を指で回すのも楽しかった。この時点では危険な羽根も速度が落ちていて、指を入れて無害な接触を果たすことが可能だったのである。「アァァアサー！」と母さんが叫んで僕はさっとふり向いたが、母さんはただ、しょうもない日なたに出てくるよう僕を誘っただけだった。

　ある日、母さんが買物に出かけているあいだ、僕は台所のカウンターの前の丸椅子に腰かけて、ぼやけに見入っていた。湿気の多い、気だるい、夢心地の日で、僕はブーンと鳴るぼやけになかば催眠術をかけられて、自分のほっそりした指がケージの方へゆっくり動いていくのを見守った。どこかで雀が低く鳴いた。自分の指が網を越えて中に入るのを僕は見守り、指が青い柔らかなぼやけにじわじわじわじわ近づくのを見守り、僕の頭の中で小さな茶色い鳥の羽が何枚か扇風機から吐き出されるのが見え、僕はちくちく疼く指を突然さっと引っ込めた。柔らかなぼやけはいっこうに動じず呟きを続けていた。震えが収まらぬまま、僕は白い引出しのところに行って、硬いピンクの消しゴムが付いた黄色い鉛筆を一本取り出した。

消しゴム側を外にして鉛筆を持ち、嚙まれたかけらが目に飛び込んだりしないよう頭を斜めに傾けて、僕はゆっくり鉛筆を——突然のゴチンという音。僕はさっと鉛筆を引っ込めた。消しゴムに小さな黒っぽい跡がついていたがそれ以外は何の傷もなかった。僕はこの実験をくり返し、さらにいくつかの新しい実験に進んでいった。扇風機を点けたり切ったりしながら、ゴチンと鳴る鉛筆をあちこち違った場所へ導き入れ、そして何より、固体の羽根を仔細に眺めてその神秘を解読しようと努めた。僕は初めて折れ曲がりに気づいた、それぞれ平らな羽根は、左に向かっているときに下半分が上半分よりケージ前面に近くなるよう入念に曲げてあるのだ。羽根を軽く回して、指を出し入れしていると、突然、この羽根が指を切り落とす、ずたずたにする、いかなる形でも傷つけるなんてありえないように僕には思えた。僕の立てた論理をたどってみてほしい。まず、羽根は時計回りに回っている。ゆえに羽根はケージの左側で上昇し、右側で下降する。もし一本の指が、きわめて慎重にそっとケージの左側に導き入れられるなら、上昇してくるそれぞれの羽根の下半分が、その指を下から無害にかすめていくにちがいない。もし一本の指が、きわめて慎重にそっとケージの右側に導き入れられるなら、下降してくるそれぞれの羽根の上半分がその指を上から無害にかすめていくにちがいない。どちらの場合も、羽根の刃のごときへりが僕の指を打つことはとうてい、決して、絶対にありえない。どちらの場合も、刃のごとき縁は安全に折り曲げてあるのだから。僕が自分で羽根を回してもそうなのだから、羽根がぼやけとなって回っているときもそうにちがいない。そして僕は扇風機を点け、羽根が最高の速さに達するのを待って、右手の人差指をゆっくりケージの左側に挿入していった。

すぐさまぼやけの上に、僕の指の不吉な影が浮かぶのが見えた。細かく段階的に、一段進むたびにいったん止まりながら指を前に動かしていくなか、思ってもみなかった激しさで僕の心臓が高鳴り出した。すでに指は僕が必要と判断したよりずっと深くまで入っていて、じきにもうそれ以上押し込めなくなったが、それでも僕は騒々しい音を立てているぼやけの前に指をじっと静止させつづけた。それまで気づかなかったけれど、いまやそのぼやけには、飢えた、ブーンとうなる力がこもっているように思えた。そしていま、ぴんとのびた僕の指先は、震える舌の柔らかい先端のように敏感で傷つきやすく感じられ、僕はいまにも苦悩と挫折の叫び声を上げそうだった。けれど僕は固体の羽根の折れ曲がりをしっかり思い出し、それに気を集中させて、陽のあたるカウンターの上を姿の見えない鳥の影がさざ波のように通っていって窓ガラスの外の青い空がブーン、ウイーンとうなりを上げるなか、巨大な、ずきずき疼く空間に入った指先を細かく少しずつ押し進めていく力を僕はふるい立たせ、そしていきなり、接触の衝撃、接触の最初の微かな衝撃、接触の軽い馬鹿げたくすぐりを僕は感じ、コオロギの歌みたいな小さな音が聞こえ、恐怖が喜びへと溶けていくとともに、そうっと、勝ち誇って、有頂天となって僕はブンブンうなる自分の指をそれらの羽根の狂ったぼやけに押しつけた……

自殺の方は全然これほど上手くは行かなかった。母さんに死ぬのを禁じられていた僕は、ミセス・シュナイダーの住居の二階裏手のポーチに立ち、ペンキの剝げかけた白い手すりから爪先立ちで身を乗り出し、下の芝生、ブランコ、生垣、小川、車体工場のまぶしく白い側面の壁を見下ろして、その高さから墜《お》ちていく自分をあまりに烈しく想像したものだから、エレベータが終わって自分の体が自分の中に落ちていくような、自分の体が三フロアにわたって引き延ばされたような気がするときと同じ気分に僕は陥った。死ぬというのは眠っていて二度と目覚めないようなものだと父さんに言われて、僕は真夜中に何度もはっきり目覚めて横たわりながら、自分が永遠の眠りに落ちていくのを想像し、僕の城の外では茨が窓の上までのぼっていて、台所ではかまどの炎がぴくりとも動かず、永久にいかなる王子様もやって来ないのだった。僕は暗く寒い部屋で永久に眠っている小さな男の子がひどく可哀想になって、刺すような痛みを時おりふっと目に感じた。そして僕は朝に何度も、夢から醒めながら、僕は目が開けられないのだと自分に言い、少しのあいだ、睫毛が肌に貼りついて目が開けられなかった。僕の心からはあらゆる情景が抜け出て、代わりに恐怖が満ち、心は真っ暗闇の中でその翼をばたつかせ見えない壁に身を叩きつけ、やがて突然、震える睫毛を通して白いブラインドの列が光り輝き、僕は何げなくその日一日を発明した。そしてあるうららかな午後、ミセス・シュナイダーが家に入り、バスルームのドアの閂ががちゃがちゃ鳴るのが聞こえると、僕はペンキの剝げかけた白い手すりを乗り越えて狭い灰色の出っぱりの上に庭を背にして立ち、ほっそりした白い支柱にぎゅっとしがみついた。僕はそっと丹念に体を回していった。背後の、チョークのような手ざわりの手すりを僕はつかみ、支柱と支柱のあいだの空間に両のかかとを押し込むと、靴の先っぽが出っぱりの上に出ているのが見えて、陽のあたる緑の庭を僕は見下ろし、芝で燃えている赤いおもちゃのトラックを、家の側面の金網沿いに咲いている背の高い黄色いひまわりを見下ろし、僕は慎重に、濃い柔らかい空気に両腕をつき出して落ちていき、速くそうっとゆっくりと夢心地で落ちていき、二階ポーチの底板の前を過ぎ、錆びがついた物干しロープの滑車の前を過ぎ、ペンキの剝げかけた灰色の屋根板の前を過ぎ、眼下では明るい緑の芝生の上で僕の暗い緑の影が広がって僕を出迎え、はるか頭上では明るい青空のなか、いかなる音も夏の日をかき乱しはせず、僕は自分の周りをまるっきりアリスみたいに見回しながら気だるく下へ下へ、柔らかくうららかで夢心地の眠たい死へと落ちていったが、そこで電話が鳴って緑の庭は一挙に消え、電話が鳴って僕は白い高い二階ポーチの縁に立っていて、電話が鳴って僕は恐怖に包まれてミセス・シュナイダーを大声で呼び、やっと来てくれたミセス・シュナイダーは僕を僕の絶壁からひったくり、そのさなかにも揺り椅子のかたわらでぎらぎら光るウインケンは白い眠りに包まれてもぞもぞ動いていた。

9

フィクションとは想像力の根源的な営みであり、その唯一の目的は世界に取って代わることである。この目的を遂げるために、フィクションは使いうるすべての手立てを——抹殺せんと図るまさにその世界も含めて——活用する構えでいる。ユダがキリストを模倣するように、芸術は自然を模倣する。

そもそもの始めから、僕は貪欲な読み手だった。ほかの子供たちがアイスキャンデーやアイスクリームを貪るように、僕は書物を貪った。そう、僕には僕のチョコレート本があり、バニラ本があり、ファジ＝リップル本があった……そして一番の好みは、驚きがほとんどない本だった。ピスタチオ本、メープル＝ウォールナット本……息苦しい夏の午後、僕は何時間もベッドの上で本を前に寝転がり、かたわらでは閉じたブラインドが光を発し、言葉で重くなった目を僕はゆっくり上げて、緑の壁紙、灰色の窓枠、親指関節の赤っぽいひび割れを茫然と、茫然と眺める……自分が違っていると感じはじめたのは六年生のときだったにちがいない。何らかの理由で僕は新しいクラスに移され、三、四人は前にクラスが一緒で知っていたがあとは見たことのない顔ばかりだった。新しい女の子たちはみんな大きく、魅力がなく、何となく威嚇的に見えた。ある日、菓子屋に長居したせいでほかの子たちより何分か遅れて教室に入っていくと、突如あたりが静まり返るのを僕は感じた。あたかもクラス全体のプライバシーを僕が侵したように思えた。だが誤解しないでほしい。僕は単に、新しいクラスに入った不安だけを語っているのではない。不安を通してあらわになった、根本的な違いを僕は語っている。すなわち、一方に僕と同世代の新たなクラスメートたちがいて、しかめ面を浮かべ笑顔を浮かべ、フットボールやジャックナイフを持っている。そして僕は、頬杖をついて、島やエデンを夢見ている。まあもちろん、成績は良かった。良すぎるくらいだ。誰に対してもハイ！　と言った。それでも、僕はあたかも、彼らの中に紛れ込んだ、彼らとは何ひとつ習慣を共有しない訪問者のようだったのだ。そしておそらくそれが原因で、僕は途切れることのない不満を、渇望を、内なる揺れを、曰《いわ》く言いがたい暗い不安を感じるようになった。そして、物心ついて以来断続的に僕を苛んできた退屈が、いまや五感の病のごとく僕を苛むようになった。不機嫌な落着かぬ気分に僕は襲われた。多くの時間を僕は一人で考え込んで過ごした。何をするにも何の理由もないように思えたし、それとあわせて、何かをいますぐ、いますぐやらねばとあせる気持ちもあった。そして、周りから取り囲まれているという感覚、息ができないという感覚があった……あたかも周りじゅうで窓が閉められようとしているみたいに……ああ、どうあがいたところで言いたいことは伝わりそうにない！　けれどあたかも、つまるところ、僕はほかの人間には必要のないものを必要としているかのように、ほかの人間は僕には必要ないし欲しくもないものを必要としているかのように思えたのだ。あれらの眠気を誘う夏の午後……何より疎外感を痛感したのは、いとこのマージョリーとの関係においてだった。僕たちはもう相手のことがほとんどわからなくなっていた。同い年なのに、彼女は僕よりずっと年上に思え、両方の家族が集まるたび、僕たちは何も話すことが思いつかなかったし、まったく何もすることが思いつかなかった。彼女はガールスカウトに入っていて、何かにつけて自分の隊のことを引き合いに出した。足首を交叉させて座り、両手を膝の上で組んでいた。彼女は僕を死ぬほど退屈させ、僕も彼女を退屈させ返した。かように世界は動いていき、何もかもが歪むなかで母親さえも、父親さえも例外ではなかった。だんだんと、僕にはとうてい理解できないことを期待されることが多くなっていった。たとえば母さんは、僕が「そろそろ」家の仕事を「手伝う」潮時だと考えた。完璧にまっとうな壁板にペンキを塗るのを「手伝う」ことを僕は期待されたし、完璧にみじめな芝生を刈るのを――僕が！――「手伝う」ことを期待された。僕は頭痛を、心痛を、魂痛《こんつう》を訴え、海の底の涼しい文明を夢見ようとその場を去った。その最悪の時期、騒々しい一日の中で二、三数時間の夢想の時をもぎ取るだけで僕としては精一杯だった。

10

自分の分身を初めて見たのは七年生のときだった。登校時に僕の家の四つ角に停まる長い黄色いバスのうしろの方に分身は座っていた。ケラケラ笑っている知らない子たちの作る左右の長い列を見て僕の胸にひどく侘しい思いが満ち、バスの前方の最初に目についた空席に滑り込むさなか、ほかにも一人で座っている子は大勢いるのだと思うことで僕は絶望と戦った。眼鏡はポケットの茶色いケースにしまっていたので、分身はその時点では僕にとって青白いにじみでしかなかったが、彼はほかの連中よりも強い印象を僕に与えた。それはまさに、彼がずっと遠くの、僕自身が絶対踏み込まない一角に座っていたからだった。僕と反対側の窓から明るい陽の光が差し込んで、目や靴から暗い輝きを引き出した。丘のてっぺんでバスが角を曲がって、僕が自転車でもめったに行かないなかば未知の地域に入っていくと、自分の人生が気の滅入る段階に——かたわらの革っぽい茶色の、裂けた真ん中の部分から小さな黄色っぽい房が悪性の腫瘍みたいに飛び出している座席カバーのように気の滅入る段階に——入りつつあることを僕は感じた。

ガラスのようにまぶしい青空の下、僕たちを乗せたバスはカエデの並木道を何本も抜けていった。どの通りも片側は日なたに、片側は日蔭になっていて、バスは時おり四つ角で停まっては知らない子を乗せた。青白い太った男子が僕の隣に座った。頭まで太った青白い角刈りの、艶々のピンクの頭皮が透けて見えるその子は、身を乗り出して前に座っている子と話し、唾を飛ばしながらクックッと笑った。

バスから降りて、知らない子たちがそこらじゅうで大小の群れを作っている広い歩道に立つと、たすきを胸に掛けたパトロール係の背の高い金髪の男子が声を上げ、片腕を大きく振るしぐさで僕に合図して、黄色いバスの行列から離れて中央の歩道に行くよう指示した。まだろくに芝も生えていない芝地のあいだを弧を描いて何本か延びている歩道は、ガラスを多用した細長い低いオレンジ色の建物に通じている。それは正面に高い階段のある暗い色の煉瓦の小学校とは全然違っていて、その新しさとまぶしさ、そのピカピカさと剝き出しさが、暗さよりもっと陰気に見えた。子供たちの群れの中に何人か六年生のときに見覚えのある顔が目についたが、誰も僕に手を振りも声をかけもしなかった。六月以来見ていなかった、ケラケラ笑っている男子たちの集団の方へためらいつつ歩いていきながら、ふとふり返ると僕の分身がバスの乗降段に立っていて、いろんな色のプラスチックのタブが虹のように付いた大きな青いノートを片手に持ち、あたかも夏の浜辺に立って足指を砂に押し込みつつ、青い、キラキラ光る、へりの尖った水を見やるかのように生徒たちの群れをじっと見ていた。

運命のめぐり合わせで彼は僕の出ているクラスの大半に出ていて、僕たちはいくつかの習慣を共有していることが判明した。二人とも静かで、よく勉強し、頭の回転が速く、人づき合いが悪い。何よりもまず、僕たちはたがいを疫病のように避けた。だが避けることはつながっていることの複雑な一形態でしかない。そもそもの始めから、僕たちは近い隔たりをはさんでたがいを用心深く観察した。僕が木工室でベンチの前に立ち、ナプキンホルダーの片側となる運命の平たい熊をぎこぎこ鋸で切っている最中にふと目を上げると、おがくずの付いた眼鏡ごしに、僕の分身が近くの埃っぽいベンチからこっちを見ているのが見えた。分身はさっと目を伏せ、恥ずかしさというより怒りの表われと見える赤みの浮かぶ顔をそむけた。あるいは、体育の授業で、白いTシャツと灰色の短パン姿の分身が、光沢のある灰色のマットの向こう端に座って、長身の先生が、天井から先生の太腿のかたわらまで垂れてどっしりした結び目で終わっている太いロープののぼり方を説明しているのを真剣に聞いていた。分身がふとこっちを向いて僕が見ているのを見ると、僕はパッと目をそらす代わりにほんの少し視線をずらして、彼のうしろの壁に水平に立てかけられた梯子を吟味しているふりをした。

彼はつねに微かなしかめ面を浮かべている、小ぎれいで生真面目な子供だった。光沢のある茶色い髪は左側で分けられて白い線を形成し、両横もうしろもきっちり刈り込んであるせいで色はほとんど灰色に褪せていた。灰色のもみ上げの端に、金髪の産毛が幾筋か見てとれた。口は固く閉じられて、厳格そうな、あるいは不機嫌そうな表情を生み、人を見るとき目は突然すぼまり鼻先に二本の皺が寄った。眼鏡を持っているのに絶対かけないことを僕はあとで知った。チェックの長袖シャツを着て、ダークブルーかチャコールグレーのズボンはベルトを腰の上の方で締め、爪先に小さな穴の模様がついた茶色い靴を履いていた。シャツのポケットに白いプラスチックの筆入れが入っていて、ダークブルーの万年筆と、一本は艶やかな赤でもう一本は艶やかな緑のシャープペンシルが留めてあった。静かな、よく勉強する、誰の害にもならない生徒であり、僕に似ていることと、友だちを作らないこと以外、目を惹くところはどこにもなかった。

何しろ僕でさえ、その冬になるまで彼と友だちにならなかったのだし、そもそも僕が本当に彼の友だちであった時があったかどうかも大いに議論の余地がある。話はそれ以上であり、それ以下だった。彼は僕の兄弟であり、僕の他人だった。当面、僕たちはたがいのことを、ただの好奇心以上の興味とともに眺めていた。時には、時には——そう、時にはふと見ればウィリアム・メインウェアリングが、憎悪に目をすぼめて僕を見ていたのだが、もしかしたらそれも単に近視のせいだったかもしれない。僕たちはどちらも成績のいい生徒だったから、一種ライバル同士ではあった。僕がクラスのトップに苦もなく、興味もなく、単にそこにいるのが一番落着くからそこにいたのに対し、彼は僕を魅了しかつ嫌悪させた頑張りでもって自分をトップに押し上げていた。だがそれ以上に、たまたま容貌が微かに似ているという偶然が、僕たち自身の目に、そして気の利いたことを言いたがるクラスメートたちの目に、僕たちを分かちがたく結びつけていた。そして、わずかではあれ他人に似ているというのは気持ちのよいものではない。おそらくそれは、似ているということが、個性の原則を脅《おびや》かすからであり、人間、個性なくしては……云々かんぬん。だが僕もこのことはわかっている——僕は時おり、ふと彼の何げないしぐさや、一瞬顔をよぎる表情に僕自身を思い起こさせるものを見て、そんなときは嫌悪の熱い波がさっと体を貫き、毒をはらんだしぶきを上げていったのである。それでもなお僕は彼を眺め、彼が僕を眺めているのを眺めた。僕たちの違いを探したければ、見つけるのは訳なかった。けれども、そうした違いこそが、似ているところ以上に僕たちを緊密に縛りつけていた。

体育館のぴかぴかの床に引っぱり出された涼しい灰色のマットに僕たちはみんな座っていた。彼と僕は体育の時間中たがいを徹底して避けた。体に合っていない体操服が、僕たち二人の痩せ具合をきわ立たせていたのだ。と同時に僕は、彼がいることを有難くも思っていた。彼がいなければ僕は、瘦せていることによって一人孤立していただろう。あの不幸な太った少年が、太っていることによって一人孤立していたのと同じように――たった一人で苦しんでいる、誰の目もまともに見られない、タフに見せようとする涙ぐましい工夫なのか巨大な短パンをひどく下げているものだからかがみ込むと巨大な尻の割れ目が見えてしまう少年。長身のクーリス先生は、ぴっちりした白いTシャツを着て両横に白いストライプの入ったぴっちりした青い短パンをはき、そのそばに、天井から垂れて彼の太腿近くの結び目で終わっているロープがあった。太腿も結び目みたいにごつごつしていた。突然、先生はロープに飛びつき、ゆっくり、楽々とのぼっていきながら、時おり止まってはロープをのぼるコツを説明した。てっぺんまでのぼりつめると、黒い金属片に触り、一方の肩ごしに僕たちの方を見下ろして、それからまた突然するするっと下ってきてマットに飛び降り、両手を腰に当て荒く息をしながら僕たちの前に立った。先生が一人目の子を指さして初めて、自分たちもロープをのぼるよう求められていることを僕は悟った。

一人目の子は緊張していたが力はあった。ロープをつかんで体を引っぱり上げ、太い結び目の上に足を載せ、ロープにしがみついて立つと、クーリス先生が両足の位置を整えてくれた。それからゆっくり、厳めしい顔でのぼりはじめ、クーリス先生が励ましの言葉を叫んだ。半分ぐらいのぼったところでクーリス先生に呼び戻された。彼は慎重に手を交互に動かしながら降りてきて、にこりともせずマットに降り立った。クーリス先生のまなざしがふたたび僕らの上を撫でていき、先生はウィリアム・メインウェアリングを指さした。

目をすぼめて口をぎゅっと結んだ彼は、しかめ面でまっすぐ前を見ていたものだから、マットの縁につまずいてよろけた。クックックッと意地悪い笑い声がいくつか上がった。顔を赤らめ、しかめ面で彼はそそくさとロープの前に行き、立ちどまらず跳び上がり、腰の高さの結び目までのぼろうとした。両足をマットから数センチの高さに浮かせてぶら下がり、ばたばたと宙を蹴ったが、体を引き上げることはできなかった。何人かが声を上げて笑い、音を立てるなか、クーリス先生が彼を持ち上げて結び目の上に立たせた。そこに立った彼は、青白い険しい顔でぶらぶら揺れ、頭上高くロープをつかんで体を引き上げようとしたが、クーリス先生はまず彼の足の位置を整えようとしながら「おお、よし」と小馬にでも声をかけているみたいに言った。だがクーリス先生がうしろに下がるとすぐ、ウィリアム・メインウェアリングは両足を蹴って絡みついてくるロープから身を離し、ありったけの力をふり絞って、懸垂《けんすい》のように体をこぶしの高さまで引き上げた。そしてそのままそこにとどまって、両脚を宙にぶらつかせ、歯を食いしばり、首の血管を浮き立たせていたが、やがて力尽きてあっさりロープを手放し、マットの上に落ちて両手両膝をついた。クーリス先生は彼に僕たちから離れて座るよう合図し、すぐに次の生徒を選んだ。この生徒は易々と半分の高さまで上がっていった。ウィリアム・メインウェアリングは一人で座って、しかめ面でマットを見下ろしていた。あぐらをかいて、前腕を太腿に載せて両手を内側に垂らし、背中を丸めて首を前に傾けていた。僕の番が来ると、僕としてはとにかくウィリアム・メインウェアリングよりは上手にやりたいとだけ念じていた。彼の失敗から力を得て体を引っぱり上げ、ぎこちなくはあれ結び目に足を載せることには成功し、せいぜい一メートルくらいしかのぼれなかったし結局は僕の分身とあの太った少年とほか四人と一緒に残されて特別レッスンを受けさせられたものの、それでも、自分の失敗が彼のそれと較べれば成功に見えることが僕にはわかっていた。その勝利に包まれながら、僕はウィリアム・メインウェアリングに対する愛情がどっと湧き上がるのを感じた。だが人生とは奇妙なものであり、その愛情には間違いなく、微かな軽蔑が混じっていた。

11

ジョージ・ザーボは光沢のある黒髪で、その髪が両横で波打つよう櫛を入れ、うしろで合流して垂直に流れ落ちるようにセットしていた。前面は額の上に入念なVの字が垂れていた。洗面所で髪を梳《と》かすときは、Vの左側に入念に上向きに櫛を入れ、一回櫛を通すたびにもう一方の手で撫でつける。それからVの右側に入念に上向きに櫛を入れ、一回櫛を通すたびにもう一方の手で撫でつける。それから、鏡を入念に見ながら、櫛を頭上に水平に、歯の先をうしろに向けて掲げ、さっと手際よく櫛を前に入れて、Vの先端を額の上に落とすのだった。ジョージ・ザーボは半袖シャツの袖を肩までまくり上げていた。襟を立てて、シャツの裾をうしろから出していた。まっすぐ前を向いて歩くとき、ほとんどこわばったみたいに両腕を脇に、体から離して保ち、何かあったらすぐ応じられるよう構えているみたいに見えた。にっこり笑うとえくぼが二つ出来て、小さな四角い白く輝く歯の完璧な列が見えた。

リッチー・トウィスは光沢のある銅色がかった金髪で、その髪が両横でまっすぐのびるよう櫛を入れ、うしろで合流して垂直に流れ落ちるようにセットしていた。前面は額の上に銅色がかった金髪のウェーブがすうっと上がっていて、幅広の櫛の歯の跡が見えていた。洗面所で髪を梳かすときは、ウェーブが左から右に精緻な半円を描くよう上向きに櫛を入れ、一回櫛を入れるたびにもう一方の手で撫でつける。それから櫛をウェーブに垂直にあて、さっと前に引っぱり、余りに完璧なウェーブを入念に乱すのだった。リッチー・トウィスは長袖シャツの袖口を細い日焼けした手首の前まで折り返していた。襟を立てて、シャツの裾をうしろから出していた。まっすぐ前を向いて歩くとき、ほとんどこわばったみたいに両腕を脇に、体から離して保ち、何かあったらすぐ応じられるよう構えているみたいに見えた。めったに笑わず、落着かなげな目であたりを見回していた。

　ジョージ・ザーボとリッチー・トウィスはいつも一緒だった。朝も昼休みも一緒に運動場を歩いていた。カフェテリアでは向かいあわせに座っていた。洗面所でも一緒に髪を梳かした。二人は僕と同じバスに乗り、横に並んで座った。僕は慎重に彼らを避け、有難いことに向こうも僕に構わなかった。たぶん母さんが一年生のときにジョージ・ザーボを教えていたからだろう。

　ある日、バスに乗り込むと、ジョージ・ザーボとリッチー・トウィスが奥の方、ウィリアム・メインウェアリングのすぐうしろに座っているのが目に入った。前の方に空いている席はなかったので、僕はいつもより奥の、ウィリアム・メインウェアリングの三列前、反対側の席に座った。いましがた僕が乗ってくるのが見えたとたん彼は目をそらしていて、いまは窓の外の、ドライクリーニング店の表の暗い板ガラスを見ていた。バスが走り出すとジョージ・ザーボがにっこり笑って身を乗り出し、静かな声でウィリアム・メインウェアリングに「よう《ヘイ》、お前《バード》」と言った。リッチー・トウィスがにこりともせず身を乗り出し、「よう、お前、名前何て言うんだ、お前」と言い、僕はすぐに目をそらした。

　その日の昼休みのあと、僕は運動場に立って、テザーボールの荒っぽい勝負を眺めていた。二人の不良っぽい八年生が、震える赤いポールをはさんで黄色いボールを叩きあい、もう一人の子がぐるぐる回るボールの下にある金属のスタンドにうずくまって自分の番を待っている。ウィリアム・メインウェアリングが僕から遠くないところで、見物する子たちの輪に入ってじっと勝負に見入っていることに僕は気がついていた。ちらっとまた彼の方を見てみると、ジョージ・ザーボが彼の一方の横に立っていてリッチー・トウィスがもう一方に立っていた。二人ともシャツの襟を立てて上着を腰に巻いていた。「よう、お前」とジョージ・ザーボがにっこり笑ってえくぼを作って言った。リッチー・トウィスが「ようお前、お前飛べるのか、ようお前、お前に話してるんだよ」と言った。ウィリアム・メインウェアリングはひたすらじっと前を見ていた。ジョージ・ザーボはもっと大きな笑顔を作って、片腕をそっとウィリアム・メインウェアリングの肩に回し、「ようお前、俺のダチがお前に話してるんだよ」と言った。リッチー・トウィスは「ようお前、お前喋れねえのか、クソ鳥《シットバード》?」と言った。ジョージ・ザーボは「よう知らねえのか、鳥は喋れねえって?」と言った。リッチー・トウィスは「そうなのか? じゃ何ができるんだ?」と言った。「よう、鳥って何ができるんだ?」とジョージ・ザーボはウィリアム・メインウェアリングの肩を軽く抱えながら言った。生徒たちの群れから歓声が湧き上がって、テザーボールにつながった紐がポールにぐるぐる絡まっていき、僕がウィリアム・メインウェアリングの方をふり向くと、何人かの八年生が僕の視界を遮っていた。いまや僕のうしろには三列にわたって男子たちがいて、新しい位置に入り込むには少し時間がかかった。ジョージ・ザーボとリッチー・トウィスはいなくなっていた。ウィリアム・メインウェアリングはまだそこに立って、まっすぐ前を見ていた。顔には何の表情も浮かんでいなかった。目をそらすべきだと思いながら見ていると、彼の頭が不意にさっと僕の方を向いた。僕はすぐに目をそらしたが、それより早くにウィリアム・メインウェアリングは、燃える憎悪の表情を僕の目の中に投げ込んだのだった。

12

僕がダンスを学ぶこと、それが母の願い、母の意志、母の望みだった。学校の体育館で夜七時半から九時まで、週一回のダンス教室が始まると告げたガリ版刷りのチラシが回ってくるや、母は快哉《かいさい》を叫んだ。「実にまっとうな額よウォルター、プライベートレッスンだったらどれだけかかるかを思えば。それにここをごらんなさいな——両親見学歓迎ですって。あの子を放ったらかしにするんじゃないわけよ。ついて行ってあげられるのよ。ほんとにあの子にとって、これ以上いいことはないと思うわ」

「いいともさ」と父は言った。「あの子がダンスを習いたいんだったら、俺は止めないよ」

「止める止めないって問題じゃないのよウォルター。むしろ、始めさせるっていう問題なのよ。わかってるでしょう、あの子ったら全然新しいことを試したがらないのよ。あの年の夏も油絵のレッスン絶対嫌だって言ったでしょ、覚えてる？　油絵は好きじゃないって言ったのよ。油絵は好きじゃない！　やってみたこともないのにどうして好きじゃないってわかるの？　教えてほしいものだわ。いっぺんも試してないのに何かを好きじゃないっていったいどうしてわかるのか、教えてほしいものだわ。あたしにはついて行けないわよ。理解できないわよ。要するにあたしは自分の息子ほど賢くないってことね。ピアノのレッスンを続けるのを絶対嫌だと言ったときだってねえ、とても有望なのにってウィルコックス先生は言ったのよ——覚えてるでしょ——『とても有望なのに、残念ですわ』って先生は言ったわ――ほ、ん、と、に、残念だったわよ、ものすごく残念だったわよ。そうよ、教会のコンサートであの子が『アニトラの踊り』を弾いたときなんかねえ。あたしほんとに鼻が高かったわよ。みんな言ってたわよ、あの子とジュディ・ウォルコットが最高だったって。しかもあっちはアーサーより二つ上なんですからね。覚えてるでしょう、ジュディ・ウォルコット。おかしな目をしたあの大きな子よ。リータが二年のときに教えたわ。あの子の目、何かややこしい問題があったのよね。あたしとしてはねえ、あの子の演奏、アーサーの半分もいいとは思いませんでしたけどね。もちろんああいう目なんですから、ピアノが弾けるだけでも奇跡ですけどね。ちゃんとあの子と話してちょうだいよねウォルター、ダンスのレッスンのこと――あの子、あたしの言うこと全然聞かないんだもの。そりゃまあしょせんあたしはただの母親ですからね。信用するってわけには行かないでしょうよ。生まれてからずっと知ってるってだけですからね。わかるでしょ、あの子はきっと行きたくないって言うと思うのよ。で、大人になって、ダンスもできないとなって、そしたら何もかもあたしのせいにするのよ。そりゃそうよね――しょせんあたしはただの母親ですからね」

かくして十月の肌寒い夜、父さんと僕はジェファソン中学校に向かって車を走らせ、月に姿を変えられた並木道を何本も抜けていった。僕の短い茶色の髪は水できれいに撫でつけられ、磨いた茶色い靴の爪先は小さなマホガニーのテーブルみたいにぴかぴか光り、まるで僕という花がそこからあざやかに開花しているみたいに見えた。僕はそわそわと、ひどく落着かなかった。その一因は、初めてのワイシャツ、初めての長いネクタイ、そして何より初めてのスポーツジャケットだった。洋品店でそのライトブルーのツイードのジャケットを試着した僕を見て、母は両手をぎゅっと胸の前で組み、三つの鏡すべてから僕に笑みを浴びせたのだった。そのときだったか、もう少しあとでだったか、店員の男が「これは当店でもとりわけよく出ているジャケットでして」と言ったときに、突拍子もない恐怖が僕の体内をさっと貫いていった――実のところウィリアム・メインウェアリングが来るかどうかも僕にはまるっきり見当もつかなかったのだが。学校の裏手の、照明の灯った空地に父さんが車を駐めて、二人で表側に回っていくと、すごい数の男子が、両親に付き添われもせずに歩道をこっちへぞろぞろ歩いてくるのを見て僕はぎょっとした。建物の中で僕たちは、背の高い、金髪のポニーテールがよく弾む女の子に、廊下をまっすぐ進んで左に曲がると体育館ですと言われた。

体育館の前で、にこにこ笑顔の、鳶色《とびいろ》のポニーテールの女性に案内されて廊下を下り、左に曲がってカフェテリアに向かった。半分照明の点いたカフェテリアは、入口付近以外は不気味にがらんとしていて、いくつものコートが、部屋の端から端まで長々と並べられた三列のテーブルにきちんと積んであった。僕は隅のテーブルの端っこに自分のコートを置いて、父さんと一緒に廊下を戻って体育館に向かった。

男子が三人座っているだけの、茶色い金属の折畳み椅子の長い列が、向こう側の壁に並んでいた。右の壁にも椅子が並び、ピンクやグリーンやブルーのワンピースを着てぴかぴかの黒いエナメル革の靴を履いた女子が何十人か座っていた。入口の左右に椅子が六列ずつ並んでいて、その半分くらいはぺちゃくちゃお喋りしている親――大半は母親だ――で埋まっていた。金髪の角刈りで、冷たい灰色の目をした八年生が、近くの隅に並べて立てかけてある金属の折畳み椅子を厳めしい顔で一つひとつ開いていた。男子の集団がいくつか、それとは別に女子の集団がいくつか、そこらへんに立って喋ったりクスクス笑ったり、ダークブルーのスーツを着て口ひげを生やした男の人がぴかぴかの赤いワンピースを着た真っ黒な髪の女の人と立ち話をしている方を時おりチラチラ見たりしていた。父さんは居心地悪そうにあたりを見回し、そばの列の椅子に腰かけ、僕も父さんから離れていった。親と一緒のところを見られなくなかったし、知らない男子たちの集団にも入りたくなかったし、衆人環視のなかをわざわざ体育館の向こう側まで歩いていって座りたくもなかったし、存在したくもなかった。みじめな気持ちで、いつの日か科学は透明人間の秘密を解明するだろうかと思案しながらあたりを見回していると、ふと体育館の開いた扉の向こうに目が行った。上着をすっぽり覆うタンカラーのコートを着たウィリアム・メインウェアリングが、鳶色のポニーテールの女の人にカフェテリアの方へ案内されているところだった。僕はすぐさま父のところに行き、櫛を忘れたとか何とか小声で言って、体育館を出て廊下を下ってカフェテリアに向かった。

大きな女子たちや巨体の母親たちがコートを脱いでいた。部屋の暗い奥の方、何人かの男子が駆け回って素っ頓狂な声を上げていた。彼は隅のテーブルの前に、僕に四分の三の角度で背を向けて立ち、しかめ面を下に向けてタンカラーのコートの一番下のボタンを外していた。僕はすぐさま部屋の反対側の、自分のコートを置いた別の隅のテーブルに歩いていった。僕のコートはほかの三つのコートの下になっていた。僕はそのポケットを探るふりをしながら、いまだボタンと格闘している僕の分身を眺めた。突然、彼はこっちを向いて、ライトブルーのツイードの上着を着た僕が部屋の向こうに立って彼を眺めているのを見た。彼はハッとして、僕の上着をまっすぐ見据えたのち、見るからに顔を赤らめてすぐさま目をそらした。氷のように冷たい、刺すような感覚が僕の体を貫き、こんなおぞましいジャケットはいますぐ剝ぎとって磨き込まれた靴でさんざん踏んづけてやりたいと僕は思い、狂おしい一瞬、ドアの外に駆け出て建物の中のどこか暗い一角に行ってダンスのレッスンが終わるまで隠れていようかと思った。僕は誰にも発見されず、母さんは失われた、死んだ息子を想って涙を流すだろう。だが実のところ僕は動くこともできず、うつむいていまいましいボタンとなおも格闘している彼の横顔に、礼儀も顧みず見とれていた。突然、明るい黄色のワンピースを着てぴかぴかの黒いベルトをした背の高い女子が僕の前に歩み出たので、その向こうを見るために僕はテーブルの反対側にひどく不自然に身を乗り出さねばならなかった。敢然と僕を無視したまま、だが僕の燃えるように熱いまなざしを浴びて自らも燃えるように熱くなって、ウィリアム・メインウェアリングはボタンと戦っていたが、やがて突然それも終わって、彼はコートの折り襟をつかみ、胸をぐっと前につき出しながらコートを脱いで、勝ち誇ってなのか恥じてなのか、火のように赤いジャケットをあらわにし、それを見た僕は思わず息を呑んだ。

13

奇妙なことに、僕たちの交友の初期段階が僕には思い出せない。彼は僕の人生に、一定の期間待ったのちにあっさり入ってきたように思える。母さんは彼の存在を肯定した。「ほんとにいい子よねアーサー、すごくお行儀もいいし」、ただまあ「すごく内気で一言だって引き出せやしない」けれど。実のところ内気などでは全然なく、単に用心深いだけだった。はじめのうち母さんに一音節の言葉でしか答えなかったのも、あくまで母さんの言葉があまりにたやすく出てきたからだ。けれど父さんにはすぐになついた。父さんと同じく彼も趣味に熱中する性格だったからだ。いろんなクラブに入っていて――写真部、チェス部、切手部、科学部――放課後もよくクラブで残っていることは僕も前から知っていたが、アメリカの切手の貴重なコレクションを持っていて切手収集の知識も相当なものであることは知らなかった。二人だけでいるときに、彼は僕にふと、悪気なしに、君の父さんはアマチュアだと言った。そう言う彼自身は週刊の切手新聞を購読していて、毎週木曜、その週に世界中で発行された新しい切手の、合計金額が最後に添えてあるリストが地元の郵趣教会から送られてきていた。彼らしい真剣な、迷いのない態度で、彼は父に投資を促した。「それだけのお金はあるじゃないですか」「そうだなあ」と父さんは気まずそうに、人差指の背であごをさすりながら言った。「あるとも言えるし、ないとも言える。わかるかな」「わかると思います」とウィリアムは考え深げに言った。「つまりあるけれど――しないと」「そうなんだ！」と父さんは叫んだ。「あるけれど――しない！　おいマース、いまの聞いたかい？　あるけれど――しない！　あるけれど――しない！」。そうして父さんはゲラゲラ大笑いして、両手の甲で涙を拭かねばならないほどだった。

　次に遊びに来たとき、ウィリアムは小さい黒い皿とカーボーナ（洗剤の商標名。かつては切手のすかしを浮かび上がらせるのに用いられた）一壜を持ってきて、すかしの見方を父さんの前でやってみせた。「ありゃあ賢い奴だなあ」と父さんは、彼を車で家まで送った帰り道に僕にこっそり言った。そのあと彼はいろんな物を持ってくるようになった。まずは写真アルバム。六年生でパトロールボーイ（下級生の道路横断などを指導する上級生）のキャプテンとして賞をもらいワシントンDC旅行に招待されたときにカメラを持っていったのだ。けれども最近はムービーカメラの方に興味が移っていて、いまは小さなホームエディタを使って編集のやり方を学んでいるところだった。そんな僕の新しい友に父さんはいささか気圧《けお》されていたが、彼が鉱物のことは何も知らないとわかって安心し、さっそくその胸に新しい情熱を吹き込んだ。ウィリアムは父さんから『岩石鉱物図鑑』と『鉱物と岩石を知るには』を借りていき、ニューヨーク自然史博物館発行の、硬度十段階を表わす十個の鉱物が入った箱を父さんからプレゼントされると嬉しそうに頬を赤らめた。僕自身はそこまで趣味に入れ込む方ではなかったが、盛り上がった熱気に合わせるのは嫌ではなかった。父さんのコネチカット鉱物コレクションに対しウィリアムは賛嘆の念をみなぎらせ、岩石探しに連れていってほしいと頼み込んだ。父さんはもう何年も遠ざかっていたが、暖かくなったらすぐ行こうと約束してくれた。

一方僕たちの交友は、えんえん続く冬の室内ゲームという過程をたどっていった。僕と同じくウィリアム・メインウェアリングは勝つ気で真剣にプレーする人間だったから、僕たちのあいだにはじきに本気の競争心が芽生えた。だが、少なくとも最初はひとつ違いがあった。僕の情熱はあくまでゲームに対してであって、無関心へと堕す危険をつねに秘めていたが、ウィリアムの情熱は彼の本性そのものであり、ゲームをしていない時間にも持続していた。勝ちたいという彼の欲求はおそろしく強く、一度でも負けることに我慢できず、負けるといつも険悪な態度になってもう一度やらないと気が済まなかった。けれども、まさにそういう彼の勝ちたいという欲求、険悪な態度、もう一度やらずにいられない欲望等々が、勝ちたいという欲求の炎を僕の胸にも燃え上がらせ、じきに僕は、彼を容赦なく、完膚《かんぷ》なきまで、無限に負かしてやりたいという気になっていった。加えて、彼はルールに従うことに関してもきわめて情熱的で、ごく単純な一手にも年じゅう異を唱え、長ったらしい説明書を年じゅう確認していた。たとえば、父さんと僕はそれまでずっと〈チャンス〉〈共同基金〉〈物品税〉に払う金をボード中央に置き、〈駐車場〉に止まった人間がそれを受けとることにしていた。ところがウィリアムは、その金は銀行に払わないといけない、と主張した。「どこにそんなこと書いてあるんだよ」と僕は人差指で説明書をとんとん叩きながら言った。折り畳まれた紙をウィリアムはすぐさまひったくり、鼻息も荒く広げて、食い入るように一行一行目を走らせた。「ここだ」と彼は言って僕の前に説明書をつき出し、いつもの鬱陶しい人差指を立てて、「いいか、ここに――」「自分で読めるさ」と僕は言って説明書をひったくり、彼の言うとおりだということをすぐさま見てとった。僕は蔑むように肩をすくめ、こんなものどうでもいいさと言わんばかりに説明書を放り投げ、両方のプレーヤーが前もって合意していれば新しいルールを作ってもいいんだと言い出した。するとウィリアムは激怒した。「ルールには従わなくちゃいけないんだ、絶対に。勝手に作ったりしちゃいけないんだ。何かをしていいってルールに書いてあったらしていい。しちゃいけない、って書いてあったらいけない。不可能なんだよ」「僕の母さんみたいな言い方するんだな」と僕は精一杯嫌味ったらしく言い、彼は憎しみの目で僕を見た。でも僕はモノポリーがやりたかった。僕たちは金を銀行に払った。

　ウィリアム・メインウェアリングは記録ということに関しきわめて熱心であり、ある日、わざわざ用意した二リングのノートを持ってきた。白いタブでいくつものセクションに分かれていて、それぞれのタブに几帳面な活字体で、僕たちのプレーするさまざまなゲームの名前が書いてある。ボックス、カナスタ、チェッカー、チェス、ゴースト、ジンラミー、モノポリー、卓球、サルヴォ、スクラブル、三目並べ。各ページの真ん中に定規で縦線が引いてあって、左右それぞれの上部にW、Aと書いてある。該当する場合には合計点が記録され（カナスタ、スクラブル）、それ以外は単に勝ち負けを記録し、一勝目から四勝目までは縦棒を並べ、五勝目は斜めの線をその四本に交叉させて、これがページを下っていく。最高点、最低点、連勝記録、勝率、月間勝利数の記録は別ページが設けられている。

　実際、ウィリアム・メインウェアリングはあらゆるリストや記録を愛する人間であり、彼の心は、生涯打率、地球から恒星や惑星までの距離、有名な航海の年代、主要国・都市の人口等々に関する精確な情報から成る秩序整然たる瘋癲院《ふうてんいん》だった。しかめ面を浮かべて年鑑を読み、写真、ロケット、爬虫類、活火山、星に関する無数の本に読みふけった。僕が小説を愛好することには戸惑ったようで――僕は『三銃士』『勇ましい船長』『二つの薔薇』といった本を読んでいた――僕をＳＦに引き込もうと彼は試みたが、これは僕には死ぬほど退屈だった。謎々、難問、あらゆるたぐいのクイズやパズルを彼は愛好し、g-h-o-t-i を“fish”と読む昔ながらのトリックを僕が教えてやるとすごく面白がった（gh は rough の中では f、o は women の中では i、ti は motion の中では sh）。

　ある日彼は、僕の写真を撮ると言い出した。長い茶色いストラップがついた重たいカメラを首から下げて、金属のフードをぱちんと上げ、二つの黒いレンズを腹の高さから僕に向けて、厳めしい顔でファインダーを覗き込みながら、カエデの木、葉の落ちた生垣、ゴミバケツ、壁板、折れ曲がった金網フェンスのそばの冷えびえしたヒマワリなどを背景に、僕に丹念にポーズをとらせた。「笑うなよ」と彼は命じて僕を笑わせた。「顔を少し左に。もっと。あごを上げて。よし。そのまま」。屋外で八枚撮り、うち一枚はミセス・シュナイダーの住居のポーチに上がって上から撮ったショットで、屋内でもフラッシュを装着して四枚撮った。屋内一枚目の僕は自分のベッドのそばのくたびれた肱掛け椅子に座って『二つの薔薇』を読むふりをし、二枚目では自分の部屋の茶色い木の本箱の前に立って本を選んでいるふりをし、三枚目では慎重に計算してコマを並べたチェスボードを前にして床に座り込み右手の指先を白のビショップの上に軽く載せ、四枚目ではまったく現われなかった——これは僕の部屋の一角の、メープル材の勉強机と茶色い木の本箱とがつながった禁欲的な空間を撮ろうとしたのだ。十二枚目を撮ったところで、カメラの側面の銀色のつまみを回してフィルムをスプールに巻きとった。そしてカメラを茶色い革のケースから出して、ていねいに膝の上に置き、裏側を開けて濃い赤のフィルムロールを取り出して、白いシールを舐《な》めてからロールを黄色い箱にしまった。「さ、これで僕を望みどおりにつかまえたな」と僕が言うと、彼はしかめ面を上げて、「え、何?」と言った。

親密さは増していったにもかかわらず、僕たちは人前では相変わらずたがいを避けていた。登校時のバスはいまだ一緒に座らなかったし、下校時も、一緒に座るのは彼が僕の家に来るときだけだった。ほかの生徒たちの面前で彼のそばに行くたびに僕は苛立たしい、体がチクチクするような感覚に襲われた。そういうときは、彼の方もすっと冷たい態度になって、不快に思っていることは明らかだった。僕たちは瓜二つだと母さんまでが言ったが、そんなのは誇張もいいところで、要するに二人とも痩せていて二人とも茶色い髪だというだけの話だった。とはいえ、僕はいつも、自分たちが学校に同じシャツを着てきてしまうのではないか、同じズボンをはいてくるのではと恐れ、果てはベルトか靴下が同じになってしまうのではとまで心配した。僕は彼の服のラインナップを仔細に観察し、あるときなど彼のチェックのシャツを思わせるからという理由で新しいチェックのシャツを着ることを拒んだ。ある日彼は黄色いシャツを着てきて僕を動揺させたが、幸い僕の単色のシャツはライトブルー、ダークブルー、タンカラー、ライトグリーンの四色だった。入念に彼を観察することを通して、僕は彼のさまざまな特徴や習慣にひどく敏感に、病的なまでに敏感になっていった。僕はウィリアム・メインウェアリングの研究者に、ウィリアム・メインウェアリングのエキスパートになった。靴のラインに裾が一センチかぶさる彼のズボンのはき方が僕には耐えがたかった。僕の裾は母さんに言われたとおり靴のちょうどライン上で切れていたのだ。ある日僕は、一部の不良っぽい男子がやっているようにベルトのバックルを横に回してみたが、恥ずかしくなってすぐまた元に戻した。家で髪の梳かし方をいろいろ試してみたが、ヘアスタイルを変える度胸は出なかった。ある朝バスに乗り込むと、ウィリアム・メインウェアリングがいつもの平べったく横になでつけた髪型ではなく、小さなウェーブをかけた髪をアップにしているのを僕は目にした。僕は気まずく目をそらし、内心激怒していた。

時おり放課後に彼はバス停から一緒に僕の家まで歩いてきたし、時おり土曜日には英国製の自転車に乗ってやって来た。秋と冬のあいだずっと、彼は一度も自分の家に僕を招かなかった。僕としてはべつに構わなかったが母さんは不快に思っていた。平日、母さんは四時十五分前に車で帰ってきて、父さんはバスで五時半に帰ってきて、時には夕食前、時には夕食後に父さんが車でウィリアム・メインウェアリングを家まで送っていった。バス停を右に曲がって僕たちは原っぱを過ぎ、車体工場の前を通り、個人商店、住宅、食堂、ガソリンスタンドなどが雑多に交じった地域に入っていき、角のドラッグストアまで来ると左に曲がって、茶色い生垣と白い杭垣《くいがき》のうしろに小さな二階建が並ぶ静かな通りに入っていく。白い教会で右に曲がり、道路から引っ込んだもっと大きな家の並ぶ通りに入る。つき当たりまで来て左に曲がり、次の通りのつき当たりで右に曲がると、道路から引っ込んで建つ、道路と玄関をつなぐ通路はない、ポーチに明かりの灯ったウィリアム・メインウェアリングの家まで来た。表の窓が並ぶ下に、家と平行に板石の小径が伸びていた。小径が上り坂の車寄せにつながるところで僕と父さんが待つなか、彼は板石の上を歩いていった。僕たちが待つなか、鉄細工の手すりと細長い黒の郵便箱がある小さな玄関ポーチの六段のコンクリート階段を彼はのぼって行った。僕たちが待つなか、彼は玄関の呼び鈴を鳴らした。僕たちが待つなか、ガラスのドアの向こうの木のドアが開いて、眼鏡をかけた背の高い女の人が出てきた。ガラスのドアを開けて、片手をノブに当てたまま、女の人が僕たちの方に乗り出してくるように見えるなか、僕たちは帰っていった。

14

気候が暖かくなって、生垣の最初の蕾《つぼみ》が、台所の窓からは見えなくとも近くで見ると茶色を背景に明るい緑を見せはじめ、隣の庭では野球のボールが二つの違った音を立てて二つの違ったグラブに収まった。黒光りする太ったムクドリモドキたちが、青と紫のゆらめきを立てながら、土がつぎはぎのように見えている芝地に落ちたパン屑を突っついた。突然、布をばさっと振った音を立てて彼らは飛び去っていった。肩甲骨の尖った、片耳のちぎれた痩せた灰色の猫が原っぱから這い出てきて生垣のアーチの下にもぐり込み、待った。遠くで金槌を叩くどすどす柔らかな音が、鋸のキーキー鳴る音と混じりあった。犬が鋭く二度鳴いた。どこかでUコンの飛行機が轟音を立ててワイヤーの上を回った。そして僕の胸に落着かなさが、不満が訪れた……あたかも冬の純粋な空気に微妙な刺激物が満ちたかのように……あるいは皮膚が一層剝がれ落ちて、僕の感覚が生々しく剝き出しになり、病的に生気を帯びたかのように。そう、重い冬物コートを脱いだことで僕の身が危険なまでにあらわになったかのようで、冬がまた戻ってくれれば毛皮と毛糸の温かい繭《まゆ》をきつくきつく身に巻きつけられるのだけれどそれまでとうてい持ちこたえられそうにない気がした。眠りに落ちて冷たい白い天候の下で目覚められたら、と僕はどれほど焦がれたことか……このときすでに、僕は木々を、鳥たちを、空を、太陽を、小さな緑の葉すべてをどれだけ懐疑の目で見ていたことか……そして、華やいだ春の服を着た女子たち、声を上げて笑う女子たち……彼女たちの笑い声は僕を激怒させた。僕は彼女たちの肩をつかんでやめろ！やめろ！と叫びたかった。その華やいだ高らかな笑いは、フォークの先でガラスの面を引っかくように僕の神経を引っかいたのだ。荒れ狂う廊下を、ピリピリ気を張って僕は歩き、バスの狂暴さのなかで唇をぎゅっと結んで座り自問する——僕の神経は体表に近すぎて、脂肪にふっくらくるまれた人たちには感知できない微妙な圧力に反応してしまうのか？　そして運動場の狂暴さ、バスの狂暴さ、廊下の狂暴さ……六年生のときにルーディ・ディートリックという男子がクラスにいた。物静かで礼儀正しい、目立たないタイプの子だったが、それが突然、大声で悪態をつき中指を突き上げ（卑猥なしぐさ）、バスの床に唾を吐いて白い泡の立つ水たまりを作り、平べったい野球帽をとんでもない角度にかぶった（うしろをぐっと高く傾け、額の上に野蛮に引き下ろす）。彼の禍々《まがまが》しい笑い声、その骨ばった茶色い腕、その憤怒にギラギラ光る柔らかな茶色い目、それらが僕の胸を優しい苦悶で満たした。そしてその禍々しい笑い声、骨ばった茶色い腕、憤怒にギラギラ光る柔らかな茶色い目はなぜか木々や鳥たちや空や太陽や小さな緑の葉すべてとつながっているように思え、あたかもコートが脱がれ腕がむき出しになったいま、厚い服の重みに抑制されなくなったせいで身体がより危険なものになったかのように感じられた。

毎朝バス停に一人で立っている、五年生のクラスで一緒だったヒューゴーという男子がいた。五年のときは丸っこくて小さかったのに、いまでは大きくなって無口でどっしりしていて、黒い髪を櫛で両側に撫でつけていた。脇に垂らしたぽっちゃりした手の甲には黒い毛がぽつぽつ生えていて、幅広のわずかに光沢のある焦げ茶のズボンの尻を、くっついた体を剝がしているみたいにしじゅう引っぱる不快な癖があった。僕たちは一度も口を利いたことがなかった。ある晴れた朝、僕がバス停に着くと、ヒューゴーはシャツのポケットからていねいに畳んだ新聞の切り抜きを出して、ケニー・ピアソンに渡した。ケニー・ピアソンは蔑むような目でヒューゴーを見てからそれを読みはじめた。少しするとケニーは顔を上げ、怒った声で「おいヒューゴー、お前ってスケベだぞ、わかってんのか？」と言った。ヒューゴーは不意にニタッと笑って、緑のしみのついた歯をさらした。ケニー・ピアソンは横に移動して、低い、こもった、興奮した声でジョン・クーシックに読んで聞かせた。それはタクシーの運転手と映画スターの話だった。映画スターは短い白のスカートをはいていて、何度も脚を組み直した。運転手はバックミラーを調節して、彼女が脚を組み直すたびに中がよく見えるようにし、ピンクのナイロンのパンツまでしっかり見た。「うぅぅ、スケベのヒューゴー」とジョン・クーシックが言って、奇妙な表情で顔を上げた。ヒューゴーはくくっと笑って鼻から鋭く息を吐き出した。ケニー・ピアソンは「そうだぞヒューゴー、お前どこまで知ってんだ？」と言った。ヒューゴーはすばやく二人の顔を見た。「ジャック・バシックが姉ちゃんのパンツ見たってさ。姉ちゃん平気なんだって」。太腿のあたりでヒューゴーはぽっちゃりした片手を、手のひらを上にしてかざし、指を鉤爪《かぎつめ》みたいに半分曲げていた。そしてして目をすぼめてジョン・クーシックを見てからケニー・ピアソンを見てそれからまたジョン・クーシックを見てしゃがれ声で「黒い縮れ毛」と言った。ジョン・クーシックが指を丸めてこぶしを作り裏声を装って「うぅぅ、スケベのヒューゴー」と言った。ヒューゴーはまたニタッと笑った。ジョン・クーシックが突然顔をしかめてヒューゴーの肩を強く突いた。ヒューゴーはどさっと倒れてケニー・ピアソンにぶつかり、ケニー・ピアソンは怒った様子で彼を押し戻した。「要らねえよ」とジョン・クーシックは言ってまたヒューゴーを突き戻した。ケニー・ピアソンがすごく怒った顔で突き返し、ジョン・クーシックがまた突き戻して、一瞬ヒューゴーは横にぎこちなく傾き、片足で立って、一方の腕を投げ出しバランスを取ろうとした。ぽっちゃりした頬にはピンクの斑点が浮かび、口はねじ曲がってなかば開き、のどかな裏通りでカエデの葉深い影はコールタールが雲母のように光る道路の真ん中まで届き、木蔭に駐車したオールズモービルの黒いリアウィンドウの中で深緑の木の葉は青い裂け目を見せ、黄色いタクシーの木蔭の後部席で映画スターが物憂げになかば目を閉じて背もたれに寄りかかり、組んだ脚を眠たそうに解き、「うぅぅ、スケベのヒューゴー」とジョン・クーシックは言って、「うぅぅ、スケベのヒューゴー」とジョン・クーシックは言って、僕は自分の中に不思議な苦悶が満ちるのを感じた……内に向いたまなざしを僕は慎ましくそらした。

そして華やいだ春の服を着た女子たち、声を上げて笑う女子たち……そして白いブラウスを着た女子たち、怠惰な笑顔……あの重苦しい午後の日々をどう説明したものか……のどかな午後……太陽の暗い倦怠……ある朝バス停でケニー・ピアソンがジョン・クーシックに、ジョーニー・コーヴァックスがドミツィオの空地の小屋に行って全部脱ぐんだと言った。僕は突然、自分がとてつもない秘密のすぐ前まで来て身を震わせているのを感じた。けれどその秘密は、あと少しのところで届かない。愕然とするほど詳細に、暗い朽ちかけた小屋を僕は思い描き、一枚しかない割れた窓ごしに差してくる埃っぽい陽の光を、雑草の茂った土の床を、隅に転がったつぶれて錆びた空缶を、上を向いた物言わぬ顔たちを思い描いた。ジョーニー・コーヴァックスがそこに立って、落着かなげにあたりを見回し、笑みを浮かべようとするが息は速まり、息は荒くなり、鼻孔が広がったり縮まったりするなか彼女は無関心を装ってさっと頭をうしろにそらし、たっぷりした黒髪を撫でつけ、そしていよいよ気だるい投げやりな動きとともに腰から幅広の黒いベルトを外し、土の床に広げた新聞紙の上に放り出して、それからさらに息が速くなって、上を向いた顔たちの方に彼女は黒い目を上げるがまたすぐ下を向くとともに黒っぽい赤みが陽焼けした頬に浮かび、それからほっそりした指で白いブラウスの一番上のボタンを外しはじめるとともに微かな震えが始まり、ブラウスが震え、床が震え、壁が震え、上を向いた物言わぬ顔たちが震え、ベルト、ブラウス、壁、陽の光、すべてが一瞬ぶるっと揺れて消え、あとには黒い油の縞と白いチョークの跡がついた茶色い電信柱、ザラついたコンクリートの歩道、雑草の折れた茎と葉身《ようしん》、埃っぽい縁石《ふちいし》が残るばかりで、僕は誰かと話したかったが、僕が知っているのはウィリアム・メインウェアリングだけで彼はこれにふさわしい相手ではなかった。けれどもその日の午後、僕の家の湿っぽい地下室でピンポン玉を打ち返しあいながら、僕はさりげなく、自分でもそう言っていることを意識していない口調で「あのさ、ジョーニー・コーヴァックスがドミツィオの空地の小屋に行って全部脱ぐんだってさ」と言った。言ったはしから不自然に聞こえるのが自分でもわかり、「ジョーニー・コーヴァックスがドミツィオの空地の小屋に行って全部脱ぐんだってさ」と言うのを決して許されないのがなぜか自分の運命なのだと僕は思い知った。埃っぽい裸電球の頼りない光の下で、深緑の卓球台が鈍く光った。ウィリアムはまったく何も言わなかった。一心不乱にゲームに集中して、聞こえなかったふりをし、そのさなかにも木蔭のタクシーの中で映画スターがなかば目を閉じ気だるげに背もたれに寄りかかっていた。ケニー・ピアソンは二度とドミツィオの空地の話をしなかった。気候はますます暖かくなって、ウィリアムと僕は僕の家の裏庭でウィッフルボールをやるようになり、ある日僕が放課後に黄色いバスの並んでいる方へ列に加わって歩いていると、ルーディ・ディートリックが突然、あたかも発狂したかのように叫び出した。「顔を見るな！　おっぱい《ノッカーズ》つかめ！　顔を見るな！　おっぱいつかめ！」。その変な単語を聞いたのは初めてだったけれど、僕にはその意味がすぐわかった。そして突然、ジーン・マッソが校庭に立って片腕をミルドレッド・スキプルの体にぎこちなく回し手を彼女の胸の上に垂らしていたのを僕は思い出し、突然僕はジョーニー・コーヴァックスには大人の女の人と同じく胸があるのだということをはっきり意識し、その認識が訪れるとともに僕は、いくぶんの恐怖とともに、東へ時速一〇〇キロで走っている列車と西へ時速一三〇キロで走っている列車とたがいに一六〇〇キロ離れた二つの都市をめぐる数学の問題を解くたびに覚えるたぐいの烈しい満足を覚えたのだった。

15

岩石採集の日は暖かい青空の素晴らしい天気で、家にいるのに最適の日だった。涼しい自分の部屋にこもってジョディと子鹿の話を読むか、玄関ポーチの木蔭で籐《とう》のロッキンチェアに座ってカエデの葉の縁どりごしに陽のあたる黒い街路を眺めるかしていたい日だった。それなのに、山へのぼって重いシャベルやピクニックバスケットを持ち歩かないといけない。早く起こされると思うとよく眠れず、頭は蒸発した夢の蒸気でどんより濁っていた。僕は不機嫌で、それを直す手立てとして一家でさわやかな丘へと楽しく遠出する以上に望み薄の手段は思いつかなかった。母さんが台所で騒々しくサンドイッチを包んでいるあいだ、僕は明るい居間でむすっとしていた。「まあ呆れた、あんたそんな襤褸《ぼろ》で行かないといけないの？　お友だちがどう思うかしら？」と母さんはさっき、僕がぼろぼろの古靴と、右の尻ポケットがあったところが紺の長方形になっている色褪せたブルージーンズをはき、草のしみが両肱についた茶色い上着を着て現われたときに言ったのだった。母さん自身は紫の花模様が一面に入った明るい黄色のワンピースを着ていた。イースター・パレードにぴったりの服装だ。父さんは清潔な皺くちゃのカーキをはいて、緑と黒のチェックのネルシャツを肱までまくり上げ、居間と台所を行ったり来たりしながら両手をこすり合わせ、「さあ行くぞアーティ、いまにも出発するからな。うん、実にいい天気じゃないか」などと言っていた。「僕は十月の方がいいよ」とうんざりした口調で言うと、父さんがいまにも怒りに変わりそうな顔で僕の方を向くので、僕はすぐさま「いやつまり、どの月もそれなりに魅力があるってことだよ」としかめ面を浮かべ目をそらしながら言った。すると父さんは「ならいい。だけどそれが、中国《チャイナ》の卵の値段と何の関係があるのかわからんね」と言った。「チャイナ？」と母さんが台所から声を上げた。「あんたたち、新しい食器《チャイナ》の話してるの？」

父さんが車に荷物を積み込み、まもなく僕たちは車庫を出て、草の茂った車寄せの硬い土を抜けて、ウィリアム・メインウェアリングの家へ向かって朗らかに出発した。僕は六つの窓から代わるがわる、それぞれの枠をはめられた朝の情景を眺めた。きらきら光る、額縁に収まった青い光景は、四つに区切られ「コネチカット名景」という言葉が左下から右上にのびている艶やかな絵葉書を僕に思い起こさせた。

角を曲がって、ウィリアム・メインウェアリングの家がある通りに入っていくと、セメントの階段に彼が腰かけ、しかめ面で僕たちの方をじっと見ているのが見えた。僕たちを目にしたとたん彼は立ち上がり、荷物を手にとってそそくさと階段を下りて車寄せの方に歩き出した。車が道路に停まると同時に彼は車寄せの一番手前まで来た。薄い青の、ジッパー付きの上着を着ていて、ごわごわの紺のジーンズの裾を分厚く折り返し、少しも汚れていない真っ白なハイスニーカーをはいて、その上には厚地の白い靴下が見えていた。全体的に言って、彼は空のように見えた。上着の左上には赤くて丸い野球のボールのワッペンが付いていて、白い縫い糸がボールの縫い目を模していた。ボールの上に、ふっくらした白い文字で、**ビル**（ウィリアムの愛称）という名前が広がっていた。革ケースに入ったカメラを首から下げていて、片方の肩に緑色の布のバッグを掛けていた。右手に『岩石鉱物図鑑』をしっかりつかんでいる。「あなた、清潔ですすがすがしいわねえ」と母さんはウィリアムが後部席の僕の隣に乗り込んでくると聞こえよがしに言い、ウィリアムは気がなさそうに「ありがとうございます、ミセス・グラム」と言った。僕は軽蔑の表情を浮かべて、ひっそり「清潔ですすがすがしいねえ」と言った。ウィリアムはきっと唇を閉じ頰骨を赤くして僕の方を向いた。「何て言ったの？」と母さんが首をこっちにねじ曲げながら言った。「何でもないよ、何でもないったら」と僕は言って、しかめ面で窓の外を見た。

来た道を戻っていって、車体工場とバス停の前を過ぎ、そのまま町の中心部へ向かった。僕は温かい座席カバーに身を埋《うず》め、閉じた瞼を通して、赤い明るさ、赤い暗さのさざ波を眺めていた。時おり不意に目を開けて、物の形を見てとった。艶やかな、オレンジと緑が交互になった三角旗が、ガソリンスタンドの明るい白い屋根の上に並び、あざやかな青空を背景にはためいていた。赤っぽいオレンジのパイプの断片が山と積まれ、開《ひら》いた口を僕の方に向けて、ハチの巣の模様を形成していた。金網の近くを通ると、柱が次々目の前を過ぎていき、その背後、遠くで煉瓦工場がゆっくり、滑るように気だるく動いていった。母さんはウィリアム相手にぺちゃくちゃ喋りながら道路地図を騒々しく開けたり閉じたりし、方向標識が密集した――そのうちひとつの矢は天を指している――場所で父さんはハンドルを切り、田舎への道へ入っていった。

草の茂った分離帯のある、時おり石造りの橋が架かった砂色の高速道路を車はすいすい走っていった。半円のような形の、前方から一つまたひとつ近づいてくる橋のアーチごしに明るい青が見え、そのうちに明るい青と暗い緑が見え、やがて暗い緑だけが見えた。両横にはぼんやり霞んだ木々が単調に連なり、時おりあいだに、くっきりした輪郭の、まぶしい黄か赤のポンプが置かれたガソリンスタンドが割って入った。何か所かで、木々の中からぬっと、銀色の高い脚に載った小さなやぐら形の貯水塔が現われ、一度は巨大な球形の、コンマ状の階段がてっぺんまでくねくね伸びたガスタンクがあった。そのうちにやっと高速を降りて、葉蔭に覆われた、ところどころに木洩れ日の降る灰色の道路に出た。高い楡の木の蔭になった白い家々を過ぎて、牛たちのいる野原を過ぎ、白い化学工場を過ぎ、細長い茶褐色の工場と高電圧線の垂れた陽のあたる高い鉄塔を過ぎ、床屋のストライプのポールを過ぎミニチュアの町のミニチュアの目抜き通りの赤い消防署を過ぎ、やっと花崗岩の記念碑の前に出て、狭い黒い道路に曲がった。少し行くと舗装が終わって、両側から高い草の生えた野原にはさまれた、轍《わだち》のついた土の道を車はゴトゴト進んでいった。遠くの方、道路が点と化すところで、暗い森深い丘がそびえていた。

僕たちは森の外れの湿地に車を駐めた。道路の向こうに草地があって、僕の背より高い草が青空に向かってつき出ていた。「いい天気、いい天気」と父さんは言って、両手の親指をベルトにつっ込み、大きく息を吸い込んだ。ウィリアムはしかめ面で目をすぼめた。そして腹のあたりに垂れている、まだ開けていない、革のケースに入ったカメラに両手を載せて、厳めしいまなざしで地平線の方をゆっくり見渡した。端まで見終えると、重々しく二度うなずいた。「で?」と僕は言ったが、ウィリアムは父さんの方を向いて「エクタクローム（カラースライド用フィルム）を持ってくるんだった」と言った。父さんは大きく息を吸い込み、ぽっちゃりした胸を平手で一度叩いて、大きく息を吐き出しながら「うーーん、そうだよなぁウィリー、そうだとも《イエスサリー・ボブ》」と言った。「ボブじゃないよ、ウィリアムだよ」と僕は言ったが誰も笑わず、母さんが言った――「ボブがどうしたって？　あんたいつからバドなんてひど《エニボビー・コールド・バド》知ってるの？　ボドなんてびど《エニバビー・コールド・ボド》？　エニドビー・コールド――やれやれ、まるっきり馬鹿みたいね」

父さんがトランクを開けて短いシャベル、長いシャベル、岩石用ハンマー、丸頭ハンマー、釘抜きハンマー、茶色いピクニックバスケット、赤と銀の魔法壜、カーキ地で包んだ古いブリキの水筒、母さんの黄と白のアルミ製折畳み椅子、ダンボール箱三つ、折り畳んだ茶色い軍隊毛布、母さんの編物バッグを取り出した。トランクを閉めようとしたところでウィリアムが「ちょっと待ってください」と言った。そしてカメラを持って戻ってくると、脇へのくよう僕たちに言い、後部バンパーの横、開いたトランクの前に並んだそのガラクタを、木深い丘を背景にていねいに撮影した。それから父さんがトランクのドアをバタンと閉め、もろもろの品物を申し訳なさそうに僕たちに分配し、皆の先頭に立って、山道が始まるところへ道路を戻っていった。

父さんが先頭に立って僕たちは硬い土の道をのぼって行った。曲がりくねった道は日なたになったり日蔭に入ったりしながら、両側はつねに、まだらに陽を浴びた高い木々に囲まれていた。それは緑の太陽と茶色い太陽、緑の蔭と茶色い蔭から成る、ちらちら光の明滅する世界だった。父さんは片手に長いシャベルと岩石用ハンマーを持ち、もう一方の手に短いシャベルと重たいピクニックバスケットを持ち、やたらと弾む水筒を首に掛けて大股で歩き、何度も立ちどまっては僕たちの方をふり返った。そのうしろをウィリアムが歩き、赤と銀の魔法壜を持っている側に体を傾け、もう一方の手で母さんの編物バッグを持ち、首からカメラと緑の布のバッグ――その中に父さんは残り二つのハンマーと本を入れたのだった——を掛けていた。時おりウィリアムは立ちどまり、魔法壜と編物バッグを持ち替えてから、今度は逆方向に体を傾けて歩いていった。そのうしろを、軍隊毛布と母さんのアルミ製折畳み椅子を持たされた僕が続き、椅子はときどき土の上を引きずっても叱られなかった。しんがりを母さんが、三つの箱を、小さな箱を大きな箱の中に入れてひとまとめにし、その真ん中に大きな麦わらのハンドバッグを載せて抱えて歩いていた。「あんたたち先行っててちょうだい」と母さんは息を切らして呼びかけ、十歩ごとに立ちどまっていた。「追いつくから。待たなくていいわ」。すると父さんは立ちどまってふり向き、「どうだみんな、元気でやってるか？　手伝いは要るか？」と言うのだった。

　そのうちだんだん、硬い土の道に、きらきら輝く雲母の断片や、いろんな大きさの岩のかけらが転がっているようになってきた。その多くは白くて滑らかで、表面が平らで艶があった。「このぴかぴか光る白いのは何ですか、ミスター・グラム？」とウィリアムが訊いた。「クリーヴランド石」と僕が答えた。ウィリアムはしかめ面でふり向いて僕を見て、父さんの方に目を戻し「そうなんですか、ミスター・グラム？」と言った。「クリーヴランド石だとも、ウィリー。ここじゃ土みたいにありふれてるんだ」。そして少し間《ま》を置いたあと、「アーティは前にも来たことがあるんだ」と言い足した。山道が曲がって日蔭から日なたに変わり、雲母の突然のきらめきに足を踏み入れると、脳の奥を震えが走るのを僕は感じた。いまにも何かを思い出しそうな、あるいは忘れてしまいそうな気がし、いろんなもののかたまりが頭の中で位置を変えたが、父さんが「どうだみんな、元気でやってるか？」と叫んだとたん、ひとつのおぼろな世界が、白い石や無数のきらめく雲母のかけらの中に消えていった。

　突然、もうひとつ曲がり目を過ぎると、使われなくなった採石場が目に飛び込んできた。右側は大きな黒っぽい石壁が、はるか下の、目もくらむ青緑の池までのびている。僕が持っている古いパズルの箱の、艶やかなスイスの湖に似ていた。あちこちで、鉱物のしみの浮かぶ水が紺と紫のパッチを形成し、壁の影が水を切り分けているところでは色はもっと濃く、緑っぽい黒になっていた。ひとつの絶壁の真ん中に、ペンキの滴った大きな白い文字で**アントニー参上**という言葉が広がっていた。三人で母さんが追いつくのを待ちながら、ウィリアムは絶壁の縁に立ち、赤と銀の魔法壜をかたわらに置いて、カメラのファインダーを覗き込んでいた。下側のレンズには大きな黒いレンズシェードをかぶせてある。父さんは長いシャベルを膝の上に横向きに載せて陽のあたる大きな石に座り、ウィリアムを見ていた。「今日は写真日和だよな、ウィリー？　いい天気、いい天気、実にいい天気だ」。僕は母さんの椅子を開いて、朽ちかけたオークの作る暑い日蔭に座った。白い小石を一個つまみ上げて、ウィリアムの頭のはるか向こう側に投げると、一瞬間《ま》を置いて、バシャンと快い音が聞こえた。「おい、あそこに魚か何かいるぞ」とウィリアムが興奮した様子でふり向いて言った。やっとのことで母さんが曲がり目を回ってきてパッと黄色い花を咲かせ、僕は日蔭の椅子を譲らねばならず、母さんは五分にわたりそこに座ってラベンダーのハンカチで額を拭きふき父さんの水筒から氷水をちびちび飲んで、間違って持ってきてしまった道路地図を折り畳んで団扇《うちわ》にして自分を扇いだ。

　僕たちはじきに陽気な山登りを再開した。暑さに頭を少々やられたのか、ウィリアムは父さんの背中に向かってぺちゃくちゃ喋り出した。「さっきの絶壁よかったですねえミスター・グラム、緑の水も――たぶん鉱物が沈澱してるせいで緑なんですね。きっとそうです。あすこできっと鉱石を採掘したんでしょうね。こういう場所だと一日でどれくらい掘り出せたのかなあ。操業にはけっこう金がかかったでしょうね。本道からトラックを来させて、この山道を通って運び出したんですね。いいなあ。カラーフィルムを持ってくるんだったな。もし持って――うわぁすごい！」。太い黒い蛇が、体を油のように光らせて、明るい茂みの下をするする抜けて日蔭に入っていった。「いまの見ました？　参ったなあ！　見ました？」

「もうじきだ」と父さんがやっと口を開き、左に曲がって見えなくなった。次にウィリアムが見えなくなって、「ひぇぇ」と大きな声がしたとたん、僕は彼の頭の上に漫画の吹出しが浮かぶさまを思い描いた。僕は荒く息をして二人のあとについて行った。五、六メートル先に、白い岩石の丘が青空にそびえ立っていた。岩の丘の前の、草の生えた地面のあちこちに、白黒の大きな石がいくつも転がっていた。その開《ひら》けた場所の右側にオークとカエデの木立があって、僕は木洩れ日に彩られたその日蔭にさっさと行って、アルミの椅子を開いて座った。ウィリアムはさっそくカメラを調節していた。

「どうだ、綺麗だろう？」と父さんが言った。「いい石がすっかりなくなっちまったのが残念だがな。採石場をやってたころは、緑柱石が取り放題だったんだ。ここで会ったジム・マレーって奴が――覚えてるか？――こぉんなに大きいピンクの電気石《トルマリン》の結晶を見つけたよ。もういまじゃ、ちっぽけなかけらばっかりだ。まあそれでも、ひょっとしたら。アーティ、ママのところに行って箱を運ぶのを手伝ってやってくれ。俺はもう疲れたから」

少し経って、日蔭で編物をしている母さんを残して、父さんとウィリアムと僕は陽のあたる白い丘をのぼって行った。猿みたいに体を折り曲げてよたよたのぼり、踏んだ石が地面から外れると丘を転げ落ちてミニチュアの山崩れが生じた。半分くらい上がったところで父さんが立ちどまり、「よし、このへんでいいだろう」と言った。かたわらの平たい石に岩石用ハンマーを置いて、短いシャベルを使って岩の丘を掘りはじめ、シャベルで石と砂をすくい取るたびに指先で吟味してから、慎重な手つきでかたわらに捨てた。「緑柱石を探してるのさ」と父さんは、とっておきの冒険用の声で言った。「緑か黄色のがないか、気をつけて見てろよ。よおウィリー、こいつをガツンとやってくれんか、中に何があるか見てみよう」。そのうちに僕は飽きてきて、二人の方に石を落とさないよう横にそれてから頂上にのぼって行った。頂上からの眺めがいいことを僕は覚えていたのだ。

下から父さんのシャベルのジャリジャリいう音と、金属のハンマーが石を打つ響きが聞こえた。左も右も風景は一気に下降していた。頭上の白い岩が陽を浴びて光った。ずるずる滑りながらのぼって行くと、ふたたび脳の奥をさざ波が走っていき、白い岩が陽を浴びて光り、僕は突然つるつる滑る緑の斜面をのぼっていて、銀色の十セント貨や二十五セント貨が高い草の葉になかば埋もれてきらきら光っていた。白いカモメが上空で金切り声を上げ、どこかでブルドッグが吠えて、僕は右手に血だらけのナイフを握って、はるか眼下、きらめく青い小川のかたわらの絡みつく草むらに倒れたウィリアム・メインウェアリングがぴくぴく体を震わせ、僕の夢想が溶けて黒い夜に戻っていくと、僕はふたたび陽のあたる白い岩をのぼっていて、暑い、埃っぽい光の中で荒く息をしていた。丸く盛り上がった頂上に僕は立ち、二人の陰謀者のように頭を寄せあって岩の上にかがみ込んでいる父さんとウィリアムを見下ろした。それから横に目を移し、あちこちに薄い緑と濃い緑、薄い茶と濃い茶が広がって青緑の山並の方へのびているのを眺めた。

僕たちは白い丘のふもとで弁当を食べた。僕は日蔭の石に座ってマスタードの足りないハムサンドを齧《かじ》り、金属の味がする青いブリキのカップから冷え方の足りないレモネードをちびちび飲んだ。ウィリアムは立ってサンドイッチを食べ、黒い電気石の筋が入った、ところどころ日蔭になった白いクリーヴランド石に片足を載せていた。父さんは陽のあたる石に腰かけて、両手でサンドイッチを持ち身を乗り出してはものすごく大きな一口を齧った。母さんは日蔭の椅子に背をまっすぐのばして座り、蠟紙を広げてていねいに食べ、時おり思い出したように、役立たずの毛布に座るよう誰かに促した。少しするとウィリアムが食べるのをやめた。半分になったサンドイッチを皺のついた蠟紙にきちんと包んで畳み、そっと石の上に置いた。そうしてカメラを手にとり、「よかったら少し写真を撮らせてください。普通にふるまって、僕のことは気にしないでください」と言った。父さんは「いいとも」と言った。母さんは「あら、でもあたしこんなに見苦しいわ」と言ってすぐさま椅子に立てかけてあった大きな麦わらのハンドバッグを手にとった。長い白い櫛を取り出し、丸い鏡のついた金色のコンパクトをぱちんと開け、ほつれ髪を櫛でまとめ、黒いボビーピンで止めた。ウィリアムはしかめ面を抑えられなかったが、何も言わなかった。膝の皺をのばし両肩をうしろに引いて堂々たる笑顔を作った母さんを礼儀正しく一枚撮ってから、次は父さんにカメラを向け、父さんの前で膝をついてレンズを上に向けると父さんはハッと驚いた表情を浮かべた。「そうだわ、ウィリアム」と母さんがいきなり言った。「あなたの写真を撮らなくちゃ!」。そして彼が抗議するのも構わず、椅子から立ち上がって写真の手はずを整えはじめた。

重たいカメラを首から下げて立った僕は、ファインダーの明るい四角をじっと見下ろしながら銀のつまみを丹念に回した。ウィリアムは母さんと父さんにはさまれて体を硬くして立ち、あたかもたったいまカメラに何か非難を受けたかのようにカメラを睨んでいた。上着のラインがどうしても焦点の外に出てしまった。「さあさあ」と母さんはウィリアムの片腕を自分の腰のうしろに持ち上げながら言った。「あたし、噛みついたりしないわよ」。あたかもその言葉を信じていないような様子で、ウィリアムは仕方なく腕がそこに置かれるがままにしていた。そして本当に、彼は滑稽に見えた。片腕は硬く脇腹に押しつけられ、もう一方の腕は胴と垂直になっていて、持ち上がった肩の上で青い上着の肩がグロテスクにつき出ている。僕はまだピントに納得が行かず、黒い金属のフードに付いている小さな拡大鏡を出して、赤い野球ボールのパッチに注意を集中することにした。やがて、彼の名を表わすミニチュアの白い文字が、バルサ材に剃刀で入れた切れ目のようにくっきり精緻に像を結んだ。一方、母さんは父さんの肩に片腕を回して父さんを引き寄せ、父さんも母さんの肩に片腕を回して母さんを引き寄せ二人はウィリアムをはさんで三角形の上二辺のように接近しあった。「はい、チーズ」と僕はうんざりした声で言った。「チーズ」と父さんは言い、「チーズ」と母さんは言った。母さんは少しクスクス笑って、背中を丸めて若い女の人みたいに片手で口を覆った。そして、誰かが何か耐えがたいほど可笑しいことでも言ったみたいに、ウィリアムの口許がぴくぴく震え出し、彼はいきなり笑い出した。母さんにしがみついて、甲高いクククという笑い声を上げ、肩は震え、目はぎゅっと閉じられ、口が引きつったせいで鼻孔は横に大きく引っぱられ、彼につられて母さんも笑い出し、頭をうしろに倒して、さも愉快そうに身を震わせ、きらきら光る湿った線が頬を流れ落ち、突然父さんもゲラゲラ笑い出して、体をうしろに倒し腹をつき出したと思ったら、今度は前に体を曲げて頭のてっぺんをさらし、そうした大波が鎮まってくるにつれて母さんはゼイゼイ喘ぎ涙の流れる頬を手の甲で拭い、ウィリアムが「チーズ!」と叫ぶと三人はまたいっせいにワッとやり出し、大声を上げ肩を震わせ涙を流し笑いに身を揺らしたが、立っている位置からはつねに離れずたがいにしっかりしがみつく姿は生命を吹き込まれた記念碑みたいで、ウィリアムは片腕を母さんの腰に回し母さんは片腕を父さんの肩に回し父さんは片腕を母さんの肩に回していた――ずいぶん幸せな家族じゃないか、見ていてそう思わずにいられなかった。

16

そして彼らは、本当に、幸せな家族だった。夕食の食卓で、僕が無関心の沈黙にこもって食べているのをよそに、三人で喋ったり笑ったりしていた。そう、ウィリアム・メインウェアリングには独特の魅力があったのだ。母さんはすっかり彼に惚れ込んでいた。それに彼は食卓から皿を片付けたし、皿を拭くのも喜んで手伝った。僕は一人で自分の部屋にいて、皿のかたかた鳴る音と、話し声のうなりを聞いていたが、そのうちにウィリアムが首をつっ込んできて、みんなでカナスタをやるからダイニングルームに来ないかと誘った。僕がダイニングルームに入っていくとプレースマットもツタを盛ったボウルもすでに片付けられ、メープル材の食卓には、艶消しガラスのランプシェードの光を浴びた開いた箱が置かれ、中に三組のトランプが入っていた。金色の縁で飾られた、血のように赤いトランプの裏面が三つ並んでいた。

こうして、毎週土曜日に僕たちは一緒に遠出するようになった。松林と、湖水と、ピクルスが添えられ脂を滴らせている焦げたフランクフルト——ウィリアムはそれを無限に貪った——の匂いがする、陽のあたる青緑色の遠出。ササッカス湖の、かつてマージョリーと僕が三つまで数えたじめじめ湿った古い脱衣所をウィリアムは気に入り、松葉の茶色い絨毯が敷かれ陽をまだらに浴びた木のテーブルのある、松林の蔭のピクニックエリアも気に入った。僕は湖から三メートル上、湖畔の松の木が作る日蔭に置いた折畳み椅子から三人を見下ろした。父さんは紺のトランクスをはき、母さんは白いゴムの水泳帽をかぶって、ちっぽけなスカートの付いている黒い水玉模様をあしらった巨大な白い水着を着て、ウィリアムはだぶだぶの茶色いトランクスをはいて緑の潜水眼鏡をつけ、脚には緑のゴムの水かきをつけていた。「来いよアーティ、仲間に入れよ」と父さんは陽気に叫んで、大きな青白いアザラシみたいにばしゃばしゃ水をはね上げ、母さんは肩まで水に浸かって両腕を軽く振り回し、ウィリアムはその横に水を吐き出しながら浮上し、髪はべたっと平らになっていて、潜水眼鏡から水が流れ落ちた。けれど僕は上で松の木に囲まれた日蔭にいる方が好ましかった。漠然とした湖から、くっきりした本に僕が目を落とすと、黒い文字が魔法のように溶けて緻密な風景となった。その反対の過程もあって、叫び声でハッと驚かされて、混乱した頭で、夢想にまだなかば朦朧としたまま、突然の光に目をぱちくりさせて、何ひとつよく見えぬまま本から顔を上げ、必死に理解しようと努める、ここはいったい、いったい何が……みんなが驚いたことに、ウィリアムはどこにも行ったことがないみたいだった。ボートに乗ったこともないし、山歩きをしたこともないし、ブラックベリーの茂みを見たこともなかった。リース・パークという、町の北のはずれにある大きな木深い公園にさえ行ったことがなく、ゴボゴボ音を立てて公園内を流れる小川も、そこに掛かった石橋も、曲がりくねった散歩道も、アヒルの池も、体のたるんだ象が売り物の小さな動物園も知らなかった。ウィリアムは猿も象も無視して、まる三十分退屈なガチョウにパンの小さな玉を金網越しに投げて過ごした。父さんをがっかりさせたことに動物の写真は一枚も撮らず、代わりにアイスクリーム売りに、アイスクリームのカートの上の黒い扉を開けてくれるよう頼み、霜に包まれて並ぶアイスキャンデー、ファッジアイス、アイスクリームサンドを撮影した。

ある土曜日、父さんは僕たちを車で、木深い丘が暗い水に映る遠くの湖に連れていった。白い金属の桟橋の端から僕たちは下へ下へと降りていき、底で暗い水たまりが揺れている、ペンキの剝げかけた白いボートに乗り込んだ。母さんは船尾のクッションに腰かけて両腕を胸の前で組み、父さんがオールを握った。けれどじきに父さんはウィリアムに漕がせてやり、僕は記憶の中に二人が、揺れる、ゆっくり回っているボートの上で危なっかしく立ち上がろうとしている姿をはっきりと保持している。父さんは何度も小声で「大丈夫だよマース、心配要らないよ、大丈夫、大丈夫」と言いながら、ゆっくり、ぎこちなく、闇の中で手探りするように、しかめ面を浮かべているウィリアムの周りをそろそろと回っていき、やがてやっと向こう側に出て、いきなり身をかがめ、広げた指先を船首席に押しあてて体を支え、ゆっくり、ゆっくりと回っていって、一瞬硬直したかと思うと次の瞬間には生気を取り戻し、まるで銅像ごっこでもしているみたいで――そして突然バランスを失ってどさっと座り込み、狼狽の表情は用心深い笑みに変わっていく。一方ウィリアムは静かにオールを漕ぐ位置につき、オールがオール受けから出てしまいそうになるのを抑えるのにしばらく手間どったあと、いつものひたむきさとともに漕ぎはじめ、拷問でもかけられたみたいに顔を歪め懸命に体をうしろに傾け厳めしい顔で今度は体を前に曲げるなか、水を滴らせるほっそりした翼のようにオールの灰色の先端が浮かび上がってくる。僕たちは岸から離れず、陰気な松の木や黒い金属のゴミ樽の横を滑るように過ぎ、砂地に乗り上げた赤いカヌーの前を通っていった。僕は何となく夢心地で、いつもほど退屈していなかったが、それでもやっぱり相当に退屈していて、暗い、かなり汚い水に指を一本浸していると水中の草の先っぽが時おり見えた。あるところで僕たちはスイレンの葉の横を過ぎていった。それまで僕は、そんなものは女が麦わら帽子をかぶって座り白いディナージャケットを着た男がボートを漕ぐ映画の中にしか存在しないと思っていて、そのごわごわのゴムみたいな見かけの葉は、僕の心の中の湖に浮かぶ華奢な夢の花とは似ても似つかなかった。さざめく松の木の上に松の葉が浮かぶ暗い水の中を覗き込むと、白いディナージャケットの男はオールを持ち上げ、ボートがすうっと、音もなく、頭上にたっぷりつき出ている大枝の下を滑っていくに任せた。草木の生い茂る土手の向こうにボートの舳先《へさき》が漂うように消えていって、笑顔の男もそれに続き、そして最後に麦わら帽子をかぶった、薄地の服を着て夢心地にボートに寄りかかってなかば目を閉じて微笑んでいる女も消えていき、いまやそこにあるのは、草木の生い茂る土手と、草木の生い茂る緑の静寂だけで、その静寂がどんどん膨らんでいってやがてついに破裂して耳をつんざく悲鳴に変わり、違う静寂があとに続いて、じきにボートの舳先がすうっと視界に入ってきて、もはや笑顔を浮かべていない男が次に現われ、誰も乗っていないボートを男は猛烈に漕ぎ、猛烈に漕ぎつづける……「糖液《ハニーデュー》」と母さんが言って僕にはわからないセンテンスを言い終え、僕はぞっとして顔を上げたが、母さんは何も気づいていなかった。

17

ある日、ウィリアムが僕を家に招いた。運動場で僕が暖かい壁の日蔭に一人で立って、なじみのない連中の群れを眺めていると、ウィリアムが寄ってきて、そっけなく早口に、放課後に「寄って」いかないかと誘ってきたのだ。自分でも驚いたのだが、誘われたことが僕はひどく嬉しく、気持ちもワクワクしてきたので、無理して絶対の無関心を装った。気だるく肩をすくめて、「考えて」みると僕は答えた。その日の放課後、ウィリアムと一緒にバスに乗って、いつも降りる停留所を過ぎていくと、まるで法律違反でも犯しているみたいに、愚かしい恐怖を僕は感じ、バスが進んでいくなか、ウィリアムの母親はこれにどういう役割を果たしたのだろうと考えてしまった。

だが母親は家にいなかった。誰もいなかった。上り坂になっている黒い車寄せの奥まで行ってウィリアムは教科書を下ろし、家の横の車庫のシャッターを両手で引っぱり上げた。折り畳まれるようにして、シャッターは騒々しく飲み込まれていった。がらんとした大きな車庫に僕たちは一緒に入っていった。壁沿いに園芸用品、草炭《ピートモス》、折り畳まれたローンチェアが小ぎれいに並び、セメントの床は一本の細長い木の帯で分割され、帯の両側に大きな黒っぽい油のしみがあった。濃い赤の内扉の前に来てウィリアムはふたたび教科書を下ろし、散らかった作業台の上に乗って、ドアの枠上の出っぱりから小さな銅貨色の鍵を取った。ドアを開けると、上りの階段になっていて、灰色の段に黒いゴム板が敷いてあった。左側をちらっと見ると、黄色い部屋にある卓球台の隅が目に入り、右側には閉じたドアが見えた。ウィリアムは僕を連れて階段をのぼって行き、上まで来ると二つ目の、鍵のかかっていないドアを開けた。すぐ前にまた上りの階段があって、紺の絨毯に覆われていた。左右のアーチの先に、暗い居間の一部、陽のあたる台所の一部がそれぞれ見えた。一瞬僕は、ここが何階なのかわからなかった。僕たちは階段の手前の、絨毯にかぶせた透明なビニールの帯の上に立っていた。突然ウィリアムが、左の足先を右の太腿に載せた。左腕で教科書を抱えて、右脚一本で立ち、すばやく左足の靴紐をほどいた。それから教科書をもう一方の腕に持ち替え、右の足先を左の太腿に載せてもう一方の靴紐をほどいた。そしてそこに立ったまま、それぞれの靴を、反対側の足先で押すようにして脱いだ。「ここで待ってろよ」とウィリアムは言って、茶と黄のストライプが入った靴下をはいた足で居間に入っていった。僕はビニールのマットの端で爪先立ちになり、前に身を曲げ、ウィリアムが入っていった、陽のストライプが入った暗い部屋を覗き込んだ。黒っぽいカウチがあって、両側にマホガニーのサイドテーブルがありどちらにも白いランプが載っていた。天井一面に、ブラインドの板の模様が広がっていた。一方の壁ぎわに黒光りするピアノがあって、黄色い楽譜本の山が一方の端にきちんと積まれ、ネコヤナギを活けたほっそりした青いガラスの花瓶がもう一方の端に置いてあり、くっきり白黒の楽譜が一枚、黒っぽい曲線を描く譜面板に開いて置かれていた。ウィリアムがまっすぐピアノの方に行くので、僕は一瞬彼が座って弾き出すのかと思った。ところが代わりに、黄色い楽譜本の山と並べて積んである郵便物の束を彼は片手で探った。そして「よし」と呟いて分厚い白い封筒を取り出し、つかつかと僕の方に戻ってきて、親指と人差指で靴をつまみ上げて、階段をすばやく二段ずつのぼって行った。「僕も靴」と僕は訊きかけたが、ウィリアムはもう踊り場に達して見えなくなっていた。僕は体を曲げて靴紐をほどいて靴を脱ぎ、片手に教科書を持ち片手に靴を持って階段をのぼって行った。踊り場に達すると左に曲がり、もう二段のぼって右に曲がると、絨毯を敷いた廊下が目の前にあった。廊下の奥に、マホガニーの額に入った楕円形の鏡が、黒い電話を載せた小さな茶色いテーブルの上に掛かっていた。左側の最初のドアが少し開いていたので、不法侵入をしているような奇妙な気分で僕は中に入っていった。

水中の岩屋に足を踏み入れたみたいな気分だった。部屋は深海のような、淡い青緑色のほのめきに満ちていたのだ。濃い青緑色の絨毯が、薄い青緑色の壁に四方から囲まれ、緑の渦や泡が淡い縞模様を作っている半透明の青緑色のカーテンを通して、青緑色の陽の光が差し込んでいた。青緑色の陽光のうねりが、銀のレールから吊した長いうねった青緑色のカーテンの上に広がっていた。すりガラスのフードに収まった細長い蛍光灯の光の下、青緑色のカーテンがスライド式の鏡の幅広い銀色の中に映っていた。窓枠の下、黒光りする奥まりに、青緑色のトイレットペーパーが下がっていた。閉じた便座を濃い青緑色のふわふわの楕円が覆っていた。僕は足指を丸めてそっと前に歩み出たが、すると突然うしろから「君、何を」と声がしたのでさっとふり向いた。片手でセロハンに入った切手の袋をつかんだウィリアムがしかめ面で廊下から僕を見ていた。何か悪いことをしているところを見つかったみたいに、僕はすぐさま「君の部屋かと思って」と言った。ウィリアムはしかめ面を深めて、「僕の部屋！　何言ってんだ？」と言った。それから違う口調で「君、トイ……」「違う違う」と僕は言って、ウィリアムの方に歩いていった。ウィリアムは静かな声で「靴、脱がないでもよかったのに」と言って、僕を連れて廊下を進んでいき、右側の最後のドアの前まで行った。

そこは生真面目な茶色い部屋で、焦げ茶色のカーテンが掛かっていて、大きな茶色いベッドと大きなきちんとした机が中心を占めていた。ドアは左の壁に接するように開き、ベッドはドア枠のすぐ右にあった。黒い金属の読書ランプが付いたマホガニーのヘッドボードが壁に接していて、大きなベッドが部屋の真ん中に向かってのび、三方に狭い通り道が出来ていた。ベッドの向こう側の、右側の窓の下、机が大きなスペースを占めていた。机の上には焦げ茶色の枠に収まった緑の吸取り紙があって、そのうしろにぴかぴかの茶色い蛍光灯スタンドがあった。この部屋では勉強するか眠るかしかなさそうで、そしてそのどちらの選択肢もこの上なく重要であるようだった。家具としてはほかに、洋服だんすと、一部には本が詰まり一部には雑誌が詰まった小さな茶色の本箱があるだけで、本箱の上に大きな渦巻貝の殻が一個、黄と赤の木の化石が一個、そしてこのあいだの遠出で集めた鉱物のコレクションがあった。どの岩石の前にも、几帳面に活字で書いたラベルが置いてある。壁は明るい茶色に塗られて、飾りといっても、たんすの上に白黒写真が三枚、白いダンボールの額縁に収まっているだけだった。一枚には木の葉に縁どられた向こうにワシントン記念碑が、もう一枚には嵐雲のかたまりを背景にくっきり影の浮かぶ電信柱が、もう一枚には木深い丘を背景にした自動車の開いたトランクの手前、後部バンパーのかたわらに道具の山が写っていた。たんすの上には、白い文字が書かれた四角い黒い置時計、黄褐色の毛に黒い櫛が紛れ込んでいる木のヘアブラシ、五歳か六歳のころのウィリアムのガラスに収められた写真があった。写真は彩色してあって、死人のように青ざめたウィリアムの頰は薔薇色がかったオレンジ色に光っていた。

低い本箱の上、陽のあたる窓台に、直径五センチくらいの、理科の授業で見るような小さなガラス球が置いてあった。球の中に、回転する器具が入っている——垂直に垂れた細い棒に、水平にのびた四本のアームが据えつけられ、それぞれの先端に、平たい菱形の、片面が銀色で片面が黒の金属板が付いていて、小刻みに震えながらくるくる回っていた。回るとともに、陽のあたる窓台で影が小刻みに震えた。

ストライプの靴下を履いた足で、ウィリアムはベッドの上に、小さな切手入れ数十袋と印刷されたリスト一枚とを前に置いて座った。さっきポケットから出したシャープペンシルを使って、リストの端の余白に値段の合計を書いていき、時おり勢いよく消しゴムで消し、小指の横でささっと迅速に消しかすを払いのけている。僕は靴と教科書を、ベッドの横、深緑色の楕円形の敷物の上に置き、それから木のデスクチェアにまたがって、前腕を背もたれに載せ、両肱をつき出し両手を内向きにぶらぶらさせた。少ししてからウィリアムが「三七二。絶対無理だな」と呟いて、またすぐ一から足し算をはじめた。僕は部屋の中を見回し、自分はこんなところで何をやってるんだろうと訝《いぶか》しみ、少ししてからえへんと咳払いして、「ねえあのさ、君の母さんはどこだい？」と言った。「僕の何だって？　あ、出かけてるよ。四十五、五十一……」「勤めてるの？」「何してるかって？　ちょっと待って。四十五、五十一、五十八、六十七、七十」。彼はしかめ面を上げた。「七十二。いや、ただの主婦だよ」

切手の用が済むと、ウィリアムは一人しかめ面で座っていたが、やがて、ほんの少し苛立たしげに「せっかく来たんだから、コレクション一通り見せるか」と言った。そしてすぐさまたんすのところに行き、下から二番目の引出しを開けてアルバム六冊を取り出し、ベッド全体を使って丹念に並べた。アメリカ切手のアルバムが一冊、外国切手用が二冊、国連用が一冊、外国切手用には少ししか入っていない国々の切手を集めた〈その他〉が一冊、そして未使用シート、プレートブロック、初日カバーを集めた特別なアルバム。未使用シートなどが入ったアルバムは特に自慢の様子で、これは透明なページにカラフルな切手シートが押し花のように収まった薄い冊子だった。「ほらこれ、琉球諸島だよ」とウィリアムは指さした。「一年前に三ドル八十で買って、いまは十二ドル五十の値がついてる」。それから国連コレクションの中の欠けた二箇所を指し示し、それから次は、透明なポケットにしまった「投資」二セットを見せた。「うん、はあ、うん」と僕は言った。僕がとうとう、モノポリーをやらないかと提案すると、ウィリアムは僕の顔を、はじめは驚いた様子で、やがて愉快げに見て、「だって僕のモノポリー、君の家に置いてあるんだぜ。覚えてないか？」と言った。チェスセットも同じだった。卓球のラケットも、ドミノのセットも。トランプ一組さえここにはなかった。ゲームと呼べるようなものを彼は何ひとつ持っていなかった。彼がアルバムを片付けているあいだ、なぜ誘われたんだろう、と僕は首を傾《かし》げずにいられなかった。

ウィリアムはベッドの上に座り込み、しかめ面でよそを向いた。少ししてからぱちんと鋭く指を鳴らし、「そうだ」と言った。そしてベッドから這い降り、クローゼットを開けて、フックから、両端に赤い木の把手《とって》が付いた、二本平行にのびた長い銀色のバネから成る騒々しく音の立つ道具を取り外した。僕の前に陣取ると彼は両手に把手をひとつずつ持ち、両横に引っぱりはじめた。腕が左右に広がっていくにつれて体にも力がこもり、顔が赤くなっていく。目を閉じ、歯を食いしばって唇を歪め、ウィリアムは己の磔《はりつけ》を完成させた。バネを手放すとがしゃがしゃ大きな音がし、ウィリアムはそこに立ったまま大きく息をしていた。「君がアコーディオンを弾くとは知らなかったよ」と僕は言った。「おい、そんな簡単じゃないんだぞ。君やってみろよ」とウィリアムはしかめ面で言った。やってみると、何とも苛立たしいことに、僕にはできなかった。そしてもっと苛立たしいことに、ウィリアムは勝ち誇って笑みを浮かべたりもせず、真面目な顔で「気にするなよ。僕も始めはできなかったんだから。練習が要るんだ。バネ一本から始めて、増やしていくんだよ」と言った。それから間もなく、机の一番上の引出しから、緑色の木製の握力鍛錬器を取り出し、握ってみるよう僕に言い、別の引出しから自分の練習が記録してある黒いノートを取り出した。一日にやった回数、それぞれの筋肉の月ごとの大きさが記してある。それによれば、胸の筋肉は六か月で十二ミリ増していた。「大したことないように思えるかもしれないけど、これって実は……」「なあ」と僕は急に腹が立って言った。「君の母さんはどこだ?」。ウィリアムはハッと驚いた顔をした。「どこかに出かけてるよ。知らない。それがどうだっていうんだ?」

その午後ずっと、ウィリアムはさして熱意もなげに僕にいろんな物を見せ、さして熱意もなしに僕はそれらを見た。インディアンの頭部が描かれた一セント貨が、小ぎれいに何列も並ぶ一セント貨型に空いた穴にパラパラ収まっている紺のフォルダーを彼は僕に見せた。最近のハリケーンで生じた被害を新聞写真が伝えている、革表紙のスクラップブックを彼は僕に見せた。風車のような銀河や毛玉のような星雲の白黒写真何枚かと、十六個の太陽がページ全体に斜めに広がった日食のカラー写真一枚が入った本を彼は僕に見せた。黒い巨大な、体がいくつもの節に分かれた、黒いビーズ状の目に毛の逆立った胴をした蟻や、小さなアコーディオンのようにも折畳み式キュウリのようにも見えるぽっちゃり丸い緑色の幼虫や、棘の生えた前脚をもたげ両目が大きく赤い巨大カマキリなどのカラー図版が入った本を彼は僕に見せた。月の山、アメーバの消化器系、活火山の断面図、暗箱《カメラ・オブスキュラ》、蜘蛛の腹部の糸分泌腺の拡大図を彼は僕に見せた。白い腰巻を着けた、棒と影を使ってピラミッドの高さを測っている焦げ茶色の体のエジプト人を彼は僕に見せた。一番最近の宝物は、艶々した大きな表紙に、焦げ茶色の岩がいくつもごつごつつき出た明るい赤色の溶岩が海のように広がり、その背後から太陽の丸々太ったピンクの半球が昇るか沈むかしている写真が載っている本だった。この本の売りはフルカラーの折込みページで、細かく描き込まれた背景の前で、絶滅した植物や動物が群れを成し、下側の縁に沿ってそれらの名がびっしり記されていた。「生命の朝」「海が混雑してくる」「陸が緑に包まれる」「爬虫類が地球を引き継ぐ」といった見出しが並んでいる。ピンクの岩だらけの大地のあちこちに、シダ、折れた木の幹、シダのようなもしくはポンポンのような葉を飛び出させた高い木が点在するなか、ウロコのついた怠惰そうな生物たちがうずくまっていた。トカゲのような背中から大きな棘だらけの頂がつき出し、背景ではぎざぎざのピンクの崖が切り立ち、一方の隅には大きな赤茶色の、うしろ脚は高く前脚は短い、背中に鋸の目が並んでいる爬虫類が、明るい赤の血に汚れた白い肉に毛皮が混じったかたまりを見下ろしていた。もう一枚の折り込みページでは、黒い胴体を持ち上げた、長いカーブした牙のある、全身毛に包まれた大きな黒いマンモスが、雪に覆われたごつごつの岩山を背景に赤と黄の木々が心地よい秋の風景を作り出しているなかに立っていた。マンモスの両側で、マストドン、剣歯虎《スミロドン》、麝香牛《マスクオックス》、大樹懶《メガテリウム》がそれぞれ堂々ポーズをとっていた。ごつごつの雪山と毛むくじゃらの怪物たち以外はコネチカットの秋の田園の絵葉書みたいだよなと僕は言ったがウィリアムは笑わなかった。宇宙旅行についての本を彼は僕に見せ、ホームムービーについての本、分厚い青のスコットカタログ（毎年アメリカで発行される切手のカタログ）を見せ、午後が夕方に変わっていくなかで僕は、裏切られたという思いが募ってくるのを抑えられなかった。とにかくどう見ても、まるっきり何もすることがないのだ。何だかまるで、僕がここに来たのが過ちだったことをウィリアムがとことん証明しようとしているみたいだった。そして実際、彼が何かを証明しようとしていたのだとすれば、その企ては大成功だった。僕は帰りたかった。四時になると、ウィリアムは僕に、母に電話して居場所を知らせるようにと言った。電話を終えて廊下から戻っていきながら、無駄になった午後の残りをいったいどうやってやり過ごしたらいいか、見当もつかなかった。ところがここでウィリアムは、僕が見たこともないものをクローゼットから出してきた。

　彼はそれをたんすのそばの床に置き、僕たちはその前に座り込んだ。長さ三十センチの木の台の両端から、二十センチくらいの高さの支柱が垂直に立っていて、それぞれのてっぺんに、鉛筆削りの把手みたいな形のハンドルが付いていた。木の台の真ん中に小さな覗き窓があって、その奥からゴムのコードが出ていて、先端にプラグが付いている。僕が一方のハンドルをぼんやり回していると、ウィリアムはたんすの一番下の引出しを開け、直径七、八センチの、平たく丸い銀色っぽい灰色のブリキ缶を取り出した。蓋を外すと、小さな灰色のプラスチックのリールに巻かれた映画フィルムが見えた。ウィリアムはそのリールを片方のハンドルに、もう一方に空のリールを装着してから、フィルムを覗き窓の下を通して空リールに巻きつけた。それからコードを壁のコンセントに差し込むと、突然明るくなった覗き窓にウィリアムの家の前面と黒い車寄せが見えた。中央より少し右に黒い線が現われて、その線の向こう側に同じ絵が現われた。ウィリアムがゆっくりハンドルを回し、小さな絵が次々に画面を横切っていくのを僕は見守った。もっと速く回すと、次々過ぎていく絵が作り出す靄《もや》の向こうから、黒い車が車寄せに曲がってくる情景が現われた。ウィリアムがハンドルを止めた。車のドアが開いていて、眼鏡をかけた背の高い、紺のコートを着て赤い花模様の付いた白いネッカチーフを巻いた女の人が車から降りてくるところだった。片手はドアに掛かっていて、紺のハイヒールを履いた片足は車寄せに下りていた。もっと速く回して、また止めると、今度は横顔の女の人が、玄関前の板石の小径に凍りついて立ち、両脚は一歩を踏み出した途中の姿勢で開いていた。また速く回して、階段の一番下の段で女の人を止めた。階段の一番上の段で。ドアの前で。次に止めると、ガラスのドアの向こうの白い玄関ドアと、黒い鉄の手すりがある誰もいないコンクリートの階段以外は何もなくなった。ゆっくり回すと、同じ絵が何度も、黒い線に隔てられて現われた。それから突然、場面は、紫っぽい黒の体を光らせた鳥が赤い屋根の付いた巣箱の前の横棒にとまっている情景に移った。「いまの、君の母さんだね」と僕は静かに言った。「今度はスプライスするところを見せてやる」とウィリアムは言った。そして一番下の引出しを開けて、また別の見慣れぬ器械と、液体の入った壜を取り出し、自分の母親を別のフィルムにくっつける作業を開始した。

五時になると、ウィリアムは時計を見て、「君、もう帰る時間だな。誰かに車で迎えにきてもらえ

くと、ウィリアムがあぐらをかいてベッドに座り、二列に並んだ透明な切手パケットを見下ろしていた。

に電話した。「わかんない」と僕は受話器にささやいた。「出かけてるんだってさ」。部屋に戻ってい

で乗せていってやる」と彼は言い足した。「いや、そんなの無理だよ」と僕は言って、廊下に出て母

るかい?」と言った。僕がいまにもカッと怒り出しそうになったところで、「じゃなきゃ僕が自転車

　僕たちは外の、開いた車庫のそばで待ち、時おり通っていく車をチラチラ眺めていた。「君がピアノを弾くとは知らなかったよ」と僕は暖かな静寂の中で言った。「弾かないよ」とウィリアムは言い、片手をひさしにしてしかめ面で道路の方に目をやった。突然「来た!」と彼は叫んだ。僕はさっとそっちを向いたが、そこには僕の母親がいるだけだった。二人でそそくさと車寄せを下っていき、母さんの車が道端に停まると同時に僕らも道路にたどり着いた。ウィリアムは運転席の窓の前に行って、にっこり笑って母さんに挨拶し、「わざわざ来ていただいて済みません、ミセス・グラム。母が出かけているもので。父も六時を過ぎないと帰ってこないんです」と言った。「あらいいのよウィリアム、全然構わないのよ」と母さんはどうにも快活すぎる声で言った。僕が車に乗り込み、ウィリアムがしかめ面で見守るなか、母は車をいったん車寄せに入れてからバックして反対向きに道路に出た。ウィリアムはそれを見届けるとそそくさと車庫に戻っていった。車が走り去るとともに、彼が車庫の中に立っている姿が最後に一瞬見えた。大きな白い扉が降りていくとともに、その全身が消えていった。

18

夏は死ぬほど退屈していた。緩んだあご、開いた唇、垂れた瞼の下から愚鈍なまなざしを向けていた。両腕をつき出し、ぎゅっと目を閉じて、のろのろ広がっていく、ぶるっと震えるあくびをし——そしてなまめかしくくずおれ、なかば目を閉じて、疲れたように体をうしろに倒す。そしてまた両腕をつき出し、のろのろと広がっていく、ぶるっと震えるあくびをし……

その退屈な夏、灼《や》けつく日々の午後、ウィリアムと僕は僕の家の散らかった地下室のじめじめした日蔭で卓球をした。とっくに尽きてしまった興味をかき立てようと、僕たちは見えない観衆の眼前で行なわれる凝りに凝ったトーナメントを考案した。僕たちは嫌になるほどの正確さでたがいのサーブやスピンをすべて知っていたし、自分たちの強み、弱み、可愛げのない癖も知り尽くしていた。たとえば、僕のサーブが外れるとウィリアムが玉をラケットで捕らえ手で触れずに打ち返そうとしたり、あるいは、台の上を弾まずに転がってくる玉を手で取る代わりにラケットの先を玉の下に突き入れて持ち上げようとしたり、あるいは、サーブの前に台の一方の隅を露骨にちらっと見て、その反対側にサーブするんだと僕に思わせようとしたり、あるいは、玉にひびが入ったと信じ込んで、ラケットで台にぐるぐるこすりつけ、首を傾げて耳を澄まし、一心にしかめ面を浮かべる……モノポリーも死ぬほどやり過ぎたせいでやはりパッとしなかったし、トランプのゲームはどれもみな、使い古されべたべた汚れたカード同様に疲れて不機嫌に見えた。そして僕はそのすべてにとにかく退屈していた！

とにかく何もかも退屈、退屈だったのだ！　そして僕は横になりたかった、疲れた目を閉じたかった、でも僕はとにかく落着かなかった……やり尽くしたゲームのどれにも我慢できなくて、僕たちは新しいゲームを探しはじめた。ある日ウィリアムがトランプゲームの規則本を持ってきて、暑苦しい一週間のあいだ僕たちは珍しいトランプゲームをして午後を過ごしたがじきにそれもまったく身近なものになってしまった。BB銃を二丁持ち出して、片付けた車庫の暑い日蔭で紙の標的やオレンジジュースの缶を撃った。ある日の午後、あちこち土が露出した裏庭に父さんが明るい赤色のポール二本を立てて緑のネットを張ってくれた。父さんとルー伯母さん対マニー伯父さんと僕、ウィリアムとマニー伯父さん対マージョリーと父さん、ウィリアムとマージョリー対父さんと僕、夕方になるとウィリアムと僕は暗くなっていく空の下でサーブを練習し、やがてもう、暗い大気に最後の光が微かにしがみつくなか、ほの暗い白いシャトルはずっと上空の方でしか見えなくなったが、とうとう本当にやめるしかなくなると僕たちの情熱もラケットが羽根のゴムに当たる微かなびゅんという音と同じくらい唐突に止んだ。そして僕らはふたたび白い一ドル札、ピンクの五ドル札、黄色い十ドル札、緑の二十ドル札、青い五十ドル札、黄褐色の百ドル札、オレンジの五百ドル札に戻っていった……

ある日父さんが僕たちを車で、子供のころには何百キロも離れていると思えた近くの街のデパートに連れていってくれた。父さんが三階で買物しているあいだウィリアムと僕はエレベータで五階に上がり、改まった、庭のように手入れの行き届いた、女の子のワンピースとコートの売場に足を踏み入れた。ピンクと黄と緑と青のワンピースとコートが肩の高さの長い列をなし、平行に立てられた銀色のポールから下がっていた。花咲き乱れる生地の生垣のあいだを、僕は両手をつき出して歩き、柔らかなワンピースに指先で触れハンガーをきしらせると、僕の前を歩くウィリアムがしかめ面でふり返った。通路の行き止まりで何度も回れ右した末に僕らはやっと深緑の敷物のところに出て、ピカピカのマホガニーのテーブル、革を張った椅子、首が曲がった青銅のフロアスタンド、焦げ茶色や深緑のカウチなどの前を通り過ぎ、角を曲がるとそこは、ひっそり静まり返ったガラスのカウンターの世界で、襞《ひだ》飾りのついた青いナイトガウンやちらちらきらめく白いスリップを見せている白い箱がひしめき合っていた。あるカウンターの上には、キラキラ光る黒いガードルを着けた一対のピンクの脚が立っていて、片方の脚がわずかに持ち上がり、膝がもう一方の膝の方を向いていた。濃い赤のワンピースを着て、片腕に白いコートを掛けた、巨大なふくらはぎの、でっぷりしたしかめ面の女の人が、カウンターの上に置いた開いた箱からレースの付いた黒いナイトガウンをゆっくり取り出していた。瞼の青い、黄色い鉛筆を髪に挿した女店員がしかめ面で立って見ているかたわらをウィリアムと僕は目を伏せて通り過ぎ、僕は角を曲がりながらふっと目を上げて、持ち上がったヒール、滑らかな木のふくらはぎ、きらめく臀部、しかめ面の女店員を見て、もうひとつ角を曲がってミニチュアの動物園に入ると、黄色い鳥と緑の鳥が籠の中でさえずりオレンジの魚と黒い魚がプクプク泡立つ緑の水槽の中を泳ぎ、レジのかたわらに立つ白髪の角刈りで黒縁の眼鏡をかけた笑顔の男の人が、両手を上にのばしたしかめ面の男の子に、水がぽたぽた滴る、針金の把手の下で揺れている小さな白い厚紙箱を渡していて、青いゴムの骨、灰色の布製のネズミ、緑の陶器の人魚、赤い仏塔《パゴダ》の前を過ぎて僕たちはもうひとつ角を曲がり、とうとう玩具売場に出た。

僕は一か月近く小遣いを貯めていた。ウィリアムとお金を出しあって新しいゲームを買うつもりだったのだ。「あそこだ」とウィリアムはボードゲームのコーナーをあごで指し、大股で通路を歩いていった。「君、見ていてくれよ」と僕は声を上げた。「僕ちょっとこのへんを眺めていくから。少ししたら僕も……」。そして僕はかつてどれだけ二千ピースのパズルに焦がれたことか、一万ピースのパズルに、一部屋の床全体を覆う百万ピースのパズルに、地下室全体を……裏庭全体を……かつて僕は町全体と同じ大きさのパズルの中のパズルを夢見たのだった、草のピースで草を覆い、歩道のピースで歩道を覆い、絨毯のピースとリノリウムのピースですべての家の部屋の床を覆い、屋根のピースで屋根を覆い、公園のピースで公園を覆い、丘のピースで丘を覆い……海のピースで海の底を覆い……けれど僕の前にあるパズルは小さなテーブルさえ覆えず、箱の蓋にあるのは嵐に揺れる船や遠い夏の午後の陰気な森のキャビンではなく、灰色の砂洲の果てに建つ白い灯台やら、丸まったピンクの花弁がかたわらに一枚転がっているピンクの花を活けた鉢やら、籐のバスケットの縁から顔を出している耳の垂れたコッカースパニエルやら、青い毛糸玉に片手を載せている白い子猫やらだけだった。パズルの隣には明るい色の箱に入ったゲームが並んでいた。字が書かれたサイコロをカップに入れて振る言葉のゲームがあり、小さな窓に答えが見えるようになっているボウリングのボウルをかたどったQ&Aゲームがあり、三次元の三目並べゲームがあり、電気を入れると金属のグラウンドが震動して小さなプレーヤーたちが動くフットボールゲームがあった。そしてそのすべてが退屈で、すごく退屈で、そばのカウンターに載ったトンネルや木々や小ぎれいなガード下のある玩具の列車のディスプレーと同じくらい退屈で、退屈なスポーツ用品売場に並ぶゴルフクラブやホッケースティックと同じくらい退屈で、モデルカー、玩具の電話、トランシーバー、丸太小屋セット、ぴかぴかの赤い車両が載ったゼンマイ式のジェットコースター、青いブリキの給油ポンプと白いブリキの傾斜路《ランプ》がある黄色いブリキの駐車場と同じくらい退屈だった。艶やかな箱の蓋にはわずかな埃の膜がかかっていて、誰かの指がそれをなぞって光沢の帯を作っていて、こんなゲームの魅力なんてこの光沢、この埃にすぎないんだという思いを僕は抱いた。僕はひとつのゲームの埃に人差指で光沢のイニシャルを書いた。黒ずんだ指の腹を僕は眺めた。軽蔑の思いとともに僕はつい去年の夏の疼くような羨望の念を思い出した。僕はその思いを、テレビのクイズ番組で勝った人が塔みたいに天井の高いニューヨークのお店の玩具売場で狂おしい三分のあいだ買物カゴに投げ入れられる品を全部自分のものにできるのを見たときに抱いたのだった。すべては埃と光沢、埃と光沢であり、ボードゲームのコーナーにいるウィリアムに仲間入りするころには、僕はもう自分まで、モスボールの臭いのする男子便所にある白いエナメルのタオル機の上に載っていた濡れた赤いキャンデーと同じくらい光沢と埃に包まれている気がした。霜のように白い樟脳のかたまりにかかった、濃い黄色の尿。僕は帰りたかったがウィリアムはいつものようにてきぱきとゲームの分類を終えていて、まず三人以上いないとプレーできないゲームを却下し、次に僕たちがすでに持っているゲームの変種を、それから、説明の小冊子のついていない、箱の蓋の内側にルールが書いてあるだけの簡単すぎるゲームを排除していた。残ったゲームの中から、彼は四つを選び出していた。ミステリーゲーム、新聞ゲーム、金融ゲーム、世界大戦ゲーム。僕はその全部に死ぬほど退屈していたが一種やけっぱちな思いでウィリアムの熱意にすがった。僕としてはルールが長く複雑で、付属品もできるだけ多い——金属のコマ、木のコマ、得点表、ペナルティカード、玩具の金《かね》、回転式矢印《スピナー》、サイコロ筒、白い点の付いた赤いサイコロ、黒い点の付いた白いサイコロ、白い砂の入った砂時計——ゲームが欲しかったが、付属品が多すぎるのは出来の悪いしるしだとウィリアムは主張した。肝腎なのはルールだ、と。そこで僕たちはルールを研究し、コマを吟味し、ボードを比較した。その結果ミステリーゲームと金融ゲームを却下し、ミステリーゲームを再度手にとり、世界大戦ゲームをめぐって議論し、結局新聞ゲームに決めた。帰り道、僕たちは後部席に座って説明書を熟読し、上下に揺れるボード上でのコマの動きの解明に努めた。帰りつくと二人で僕の部屋に飛んでいった。熱っぽい、もどかしい思いとともに僕はボードをセットし、ウィリアムがルールを読み上げた。やがて、僕たちはやっとプレーを始めた——はじめはぎこちなく、じきに熱狂して、夕食のあともまたプレーし、もう一度プレーしたが、四回目の真ん中ごろには僕はもう、始めからずっとあった微かな失望の念を自分から隠せず、その夜、もはや思い出せない夢から覚めたとき、僕は突然、子供のころ遊んだ、ドームの付いた、鋼鉄のボールが三つとピエロの赤と青の顔があるゲームを思い出し、パニックの念とともに、あの消えたゲームたちはみんなどうなってしまったのだろうと考えた。

19

十三歳の時点で僕のいとこマージョリーは地味な、ずんぐりした、母親っぽい感じの女の子で、退屈な薄茶色の髪のスタイルを年中変えていた。前髪をまっすぐ揃えてうしろはポニーテールにしたり、無数の小さなカールが頭一面に広がっていたり、よく弾む分厚い巻き髪が両肩にかかっていたり、髪を短くして若干ウェーブをかけ黒いビロードのバンドできっちり止めていたりすることもあった。彼女は僕の母のと同じような、小さなプリーツスカートの付いた水着を一着と、下がショーツになっているのをもう一着持っていた。ふだんは無地の、シャツみたいなブラウスの袖を肱の上までまくり上げ、バミューダショーツをはいて、白いソックスに赤か青のスニーカーという格好だった。好きな本は『スイスのロビンソン』、『ヒロシマ』、『少女レベッカ』。ルー伯母さんがスーパーマーケットで一冊ずつ買ってくれた、赤、緑、青の装幀に金で題名が入った古典の短縮版も一セット持っていた（『モンテ・クリスト伯』、『モヒカン族の最後』、『帆船航海記』）。ロックンロールのスターをめぐる雑誌が好きで、「やあ《ラヴ》」「元気で《ベスト・ウィッシーズ》」とサインした映画スターの白黒のブロマイド写真や、ピンクのシャツか金のドレスを着た艶やかな髪の歌手の写真がジャケットに入った大きなぴかぴかのレコードを持っていた。ウィリアムは彼女には優しく接したが、マニー伯父さんとルー伯母さんにはほとんど我慢できなかった。彼らは時おり週末にやって来て僕たちと一緒に遠出に行き、そのあとウィリアムとマージョリーと僕とで僕の部屋でモノポリーをやった。ウィリアムは記録帳にM、W、Aと上に記したページを特別に設けた。僕はいつもレーシングカーを選び、ウィリアムはいつも軍艦を選んだが、マージョリーはいつも古靴を選んだ。僕はあるとき彼女に「ねえ、どうしていつも靴を選ぶんだい？帽子とかを選んだらどう？　その靴、薄汚いじゃないか」と言ってみた。マージョリーは微かに顔を赤らめて、お洒落な帽子を手にとった。ところが、盤を半分くらい回ったところで、彼女は帽子を放り投げて戻し、「うーん、何かやっぱり違うのよ」と言いながら靴をとった。「靴がいいって言うんなら靴にさせてやれよ」とウィリアムが言い、僕はなぜかその一言にムッとした。

ある晴れた日、みんな揃ってサッサカス湖に出かけた。マージョリーとウィリアムと僕は父さんと一緒に僕の家の車に乗り、母さんはマニー伯父さんとルー伯母さんと一緒に乗ることになった。僕は空いていた助手席をすばやく取ったが、うしろでマージョリーとウィリアムが話し出すと不愉快になってきた。聞こえてくる限り、二人の会話はもっぱら学校をめぐる、すさまじく退屈でしょうもない話だった。ウィリアムがマージョリーに、学校ではどんな教科書を使っているのか、授業は何時に終わるのか、マージョリーは何のクラブに入っているのか、等々どうでもいいことばかり訊ねている。好きな科目は何かと訊かれるとマージョリーは、「うーん、そうねえ、まあ歴史《ヒストリー》かなあ」と言った。「僕は松の木《パイン・トリー》の方がいいね」とうしろを向きながら僕は言ったが誰も面白がらず、僕はひどく気まずくみじめな気分になって、もうこの退屈な二人は放っておこうと決めた。少しするとウィリアムがポケットチェスセットを出してコマの動きをマージョリーに説明しはじめた。「それってお城に見えないじゃない」とマージョリーは言った。「実はさ」とウィリアムが言った。僕は「ねえ」と言った。

「みんなで地名しりとりやろうよ。メキシコ《Mexico》。父さんの番だよ」。「よぉし」と父さんは言った。「オレゴン《Oregon》」。沈黙があった。「さあ、来いよ、ウィリー、マージ。オレゴンだよ」。「ノルウェイ《Norway》」とウィリアムが呟いた。「ヤールー川《Yalu River》」とマージョリーが言った。彼女はいつもヤールー川か揚子江《Yangtze River》と言うのだ。「レッド川渓谷《Red River Valley》！」と僕は叫んだ。「ヨセミテ国立公園《Yosemite National Park》！」と父さん。「カラマズー《Kalamazoo》」とウィリアムが呟いた……

僕たちは古い更衣所で着替えた。父さんとマニー伯父さんとウィリアムと僕とが一方の側で、母さんとルー伯母さんとマージョリーがもう一方の側で着替える。ウィリアムと僕はいつも競争していたから僕はすぐさま着替えはじめ、着替えながら壁越しに女性側から伝わってくる、床をこする音、踏む音を聞くともなく聞いていた。そうしていると、突然、僕は好奇心に捉えられた。あまりに強い、胃に生じた肉体的刺激という形をとるほどの好奇心だった。扉に鍵がかかっていることを急いで確かめた上で、ドキドキと激しく打つ心臓を抱えて僕は、茶色い薄闇のなか、陽光の針が三本、鋭角を成して突き刺さっている湿った茶色い壁に近づいていった。しゃがみ込んで息をひそめ、目をゆっくり動かし、腐りかけた節穴の底の小さなすきまに持っていった。たちまち、すごくくっきりと、巨大な、垂れ下がった二重あごの尻が見え、その下にルー伯母さんの太い、あちこちにあざのある、青い血管が浮き上がった太腿が見えた。自己嫌悪と悲しみとが妙に混じった思いとともに僕はさっと身を引き、扉についた木切れを回して外に出た。一瞬あとに、隣の隣の扉からウィリアムがまぶしい光にしかめ面を浮かべながら出てきた。脱いだ服を、彼が水着の前に垂れるように持っていることを僕は目にとめた。僕が目にとめたことを彼は目にとめた。僕はかがみ込んで埃っぽい石ころを拾い、それを宙に投げ上げてキャッチする動作をやり出した。宙に投げ上げては、またキャッチする。父さんが出てきて、眉間に皺を寄せつつ大きな青白い足を硬い小石混じりの地面に下ろし、新しい、白いプリーツスカートの付いた一面白の水着を着たマージョリーも角を回ってやって来た。父さんはにっこり笑って「ウーラーラ」と言った。マージョリーはうつむいた。ウィリアムは目をそらした。僕は石を蹴った。ウィリアムは咳払いした。「おっと、こいつは老いぼれの足には殺人的だ」と父さんは言って、開いた戸口に腰かけ、殺された足に靴を履きはじめた。別の扉が勢いよく開いて、マニー伯父さんが笑顔で、毛むくじゃらの腹を三本指で叩きながら出てきた。そして突然顔をしかめて、肩をぴしゃっと叩いた。さっと手のひらに目をやり、それから顔を上げて空を見た。もう一度顔をしかめて肩を見て、皮膚をぎゅっと前に引っぱり、背中を見ようとした。そうして顔を上げ、言った。「いやー、このアブども。食い殺されちまうぜ。ムシャムシャ。よぉ、別嬪《べっぴん》さん。ヘイ、アーサー・パーサー」（僕の髪をくしゃくしゃっと撫でる）。「よぉ、えーと君、なんて名前だっけ？　ごめん、ちょっと……」「あたしのこと、捕まえてごらん」とマージョリーが言って、いきなりみんなから離れて、ぽっちゃりした体ですばやく向こう端の方へ駆け出した。ウィリアムは追いかけようと動き出し、思いとどまり、次の瞬間彼と僕は並んで狂おしく走って彼女を追いかけ、父さんが「こんな地面でどうやって走」と言いマニー伯父さんが「まったく近ごろの子ど」と言っていた。

　僕たちは同時に最初の角を曲がったがウィリアムの方が内側を走っていた。二つ目の角を曲がって女性側の壁に沿って走り出すころにはまる一歩僕の先を行っていた。マージョリーは扉六つ分くらいウィリアムの先にいて、硬い、小石交じりの地面を驚くほど速く走っていて、小さなスカートが上下に揺れ、上下に揺れ、重たい茶色の髪が首の上で弾んでいた。そして半分くらい来たところで、ちらっとすばやくしかめ面でふり向き、次の瞬間、立ちどまってこっちを向いて、更衣室のひとつに消えていった。

　そしてすぐさま、奇妙なことが起きた。いまや扉三つ分僕の先を行っていたウィリアムが、突如スピードを落としたのだ。そしてさらに扉二つ行ったところで立ちどまり、僕は意気揚々彼を追い抜いていった。そして僕はマージョリーの入っていった部屋の扉の前で立ちどまり、ウィリアムの方にしばし目をやった。彼は地面と睨めっこしていた。それから僕は、小さな部屋に入っていった。

マージョリーは片手を腹に当てて部屋の隅に立ち、肩で大きく息をしていた。僕が入っていくと、ハッと軽く息を呑んだ。「アーサー、駄目よ」と彼女はささやいた。「ここに入ってきちゃ駄目！　誰かに見られたら……」そして僕は突然ものすごく恥ずかしくなった。だって誰かに見られたら……そして僕は半開きの扉の方に向き直り、すばやく扉を閉めて木切れを回した。そうやって木切れを回しながら僕は頭の中でも小さな木切れが回るのを感じ、僕の顔は赤くなったが闇が僕を護ってくれた。マージョリーは片手を腹に当てて部屋の隅に立ち、さっきほど息の音は大きくなく、僕を見つめていた。外の世界は扉の下のすきまから入ってくる陽光のひと切れに縮んでいた。ここは前と同じ部屋にちがいない、壁にも暗い湿り気の模様がまったく同じに浮かんで……と僕には思えた。かかとを日なたに、爪先は日蔭に置いて立ち、三つ数えながら思い出していると、漠然とした、心惑わされる興奮が胸に湧いてきて、僕はほとんど想像する勇気も出なかった、彼女が、僕が……茶色い闇の中でマージョリーは立って僕を見つめていた。そしてすべては僕の覚えているとおりだった。湿った壁、闇、速い息の音……僕は一歩前に出た。マージョリーは何か言いかけたように見えたが何も言わなかった。唇がわずかに開いていた。そしてすべては僕の覚えているとおりだった。湿った壁、闇……マージョリーの息はさっきより速くなっていて、まるでまた走っていたみたいだった。そして僕は考えたのだ、ここで何をすれば……赤いバンダナに金のイヤリングの海賊の船長が、黒い瞳のジプシーの踊り子の腰に手を回した。踊り子がうしろに身をそらすと船長は身を前に曲げ、踊り子の口にキスをした。そして僕はその場面を細部まですべて思い出そうとしたが、見えてくるのは赤いバンダナ、金のイヤリング、ジプシーの黒い瞳だけだった……闇の中でマージョリーは立って僕を見つめていた。そして僕は考えたのだ、これでもし彼女が……なのにこの退屈な女の子はただただそこにつっ立っていた。そして僕は考えたのだ、でももし彼女が……それに、僕のいとこじゃないか。そして僕は考えたのだ、でももし僕が、でももし僕たちが、これでもし彼女が……そしてすべては僕の覚えているとおりだった。湿った壁、闇……突然の憤怒とともに僕はくるっと回れ右し、木切れを回し、扉を引いて開け、烈しい陽光の中に歩み出た。

間一髪だった。扉二つ向こうにまだ立ったままのウィリアムを僕が睨みつけていると、隣の扉が開いて、オレンジの花模様の、きらきら光る緑の水着を着たルー伯母さんが出てきたのだ。曲げた片腕に、服と下着のかたまりを抱えている。「あら、あんたたち、ここにいたの」と伯母さんは水着のてっぺんを引っぱり上げながら言った。「どうしたの?」「何でもない」と僕は答えた。「何でもない」とウィリアムは言った。「何でもない」と僕は言い足した。

20

屋内で過ごすのに死ぬほど退屈して——ウィリアムもやっぱり落着かなくなってきていたのだ——僕たちは自転車に乗って知らない場所まで遠乗りに行くようになった。朝早くの、光が積み重なって空気が重たくなる前の時間に僕たちは出発し、未知の地帯に向けて走り出す。ウィリアムはぴかぴかの黒い英国製自転車、僕はあちこち凹んだ赤いアメリカ製自転車で、黒いハンドルグリップは片方なくなっていて、四年生のときに箱の上蓋二つに五十セントを足して手に入れた景品の走行距離計も壊れていた。僕たちは毎日新しい方角に旅立っていった。見慣れた境界に近づいていくたびに僕は冒険のさざ波を感じ、境界線を越えて未踏の領域に入っていくたびにそれが白い波頭を冠した大波に膨れ上がってはまた砕けるのだった。そして僕はあの未知への突入をどれだけ愛したことか、一瞬のあいだ金網、屋根裏部屋の窓、黒い水たまり、黄色い消火栓、すべてが神秘をたたえて震える、だがそれもすぐさま、朝に慣れない部屋で目覚めて静かに眠たげに目を開けるとドアも椅子も壁も白いカーテンもその見慣れなさで威嚇するのだけれどやがて認識の力がそれらを飼い慣らしてしまうのと同じように消えてしまうのだった。はじめはただ単に境界線を越えるだけで十分だったが、じきに僕らはそう簡単には満足しなくなり、目の前を過ぎていく新しい景色を厳しく評価するようになった。僕たちはたちまち、やる気あるアマチュアからすれっからしの自然通に進化していった。僕たちはどんどん、野生の、人も住まない地帯を探し求め、ある日、僕には見覚えのない、町なかなのに家が一軒もない区域に出た。

カーブした道路の左側には、黒い逆さのSを書いた明るい黄色の看板が、常緑樹の奥深く茂る闇の前に立っていた。右側には、雑草の作るぎざぎざの帯の向こう、崩れかけた、黄色がかった茶色い崖があって、あちこちの裂け目から小さな茂みが飛び出し、崖のてっぺんにはまばらに木が生えていた。「諸君、あそこから景色を眺めようぜ」とウィリアムが言った。彼はときどき、僕がその唯一可視のメンバーであるところの一団に向かって話したのだ。岩の表面は険しすぎてのぼれなかったが、さらに進んでいくと、木立の中で石が坂になっている場所に出た。道路から見えないよう松の林に自転車を隠してから、僕たちは小さな森に分け入っていき、木と岩の坂を、弾力のある枝を押しのけながらエッグサラダサンドと重たいオレンジの入った茶色い紙袋を握りしめてのぼりはじめた。ウィリアムは一方の肩に僕の父さんのキャンバス地張りの水筒を掛けていた。やっと道が平らになって、やや期待外れの崖のてっぺんで僕たちは藪に入っていった。木々のすきまから、眼下にのびた道路の先の方を僕たちは見下ろし、濃い色の常緑樹の梢《こずえ》を見やった。その向こう、土が剝き出しになった四角い一画に明るいオレンジ色のトラクターが一台駐まっている。その景色に背を向けて藪を先へ進んでいき、倒れた丸太をまたぎ越し、身をかがめて頭上の枝をよけ、あちこちにひそんでいるぴかぴかのウルシの葉を避けた。ウィリアムは僕の数歩前を行っていた。そして突然、警官のように手のひらを上にしてうしろにつき出し、立ちどまった。

近づいていくと、低木の茂った斜面のてっぺんにウィリアムは立っていた。斜面の向こうは一気に、いい感じの下り坂になっていた。その先にもうひとつ斜面が険しく切り立ち、やがて平らになって木々に溶けていた。僕たちは眼下のミニチュアの谷間を、小さな丘二つにはさまれた小型の谷間を見下ろした。どこでもない場所の端っこの、秘密の野生の場。あちこちに黄、白があり、オレンジがかった茶色がある。僕は緑の色あいを六種類見てとった。僕たちはすぐさま斜面を、大きな藪からつき出ている頑丈な根や枝に慎重につかまりながら下っていった。棘や針に足を刺されながら、時おり出現する小さな木で体を支えつつ下りていく。途中、藪の下から、折れ曲がった節だらけの棒切れをウィリアムが見つけて拾い上げた。「君、ハックルベリー・フィンみたいに見えるぜ」と僕は言った。「ハックルベリー・メインウェアリング」とウィリアムは言った。「トム・メインウェアリングとハックルベリー・グラム」と僕は言った。這うようにして降りていきながら、僕はウルシの葉の銅のような光沢を見てとり、ぽつんと立つブラックベリーの茂みや、シダの黒っぽい葉を認識したが、大半は見たこともないさまざまな緑の形のあいだを僕らは過ぎていった。名も知らないそれらの姿は、いまふっと思い出した、僕が幼年期に持っていていつしかなくしてしまった本の挿絵のように神秘的だった。あの本に並んでいた、ペンとインクで描いたスケッチはそれぞれ一ページ全体にくねくねと広がり、背の高い、先の尖った、危険な、月世界の草木をあらわにしていた。そしていま、二人で下りていけばいくほど、何もかもがもっと大きくなり、緑ももっと濃くなっていった。一番下まで降り立って、尖った黒っぽい葉のびっしり茂る藪を二つかき分けて抜けると、突然、悠然と流れる、茶色い、陽光にきらきら光る小川のほとりに出た。

小さな、黒い点のある緑色の蛙が、小川の中の岩の乾いた灰色の表面に座っていたが、やがて、小石を落としたみたいな音を立てて水に飛び込んだ。水の底に、上下のひっくり返った、くるぶしまである、何となく見覚えのある気がするスニーカーが横たわっていた。水が動くなか、沈んだカンバス地がわずかに波打っている。向こう岸では大きな藪がいくつも水際に生えていて、葉先が水中に浸《つか》っていた。僕たちはスニーカーと靴下を脱いでジーンズを膝までまくり上げ、乾いた青白い石の上と濡れた黒っぽい石の上を伝って川を渡っていった。ウィリアムは僕の前を、折れ曲がった棒切れを杖のように使いながら進んでいた。彼の青白く毛のない脚、赤っぽいかかと、骨ばったくるぶし、それぞれのかかとの裏側に浮かぶ腱を見ているうちに、僕の胸に突如怒りが湧き上がってきた。僕たちはおよそらしくないハックとトムだったのだ。「さあ、急げよ。そんなガラクタ捨てちまえよ」と僕は言った。ウィリアムはしかめ面でうしろをふり向いた。「バランスをとるのに要るんだよ」と彼は言ったが、僕はもう上機嫌が戻ってきていて聞いていなかった。ウィリアムは最後の石から土手の、二つの大きな藪にはさまれた場所に飛び移った。「おい、これ見ろよ」と彼は葉むらを押しのけながら言った。僕は彼と並んで土手に飛び移り、何だろうと身をかがめた。

小さな葉が集まって出来たカーテンをウィリアムが開けた向こう、藪の底の部分と、上にのびている枝の集まりとのあいだに、小さな谷間の斜面がぽっかり広がっていた。僕たちは一緒に、隔離された緑の空間に入っていった。地面は凸凹で、ねじくれた根があちこちから飛び出していた。僕たちは小さな緑の部屋の中にしゃがみ込んだ。葉の茂る岩屋、隠れた小川のほとりに建つ生きた藪の家。陽光のまぶしい破片がそこらじゅうに転がっていた。茎がいくつも集まった中央のかたまりに寄りかかってウィリアムは座り、片足を前に投げ出し、もう片方は膝を立てていた。僕は彼の下の、葉むらのカーテンに近いあたりに座った。それは小さなメイプルグリーンの葉の集まりで、一枚一枚はほっそりとした楕円のような形で、縁には小さなぎざぎざが並び、ごく細い毛が房飾りのように付いていた。陽がまともに当たると半透明になって葉脈の骨格があらわになり、僕は突然、子供のころ僕を魅了した、靴売場にあった、僕の足の骨が緑色の光の中に浮かんで見える機械のことを思い出した。一番下の方の葉は茶色い水の中に垂れ、流れに引っぱられていた。きらきら光る葉たちは、水面に軽くぶつかっていた。水中で、フライデーの失われたスニーカーがゆるやかに動いた。「いいなあ、ここ」とウィリアムは言って、父さんの水筒の蓋をねじって開けた。蓋が本体にぶつかって布と金属が鈍い音を立て、鎖がカチンと鳴った。「おい、見ろよ」とウィリアムは言った。

その騒々しさにムッとして、僕は苛立った気分で向き直った。ウィリアムが片手をつき出し、その甲に見入っていた。「何騒いでるんだよ、何も見えないぜ」と僕は言った。「ほら見ろよ、緑なんだよ」と彼は言った。見れば彼の手の甲が、緑の陽光を浴びて輝いていた。ウィリアムの目の下、あごの上、頬のてっぺんにも、微かな緑のほのめきがあった。僕はさっと自分の手を見てみたが、それが肌と影でしかないのを見て胸が痛んだ。けれどその手を、そのへんの半透明な、緑にほのめく葉のそばへ持っていってみると、皮膚の上で緑の光がゆらめいた。「君の顔、緑色だぜ」とウィリアムが僕を見て言った。自分も緑色になれて僕は嬉しかった、そう、緑色になれて嬉しかった。僕たちはそうやって、僕の友と僕は、書物の中の二人の少年のごとく緑色で無垢だった。その小さなエデンに坐し、秘密の荒野の秘密の深奥にあって緑の絆に包まれた僕は、ここに永遠にいることになっても構わないという気分だった。実際、永遠より少ない時間では短すぎるという気分だった。

21

あいにく永遠にそこにいることは不可能だった。午後ずっといることすら不可能だった。まあそれでよかったのだと思う。立ち去るころには、僕はもういくぶん退屈しはじめていたからだ。実を言えば、自転車であちこち回ること自体にも僕はいくぶん退屈しはじめていた。なぜなら、実を言えば、自然もいいけれど本の方がもっといいのだ。ウィリアムもやはりだんだん落着かなくなってきていて、実際、短い交友のあいだに僕も気づいていたのだが――とはいえべつに誰も彼に何かをするよう強いたわけではない、誰も彼に死ぬほど退屈するよう強いたわけではないのだ。そしてふたたび僕たちは戻っていった、白い一ドル札、ピンクの五ドル札、黄色い十ドル札……僕は退屈の巨大な迷路に迷い込んだ気がした。何とも妙な話だ。何しろ僕は、はっきり自由を奪われているなんてことはまったくなかったのだから。まるで人生そのものがひとつの制限であるかのよう、逃げ道のない巨大な単調さであるかのようだった。いや、ひとつだけ逃げ道はある。むろん僕はまだ、恋の悦びというものを、それがいかなるものであれ味わっていなかったが、味わう前からすでに僕にはわかる気がした、どのみちそれは――そして僕は君らに理解してもらうことに心底絶望する、君ら独善的な者たち、君たちニコニコ微笑む者たちに！　そして僕は時おり、自分が芸術家であったならと思った。この世界に優る、この世界を抹消しこの世界に取って代わる世界を創れさえしたら。そう、僕の心はあらゆる地点においてこの世界の外へ走り出てしまったように思えたのだ。そして、ある意味において僕の退屈は官能主義者のそれ、ありきたりの快楽に倦《う》んで新しい奇異な快楽を永久に探しつづける者のそれであったかもしれないが、と同時に別の、もっとずっと真なる意味において僕の退屈は禁欲主義者のそれだった。なぜなら僕はこの世界のさまざまな快楽を猜疑の目で見ていたのだから、もっとずっとよいものに焦がれていたのだから。青い五十ドル札、黄褐色の百ドル札、オレンジ色の五百ドル札……そして僕はそれらがもっともっと続いていくことにどれだけ焦がれたことか、ああ！　どれだけ僕は焦がれたことか、黒い千ドル札に、銀の五千ドル札に、深紅の一万ドル札に……

22

暑くなっていくにつれて、あたかも夏の光が丸ごと僕にのしかかるかのように圧迫感と窒息感に僕は苛まれるようになった。苛立たしい倦怠が僕にとり憑いた。暗くした部屋に僕は何時間も疲れきって横たわり、特に何をというわけでもなく暗く考え込み、ウィリアムの声の響きや母さんが庭で使う園芸バサミの音に憤っていた。夕暮れどきになってやっといくぶん安らぐことができたが——息苦しい一日の死に僕は歓喜したのだ——落着かない気分は残り、夜が更けていくにつれますます募っていった。僕は己の肉体から自由になりたかった。肉体こそひたすら不快な感覚の源に思えたのだ。僕は逃げたかった、融解したかった、死にたかった。僕の存在全体が華々しく拡張するのが感じられればと僕は願ったが、肉体が唯一その妨げとなっていた。ああ、僕は息苦しかった、押しつぶされる思いだった、君にわかってもらえたら……愚かな読者たる君に……

ある重苦しい夜、僕はベッドの上で身を起こし、涼しいブラインドを脇へ押しやった。僕の透明な顔が見えるガラスの暗い輝きの向こうに、カラフルな青い夜があった。テクニカラーの映画で見るたぐいの、昼間を濃く染めて作ったように思える夜の世界、カエデの木は光を放つ青い空に向かってのびていて、丸い、刺すように白い月は淡い青の影をたたえ、黒さをすべて燃やし去ってしまったみたいに見えた。午後の名残りの、いまもあちこちに浮かぶ気だるげな雲は、青っぽい灰色に染まり闇の中で光を発していた。青味がかった強い白光《はっこう》が、月から庭の神秘へと注いでいた。カエデの木の、青い空を背に黒く水平にのびた一本の枝から、ブランコのロープ二本がくっきりと垂れ、月光を浴びて光る木製の座席には葉影《はかげ》の模様がはっきり刻まれていた。芝生はまぶしく光る草と暗い葉影から成る、微妙に揺れるチェッカー盤だった。夜の世界はこの上なく涼しく、青く見え、天空の紺色の葉蔭の下に広がる陰多き青い隠れ場所のように思えた。青い影に彩られた月の涼しい炎の下、僕は自分が黒い闇から溶け出して青の暗い輝きの中に入っていくのを感じた……

ガシャンと音を立てて僕はブラインドを手放した。身を起こしてベッドに座ったまま、突然の渇望に興奮して両膝を抱きかかえた。そして長いあいだそうやってじっとしたまま恐れとともに耳を澄ました――なぜならそういう欲望自体、静かな日常性への闇の騒々しい侵入に思えたのだ。暗い壁、暗い窓、まどろむ家の暗い静けさ、すべてが冒険を妨げる穏やかな陰謀をもくろみ四方から僕を圧迫しているように思えた。部屋の時計までもが、不賛成の念を穏やかに規則正しく表明していた――チッチッ、チッチッ、チッチッ、チッチッ……突然の嫌悪に襲われて、僕は上掛けをはねのけ急いで服を着はじめた。

そうっと、慣れた足どりで、僕は部屋からこっそり、月に照らされた台所に入っていった。五葉《ごよう》のカエデの葉の拡大された影が、キラキラ光る流し台に、金属の棚の表面に、壁を覆う月光の平行四辺形の上に広がっていた。窓のついた木のドアの閂を僕はそうっと外し、縦溝の彫られたガラスのドアノブをそうっと回し、木製の網戸の凹んだ金属製ノブをそうっと回し、まぶしい夏の夜の暑い青い空気の中に出ていった。おお、雪のごとき月をたたえた青い夏の夜よ……おお、暗い青い園で花咲く月の花よ……少しのあいだ僕は、葉蔭になったポーチの銀白色《ぎんはくしょく》の牛乳箱のかたわらに立ってから、爪先立ちで庭に降りていき、僕の体の表面でさざ波を立てる影の中を抜けていった。まるで月の下で自分が溶けていくかのように、さざ波を立てる影の中を抜けていきながら僕自身もさざ波を立てているように思えた。コオロギたちの騒々しい声が暗い生垣の向こうから響いてきた。幽霊のように、実体がないかのように僕はするすると進み、花開くブランコのところまで行って腰かけた。左右を見て、両側の家の窓が真っ暗であることを確かめた。それから、そうっと、そうっと僕は漕ぎはじめた。むき出しの地面を蹴って、子供のころ慣れ親しんだ弧を飛ぶように抜け、両脚を上にのばして背をうしろに倒し、葉の影、小枝の影を波打つように抜け、月の澄んだ明るさの中に入っていってますます高く高く漕ぎ、もっと高く高くなっていく弧の頂点まで漕ぎ、羽根のごとく一瞬僕は静止して、ふたたび迅速に、そうっと、卒倒するかのように落ちていって、また高く、高く、高く、高く漕いで、ついに手を放した——そうして、ニュース映画などで動きが突如停止しバスケットボール選手が空中に立った姿で凍りつき背中はそり返り腕はぴんと上にのびて重いバスケットのボールがのび切った指先に貼りつくように、僕もまた、色塗られた夏の夜の濃密な青い媒体の中に宙吊りになったように感じられて、僕の背後で空っぽのブランコもまだ落下しておらず、月光を浴びて静止した僕は空中に安閑と浮かんでごく軽い羽根たるグラムと化し、けれどやがてバスケットのボールが生きた指からこぼれ出て選手も落ちていくごとく、僕もどさっと落下して、両脚のスニーカーで地面を強く打ち、膝を曲げることでその衝撃を和らげた。そしてふんわり前に体を傾け、広げた両手で地面に触れたのちにごろんとうしろに倒れ込んだ。ブランコは狂ったように跳ねて、無音の、ぎくしゃくした弧を描いていた。僕は顔を上げ、青っぽい灰色の、切れぎれの雲の向こうからこっちへ突進してくるように見えるまばゆい月に見入った。仰向けに横たわってはいるのに僕は落ちまいと芝生にしがみついた。しばらくして立ち上がった。少しのあいだためらった。それからゆっくり、重たい足どりで、家の方に戻っていった。

玄関前の階段で立ちどまり、回れ右して、すたすたと芝生の向こうに戻っていった。

生垣が金網と接する狭いすきまをくぐり抜けて、僕は坂を下っていき、いろんな物たちがサラサラ、パチパチ、ササッ、シューッと音を立てている葉深い藪と藪のあいだにのびた薄暗い小径を通って、月に照らされた原っぱに出ていった。小川から棚のようにつき出たコンクリートの出っぱりに立って、月に光る泥と接した、硬い、草の生えた地面に僕は飛び降りた。盛り上がった石から石を渡って泥を渡り、向こう岸の硬い、雑草の茂る地面に行きついた。ちょうど僕の首の高さの、ぎざぎざしたコンクリートの出っぱりをつかんで僕はぐいっと跳び、片脚を上に掛け片膝を少し擦った。それから、険しい土の坂をよじのぼり、車体工場の裏手の、炭殻を敷いた車寄せを横切って、月に照らされた黒いゴミバケツや、タイヤのなくなった自動車の抜け殻の前を通り過ぎ、閉店したガソリンスタンド、洗車場、暗くなった食堂に沿って歩いていくと、建物と建物のあいだから時おり赤と緑の信号が見えた。迅速な、夢の容易さをもって僕は先へ進んだ。幽霊のごとく滑ってゆく、月に照らされた陽気な分身が、ゴミ入れや木箱の山の前を過ぎ、こわばった金網をよじのぼり、生垣をくぐり抜け、やがて古い木の柵を越え、まどろむ裏庭に入っていくと、古い二世帯住宅の前に立てた外套掛けに、にこにこ笑ったラガディアン人形がくしゃくしゃの赤毛で吊されていて、向かいの高い生垣へと急いだ僕は枝や葉に引っかかれながらその生垣を抜けてもうひとつの庭に出ると、砂箱の中でひっくり返っているバケツが月に照らされた砂丘に長い影を投げていて、ぎざぎざに並ぶレンギョウの列へと急いだ僕はさらにまた別の庭へと這うように入っていき、店の裏階段のゴミバケツの横で二つの緑色の目が光っていて、折れ曲がった金網をよじのぼってまた別の庭に出ると、二階の物干しロープから袖なしのアンダーシャツと並んでこわばったジーンズが逆さにぶら下がっていて、高いポーチを囲む月に照らされた手すりには空っぽの植木鉢が灰色の敷物の干してある横に載っていて、そうやって庭から庭へと、眉をひそめた窓たちに追われながら僕が逃げつづけていると、暗い家一軒一軒が背後で目を覚ましていくかのように、黒い窓一つひとつにパッパッと明かりが灯るかのように感じられ、低い物干しロープを僕は首をすくめてよけ、芝刈り機の把手を飛び越えると、高い、行く手をさえぎる茨の生垣の前に出た。狭い横庭を恐るおそる、黒い窓の下で首をすくめながら僕は進んだ。家の角まで来て僕はいったん止まった。通りの向かいに並ぶ暗い店たちが街灯と郵便箱を映し出していた。小さな前庭を僕は疾走して抜けたが、右手にヘッドライトが現われたので低い茨の生垣の前にパッと身を伏せ、家に凝視されながら車が通り過ぎるのを待った。そして両脚を引っかかれつつ生垣を跳び越え、通りを渡って店の並んでいる方に行った。ドラッグストアの角で左に曲がって、静かな通りに入った。生垣の向こう、月に洗われた柵の向こうに建つ小さな一世帯住宅の連なる前を滑るように過ぎていき、ほのかに光る青っぽい白の教会にたどり着いて右に曲がり、道路から引っ込んで建つ、もっと大きな屋敷の並ぶ通りに入っていった。通りの終わりまで来て左に曲がり、次の通りの終わりで右に曲がり、とうとう、道路から引っ込んで建つ、道路と玄関をつなぐ通路はないウィリアム・メインウェアリングの家に着いた。

月に照らされた、車庫までの黒い車寄せを僕はゆっくり這うように、左にのびた自分の影をお供に進んでいった。家の横の、ほのかに光る青っぽい白の車庫の扉の前まで来ると、影はぴょんと飛び上がって僕の頭上にそびえた。おそろしく慎重に、一センチ、またそっと一センチ、ほとんど何の音も立てずに、険呑《けんのん》にきしる扉を僕は自分の膝の高さまで引き上げた。腕が痛いのをこらえて扉をその位置に保ち、その下から中にもぐり込んで、ガソリンの臭いがたちこめる、黒光りする二台の自動車がずんぐり並んだ車庫に入っていった。扉を慎重に下ろして、一方の車の側面を手探りで進み、暗い内扉の前まで行った。散らかった作業台の上にのぼって、指先でゆっくり、ドア枠の埃っぽい上べりをなぞっていくと、やがて突然、鍵の金属が指に触れた。

ドアがぎいっと音を立てて開き、僕をぎょっとさせた。一瞬のあいだ僕は真っ暗な階段の下に立って、耳を澄ませた。それからゆっくり、爪先立ちで木の階段をのぼって行き、ゆっくり次の暗いドアを開けた。ビニールのマットに足を踏み出し、そっとドアを閉めた。左側の暗い居間で、マホガニーの縁やガラスの断片が月光に磨かれていた。右側の暗い台所で、窓半分の向こうに、月に照らされた芝生の一画が見えた。僕は身をかがめてスニーカーの紐をほどき、マットの真ん中に並べて置いた。ゆっくりと、分厚い黒っぽい絨毯を僕はのぼりはじめた。

階段は音がしなかったが真っ暗な踊り場がぎいっと軋んで僕は思わず息を呑んだ。張りつめた静寂の中で僕は聞き覚えのある機械的なうなりに気づいたが、それが突然止んだ。微かな、配管の水音が浴室から聞こえてきた。踊り場で左に曲がって、さらに二段だけの階段をのぼり、上がりきって右に曲がると平板な黒さが目の前にあり、そこからゆっくり、より黒い黒さが現われた——黒いドア側柱、黒い壁、黒い繰形《くりがた》、そして遠くの、一番奥に、微かな黒いゆらめきがあって僕を戸惑わせた。僕は片手を前に、指をぴんとのばしてつき出し、片足をそうっともう一方の前に出して、危険な廊下を気を張って歩み、どんどん威嚇的になっていく静寂の中を進んでいくにつれ、僕は足を踏み鳴らしたくて、走りたくて、華麗にブゥゥゥゥゥゥゥゥゥゥとわめきたくて、突如出現したテーブルに衝突したくてたまらなくなった。そうしたらベッドが軋み、足音が立ち、明るい黄色の光が廊下にあふれるだろう。けれどその完全無欠な静寂の中で僕は廊下をその黒いゆらめきに向かって進み、それが突然鏡であることを思い出し、やがて馬鹿げた、滑稽なまでの容易さでもって右側の最後のドアにたどり着いた。僕はそうっと把手をつかんだ。馬鹿げた、滑稽なまでの容易さでもって僕は音もなくドアを開けた。一メートルかそこら右で、ウィリアムが頬を下にして横たわり、閉じた目で僕の方を向いていた。僕が部屋に足を踏み入れると彼の目が開き、彼はまるで僕を待っていたみたいにベッドの上で身を起こした。「僕だよ――アーサーだ――しーっ」と僕はささやき、そっとドアを閉めた。自分の声が映画の登場人物みたいに聞こえた。芝居がかったヒソヒソ声で僕は「心配ないよ。誰にも聞かれなかったから」と言い足した。

「しーっ」とウィリアムも、自分の役割を完璧に演じて声を殺した。闇の中でも、彼が動揺しているのが僕にはわかり、不安な気分が脈打つとともに、いままで僕を捉えていた月の気分がすうっと抜けていくのを僕は感じた。僕は早口でささやいた。「心配ないよ、僕……」

「しーって言ったろ。しーっ」。低い、張りつめた声で彼は訊いた――「君、何か面倒なことになってるのか？　何かまずい……」

「いやいや」と僕はいくぶんホッとしてささやいた。「そんなんじゃないよ。僕の部屋があんまり暑かったから……月が出てたから、思ったんだ……うまく説明できないけど、思ったんだ……君、出てこないか……散歩に行くとか……」。僕自身にもその言葉は傲慢なほど愚かしく聞こえ、自分が何をしでかしたのかがひしひしと感じられて、僕は自分のベッドに、自分の部屋の安全な闇に戻りたくてたまらなくなった。そしてふたたび、麗しい月の気分が、静まり返った、耳を澄ます闇の厳しい凝視の下ですり抜け、ねじれ、変化し、力を失っていくのを僕は感じた。ウィリアムの目がギラギラ光って、烈しいささやき声で彼は言った。「しーっ。何も言うなよ。あっさり出ていくんだ、いいか？しーっ。あっさり出ていけよ。な？　しーっ。まったく、よくもまあ――しーっ。あっさり行けよ。ドアの錠、ちゃんと掛けていくんだぞ。で、鍵はちゃんと元に戻してくれよ。まったく、これでもし――何も言うなって言ったろ。あっさり帰るんだ。気をつけろよ。さっさとここを出るんだ。しーっ。し――――――っ」

突然がばっとウィリアムはベッドから降りた。僕はがくんと頭をうしろに引いて、片腕を顔の前に上げた。けれど彼は僕を無視してドアまで歩いていき、ドア板に耳を当ててしばし聞き入った。それから背をのばして、「オーケー。僕も一緒に行く。念のために。しーっ」とささやいた。ドアを静かに開けて、彼は真っ暗な廊下に歩み出た。僕はしおらしく彼のあとについて歩み出た。背を丸め、危なっかしく前に進みはじめたところで、突然明かりが点いた。

それはただのウィリアムだった。青と白のストライプのパジャマ姿で立ち、おそろしく怖い目で僕を睨みつけ、きつく結んだ怒った唇に指を一本当てた彼は、明るく照らされた階段の方にがくんと顔を向けた。それから僕の先に立って爪先立ちで進み、階段のすぐ手前まで行った。自分の背中が楕円形の鏡の中にどんどん退いていくさまを思い描きながら爪先立ちでついて行く僕を彼は待ち、僕が追いつくと彼は明かりを消して、一瞬すべては真っ暗になった。ゆっくりと踊り場が現われて、ウィリアムのうしろについて僕は爪先立ちで階段を下りていった。僕のスニーカーが下のマットに見えた。階段を下りきると僕はスニーカーをはき、突然、機械的なブーンといううなりがふたたび止んで、今回僕は冷蔵庫のモーター音を認識した。階段を下りて車庫まで一緒に行くとウィリアムは言い張り、車庫に入ると器用に作業台にのぼって、鍵を元に戻した。無限に慎重に、彼は車庫の扉を腰の高さまで持ち上げ、僕がその下を通って出るあいだ押さえていてくれた。それからゆっくり、音もなく、慣れた手付きで扉を下げた。

外へ出ると僕は背をのばし、体の埃を払った。夜は変わってしまっていた。青すぎる空の白すぎる月は、僕の行ないを暴露すると脅し、罰すると脅していた。自分の部屋の、遠い闇に僕は焦がれた。明るい、青っぽい白の車庫の扉を背に、僕の影はさらにまっすぐ立った。ぴかぴかの真っ暗な窓が並ぶ方へ足を踏み出して、僕は身を乗り出し――そしてパッと身を引いた、なぜならウィリアムの青白い顔が僕を睨みつけていたからだ。そうっと、迅速に、翼の付いたゴム底の足で僕は車寄せを走り、道路脇の砂っぽい、ザクザク鳴る地面まで行った。そうっと、すばやく、道路から引っ込んで建つ大きな屋敷が並ぶ道を僕は逃げるように進み、通りの終わりまで来ると右に曲がり、次の通りを左に曲がって、青っぽい白の教会に来ると僕は、ウィリアムがいままさに一つ目の暗いドアを開けているのだと思い描いた瞬間に角を曲がった。そうっと、迅速に、さっきより小さな、生垣や柵のうしろに建つ家並の前を僕は駆け抜けていった。そしてウィリアムが二つ目の黒いドアを開けるのと同時にドラッグストアの角を曲がり、そうっと、迅速に、明るく照明の灯った人けのない歩道を走っていって、商店や家屋やガソリンスタンドや閉店した食堂の前を過ぎ、すでに夜らしさを失いかけているものの夜明けらしさにはまだ達していない曖昧な空の下を過ぎていき、ウィリアムが真っ暗な廊下に足を踏み入れるのと同時に道路を渡って、車体工場の裏を駆け上がり、土の坂をよじのぼって、コンクリートの出っぱりを跳び越えて泥の中に着地し、向こう岸に這い上がり、藪が両側に並ぶ小径を走っていって、そそくさと斜面をのぼり、生垣と金網のあいだに身を押し込み、死んだブランコが陰気な木から垂れ下がっている庭を走り抜け、裏手の階段を跳ぶようにのぼって、網戸を開け、木のドアを開けて、怒った父さんが台所の食卓に座っているのを見たけれどそれはただの椅子の背に掛かったエプロンで、僕は閂を掛け泥だらけのスニーカーを脱いで、背を丸めて恐るおそる台所を抜け廊下に出て、いまだ美しく暗い部屋に僕が入っていくのとほぼ同時にウィリアムも暗い寝室に入っていった。

23

次の日ウィリアムは来なかった。その次の日も、その次の日も、その次の日も。電話をかけて病気なのか訊いてみようかと思ったが、それまで一度も電話したことはなかったし、なぜだか……「ウィリアムはどこ?」と母さんはしつこく訊いた。「うん、死んだんじゃないかな」と僕は答えてまた本に戻るのだった。陽のあたる朝の食卓で僕は読みはじめ、夏の光が作る細く明るいいくつもの長方形がページの上に縞模様を作り、あたかも活字一行一行が木洩れ日の差す薄暗い森をさまよっているように見えた。長い午前のあいだずっと、僕は涼しい、けれどだんだん蒸し暑くなっていく自分の部屋で読みつづけ、庭からはゴソゴソと、百日草に囲まれた母さんが立てる微かな音が聞こえ、通りからは遊んでいる若い不良たちの楽しげな叫びが聞こえ、そして頭上からは、不規則な間隔で、ドスドスとこもった音に紙を破る音が交じったさざ波が突然届く。ウインケンがリノリウムの床を闊歩しているのだ。昼食の時間にはもう、僕は頭が痛く体もだるかった。それでも長い午後のあいだずっと読みつづけ、暑くなった自分の部屋から、葉陰の見える窓と向きあった居間の肱掛け椅子に移動し……一冊の本からもう一冊の本へと、巨大な本の章から章へ移るみたいに流れていき、時おり、自分の眼鏡に映る木の葉の緑の鏡像を眺め、レンズの隅に突如現われる暗い動きにギョッとした——背後の窓の前をさっと過ぎていく鳥の暗い飛行。時たま僕は、ふかふかのカウチのクッションの上に寝そべり、眼鏡を腹に載せ片腕で目を覆って休み、夏の重苦しい音に耳を澄ました。手動式草刈り機のハサミのような音、野球のボールがキャッチャーミットにスポンと収まる響きと野手のグラブの詰め物のない球受け《ポケット》にスパッと収まる響き、遠くのラジオのロックンロール……「ウィリアムはどこだい？」と父さんがコートハンガーのジャングルをジャラジャラ鳴らしながら訊いた。「うん……」と僕は答え、気だるく肩をすくめてうやむやに黙った。夕食が済むと僕は自分の部屋に戻り、父さんはいつもの椅子に座って赤い革の足載せ台に両脚を載せ、手には湿ったビールの缶を持って、熱い、赤く火照った、金切り声を上げげているテレビで青っぽい野球の試合を観るのだった。時おり父さんと母さんは、三年生の担任をしているミセス・ウェイクマンと中古車セールスマンのミスター・ウェイクマンと一緒にピノクルをした。ミスター・ウェイクマンが帰るとあとにはいつも少なくとも三つの灰皿に、濡れたオリーブ色の葉巻の吸殻、大きな青っぽい灰色の円筒形の灰、そして金の帯が付いた微かにパチパチ鳴る皺くちゃのセロハンの包み紙が残った。ランプの灯った自分の部屋の砦から、僕は彼らの陽気なざわめきに耳を傾け、心おきなく台所に入れるようざわめきが止むのを待ち、あとになって、寝仕度をしている母さんと父さんが「……ウィリアム……とにかくもう少し……一日じゅう部屋に……」と話すのが切れぎれに聞こえてくるのだった。とうとう、うんざり苛ついた気分で僕は明かりを消し、重苦しい闇の中で目を閉じると、僕の気だるい体は、押しつぶされるように重たい昼のあいだはあんなに空っぽだったのに、じわじわと落着かなさに満ちていくのだった。

ある暑い夜、僕はベッドの上で身を起こし、涼しいブラインドを脇へ押しやった。くたびれた、退屈で死にかけた月は、変わりばえしない庭に光を注ぎつづけていた。変わりばえしないカエデの木が変わりばえしない蒼い空に向かってつき出し、空では変わりばえしない疲れきった雲が浮かんで、もはや不平を言う元気もないほど疲れた変わりばえしないブランコが、同じ退屈した枝から力なく垂れていた。コオロギたちまでが気だるそうに音楽を奏でながらハンカチで額の汗を拭いていた。長いあいだ僕は一心に、けれど興味は持たずにすべてを眺め、天と地の無限の凡庸さに感じ入っていた。しげしげと眺め、その情景に静かな慰めを見出していると、突然、生垣の左隅の、金属フェンスと接したところで動きが生じて僕の注意を惹いた。暗い枝が何本か横に動き、音もなく、亡霊のように、ウィリアム・メインウェアリングが月光に照らされた庭に身を押し込んできた。

ゆっくりと、背を丸めて、月光に照らされたスニーカーを履いた足で、漫画に出てくる悪者の誇張された忍び歩きを彼は進めていった。そして芝生を半分来たところで立ちどまり、ささっと鋭く左右に目をやって、しばし凍りついたと思うとまた歩きはじめた。裏の階段へ近づいてくるにつれ、その小ざっぱりした茶色い髪がはっきり見え、黒い目、鼻と口のあいだの凹みが見え、上着に縫いつけた濃い赤の野球ボール型ワッペンの白い縁が見えた……それから彼は、僕の覗き穴の枠外に出て、僕はベッドで身を起こし烈しい思いで耳を澄ました。

パタ、パタ、とポーチを歩むゴムっぽい足音は、僕にはかろうじて聞こえる程度だった。あたかも耳というものが力を込めうる筋肉であるかのように力を入れて聞きとろうと努めていると、動きのない夏の夜の静寂の核に、隠れた喧騒があることを僕は発見した。遠くのブレーキが微かにキキッと鳴る音、藪を歩く猫が立てるざわめき、時計がチクタク鳴る音、屋根裏部屋の床の軋み、僕の部屋の窓の網戸に蛾がぶつかる音、配管を流れる水のゴロゴロという音、遠くのハイウェイを走る車のヒューッと柔らかな音、楽曲を奏でるコオロギたち——そしていつも、それらすべてのうしろで、それらすべての下で、あたかも僕が耳を澄ますその営みの烈しさ自体が喧騒の一形態であるかのように、僕の耳の中で微かに、しかし揺るぎなく響いている耳鳴り。突然、僕の部屋のドアの外でギイッと軋む音がして、僕はハッと間抜けな音を立てて息を呑んだ。けれどそれは、家というものが、まったく何の理由もなしに、ただ単なる退屈ゆえに立てるあの神秘な音にすぎなかった。きっと床板が関節を鳴らしているのだろう。そしていま僕には何もかもはっきり聞こえた、開きつつある網戸の微かな軋み、ガラスのドアノブの揺れ、騒々しい静寂、ガラスのドアノブの揺れ、網戸がそっと閉まる音、ポーチをパタパタ歩む音、軋み、間《ま》、木が滑るような音、いまの木が滑るような音は何だろう、床をひっかく音、こする音、布が木に当たる音、軋み、静かなドスンという響き、突然のガチャガチャガチャ金属的な音――そして一気に、それら幽霊のような、不気味に現実から離脱した音たちがそのガチャガチャ金属的な響きの周りで形を成した、なぜなら皿立ての端に置かれた小さな箱に入ったナイフとスプーンが僕には見えて、彼が台所の窓から入ってこようとしていることが僕にはわかったのだ。流し台に下りてくる足音……突然の静寂。というより、可聴と不可聴の境界で揺らぐ沈黙、聞こえる静寂、耳の蜃気楼《しんきろう》。そしていま、ゆっくりした正確さとともに僕には見えた、彼が流し台からうしろ向きに現われるのが、まず一方の脚をそしてもう一方の脚をそろそろと降ろすのが、彼がゆっくりと体を回すのが僕には見えた。押し上げた上着を引き下ろすのが、髪を均《なら》すのが、月光に照らされたリノリウムの上をゆっくり爪先立ちで開いた戸口の方へ歩き、リノリウムから絨毯へと慎重に足を踏み出し、ゆっくり、ゆっくり、短い暗い廊下を僕の部屋のドアに向かってと進んでくるのが、慎重に、慎重にブロンズ色のドアノブを回し、ゆっくり、ゆっくり、ドアを押して現われるのが、僕には見えた……けれど暗いドアは動かなかった。だから僕はまた新たに想像力を駆使して彼の歩みをたどり直し、芸術的に完全とは言いかねる精度でもって現実の圧倒的な精緻さを再現しようと努めた。僕が見守るなか、彼は片足をゆっくりもう一方の足の前に持っていきながら、一歩一歩用心深く爪先立ちで危険なリノリウムの上を進み、スニーカーを履いた足それぞれを慎重に爪先からかかとへと床の上に下ろし、立ちどまって闇のなか物音はしないかと耳を澄ましたかと思うと今度はうしろに目をやり、月光と遠くのカエデのぼんやりした影とに膨らんだ半透明のカーテンを垂らした木のドアにはめ込まれたガラスを見て、そして今度は狂おしいゆっくりさで目の前の暗い開いた戸口へ近づいていき、スニーカーを履いた爪先がゆっくり向きを変えてリノリウムと廊下の絨毯の前の細い木の帯とを隔てる線を越え、思いきって降り立つ前に一瞬ためらうのが僕に見えるなか、突然僕の部屋の暗いドアが動いて、暗い輪郭が現われ、本物のウィリアムが入ってきて、僕の顔に浮かんでいるのとまったく同じ烈しい勝利の表情を浮かべつつ、暗い和解に包まれて僕の方へ背を丸めて進んでくるとともに、廊下では想像のウィリアムが依然リノリウムと絨毯のあいだでためらいつづけ、そのひどく疲れる姿勢のまま永遠にうち捨てられていた。

24

ウィリアムの暗い訪問は僕たちのあいだの新しい親密さの明るい始まりだった。それはあたかも、彼が何かを、それが何なのかはともかく何かを捨てて僕を選んだかのようだった。その夏の終わりの日々、自分たちがひそかに結託しているという思いが僕たちにはあった。何に抗して結託していたのか、よくわからない。僕たちはそのことを話しあったりはしなかった。その夜、彼が暗い肱掛け椅子に黙って座って待つ前で僕は急いで服を着、二人でこっそり家を出て、コンクリートの小川へ降りていった。というのも、最初の勝利の盛り上がりのあと、家に帰らなくちゃと彼がひどく心配しはじめたので、僕は帰り道の途中まで一緒について行ったのだ。何だか彼は自分の大胆さに怖気づいたみたいだった。考えてみれば無理もない。これは、禁じられた領域への、彼にとって初めての冒険だったのだから。次の日、彼はいつものようにやって来て、母さんが「まあ、ウィリアム。いったいどこへ行ってたの？」と訊くと、目を母さんの左肩あたりにそらし、いささかぎこちなく「ええ、あのちょっと、病気っていうか……」と答えた。母さんは彼をじろっと睨んだが、結局、何も気づかなかったふりをした。「まあとにかく、よくなってよかったわ！」と母さんは明るく言った。「みんなであなたのこと心配してたのよ。ところでアーサー、母さんのこて見なかった？　バケツの中にもないのよ。そこらじゅう探したんだけど。どうしても見つからないの。ひょっとして見かけなかった？」。気の毒に、ウィリアムはひどくみじめに見えた。成り行きでこんなつまらない隠し事を強いられてしまったのだ。

けれどその夏の終わりの日々、僕たちの友情は花開いた。僕たちは夢を見て、あくびをして、まったく何もしなかった。うち捨てていたゲームに僕たちはいっそう気合いを入れて戻っていった。結局一度も実現しなかった長い自転車旅行を僕たちは計画し、実行しなくてもいい困難な努力をしていることを体に感じて気をよくした。僕たちは死ぬほど退屈したが、その退屈はいまや一種歓楽の様相を帯びていた。そしていつも、その親密さは夏休みの終わりが持つあの特質によって、そう、あの不安混じりの自由の感覚によって強められていた。それは七月ののどかな自由さとは全然違う。夏の始めの日々とは異なり、終わりの日々には、無限に続く熱い青い夏の午後へと怠惰に広がっていく余地はないからだ。狭いスペースに押し込められた日々は、人を酔わせるとともに痛みももたらす、刺すような自由の精粋《エッセンス》を絞り出す。それは欲深い新学期が、自分の番が来るのを待ちきれず、夏の終わりにまで意地汚くさかのぼって手をのばしてくる日々だ。ある暑い日、僕は母さんに引っぱられて衣料品店に行き、重苦しく新しいズボン三本を作るために寸法を取られた。次の日、母さんは鉛筆一箱と、3リングバインダと、ブルーブラックのインク一壜を買ってきた。まるで未来が現在に侵入してきて、しっかり根を下ろしてしまったみたいだった。母さん本人も日に日に忙しくなっていくように、日に日に物々しくなっていくように思えた。あたかも母さん自身の休暇が終わりに近づくことで、長びいた病気が癒えるみたいに母さんの内部で生理的な変化が次々生じていて、いまにも攻撃的な健康の危険な徴候がいっせいに現われそうな気がした。こうしたさまざまな力を前にして、ウィリアムと僕は、ほとんど一緒に投げ飛ばされたように思えた。

第八学年が始まる水曜日の直前の日曜、父さんに連れられて僕たちは別れの遠出に出かけた。これはうまく行かなかった。木深い丘のふもとに赤いフォルクスワーゲンが駐車していて、雲母の光る道を僕たちが歩き、石切場跡が緑と紫の水へと一気に落ちていくところで曲がると、前を歩いている二人のうしろ姿が目に飛び込んできた。男の人はだぶだぶのカーキ色のバミューダをはいて半袖のワイシャツを着て艶やかなパイプをプカプカ吹かし、パイプの茶色の火皿が右耳の向こう側に見えていた。採石用のハンマーを背中に回して水平に持ち、ゆっくりくるくる回していた。女の人は黒いスラックスをはいて白いブラウスを着て、大きな茶色い革のハンドバッグを肩に掛けていて、片手にはやはり採石用のハンマーを持っていた。ふり返ってにっこり笑って「おはようございます」と言ったのは女の人の方で、そう言いながら彼女は男の人の袖を引っぱった。あろうことか、父さんは立ちどまってすぐさま立ち話を始めた。僕たちはじきに長年の仲よしになってしまった。男の人は高校で理科を教えているという。女の人は五年生の担任で、カブスカウトの指導者をやっている。二人とももう何年も前から岩石を集めているということだった。僕は無意味な言葉を無愛想に二言三言呟き、ウィリアムの方をちらっと見ると彼も全然嬉しそうではなかった。やっと母さんがふうふう言いながらやって来て、みんながこんにちは、ご機嫌よう、と言って僕たちは坂を一緒にのぼり終えた。父さんがミスター・オリヴァー（「ジムと呼んでください」）と並んで前を歩き、母さんがメアリ・アンと一緒にうしろを歩き、僕はウィリアムと真ん中を歩いた。「詰まるところ、非行少年なんてものは存在しないんだ」とミスター・オリヴァーは言っていた。「いるのは男の子だけだ。そして男の子はみんな機械が大好きだ。したがって、問題は要するに……」「テッド、ジョーイ、マイク」とミセス・オリヴァーは言っていた。「ジョーイは全科目Aなんだけど、テッドは……テッドはいま、ある段階を経ているところなの。世界に対して、ある種の恨みを抱いているようなの。ときどき私――あんないい子なのに、こんなふうに愚痴るなんてひどいわよね。そういえば、お宅の息子さんとだいたい同い歳じゃないかしら。今度七年生になるの」

やっとのことで細道が終わり、大きな石がいくつも転がった、開けた場所に僕たちは出て、前方には白い石から成る丘がそびえていた。母さんが座るよう僕はオークとカエデの生えた一画に折畳み椅子を広げ、ウィリアムもレモネードの水差しを持ってやって来た。太い道と直角に、でこぼこの草深い小径がのびているのが木立の向こうに見えた。母さんは僕たちが二人だけでそこらをさまようのを嫌がった。僕たちが道に迷うのでは、崖から落ちるのでは、インディアンに襲われるのではと心配したのだ。けれどミスター・オリヴァーが、何も心配は要らないと請けあった。「行かせてあげなさい」と彼はいかにも賢人っぽくパイプを吹かしながら忠告した。「もう二人とも大きいんですから。いずれは学ばないと」。僕たちは木立の中に消えていき、カーブを描いた小径を行って、僕たちの頭ほどの高さもない小さな岩が並ぶ前に出た。さして興味も抱かずに僕たちはあちこち適当につっつき、ここはひとつ道に迷ったふりをすべきだろうかと思案した。と、いきなり、背後でパチパチと音がした。

僕はさっとふり返った。肩を並べ、ニコニコ笑顔で、採石用ハンマーを手に、父さんとミスター・オリヴァーが陽のあたる小径に立っていた。「よう、君たち、私らも仲間入りしていいかな？」と上機嫌なミスター・オリヴァーが言った。少し経ってからミセス・オリヴァーが忍び足で寄ってきて、男だけで集まって何してるのと訊き、一瞬、済まなそうな視線をウィリアムと僕の方に投げた。やっと母さんも、アルミの折畳み椅子と毛糸の袋を持って現われた。そして「ふぅ、やれやれ」と声を上げながら、切れぎれの日蔭になった一画に腰を下ろし、カチカチと編み棒を鳴らしペチャクチャお喋りを始め、時おりさっと目を上げては、誰もまだ奈落の底に転落していないことを確かめた。

昼食は木立の向こう側で食べた。日蔭を作っているオークの下に母さんが毛布を広げ、父さんとオリヴァー夫妻は蠟紙で包んだサンドイッチや青いブリキのコップやミセス・オリヴァーのハンドバッグから現われた小さな銀色の魔法壜等々のただなかに座り込んだ。「さあ、お前たちも仲間に入りなさい」と父さんは毛布の隅をぽんぽん叩きながら言い、僕がためらっているとミセス・オリヴァーが「でもこの子たち、あたしたちみたいな時代遅れの仲間になんか入りたくないのよ。あんたたち、好きになさい。あたしたちのことは気にしなくていいから」と言った。かくして、ウィリアムと僕は毛布の上に仲間入りすることになった。ウィリアムは父さんとミスター・オリヴァーのあいだに座り、毛布と睨めっこして何も言わずにいた。僕はミセス・オリヴァーの隣に座り、彼女は声をひそめて何度も僕に声をかけ、そのたびに、あたしたち秘密の友だちよねと言いたげな顔つきをしてみせるのだった。「ねえ、アーサー」とまずは切り出す。「あなた、その——毎日、宿題のための時間、取ってあったりする？　言いたくなかったら言わなくてもいいのよ」。「いえ特に。勉強はいつもやってますから」と僕は朗らかに答えた。すると彼女は何やら考え込んで悲しそうな顔になるのだった。一方母さんは堂々と玉座に君臨し、ピクルスもうひとつ召し上がれとみんなに勧め、天気を賞めたたえ、あははと笑い出し、少女のような快活さでペチャクチャお喋りした。サンドイッチとレモネードが済むと、ミスター・オリヴァーはパイプに火を点けて、両手を頭のうしろで組んでオークの幹に寄りかかり、プカプカ吹かしては唇でプツプツ小さな音を立て、そこまで来て初めてウィリアムと僕はチラッと目を合わせ、一緒に立ち上がって、膝からパン屑を払った。「まあ、ウィリアム！」と母さんが芝居がかった声で叫び、片手を胸に当て、ぞっとした表情でウィリアムを見た。ウィリアムは怯えて顔を赤くし、きっとした口調で「どうしたんです？」と言った。

生じた短い沈黙のなか、ミスター・オリヴァーは顔をこっちへ向け、父さんも目を上げ、僕の方を見ていたミセス・オリヴァーも茫然とウィリアムの方を見た。母さんは怖い顔で彼を見て、言った。「まあ、ウィリアム。何てことを！　何てことを！　ああ、何てことを！　あなた、自分が何をしたかわかってるの？」。ここで母さんはドラマチックに間《ま》を置いた。「あなた、カメラを忘れたじゃないの！」。父さんがくっくっと笑い、ミスター・オリヴァーがふふんと愉快げな息をパイプに吹き込むと火皿からパッと煙が上がり、ミセス・オリヴァーまでにっこり微笑んだ。けれどウィリアムは目を伏せ、じっと立ちつくしてにこりともしなかった。

25

第八学年が始まる水曜日の直前の火曜、ウィリアムはうちで晩ご飯を食べていった。これはうまく行かなかった。母さんは一日じゅう授業をやってくたびれて苛ついていたし、父さんもまだ一日の仕事の疲労から立ち直っていなくて、背を丸めて食卓に座り、ぐったりした様子で黙り込んでいた。ウィリアムと僕はその日一日、地下室で卓球をし、テレビで映画を半分観て、玄関ポーチの日蔭に置いた籐椅子にだらだら座っていた。僕たちは二人とも退屈と活力で破裂しそうになっていて、かくも賞讃されるべき疲労を前にするとそれは何とも恥ずべきことに思えた。僕たちはそそくさと僕の部屋に退散した。けれど仕事の気分はそこまで追いかけてきて、それから逃れようと僕たちは散歩に出かけることにした。ポケットに鉛筆を入れるのに三時間かかるかのような口ぶりだった。外に出ると、一日の暑く埃っぽい終わりのなか、夏の暑く埃っぽい終わりのなか、どこへも行くところはなかった。僕の家の前の通りを僕たちは下っていき、何となく見覚えのある年上の男子たちが時おり玄関前の階段に群れている古い二世帯住宅の木のポーチの前を過ぎていって、バス停で左に曲がり、閉店した食料品店と空地との前を過ぎてまだ開いているドラッグストアに着いたが、そこには買うものは何もなかった。僕たちはもう一ブロック歩いて、立ちどまった。通りの向こう側で、背の高い、ウェーブのかかった黄色い髪の男子が四つ角の郵便ポストに寄りかかって立ち、煙草を喫っているせいで両方の頰が引っ込んでいた。男子は黒い革のジャンパーを着ていて、ピンクのサイドステッチが入った紺のズボンをはいていた。彼は向き直って僕たちの方を見て、ジャンパーのポケットに両手をつっ込み、口から垂れた短い煙草から出る煙の線が上に昇り、ちぎれてゆらめく羽毛となるのにあわせて目をすぼめた。と、突然彼は手をのばして煙草を口から外し、親指でパチンと弾いてうしろに飛ばした。煙草は優美な弧を描いて何度もくるくる回り、彼の背後に駐車した車の閉じた黒い窓に当たってポトンと微かに音を立て、火花を飛ばしながら次の瞬間にはもう道端の溝に落ちていた。ウィリアムと僕は左に曲がり、高いマロニエの木に両側からはさまれた、なじみのない通りに出た。僕はうしろをちらっとふり返ったが、誰もつけて来てはいなかった。台所の窓からあふれてくるロックンロールの音が、皿が鳴る音や水道の水が撥ねる音と混じりあった。背の高い、しかめ面をした、ジーンズの上にボタンを外した半袖シャツを着ている男子が、マーキュリーの黒いボンネットを磨いていた。髪は赤茶色で、胸は濃く日焼けしていた。大きな柔らかいサイコロが一対、フロントガラスの中に下がっていて、ガラスに深緑の葉と茶色い電信柱が映っていて、車の屋根に置いた小さな赤いラジオから野球の試合の歓声が聞こえていた。僕たちが近づいていくと彼は背をのばし、片手を腰に当て目をすぼめて僕たちを睨みつけた。僕は息を殺し、うつむいて黙って前を通り過ぎた。四つ角まで来ると僕たちは左へ曲がり、あとをつけられているかとちらっとうしろをふり向き、二ブロック行ってから左に曲がって、僕の家のある通りに出た。艶々の黒い髪をした、ミニチュアの不良みたいに見える小さな男子が二人、どこかの家のポーチの階段から僕たちを睨みつけた。僕の家に着いても僕たちはすぐには中に入らなかった。灰色の手すりに僕はなかば腰かけて柱に寄りかかり、ウィリアムは籐のロッキンチェアに座った。

「さて、戻ってきたね」と僕は何げない調子で言った。でもウィリアムは何も言わず、ロッキンチェアを揺らしもせずに座っていた。物思いにふけっているかのように、あるいはまったく何も考えていないかのように。

26

そしてとうとう第八学年が、あの息苦しい学年がはじまった。そもそもの始めから僕はろくに息もできなかった。あるいはあそこであっさり息をするのをやめていたら、万事丸く収まったことだろう。あるいはそもそもウィリアムが、僕をひどくがっかりさせたことに持ち前の熱烈さで勉強に精を出したりしなかったら、やはり万事丸く収まっていたことだろう。気の滅入る熱意とともに彼は宿題に取り組み、二週間目が終わるころには三つのクラブに入っていた。僕たちはいまや黄色いバスに並んで乗って登校し、カフェテリアでは向かいあわせに座って食べ、一緒に運動場を散歩したが、学校のさまざまな務めが、あたかもライバルの友のように、いつも僕たちのあいだに割って入ってくるように思えた。まるでウィリアムにとっては、夏の退屈も学校がないことによって生まれたものにすぎず、宇宙のおぞましい不完全さによるものではないらしかった。理科の教科書は彼の精神に火を点けるようだった。等圧線やら等温線やらの入った天気図を彼はじっくり眺め、とうとうワシントンDCの気象局に手紙を出して、複雑な記号一覧表の入った大きな天気図と、人工降雨の技術を説明したパンフレットと、正確な名前がそれぞれ下に添えられた二十の白黒写真から成る雲の分類表を送ってもらった。星図や元素周期表や濃淡をつけた月食図などが載った本を彼は図書館から借りて読み、理科の自由研究第一回では、月の起源をめぐる諸説を論じた、黒い色画用紙をびっしり貼って真鍮の留め具で綴じたレポートを提出した。数学、英語、アメリカ史もやる気満々で、アメリカ史の授業では十月はじめに早くも十二月一日締切りの植民地十三州をめぐる研究に取りかかった。週に一度しかないそれほど重要でない科目にも過剰なほどの勤勉さを示し、美術では墨ペンの正しい使い方の修得に励み、金属工作では鋳造場《ちゅうぞうじょう》で丹念に鋳型《いがた》を作り、緑の革エプロンを着けたしかめ面の先生がそこへ熱い金属の液体を流し込んで、冷えるとそれが完璧なコネチカットの地図の灰皿になった。ほかの生徒に対する彼の態度はごくリラックスしたものだった。見慣れた顔が増えたからなのか、もはや一人よそよそしく離れたりはしなかった。時おり、一番頭のいい女子たちを相手にジョークを飛ばしさえした。

体育では色の濃くなってきた金髪の体毛を隠そうと大急ぎで着替え、シャワーを浴びるときも目を伏せていた。だが驚いたことにロープ登りは半分まで行ったし、回転はあまり得意でなく後転は全然できなかったけれどバレーボールでは積極的にプレーし、クラスのほか五人と違って平均台も歩けた。そして僕には時おり、こうした活発さもすべて、僕の危険な落着かなさから自分を護るための猛烈な努力にすぎないように感じられた。

なぜなら僕は落着かなかった、僕は落着かなかった、耐えがたく落着かなかったのだ。そして君には聞こえないだろうか、落着かない《レストレス》という言葉にひそむしゅうしゅうという音が、打ちかかろうと機を窺っているあのとぐろを巻いた蛇が……僕の落着かなさは新学期第一日目から始まって、じわじわ着実に悪化し、九月末にはもう、何か手を打たねばならないことは明らかだった。学校の勉強には前々から興味を持てたためしがなかったし、クラスメートはみな、野蛮さと凡庸さのとりわけ不快な実例にしか見えなかった。ガールフレンドとはデートやらダンスやらといった話であり、そういうものを僕は本能的に蔑んだ。まるで自分の中に退屈という名の飽きることを知らぬ怪物を飼っていて、そいつがすべてを喰らいつくしつつあるかのようだった。時には何か壮麗にして雄大な本の中で一息つくことができて、息苦しい部屋に新鮮な空気が飛び込んできたような気分になれたが、やがて僕の注意はだんだんページから離れていってしまうのだった。奇妙な妄想が僕を捉えた。自分が銃を買ってクラスメートの足先を撃つ姿を僕は想像した。自分が狂犬のように駆け回って人を噛んで回る姿を想像した。ある日僕は、自分がどれくらい強く噛めるか見てみようと自分の指を噛んでみた。指がずきずき疼くまで尖った歯が食い込んだが、まだろくに噛みはじめてもいなかった。僕のあごは機械のごとき力を有していた。僕はいっそう固くあごを閉じたが、やがて突然歯がかゆくなってきて力を抜かざるをえなかった。指に濃い、赤っぽい青の歯型が残ったが、血さえ出ていなかった。いや、まだ全然、囓みはじめてすらいなかった。

やがて、ある明るい九月の朝、家の前の通りをバス停に向かって歩いている最中、たまたまちらっと右を見ると、細長い土の車寄せの果てに、扉の開いた、空っぽの車庫が見えた。そしてたちまち、あたかも僕自身の共謀などなしに、ひとつの計画が、僕の秘密の熱を鎮める秘密の計画が形を成した。いや、計画といってもべつに大したものではなかったが、僕にとっては一大事だった。妙なのは、チャーナク家の車庫の前は毎日通っていたのに、それまでは一度も考えすらしなかったということだった。それがいまは、毎朝開いた車庫の前を通って、何やら企んでいるようなその奥まりを一瞥するたび、ひそかな戦慄がさざ波のように体を貫くのだった。あんなにも長いあいだためらったのは、まさにそのひそかな戦慄の甘美さゆえだったのかもしれない。チャーナク老人は一日じゅう金属加工所で働いていた。ミセス・チャーナクの姿は誰も見たことがなかった。隣の家の窓からも、生命の徴候はまったく見えなかった。真に危険なのは向かいの家々だった。向かいのどの家からも、たまたま外に目を向けた誰かに、僕がいきなりチャーナク家の車寄せに入るところを見られてもおかしくない。そして僕は長いあいだこの家々の問題を解決できなかったが、やがてある日ふと思い立ち、道の向こう側に渡ってみて、チャーナク家の細長い車寄せが、背の高い二世帯住宅に両側からはさまれているせいで、向かいの一番近い二軒からも部分的にしか見えないことを発見した。そしてある晴れた朝、二人の男子が僕に背を向けて立っている角のバス停へぶらぶら歩いていきながら、僕はちらっと左側の、日蔭になった静まり返っている家々に目をやり、それからいきなり、チャーナク家の車寄せに入っていって、すたすたと足早に、ただし速くなりすぎぬよう、硬い土のわだちに両側からはさまれた草の帯に沿って、左右の暗い窓をチラチラ見上げながら進み、一方の地下室の窓に突然自分の脚が動くのが映っているのが目に入ってギョッとし、息を殺して歩きつづけ、やがて不吉な様子の裏庭が見えてきたが、人けはいっさいなく、すべては静かで、すべては死んでいて、玄関ポーチに灰色の金属椅子がぽつんと置かれ、空っぽの茶色い牛乳瓶二本が針金のかごに入っていて、手動式芝刈り機が栗の木に立てかけられ、僕は日蔭になった車庫に入っていきながら左側に踏み出し、壁の細い部分にぴったり貼りついて立ち、背中にシャベルと鍬《くわ》が触れるのを感じた。荒く息をしながら、僕は十三歳の誕生日に母さんが買ってくれた、黒い革のベルトが付いた新しい腕時計をじっと見た。僕は何度か、車庫から外に出て車寄せを元に戻っていって普通の暮らしにふたたび加わりたい誘惑に駆られた。まだ遅くはない、いつだって遅くはない、たとえバスがもう着いていても車寄せを走っていって歩道に出て叫んで手を振ればいい……そして何とも妙なことだった、僕抜きでバスの扉が畳まれて閉まり、ウィリアムがしかめ面で席に座っているのを想像するのは——何とも妙なことだった、バスが彼方に走り去っていき、だんだん小さくなって、ついには角を曲がって見えなくなったあとに残る、車道の端の縁石と、歩道と、そ知らぬ顔の電信柱を想像するのは……バスがいつも着く時間の十分あとまで僕は待った。それから、重たい教科書の束を抱えて隠れ場所から用心深く歩み出て、車庫の裏手へ歩いていき、壊れた柵をよじのぼって、雑草と茂みに覆われた斜面に足を踏み入れた。僕はぎこちなく腰を下げ、斜面てっぺんの、壊れた柵のかたわらを進んでいった。柵はやがて折れ曲がった金網に変わり、次はレンギョウのギザギザの列に変わり、最後は僕の家の裏庭の背の高い生垣になった。垣根ごしに覗いてみると、二階のベランダにミセス・シュナイダーのロッキンチェアがぽつんとあるのが見えた。僕はただちに生垣を通り抜けた。人目につくポーチを避け、ゴミバケツのかたわらの、斜めに傾《かし》いだ地下室のドアへと僕は急ぎ、ブリキで覆った木の蓋を持ち上げ、コンクリートの段四段を下りていって、頭上の蓋を静かに下ろし、安全な闇にたどり着いた。重い教科書の束を段に下ろして、息も荒いまま座り込んだ。けれどすぐまた教科書を手にとり、残りの二段を降りて、ドアノブが緩んだ木のド

27

アの前に出た。ドアの前にはけば立ったドアマットがあった。けば立ったドアマットの下に緑のしみがついた鍵があった。そっとドアを開けて、鍵を元に戻し、中へ入ってそっとドアを閉め、中から施錠して、錆びた白いボイラーの横を過ぎ、灰色の木の階段に出た。階段をのぼって暗いてっぺんに着くともうひとつドアを開け、台所の明るい静寂に足を踏み入れた。

小さな茶色いバケツを手にした小さな陶器の乳搾り娘が、窓の敷居から僕を見た。赤いリンゴが縁に描かれた白い皿が二枚、黄色い皿立てにひっそり立っていた。食卓の紅白チェックのオイルクロスにはガラスの塩入れと、赤いリンゴを描いた砂糖壺と、茶色いラジオが載っていた。一脚の椅子が、食卓からわずかに引き出されていた。そして何とも妙なことだった、ホームルームの僕の空っぽの机を想像するのは、英語の授業の僕の空っぽの机、美術の授業の僕の空っぽの机を想像するのは……用心深く、ものすごく用心深く、僕は爪先立ちで台所を出て、誰もいないダイニングルームを抜けて、陽の差し込む茶色い居間に入っていった。父さんの椅子がテレビを観ていた。一本の枝の影が緑の画面の上に横たわっていた。静かに、ものすごく静かに僕は居間を横切り、父さんの椅子の柔らかさの中に体を降ろした。かたわらの床に教科書の束を置き、図書館で借りた小説をそこから抜き出した。けれど僕は長いあいだ読むことができず、ただじっと動かず座り、どきどき脈打つ心臓に片手を押しあてていた。

僕のささいな犯罪はまったく気づかれなかった。母さんが学校から帰ってくると僕はいつものように自分の部屋にいて、図書館で借りた小説をだらだらと読んでいた。次の日、欠席届を担任の先生から求められると、僕はあちこちのポケットを探ったがどこにも見つからなかった。「そんなに陰気な顔しなくていいのよ。明日持ってきてくれれば」と先生は言った。そんなルールはあなたのような人に当てはめる必要はないと言わんばかりに、先生は片手を振って問題を払いのけた。次の日も僕は届けを持ってくるのを忘れ、それっきりこの一件は忘れられた。でもウィリアムには本当のことを打ちあけた。次にうちへ来たときに僕が休んだことを口にしたらまずいと思ったし、それに、彼がどう言うか、少し興味もあったのだ。僕を苛立たせたことに、彼はムッとしたみたいだった。「わからないな。そんなことして何になる?」と彼はしかめ面で言った。「いや、べつに」と僕は退屈した顔で言い、肩をすくめた。とはいえ彼も何か気にはなったにちがいない。次の日もこのことを話題にしたからだ。「わからないな。勉強だって埋め合わせしなきゃいけないわけだろ。そんなことして何になる?」「いや、べつに」と僕は言って、また肩をすくめた。ウィリアムは急にいきり立ち、「それ、やめてくれないかな――そうやって肩をすくめるの」。僕はまた肩をすくめ、ウィリアムはしかめ面で目をそらした。

退屈とは疲れるものである。僕のささやかな行為は、僕の落着かなさを鎮めるどころか、さらなる刺激としてはたらいた。自分の人生を混沌に陥れたいという漠たる欲望が僕を捉え、それが想像力の奇妙な麻痺とも組みあわさった。何をしたらいいのか、まったく何も思いつかなかった。自分を破滅させる情景が、僕の心の陰気な洞穴の中で翼をぱたぱた上下させたが、死という観念は僕にはおよそ虚構的すぎて、本気で受けとめる気にはならなかった。黒光りする銃、銀色に光るナイフ、深紅の血の滴、そんなものはミステリー小説の表紙のイラストであって、ミステリー小説なんて僕には死ぬほど退屈だった。そして要するにこれは、自分を傷つけようと残酷に策をめぐらすさなかにも、僕が我が身を気遣い、その害から自分を護ろうとしたということなのだろう。そして要するにこれは、僕が疲れていた、疲れていたということなのだろう……なぜなら、おお無垢にしてあわただしい読者よ、退屈ほど疲れるものはないのだ。ずっしり重たい気分で僕は、あたかもほとんど眠っていないかのように毎朝目を覚ましたが、実のところ睡眠時間はどんどん増えていた。一日の鬱陶しい一連の営みを、何とか自分に鞭打ってやらせるだけの活力がかろうじてある程度に思えた。学校から帰ってくると、ベッドに横になり、何かの小説を読みながらぼんやり時を過ごし、夕飯が済むといちおう宿題をやり、それからまた少し本を読んで、突然僕は気だるい混乱に包まれて目を開け、ここはどこだろう、あの灰色の木切れは何だろう、まるっきり訳がわからないじゃないか、僕はどうなってるんだと思案し、やがて突然、心の中に僕は動きを感じ、理解が一筋の筋肉のように僕の内でぴんと張り、灰色の木切れは僕の部屋の窓台の底になり、僕の周りじゅうで新たな朝が立ちのぼるのだった。

やがてある朝、目を開けると、今日はもう夏だから学校に行かなくていいんだという悦ばしい思いがじわじわ湧いてきた。閉じたブラインドを通して暑い陽光が染みとおってきて、外の晴れた緑の世界ではコマドリやスズメが葉の茂る生垣の枝の上で揺れていて、でっぷり太った蜂たちがスイカズラの花に埋もれてブンブン音を立て、ゼイゼイ喘ぐ犬がどこかでぐるぐる輪を描いてから暗い緑の日蔭に身を横たえ眠たげに頭を前足に下ろし、僕はその気になれば本を読んで夢を見ながら長くてのろくて怠惰な夏の日を一日じゅう過ごせるのだけれど、何かが奇妙で、何かが間違っていて、窓台があって、窓があって、何かをめぐる知識が僕の内でいまにも破裂しそうだった。どれだけ犠牲を払っても知らねばならない何か、ベッドのそばのヒーターの茶色いゴムのコードと関係ある何かが……そしてすぐに僕の心に、いまが晴れた秋の朝なのだという薄ら寒い認識が満ちていった。

そして僕は本当に疲れていた！　目を開けたとき、どれだけ永久にそこでまどろんでいたかったことか――朝のいろんなせわしない音を聞きながら、浴室の流し台で水がしゅうしゅう鳴る音や湯の蛇口を止めるどんという音、父さんがたんすの引出しを僕には想像もつかない理由で何度も開け閉めする際に真鍮の輪が当たる音を聞きながら。そして僕は本当に疲れていた、本当に疲れていた！　僕はどれだけ焦がれていたことか、永久に目を閉じること、眠ること、夢を見ること、漂い去ること、溺れること、死ぬことに……けれど遠くの方でスリッパを履いたパタパタという足音がだんだん近づいてくるのが聞こえて、いきなりドンドンとすさまじい音がして、「さあ起きろ！」と父さんが叫んでドアがパッと内側に開き、不快な微風を僕は首に感じて、あたふた歩くせいで生じる風に父さんのチェックのバスローブの青白黒の裾が持ち上がるのを見た。

そして僕は本当に疲れていた、本当に疲れていた！　朝の気だるさに包まれてバス停まで歩いていきながら、衰えの形跡をあちこちに見出しては悦に入っていた。夏の青空の下、ところどころ黄色に彩られた緑の葉が豊かに茂る枝の下を過ぎていった。ぴかぴかの紅色の、緑の筋が入った葉が一枚、黄褐色のステーションワゴンの黒いフロントガラスの上に平たく横たわり、その赤い茎が、わずかに持ち上がったゴムの下に引っかかっていた。夏らしい太陽が、黄色い消火栓、銀色のフェンダー、車庫の黒い屋根をギラギラ照らし、そして突然僕の目の前で、大きな緑のカエデの葉が黒っぽい枝から落ちてきた。それは迅速に、あたかも重みがあるかのように、ほとんどはためきもせずに落下し、ポトンと微かな感触とともに僕の足先に着地した。どこかの家の脇、陽のあたる地面の帯で花のない茎が列を成していた。自分が衰えのコレクターになりつつあるのを僕は感じ、滅びた夏の花たちが何列も並ぶ秋の庭を作ることを僕は夢見た。そしていつも、夏のバイオリンの背後に、秋の暗いフルートを僕は微かに聞いた……ある夜、風が吠えて、次の朝、黄色い葉がたくさん散らばっていた。葉の落ちた生垣の下に、こわばったスズメが一羽見えた。僕はかがみ込んで、その華奢な硬いくちばしに触れ、つるっとした冷たい背中を撫でた。冷えた羽ごしに、病ゆえのこぶのような、骨の小さな出っぱりを僕はぶるっとという快感とともに感じた。その日の午後、空が一面暗くなった。そして僕はその陰気な秋の空をどれだけ愛したことか、物たちの色から光沢を抜きとり夏には未知の色調を引き出すあれらの暗い憂鬱な雲を――木の幹や電信柱の湿気と憂いを帯びた茶色、歩道の陰鬱な青白さ、草の悲しげな暗さ……

28

十月の末に僕は初めて第二の分身を見た。ある憂鬱な日のホームルームの時間に彼は現われた。物憂く夢心地の、瞼の重い陰気な目をしたウィリアム。焦げ茶の髪は左側で分けられて白い線を形成し、額には微かに、あたかも皮膚が半透明であるかのように、一本の血管の薄青い輪郭が見えた。手の甲は柔らかそうでクリーム色だったが、指関節が盛り上がっているところは痛々しい赤味が生じていた。右手中指と薬指の先には暗い黄色のしみが見えた。彼は手の甲で頬杖を突いて眠たげに座り、恒久的に半分閉じているように見える目で遠くをぼんやり見ていた。どこか病のような、疲弊のような早熟な頽廃の雰囲気が彼には漂い、そもそもの始めからウィリアムは猛烈に彼を避けた。そしてもしウィリアムがあそこまで忙しくなく近よりがたくもなっていなかったら、僕もやはり彼を避けたことだろう。だがウィリアムは、僕と一緒にバスに乗って帰るのも週一、二度になっていたし、週末ごとに自転車でやって来るのもやめてしまっていた。いつも何やかやのどうでもいい用事に忙しく忙しく忙しくかかずらわっていた。放課後は新しく結成された鉱物学クラブの集まりに出ないといけないのだと彼はじれったそうに説明した。書記に選ばれたから詳細な議事録を作成しないといけないのだ、と。すごく馬鹿な話だけどやらないわけには行かないしさ。それに、いい練習になるし、と彼は言った。練習って、何の？　うん、まあ、これからの人生のための練習っていうか。そういうのってやっておいて損はないからね。このあいだ誰かが岩石転磨機を持ってきてさ。君、見たことあるかい？　そのうち見に来るといいよ。いや、今度の土曜はクラブでニューヨークへ行って自然史博物館を見学するんだ。宿題もどっさりあるしなあ、いつやれるかわからないよ。君が羨ましいね……自習時間に僕が顔を上げるたび、彼が背を丸めて作業に励んでいるのが見えた。怒ったように集中したしかめ面で3リングのノートにすさまじい勢いで書きまくり、ごしごし騒々しくこすっては消し、小指の横で威勢よく消しカスを払う。そういった姿にはどこか不快なところがあった。まるで何かの破壊行為にかかわっているみたいに思えた。それで僕は視線をごくわずかにずらし、二列横、一つうしろの静かな机に目をやるのだった。僕は長いあいだ、薄青い血管と、瞼の重たい陰気な目の、夢心地のその少年をじっと見つめた。

彼はよく手の甲で頬杖をついて眠たげに座り、恒久的に半分閉じているように見える目で遠くをぼんやり見ていた。そういうとき人に見られていることに気づくと、青白い頬に赤い点がポッと二つ現われ、唇がめくれ上がって、あざけりを微かに含んだ笑みが浮かぶのだった。

とはいえ彼は単なる軟弱なウィリアム、萎《しお》れかけたウィリアム、水彩画のウィリアムではなかった。噂によれば私立校を退学になったということだったが、その理由は誰も知らず、教室でのふるまいは、つねに適切ではあれ、どこかにわずか傲慢な雰囲気を漂わせていた。まるで、すべてに耐えようと努めているがゆえ、意志の痛々しい緊張が胸の内にたえず生じているかのようだった。勉強に関しては奇妙にムラがあった。みんなと同じようにちゃんとやるかと思えば、何の言い訳もせずに課題の提出を怠ったりした。明日持ってきますと礼儀正しく約束するのだが、次の日になるとまた何の言い訳もせず提出を怠った。だが言い訳をしないその態度は、顔を赤らめてはぐらかすとか、あからさまに反抗するとかいうのとも違っていて、無関心に彩られた率直さというのにずっと近かった。何の言い訳もない。ただ単に課題をやらないことを彼は選んだのだ。そしてこれは、見え透いた嘘を言うよりずっと烈しく教師たちを怒らせた。なぜならそれは、彼らの世界から彼がおそろしく遠くにいることをあかしていたからだ。まるで、彼らの人生に対する関心を彼がすっかり捨ててしまったかのように。静かに席に座っている彼の姿を見ていると、たったいま自分自身を夢に見て存在に至らしめたようにも、いやそこまでやるかどうかもまだ決めかねているようにも見えたし、実際、存在するだけの元気はいまひとつないのだけれどさりとて存在しないでいるほど深く退屈しているわけでもないといった感じに見え、彼の静かさの中の何かが教師の苛立ち混じりの注意を引きはじめ、教師はにわかに、あたかも彼が授業の邪魔をしたのを咎《とが》めるかのようにきつい質問を浴びせるのだった。とはいえ彼には、青白い疲弊の雰囲気、陽を浴びて溶けかけているような雰囲気が漂っているとしても、それと同時に、ひそかな緊張と興奮を秘めているかのような気配もあった。手の甲で頬杖をついて眠たげに本を読み、恒久的に半分閉じているように見える目でページをじっと見、青い影の差したこめかみの窪みに、ミニチュアの鼓動のように、脈拍の微かで小刻みの疼きが見えるのだった。一度、彼が何か詩集だか物語集だかを陰気な顔で読んでいる最中、その唇がにわかにねじれ、歪むのを僕は見た。彼はすぐに本を閉じた。ばたんとではなく、すばやい、不気味な静かさとともに閉じ、座ったまま机をじっと見て、いかにも怠惰に夢に浸っているように見えるのだが、片手はぎゅっと握られ、青白いこぶしが出来ていた。けれどそうやって眠たげな様子の裏側をあらわにするのは、本を読んでいる最中だけではなかった。時おり、ぴくりとも動かず座っていて、教師がえんえん喋っている最中に自分の前の椅子の背をじっと見ているときなど、突然の活気、突然の気の張り、突然の緊張が見てとれ、頭の構えも肩の角度も、遠くの音楽に耳を澄ましているかのように、倦怠ではなくこわばった覚醒を伝えていた。そんなとき僕は、彼の中では感受性が発達したあまり堕落の次元まで達しているのだという印象を抱いた。そして時おり、穏やかな気だるさの表情を顔に浮かべて座っている彼が、突然、見たところ自分に向かって顔をしかめることがあった。それから、額に手をやって、眉と眉のあいだの滑らかな場を二本指でこすり、額から、鼻のてっぺんの窪みまで撫でていく。

教科書に交じって、いつもかならず、退屈なパーティで陰気な顔をしているよそ者のように何か一冊異質な本が見えて、そこから白い紙切れがつき出していた。

ウィリアムは猛烈に彼を避けた。単に避けるだけでなく、軽蔑し、避ける姿勢を非礼の段階まで押し上げた。フィリップが三メートル以内に近づいてくると、憎悪の念に体が震えるみたいだった。あるとき、ウィリアムと僕とで運動場をぶらぶら歩いていて、フィリップが一人、駐車場脇の金網のかたわらに置かれたシンダーブロックに腰かけているところに出くわした。教科書は足下に積まれ、膝には薄い色褪せた本が載っている。フィリップはハッと夢想から醒め、驚いたように顔を上げた。ウィリアムはたちまち回れ右し、フィリップに背を向けて大股で立ち去り、僕は彼に遅れまいとぴょんぴょん跳ねるように歩いた。またあるとき、カフェテリアでウィリアムと僕が、ほかにはあと一人しか座っていないテーブルで向かい合わせに座っていた。ウィリアムの左右の椅子はどっちも空いていて、もう一人の子と僕とのあいだの椅子も空いていた。と、銀色のレールの端に据えられたレジのうしろからフィリップが、トレーをぎこちなく腹に当てて出てきて、ぼんやり席を探しているふうだった。そして結局僕たちのテーブルに来て、ウィリアムの側、ウィリアムからひとつあいだを置いた椅子に座った。と、それまで月の誕生について熱っぽく語っていたウィリアムは、憤りをふつふつとたたえた沈黙に陥った。僕は彼にひとつ質問をしたが、彼は肩をすくめて質問を無視した。しばらくのあいだ、怒った顔でハンバーガーを噛んでいたが、やがて顔を上げ、しかめ面で周りを見回しはじめた。そして次の瞬間、「よし。あっちのテーブルを試そう」と言ってすぐさま立ち上がり、二つ椅子が空いている近くのテーブルにトレーを運んでいった。僕はムッとした。食べるときは隣の椅子が空いていることを僕は好むのだし、僕に相談もせずテーブルを放棄するなんて無礼じゃないかと思ったのだ。僕は立ち上がりながら、フィリップの方をちらっと、詫びるかのように見た。けれど彼はしかめ面で、皿の端の下に押し込んだ黒っぽい本のページと睨めっこしたままだった。

29

フィリップが僕たちのあいだに現われて間もなく、英語の授業である出来事が起きて、彼はみんなに嫌われるようになった。僕たちのクラスは、アメリカの詩人による詩をひとつ、何でもいいから暗記してくるという課題を与えられていた。推奨される詩のガリ版刷りリストが配られ、僕たちは一人ひとり、選んだ詩をクラス全員の前で暗唱させられることになった。僕にとっては、考えるだけで気分が悪くなってくるたぐいの課題だ。みんなの前に立って、その鋭い、意地悪な、無慈悲な目でじろじろ見られるなんて僕には耐えられなかった。自分の名前を呼ばれるのさえ耐えられない。静まり返ったなか、複数の耳にさらされることで、音を通して裸にされたような気分になってしまう。僕は前の晩ほとんど眠れなかったし、机に座ってからも、責め苦が始まるのを待ちながら、選んだ詩の冒頭を何度も、無言の絶望に包まれつつくり返すしかなかった。「これは真珠の船、詩人たちは語る、影なき大海原を旅する船だと。これは真珠の船、詩人たちは語る、影なき大海原を旅する船だと。これは真珠の船、詩人たちは語る、影なき大海原を錆びする船亀なき大海原をこれは新種の船」（オリヴァー・ウェンデル・ホームズ「鸚鵡貝」の冒頭に基づく）——最初の何行かをどうにか間違えず暗唱できれば、たとえもうその意味は消えてしまっても、残りの行は自然に出てくるはずだという思いに僕はしがみついていたのだ。不吉な陽気さとともにバーロウ先生は教室のうしろの空いた机に座った。そして緑色の革の成績帳を開き、最初の生徒の名を呼んだ。メアリ・スカイラーがきびきびと教室の前に歩み出て、皆の前に確固として立ち、一人ひとりの顔を冷静に見ながら「アナベル・リー」（ポーの詩）をきびきびと、能率的な、相当に快活な声で暗唱した。ウィリアムの方をちらっと見てみると、烈しいしかめ面で机を睨みつけていた。二列横でフィリップは窓の外をぼんやり、いつもの瞼も重たげな気だるい表情で眺めていた。メアリ・スカイラーが堂々と席に戻り、ベヴァリー・メイスンが「水鳥に」（ウィリアム・カレン・ブライアントの詩）を震える声で、遠くの方を霞んだ目で見やりながら暗唱した。トニー・ラトカは黒っぽく頬を紅潮させ、怒ったように「ヘレンに」（ポーの詩）をぶつぶつ唱え、ジュディ・リーは「アナベル・リー」を暗唱しはじめたが突然クスクス笑い出してすべてを忘れてしまい、ぶざまにも最後のスタンザまで飛ばしてしまった。ヴァレリー・ジャージンスキは「オールド・アイアンサイズ号」（オリヴァー・ウェンデル・ホームズの詩）を暗唱した。ウィリアムは厳めしい単調さで「コンコード賛歌」（エマソンの詩）を暗唱した。ジーン・マッソは「アナベル・リー」を暗唱した。誰かが「ハイアワサ」（ロングフェローの物語詩）の冒頭を暗唱した。「さて、もう一人ぶん時間があるかしらね」とバーロウ先生が言い、突然僕は最初の一行が思い出せなくなり、詩の題名も思い出せず、

30

詩人の名前も思い出せなかったが、先生はフィリップ・スクールクラフトを指名した。

ゆっくりと、夢を見ているように、彼は目を伏せて教室の前に歩いていき、中央の机まで来て僕たちの方に向き直った。向き直りながら、瞼の重い目を一瞬上げて、すばやく、暗い、興奮したようなまなざしで、座った生徒たちの顔を見回した。そしてまたすぐ目を伏せ、少しのあいだ僕たちの前に黙って立っていた。それから、いきなり顔を、教室のうしろの地図に向けて上げ、穏やかな、早口の声で暗唱しはじめた――「赤死病が長いあいだ国を荒らしていた。これほど致命的な、これほど恐ろしい病はかつてなかった。血がその化身であり封印であった――その赤さ、そのおぞましさが。激しい痛みがあり、突如めまいが襲い、やがて毛穴からおびただしい量の血が噴き出し、絶命する。犠牲者の体を覆う、特に顔を覆う紅《くれない》の汚点こそ――」（ポーの小説「赤死病の仮面」冒頭）メアリ・スカイラーがボニー・ピアソンにひそひそ何か言い、ウィリアムはしかめ面を浮かべ、バーロウ先生は指関節で机をこんこん叩いた。「もう結構よ。もうそれで結構。教えてくれるかしら、いったいどういう料簡なの。先生、本気で知りたいのよ。それにひとつはっきりさせておきます――小賢しい真似は許しませんからね。詩を暗唱しなさいって先生は言ったのよ」。フィリップは何も言わずに、目を伏せたまま黙って立っていた。そして、ひそひそ声が大きくなっていくなか、座りなさい、あとで職員室に来なさい、とバーロウ先生が叫ぶと、二つの赤い点が青白い頰に現われ、唇がめくれ上がって、あざけりを微かに含んだ笑みが浮かんだ。

ある暗い十一月の日、彼は僕を家に招待してくれた。最後の萎れた葉数枚が、もうほかには何もない枝から、見捨てられたクリスマスツリーにくっついた古いティンセルみたいに垂れ、茶色い枯葉が円筒形に丸まって、古い葉巻みたいに道端の溝に転がっていた。彼の家は、バスのルートの終点の、町の古い一画の、おそろしく古い楡の並木道にあった。通りから玄関に通じる、雑草の茂った、ひび割れた通路の奥に、黒い鎧戸の降りた二列の窓が見え、そのずっと上、傾斜のついた黒い屋根に明かり採りの窓が三つあって、それぞれに黒いとんがり屋根が付いていた。家の両横に、蔦のびっしり這う高い暗い色の煙突がそびえていた。火花の混じった、細い煙が一筋、右側の煙突からくねくねのぼっていた。刈られていない、背の高い暗い色の芝生の庭に、古新聞の切れ端、茶色い紙袋、ゴミバケツの蓋、錆びた熊手が転がっていた。細長い、色褪せた、のびた葉がところどころからつき出たローンチェアが、倒れた雌鹿のかたわらになかば埋もれていた。通路の両横にはそれぞれ高い楡の木が一本そびえ、枝が交ざりあってアーチを形成し、その気高い二本のあいだを二人で通っていきながら、こぶだらけで剝げかけた樹皮から生えた、キノコのような生物を僕は目にとめずにいられなかった。

「胴枯れ病さ」と、僕の表情を目にとめたフィリップが厳めしい満足の口調で言った。暗い色の、刈り込んでいない茂みが家の前面に沿って並び、窓台の上までのびていて、僕たちが家に近づいていくにつれ、全体が白いという遠くから見たときの印象は、個別の汚れの模様に取って代わられた。雨風にさらされた壁板はペンキもひどく剝げ、小さな玄関柱廊《ポルチコ》の木の円柱二本には煤《すす》と錆の筋が何本も入っていた。煉瓦の上がり段二段は縁が崩れかけ、色褪せた赤と黒のドアマットは位置も曲がっていて、ゴムが破れたところは錆びた金属の骨組があらわになっていた。ドアマットのかたわらに、大きな陶製の植木鉢が一個置いてあり、硬い土がぎっしり詰まっていて、そこから灰色の棒が一本つき出て、白い紐が縛りつけてあった。大きな黒いノッカーのついた、剝げかけた白いドアの左右に、細長いガラスの帯が高くのびていて、その一方に、赤十字のステッカーのすり切れた断片が貼ってあった。僕をがっかりさせたことにフィリップは大きな黒いノッカーを叩きはせず、ポケットからコードバン革の、端から白銅色の鍵が垂れた鍵入れを取り出した。ドアが開くと、僕はフィリップのあとについて、天井の高い薄暗い玄関広間に入っていった。暗い色の絨毯を敷いた階段が正面にそびえ、薄暗い踊り場が上に見えた。左側にはほの暗い部屋があって、暗い色のテーブルの一部が見え、カットグラスのボウルの一部が見え、その上の天井から垂れた、真鍮の蠟燭をガラスの炎で支えている燭台の一部が見えた。右側の開いた戸口の中には、ほの暗い、ほとんど真っ暗な居間があった。右の壁にある大きな暖炉の上に、巨大な茶色の絵画が広がり、奥行きのある、金箔が変色した額縁に収まっていた。暖炉のかたわらに、固い背の、色褪せた暗い赤の肱掛け椅子があって、その四隅からマホガニーの小さな獅子の頭が上につき出ていた。「フィリップ?」と静かな声が聞こえて、僕はフィリップのうしろから薄暗い居間に入っていった。

左側の壁際に、色褪せた暗い赤のカウチが置いてあって、マホガニーの小さな獅子の頭が四隅から上につき出し、小さな太い獅子の脚が外につき出していた。その奥に、白いワンピースを着た痩せて青白い女の人が、ランプに照らされた隅を背にしてなかば座りなかば横たわっていた。両脚は斜めに置かれたクッションの下にたくし込まれ、かたわらの床に白いサンダルが転がっていた。女の人の目は閉じられていた。麦わら色の髪はうしろにすごくきっちり梳かしてあって、まるで髪が頭をカウチにぐいぐい引っぱっているみたいだった。片腕は持ち上げられ、ピンクに染まった肱がカウチの背もたれに載っていて、青白い前腕は手のひらを外に向けて額に押し当てられている。白い腹部には血のように赤い本がページを下向きに載っていて、青白くほっそりした、手首の力が抜けた片手が表紙の上に覆いかぶさっていた。閉じた目の下に青っぽい影が広がり、額にも微かに浮かんでいて、まるで皮膚が半透明であるかのように血管の青白い輪郭が見えた。「母さん」とフィリップが、何の感情も読みとれない声で言った。ゆっくりと彼女の目が開き、一瞬のあいだ彼女は僕たちに、瞼の重い陰気なまなざしを向けた。けれどすぐに目はふたたび閉じ、フィリップは片手をあいまいに動かしながら「僕の母さんだ」と呟いた。息を殺した声で僕も「こんにちは」と言った。動きもせず、目を開けもせずミセス・スクールクラフトは「ごきげんよう、ようこそ……フィリップ、母さん言わなかったかしら……」「いいんだよ、母さん、この子は……いいんだ。薬持ってこようか、母さん？」「ええ、そうしてちょうだいフィリップ、持ってきてもらうわ、茶色い壜に入った青い薬をお願いね、でもほんとにフィリップ、あなた日に日にますますとんでもないこと言うのね。さあ、二階に行きなさい、母さんは……母さん……でもほんとにフィリップ、母さんそういう気分じゃないのよ……」「はい母さん」とフィリップは言って、斜めになったクッションの上に教科書の山をそっと降ろした。そして彼が足早に部屋から出ていくとともに山が静かに崩れた。

僕はよくわからないまま座る場所を探し、しばらく迷ってから暖炉のかたわらに置かれた背の硬い肱掛け椅子を選んだ。そして自分の教科書をそっと、茶色い枝と黄色い葉と茶・青・黄の鳥のぼんやりした模様の付いた暗い色の褪せた絨毯に下ろした。僕はミセス・スクールクラフトと向きあったが、彼女は僕に目もくれず、片腕を額に押しつけ目を閉じて座ったままだった。部屋には生暖かい湿り気と木の煙の匂いがあった。長いカーテンはみな閉じられていた。部屋の右端に引いたカーテンの手前に、鍵盤の黄ばみかけた古いピアノが、首が曲線を描いたフロアスタンドと並んで置かれ、ランプの暗い黄色のシェードの上で薄ぼんやりした緑色の鳥たちが飛んでいた。ぼろぼろの楽譜集が何冊かピアノの上に散らばり、埃っぽいピアノ椅子の上には細長い白い手袋が片方、一輪の紙の薔薇と並んで横たわっていた。僕の横の暖炉の中で、小さな、煙の多い火がいまにも消えそうに見えた。暖炉の上に掛かった絵画には嵐の情景が描かれ、全体が灰色と茶色に包まれていたが、ひとつの隅には青白い光が浮かび上がり、一本ぽつんと立った、折れ曲がった黒い木に水のまばゆさを投げかけていた。左側の、長いカーテンの掛かった窓と窓のあいだに、マホガニーのロッキンチェアが、あたかも見えないお祖母さんを乗せているかのようにひどくうしろに傾いて見え、その上の壁に、ガラスで覆われた小さな楕円形の肖像写真が何枚か不規則に掛かっていた。僕の向かい、色褪せた暗い赤のカウチの上の壁に、真っ黒な髪に白いドレスの、黒い仮面を着けている女の人の絵が掛かっていた。女の人は暗い青のカウチに、片腕を椅子の背の向こうに投げ出して気だるげに座り、片手にレースの黒い扇を握っていた。ミセス・スクールクラフトが言った。「でもやっぱり、あなたこういうのってすごく……ほんとは何か言わなくちゃいけないんでしょうけど、正直言って……フィリップがあなたのことといろいろ話してくれたのよ、チャールズ。でも何て馬鹿げた嘘かしら、もちろんあの子は何も話しちゃくれないわ。ごめんなさいね、私……このひどい頭痛が……お天気の話をしましょうよ、ね？　私お天気って大嫌い、あなたは？　思春期ってきっとさぞ退屈でしょうね。ろくでもない秘密を抱えたぞっとする男の子たち……それに悲しい女の子たち……それでね、私が小さいころ、お父様がリンゴを持ってきてくださったのよ……綺麗な赤いリンゴを……もちろんこんなのとうてい無理よね、わかるでしょう、どんな場合でも……とはいえ、まあ結局どっちでもいいことよね……それにすごく眠いし、とにかくすごく眠いし……結局……それに夕方はいつもすごく眠かったし……ベランダに……私がリンゴの花の女王様だったとき……夕方はいつもすごく眠かった。四人で外に、ベランダに座って。ヘンリー――というのがうちの犬だったの――がお父様に新聞を持ってきて。ある日――いまもまだ昨日のことみたいに覚えてるわ――私はリンゴの木に登ったの。もちろんみんな大騒ぎしたわ。お母様はカンカンに怒った。あなたはほんとにほんとに悪い子よっておっしゃった。でもお父様はニコニコ笑って……僕の小さな王女様っておっしゃっただけだった。それから紙ナプキンで王冠を作ってくださったわ。お母様はカンカンだったけどお父様は王冠を私の頭にかぶせてくださって僕の女王様、リンゴの花の女王様とおっしゃった。それからお母様がまだカンカンなまま家の中にお入りになって、お父様はメアリ、メアリとおっしゃって、二人がお話ししてるのがガラスのドア越しに聞こえて、お母様は泣いていて、あなたはいつも私のやることを邪魔するのよ、そうよ、そうよ、いつも私のやることを邪魔するのよ、あなたなんか大嫌いよと言って、メアリ、メアリとお父様は言って、私は王冠を脱いでそれをビリビリに破ったの。あら、私ったらこんな昔話して！……妙なこと思い出して……十一月の午後って……でもときどき自分がまったくのパロディみたいに思えるのよね……すごく、まるっきりパロディみたいに思えて……そうして思うのよ、これでもし、これでもし……これでもしわかれば……そうしたら何もかも……そうしたら何もかも、何もかも……けどそうはいっても、一番面白い人たちって……ほんとに、一番素敵な人たちって……一番記憶に残る人たちって……いつもパロディだと思わない？……たとえばプルーストよ……それで思い出したけど、あそこの本屋のあのどうしようもない阿呆女ったら、あたしいまプラウスト読んでるんですって言うのよ。あらミセス・オスザイマー、それってプローストのことですよねって私言ってやったのよ。もうほんとに、どうしようも……皮肉よね、お笑いよね……何か言いなさいよ、何か言ったらどうなの……フィリップときたらポーに夢中なのよ。自分のことを何やらポー詩人《ポーエット》だと思ってるのよ。ねえチャールズ、ムッシュー・ボードレールのことは聞いたことあるわよね……このおぞましい世代……それからやがて、ある日もう、誰も私にリンゴを持ってきてくれなくなった……あなたなの、フィリップ？　足音が聞こえた気がしたの。あの昔の物語はどうなってるんでしたっけ、あなた覚えてない、そうそう思い出したわ、ただの風よって言うんだわ。ねえいい子だから火をかき回してちょうだいチャールズ、私もう骨の髄まで冷えきっちゃって。この家、古くてすきま風だらけで、もうほんとに寒いのよ。それでね、私が子供のころ、お父様がリンゴを持ってきてくださって……綺麗な赤いリンゴだったわ……あらフィリップ、チャールズと私とで楽しく、この上なく楽しく……ありがとう、ありがとう、持つべきものはほんとに……ほんとにフィリップ、母さんそういう気分じゃないのよ……」

崩れた教科書をフィリップはすばやくかき集めた。僕も崩れた教科書をかき集めてミセス・スクールクラフトに会釈すると、彼女の目はつかのま持ち上がったもののすでに閉じていて、僕はフィリップのあとについて居間を出て暗い色の絨毯を敷いた階段に行った。四角い柱の上に暗い茶色の木の球が載っていた。太い手すり柱はそれぞれ上下が角張り、真ん中はボウリングのピンみたいな形をしていた。階段をのぼり切ると薄暗い廊下が左右にのびていた。色褪せた壁紙は、色褪せた緑の柳が影を落とす色褪せた茶色い池で青い服の色褪せた少年が色褪せた釣竿を手に座っている模様を反復していた。右に曲がって白いドアを二つ過ぎ、塗料の剝げかけた茶色いノブの付いた暗い茶色のドアの前に出た。フィリップが教科書の束をもう一方の腕に持ち替えてドアを開け、絨毯を敷いていないギイギイ軋む暗い木の階段を先に立ってのぼって行った。のぼり切ると僕たちは梁《はり》が斜めに掛かった暗い散らかった屋根裏部屋に入っていった。カーブを描いた短い脚に載った、背の高い曇った鏡があって、真ん中に暗いジグザグのひびが入っていて、花瓶を描いた黒とピンクの絵を不揃いに二分して映し出していた。その横に胴像《トルソ》が一体、滑らかで乳首もない胸の、滑らかでのっぺりした腰部《ようぶ》がポールの上に載っていた。頭のない首にすり切れた延長コードが掛かっていて、その下の床に、赤いガラスのクリスマスツリーのボールが一個と、凹んだフェンシングマスクと、こわばった白い手袋が片方――指は丸まり、テーブルに置かれた手みたいに手のひらが下になっている――散らばっていた。僕の足下には、金髪の人形の頭部があって、赤らんだ頰、小さな赤い唇、曇った青い目で僕を見上げていた。

その横に、色褪せたピンクのリボンの付いた破れた白いナイトガウンを着た頭のない人形が転がっていて、そのぱっくり開いた首から灰色の詰め物が飛び出していた。僕たちは暗い色の、引出しがひとつなくなっているたんすの前を過ぎ、壊れた傘がつき出しているフード付きの黒い乳母車、埃っぽいピンクの皿を詰めたボール箱の前を過ぎ、崩れたペーパーバックの山、黄色い把手のついた黒いゴムの吸引カップの前を過ぎて、真鍮ノブのついた、ペンキを塗っていない木のドアの前に出た。教科書を別の腕に移し替えてフィリップがドアを引っぱると、やがて、ギイッと木を軋ませてドアは一気に開いた。僕たちは短くて薄暗い、つき当たりに埃っぽい丸窓がある廊下に足を踏み入れた。壁紙には緑、ピンク、ライラックのスカートをはいた色褪せたバレリーナたちが広がり、緑、ピンク、ライラックの色褪せた花束に囲まれて爪先旋回《ピルエット》し、跳ね、お辞儀をしていた。廊下の奥まで来ると、フィリップは左側の、緩んだ茶色いドアノブのある高い白いドアの前で止まった。そして教科書を床に下ろし、ドアノブを慎重に回して、肩でドアを押しはじめた。やがて、腰でドアを叩くと、ドアはいきなりパッと、ノブをガチャガチャ鳴らしながら開いた。

そこは小さな、煤けた部屋で、斜めの天井は梁が剝き出しになっていた。天井は端の方で一気に下がって壁につながり、そこから小さな空間が開けて、その奥に、小さな窓ガラスが何枚もはめ込まれた埃っぽい屋根窓があった。ガラスの一枚は黒くて不透明で、まるで窓が目にアイパッチをつけているみたいだった。色褪せた青いカーテンが二つ、折れ曲がった金属のレールから垂れていて、その一方が窓をなかば覆っていた。外には楡の木の梢が見えて、枝が一本くねくねと、ほぼ窓台までのびてきていた。斜めになった左右の壁には、床から天井まで本棚が広がり、斜めに傾いだ本たちの、埃っぽい色褪せたセットがいくつも並んでいた。右側の本棚に接して、カバーの掛かっていない小さなベッドがあった。くしゃくしゃの黄ばんだシーツの上に本が何冊かと、暗い青のバスローブがあり、赤いサクランボと緑の葉の模様の、つぶれた吸殻で半分一杯になった、緑の欠けたコーヒーカップがあった。ベッドの足の方に茶色い木の椅子があって、蓋の開《あ》いた小さな蓄音機が置いてあって、明るい黒のすり傷がついた鈍い黒のレコードが載っていた。ドア付近のもうひとつの壁の際に暗い茶色のたんすがあって、把手がなくなったところが二つの淡い色の輪になっていた。たんすの上には空《から》のコーヒージャー、黒っぽいワインが半分入った暗い緑のワインボトル、写真の入っていないアルミ製の写真用フレームがあった。上の壁に、白黒のイラストが三枚掛かっていた。一枚目では、シルクハットをかぶった、煙を上げる松明《たいまつ》を持った男が、石の壁に出来たすきまの前に立っていた。男のうしろにもう一人、目を見開き口をあんぐり開け片手の甲を額に当てた男が立っていた。壁に出来たすきまには髪の長い、黒猫が頭に載った死体が立っていた。絵の下に**その頭にはおぞましい獣が乗っていた**と書いてあった。二枚目は一人の男が太い黒い枝に乗っているイラストだった。男の下に風景が広がり、二つのひどく小さな人影が崖っぷちに立っている。枝のねじくれた先端に、大きな、ニッと笑って見える頭蓋骨があった。絵の下に**登った男は地上からおよそ二十メートル離れていた**と書いてあった。三枚目は、よれよれの黒髪の、片方の胸を部分的にさらしたぽっちゃりした婦人で、薄暗い四柱ベッドの前に白いローブ姿で立っていた。片腕でローブの裾を高く持ち上げ、もう一方の手は後頭部に置かれていた。絵の下に**それはレディ・ライジーアであった**と書いてあった（いずれもポー作品からの引用）。たんす以外、フィリップの部屋の唯一の家具は白い木の椅子で、その上にくしゃくしゃの煙草が一箱と、開いた銀色の紙マッチが載っていて、横に並んだ白いマッチの上に赤い宿屋が印刷されていた。すり切れた栗色の絨毯にはそこらじゅう暗い色のしみがあって、くしゃくしゃの下着、ページを下にして開いた本、空のコーヒージャーなどが散らばっていた。一方の隅には、ジャケットから出したレコードの埃っぽい山が、丸い黒い台座の上に載った変色した青銅の婦人像と並んでいた。婦人の青銅の胸はむき出しで両腕は折れていて、下半身は分厚い青銅の襞に包まれていた。すぐそばに、側面が埃っぽい緑になった水の入っていない水槽があり、中に敷いた白とピンクの小石に混じって、崩れたサンゴの洞窟、壊れた寺院、暗い緑色の人魚、折れ曲がった茶匙《ちゃさじ》、教科書版『ジョニー・トレメイン』の上に掛かった汚れた黒い靴下片方があった。僕の足下にもうひとつ彫像があった。高さは二十センチくらいで、白い大理石で出来ていた。まったくの裸体で、小さな白い大理石のペニスと小さな白い大理石の睾丸が付いていた。手首のところで折れ曲がった片手が気だるげに胸に当てられ、もう一方の腕は肱を上にして持ち上げられ手は後頭部に回っていた。頭部は目を閉じて夢見るようにうしろに倒され、ほとんど肩に触れそうになっていた。彼にはどこか物憂げな、まるで誘惑的なポーズをとっている女性のように恍惚として官能的な放縦《ほうじゅう》さがあり、かがみ込んだ僕は台座に貼られた金属板に**瀕死の奴隷**と書いてあるのを見て軽いショックを受けた。

　フィリップが煙草を差し出したが僕は断り、彼は自分の煙草に火を点けるとあざけるような笑みを微かに浮かべて目をそらした。それから彼は自分の蔵書を見せてくれた。とりわけ二組のポー全集が自慢のようだった。**ポー著作集**と鈍い金箔で書名の入った黒い六巻本と、**ポー作品集**と色褪せた黒字の書名が入った灰色の五巻本。彼は灰色の方を一冊取り出し、てっぺんをフッと吹いて埃を飛ばし、黄ばみかけた口絵のページをそっと開いた。白黒のその絵には、肱掛け椅子に座って高い白いドアの上部を見上げている男が描いてあった。戸口の上の横木には白い胸像が載っていて、胸像の上に黒い鳥がとまってうしろの壁に大きな黒い影を投げていた。絵の下に**もはやない**《ネヴァモア》という言葉があった。フィリップはスティーヴンソン全集も持っていて、ひとつの長い棚に沿って、深紅の表面が剝げかけた、金箔の書名が入った本がずらりと並んでいた。「君、スティーヴンソン読んだことあるか？」とフィリップは訊きながら、表面が剝げかけた一冊を、ガラスで出来てでもいるみたいにそっと取り出した。

表紙に触れたせいで、手のひらと指に赤い跡が残った。「スティーヴンソン読んだことあるかって?」と僕は戸惑って言った。これこれの本を読んだかと訊かれたことはあっても、誰それを読んだかと訊かれたのは初めてだったからだ。けれど僕はすぐに言い足した。「うん、読んだよ、『二つの薔薇』、『宝島』、『誘拐されて』……」「そんなの数のうちに入らないよ、誰だって読んでるんだから。『自殺倶楽部』は読んだかい?」「『自殺倶楽部』! いや、知らなかったよ、いままで一度も、それって何だか……」「『新アラビア夜話』に入ってるんだ」とフィリップは言って、本をすごくそっと開いて、目次のページを出した。「ほら」と彼は言いながら、黄色いしみのついた指で「自殺倶楽部」という言葉を示した。それから、そっと左手で本を持ち、右手ですばやく、ていねいに何ページかめくった。長い親指をページに軽く当て、黄色いしみのついた人差指で慎重にてっぺんを繰っていく。そして**自殺倶楽部**と題が書かれたページで手を止めた。題の下に、奇妙な副題があった——「クリームタルトを持った若者の物語」。指で示しながら、フィリップは低い声で読みはじめた。「『倫敦《ロンドン》に居住中、ボヘミアの名士フロリメル公爵は、魅惑的な物腰、思慮深い寛大さで以《もっ》て、全《あら》ゆる階級の人々の敬愛を勝ち得ていた。世の人の知るところからのみ判断しても、彼は並外れた人物であったし、而《しか》もそれは彼が実際に為していることのごく一部でしかなかった。日頃は物柔らかな気質で、世界に接するにあたってそこらの農夫と変わらぬ程度の哲学しか示さぬのが常であったが、実のところこのボヘミアの公爵は、生まれによって運命づけられた生き方よりももっと奇矯な、冒険に満ちた生き方に対する嗜好を秘めた人物であった』」。フィリップは不意に顔を上げ、「いつだって最初の三センテンスでわかるのさ」と言った。そして言葉を切ったので、今度はこっちが何か言う番だろうかと僕は戸惑ったが、少し黙ったのちに彼はまた、いくぶんじれったそうに先を続けた。「とにかく君も自分で読んでみるといい。ただしこの本は貸してあげられない。でもちょっと待て、もう一冊別のがある」。そして不意に本を閉じ、表面の剝げかけた仲間たちの中にそっと戻して、隣の棚に手をのばし、くすんだ赤の本を取り出した。「さあ」と彼は本をぎゅっとつかんで言った。「これをベッドに持っていこう、こういう古い本は気をつけなくちゃいけないんだ……」。そして見るからに興奮した様子で本をベッドに持っていき、くしゃくしゃのシーツの上に置いた。「さあ、開けてみたまえ」と彼は言った。「でも持ち上げるなよ、そのまま表紙だけ開くんだ、こういう古い本はすごく脆《もろ》いからね……」。そして僕は、彼の興奮した様子にあらかじめ警告されていたにもかかわらず、それでもやはりいくぶんショックを受けた——くすんだ赤の表紙をそっと開けてみると、くり抜いた本の中に、黒いリボルバーが横たわっていたのだ。

31

そして僕はますますフィリップ・スクールクラフトと一緒に行動するようになり、ウィリアムは見るからにそれを嫌悪して、僕に対する激しい非難のしかめ面をますます遠くから向けるようになった。フィリップと僕と同じテーブルに座ることを彼は拒み、運動場でも僕たちが来るのを見るたびに大股で反対方向に歩き去った。一方フィリップもウィリアムのことを等しく蔑み、「あの科学者」「あの無教養」、さらには「あの俗物《ザット・フィリスティン》」とまで呼んだ（はじめ僕はその言葉が切手収集《フィラテリー》と関係あるのかと思った）。これほど華奢で生気のない少年にしては、フィリップは驚くほど憎悪と辛辣さに満ちていた。クラスメートたちのことをしじゅう穏やかな残忍さとともにあざけり、学校を話題にするときも口調は静かな悪意に満ちていた。「教科書《スクールブックス》」や「男子生徒《スクールボーイズ》」、「教師たちと彼らの問題点」のことを軽蔑を込めて語った。あるとき、僕を戸惑わせたことに、学校を「非芸術的」と言い表わした。少なくとも学校とは彼にとって、不断に辛い場という以上に、苦痛の次元にまで高められた退屈にほかならなかった。彼がそれなりに満ち足りて見えるのは自分の部屋にいるときだけで、来る日も来る日も僕は彼と一緒にバスに乗って帰宅し、階段をくり返しくり返しのぼって彼の家の奥深くの屋根裏窟まで行き、フィリップは煙草に火を点けてベッドの上に気だるげに身をのばし、片腕を曲げて首の下に回し天井に軽く煙を吹き上げ、僕はその間、彼の向かいのすり切れた絨毯の上に、本棚に寄りかかって居心地悪く座っていた。しばしば長い沈黙が生じ、僕は煙が吐き出される柔らかな音に耳を澄ますか、色褪せて表面も剝げかけた本たちが作る傾いた暗い列を肩ごしに見るかした。時おり、何も言わずにフィリップは難儀そうに体を起こし、レコードプレーヤーの上にかがみ込み、明るい黒のすり傷がついた鈍い黒のレコードに針を落とした。そして、その作業に疲れ果てたかのように彼がふたたび身を横たえるとともに蓄音機がつかのま大きな針音を発してから突然の静寂が生じる。そしてその静寂の中から暗い、陰鬱な、はるか遠くから漂ってくるように思えて僕の胸を落着かぬ悲しみで満たすフルートの侘しい音色が立ちのぼるのだった。僕はその音楽を永久にその瞬間で止めたいと願い、木が水に浸透されその分子がそれぞれ石の分子に置き換えられていくように僕もその音色に浸透されたいと願ったが、そう思う間もなく音は夢見るように細かく下向きに波打ち、一瞬止まってから今度は昇っていって最初の高みまで戻るものの、ふたたび夢見るように細かく下向きに波打って、一瞬止まってからまた昇っていって、物憂げに活力をほとばしらせつつ三つの音をさざめかせ弧を描いてより高いところまで昇り、やがて気を失ったかのように降下していき、しばしそこにしがみついてからふたたび三つの音をさざめかせ弧を描いてからすぐさまハープの弦のゆらめきの中に溶けていき、その弦の向こう、遠くの方で、管楽器のこだまが響いたが、そうやって眠たげな、夢見るような、徐々に溶けていくその牧神《ファウヌス》の音楽が広がり、陽炎《かげろう》がゆらめき暗い緑の葉蔭が揺らぎ、その突然の荒々しさもやがて気だるさの中に取り込まれていくあいだずっと、僕はひたすらあの暗い、陰鬱な、侘しいフルートが戻ってくるのを待ち、それはつねにいまにも現われそうに思え、あたかもこの曲全体が、池の水面でつねに砕けるひとつの像であるかのようで、ひとつの像が砕けて千もの、一瞬きらっと光る、震える断片となっていて、それがゆっくり、震えながらひとつにまとまっていくもののまたばらばらに散らされてしまうかのようで、その間、柔らかに脈打つこめかみと苛立つ神経を抱えて僕は待ち、暗い、陰鬱な、侘しいフルートをなおも待ち、つねにすぐそこまで来ていると思える瞬間が来るのを待ったが、心臓が一拍脈打つごとにその瞬間は、それがつねに生み出している、つねに高まりつつある欲望を満たすだけの力がないようにだんだん思えてきて、ついには僕の欲望が及ぼす圧力そのものがまさに欲望の充足を妨げている力にほかならぬように思えてきて、僕はさらに、柔らかに脈打つこめかみと苛立つ神経と、苦痛の一歩手前まで来ている辛抱強い興奮とともに待ち、さらに待ち、とうとう合奏が止んでその官能的な静寂の中にふたたび暗い、陰鬱な、侘しいフルートが聞こえると、痛いほどの甘美さ、熱狂に彩られた憂い、荒々しい静謐さ、うららかな絶望に僕は貫かれた。ああ、落着かぬ、物憂い、渇望しつつ渇望しない、眠気に染まった狂乱、熱に浸された忘我……曲が終わると、二つの違うピッチに乗って針音が聞こえてきた。少ししてから何も言わずにフィリップは難儀そうに体を起こし、トーンアームを持ち上げ、鈍くかちんと音を立てて蓄音機のスイッチを切っていま一度横たわり、いま一度静寂が生じるのだった。

僕たちは時おり話をした。というか、彼が話すのを僕は聴き、ところどころでおずおず一言をつけ足した。それは僕がいままで思い描いていたどんなものとも違っていた――それら小声で呟かれた、強烈に文学的で漠然と危険な、僕が同好の士と交わすことを夢見ていた衒学的《げんがくてき》な会話とはまったくかけ離れた独白は。彼の話す中身よりも、むしろ口調。低い、それなりに音楽的な、緊迫感が底流のように混じっているその呟きは、電気の危険な負荷を帯びた、ぶーんと静かに振動する頭上の電線を思い起こさせた。たぶんそのせいで、僕たちのあいだで交わされた言葉を僕は具体的に一音節も思い出せないのだろう。ひとつ確かなのは、僕が言うことに彼が全然興味を持っていないと僕がすぐ気づいたということだ。実際彼は、小説と死以外、この宇宙の物事すべてに退屈しているように見えた。小説と死に対しては、隠れた活気がところどころから垣間見えて、僕をわくわくさせ、不安にさせた。彼がとりわけ好んだ観念のひとつは、小説と自殺とのひそかな親近性というものだった。どちらも世界をそのまま受け容れることを拒んでいる、と彼は言った。どちらも殺害の一形態であり、その犠牲者は宇宙である。抑圧的な現実から逃避したいと焦がれる青白い夢想者どころか、芸術家も自殺者も危険な殺害犯であって、現実の方、情けない現実の方こそ彼らから逃げようと空しくあがくのだ。暴君を殺害する革命家と同じく、彼らは少しも現実逃避者ではない。スティーヴンソンは自殺倶楽部という楽しい気の利いたゲームを発明したが、そのもっと高尚な含みが彼にはまったく理解できていなかった。自殺というものを真剣に捉えなかったのであり、だからあの話は、喜劇性と道徳的憤慨とが奇妙に入り混じって、どうにも不満足な気分が残るというのだ。真の自殺倶楽部にあっては、メンバーは幇助《ほうじょ》という発想を退ける。芸術家が作品を作る上で援助という発想を退けるのと同じである。困難な行為は、孤独のうちに実践されねばならないのだ。けれども芸術家が、蔑まれた孤独な作業を続けるかたわらでほかの芸術家たちも同じように苦悶しているのを知って慰めを得るのと同じく、自殺者もまた、自分が同志たちの一団に属しているのだと知って意を強くする。真の自殺倶楽部は臆病者たちの同盟ではなく、秘密の大義に身を献げる心の友同士の集まりである。かくしてフィリップは仰向けに横たわって柔らかな煙の流れを天井に吹き上げ、僕は向かいでその危険な震動を聴いている。そして僕はいつも、聴きながらあたかも、次の瞬間には引き返すつもりでいる暗い森にますます深く入っていくかのように、不思議な、夢のような、恐ろしい興奮に包まれるのだった。

ある暗い午後、僕たちはいつものようにフィリップの部屋に通じる多くの階段をのぼって行った。僕はいつものように本棚に寄りかかって座り、いつものようにフィリップは片腕を曲げて首のうしろに回し気だるげにベッドに横たわり、静かに吹かす音とともに煙を吐き出し、床に置いたコーヒーのしみのついたソーサーにとんとん微かな音を立てて灰の暗い雨を降らせていた。言うべきこともろくにないように思えた。実際僕は、いくつもの午後が過ぎていくなかで、言うべきことがますますなくなっていくことを感じとっていた。フィリップの話題の幅ははじめ僕が想像したよりずっと狭く、いまや彼の習慣もしぐさもすべて、僕にはすっかり慣れ親しんだものになっていた。陰気な沈黙すらも神秘的には思えなくなっていた。そこに彼は横たわり、睫毛の長く瞼の重い目をすぼめて天井を夢見るように見上げ、頭上では濃い煙が、何かずんぐりした、柔らかい、ゆっくり身をうねらせる動物のように眠たげに天井にしがみついている。いくぶん退屈な思いで、僕は小さな、カーテンを半分閉じた、灰色の空を背景に黒い枝が一本外に見える窓の方を見やった。「退屈だな」とフィリップが静かに言った。「ゲーム、するかい?」。するとたちまち僕の心臓の鼓動が速まった、なぜならフィリップはいつもゲームなんかしないからだ、そして僕は「どんなゲーム?」と言った。「危険なゲームさ」とフィリップは言って、煙のたちこめる天井に向けて煙を吐き出した。それから眠たげに顔を僕の方に向けて、瞼の重い陰気なまなざしを僕に投げかけた。「え」と僕は彼の目を避けながら言った。「どうかなあ、ゲームによるよ。どういう危険なゲーム?」。するとたちまち彼の口許が微かにあざけるように歪み、彼は答えずに顔をそらして天井を見上げた。長い沈黙があとに続き、その間僕は自分が何かやりそこなった気がしていたが、それでも胃がぎゅっと縮まり喉がからからに乾いた感じがしていた。僕はこっそり目を動かし、たんすの上に載った暗い緑のワインボトル、白い木の椅子に載った吸殻が詰まったカップ、表面の剝げかけた本の暗い列、裸の白い彫像、水槽の中の黒い靴下を見て、こんな危険な場所で僕はいったい何をやってるんだろう、僕の暖かい部屋では座り心地のいい肱掛椅子がフロアスタンドのかたわらで誰も座らぬまま置かれていてずっと遠くではウィリアムがしかめ面で大きな黒っぽい机に向かっているのに、と考えていると、フィリップが「前に見せたあの古い本、取ってくれるかい——覚えてるだろう——こっちへ持ってきてくれ。でも気をつけろよ。ああいう古い本はすごく脆いから」と言った。そして僕はまるで何も聞かなかったかのように本棚に寄りかかったまま座りつづけフィリップは煙のたちこめる天井に煙を吹き出しつづけた。長いあいだ僕たちはそのまま、あたかも音楽でも聴いているみたいに僕がそこに座り彼がそこに横たわっていた。それから僕は別れを告げようとするかのように立ち上がり、向き直ると突然その本が目に飛び込んできた——あたかも彼の蔵書がその一冊のみから成り立っているかのように、でなければ居並ぶ本の列を僕が空しく探しつづけてもうとっくにあきらめていたところで突然その本に行きあたったかのように。けれど僕はその本が向けてくるまなざしを避け、すぐ上の棚に沿って目を走らせて、埃のかかった一冊を引き出し「さにこの庭で彼女と向きあって陽を浴」から始まっているページを開いたがすぐさまパタンと埃を立てて本を閉じ元の場所に突っ返した。それからさらに高い棚に目を走らせたが、あたかも視界が拡張したかのように、薄い黒い本と厚い灰色の本とのあいだに少し奥まってはさまっているせいで、読めない金箔のタイトルと崩れかけた背表紙に影が落ちているくすんだ赤の本を見ずにいることが僕にはできなかった。そうして、あたかもフィリップの書棚の見栄えを整えようとするかのように、くすんだ赤の本を僕はわずかに前に引き出して黒い本と灰色の本とぴったり並ぶようにし、それから、その本をゆっくり傾けて引き出しはじめた。僕はそれを慎重に取り出した。それはあまりに重かった。慎重に僕はそれをベッドに運んでいった。

脇腹を下にして体をのばしていたフィリップは、右肱を立てて難儀そうに起き上がり、右肩を右の頬と並ぶ高さまで押し上げた。彼は右手で本を開けてリボルバーを取り出した。それは僕の古いカウボーイ拳銃のひとつのように見えたがただし色は黒で青黒い光沢を帯びていた。フィリップのピンクに火照った色白の手の中でそれはひどく黒く見え青黒い光沢がひどく際立って見えた。僕は座るべきかどうかもわからず彼の前に立っていたが、やがてベッドの前にしゃがみ込んだ。「いいか」とフィリップは言って、右手に銃を持って左手で弾倉をくるくる回してみせた。そしてほとんどすぐに回転を止めた。「いいか、見ろよ」と彼は言って、弾倉をパカッと、五つの黒い穴と小さな真鍮の輪が僕に見えるよう持ち上げた。銃を垂直に立てると、小さな銃弾がひとつベッドの上に落ちた。弾は丸まった鉛の鼻と真鍮っぽい胴から成っていた。それはミニチュアの爆弾みたいに見えた。フィリップは弾を左手で拾い上げ、手のひらに載せてかざしてみせた。そしてそれを空中に軽く投げ上げ、手のひらで捕らえてから、僕に差し出した。「いや、いいよ」と僕は言った。「でもまあ、ちょっと――」そうして僕はそれを親指と人差指でつまみ、かつて中が空洞で華奢で不気味なくらい重さのない赤青金の卵を持ったときみたいに少しのあいだそうっと持っていた。あのとき僕は卵を、指をいきなりぎゅっと縮めてつぶしてしまいたい思いに駆られ、いまだ滑らかで壊れていない殻が割れて出来たギザギザの断片の感触に手のひらは疼き、僕は慎重にその危険な卵を先生が差し出した手のひらに載せたのだった。そしていまフィリップが差し出した手のひらに弾を慎重に載せながら「驚いたなあ」と僕は呟き、彼が弾を弾倉に戻すのを見守った。そして彼は弾倉を押して元の位置に戻した。依然として右肱を立てて右手で銃を持ったまま、彼は左手で弾倉をくるくるっとすごい勢いで回した。僕はベッドの側面をつかんで回転がだんだん遅くなっていきやがて止まるのを見守った。フィリップはすぐさま銃口を右こめかみの高さに上げた。「よせ！」と僕は叫んだ。彼は引き金を引いた。僕はがくんと首をうしろにそらした。カチッ、と大きな音がした。

僕が顔を上げると、フィリップはゼイゼイ荒く息をしながら、なかば閉じた目で夢見るように遠くを見ていた。

彼は突然僕の方を見て、「君の番だ」と言って銃を、握りを前にして差し出した。ベッドのかたわらにしゃがみ込んだまま僕は体をうしろにそらし、片方の手のひらをうしろの床につき出した。「僕の番！　でも無理だよ、だって僕一度も、全然見当も……」

フィリップはしかめ面を浮かべ、銃は差し出したままだった。そして少し経ってから「だって君、僕が何をする気かわかってただろう。そうだろう」と言った。

「いや、それは……うん、その……」。僕は顔を赤らめて目を伏せた。フィリップはなおも銃を差し出していたが、少し経つとするっと指のあいだからベッドの上に落とした。そして煙草に火を点けて仰向けに横たわり、片腕を曲げて首の下へ回し、細い煙をひと筋、天井に向けて軽く吹き上げた。

「でも無理だよ、僕こんなの一度も、いくらなんでも……それにさ、僕はこういうのって何も知らないしさ。もちろん、見かけはカウボーイピストルとそんなに違わないよ、まあ色は違うけどね、君だってまさか……まず第一いかにも……ここはちょっと……とにかく重さは違うよね、全然違うよ、ほんとにすごく重い感じで驚いたよ」、そして僕は立ち上がって銃口を注意深く下に向けて銃を脇に垂らし、腕をゆっくり前後にぶらぶら振った。一方フィリップはさっきから僕の方に顔を向け横になったまま瞼の重い目でじっと僕を見ていた。奇妙に興奮した状態で僕は重い銃を片手に持ったまま部屋の中をうろうろ歩き出し、本をまたぎ、古靴下を引きずり、彫像に体をかすめた。「もちろん僕は」

と自分が言うのを僕は聞いた。「君のやり方でやるなんて想像もつかないよ——そんなふうに横になって、まるっきりどうでもいいみたいにやってのけるなんて、考えただけで体じゅう妙な感じがしてくるよ、やっぱりこういうときはちゃんと立ってやるのが筋っていうかさ——」そして僕はにわかに黙って銃をこめかみに、銃口があと二センチで触れるというところまで持っていって、すぐまた下に降ろした。「もちろんこれって」と僕はまたそわそわ歩きながら言った。「しくじらないように気をつけなきゃいけないよね、うっかり撃ち損なっちゃいけないよね、前にどこかで読んだんだけど……はっきりは覚えてないけど、とにかくその人は引き金を引いて、バンと銃声が轟いて、それがすごく恐ろしい音で、考えるだけで鳥肌が立つよね、で、もう自分は死んだんだと思ったんだけど、実は完全に撃ち損なったことに気づいたのさ。考えてもみなよ、その人どんな気持ちがしただろうなあ、そこに立ってさ、手に銃を持って……僕さっきから馬鹿なことばっかり言ってるよね、でもどうしようもないんだ、まさかこんなふうに銃を持つ破目になるなんて想像もしなかったからさ、これってすごく奇妙だよね、すごく不気味で」、そしてふたたび僕は黙り銃を持ち上げて銃口をこめかみに押しつけたが、鋼鉄の冷たい圧力にぶるっと身震いしてたちまち離した。けれどもまたすぐ銃口をこめかみに押しつけ、こめかみが脈打って鋼鉄を押し返すなかそのまま押しつけていた。夢見るような声で自分が喋るのを僕は聞いた、「病気になったときを思い出すよ、お医者さんが来て、シャツもアンダーシャツも脱がされてお医者さんが両耳に聴診器を入れてかがみ込んできてあの氷みたいに冷たい輪を胸に当てて、離して、また押しつけてくる。離すたびに、血が戻ってくるまで肌に白い輪が見える。この部屋すごく暑いよね、ほとんど息もできないよ、こんなに煙いし……何もかもがすごく奇妙で……自分の指が引き金に触れてるのってすごく変な感じでさ、すごく弱いような、強いような」、そして僕は引き金をゆっくり引きはじめて力を抜き、ゆっくり引いて力を抜いた——ずっと前にカウボーイピストルの引き金をゆっくり引いて撃鉄が飛び出す直前の均衡の瞬間を正確に探りあてようとしたときと同じように。そしてゆっくり引きながら自分の指が大いなる空間をゆっくり動いていくのが感じられ、何か未知の束縛を自分が破って夢のような禁じられた自由の領域に入っていくのが感じられ、突然大きな爆発音がして、落下の夢の中で岩の尖った先端についに激突して自分が死んだという認識を強烈な明晰さで経験するのだけれど目はもうすでに開きはじめていて、上下に分かれかけた睫毛を通ってもうすでに光が流れ込んでいて、ブラインドから垂れている、吊鐘形の握りが付いていてけばに覆われた結び目がその下からつき出ている明るい白の紐がもうすでに目の前に見えているときみたいに、一瞬のあいだ僕は自分が死んだことをきわめてはっきり知ったのだけれど、もうすでに爆発は単なるカチッという大きな音に縮まり、腋の下から汗が流れ出て、煙が天井にしがみつき、瞼の重い目で僕をじっと見ながらフィリップは「……らぎ」と言っていた。

32

その後に続いた暗い日々、僕は何度も自分を殺害した。荒々しい、ずきずき疼く、官能的な興奮とともに意識を失い死へ向かっていくたび、ガバッと我が身を引き剥がして痛々しく目を覚ました。するとたちまち倦怠と悲しみに包まれて、オレンジ色の光を放っている二台の電気ストーブの一方の前に敷いたすり切れた硬い絨毯の上に大の字に横たわり、曲げた片腕を首のうしろへ回し、茶色い薄闇を眠たげに見上げるのだった。あるいは、散らかった窓台の横の壁に寄りかかって僕は座り、白っぽい空を背景に浮かぶ黒い楡の木の枝をぼんやり眺める。時おり煙草をなかば吸い込み、熱い煙をじわじわ喉の奥に下ろしていくなか、こめかみの脈拍は速まり脳は柔らかい炎に満ちるのだった。そしてそこにはつねに、光が消えていき、影が深まり、事物が夕暮れに呑まれていく感覚があった。そして少しずつ、オレンジ色の電気ストーブの光は暮れゆく冬の午後にあってますます明るくなっていった。五時にはもう夜が来て母さんが砂利を騒々しく鳴らしながら道路と玄関を結ぶ通路に乗りつけ、一番奥まで車を寄せる。すると僕はフィリップの心地よく陰気な部屋の暖かさと薄暗さからしぶしぶ我が身を引き剝がす。暗い茶の焦げ跡が浮かぶ黄色い油紙のシェードがついたランプに埃っぽい電球が一個灯っているだけの部屋を出て、散らかった屋根裏を抜け、二階分の階段を下りて暗い居間に足を踏み入れ、カウチに横たわってオレンジ色の燃えさしを眺めているフィリップの母親にお休みなさいとささやいてから、ハッとする冷たさの夜へ出ていった。玄関までの通路の端で車はじれったがっているかのようにぶるっと震え、排気管から冬の息を立ちのぼらせた。突然の寒さ、そわそわ落着かない車、ドアを開けてくれようと車の中で僕の方に身を乗り出した母さんのしかめ面、ちらっと探るように僕を見る目付き、やたらと元気のいい言葉、それらすべてが僕の胸を拗《す》ねた怒りで満たした。誰にも邪魔されない状態、絶対に邪魔されない状態に僕は焦がれ、どこかの暖かい、心地よい、陰気な場所で永遠に倦怠と悲哀に包まれて陰気に横たわっていたいと僕は焦がれた。けれど車のドアはばたんと閉まり、ギアシフトがギイッと音を立て、母さんが座席を軋ませ――そして僕のこめかみが鋼鉄の冷たい圧力をいまだ感じているなかアクセルが踏み込まれ、タイヤが回転し、車はがくんと前に出て、轟音が立ち母さんがぺちゃくちゃ喋りまくりながら僕たちは家に向かった。

夕食の席で僕はむっつり黙りこくり、夕食が済むと自分の部屋にこもって、独りにしておいてくれと頼んだ。

それでも、それでも——だがあの幻滅の感覚、秘密の白けた覚醒の感覚をどう説明したものか？あたかも興奮の核に、見飽きたものの影を見てしまったかのようだった。二回目のときにもうすでに、恐怖の戦慄が微かに薄まっていくのを僕は感じずにいられなかった。未知のものが、既知のものにわずかに汚染される。〈いままで一度も〉が〈またもう一度〉に縮まっていく。三度目になると、危険はますます増していくにもかかわらず、僕はもはや、あたかも鋭い刃が反復によって鈍《なま》ってしまったかのように、僕の恐怖には何かが欠けているのだという心乱される思いを無視できなくなっていた。フィリップのふるまいも僕の幻滅を助長した。彼はいかにも無関心な見かけを装うことを好んだのだ。二回目は本をぱらぱらめくりながら自分に向けて引き金を引いたし、三度目はよりによってあくびの最中にそうしたのだ。そして僕も、不安ながらに張りあって、開いた本を片手に持ち銃をもう一方の手に持った。自分が自殺の道楽者、死のすれっからしの淫蕩者《いんとうもの》になり果てる危険を僕は感じた。これ自体、恐ろしいことだった。こうして恐怖が不純になってしまうことで、すぐそこにひそんでいる、これまでは僕の恐怖の圧力がかろうじて押しとどめていたのかもしれぬ爆発に僕が見舞われる危険がはるかに高まるのではないかと思えたのだ。時おり夜に、自分が何げなく引き金を引いている姿を僕は思い浮かべ、戦慄が体を貫いた——恐怖のみではなく、烈しい嫌悪も混じった戦慄が。死に対する僕の態度が軽薄で嘲笑的なものになりつつある気がした。僕は健全に怖がる気持ちに焦がれた。このような気分の下《もと》に、次の回、フィリップが提案したこのゲームの禍々《まがまが》しい変種に僕は迷わず同意したのである。僕は彼と並んでベッドに腰かけ、彼が弾倉をくるくる回すのを見守り、それがだんだんゆっくりになってやがて止まると心臓の鼓動が速まるのを感じた。フィリップがゆっくり銃を持ち上げた。僕は快い苦悶に包まれて目を閉じ、銃口が僕のこめかみに触れるとともにぶるっと身震いした。長いひと息の間《ま》を置いたのちに彼は引き金を引いた。自分の番になって僕はゆっくりと銃をフィリップのこめかみに降ろしていったが、銃口が彼の皮膚に触れたとたん、あたかも針で彼を刺したかのようにあわてて引き離した。蔑みに満ちた彼のまなざしを浴びながら、僕はそっと、おずおずと銃口を彼のこめかみに当てた。僕の指が引きはじめた。だが、不可能だった。僕は銃を降ろし、蔑みに満ちたまなざしに会うのを覚悟したが、見れば彼のこめかみの青白い皮膚の下が、ぴくぴくと細やかに脈打っていた。

ある日の午後、フィリップが銃をかたわらに置いてベッドに横たわり、僕は本棚に寄りかかって座り物憂く本をぱらぱらめくっていると、ドアが閉じる音がして、廊下を静かに歩く音があとに続いた。僕が顔を上げてフィリップを見ると、彼は眉間に皺を寄せ、一方の肩をすくめて、銃を手早く枕の下に隠した。「君の母さんか?」と僕はささやいた。「まさか」とフィリップは言った。足音はドアの前で止まった。カツ、カツと鋭いノックが二度続いた。「誰」とフィリップが呟いた。ノックがくり返された。「どうぞ」とフィリップが苛立たしげに言った。ドアの把手が回され、押す音がした。次は鋭いノックが三度続いた。「どうぞって言っただろ」とフィリップはもっと大きい声で言った。ドアの把手が怒りっぽく回され、腰か肩が思いきりぶつかってくるとともにドアが歪んだように思えた。もう一度ぶつかってきて、引っかかりが外れてドアがパッと内側に開き、戸口に、片手を把手に置いたままの――

「これはこれは」とフィリップは言った。「ウィリアム・ウィルソンじゃないか」

「メインウェアリングだ」とウィリアムは言った。戸口に立ったまま、しかめ面を深めながら彼はあたりを見回した。彼が僕を睨みつけると僕はフィリップをちらっと見た。フィリップは曲げた片腕を首の下に回し持ち上げた膝にもう一方の足のくるぶしを載せて横たわり、柔らかな煙の筋を吐き出していた。「入れよ」と僕はためらい混じりに言ったがウィリアムは動かなかった。彼は僕を見下ろし、ぎこちなく「近所まで来たから」と言った。間《ま》があった。「ま、入れよ」と僕は言った。ウィリアムは怒ったように「君の部屋じゃないだろ」と言った。「いいんだよ入って、入りたいんだったら」とフィリップが言った。ウィリアムは一歩部屋に踏み込んで、「うわ、ここすごく煙いな」と言って目の前でさっさっと手を振りはじめた。そして僕の方を向いて、「近所まで来たから、ちょっと寄ろうと思って」と言った。間があった。「家まで乗せてやるよ、自転車で来たから」と彼は言い足した。「ありがとう、でも五時におばさん《ジ・オールド・レイディ》が迎えにくるから」と僕は言った。ウィリアムは驚いて眉を吊り上げた。「おばさんって？」。僕は顔を赤くして「母親のことだよ。ただの言い回しさ。とにかく、そこに立ってないで、入ったらどうだ、いまちょうど、いまちょうど……」「ゲームをしてたところさ」とフィリップが言った。「ゲーム？」とウィリアムは言った。「いやいや」と僕は言った。「べつにそうじゃなくて、ただ喋ってただけでさ、それにもう遅くなってきたしさ、いま何時だい、誰か時間わかるかい、どうして誰も時間わからないんだ？」。ウィリアムがコインを放ろうとでもするみたいに左手を投げ出し、むき出しの自分の手首を見た。「四時六分前」と彼は言った。「ふむ。僕の『母親』、いつも五時に迎えに来るんだ。君に乗っけてもらってもいいかな。どうかなあ」と僕は言った。ウィリアムはフィリップの方を向いて「何のゲームだ？」と言った。僕は警告のまなざしを、さっきから横向きに体を起こしてウィリアムの方をじっと見ているフィリップに送っていた。「いや、ただのゲームさ。なぜだい。君、ゲーム好きなのか？」とフィリップは言った。「ゲームによるな」とウィリアムはきつい声で言った。そして突然咳込んで、こぶしを口に持っていきわずかに前にかがみ込んだ。そして「窓、開けられないのか？」と怒ったように言った。「真冬にか？」とフィリップが言った。「冬じゃないさ」とウィリアムは言った。「十二月だぜ」とフィリップが言った。「冬は十二月二十一日に始まるんだ」とウィリアムは言った。フィリップは僕の方を見てにっこり笑った。僕も笑いかけたがそれを荒々しく抑え、眉をぎゅっとひそめて下を向いた。顔を上げると、ウィリアムが僕を見下ろしていて、目に怒りと痛みが満ちていた。彼はさっと目をそらした。僕はカッとなって「どっちだっていいじゃないか！　そんなところにつっ立ってるなよ。入ってくるのか、来ないのか？」と言った。ウィリアムはまた左腕を投げ出した。そして呟くように「ま、もう遅いから。そろそろ行くよ。じゃあな」と言った。唐突に回れ右して、部屋から出て、廊下を歩いていく。屋根裏のドアが開くのが聞こえ、少ししてから木の階段を下りていく足音が聞こえた。遠くでもうひとつドアがそっと閉まる音が聞こえた。「科学者退場」とフィリップが呟いたが、僕は「何で言ったんだ！　なぜ！」と叫んだ。だがフィリップは驚いた顔で僕を見て、「だって、言わなかったぜ」と言った。

33

そしてとうとう、ある冬の雨の日の午後、電気ストーブの二つのオレンジの光に照らされたフィリップが、ゲームに飽きたと宣言した。突然の興奮と、驚きのまったくの欠如とが奇妙に混ざった気分で僕は、彼が自殺協定を提案する言葉を聴いた。熱心に、平静に、あたかも秘密の重荷を降ろすかのように僕は同意した。僕があまりにあっさり同意したことにフィリップは心穏やかでなさそうな顔をし、いくぶん苛ついた口調で、君、これがどういうことかわかってるのか、と問いただした。「うんうん、わかってる」と僕はせっかちにうなずいて答え、「いつやるんだ？」と言い足した。フィリップは眉間に皺を寄せて天井を見上げ、長いゆっくりした煙の筋を吐き出した。そうしてやっと僕の方にゆっくり向き直り、瞼の重いまなざしを僕に投げて「だけどまず、誓いを立てないと」と呟いた。

というわけで、その冬の雨の日の午後、フィリップと僕は死の誓いを立てた。道具は、暗い緑のワインボトル、銀色の針、そして埃っぽいグラス。一つひとつ、フィリップの眠たげな指示に従い僕は持ってきて、さっきベッドのかたわらに移動した白い木の椅子の上に置いた。フィリップは片肱を立てて身を起こし、僕は一方の肩をベッドにつけて床に座り込み、じっと見守った。フィリップは眉間に皺を寄せて下を向き、ワインボトルのコルクを相手に格闘した。彼がキイキイ音を立ててコルクを左右に揺らすなか、僕は突然の爆発を待って顔をそむけた。突然コルクがするっと音もなく抜けた。片肱をついたままフィリップは緑のボトルを埃っぽいグラスの縁で傾け、暗い赤の液体が滑らかに流れ出た。グラスの中を液体はゆっくり昇っていって、揺らめく薄赤の光を椅子の白い座部に投げた。グラスに半分までたまると彼はボトルを縦に戻して椅子の上に置いた。何滴かがボトルの側面を、ぴかぴかの黒い縞となって流れ落ちた。うちひとつの縞が座部に触れると、小さな明るい赤の水たまりが出来た。次にフィリップは銀の針を手にとった。そして左親指の爪を左人差指の先っぽに押しつけると、人差指が薔薇色に染まった。薔薇色の指先の上に針をかざし、一心不乱、眉間に皺を寄せて見下ろし、さっとすばやい動作で彼は指を刺した。すぐさま明るい赤の血の滴が、小さな花のように現われた。指先を注意深く立てたまま彼はその手をワイングラスの上に持っていき、すばやく指を裏返した。明るい赤の滴がしばし逆さにしがみついていたがゆっくり重さを増して垂れ下がっていき、とうとう暗い赤のワインの中に落ちて小さな雲を作った。フィリップはふたたび指をぎゅっと握って二滴目を搾《しぼ》り出し、そのままグラスに垂らした。それから指を吸って、手首で針を拭い、マッチに火を点けてくれと僕に言った。そして針の先をゆっくり、揺れもしない炎の中に持っていった。と、突然ひっ、と彼は息を呑み、先の黒くなった針を落として手を振った。「馬鹿だな、僕も」と彼は呟いた。

ポケットから取り出すと埃の粒が落ちてくる、皺くちゃの黄色いハンカチで彼は針をくるみ、新しいマッチの炎に差し入れた。炎を吹き消し、少ししてからそうっと針に触った。それから、黒い付着物を二本の指でつまんで拭きとり、針を僕に渡した。

僕はフィリップがやったように人差指の先に親指の爪を押しつけた。唇をぎゅっと結んで針をそうっと薔薇色の皮膚の方へ持っていった。ゆっくり、ゆっくり、いまにも硬い皮を突き破って柔らかい赤色の軟塊に達するのだと思いつつ僕は押していき――刺さった痛みを突然僕は感じてパッと針を離し、明るい血の花をわくわくする思いで探した。見えたのは指先に浮かぶ小さな赤い窪みだけだった。「そうじゃない」とフィリップは言った。「ほら――こうやるんだ」そう言って彼は空中でさっと、投げるようなしぐさをしてみせた。僕はふたたび親指の爪を押し、針をぎゅっと握り息を止め指先に向けてさっと投げるようなしぐさを行なった。針は僕の硬い皮膚を痛みとともに押したのち、ピンとはね返った。「うーん、これってまるっきり馬鹿げてるよ」と僕は呟き、母さんが「これってまるっきり馬鹿げてるわよ」と言うのを僕は聞いた。歯を食いしばり、痛くなるまで指を握って、僕は突然ひと思いに刺し、痛みの疼きを感じた。見ればちっぽけな血の点が現われ、小さなしみへと広がっていった。ぎゅっと搾って、搾って、僕は疼く指をグラスの上にかざし、微かに膨らんだ血の方に親指の爪を押していき、とうとう一滴がワインの中に落ちた。「それじゃ足りない」とフィリップは、まるで僕のぶざまな血の滴に気を悪くしたかのように嫌悪の表情もあらわに言った。「別の指でやってみろよ」。けれども僕は傷つけた指をなおも搾りつづけ、やがてもっとずっと大きなしみが広がって、ふたたびグラスの上に指をかざしてもっと大きな一滴を押し出した。「ま、それでいいか」とフィリップは言い、君の非芸術的な傷を見せられるのは勘弁してほしいねと言わんばかりに顔をそらした。疼く指をしきりに吸いながら僕は、ぴかぴかの黒い銃、青い血管が浮き上がった青白い手、突然の静寂、そしてフィリップのぴくぴく脈打つこめかみに浮かぶ小さな、丸い、完全な血の滴を思い浮かべた。ハッと顔を上げると、瞼の重い陰気な目でフィリップが僕をじっと見ていた。

依然として片肱をついたまま、フィリップはグラスを手にとり、中の液体をそっと揺らしながら覗き込んだ。それから、顔を上げて僕と目を合わせ、グラスを自分の口に持っていき、頭をうしろに傾けるとともにどんどんすぼまっていく目でじっと僕を見たままゆっくりと飲んだ。そして、濡れて光る唇からいきなりグラスを下ろし、不自然に明るく光る目でじっと僕を見た。それから、半分飲んだグラスを僕に差し出した。僕はそれを受けとり、唇に持っていったが、ワインのきつい香りが羽根みたいにすっと鼻孔に流れ込んで目から涙が出てきて、僕はためらった。そして、厳かな静寂をかき乱すのは間違っていると思ったけれど、突然の恐怖を僕は抑えられず、ささやき声で「これって酔うかな?」と訊いた。フィリップは首をゆっくり横に振った。僕はすぐさまグラスをうしろに傾け、一口飲んだ。少ししてから残りを一気に飲んだ。「ええと」と僕はグラスをそっと椅子の上に置きながら言った。「これで終わり?」――と、あたかも炎を飲み込んだかのように暖かさが体内をすうっと流れていくのを僕は感じた。「君の血が僕の体に入って、僕の血が君の体に入った」とフィリップは言った。「これで僕たちは血の兄弟だ、アーサー」。そうやって自分の名前を耳にしたことで、僕は暗く、狂おしく心を動かされた。

34

誓いの日から一週間後に僕たちは計画を実行することで合意し、それまでの退屈で暗い日々を、心地よい死の盟友関係の中で過ごした。もはや危険なゲームは行なわず、床の傾いたフィリップの部屋で眠たげに集い、時おり彼が、気に入った作品の一節を小声で朗読した。「どんよりした、暗く音もない、空の雲が低く重苦しく垂れ込めた秋の一日、私はずっと独り馬に乗り、ことさら佗しい地帯を通り抜けた末に……」（ポー「アッシャー家の崩壊」の書き出し）。奇妙なことに僕は来《きた》るべき瞬間のことはいっさい考えず、僕たちの誇らしい、秘密の絆のことだけ考えていた。いつもの日課も放棄せず、有難い気持ちで宿題にも打ち込んだ。時おり、心のどこか遠い片隅でくすぶる恐怖がにわかに燃え上がりもしたが、僕はすぐにその火を叩いて消し、黒い、焦げた焼け跡だけが残った。僕はたびたび、フィリップが青白く冷たくベッドに横たわりかたわらの白いシーツの上に黒い、まだ温かい銃がある情景を思い浮かべた。この芸術的構図に乱雑に添えられた彫像や本が見る者の胸を打ち、欠けたソーサーの上のまだ温かい吸殻からは最後のひと筋の煙が弱々しくたなびいていたが、僕自身はその構図から周到に取り除かれていた。うち捨てられた教科書が一冊、暗い緑のワインボトルと並んで転がり、水っぽい冬の陽光がひと筋、茶色い薄闇を貫いている。ある夜僕は、生垣の向こうの険しい斜面をのぼりながら父さんの手にしがみついている夢を見た。生い茂った雑草が僕のむき出しの脚を撫で、空に舞い上がるアカテントウムシの体が二つに裂けるように見えるなか、父さんは「おい！　こいつはただじゃ済まんからな！」と言い、そこに、高い雑草に埋もれるようにして、ぐっすり眠った、ひどく青白い、こめかみに小さな赤い穴が開いたフィリップ・スクールクラフトが横たわっていた。白い小球がいくつも浮かんでいるように見えるその湿った赤い穴を吟味しようと僕はかがみ込んだが、穴に指を差し入れたとたん、ずきずき脈打つ頭痛とともに目が覚めた。

　日が過ぎていくにつれて、フィリップに奇妙な変化が生じるのを僕は見てとった。これまで感じたことのない、はっきりした優しさが訪れたのだ。あの瞼の重い陰気な目で僕をじっと見ながら、時おり、常時漂わせている高慢と軽蔑の雰囲気が影をひそめ、静かな優しさがそれにとって代わるように思えたのだ。ある日の午後、長い沈黙ののちに、仰向けに横たわって煙の筋を軽く天井に向かって吹き上げながら、彼は静かな声で「あのさ、こないだから言おうと思ってたんだけど、もし君の気が変わったんだったら……」だが僕はほとんど叫ぶように答えた、「いや！　全然！　何でいまさら――あれだけの――」「わかったわかった、べつに興奮しなくても。ただちょっと思っただけでさ……だからもし……本当に……」。このささやかな会話に僕は心底動揺した。ひとつには、僕の血の兄弟が僕の忠誠を疑っていることに傷ついたから。だが何か別のこと、何か捉えがたい危険で名づけがたいものが僕の心を惑わせていた。この会話を交わした瞬間から、軽い不安に僕は囚われた。フィリップの優しさは憎しみのように僕を圧迫した。あの微かな、慣れ親しんだ蔑みに僕は焦がれた。ある夜、僕は寝つかれずに、あの優しい、共感のこもった目でフィリップが僕をじっと見ている姿を生々しく思い描き、心に恐怖が募ってくるのを感じて、いまにも胸が破裂しそうで、部屋は耐えがたいほど暑く感じられ、僕はベッドの上で体を起こしブラインドを脇へ押しやって燃えるように熱い額をひんやり冷たいガラスに押しつけた。

あたかも突然という感じに、運命の日が訪れた。重苦しいくらい普通の、穏やかな灰色の空が広がり、薄い冬の陽光が注ぐ日で、ぴくりとも動かぬ黒い枝がのびている下の灰色の街路には影もなく、ぴかぴかの緑のロッカーが何列も並ぶ黄色い廊下を僕が歩き、艶やかな机に頬杖をついて英語と数学とアメリカ史の授業を受けるなか、フィリップと僕がなぜ熱い注視の的とならないのか僕には理解できなかった。僕はどれほど彼らを忌み嫌ったことか、あの愚鈍な、陽気な、死が彼らのただなかをひそかに歩いているのを知りもしない連中を。青白い、蔑みに満ちた、呪われた、誇り高い死は、瞼の重い陰気な目で彼らをじっと見た。フィリップと僕とが彼らのただなかで危険な秘密を運んでいるように僕には感じられた。気をつけないと、彼らのニコニコ笑っている顔の真ん前でそれは爆発するだろう。同時に僕は、その秘密のことを考えるのを用心深く避けたし、寒い、騒々しい、無関心な運動場を二人でそぞろ歩いているとき、青白い、呪われたフィリップもそれについて何も言わなかった。

やがて僕は気がつけばフィリップと並んで歩き、彼の家の玄関前の長い道沿いに並ぶ高くそびえる楡の木のかたわらを通り過ぎていた。僕に見守られて彼はポケットから、その端に白銅色の鍵がぶら下がったコードバン革のキーケースを取り出した。夢心地で彼のあとについて薄暗い居間に入っていくと、色褪せた暗い赤のカウチに黒いワンピースを着たミセス・スクールクラフトが片腕で目を覆い片手を黄色い本に載せて座っていた。「母さん」とフィリップは言い、彼女は瞼の重い目をゆっくり上げはじめたが、僕たちはすでに暗い色の絨毯を敷いた階段をのぼり、色褪せた緑の柳があって色褪せた茶色の池があって色褪せた釣竿を持った青い服の色褪せた少年たちがいる薄暗い廊下に向かっていた。やがてドアが開いて僕たちはギイギイ軋む木の階段をのぼり、濁った鏡のかたわらで頭のないマネキンがなくなった頭を空しく、空しく探している暗い屋根裏に行き、壊れた人形たち、棚から落ちた本たち、埃をかぶったピンクの皿たち、黒いゴムの吸引カップ等々の前を過ぎてバレリーナたちがくるくる舞い、跳びはね、お辞儀している小さな廊下に出た。白いドアを開けようとフィリップがあがくのを僕は見守り、ドアは突然引っかかりが外れ、僕は彼のあとについて薄暗い煙たい部屋に入っていった。そして何もかもがすべていままでどおりだったので僕は思わず微笑みたくなったが本当に微笑む度胸はなかった。フィリップは煙草に火を点け、曲げた片腕を首の下に回して横たわり、天井に向かって軽く煙の筋を吹き上げ、その間僕は本棚に寄りかかってすり切れた絨毯に座り込んでいた。僕は部屋の中を、この部屋はここで何をしているんだろうと問いつつ見回し、それから突如、きわめて生々しく、フィリップが自分の頭部を撃つ姿が思い浮かび、僕はぶるぶる激しく震え出したが、両手を見ると手は少しも動いていなかった。少しするとフィリップが何も言わずに難儀そうに体を起こし、明るい黒のすり傷がついた鈍い黒のレコードに針を落とし、その作業に疲れはてたかのように彼がふたたび横たわるとともに蓄音機がつかのま大きな針音を発し、突然の静寂があとに続いた。そしてその静寂の中から暗い、陰鬱な、侘しいフルートの音色が立ちのぼったが、すべてはおよそ空しく、まったく死んでいた。レコードが終わると、二つの違ったピッチに乗って針音が生じた。少ししてからフィリップは難儀して体を起こしトーンアームを持ち上げ鈍くかちんと音を立てて蓄音機のスイッチを切った。それからもう一度彼は横たわり、ふたたび静寂が生まれた。少ししてから彼は「それじゃあの本、取ってくれるかい。こっちへ持ってきてくれ。でも気をつけろよ。ああいう古い本はすごく脆いから」と言った。そして僕はまた震え出していたが、笑みがこぼれるのを抑えきれなかった。

僕はすぐさま立ち上がり、回れ右して、重い本を棚から出した。

僕は彼の前の白い木の椅子に、両膝を柔らかなベッドの端に押しつけて座った。片肱をついて身を起こしたフィリップはくすんだ赤の表紙を開き、黒いリボルバーを取り出した。「いいかい」と彼は言って弾倉をパカッと持ち上げ、心地よさげに二つ並んで収まっている真鍮の輪を僕に見せた。けれども僕はすぐさまうつむいて、「うん、それでいい」と呟いた。フィリップ・スクールクラフトに対する、青白い、呪われた、じき死のうとしている少年に対する愛情が胸にどっと押し寄せてきて、僕は何か情熱的で記憶に残る言葉を言いたかったが、頬をわずかに赤らめて僕は「さて……」と呟いた。カチン、とハッとする響きとともにフィリップは弾倉を押し込んだ。僕は不意に顔を上げた。静かなパニックが胸の中に湧いてきたが僕はそれを押しつぶした。彼のかたわらの欠けたソーサーの上で、吸殻が弱々しい煙をほとばしらせていた。見るのは無作法だと思って僕は無理して下を向いたが、僕の目は言うことを聞かずパッとまた上がり、僕は椅子に体を押しつけて少しベッドから離れた。けれど心の中では椅子に座ったまま依然としてじわじわうしろに下がりつづけ、部屋の中を滑るように下がっていき、滑るように壁を抜け、滑るように灰色の冬の空に出ていき……フィリップが大きく息を吸ってゆっくり吐いた。彼のこめかみの、青い影のかかった窪みが、ミニチュアの鼓動のように、微かに迅速に脈打つのが見えた。自分自身に言うかのように彼は「いよいよだ」と呟いた。それから、長い睫毛の、瞼の重い陰気な目でじっと僕を見上げ、きっぱりと「いよいよだ」と言った。そしてただちに銃を、握りを前にして差し出した。

「え」と僕は言いかけ、笑みを浮かべかけたが喉も額も火が点いていて、僕は息もできず、椅子をうしろに引いて床を軋ませながら息を吐き出すように「僕はてっきり……」と言った。

「どうした?」とフィリップがきつい声で言った。そして蔑みの念もあらわに、「君、気が変わったんだな」と言い足した。

「いや、そういうことじゃなくて、僕はてっきり……」

「君はてっきり……」

「僕はてっきり君が、君が先に……」

「僕が先! 馬鹿なこと言うな。どうして僕に確信できる、君がちゃんと……」

「でもそんなの不公平だ!」と僕は叫んだ。「僕にだってどうしてわかるんだ、君が、君が……」

僕たちの目が合って、パッと離れた。恐ろしい疑念が僕の胸をよぎり、疑念が部屋に飛び出していって、埃っぽい窓に狂おしく激突した。独り眉間に皺を寄せながら、フィリップはなおも、握りを前にして銃を差し出していた。

少ししてから、彼は指のあいだから銃をベッドに落とした。それから煙草に火を点け、仰向けに横たわり、片腕を曲げて首の下に回して、長い、ゆっくりした、渦巻く煙の筋を吐き出した。

僕は長いあいだそこに座って、彼が何か言うのを待った。彼は煙草を喫い終えると、黙って横たわり、もう一本煙草に火を点けた。少ししてから体を起こし、レコードプレーヤーを点けて、うしろに寄りかかった。フルートの調べが、震えるようなハープの音《ね》に溶けていくなかで僕は「僕、帰ろうか？」と言った。そして、えへんと咳払いしてから、もっと大きな声で「僕、帰ろうか？」と言った。フィリップは何も言わず、煙のたちこめる天井に煙を吐きつづけた。廊下を歩いていく僕に彼は声をかけなかった。僕が屋根裏を通り抜け木の階段を下りていき廊下を歩いて絨毯を敷いた階段を降り玄関のドアを出てひんやり冷たい灰色の外気に出ていったときも彼は僕に声をかけなかったし、玄関と道路を結ぶ長い通路を僕が歩いてゴミの散らかった芝生と朽ちかけた楡の並木を過ぎていくときにも彼は高い黒い窓から僕に声をかけなかった。

35

彼は高い黒い窓から僕に声をかけなかった。そして数週間続いた、僕がウィリアムを見守り、ウィリアムがフィリップを見守り、フィリップがいろんな本のページをめくった緊迫した休止期間を経て、突然ウィリアムと僕はふたたび黄色いバスに並んで座って登校し、カフェテリアで向かいあわせに座って食べ、運動場を一緒にそぞろ歩いた。そしてふたたび僕たちは戻っていった、白い一ドル札、ピンクの五ドル札、黄色い十ドル札……普通の物たちから成る見慣れぬ世界に僕は嬉々として没頭した。ウィリアムに促されて鉱物クラブの会合に参加し、ウィリアムが前回の議事録を物々しく読み上げ、シプリー先生が六種類の水晶を説明するにあたって、まず点線が主軸を表わす六つの図を黒板に描き、次に茶色い革のハンドバッグから、ティッシュペーパーにくるんでてっぺんをひねった六つの小さな水晶を一つひとつ取り出した。写真部の集まりでは、キャスターに載せた背の高いコルク板に艶やかな白黒写真がタイトル、生徒名、ホームルーム番号を下に添えて展示され、ウィリアムが部屋の奥の長いカウンターに置かれた密着印画機を操作するのを僕は見守った。ある技術的な点をウィリアムは生真面目な七年生に説明し、その子が僕の方を向いて質問すると僕はしどろもどろに「いや僕にはわからないよ、友だちにくっついて来ただけだから、何も知らないんだよ」と答え、自分でもびっくりするくらい烈しく気まずい思いで目をそらした。ある日父さんに連れられて僕たちは車で遠くの博物館へ行った。天井がそびえるように高い、アーチ型の高い窓が並ぶ部屋に細長いガラスケースが何列も置かれ、色とりどりの鉱物や原石が展示されていた。そこから僕たちは恐竜の黄色い骸骨でひしめく部屋に入り、しかめ面のインディアンや暗い色のトーテムポールを収めた部屋を抜けて、フープドレスを着て房飾りの付いたパラソルを持った笑顔の婦人たちが立っている部屋に入り、そこから今度は土器の鉢や骨のボタンや石の道具で一杯の部屋に足を踏み入れ、これらの部屋がみな僕に、あたかも前にもここに来たことがあるかのように何かを思い出させ、銀色のエスカレータまで来ると僕たちは漂うように下りていき、ぴかぴかの、ミニチュアの博物館に似ている、ガラスのウィンドウに赤いローストビーフのスライスやボストンクリームパイの皿がていねいに陳列されたカフェテリアまで行った。しばらくして、絵葉書や小冊子であふれた小さなギフトショップでウィリアムは小さな石膏の台に取りつけた白い珊瑚のかたまりと、白い発砲スチロールにはめ込んだ鉱滓《スラッグ》のような鉱物が入っていて箱の表に「核実験トリニタイト　このケイ酸塩はニューメキシコ州アラモゴードでの史上初の原子爆弾爆発の熱によって融解《ゆうかい》した」と書いてある小さな箱と、「**鮫の歯**　ウィリアム・E・スミス大尉」と題され六つの象牙色の歯――**イタチザメ、カマストガリザメ、メジロザメ、ドタブカ上、ナガハナメジロザメ、ドタブカ下**――が二列に糊付けされた絵葉書大の黒いカードを買った。「展示してあるやつが買えたらなあ」と、三人で車に戻っていきながらウィリアムが言い、僕は突然、博物館が何を連想させるかを思い出した――デパート。

僕の家の地下室で僕たちは卓球をやり僕の部屋でモノポリーをやった。けれど時おり、雪の降らないときに、危険な戸外スポーツの無害な真似事に僕たちは興じた。寒い裏庭でフットボールをふらふら投げあう練習をしたし、ある穏やかな冬の日に父さんが白い網のついたオレンジ色の金属の輪を車庫に付けてくれて、ウィリアムと僕はいろんな距離に立ってシュートを練習し何ショット続けて決められるかを競った。ある雨の日にウィリアムはセントチャールズプレースの二軒の家に行きあたった。五百ドル札を差し出しながら彼は、フィリップ・スクールクラフトとはどんなゲームをやっていたのかと僕に訊ねた。メロドラマ映画みたいに、のばしかけた僕の手が止まり、やがて動きが再開された。「うーん、覚えてないな」と僕は百ドル札三枚、二十ドル札二枚、十ドル札一枚を渡しながら言った。「ただの、なんかのゲームだよ」。僕はサイコロを振り、騒々しくボードの上に落とした。その夜、僕の部屋のドアをノックする音がして、ウィリアムが入ってきた。彼は僕を憎々しげに見て、つかつか前進しながら燃えるように赤い上着に手をつっ込んで銃を取り出した。「やめてくれ」と僕はささやいたが彼は引き金を引き、熱い弾丸が僕の胸に入り込むとともに真っ暗闇の中で僕は目を覚ました。

ある寒くて青い土曜日、僕はウィリアムについて行ってバスに乗り、ある工場の隣にある古い煉瓦造りの建物の前で降りた。細長いベンチや深緑のロッカーが並んだ暗い湿った部屋で、二人で黙って水着に着替えた。ベンチいくつか離れたところで、不良っぽい男子二人が重たい白いタオルでたがいの体を叩いていた。一人は首から認識票を鎖でぶら下げていて脂っぽい黒髪を両横になでつけていた。もう一人は髪の尖ったてっぺんを額の前に、缶ビールの缶切りの先っぽみたいに垂らしていた。両方の腕の、肱から手首までの裏側に、微かに膨らんだ血管がのびていた。青白い、周囲の視線に無防備にさらされた僕が用心深くウィリアムにくっついて暗い部屋を出て陰気な廊下を抜けて突然暖かい部屋に入っていくと、その真ん中に、緑柱石の巨大な結晶のように、半透明の緑色のプールが据えられていた。黄色い板が宙で震えていた。艶やかな頭が水から上がってきた。プールサイドの赤い金属の梯子が軽く波打った。色の黒い筋肉質の男子がプールの白い出っぱりをつかみ、易々と這い上がった。水の滴る太腿にはカールした黒い毛が生えていて、黒い縁の入った、ぴっちりしたターコイズブルーの水着を着けていた。両手を腰に当てて出っぱりの上に立ち、肩で荒く息をするなか水がその体から流れ落ちた。そうやって息をしていると、水の流れる胸の上で、小さな明るい金の十字架が揺れていた。ほかの男子が何人か、緑のプールの中で飛び上がったり水を撥ね上げたりしていた。ウィリアムは飛込み台のかたわらの、深い側に歩いていって、しばしそこに立って厳めしい顔で水を見ていた。それから両腕をつき出し、頭を低くして、ぎこちなく飛び込んだ。誰も笑わなかった。僕が用心深く浅い側に入っていくのと同時に、さっきの不良っぽい男子二人が入ってきた。どすどすと威勢よく歩き、胸をつき出し、声を上げて笑い指をパチパチ鳴らし、肩を押しあいながら、プールサイドまで進んでいった。突然、脂っぽい黒髪の方の子が股間を押さえ込み、顔を痛みの表情に歪めて、「うう、やられた」と叫んだ。そしてプールの縁の白い大理石の帯に沿ってよたよた歩き、ギリギリのへりまで出てぐらっとよろめいて、大きなうめき声を上げた。そして目を上げ、片腕を投げ出して、体をこわばらせ横向きにプールに落ちて大きく水を撥ね上げた。もう一人もあとについて、両膝を胸に抱え座った格好で飛び込み、ばしゃんと騒々しく水が撥ね上がった。僕は隅っこに大人しくとどまり、危険な仲間たちから目を離さずにいた。あとになって、暗くなりかけた街角でウィリアムと一緒に7番バスを待ちながら、陰気なロッカールーム、叩きあう白いタオル、僕の貧弱な肩、ウィリアムのぶざまな飛び込みを想って胸に絶望が満ちていくのを僕は感じた……けれど夕食のあと、僕の心地よい部屋で、ランプの光に守られてモノポリーをやっていると、赤い梯子が波打つ緑のプール、温かい官能的な水、塩素のぴりっとした緑の匂いを、突然の快感のほとばしりとともに僕は思い出した……

ウィリアムはほとんど毎日家へ来るようになって、僕たちの交友は冷たい灰色の午後の暖かい黄色いランプの光を浴びて栄えた。いまは穏健な交友の時であり、もっと深い、冒険物語で出会うたぐいの、ダルタニアンと三銃士たちや木蔭多き緑の森でのロビンフッド一味が結ぶたぐいの親交に僕が焦がれるのもごくたまのことでしかなかった。時おり僕たちは、春に備えて計画を練った。未知の場所への長い探検、秘密の木蔭での緑の冒険を想うと胸がわくわくしたが、と同時に、暖かい危険な季節のことを——心乱される黄昏があって、突如そよ風が吹き、噛むと苦い尖った木の葉がそよぐ季節のことを——先回りして考えるのは控えようという気持ちもあった。ある晩僕はメープル材の机に向かい、アメリカ史の教科書の一章の終わりに並んだ実に黒々とした質問と格闘していた。青い罫の入った明るい白い紙に、三番目の質問の答えを書いている最中のことで、僕の暗い青の万年筆は次の言葉を書き込むのに備えて宙にとどまっていた。と、僕は突然、無性に落着かない気持ちに襲われた。もしすぐに、すぐに何かしなければ、僕はわっと泣き出し苦悩の涙をほとばしらせてしまうだろう。けれどすることは何もなく、行くところはどこにもなく、憤怒と絶望が部屋の中を狂おしくうろついたがやがて彼らは疲れはてて隅に横たわって動かなくなり、僕のペンは静かにすらすらと動きつづけた。

36

春が、かの名高い季節が訪れ、それとともに暗く引きこもる感覚が、あたかも募りくる光の暴力からの隠れ場を僕が求めるかのように訪れた。僕は毎日、早く学校から帰って自分の部屋のひんやりした平安に戻りたくて仕方なかった。ウィリアムが来ない日は、ベルトを通したズボン、磨いた靴、鬱陶しく小ぎれいな制服のシャツをさっさと脱いで、草のしみがついたスニーカー、色褪せたジーンズ、肱の破けたよれよれのプレイシャツに着替えた。台所へ行って背の高いグラスに入れたチョコレートミルクと、ソーサーに盛った赤いピスタチオナッツを持ってきて、ブラインドを閉じ、金属の壁灯《かべとう》を引き出し、暗い茶と暗い緑の線が網模様を成す薄茶のベッドカバーの上に腹這いになり、僕は本を開く。そうして、白黒映画でよく、まず何か埃っぽい古めかしい本が現われて、神秘的な手がその本をゆっくり、パリッといかにも紙らしい音を立てて開き、ページが見えるとそこに並んだ言葉はものすごく大きくて太くて本当の言葉ではなくその巧みな偽物で、本物の声ではなく英国人の声である神秘的な声がそれを読みはじめ、ゆっくり、ひそやかに人はページの向こう側まで落ちていって、突然、高い帽子をかぶった濃いあごひげの男たちがきびきびと歩いている街路に出るといった展開があるが、僕もまた柔らかなページの向こうに落ちて、どんどん下へ、下へ、ここではない街路や宇宙に入っていくのだった。

週に二度父さんが車で遠い石造りの図書館へ連れていってくれて、僕はそこのティーンエイジ・セクションの本を腕一杯借り出した。スティーヴンソンやポーといった見慣れた名前も探したけれど、まったく未知で神秘な本の方に僕ははるかに惹かれた。時おりふと、深い静けさが胸に訪れるほどに激しく満足の行く本を僕は探しているのだと思うことがあった。それが見つかったら、僕の内なるむずがゆさも止んで、僕は永久に読むのをやめることができるのだ。天井の高い茶色い部屋で、黄色い明かりの下、題名も色褪せた、うしろのスリップに入った紙にいくつもの日付スタンプが曲がって押された暗い古い小説のページを開くことを僕は愛した。本棚に寄りかかって、僕の心を捉えるフレーズに行きあたることを期待して、わくわくする思いで僕は出だしの文章を読む。僕の欲求は厳然として避けようのないものであって、趣味などとは何の関係もなかった。僕が探したもの、求めたものは、何もかもを抹殺し消滅させるある種の神秘的な力であり――そして見よ！　突然の街路で高い帽子をかぶった濃いあごひげの男たちがきびきびと歩いているのだ。

だがそれでも、その春、募りくる苛立ちを僕は自分から隠しとおせなかった。しばしば、読みながら、高い帽子をかぶった男たちの姿は揺らぎ、ぼやけて、そこに見えるのはきっちりと黒く印刷されたページだけで、その表面に時おり、白い引っかき傷のように、活字の組みの偶然によって斜めにのびる帯が形成されていた。僕は不幸な気持ちで本を閉じ、がっかりした思いにだんだん不機嫌になっていった。ティーンエイジャー向けの小説はもう飽きた気がして、天井の高い静まりかえった見慣れない茶色の部屋にある大人の本のセクションを見させてくれと父さんに言うと、父さんはためらいながらも許してくれた。僕が本を一冊選んで、代わりに借りてくれるよう頼むと、父さんは難しい顔をしてそれを開き、迷っている様子でページをめくり、握りこぶしにこほんと咳をし、唇をつき出して、首を掻いた末に、ふうっとため息をついて引き受けてくれた。家に帰ると母さんが、厳めしい顔で本をめくり、読書用眼鏡の底からページを睨みつけ、まだ大人になってないのに大人の本なんか読んでいったいどうするつもりなのと訊いた。けれど大人の本はいつも最初の二ページで僕を死ぬほど退屈させた。そして僕は、その年齢のためには一冊の本も書かれていない年齢に自分は達したんだろうかと考えるのだった。もしかすると、僕はただ、小さいころ読んだ、いまや消えた本たちの、記憶に残っている神秘を、小さい子供のためではない言葉を使って書いた書物に焦がれていたのかもしれない。ランプを灯したベッドに怠惰に横たわり、活字の並んだページを見下ろしながら、僕は突然の生々しさとともに、何かの忘れられたおはなしの本に載っていた絵を思い出す——緑の丘、丸々としたスイカがスイカの木に生っていて、オレンジと茶の虎が尻尾で深緑の傘をかざし、明るい赤の屋根のついた黄色い煉瓦造りの家が建っている。ある日僕は図書館から、子供向けの本を腕一杯借りてきた。自分の部屋で、わくわくする思いで、歓喜の衝撃を感じながら読みはじめたが、僕の熱意はあっという間に退屈と絶望に取って代わられた。またあるときは、つまらない大人向けの小説で、男と女が部屋に入っていった。女はベッドの縁に腰かけてブラウスのボタンを外しはじめた。空白があって、場面は牧師館に代わり、僕は奇妙な、不安な思いに駆られたが、男と女はその心乱される部屋に二度と戻らなかった。

暖かい天気が続くなか、不満の念が僕の胸を包んでいった。ウィリアムとゲームをするときも僕は短気で怒りっぽく、自分の本の孤独に戻りたくて仕方なかった。けれども、彼が帰ってしまうと、そのとたんに寂しい、見捨てられた気分になり、ここにいないウィリアムの残酷さに烈しい怒りを覚えるのだった。ランプを灯したベッドの上、上向きに傾いたブラインドの前で、まだ持ちこたえている日の光のたれ込める午後に、僕は本を読むこともできず、手の甲をそり返らせて頬杖をつき、なかば夢心地で横たわった。宇宙にひとつの奇妙さが忍び入ったみたいに思え、僕の気分を不可解に乱し、圧迫した。ある晴れた午後、学校から帰ってきて、いつものように鍵を開けて中に入り、家具磨きの匂いが微かに漂う涼しい茶色の居間に足を踏み入れると、僕は突然悲しみの疼きを感じたが、その疼きがなぜか、磨かれたマホガニーの表面と、茶色い布と、縁の茶色い小さな花弁が下にパラパラ落ちている紫色のライラックの重たく垂れた房と、すり切れた茶色い絨毯に刷り込まれた燃える窓から成っているように思えた。僕は自分の部屋に入って、悲しみに気も遠くなるかのように横たわり、遠くの戸外の音に耳を澄ましたが、少しすると落着かない退屈な気分に陥って、身をよじってベッドから降り、重苦しい部屋からそそくさと出て台所に入り、日蔭と日なたの入り交じった裏のポーチに出ていったが、生暖かい日蔭から暑い陽の光の中へ入っていくと、暑くまぶしい苛立たしい午後すべてが僕に迫ってきて、その針のような光の点でもって僕の体を引っかくのが感じられた。

それら気だるい学校の日々、それら心乱される午後……そして紫色の夕方、ライラックとガソリンの匂い……そして夕食のあと、暮れてゆく空気のなか、見知らぬ人たちの柔らかな喚声、ロックンロールの微かな叫び……

暖かい春の夜のことだった。僕は机に向かい、蛍光灯スタンドの微かに揺らめくぎらつきを浴びて明るく白く光る開いたノートを前にしていた。暗い網戸を通って、刈り立ての芝の温かい、湿った匂いが入ってきた。ノートの右には図書館から借りてきた暗い色の本六冊が小ぎれいに積んであった。ノートのうしろには七冊目の本が開いて置いてあって、ノートの上の方を一部隠していた。どこかでラジオが小さく鳴っていた。自動車のドアがばたんと閉まった。蛍光灯スタンドの光が微かに震えた。エンジンの音がして、だんだん小さくなり、砂利がざくっと鳴る音を僕が空しく待つのをよそに、やがて完全に消えた。僕はムッとした思いで顔をしかめ、開いた本の一節を引用符で囲んで書き写しはじめたが、突然、震える光、ぎらぎらまぶしい白いページ、光を浴びてきらめく黄色い鉛筆、息苦しい宇宙、そのすべてに無性に腹が立って、僕はやかましく音を立てて椅子をうしろに引いて立ち上がった。こめかみがずきずき脈打ち、壁が脈打ち、天井は僕をぐいぐい圧迫していた。どすどすとドアまで歩いていって引っぱって開け、暗い廊下のつきあたりまでそっと歩いていくと、左側の、暗いダイニングルームの向こうの薄暗い居間で、見えないテレビ画面の光に照らされてマホガニーのテーブルがゆらめき、ちらついていた。僕は右に曲がって、明るい台所に入っていった。母さんが鉛筆と紙切れを手に、開いた白い食器棚の前に立っていた。こうこうと光るランプシェードから、何か殻の硬い虫がちりん、ちりんとガラスのような音を立てるのが聞こえた。「どこ行くの、アーサー？」と母さんがしかめ面で言った。「ちょっと外に」と僕は縦溝の入ったガラスのノブに手をかけながら呟いた。「外？　外のどこよ？」と母さんはひどく心配そうな顔になって僕を見ながら言った。「放っといてくれないか！」と僕はどなって、外に出て網戸を乱暴に閉めた。憤怒に包まれて暗い裏庭を大股で横切り、生垣をかき分けて抜け、チクチクする原っぱも抜けてコンクリートの小川に達し、黒い、尖った雑草の中に飛び込んだ。歯を食いしばりこぶしを握りしめ、あまりに力を込めたものだから体が震えてきて、おぞましい涙を僕はどうにかこらえた。それから雑草のなか、川べりを、どこをめざしもせずつき進みながら、「僕はいったいどうなってるんだ？」と自分が呟くのを聞いた。少しして、僕の目はすぼまり、僕はもっと大きな声で「どうだっていいさ」と言った。それから、大きく息を吸って、回れ右し、家に戻った。

37

春が、かの有名な季節がやって来て、その気だるい、落着かない空気のなか、僕はライラックとガソリンの匂い漂う紫の晩を歩いた。両手をポケットにつっ込み、ジーンズを低く下げて、周囲に目を光らせ眼鏡をかけずに張りつめた気持ちで独り僕は歩き、四方から押し寄せてくるように思える危険に気をつけていた。そしておそらく、見慣れた木のポーチの並ぶ界隈を抜けて知らない地域に入り込んでいくなか、僕はひたすら危険だけを求めていたのだろう。それら知らない地域では、陽に焼けた老人たちが裏庭に立って菜園を耕し、化粧漆喰《スタッコ》作りの家の裏手に置いたゴミバケツのあいだに隠れた葡萄棚に深緑色の蔓がのびていて、いびつな金網の向こうの雑草はびこる庭で汚い山羊が頭を持ち上げじっと前を見ていた。ドラッグストアのカウンターで黒い革ジャンパーの殺し屋二人が座ってドーナツを食べコーヒーを飲んでいた。暗くなりかけた野球場の地面に放り投げられたバットが土埃を立ててくるくる回った。あるとき、店じまいした食料雑貨店の薄暗い四つ角を曲がると、ゴミ捨て用の樽と空っぽの木箱が並ぶ場に僕は出くわした。壁際にはジーンズに高校の制服の上着を着た不良っぽい男の子が二人、ぴっちりした黒いスカートをはいてぴっちりしたピンクのブラウスを着たウェーブのかかった金髪の女の子と並んで立っていた。女の子のピンクの襟はうしろが立てられ、尖って見える胸がぴんと張ったピンクの布地から小さな硬い漏斗《じょうご》みたいにつき出ていた。男の子の一人は目をすぼめ頬を引っ込ませて煙草を喫い、もう一人はジャンパーのポケットにつっ込んだ両手が腹の真ん中で触れあい、女の子は眠たげに頭を煉瓦に寄りかからせ、なかば閉じた目で自分の頬の作る斜面の先を見やりながら、腕を前できっちり交叉させてあたかも自分を抱擁するみたいに両肱を抱えていた。危険な沈黙のなか、僕は目を伏せて通り過ぎていった。突然、ビールの空缶が歩道を跳ねたり擦ったりしながらやって来て、やがて横に転がって道端の溝に落ちた。誰も一言も喋らなかった……そして彼らのあざけるような目で僕は自分を見て自分の弱さを軽蔑し、ウィリアム・メインウェアリングをはじめとする頭のいい軟弱な部族全員、女の子のいない青白い賢い男子全員を軽蔑した。そして僕は不良になりたかった、黒いジャンパーを着て憎しみに満ちた目で歩道に君臨する男の子たちの一人になりたかった。そして危険な空気のなか、埃のなか、薄暮《うすぐれ》のなか、物騒な街路を歩きながら、僕もまた黒いジャンパーの男の子たちの一人であり、憎しみに満ちた目で歩道に君臨しているのだった。僕はよく、なぜ同じ学校の女の子には絶対会わないのか不思議に思った。みんな夕食のあとは家にいるのだろうか。僕以外の誰もが知っているどこかの場所に集まるのだろうか。8年12組の女の子たち、みんなどこにいるのだろう――ダイアナ・マーシリオとバーバラ・サンティーノとミルドレッド・スキプルとジュディ・リー、マリリン・マーシンコとヴァレリー・ジャージンスキとリンダ・ギュロウスキとポーラ・グラゼキとボニー・カーソンとジュディ・ヘンダソンとキャロル・シューリッグとアイリーン・バンクス。ほんの少しでも知っている女の子が近所に住んでいたら素敵だろうな、と僕は思った。両手をポケットにつっ込みジーンズを下げた僕がぶらぶら歩いていると、彼女がポーチから声をかけてくる。僕はそこへ行って片足を地面に片足を玄関前の階段に置いて話す。彼女は僕を家の中に招き入れ、彼女がレコードをかけて僕たちはダンスをし、あたりはゆっくり暗くなっていって、暖かい憂鬱な薄暮に包まれて、気だるさと、緑の木々のぴりっとする匂いとを重くたたえた彼女の顔が僕の方を向き、その目がゆっくり閉じて、僕は彼女の唇に優しいキスを押しつけるのだった。

38

独立記念日は大がかりでせわしない退屈な家族行事だった。晴れた午前なかば、僕と父さんが裏手のポーチの手すりに二センチの縞模様入り爆竹を載せて鳴らしているとウィリアムが英国製の自転車でやって来て、マニー伯父さんとルー伯母さんとマージョリーは昼食のあとに、パリッとしたパッケージに入った爆竹、箱入りの線香花火、火点け棒、蛇花火、壜入りのソフトドリンク、ホットドッグ用のパン、袋入りの粉っぽいマシュマロ等々を携えて現われた。マニー伯父さんは父さんと握手すると同時に毛深い片腕を母さんの腰に回し「やあやあ、マーサ・パーサ」と言い、ルー伯母さんは大きくなったわねえと叫んで僕がキスするよう白粉《おしろい》のついた頬を持ち上げた。ウィリアムはみんなと握手して何も言わなかった。マージョリーは赤いスニーカーとターコイズブルーのバミューダをはいて白いブラウスの袖を肱までまくり上げタンカラーのセーターを腕に載せて隅っこに立ち、髪型も前とは変わっていて、映画スターみたいに片方の眉の上にウェーブをつけて垂れるよう梳かした髪を何度も目から押し上げていた。こんにちは、お元気ですか、といった挨拶を交わしたあと僕は母さんと背中合わせに立たされていまやほぼ頭ひとつぶん母さんより背が高いことを示し、次に父さんと背中合わせに立たされて父さんより僕の方が高く見えるのは単に僕がすごく痩せているからにすぎないことを示し、それからマージョリーと僕とでぎこちなく背中合わせに立たされてみんながわあ！　とかアーサーったら大きくなったわねえ！　とか言い、それからウィリアムと僕とで背中合わせに立たされてどっちが高いかをみんなが決めようとし、ルー伯母さんはウィリアムの方が高いんじゃないと言ったが母さんはいいえ、芝生が歪んでるのよと言い、「そんなにそわそわしないのよ、アーサー。まっすぐぴんと立ちなさい。そんな姿勢どこで覚えたのかしらねえ、もう犯罪よねえ」と言った。やがてマニー伯父さんが僕たち二人の頭に線香花火のパッケージを橋のように渡し、それが落ちるとみんなが笑って、それから木蔭が広がるカエデの木の下にローンチェアを仰々しく並べたけれど母さんとルー伯母さん以外は誰も座らなかった。マニー伯父さん、父さん、ウィリアム、マージョリー、そして僕が順番に爆竹を鳴らし、そのたびにカエデの木の下からわあ！　きゃあ！　と声が上がって、それからマニー伯父さんが、クスクス笑いながら抵抗する母さんを引っぱって、ポーチの棚に置いてある小さな一センチの爆竹のところに連れていった。顔をそむけて、眉間にものすごく皺を寄せて母さんは木のマッチの炎をゆっくり、少しずつ、上向きに湾曲している芯に近づけていき、父さんがそれを面白がっているふりをしながら心配そうに見守っていた。突然、母さんがパッと手を引っ込めてうしろに下がった。父さんがびくっと身をすくめた。爆竹はそこに、小さな尻尾をつき出して座っている。誰もが笑い、母さんはほんのり顔を赤らめた。もう一本マッチに火を点けて母さんはその炎を大胆に芯の下に持っていき、マニー伯父さんが「下がって！　下がるんだ！」と叫び、すると母さんは手をさっと引っ込めたものの足は動かさずそこにとどまり、爆竹が破裂するとぎくっと怯えて縮み上がり、怒った声で「さ、これで満足したでしょ。危うく頭、吹き飛ばされるところだったわよ」と言った。「いやぁマーサ、素敵だったよ」とマニー伯父さんは言い、父さんは「火傷、してないよな？　何ともないよな？」と言った。「もちろん何ともないわよ」と母さんは言ってきっと頭をうしろにそらし両のげんこつを腰に当て、さっきまで爆竹があったところに目をやって「あらまあ！　あの爆竹、天まで飛んでったわね」と言った。誰もが笑い、さらに笑い、大人たちはローンチェアに腰を下ろして、マニー伯父さんが太い葉巻に火を点けて新しく買った船外モーターの話を父さん相手にやり出し、ルー伯母さんがチェアを日なたに動かして、日焼けローションの茶色の壜の蓋を外しはじめるとともに、ウィリアムとマージョリーと僕はその場を抜け出した。

家の前で僕たちはまたいくつか爆竹を鳴らしたけれど、じきに飽きてしまった。「みんなで自殺しようぜ」と僕は提案した。「まあ、アーサーったら」とマージョリーが言った。ウィリアムがしかめ面を浮かべた。卓球をやろうとマージョリーが提案した。僕たちは家に入って、階段を軋らせ涼しい湿った地下室に下りていった。マージョリーはサーブするとき、もう前みたいにボールを下に落としてからネットの向こう側へ打ったりはせず、ボールを正しく手のひらに載せ、軽く投げ上げ、速い、スピンのかかった、打ち返すのに一苦労のサーブをするようになっていた。ウィリアムと僕がプレーするとき彼女はペンキのしみのついた脚立《きゃたつ》のてっぺんに腰かけ、持ち上げた膝に片方の肱を載せて頬杖をつき、じっとゲームを見守った。そのじっと揺るがないまなざし、その大きなかさかさに見える膝、ウィリアムの一心に集中したしかめ面、頭上の電球のギラギラした光、そのすべてが僕を不快にし、少しすると僕は「これって退屈だよ。何かほかのことしないか?」と言った。「僕は退屈してないよ」とウィリアムは言った。「アーサーは何だって退屈なのよね」とマージョリーが言った。「そうとも、僕は何だって退屈なのさ」と僕は言って、ラケットを卓球台の上に放り投げた。ガン、と大きな音がしてマージョリーはぎくっと首をすくめ、ラケットはそのままネットまで滑っていった。「おい、乱暴なことするなよ」とウィリアムが言った。「強がりばっかり」とマージョリーが言った。少しのあいだ僕は険悪な顔で二人のプレーを眺めていたが、突然短く唐突に笑い声を上げた。「何がおかしい?」とウィリアムが言った。「べつに何も」と僕は言った。「よしなさいよ、相手にするの」とマージョリーは言った。「そうとも、よしなさいよ、相手にするの」と僕は言った。少し経ってからマージョリーが「あたし、もういいわ」と言った。「僕も疲れた」とウィリアムが言って、目の前から髪を押し上げ、ラケットをボールの上に斜めに置いた。こうして僕たち三人は階段を上がっていった。玄関ポーチの暖かい日蔭で僕たちは籐椅子に座り、ピンクレモネードを飲みながらとりとめのない話をした。マージョリーは生徒会をやっていることが判明した。ウィリアムは自分が入っているいろんなクラブの話をした。僕はすごく落着かない気分になった。「生徒会なんて、みんな何であんな馬鹿みたいなの我慢できるのかね」と僕はうんざりして言った。「まあ、アーサーったら」とマージョリーは言った。ウィリアムは怒った顔をしていた。「あのさ、何をみんなそんなにクソみたいにカリカリしてるのかね。ここは自由の国だろ。僕には自分の意見を持つ権利がある」と僕は言った。「そんなの意見じゃない。偏見だよ」とウィリアムが言った。「ウィリアムの言うとおりよ。それに言葉遣いに気をつけてよね」とマージョリーが言った。僕は「君ら結婚したらどうだ」と言った。唐突に沈黙が生じた。僕はさらに「でもまあ元気出せよマージ、僕今年クラブに入ったんだぜ、だからまだ希望を捨てちゃいけない、すべて失われたってわけじゃないのさ、われら人類の名誉はいまだ何たらかんたらアーメン」と言った。「入ったの？」とマージョリーが言った。「そうさ」と僕は言って、間《ま》を置いた。ウィリアムが「知らなかったよ、君がクラブに入ったとは」と言った。そしてしかめ面で「君、クラブなんて入ってないだろ」と言った。僕は「へえ、そうかね？」と言った。「芸術部？」とマージョリーが言った。「いいや、自殺クラブだ」と僕は言った。また沈黙が生じた。やがてマージョリーがくすくす笑い出し、僕がくっくっと笑い出し、マージョリーがゲラゲラ笑い出し、はじめはきっと僕を睨むだけだったウィリアムもつき合いよくふふんと一、二度鼻を鳴らし、少しすると僕たちはぶらぶらドラッグストアまで歩いていって、マージョリーがアイスクリームサンドを買い、ウィリアムはオレンジクリームキャンデーを買い、僕はトーストアーモンドアイスを買って、そのあとウィリアムと母さんが組んでルー伯母さんと僕と戦い、マージョリーと父さんが組んで母さんとマニー伯父さんと戦い、ウィリアムとマージョリーが組んで父さんと僕と戦い、そのあとウィリアムは軍艦を選び僕はレーシングカーを選びマージョリーは靴か帽子かで迷ったが結局アイロンを選んだ。

陽はもうだいぶ沈んでいたが、晩ご飯だよと僕たちが外に呼ばれたとき空はまだ明るい青だった。さっきより椅子が増えていて、煙を立てているグリルの周りにてんでばらばらに置かれ、グリルの上では黒い筋がついて小さな滴が浮かんでいるフランクフルトソーセージが四本、ジュージュー音を立てていた。丸い金属テーブルの上には紙皿、羽みたいに畳める把手の付いた紙コップ、黄色いナプキン、そしてナイフやフォークの載った皿があった。折畳み式のカードテーブルの上にはキュウリのピクルスの壜、ザワークラウトのボウル、マスタードや甘味料の壜、ホットドッグ用のパンのまだ開けてない袋、ピンクレモネードのピッチャー、パセリをまぶしたポテトサラダのボウル、ポテトチップのバスケットが載っていた。ウィリアムは自分の皿を慎重に膝の上に載せて木のローンチェアに腰かけ、マージョリーは父さんの脚のかたわら、長いアルミ製ローンチェアの足の近くの地面に座り込み、僕は木の折畳み椅子の青いカンバス地に座った。マニー伯父さんと父さんが交代でグリルを担当し、母さんはみんなの半分空になったカップにピンクレモネードを注いでは、氷もっと欲しい人いる、と訊いて回っていた。少ししてからマージョリーがセーターを着た。「さあさあ、もう一本食べたって死にやしないよ」とマニー伯父さんが促し、長いシェフ用フォークを丸々太いフランクフルトに突き刺すとフランクフルトが立てるパチパチという音がいっそう大きくなり、まるでどこかで癇癪玉でも破裂したみたいに母さんがギョッとして顔を上げた。車体工場の向こうに陽が沈むと、僕は軽めの上着を取りに家に入っていった。また外に出ていくとウィリアムが長いフォークを持ってグリルの前に立ち、その先っぽに燃える黒いマシュマロが刺さっていた。暗くなっていく青い空気のなか、父さんがルー伯母さんの持った火点け棒に火を点けた。遠くの方で爆竹がもっともっと鳴っていた。「レモネードもっといかが?」と母さんは言った。「遠慮しなくていいのよ」

　夕食が済んで空ももうほぼ暗く、陽が沈んだあたりが陰気な灰色になっているだけになると、父さんはカエデの木の幹に回転花火を釘で止め、あとはみんな裏手のポーチに並んで座り火点け棒を持って蚊を叩いていた。「よし、これで準備万端。みんな、いいか?」と父さんが言い、マッチを点けて身を乗り出し、それからすばやくうしろに下がった。花火はヒューッと音を立ててぐるぐるぐるぐる周り、オレンジがかった黄色の炎を発し、その周りじゅう、ほぼ完全な闇の中で小さな光輝く粒子が宙を飛び回り、消えた。「あー、回転花火《キャサリン・ウィールズ》ってほんとに素敵ねえ」と母さんがぱんと叩いた両手を喉元に持っていきながら言った。「キャサリン・ウィールズって誰?」と僕は言った。「さぁてお次は」とマニー伯父さんが言い、片腕を上げて、ほっそりした赤いロケットの付いた長い棒を掲げた。庭まで歩いていって、ロケットが生垣の向こうの原っぱを向くよう角度をつけて棒を地面に刺した。片膝をついてマッチを擦り、炎を芯に持っていく。ロケットはジジジと音を立てて生垣を辛うじて飛び越え、弱々しく破裂して青と白の埃と化した。「こりゃ駄目だ」とマニー伯父さんが苦々しげに言った。「あら、綺麗だと思ったけど」と母さんが言った。「これって返金してもらえるのかな」と父さんが言った。「原っぱに落ちたんじゃないかな」と僕は言ってウィリアムの方を向いた。ウィリアムの椅子に、線香花火が一箱載っていた。僕はマージョリーをちらっと見た。さあね、と言わんばかりに彼女は眉を吊り上げ両の手のひらを上に向けて肩を持ち上げ、目を寄り目にした。「お手洗いに行ったんじゃないかしら」とルー伯母さんが言った。かくして僕たちはみんなで芝生に出ていって線香花火に火を点けた。小さいころ僕を怖がらせたジジジと鳴る無害な火花のしぶきを僕は指でつまみ、青黒い空気の中に、書いたはしから消えていく自分の名前を書いてから、花火をぐるぐるすばやく小さく回して完結した、わずかにいびつなオレンジ色の円を一個描いた。線香花火が終わるとマニー伯父さんと父さんと僕とで爆竹の最後の包みを開け、ポーチの手すりに載せて鳴らしていった。「火点け棒、もうひとつ要るわね」とマージョリーが言って、ぶらぶらと歩いていった。網戸がばたんと鳴った。ルー伯母さんは火点け棒を振りながら長いアルミのローンチェアに腰を下ろし、母さんはブランコに座って両腕をロープに巻きつけ、すごくゆっくり、片足で地面を引きずりながら漕いだ。そして「あんたたちは知らないけど、あたし虫どもに食い殺されそうだわ。あれ、地下室の明かり点いてない？」と言った。「虫、火つけ棒に寄ってくるみたいだな」とマニー伯父さんが言った。伯父さんは葉巻に火を点け、暗いカエデの木の方へ悠然と歩いていき、幹に寄りかかった。時おり葉巻の端に、光るオレンジ色の輪が現われた。父さんはポケットに手をつっ込んでルー伯母さんのそばに立っていた。「さあ、手伝うよ」とマニー伯父さんは言って、かがみ込んで母さんを軽く押した。「そっと、そっとだよ」と父さんは言った。「なぁに言ってんのよ、こっちは田舎の娘《カントリー・ギャル》よ」と母さんは土を軽く蹴りながら言った。マニー伯父さんが歌い出した。「カントリー・ギャル、今夜出てこないか、出ておいでよ、出ておいで……」。ロープがわずかに軋んだ。遠くの方で爆竹が立て続けに鳴った。ルー伯母さんが騒々しくあくびをし、いきなりピシャッと自分の腕を叩いた。地下室の窓にほの暗い明かりが灯っていた。「父さんが小さいころは」と父さんは言った。「ごめん、トイレ行ってくる」と僕は言った。

暗い台所に入ると、地下室へのドアは半開きになっていた。闇の中で僕は階段を忍び足で下りていき、本棚と壊れた椅子とが見えない電球に薄暗く照らされている地下室の奥めざして静かに進んでいった。奇妙なパニックの気分とともに僕は角を曲がっていった。ギラギラまぶしい黄色い電球の下、赤いラケットと緑のラケットが深緑の卓球台の一方の端で重なりあっていた。反対側の端で紺のラケットがピンポン玉の上に斜めに置かれていた。「誰かいる《ハロー》？」と僕はそっと呼びかけ、次の角の向こうの闇を覗き込んだ。それから明かりを消し、階段に戻って、暗い台所にのぼって行った。窓の外に、ポケットに手をつっ込んだ父さんがルー伯母さんと並んで立っているのが見え、突然母さんのまっすぐのびた両脚が弧を描いて視界に飛び込んできた。ワンピースがふんわり膨らんで、停止し、脚が弧を描いて戻っていくとともにまた萎んだ。僕は廊下を静かに歩いて自分の部屋まで行った。ドアは閉まっていた。「ハロー？」と僕はそっと言ってドアを軽く叩いたが返事はなかった。ドアを開けると部屋は真っ暗だった。手をのばして壁のスイッチを探った。暗い部屋がパッと明るくなった。床の上にモノポリーの盤が、さっきのままの状態で横たわっていた。ベッドの上、閉じたブラインドの下に、黒いゴムが先っぽに付いた白いバドミントンのシャトルがあった。僕は明かりを消して廊下を進んでいって左に曲がって暗いダイニングルームに入り、もっと暗い居間に入ると暗いガラスのあちこちが街灯の光を浴びて光っていた。「ハロー？」と僕はそっと言ったが答えはなく、僕は玄関のドアを開けてポーチの暖かい夜気へと踏み出した。ドアの右に籐のソファがあった。マージョリーは僕に背を向けて座り両脚をソファの上に載せていた。眉間に皺を寄せた彼女の顔が肩ごしにこっちを向いた。籐のソファの右には誰も座っていない木の椅子があった。椅子の右、側面の手すりと家の本体とが作る暗い隅で、ウィリアムが籐のロッキンチェアに座って無表情に僕を見ていた。「話をしてただけ」とマージョリーが言った。「いいね」と僕は言った。ウィリアムは何も言わなかった。

39

満ち足りない夏だった。怠惰な重苦しい夏、突然の怒りと暗い無関心の、渇望と消耗の、暑い青い午後の暑い陽のあたる部屋と蒸し暑い闇の熱い黄色い電球の夏。だるい夏の自由に浸された長い緩慢な日々を僕は楽しみにしていたけれど、二週間と経たないうちにすることは何もないのだと思い知らされた。ウィリアムと僕は地下室で卓球を、裏庭でバドミントンを、僕の部屋でモノポリーをやった。水曜と土曜には昼の回の映画に行き、上下に跳ねる暑いバスに乗って暑い退屈な海岸に行き、玄関ポーチの日蔭で籐の家具に寝そべってブラックジャックをやってレモネードをちびちび飲んだ。でも、本当に、することは何もなかった。何だかまるで、大きくなればなるほどすることはますます何もなくなっていくみたいだった。そして僕は何かに焦がれ、何でもいいから何かをすることに焦がれたが、と同時に、何もしたくなんかなかった。僕はすべての人に、永久に、一人にしておいてほしかった。けれど一人でいることにも耐えられなかった。すべてのことに耐えられなかった。強情に、何の理由もなしに、僕は家族の遠出に行くことを拒んだ。

「なあマース、この子はもうデブで年寄りで老いぼれたパパのあとにくっついて回るには大きすぎるのさ、放っとけよマース、放っとけって」――そして憤怒に包まれた僕は、父さんのにこやかな笑顔の向こうに強い失望の色を見てとった。

「あなたにわざわざ言われるまでもないわよ、ウォルター。あたしだってこの子がやりたくないことをやらせたくなんかないわよ。この子が楽しく過ごす気がないんだったら、無理に楽しく過ごさせようなんて気はさらさらないわ。未来永劫、寝転がっていたいんだったらあたしはそれで構わないわよ。でもひとつ質問させてちょうだい。この子、一日じゅう何してる？　何もしてないのよ。まるっきり、何ひとつ。ずっと部屋にこもってる。こんなにいつも部屋にこもってる人間、聞いたことありませんよ。夏じゅうずっと部屋にこもってるつもりなんだったら、せめていっぺんピクニックくらい行ってくれても。そんなにすごい頼みじゃないでしょ。こんなに暇持て余してる子、見たことないわよ。ドロシー・ジルコのところの坊やは新聞配達をして週末はお店で働いて、トミー・ライアンだって。トミー・ライアンのことなら聞いてちょうだい。頭全部にだって、アーサーの小指の先っぽほどの脳味噌もないのに、去年一年で、芝刈りやってリトルリーグの試合でホットドッグ売って四百ドル稼いだのよ」

「ああ、うるさいなあ」と僕は言った。

鼻孔は拡がり、頬の出っぱりは燃えるように赤く、涼しい緑色のたっぷりしたサマードレスの首を湿らせた母さんは、紅潮した顔を僕の方につき出して「よくもまあ母親に向かってそんな口が利けるわね、よくもまあ」と言った。

激昂して、身を震わせ、心底うんざりして僕はどすどすと部屋から出ていき、自分の部屋のドアを乱暴に閉めて、ベッドの上に身を投げ出し、自殺することに決めたが、すでに怒りは鎮まってきていて、すでに僕は倦怠の麻痺の中に沈んでいき……柔らかな遊惰《ゆうだ》の中に……彼方の涼しい緑の島の幻影……

そして僕はその何もかもに退屈していた！　そして何もかもが本当に退屈、本当に退屈だった！　青い空に僕は退屈し、緑の草に、黄色い太陽に。月に退屈し、きらめく小さな星々にも、星々のあいだの黒い空間にも。風に退屈し、雨に退屈し、退屈に退屈し、何もかもに退屈し、僕はたまらなく横になりたかった、疲れた目を閉じたかった、けれど僕は何とも落着かなかった……ウィリアムでさえ退屈して落着かないように見えた。二人でゲームを、退屈なゲームをしていても、苛立ちの表情がウィリアムの顔をよぎり、一度か二度は特に何の理由もないのにカッと怒り出した。そんなときは僕も激怒して彼を蔑み、君とは二度と会わないと誓ったが、次の日になると彼はいつものとおりやって来て、僕たちはふたたび戻っていった、白い一ドル札に、ピンクの五ドル札に、黄色い十ドル札に……時おりの熱狂、時おりの高揚がなかったとは言わない。ある日にはウィリアムが小さな穴のたくさん開いたぴかぴかの木のかたまりを持ってきて、クリベッジの一週間が始まった。ある日僕たちは長い暑いバスに乗ってマージョリーの家まで行った。着いてみると卓球台が壊れていることが判明し、それで何もすることもなく三人で居間でゴロゴロしていた。ウィリアムと僕は水着を持ってきていなかったし、だいいち誰も泳ぎになんか行きたくなかった。テレビで野球をやっていたけれどマージョリーは野球が嫌いだった。彼女の古いモノポリーはチャンスカードが全部なくなっていたし物件も半分なくなっていた。しばらくして僕たちはまた外へ出ていってクラブアップルの蒸し暑い木蔭の芝生に座り込んだ。ウィリアムは両脚をのばし寝転がって頬杖をつき、メヒシバの茎をブツブツ引っこ抜いた。マニー伯父さんとルー伯母さんは元気かいと僕は訊ねた。二人は潮干狩りに出かけていた。マージョリーは何度も跳び上がっては何かを確かめにオーブンに行った。しばらくしてウィリアムと僕は顔を見合わせて立ち上がった。帰り道ウィリアムはしかめ面で埃っぽいバスの窓の外を眺め、僕の家で僕たちは白い一ドル札ピンクの五ドル札黄色い十ドル札に戻っていき、僕はもう、金輪際何も起こらないんじゃないか、すべてはすでに起きてしまったんじゃないか、宇宙全体がひとつの決まり文句と化しつつあるんじゃないかという思いに襲われ、僕は焦がれ、焦がれ、焦がれて……ああ、平穏な夏だった、暇で邪悪で何も起きない夏だった、いつぞや見かけた地面に落ちた電線みたいにゆらめくあまりに静かな夏だった、ただひたすら平穏にじっとしているだけの……そして憂鬱な太陽、白熱の月……そして僕の痛み、僕の夢、僕の突然のこわばり、ひんやりしたシーツに裸ではさまれた夜の感触……そして日々がずるずる過ぎていって何も起こらぬなか、僕はひたすら待っているのだという感覚が訪れた――高校を待って、夏の終わりを待って、冒険を待って、死を待って……ああ、もう何だってよかったのだ。

40

自分たちの退屈に退屈し、自分たちの怒りに怒って、その夏最後の何週間か、ウィリアムと僕は自転車で遠出するようになった。僕たちは驚くほど易々と幼いころの旅を凌駕し、たちまち近隣のさまざまな界隈の見慣れた通りにたどり着いていた。迷子になるのはどんどん難しくなっていった。ウィリアムは見慣れた場の範囲を広げることに熱心なようであり、僕はつねに後退していく未知の領域を探し求めたが、結局はどちらも同じことだった。僕は時おり、物心ついたばかりのころの感覚に焦がれた――葦の生えた池、化粧漆喰の家、葡萄の格子棚、野球場のダイヤモンドなどがまだ別々に分かれた記念物であり、幼年期の夢の地理の中で遠くゆらめく島々のように浮かんでいて、一つまた一つと嵌《は》まっていく巨大なジグソーパズルのピースのようには思えなかったころの感覚に。僕たちはあっという間にリース・パークの周り一帯のピースを完成させた。次はそこに、フィリップ・スクールクラフトの住む界隈に接する見慣れた商店街を合体させ、その公園と商店街に、にょろにょろ込み入った横道がいくつも出ていてそこから突然ウィリアムの住む界隈に通じてもいる四車線道路をつなぎ合わせた。一方の出っぱりにちょっと赤が混じった緑のピースを、横に丸い凹みのある赤いピースにつなぎ合わせることの快感を僕もウィリアムと共有していたが、と同時に僕は、僕たちが宇宙を使い果たしているような気がして不安になったりもするのだった。ある日僕たちは町外れにいて、葉のない木がちらほらあり土が波打って盛り上がった丘のある、草むらの多い小さな地所の前を通りかかった。その何もかもに何となく見覚えがあって、僕は突然、いつか別の人生でブラックベリーを摘みに行った広々とした田園をそこに認めた。通りの行き止まりまで来て僕たちは左に曲がり、カーブを描いた灰色の道路に出て、まもなく、あちこちの裂け目から草むらがつき出ている、黄色がかった茶色い崖に行きついた。崖の向こうに、黒で逆向きにSの字を書いた明るい黄色の看板があって――そしてその黄色がかった茶色い崖と古いブラックベリー畑がにわかに結合したことが僕の胸を奇妙な苦悶で満たした。

朝早くに出かけ、夕食の時間に戻ってくる僕らは、毎日さらに遠くまで行き、ある日、島を発見した。

僕たちはそのとき、暗い木深い丘や川のように細長い湖が並ぶ見慣れぬ地帯に来ていた。僕たちが走っている黒い、曲がりくねった道には、電話線のもっと黒い影が二本、長い平行なカーブを描いてのびていた。と、右側で下り坂を成している緑っぽい黒の松の木立のすきまから、あちこちで光の点が躍る、陽にあたった青い湖水の断片がいくつか見えた。ウィリアムの腕時計ではもうほぼ正午だった。次の曲がり目のあたりで、木立の中に狭い道が一本現われた。僕たちはその、松ぼっくりや茶色い針葉やチクチクする松の枝が散らばった道に入っていき、光の穴がところどころ穿《うが》たれた影のなか、波打つ坂道を下っていった。左側で石の塀がどんどん高くなっていった。右手にはもはや水は見えなかった。しばらくすると道は大きく曲がり、古い線路が現われて、突如眼下に侘しい野原と、車が並ぶ埃っぽい駐車場が見えていた。野原の向こうにはさっきよりまばらな松の木立があって、小さな茶色いピクニックテーブルが点在し、松のあいだからはっきりと、いまだ遠い、今度は灰色に光る湖と、向こう岸の木深い丘が見えた。

白い小屋の中にいた駐車場の係員が、ピクニック場右の、森のもっと奥の湖畔に行けばボートやカヌーが借りられると教えてくれた。行ってみると、傾いた掘っ立て小屋の手前に古い木の桟橋があって、その両側、今度は焦げ茶色に見える水の中に灰色の手漕ぎボートが何隻も縛りつけてあった。陽の光や松葉がまだらにくっついた、錆びた赤のカヌーが一隻、松の木のなかば露出した根っこの上に横向きに置いてあった。埃っぽい陽の光の筋が何本か貫いた、掘立て小屋の茶色い薄暗がりに、しかめ面の、色褪せたジーンズをはいて白いTシャツの袖を肩まで折り返した年上の男の子がいて、暗い隅から灰色のオールを二本、まっすぐ立てて持ってきた。両の二の腕に陽焼けが終わって白が始まる線がくっきり浮かんでいる。男の子は僕たちについて桟橋まで出てきて、二列に並ぶ、ゆるやかに揺れている、どれも中に暗い色の水がたまったボートを僕たちが見ているあいだ両脚を広げ腕組みをして待っていた。僕たちはそろそろと、順番に、ペンキの剝げかけた一隻のボートに降り立ち、暗い水が靴に押し寄せてくるのを眺めた。重たいオールを僕たちは不器用に、かちゃかちゃ鳴るオール受けに嵌め、するとすぐさま係員の男の子はロープを外し、ボートを押して、オールが周りのボートの側面にぶつかり出すと「オール、水に入れろ！」と叫んだ。男の子は桟橋の縁に立ち、しかめ面で腕組みをして僕たちを見ていた。灰色の桟橋がゆっくり漂うように離れていき、だんだん小さくなって、やがて突然、木深い岸辺が大きく曲がるとともに桟橋は視界から締め出された。はじめウィリアムは岸の近く、暗い茶色の影や明るい黄色がかった茶の陽の点の中を漕いでいたが、じきにその薄暗い陸ぎわの外へ漕ぎ出し、明るい灰色の、底知れぬ水へと出ていった。

明るい、暑い日だった。ウィリアムがシャツを脱いだ。湖の反対側で、小さな人間が二人乗った小さな赤いカヌーが陽を浴びてキラッと光った。遠くの方で微かな風が水を揺らしてガラスから石英に変えた。もっと遠く、向こう岸にモーターボートが現われた。何分かすると穏やかな湖が上下にうねり出し、僕たちのボートは嵐の中で激しく揺れ、小さな波が岸に打ち寄せたが、やがてまたすべて穏やかになった。遠くの明るいところ、水面に影がひとつ現われた。それが見るみるこっちへ近づいてきて、僕たちは突然、厳めしい灰色の湖の上、陰気な木々に囲まれ、暗い寂しい地帯でボートを漕いでいたが、もうすでに遠くでは明るい一画がだんだん大きくなっていて、それが見るみるこっちへ近づいてき、木々をより明るい緑に染めて、死んだ水にきらめきをもたらし、暗い灰色のボートは突然、黒い影の切り込みの入った明るい灰色に輝いて、持ち上がったオールの上で明るい色の水滴がきらきら光り、ウィリアムはまぶしさにしかめ面を浮かべた。遠くの方、向こう岸に、陽の照りつける夏の昼間から奇妙に隔たって、暗い家が一軒、悲しげな影に包まれて佇んでいた。

少ししてから僕がオールを引き継いだ。ウィリアムは僕と向かいあって座り、日焼けしすぎぬようシャツを元に戻した。そして首をぐっとうしろに倒し水筒の水をごくごく飲んで、突然また前に体を曲げた。水の垂れている口をウィリアムは手の甲で拭い、「ああ、美味い」と言った。それから、巻いてあった茶色い紙袋を広げ、エッグサラダサンドを包んだ蠟紙をがさがさ騒々しく開いて、ものすごく大きく一口嚙んだ。日は明るく晴れていた。何もかもがくっきり浮かび上がっていた。それは精緻な日、詳細な日、太い筆づかいで描く——葉は緑を一筆さっと塗るだけ、とか——のではなく葉を一枚一枚、葉脈を一本一本描くたぐいの日だった。ぽたぽた水の垂れるオール。水に映った松の枝の、チクチクしそうな黒っぽい緑の像。すがすがしい、ほんの少し饐《す》えたような水の匂い。水の中で分裂してはまた合体するボートの断片たち。それらすべてが、豊かな意味をたたえて小刻みに震えるように思え、あたかもこの日そのものが演説でも始めそうな趣だった。ふだんは怠惰で日蔭を愛する僕も、暑い陽ざしを浴び両手をオールの温かい丸い木に載せていると不思議に幸福な気分だった。オールは快い圧力を受けつつ水の中を進んでいき、突然の軽さとともに持ち上がって、何ら抗わぬ空気の中に入っていき、漕ぎながら僕は身を乗り出し身を引き、身を乗り出し身を引き、身を乗り出し身を引き、滑りゆく松や流れゆく岸をすべて引いているような気がした。

曲がり目を越えると、その島が現われた。ぽつんとひとつある木深い島が、湖をほぼ半分行った先にあったのだ。そして僕はすぐさま、眠たい夏の日々におはなしの本の絵の中に溶けてしまいたいと焦がれたときのような耐えがたいほど切ない渇望を覚え、ウィリアムの方に向き直って、退屈した気だるい口調で「あそこの島、ちょっと行ってみてもいいんじゃないかな。どっちだっていいんだけどさ。どのみちきっと禁止だよな。それに、まあそんなに面白そうでもないし」と言った。

「禁止にする理由なんかないだろ」とウィリアムはしかめ面で目をすぼめ島を見やりながら言った。「僕はあそこでちょっと休んでもいい。でもまあ君がその気じゃないんだったら……」と彼は言って肩をすくめた。

「いやべつに、その気じゃないとは言ってないさ。けっこう悪くないかもよ。何があるか、わかったもんじゃないぜ。ドブロン金貨、ペソ銀貨、髑髏《どくろ》、ロビンソン・クルーソーの帽子……それに、君の言うとおりさ。二人とも、ちょっと休んだ方がいい。うん、あそこへ行くべきだよ……探検するんだ……」

僕はもう手がヒリヒリするし腰も痛むのでウィリアムがオールを受け持ち、僕たちはただちに島めざして水の深い方へ出ていった。ふとうしろをふり返ってみると、岸が漂うようにどんどんどんどん後退していくのが見えて僕は驚いてしまった。水はいつしか濁った濡れた灰色になっていた。危険な水の中でボートの船体が下がりすぎているように思え、ボートの床の上で重たい水たまりが左右に騒々しく転がっていた。かたかた鳴って跳びはねるオール受けに収まったオールは危険なほどつるつる滑り、僕は突然、大波が襲ってきて船の甲板を覆いつくす映画を思い出した。傾いた手すりのかたわらに立つ男の、フード付きの黄色いレインコートがぴかぴか光り、下では、狭いキャビンでは、天井から吊ったカンテラが狂おしく揺れ、突然ウィリアムの手から一方のオールが滑り出た。オールはオール受けをするする抜けていって、髪から水が滝のように流れている目を見開いた男が暗い水の中に落ちていき、ぎりぎりの瞬間にウィリアムがオールをつかまえ、その肩の向こう、そんなに遠くないあたりに、暗い緑の葉が一枚一枚くっきり、一本ずつ分かれたどんどん大きくなる木から生えているのが見えた。

島に近づいていくとともに、危険な岩がつき出ていたりしないかと僕は暗い水を見回したが、草の切れ端が浮かんでいる以外は何も現われてこなかった。島は木々の茂みがそのまま水に入っているみたいに見えた。突然、茶色い水を通して平たい黒い岩がいくつか見えて、そのすきまからあちこち草がかたまって生えていた。すぐ前方で、草の葉の先っぽが水からつき出ている。夢のようなたやすさで僕たちは島まで達し、込み入った渦を描いて横たわっている黄色い枯草の中を邁進していった。僕たちはボートを、三日月型の湿った木蔭の地面に引き揚げた。緑の苔が生えた、黒い、樹皮のない丸太が一本、茶色い水に半分埋もれて横たわっていた。小さな岸の左右、そしてすぐ目の前にも、日陰に包まれた林がそびえていた。木が何本か、水辺まで進出していて、苔むした根っこのよじれた太いかたまりをさらしていた。あちこちに小さな、花弁が四つの黄色い野生の花が咲いていた。「ま、いいんじゃないかな」とウィリアムが言った。彼は両手を尻のポケットにつっ込んで立ち、しかめ面であたりを見回して、首を縦に振り無言の是認を伝えた。それから僕の方を向いて、「見てみようぜ」と言った。そして誘うように首をぐいと曲げ、木立に入っていった。

実際、入っていく以外に行きようはなかった。頭上から影に包まれていくなか僕は、漠然としたときめきとともに、小さな失望が弾けるのを感じた。まるで自分が消えられるとでも期待していたみたいに。

パチパチ鳴る小枝に足を踏み下ろし、頭を低くして頭上の枝をよけながら、僕はウィリアムのあとについていて、湿った、まとわりついてくる下生えを抜けていった。頭上にこんもり茂った葉むらのすきまから、暗い青の空が切れぎれに見下ろしていた。突然、黒っぽい幹のあいだから、陽のあたる湖が現われた。島のこっち側の木々もだんだんまばらになっていく。茶色い岩がいくつか水から顔を出した。陽のあたる松の木々が向こう岸に並んでいた。「これで全部だな」と僕が、何か見逃しているものはないかとあたりを見回しながら言うと、ウィリアムが「見ろよクルーソー、島だぞ」と言った。両脚を広げて彼は立ち、両手の親指をズボンにつっ込んでいた。そして大きく息を吸って、両手を肋骨の下に当てて痩せた胸をつき出した。

しばらく経って、湖畔の日蔭の開けた場所で、高い草にウィリアムは、石や虫はないかと草をかき分けながら慎重に身を横たえた。そして頭の下で両手を組み、頭上で重なりあっている葉むらを見上げた。やがて横向きになって、片肱をついて頭を起こした。長くほっそりした雑草の茎に手をのばし、糸を切るみたいな音を立ててぷつんとむしった。雑草を口にくわえ、指先で回しながら、しかめ面で暗い木々の向こうの晴れた湖を見やった。日蔭になったジーンズ、チェックのシャツ、むき出しの前腕のあちこちで、陽光の断片が動いた。「君、デイヴィ・クロケットみたいだな」と僕は言い、そばの相当に硬い木に寄りかかって座った。「腹が減った」と僕も雑草を一本むしりながら言い足した。「あっちの森に酒場はあるかな、デイヴィ？」「ないんじゃねえかな、ダヌル（デイヴィ・クロケットと並ぶ西部開拓の英雄ダニエル・ブーンのこと）」。僕はまた木に寄りかかった。肩が痛み、手のひらが微かに疼いた。遠くの方で、轟音を上げるモーターボートが湖を横切った。僕は家までの長い道のりを想った。少し経って、さざ波が岸辺に浮かびはじめた。「うん、これこそ人生だぜ」とウィリアムが片腕をさっと上げながら言った。僕は疲れた思いで、片方の肩をすくめながら「ま、これが人生なんだろうな」と言った。

41

高校は僕を圧迫した。陰気な茶色の廊下、ロッカーの暗い列、階段の曲がり目の埃っぽい窓……そして廊下に並ぶ靴、陰気な茶色の廊下……こんなにたくさんの靴を見るのは初めてだった。磨かれた茶色の靴、埃っぽい茶色の靴、すり減った茶色の靴、皺の寄った茶色の靴、尖った茶色の靴、尖っていない茶色の靴、暗い茶色の靴、明るい茶色の靴、赤っぽい茶色の靴と紫っぽい茶色の靴、大きい茶色の靴と小さい茶色の靴、太い茶色の靴と細い茶色の靴と紐で縛る茶色の靴とのっぺり紐のない茶色の靴、磨いた黒い靴と埃っぽい黒い靴とすり減った黒い靴と皺の寄った黒い靴と青いスエードの靴と平たい赤の靴と毛羽立ったタンカラーの靴と鈍い白の靴……でも本当に、僕が言わんとしていることを言うのは難しい。それにもしかしたら結局は、チクチクするような角刈《クルーカット》と、跳ねるようなポニーテールと、ぴかぴかのウェーブだけの話だったのかもしれない。そして本当に、僕が言わんとしていることを言うのは不可能だ。けれど高校は僕を圧迫した。陰気な茶色の廊下、ロッカーの暗い列、階段の曲がり目の埃っぽい窓……そして廊下に並ぶ靴、陰気な茶色の廊下……僕は頬杖をついて、暗い黄色のブラインドが落ちかけている高い窓の向こうをじっと眺めるのだった。ある教室からは芝生、痩せたカエデの木、太い旗竿、灰色の道路が見えた。別の教室からは暗いアスファルトの帯が下って緑の運動場につながり、運動場の果てには誰も座っていない灰色のベンチが高々と積み上がり、その向こうに金網、線路、並んでいる商店の赤茶色の裏手が見えた。窓のいくつかはわずかに上げられていて、埃っぽく色褪せた微かに波打つ情景が、窓台と窓枠のすきまだけはくっきり明るく見えた。時おり列車が通り過ぎて窓を揺さぶり、僕はその汽車に乗っている、座席の背に寄りかかって外に目をやり高い窓が並ぶ暗い高校を見ている見知らぬ人物を思い浮かべた。疲れた思いで僕はオリーブグリーンのロッカーが並ぶ陰気な茶色の廊下を歩いた。疲れた思いで僕は細い傷のびっしり付いた茶色い手すりに片手を滑らせながらさんざん踏まれて凹んだ階段をのぼった。疲れた思いで僕は腰を下ろし、キャスター付きの小卓付き椅子《デスクチェア》の艶やかな淡い色の机に肱をつく——そして腕が突然机から落ちて、代数の重たい教科書が夢の緩慢さで縁に向かって滑っていくのを僕は眺めた。等式の左側に一連のxを書いて反対側に一連の退屈な数を書くことを僕は好んだ。黒くて丸っこい、棘のあるドイツ語の文字を僕は好んだ。美しい《シェーン》という語の柔らかい夢見るような眠たげな音と、火《ファイア》がフォイアに変わるときの神秘な暗い変化を僕は好んだ。教科書の艶やかな赤と白の表紙に書かれた一文字一文字を囲む暗い青の輪郭をボールペンでなぞることを僕は好んだ。ある教室には、一見玩具のような、八個の金属の玉をたがいに接した状態で一列に吊してある装置があった。一個の玉を引っぱって残り七個にぶつけると、反対側の一個が外に飛び出す。二個を引っぱって残り六個にぶつけると、反対側の二個が外に飛び出す。三個を引っぱって残り五個にぶつけると反対側の三個が外に飛び出し、四個を引っぱって残り四個にぶつけると反対側の四個が外に飛び出す。ところが五個を引っぱって残り三個にぶつけると、残り三個だけでなく、ぶつけた五個のうち二個も外に飛び出し、神秘的なシンメトリーが保たれる。疲れた思いで僕はオリーブグリーンのロッカーが並ぶ陰気な茶色の廊下を歩いた。疲れた思いで僕は細い傷のびっしり付いた茶色い手すりに片手を滑らせながらさんざん踏まれて凹んだ階段をのぼった。疲れた思いで僕は腰を下ろし、キャスター付きのデスクチェアの艶やかな淡い色の机に肱をついた……もうウィリアムにはほとんど会わなかった。どういうわけか僕らは同じクラスがひとつもなく、登校もそれぞれ違うバスに乗っていくようになっていた。一度か二度、放課後一緒に帰ったけれど、僕の部屋にいても彼は宿題のことが気になる様子で、何度も腕時計を見て、僕たちはたがいに言うこともろくになく、彼が帰ると僕もホッとした。学校が生む疎遠さがいまや彼を包んでいるように思えた。何と奇妙だったことだろう、陰気な茶色の廊下を緊張した様子で歩く、ウェーブをかけた髪をかき上げて横になでつけた彼が、右も左も見ずに、ひたすら油断なく、油断なく、唐突に——あたかも渋々といったふうに——微笑んでからまた先へ進んでいくのを見るのは。

たぶんほかにもっとましなことがなかったからだろう、僕はそれなりによく勉強していた。学校ではほかの人間を無視して授業に集中し、てきぱきノートをとり、家に帰るとすぐ普段着に着替えて机に向かった。ブラインドを下ろし、蛍光灯の二つあるデスクランプのボタンを押して、章末の代数の問題を解きにかかり、ノートの新しいページに几帳面に答えを写しとり、右上に自分の名前を書き、その下に授業名、その下に日付を書く。次はドイツ語に移って、新しい章を熟読し、きちんとリストになっている、薄い黒の定義が添えられた濃い黒の新しい単語を順々に暗記していき、章末の練習問題に丹念に答え、ヘア・マイアーとヘア・シュミットの交わす会話の自分の担当分を暗記した。夕食の席ではむすっと黙っていた。食事が済むとすぐ自分の部屋に戻り、蛍光灯の二つあるデスクランプのボタンを押して、身を乗り出し、理科の教科書を一章読んで章末の練習問題を解いた。それから世界史の教科書の宿題箇所を読んで、うしろの長たらしい問題に長たらしく答え、それから、まだ終わりではないのだ、いくらやっても終わらないのだ、『アイヴァンホー』（かつて英米でよく読まれたサー・ウォルター・スコットの小説）を二章読んで語彙《ごい》と綴りを一通り学び、十のセンテンスの文構造を図式化した。時おりドアをノックする音がして、僕は厳めしく眉間に皺を寄せて首から上だけうしろに回し、「はい？　はい？　何なの？」と言う。するとドアが開いて母さんが現われ、手には重なりあったチョコレートチップ・クッキーの半円を伴ったミルクのグラスが載った小さな白い皿を持っているのだった。「お腹空いたかと思って。あんたすごく一生懸命勉強してるでしょ、アーサー。この部屋すごく暑いわねえ……」——僕はこの邪魔に辛抱強く耐える。時おり突然、どっと疲れを感じることもあった。そんなとき僕は、ウィリアムが大きな黒々とした机にかじりついて、集中してしかめ面を浮かべ、数学の問題を小さな、整った、斜めに傾いた数字で書き込んでいく姿を思い浮かべた。するとまたすぐ、やる気も新たに僕も机にかじりつくのだった。

　夜はなかなか寝つかれず、朝は疲れた重い頭で目を覚ましたが、学校に着くころにはもうぴりぴり緊張気味に覚醒していた。

　九月の終わり近くのある雨の午後、僕はドイツ語の授業でベルが鳴るのを待っていた。自習課題はもう終わったし次回の予習も済んだから、あとはもう十六分が過ぎるのを待つだけだった。鉛筆でこりこり書く音、スチームのシューシューいう音、雨のポタポタ垂れる音がした。頭上高く、長いぴかぴかの製氷皿を思わせる蛍光灯の取付け具が微かにちらちら光った。時おり誰かが、まるで芝居でも見ているみたいにそっと咳をした。特に何も考えずに教室の中をぼんやり見回していると、窓際の列の真ん中の、空いている机が僕の目を惹いた。空いている机など珍しくも何ともないが、そこには何か、いまひとつ把握できない、妙に見覚えのある感じがあったのだ。見かけはドイツ語クラスのほかのすべての机とまったく変わらない。暗い茶色で、古くて、ラッカーを塗った黄色っぽい木の床にネジ止めしてある。僕は漠然と、その机が前日も空いていたことを思い出した。欠席している生徒については何の記憶もなかったが、物憂い一分一分が過ぎていくなか、僕は何度も窓際の列を見やり——女子生徒が一人眉間に皺を寄せて顔を上げるとさっと目を伏せた。

やっとベルが鳴り、疲れた思いで僕は教科書をまとめ、疲れた思いで陰気な茶色の廊下を歩いて世界史の教室へ行き、席について、手の甲で頬杖をついた。黒い表紙の分厚い教科書、太い黒の題から始まる二段組みの文章、小さなぼやけた灰色っぽい写真、それらを見ると僕は世界史のことを、黒いドレスを着て肩に灰色のショールを羽織ったお祖母さんとして思い描いた。お祖母さんは居間の暖炉の前に置いたロッキンチェアに座り、うとうとしながら失われた若き日々を夢に見ている。か細い声が古代の貿易ルートについて語るなか、僕はノートの端に、影のかかった立方体、縞模様のビーチボール、把手のついたカップ、茎のついたリンゴを描いた。やっとベルが鳴り、疲れた思いで教科書をまとめ、疲れた思いで僕は陰気な茶色の廊下を歩き、茶色の階段を下りて、もうひとつ廊下を通って自習室へ向かった。僕はそこで、ぼんやり霞んで水を滴らせているかのような運動場と、ゆらゆら揺らめく観覧席に時おり目をやりながら代数の宿題を済ませた。でもやっとベルが鳴って、疲れた思いで教科書をまとめ、疲れた思いで僕は陰気な茶色の廊下を歩き、茶色の階段をのぼって、もうひとつ廊下を通ってホームルーム室へ行き、疲れた思いで席についてまたベルが鳴るのを待った。待ちながら僕は、よくわからない公式を白く書き殴った緑の黒板を見て、ひどく短くなった白いチョークが載っていて白い粉が積もった細長い薄緑のチョーク受けを見て、自分の古い茶色の机の上の黒い彫り込みを見て、顔を回して教室の外の暗い空に目を向けると窓際の列の真ん中に空いた机が見えた。

それっきり話が終わっても不思議はなかったのだが、翌日またも不在は出現した。ホームルーム室に入ったとたん僕はそれに気がついたし、午前の英語の授業でそれがくり返されても驚かなかった。午後のドイツ語授業でも不在はふたたび出現し、一日の終わりにホームルーム室に入ると不在は窓際の列で僕を待っていた。その日一日僕は不在の生徒のことを思い出そうとしたが、彼がいたあいだはろくに気にとめていなかったのでまったく何の印象も浮かんでこなかった。突然、バスで家に帰る途中、赤毛の、刺すような青い目の男子の、驚くほどはっきりした像が頭に浮かんできたが、カフェテリアで見かけた顔を思い出しただけだと悟ってうんざりした気分になった。いなくなった生徒の名前もわからなかった。ホームルームでもどちらの授業でも出欠は黙ってとられたのだ。翌日ホームルーム室に入ると、彼の不在を僕はすぐさま見てとった。奇妙に高揚した気分で僕は、二人の生徒が何も気にせず無関心に席につき、二人のあいだに空いた机を残すのを見守った。その午後のドイツ語の授業で、見慣れた男子がその机に座るのを見て僕は心穏やかでなかった——が、その子はすぐ間違いに気づき、すぐうしろの席に移っていった。ひそかな快感とともに僕は一日の終わりのホームルームでそれがふたたび形を成すのを見るのを楽しみに待った。僕はすでにそれを——僕の不在を——楽しみにしていたのだ、それが僕に付き添っていると僕には感じられたのだ。と同時に、これはただ待っているだけだという感覚もあって、翌朝ホームルーム室に入ると、窓の列に僕はすぐに目をやりはせず、まず緑の黒板を見て、次に教壇を見て——それから突然、一気に息を吸い込んで窓の列にさっと目を向けた。誰かに訊いてみようかと思ったけれど、なぜかためらわれた。もしかしたら初めからずっと空いていたのかもしれない、僕以外は誰も目にとめていないかもしれないと思った。

42

ある気だるい、憂鬱な、重苦しい、空は灰色だけれど鈍い光を発し、世界が長い茶色の廊下にすぎぬ朝、僕はコートを掛け教科書を一冊出してロッカーをばたんと閉め、ホームルーム室に入っていって、まず黒板に、次に教壇にさっと目をやり、それから窓際の列を見て、ハッと小さく息を漏らし、片手を胸に上げ、すぐさま目を伏せた。烈しい、熱っぽい落着きとともに僕は入口から二番目の列の真ん中にある自分の机まで歩いていった。少しのあいだ身動きもせずに座っていたが、やがてゆっくり目を上げて首を回した。彼女は顔を窓の方に向けてその机に動かず座っていた。くるぶしを交叉させて、両手は軽く膝に載せ、片手の甲がもう一方の手のひらに載っている。肩は暗く前に落ちて、背中が曲線を描いている。目は窓台の高さにあって、青白い、侘しい顔はわずかに持ち上がっていたがもうすでに彼女は消えかけていて、もうすでにそこには誰もいない茶色の机しかなかった……彼女はつねに不在だった。というか、あまりにしじゅう不在なので不在が彼女の生息地であるように思え、そこから突然、夢にも似た生々しさで彼女は現われる――そしてまた消え去るのだ。ひとつの姿勢に固まっている彼女が僕には見える気がした。顔を窓の方に向けてその机に動かず座っている。くるぶしを交叉させて、両手を軽く膝に載せ、片手の甲がもう一方の手のひらに重なっている。肩は暗く前に落ちて、背中が曲線を描いている。目は窓台の高さにあって、青白い、侘しげな顔をわずかに持ち上げ光に目をすぼめて外の陰鬱な空を見ている。黒いスカート、白いブラウス、暗い緑のセーターは喉でボタンを留めているけれどケープみたいに両肩からだらんと垂れていた。黒い、ウェーブのかかった髪は横で分けられ、波打って耳を越え肩の少し下までのびていた。暗いセーターに肩甲骨の輪郭が微かにつき出し、白い脚、膝の下には、けれどふたたび彼女は消えかけていて、ふたたびそこには誰もいない茶色の机しかなかった……現われてもしばしば彼女はひどく疲れて見え、頬からは血の気が失せ精も尽きて見えた。そんなとき彼女の青白さは髪の黒さによっていっそう浮き立ち、何となくぞっとさせられるところがあった。実際、彼女にはどこか亡霊のような趣があった。僕はひそかに彼女を亡霊《ザ・ファントム》エリナーと呼んだ。開いたドイツ語の教科書を前にして、じっとページに目を釘付けにしてひどく静かに座っているのが見えても、その姿勢には、気持ちはそこにないかのようにどこか硬すぎるところがあって、時おり先生に当てられたりすると、突然ぎくっとして、白い、白すぎる頬を真っ赤に染めて、「あ、あのいまちょっと……すみません、何ておっしゃっ……」と言うのだった。暗いセーターに肩甲骨の輪郭が微かにつき出し、白い脚、膝の下には小さな紫がかった黄色いあざがあった。

彼女は意図的によそよそしくふるまいはしなかったけれど、積極的に友だちを求めもしなかった。クラスメートたちのあいだを、幽霊たちのあいだをさまようように歩き、切れぎれの漠たる注意を彼らに向けていた。誰か女子と話をしていて、笑みを浮かべうなずいているのも見えるのだが、やがて少しずつうつろな目付きになっていって、いまだ笑みは浮かべ、いまだうなずいてはいても、その笑みからは何か張りのようなものが抜けていて、うなずきもだんだん緩慢に、どこか不正確になっていくように見えた。あるいはまた、机にかじりついて、せっせとノートに書き込み、ふっと止まって、またせっせと書く。集中して眉間に皺を寄せている最中、突然その皺が消え、まなざしがノートの端の方へさまよい出ていき、鉛筆はまだせっせと書いていて、そして突然彼女はノートを見下ろし、ふたたび眉間に皺を寄せて消しゴムで消しはじめる。彼女はいつもそんなふうだった。ふらっと漂い出る、ふわふわ流れていく……あるいは、物にぶつかっている。彼女はいつも物にぶつかっていた。目を伏せて通路を歩いている姿は、ひどく疲れたように、ひどく侘しげに見え、さながら高い高い塔にいる悲しい悲しい女王様のようで、すると突然彼女はかがみ込み、眉間に皺を寄せ膝をさすっているのだった。翌日、白い脚には暗い紫のあざが浮かんでいた。日が経つにつれて紫がだんだん黄色に変わっていくのを僕は見守り、時おり、奇妙な気分で、彼女はきっと体じゅうあざだらけにちがいないと想像した、腕も、腰も、胸も、腿も……熟して傷んだ柔らかい果物のように。そしていつも彼女にはどこか不注意な、あたかも自分自身からさえも注意がそれているような感じがあった。服装さえも、全体としては暗く小ぎれいな印象を与えたものの、不注意ゆえの細かい瑕《きず》が僕の目に飛び込んできた。たとえば、平たい、黒い、柔らかそうな靴。左の方はどことなく崩れた様子だった。履き古した結果、足が半分は靴底半分は側面に載るようになっている。足を引きずるように、やや投げやりに、腰から上をわずかにうしろに傾け、上向きに傾いたノートと不揃いに重ねた教科書の山を抱きかかえて歩くとき、てかてかに光って赤っぽい左のかかとがくり返し靴から持ち上がり、靴は妙に勢いよく床に落ちて、かかとが降りてくると靴の柔らかいうしろの部分が踏みつぶされるが、かかとが持ち上がるとともにまたゆっくり起き上がる。そのゆっくりした起き上がり、突然の踏みつぶし、ゆっくりした起き上がり、突然の踏みつぶしに僕は非常に強い印象を受け、帰り道のバスで革張りの座席に首を寄りかからせていたり、自室の机に向かって座り湾曲した手の広げた指に額を載せていたりするときにも、目を閉じると、その突然の踏みつぶし、ゆっくりした起き上がり、突然の踏みつぶし、ゆっくりした起き上がりがありありと目に浮かぶのだった。やがて彼女は、うしろでボタンを留めるようになっている暗い緑のスカートをはいてきた。ある日、ボタンの下の黒いジッパーが少し開いていて、絹のようなブラウスをまぶしく二、三センチさらしていた。うしろの席の女の子が身を乗り出して耳打ちしてやると、いくぶん面倒臭げに彼女は背中に手をのばし、まず肩ごしに見ようとして、次に横から覗こうとして、最後はどこも見ずにジッパーを引き上げ、小さな金属の部分を人差指で押し下げ、両手を膝に載せて窓の外を見た。ところがジッパーはブラウスの盛り上がった部分に引っかかってしまってまだ完全に閉じておらず、うしろの女の子がまた身を乗り出して耳打ちしてやり、彼女もふたたび、苛ついた様子で眉をひそめて背中に手をのばし、まず肩ごしに見ようとして、次に横から覗こうとして……自分が何をしているのか、忘れてしまうことが彼女にはよくあった。英語の授業で、古典神話の本を読んでいる最中に、黒い髪を一筋、ゆっくりと指に巻きつけ、やがて動きを止めて、指が髪に縛られたままにして、そのうちにページをめくろうとして髪に縛られた手をぼんやり下ろしかけて、突然の痛みに顔をしかめる。そしてまた、体のいろんな部分がしばしば勝手に動いているように見え、あたかも各部を本人が一度に見張ることができないかのようだった。あるとき、震える唇をぎゅっと閉じ目の下に力を入れてあくびを押さえている最中に、握りこぶしを作った腕を曲げて肩に持っていき、ゆっくり気だるそうに腕をのばしていって、やがて腕はぴんとのび切り、彼女はこぶしを開いて、指に力を込めてぎゅっと堅苦しく広げ、さざ波が腕を貫いて、指がくねくね動いたが、突然それも終わって、彼女は教科書に戻っていき、腕はしばしのあいだ、あたかも持ち主に忘れ去られたかのように妙な具合に宙吊りのまま残った。

　彼女はしじゅう欠席していた。一日だけのこともあれば、あるときなどは二週間欠席した。どこが悪いのか、僕にはわからなかった。ただ、たとえ出席しているときでも、ひどく疲れているみたいで、ひどくぼんやりしていて、ひどく欠席していた。僕はしばしば、彼女が両手を膝に載せて座り、肩を前に傾けて、顔を窓に向けている姿を眺めた。あるとき、見ていると、彼女の顔がゆっくり窓から離れるのが見えた。侘しげなまなざしが茶色のスチームに、自分の机の端に、隣の通路に止まるのを僕は見て、目をそらさなくてはとわかったのだけれど僕は目をそらさず、僕に見られているのに気づくと彼女は顔を赤らめ目を伏せ、僕はぎくっと目を、首が熱く赤らむのを感じながらそらした。けれどしばしば、窓の列に目をやっても見えるのは誰もいない机だけだった。机はそこに佇み、椅子の湾曲した背板の下に丸味を帯びた座板《ざいた》が三枚並び、側面の黒い金属が下にのびてそのまま床にネジ止めされていた。ホームルーム室、英語の教室、ドイツ語の教室、ホームルーム室で机が形を成すのを眺めるなか、僕は高揚ではなく不満を感じた。もしかするとそれは単に、不在がかつてのように抽象的な不在、無の不在ではなく、いまやひとつの具体的な不在、たとえば交叉したくるぶしと軽く膝に載った両手——片手の甲がもう一方の手のひらに重なっている——の不在だったからかもしれない。

ある雨の日、ぽたぽた水の垂れる暗い色のコートをロッカーに吊し、土の匂いのする濡れたゴムのオーバーシューズを放り込むと、僕はベルが鳴る少し前にホームルーム室に入り、彼女が欠席していることをすぐに見てとった。烈しい不快感が僕を襲った。僕は壁から二列目の自分の席につき、教室の向こう側、水を滴らせている灰色の窓に目を向けた。出席表が回ってきた。僕は自分の名前を書き込み、皆が書き終えると誰かが表を校長室へ届けに行かされた。それから僕らは立ち上がり、主の祈りを唱え、忠誠を誓い、着席した。カチッと音がして、生徒の声がスピーカーから響き、集会の情報を告知し、感謝祭の試合のチケットを買うよう皆に促した。声が止むと、静かな会話が許された。青い、微かに凸凹のあるノートの表紙に、影のかかった立方体を僕は描きはじめた。ハンドバッグがぱちんと閉じるか開くかした。デスクチェアがぎいっと軋んだ。誰かが静かに笑った。ドアが開き、僕が顔を上げると、エリナー・シューマンが息を切らしながらほんの少しぎこちない足どりで教室の前面を横切るのが見えて、胃の中が突然破裂するような感触を僕は覚え、痛みに見舞われたかのようにすぐ目を伏せた。

43

そしていまや不思議な倦怠に僕は包まれるようになった。肉体的な悲しみ、筋肉の憂い、血の寂寥《せきりょう》。学校から帰ってきた僕は、制服から着替え、本を手に寝そべり、しばらくして、まだ同じページを読んでいることに気づく。僕はしかめ面でページを睨み、そうしながら、青白い真剣な若者がベッドに寝そべり引き出した壁灯の下で開いた本を前にしている姿を思い描いた。彼は、青白い真剣な若者は、色褪せたジーンズ、暗い青のフランネルのシャツという格好で横たわっている。彼は、青白い真剣な若者は、ほっそりした手、くしゃくしゃの黒髪、厳めしく集中してしかめ面で横たわっている。彼は、青白い真剣な若者は、寒い静まり返った暮れゆく秋の日に、陰気な自宅の侘しい自室で寝そべっている。そして突然、優しい憂鬱が僕の心を揺さぶる。そしてすぐさま僕は、その若者の顔に優しい憂鬱の表情が浮かぶさまを思い描いた。そして僕は寝返りを打ち、両手を首のうしろに回して、影のかかった天井を見上げる。誰かが見ていたら、ひそかに見ていたら、その優しい憂鬱の表情が見えたことだろう。そして優しい憂鬱に僕があまりに心を揺さぶられるあまり、悲しみがあたかも神経系の病のようにさざ波となって皮膚を通り抜けていった。死のように青白く、彼は、青白い真剣な若者は横たわり、遠くでドアが開く音がする。静かな足音がそれに続いた。突然、若者は頬に温かい手が触れるのを感じる。そして僕は目を閉じ、自分の手を上げて自分の頬に持っていき、手のひらをそっと皮膚に押しあて、寂寥の恍惚に包まれてぶるっと身を震わせる。夕食の席で僕はむすっと黙っていた。艶やかな渦巻模様の付いた白いペーパーナプキンをじっと睨んでいると、母さんが「……度訊いたんですからね、もうこれ以上訊きませんよ」と言い、顔を上げると母さんの怒った顔が見えて僕は驚いてしまった。夕食が済むと自分の部屋に戻って、机に向かって座り、蛍光灯スタンドのボタンを押した。まず一方の電灯がチカチカ、それからもう一方もチカチカ点滅したのちに点灯して、本の山からオレンジ色のドイツ語の教科書を引っぱり出すと、突然熱っぽい悲しみに僕は捉えられ、心臓は痛いほど脈打ち、熱があるんだろうかと僕は片手を額に持ち上げた。

朝になると僕はむすっと黙っていた。バスに乗って学校へ行く途中、窓から外の、歩道の端の縁石、木の枝、食料雑貨店、ゴミバケツを見ていると、突然胸がぎゅっと縮み、熱っぽい悲しみに僕は捉えられ、疲れた思いで目を閉じたが、すでに僕はコートを脱ぎかけていて、すでに僕はホームルーム室に入りかけていて、すでに僕は窓際の列の真ん中の誰もいない机を見ていた。そしてその誰もいない机を見るとチクチクという疼きが両腕と胸をさざ波のように貫き、こめかみがズキズキし、僕はひどく気分が悪くなって、ひどく疲れた思いがして、この濁った茶色のしがみついてくる一日をとうてい乗り切れそうにない気がして、一瞬のあいだ動くこともできずこめかみから血の気が失せ、僕は気絶するのだろうか、死ぬのだろうかと考えた。それから僕は重苦しく席につき、どうやってこの濁った、茶色の、しがみついてくる一日を乗り切れるだろうと考えた。一日は二十四時間あるのだ。一生懸命勉強に気持ちを集中すれば、授業から授業、机から夕食、夕食からベッドまで何とか進んでいけて、最後はやっと眠って、目が覚めて、ホームルーム室へ入っていって、そうして彼女がそこにいるのだ、彼女がそこにいるのだ、両手を膝に載せて顔を窓の方に向けて。けれども、明日は彼女がそこにいるだろうと思って、誰もいない机をもう一度見てみると、そのとき初めて彼女の不在の力がひしひしと伝わってきて、硬い茶色いへりを備えたその力が僕に打ちかかり、僕を痛めつけた。けれどそのときにも僕は、まだ彼女は来るのではないか、ベルはまだ鳴っていないのだから、と考えた。だが顔を上げ、ベルまであと二分しかないのを見てとると、僕は胸を叩かれたような思いがし、これ以上辛くならないよういっさいの希望を捨てるのだった。するとたちまち、彼女の不在にホッとするような気分が湧いてきた。いまここで彼女が現われたら、その出現の突然の衝撃を僕は被るだろうが、現われないのなら寂寥たる平穏にとどまっていられるのだ。そしてたちまち悲しい落着きが僕の胸を包み、彼女がそこにいないと知りつつ平穏な茶色い一日を通り抜けるのはどれだけ心安らぐことだろうと僕は思った。そうやって、彼女の不在の滑らかで茶色いイメージにすっかり甘んじていたので、ついに彼女がベルの鳴る直前に息を切らせて駆け込んできたとき、すさまじい寂寥の衝撃に僕は見舞われ、痛みのまなざしを僕は彼女に向けた。

そうして、彼女がそこにいる日の午前中のある時点で、突然、不可解にも僕は見るのを拒んだ。僕は厳めしく理科の教科書を開き、あるいは眉間に軽く皺を寄せて部屋の横の公式が白字で殴り書きされた緑の黒板をじっと見る。烈しく脈打つ胸に手を当てて立ち国旗をじっと睨みながら僕は見るのを拒み、緩く組んだ自分の両手を見下ろしながら僕は見るのを拒んだ。席を立って机のあいだの通路を歩き廊下に出ていくときも見るのを拒み、代数の教室に入って艶やかなデスクチェアに座ると、突然僕は自分が何をやったかを悟り、やるせなく茫然と周りを見渡すのだった。それから僕は、彼女が両手を膝に載せて顔を窓の方に向けて侘しげに座っている姿を、あるいは長い親指と人差指とで無地の白いブラウスの白い、微かに虹色の光沢を放つボタンをもてあそびながら誰かの椅子の背をぼんやり見ている姿を思い描き、あまりに烈しく彼女の姿を幻視したものだから、ドキドキ脈打つ胸を抱えて英語の教室に僕が座っていると、彼女がもう一人の女の子と、教科書の山を抱きかかえ、元気よく、ほとんど陽気にうなずきながら入ってくるのを見て、憤怒と幻滅が僕の中で湧き上がり、あふれ、僕はあたかも裏切られたかのように荒々しく目をそらすのだった。

　侘しい思いで僕は、彼女が目を伏せて英語の教室の前に出ていくのを見守った。緑の黒板まで来て彼女は腕を持ち上げ、揺れる、崩れる筆蹟で五つのセンテンスのひとつ目を書き、ふたたび腕を持ち上げてわずかに背伸びするとむき出しの左のかかとが平たい黒い靴から離れて、黒板のすぐ右に辞書のすり切れた赤い表紙が見える僕の部屋の茶色い木の本箱の縁があるのに僕は気づき、ウィリアムが「君の番だぜ」と言った。ウィリアムの左右の眉がほとんどくっついていた。僕はサイコロを振って盤の上に落とした。侘しい思いで僕が見守るなかそれらはコロコロと英語の教室の前に転がっていき、緑の黒板で彼女は腕を持ち上げ、揺れる、崩れる筆蹟で五つのセンテンスのひとつ目を書き、ふたたび腕を持ち上げてわずかに背伸びするとむき出しの左のかかとが平たい黒い靴から離れた。五つのセンテンスを書きながら彼女は何度も黒板から一歩離れて、行が曲がっていないかを確かめ、終わるとうしろに下がって、眉間に皺を寄せ、左の肱を右手で抱え、持ち上げた左の人差指に傾けた頬を載せて全体を読み通した。時おり、一歩前に出てlやeの輪を大きくし、やっとチョークをかちんという音とともにチョーク受けに落として、チョークの粉のついた指をこすり合わせ、机から立ち上がり目を伏せて英語の教室の前に出ていって、緑の黒板まで来て彼女は腕を持ち上げ、揺れる、崩れる筆蹟で五つのセンテンスのひとつ目を書き、ふたたび腕を持ち上げて机から立ち上がって目を伏せて英語の教室の前に出ていって、緑の黒板まで来て机から立ち上がって目を伏せて英語の教室の前に出て、緑の黒板まで来て机から立ち上がって目を伏せて前に出て机から立ち伏せて目を上がった。

　ある日、ドイツ語の授業が終わって教科書をまとめていると、靴が柔らかくぱたぱた鳴る音とさらさらという衣擦れの音が聞こえ、僕は一冊の本を両側からつかんで、自分の前の机の裏側に険しい目を向けた。机の右側に黒いスカートのはためく縁が見え、突然彼女が「あの先生、問題《フラーゲン》の答え書けって言ったの?」と言った。「そうだよ」と僕はぶっきらぼうに、乱暴に言って、自分の教科書の束を睨みつけ、片腕で目を覆ってベッドに寝そべってその場面のあらゆる細部の再現に努めていると、緩い暗い銀の輪をつけた彼女の丸っこい手首と、四角い赤銅色《しゃくどういろ》のバックルが付いた幅広の暗い赤のベルトと、平たくて角の丸い爪がさんざん嚙まれたほっそり長い親指とが僕には見えたが、彼女の顔は見えなかった。

44

週に五日、ぴったり午後一時五十九分に僕は顔を上げて緑の黒板の上の大きな丸い時計を見た。その茶色い長針を僕は不安な思いで見つめるのだけれど、針は疲れたように目をそらし、あくびを嚙み殺して目を閉じかけるのだった。突然針はがくんと前に進み、ベルが鳴って、教科書がばたばた音を立てて椅子が軋んだ。熱っぽい気分で僕は陰気な茶色の廊下を歩いてホームルーム室へ向かった。そして週に五日、ぴったり二時四分に顔を上げて緑の黒板の上の大きな丸い時計を見た。その茶色い長針を僕が皮肉っぽいまなざしで見つめると、針は傲慢な目で僕を見て、口ひげをくるくるとひねった。突然針はがくんと前に進み、ベルが鳴って、椅子が軋んで、ジロローモ先生が机からパッと顔を上げ、黒い目に挑むような光を浮かべて教室内を見回した。自分の権威が浸透するのに十分長い、しかし自分の圧制に反抗が生じてしまうほど長くはない間《ま》を置いてから、窓際の列の一番前に座った生徒の方に先生は堂々と顔を向け、一度だけほんのわずかうなずいて、うなずきの一番下の地点で間を置き、黒い睫毛をつかのま下げてからまた顔を上げる。ゆっくりと、一言も喋らず、窓際の列に座った六人が立ち上がり、一列になって廊下に出ていく。どの列も、前の列がみんな戻ってきてから送り出されるという約束だったが、ジロローモ先生は迷いある暴君であり恐れられるだけでなく愛されたいとも思っていたので、最初の列が全員戻ってくる前に二番目の列が退出を許されることもしばしばだったし、時にはまだ一列目か二列目のうちの一人しか戻ってきていない時点で三列目が退出を認められたりもした。そして毎日の午後、僕はホームルーム室に座って、各列ののろのろとした行進をじっくり見守りながら彼女が戻ってくるのを待った。彼女はひどくのろかった。二列目が退出する前に戻ってきたためしがなかったし、二列目の生徒たちが戻ってきつつあって三列目の生徒たちが退出している最中に戻ってくることもあり、一度は四列目の僕が身震いしながら席を立つのと同時にそそくさと入ってきた。あるときなど、僕がずきずき脈打つこめかみを抱え自分の列の端を左に曲がったところでようやく戸口に姿を現わした。そのとき僕はそっと脇へのいて彼女を通してやり、通っていきながら彼女は僕をちらっと見たがまともに見るのではなくそのまなざしを一瞬僕の頬に滑らせるだけだった。そして彼女が通り過ぎていくとき、彼女の通過によって生まれる微風を僕は指の背に感じ、彼女のコートの襟から発せられる微かな毛皮の匂いを吸い込み、片方の靴がぱたんと床を打ちブレスレットがじゃらんと鳴る音の下、服の生地の静かなはためきの下に、微かに、ごく微かに、あたかも遠くから響いてくるかのように、一方の膝がもう一方の膝をかすっていくつかのまの華奢で滑らかな音を僕は聞いた。

ある日、ジロローモ先生は何かに気をとられている様子だった。右の肱を机に載せて座り、前腕を持ち上げ、細い手首が上着の落ちかけた袖からつき出し、長い人差指は先端が上向きに曲がって右のこめかみに押しつけられていた。先生は眉間に皺を寄せ、目の前の机の上に置いた、もう一方の手でひとつの隅だけ持ち上げている紙切れと睨めっこしている。二列目と三列目の生徒たちが戻ってきはじめていたが彼女はまだ現われていなかった。ジロローモ先生は四列目に向けて目を上げたが顔は上げず、手首を軸にして右手をさっと外に向け、指が一番前の席を指す格好になった。それから、中指と薬指とで、さっとすばやく撫でるようなしぐさを二度行なった。それから目を伏せ、手を元に戻し、長い人差指をこめかみに戻した。僕は机から立ち上がりながら目は伏せたままにしていた。角を曲がりながらも頑なに目を伏せていて、やがて突然目を上げてドアの方を見たが、それは別の人間だった。僕の目の前で、ポニーテールの先っぽの茶色いブロンドのコルク栓抜きみたいなカールが白いセーターの下で上下に跳ねていて、僕はその白いセーターを、白い煙をつき抜けるみたいにつき抜けたいと焦がれ、突然僕は何かを踏んづけ、僕の前の女子が片足でぴょんと前に跳ねて、すばしっこく横に体を曲げ、歩みを中断することなく持ち上がったむき出しのかかとをひょいと赤い靴の中に入れ直した。「失礼」と僕はしどろもどろに言って、戸口を通り抜け涼しい茶色の廊下に歩み出ると、あたかも壁をすっと通り抜けたような気がした。彼女は自分のロッカーの前に立って、暗い緑の冬物コートの一番上のボタンを留めているところだった。ロッカーの扉は開いていた。足下にはノートが一冊と教科書の崩れた山があった。僕のロッカーからはロッカー七つ離れていて、僕たちのあいだに別の女子が一人、片手でロッカーの扉を押さえ、上の棚にある教科書を取ろうと爪先立ちになっていた。僕は自分の、銀と黒の番号錠の小さな白い数字を見ながら、数字たちがそんなところで何をしているのか理解しようと努め、凹んだ金属扉のオリーブグリーンのペンキに引っかかれた**ルーディ**という言葉を見て、僕の坐骨に斜めに触れているノートを見て、そのどれもがまったく意味をなさなかった。なぜならロッカー七つ離れたところに彼女がいたから、そして茶色い廊下で自分のロッカーの前に眉をひそめて立っていると何か親密で神秘的で不可能なことが起きつつあるように僕には思えたから。あたかも彼女と僕とが夏に僕の家の裏手のポーチに二人きりで座ってレモネードをちびちび飲みながら細くて白い手すり越しに暗い緑の影が差した明るい緑の芝生を見ているかのように。夏に僕の家の裏手のポーチに一緒に座ってレモネードをちびちび飲みながら細くて白い手すり越しに暗い緑の影が差した明るい緑の芝生を見ていると、暖かく涼しい微風が彼女のブラウスのゆったりした袖を波立たせ、日なたの断片日蔭の断片が彼女の脚や膝の上で揺れ動き、レモネードを飲む彼女の長い白いストローが暗い色に染まり、どこかでロッカーがばたんと鳴って、悲しみに貫かれた廊下の茶色い匂いに包まれて僕はずきずき疼く頭を垂れ、突然烈しい憤怒に駆られて、けれどももう次の瞬間には力も抜けて疲れた思いに僕は浸されていた。僕のかたわらでさっきの女子が扉をばたんと閉めた。ロッカー七つ離れたところで、エリナー・シューマンが教科書の前にしゃがみ込んで両脚をきっちり合わせ片方の膝をもう一方の膝より高く上げていた。さっきの女子が僕のうしろをかすめるようにして通り過ぎると、エリナー・シューマンは教科書を持たずに立ち上がり、眉をひそめてロッカーを見上げた。どこかで扉が閉まった。疲れたような単調な声で、僕をまともに見ずにそのまなざしで彼女は僕の頰を撫で、「あなた背が高いわよね、あの本降ろしてくれない?」と言った。そして漠然と、投げやりに、自分のロッカーの一番上の棚の方を指さした。僕は目を伏せて、すぐさまそっちへ歩いていった。そして何も言わずに一番上の棚に手をのばした。本は茶色い紙で包んであって、表には定規を使って鉛筆で引いた線の上に彼女の名前、科目名、住所が書いてあった。「ありがとう」と彼女は言って目を伏せたが、翌朝ロッカーで別の女子と話している彼女が、その目を突然上げて、ハッと見入っている僕の前で、ふたたび目を伏せてしまう前の一瞬、その刺すように黒い大きな瞳孔、きらめくマホガニー色の虹彩、潤んで微かに光る白目、その上を走る潤んだピンク色の涙管《るいかん》とそのきめ細かい赤い切れ目をさらすのを僕は見た。

45

寒くなるにつれて彼女はますます欠席がちになった。三日休んで二日来て、二日休んで一日来る。季節が色褪せていくのに合わせて彼女も色褪せていくように思えた――青は灰色に、緑は茶色に、茶色は白に。いまでは出てくると目の下に微かな影が見え、眉毛のあいだには小さな縦の線が二本あった。両手を膝に載せて顔を窓の方に向けている彼女は前より疲れて前より侘しげに見えた。重たいセーターを着て、腕を前で交叉させ寒がっているかのように両肱を抱え込んでいた。ある日の午後、廊下の鏡を僕がちらっと見ると、自分の目の下に微かな影が見え、眉毛のあいだには緊張の色が見てとれた。「うん、べつにいいさ」と僕は小声で言い、すごい形相で突然前に乗り出したので自分で自分にギョッとしてしまった。ある寒い日、彼女はまっすぐな黒いスカートで現われ、白いブラウスの上に、カットグラスの玉みたいに見える小さな丸っこいボタンのついた黒い上着を着ていた。黒い髪、黒い眉毛、黒い瞳、黒い鼻孔、白い顔、白い首、白い脚、白い手というその姿は、ウィリアムの撮る白黒写真みたいで、口の赤味、指先の赤味がいまひとつ正しくない赤に修正され、手の甲、こめかみ、首の側面の微妙な青がいまひとつ正しくない青に修正されているように思えた。そして彼女が白い手を力なく黒い膝に載せ、下に青い影の広がる白い瞼が黒い睫毛に圧迫されるなか、席についている姿は、見るからに色褪せ消えていきつつあるように僕には思えた。

ある日の午後、ドイツ語の授業を受けていて、机の上に広げた教科書を凝視していると、彼女がこっちを見ているという感覚に僕は襲われた。心臓が痛いくらい脈打ちはじめ、僕はひたすら目の前のページに集中し、眉をひそめて何行かの文字を荒々しく睨みつけたがそれらの行は何度も何度も同じことを何度も何度も言っているように思えた。頬に温かみを僕は感じ、一心にページの上にかがみ込み、眉をひそめて何行かの文字を荒々しく睨みつけたがそれらの行は何度も何度も同じことを何度も何度も言っているように思え、彼女のまなざしが僕の頬をじわじわ中まで焼いていまにも頬に火が点きそうに思えた。そして僕は単に彼女のまなざしを想像しているだけなのだからただ目を上げて教室の向こう側を見て彼女が本当に僕の想像したようなまなざしで僕を見ているのか確かめてみればいいだけだと思えたが、彼女のまなざしを想像していたがゆえに僕は自分の想像したまなざしと目が合うのが怖くて顔を上げて教室の向こう側を見ることができなかった。奇妙なさざ波が僕の心を流れていき、頭がわずかに震え出すのが感じられ、教科書に覆いかぶさるようにして僕は自分の体を押さえつけ、震える頭をすごくゆっくり持ち上げ視線をすごくゆっくり動かしてごくさりげなく彼女の方を見てみようと思ったが、僕は突然がくんと彼女の方に頭を動かした。そして彼女が両手を膝に載せて顔を窓の方に向けて座っているのを見て僕は大きなショックを受け、あれはふりをしているだけなんだ、ほんの何秒か前にさっと向き直っていまも落着いて、落着いて座っているふりをして両手を膝に載せて顔を窓の方に向けているけれど心臓はドキドキ高鳴っているんだと僕には思えた。

　彼女が色褪せ消えていくなか、自分が彼女をほとんど見ていないことに僕は思いあたった。彼女が不在でないときですらちらっちらっと見るだけであり、誰もいない横長の茶色いスペースはごくたまに突然の、あたかも超自然的な出現によって中断されるだけで、ある朝僕が疲れた思いで茶色の階段をのぼり二階の廊下に上がったときも彼女が遠くの教室へゆっくり消えていくのが僕には見えたし、またある日の放課後、蜘蛛の巣みたいなひびが入ったバスの窓からふと外に目をやると、秋の日のほのめきに包まれて彼女が校舎前の階段に立っているのを僕は見た。屋内の茶色い壁と埃っぽい窓を背景に彼女を見ることに慣れきってしまっていたので、突然の自由な姿は僕の胸に、古風な物語によくある、肖像画に不思議な変化が生じて見る者を恐怖に陥れる展開と同じ効果をもたらした。

またあるとき、講堂で彼女は僕の前の列に、僕の真ん前ではなくひとつ右側の席に座っていた。壇上では金髪のクルーカットの最上級生が三人、民主主義と共産主義について話していた。彼女は幅広の革ベルトをしていて、彼女が息をすると微かな軋みが聞こえてきた。暗い緑のセーターに包まれた彼女の左肩を僕はじっと見て、耳の下あたりに生えた細い黒い毛を、微かに震えているように思える黒い睫毛の縁を、細かく体を動かすなかで生じる首のわずかなこわばりを見て、じっと見ていると彼女の首のこわばりを僕は自分の首に感じ、彼女の睫毛の震えを自分の睫毛に感じ、自分の腕が彼女の腕の中を流れるのを感じ、やがて指も彼女の指の中にするっと入っていき、僕は彼女の中で体をぴんとのばし、じきに僕の頭蓋《とうがい》が彼女の頭蓋とこすれ合い、僕の足指が彼女の足指の中でくねくね動き、彼女の肩の中に僕は自分の肩を感じ彼女の膝の中に自分の膝を感じ、僕が息をすると自分の胸が微かに上下するのを感じ、僕が息をすると幅広の革ベルトを自分の腹が押しては引っ込み微かに軋ませるのを感じた。それから僕は眠気混じりの、卒倒しそうな気だるさを感じて、重い瞼をなかば閉じると、突然彼女が身を乗り出して、あたかも彼女がバリバリ音を立て僕の体をつき破って外に出てきたかのように痛みの衝撃に僕は襲われた。

またあるとき、ロッカーの前で彼女は暗い緑の冬物コートを着た。そして不意に首のうしろに手をのばし、灰色の毛皮の襟の下に閉じ込められた髪をひょいと持ち上げた。その落ちていく髪と、いくつかの房に分かれて広がった髪が突然静止したさまとが、子供のころ遊んだ、狂おしく落ちていく棒拾いゲームの棒と、それらが絨毯に落ちて突然静止するさまを僕に思い出させた。

ある暗い午後、ホームルーム室で座って、傘を持ってくるんだったと思いつつ、窓、道路、車の屋根に当たって三種類の音を立てながら降りしきる雨に耳を澄ましながら、僕は眉を軽くひそめて教室の向こうの騒々しい空に目を向けた。彼女はまっすぐ僕を見ていた。そして僕は彼女がまっすぐ僕を見ているのを見てあまりに驚いたので、目をそらすことも忘れてしまい、彼女がさっと目をそらしたあともずっと、彼女の首を染めているピンクのほのめきが僕の首に染み込んできたあともずっと、口を開けたまま茫然と見ていた。

その晩僕は、明日の放課後は彼女と一緒に歩いて帰るのだと決めた。彼女と一緒に歩いて帰りたいと願うだけでも掟を破っている気がして胸が縮まり、頭上に黒い枝がのびて足下に黄色い落葉の広がる寂しい秋の風景を通り抜けていく長い夢のような歩みをじっくり仔細に思い描いていると、チクチクする感覚に僕は襲われた。翌朝、眠れない夜を過ごしたあと、腹に痛みを抱え熱っぽい漠然とした期待とともに階段をのぼって二階に行くと、彼女がロッカーの前に立っているのが見えた。そしてたちまち不快感が湧いてくるのを僕は感じた。僕は彼女がロッカーに立っているのを目にすることを予期しておらず、彼女が両手を膝に載せて顔を窓の方に向けている姿を丹念に思い描いていたのだ。自分のロッカーに歩いていきながら僕は彼女に向かってそっけなく会釈し、彼女の首に斜めに浮かんだ一本の腱を苦々しく目にとめた。その日一日、僕は怒りを抱えたまま彼女を無視し、彼女自身も疲れてよそよそしく見え、家に帰りついてベッドに寝そべり片腕で目を覆うと僕は自分の内で寂寥感が感染症のように広がっていくのを感じた。

そしてとうとう彼女は完全に消えてしまい、あとには誰もいない机だけが残った。毎朝、窓際の列に彼女のいない机を見ることを想うとホームルーム室に入るのもためらわれた。午前中の英語、午後のドイツ語、一日の終わりのホームルームで僕は彼女のいない机を見た。ある日の午後、埃をたたえて震える十一月の水っぽい陽ざしが彼女の椅子の上を斜めによぎり、埃をたたえて震える十一月の水っぽい陽ざしを僕がじっと見ていると、彼女のいない机の何もない空気に彼女の不在が満ちていくあまり不在がいまにも実在に転じてしまいそうで、彼女はそこに影のように、両手を膝に載せて顔を窓の方に向けて座っているように思えた。ある午後のドイツ語の授業で、彼女の前の席に座った、黒縁の眼鏡をかけた大柄の金髪の男子生徒がうしろを向いて、誰もいない机に青い3リングのノート一冊と教科書二冊を置いた。授業中ずっとそれらは、僕が憤慨に眉をひそめて睨んでいたにもかかわらずそこに置かれたままだった。次の日、彼がまた同じことをやろうとふり向きかけると、教師が「そこはあなたの物を置くところじゃありませんよ、ドナルド」と言い、僕はあたかも気管支の詰まりが取れたかのように胸の中が突然すーっと広がるのを感じた。そして毎朝毎朝、ホームルーム室に入っていくたびに彼女のいない机を僕は見た。午前の英語、午後のドイツ語、一日の終わりのホームルームで彼女のいない机を僕は見た。そして荒涼とした日々が過ぎていき、何も起こらないなか、もしかしたら、もしかしたらできるかもしれないと僕は思った。けれど長いあいだ僕はためらっていた。

46

ある暗い午後、ドイツ語の授業でベルが鳴るのを待ちながら、僕は教室の向こう側の、彼女のいない机の上の窓を見ていた。蛍光灯の白い反射光を通して、暗い海のような空と、折れ曲がった梢を眺め、風に揺れるロープが銀色の旗柱にぶつかって柱をガンガン鳴らすのを見ていると、突然頭の中で何かが動くのを僕は感じ、僕は一気に過去へ引き戻された。

　子供のころ僕はよく病気をした。目が覚めると喉に軽い痛みがあって目も微かに熱く、父さんがクローゼットのハンガーをガチャガチャ鳴らし母さんが静かに廊下を歩く音に僕は耳を澄ました。そして母さんは僕の部屋のドアを軽くノックしてから衣擦れの音とともに浴室へ入っていくけれど、僕は横になったまま音も立てず、浴室のドアがそっと閉まるのを聴き、父さんがたんすの引出しを僕には想像もつかない理由で何度も何度も開け閉めする際に真鍮の輪が木にぶつかる音に耳を澄ました。母さんは浴室から出てくると僕の部屋のドアをもっと大きくノックし、何センチかドアを開けはするもののの中を覗きはせず、そそくさと台所に入っていって朝食を作りにかかり、一方父さんは廊下をどすどす騒々しく歩いて浴室に行き、ドアをばたんと閉める。台所からは鍋がガチャガチャ鳴る音や冷蔵庫のドアが閉まる重たい響きが聞こえた。父さんが出てくると、僕は体をこわばらせる。父さんはときどき僕の部屋のドアをパッと開けることがあって、そうすると僕は丸見えの状態で横になっている破目になるのだが、たいていは父さんもただ「さあ起きた起きた！」と叫んでドアを騒々しく叩くだけで、ドアをもう少し開くにとどめて、廊下をどすどす歩いて自分の部屋に行き、ドアをばたんと閉める。僕はふたたび真鍮の輪が木にぶつかる音に耳を澄まし、やがて母さんが廊下をせかせかと歩いてくるのが聞こえた。今回は僕の部屋のドアを目一杯開けて中を覗き、赤いロープを喉で押さえてしかめ面を浮かべ「早くしなさいアーサー、パパを怒らせちゃ駄目よ」と言ったがそれは「早くしなさいアーサー、ママを怒らせちゃ駄目よ」という意味だった。か細い声で僕は「具合が悪いんだ《アイ・ドント・フィール・ウェル》」とささやく。「調子が悪いんだ《アイ・ドント・フィール・グッド》」というよりずっと深刻に聞こえるこの一言で、たちまち母さんのしかめ面の奥で微妙な変化が生じ、表の表情は変わらなくとも、苛立ちではなく強い心配がそこには表われていた。「どうしたの、アーサー？　熱があるの？」と母さんは言いながら僕の方に歩み出る。そうして僕が答える間もなく身を乗り出してきて、僕の額にまず一方の頬を当て次にもう一方を当てる。それから母さんはうしろに下がって、重々しい悲しさをたたえた目でじっと僕を見る。そして僕は、母さんの目の中に自分の苦しみが映っているのを見て嬉しくはあるけれど――これでベッドから出なかったことが正当化されたのだ――と同時に恐怖がどっと胸に押し寄せてもくる。自分が死んでしまうのではないかと、僕は思ったのだ。そして突然僕は元気になりたいと焦がれ、学校に行きたくてたまらなくなり、勉強で遅れをとると思うとぞっとした。けれどいまや母さんはこの上なくてきぱき効率的に動きはじめ、父さんを呼んだ。僕の体温を測るのは父さんの仕事なのだ。たんすの引出しが開いて閉まるのが聞こえて、細い茶色の革ケースに入った体温計を持って父さんは入ってきて、濃い赤の目盛りが刻まれ水銀のひそやかな柱が収まった華奢なガラス棒をケースから取り出す。母さんと違って、父さんはひどく楽しそうに見えた。もちろん僕の体調が少しでも悪くなれば父さんとしても心配でたまらなかったけれど、僕の体温を測るのは何より好きだったのだ。体温計を振って光にかざし、しかめ面で目盛りを見てから僕の口に入れようとするのだが、僕はそれを父さんから受けとって、銀色の先っぽが敏感な軟骨質の部分に当たるよう自分で舌の裏側にそっと差し入れる。「そうそう、舌の裏側」と父さんは言って三分間を計りはじめ、しかめ面で物々しく腕時計を見ながら、親指と人差指を落着かなげにこすり合わせた。その三分間がいかに重要か、僕たちはみんな理解していた。もし水銀が上がらなければ僕は病気ではないのであり、事実上元気と言っていいわけで、ひょっとして学校にも行かないといけないかもしれないのだ。けれど、自分は病気なんだという考えに慣れかけたいま、学校に行かないといけないと思うと僕には耐えがたく、健康はいまや病のように、特権喪失の可能性でもって僕を脅《おびや》かした。病気という事態の、病気であるという部分はたまらなく嫌だったけれど、そのほかの部分はすべて僕は好きでたまらなかったのだ。十分間に思えた三分間が終わると、父さんが体温計を取り出し、電灯か窓にかざして、母さんと僕が不安な思いで見守るなか、しかめ面を浮かべて目盛りをじっくり読む。そして時おり僕は、母さんもやっぱり、心配はしているものの水銀が上がるのを望んでいるんじゃないだろうかと思うことがあった。そうすれば、自分の献身と愛情を思う存分僕に浴びせることができる――僕がそれに耐えられる強さを持つのは病気のときだけなのだ。父さんは時おり、水銀を見つけるのに苦労することがあり、そんなとき母さんは「どうなの？　どうなの？　どうしたの？　何度なの？　早く教えてちょうだい。何で一日じゅう待たせるの？」と言う。「ええと、ちょっと待っ」と父さんは言い、突然「九十……九十……どうもなかなか……いや、うん、ここだ……」と言って勝ち誇った顔で母さんの方に向き直り、嬉しそうに、誇らしげに叫ぶ――「九十九度半（摂氏三十七・五度）！　この子は病気だ」。「やっぱり」と母さんは言う。「やっぱりね。この子、燃えるように熱いもの」。そうして母さんは、まるで体温計を読むことによって僕の体温を上げたかのように、父さんに烈しい非難のまなざしを向ける。そこからあとはすべてが目まぐるしく起きた。母さんがあちこちに電話をかける。まずは勤め先の学校に――僕が病気になった最初の日はいつも一緒に家にいてくれるのだ。次はお医者さんで、その間父さんはあちこちの部屋に飛んでいって僕の苦しみを和らげるためのいろんな物を持ってきてくれる。まず居間からピアノ椅子を運んできて、その上に白いタオルをかぶせ、次にコードをうしろに引きずったテレビ、それからピンクの花模様が付いた黒い金属の折畳み式トレーテーブルを持ってきて、水の入ったコップと、金属のベルをその上に載せる。まるっきり休日みたいだった。一方僕はひっそり静かに横たわり、燃えるように熱い人間のように見えようと努め、嬉しさを隠そうと努め、ベッドで長い一日を過ごした末に父さんが毎日新しいお土産を買って帰ってくる日々を想ってわくわくせずにいられなかった。本やパズルが枕許に山と積まれ、キラキラ光輝を放つ、悩める王たる僕が、病気という名の黄金の城をさまようなか、学校は日一日と遠ざかっていくのだ。

　そのときから僕はすでに、病気になることにはどこか良からぬところがあるという事実に勘づいていた。患いの財宝が散らばった宮殿たる病室で、ベッドの玉座に収まっていると、時おり僕は、下校する生徒たちが教科書や宿題を手に列をなして歩いていく姿を思い起こしたり、どこか窓の外から届く、学校や勤め先から帰宅する人たちを載せた車やバスの音を聞いたりしたのだ。僕はすぐさまそれらを頭から追い払い、ジャンボジグソーパズルに熱っぽく没頭したが、日が経って健康の脅威が募ってくるとともに、僕の暗い楽園から明るい世界を締め出しておくのもだんだん困難になっていった。午後そのものが、閉じたブラインドのすきまから染み込んできて僕に重くのしかかり、その光の埃っぽい圧力でもって僕をくすぐった。母さんが仕事から帰ってくると、車が道路から入ってきて砂利がパチパチ鳴り、玄関の廊下で母さんがコートを掛けると金属が怒ったような音を立て、居間で母さんがミセス・シュナイダーと話し、絨毯と木の床をつかつか横切り僕の方へ歩いてきて、やがてドアが勢いよく開き、僕の方に不快な微風が押し出され、紺の上着とフリルの付いた白いブラウスを着た母さんが入ってくると、震えのような恥の感覚が僕の胸に訪れるのだった。僕に向かって優しい、けれどもう不安と心配がみなぎってはいない――あたかも全面的に愛しうるのは病気のみであるかのように――まなざしを投げて、母さんはにっこり笑い、「ただいま！　坊やのご機嫌はいかが？　今日はずいぶん元気そうね。あと二、三日したらきっと学校に行けるわね」と言った。もし「あと二、三週間したら」と言われたとしても、いくら先のこととはいえ永遠の回復期の快適な暮らしの終わりがとにかくほのめかされたわけで、僕はやはり絶望に陥ったことだろう。けれども「あと二、三日」はあまりに恐ろしかった。あと二、三日しか生きられないと言われたみたいな気分だった。僕の顔色が変わったことに母さんは気がついて、すぐさま自分も心配の表情を浮かべて「どうしたの？」と訊く。僕は顔を横に向ける。喋ったら何を言いかねないか、自分が信用できないからだ。そして母さんは不安げに身を乗り出してきて、「どうしたの？　アーサー？　具合が悪いの？」と訊く。そして絶望の淵から、絶対の真実を込めて僕は「うん」とささやく。母さんはただちに僕の上にかがみ込み、僕の額にまず一方の頬を当て次にもう一方を当て、花の香りのする白粉《おしろい》が、あたかも母さんが花であるかのように僕に降りかかる。「熱はないみたいねえ」と母さんは疑わしげに言う。でもまあ、パパが帰ってきたら」――母さんは自分ではどうしても水銀が読みとれないのだった――「すぐ熱を測りましょうね」。そしてたとえ、父さんが帰ってきて僕に熱がないことが判明したとしても、「二、三日で」学校に戻らなくていいことが僕にはわかった。いまや新たな疑念が導入されたのであり、最後の気合いを入れて、ひそかな疚《やま》しさを抱え、暗い快楽の身震いとともに、僕は病気という犯罪に生々しく浸《ひた》るのだった。

47

その年の冬のある荒涼とした午後、最後のベルが鳴って最後ののろのろ歩きが始まると、僕は気がつけば騒々しい茶色の廊下にぐずぐずとどまっていて、廊下はまもなく静かになり誰もいなくなった。人けのとだえた玄関ホールを歩き回りながら、茶色い掲示板の前に僕は時おり立ちどまり、てんでばらばらな角度に垂れている、湿った悲しい紫っぽい匂いを発散させているガリ版刷りの掲示を眺めてはやがてまた彷徨を再開し、暗いロッカーの並ぶ前を通り過ぎ、そのあいだにはてかてか光るメープル材のドアがいくつかはさまり、ドアの向こうからは時おり静かな笑い声がわっと湧き上がるのが聞こえ、赤銅色の消火器が茶色いスチームの上の壁に掛かっている茶色い踊り場に出ると僕はすばやくあたりを見回し、埃のついた窓の外を覗いて、居並ぶ黄色いバスがゆっくり一台また一台と出ていくのを眺めた。じきにバスはいなくなり歩道にも誰もいなくなった。僕のうしろ、上の階段に、だぶだぶの茶色い上着を着た小男の老人が現われて、埃っぽいレンズの向こうから眉をひそめて僕を見下ろした。僕は教科書をもう一方の腕に移し換え、そのとき初めて肩が痛むことに気づきながら、あたかも追われているかのように階段を駆け下りていった。階段を下りきると、またも茶色い廊下を急ぎ足で歩いて、暗いロッカーの並ぶ前を通り過ぎ、そのあいだにはてかてか光るメープル材のドアがいくつかはさまり、薄暗い奥まりに置かれた白い水飲み器の前を過ぎ、ガラスケースに収まった磨き込まれた銀のトロフィーを横目に見て、暑い、しゅうしゅう音の立つ、リンカーンの黄色っぽい胸像が台座の上に横向きに置かれた玄関ホールまで来て、僕は雪のない冬の午後の、氷のように冷たい衝撃へと歩み出た。寒さに頬がこわばり、人けのない外階段に僕はしばし立って、葉の落ちた茶色い木々と、灰色の、ほとんど白の空を見た。道の向こうで、口から息の煙柱《えんちゅう》を上げている生徒が二人、向き直って眉をひそめて僕を見た。僕はすぐに階段を下りたが、淡い色の段を背景に自分が暗く目立っている気がして、右へ曲がって歩道をすたすた歩き出した。じきに高い金網が現われ、それがまた一気に低い石壁に変わって、その上に紫と銀のジュースの空缶が、内側の溝に焦げ茶色のかすがこびりついた白いカップケーキ包装紙のかたわらに載っていて、それから今度は暗い生垣が現われ、黒いシャッターの降りた大きな白い建物が見えて、僕は左へ曲がり、道路が一気に下って、前方に黒い鉄橋が見えてきて、その向こうに商店が並んでいた。黒い鉄橋の下、つんと鼻をつく油の匂いが、湿った石の匂

い と混ざりあっていた。鉄橋の向こうから町の中心部がはじまっている。暗いガラスの中を通り過ぎていく僕自身の半透明の像の向こうに、埃をかぶったスープ缶の塔が葉巻の入った開いた箱と並び、白いエプロンを着けた床屋が細長い剃刀を厚い茶色の革砥《ストロップ》で気だるげに研ぎ、白いビキニ姿で笑顔のダンボール紙の女性が緑色のダンボール紙のジュース壜をかざし、灰色のスーツを着た厳めしい木製の男性がひどく疲れそうなポーズで両腕を上げていて、青いナイトガウンの赤毛の女性が墓場に立ち両手で耳を押さえて口を大きく開け、白い壁が一面ピンクや青や緑の眼鏡フレームで覆われ、一個の腕時計が水の入ったコップの中を上下し、ノートが連なりペンがいくつも並べられ、白いブーツを履いてチアリーダーのコスチュームを着た笑顔の女性が片膝を上げバトンを肩にしょって立ち、首に黄色い巻尺を掛けたワイシャツ姿の男があくびをし、赤い手押し車にパンダが座り、赤いバミューダにピンクのセーターの女の子が緑色のカウンターでストロベリーミルクセーキを飲み、銀色のスパナのセットがどんどんどんどん小さくなって突然商店が途切れ、通りの真ん中、草の生えた盛り土の上で、鉄製の兵士三人が鉄製の旗を掲揚していた。それから道路の幅が広がって、葉の落ちた楡の木が並ぶ、草の生えた中央分離帯が現われ、通りの両側で窓の黒い大きな白い建物がそびえるように並んでいた。雪がちらほら降りはじめ、まもなく歩道は半透明の白さに覆われた。芝生の上に立った、ガラスで覆われた掲示板がビンゴの晩を告知し、そのうしろで灰色のカトリック教会がそびえ立ち、僕は左へ曲がって小さな淡い色の家々と大きな黒い木々が並ぶ静かな通りを歩いていった。暗くなっていく空の下、いまや僕に向かってひっそり斜めに降ってくる雪の中を僕は歩いていき、雪がうっすら埃のようについた暗い色のコートの肩ごしにうしろをふり向くと、ふらふらよろめく足跡が僕のあとについて人けのない通りを歩んでいた。小さな古い食料雑貨店の黒いレジの奥で、曲がって掛かったカレンダーにカボチャのある秋の情景が広がり、僕は右へ曲がって、葉もまばらな暗い生垣と暗い窓の家々が並ぶ通りに出て、歩みを進めながら四つ角で標識に行きあたるたびにその銀色の柱のてっぺんを見上げた。三つ目の柱で左へ曲がるとそこはポーチがあって幅の狭い横庭がある二階建ての木造家屋の並ぶ古風な通りだった。どの家も、道路からずっと奥に入った、雪にうっすら覆われた砂利道の車寄せの果てに家から独立した車庫があった。道路では暗い、太い、ねじれた樹木が歩道と車道のあいだに連なり、雪が静かに降ってきて、僕は歩く速度を落とし、通りの向こう側の家々の番地をチラチラ見ていると、末広がりになった木々の底の、根っこのてっぺんが幹に合体する部分が、象の足指の太い足とよく似ていることに気がついた。心臓の鼓動が速まって、熱っぽい疲労感が僕を捉え、突然ドアに白い鉄で86という数字が示された灰色の家が見えて、僕は通りをはさんで向こう側にいたけれど足を速めて、古い茶色のロッキンチェアが色褪せたピンクのクッションの載った緑色の金属椅子と並んで置かれた玄関ポーチを目の端でチラチラ見ながら歩いた。玄関前の階段の左右、階段に接した柱から敷地両端の柱まで細い手すり柱《バラスター》が並んでペンキの剝げかけた手すりを支え、ポーチより低い高さでは灰色の格子細工が模様を作り、玄関右側の暗い窓では、黒く映った枝がランプの青白くほのめく光の中で絡みあい、それから砂利道の車寄せが現われ、車寄せの奥に扉の閉まった灰色の車庫があってその横にゴミバケツが二つ置いてある背後には葉の落ちた黄色っぽい柳の木が一本生えていた。車庫のうしろから金網が現われて、僕が歩き去るとともに見えてきた裏庭に沿ってのび、金網の前では葉の落ちたぎざぎざの藪が不揃いな線を成し、そのうしろに別の車庫の裏側が見えて、じきに車寄せは隣の家の深緑の角によって断ち切られた。その深緑の角が灰色のポーチをゆっくり横切り、まっすぐ上にのびた柱を滑るように越えたかと思うと、今度はランプに照らされた窓の縁に触れるなか、隣の家の白い角が深緑の家の車寄せを横切っていき、いまや隣の家の茶色い角が白い家の車寄せを横切り白い家は深緑の家の玄関ポーチを横切り深緑の家はランプに照らされた窓を、玄関のドアを、まっすぐ上にのびた次の柱を横切っていき、突然灰色の家は呑み込まれて僕は通りを向かいの歩道に渡ってゆっくり来た道を戻りはじめ、黄色い家の前を過ぎ茶色い家の前を過ぎ白い家の前を過ぎていくとともに深緑の家は柱、玄関ドア、ランプに照らされた窓から退いていき、灰色の家がもろに見える位置まで来ると僕の心臓は痛いほど高鳴り、頬が火照って、熱っぽい疲労感が僕を捉え、僕は横になりたい、疲れた目を閉じたいと焦がれたが、まっすぐ前を向いて微かに降る雪、暗い道路、淡い色の家々、灰色の空を見ながら僕は足早に歩き去り、遠くで道路と空と静かに降る雪とがぼんやり一点に会するあたりを見ていると、道路が終わって空が止まって世界が消えるのだという思いに僕は襲われた——ずっと前、世界は丸いのだと信じたコロンブス少年の話を読んで、その悪夢の縁から人が暗い闇に墜落しかねない平たい皿型の世界を僕が突然思い浮かべたときのように。濡れた雪が僕の頬を流れ落ち、僕は疲れた思いで頭《こうべ》を垂れ、一瞬のあいだこの知らない界隈のこの知らない通りで、黄昏みたいに見えるこの雪の午後に自分が何をやっているのかさっぱりわからなかった。やがて僕は立ちどまり、回れ右して、動かなかった。少しのあいだ、雪が暗い色のコートの腕に降るなか僕は重たい教科書を抱えてそこに立っていた。それから、ため息をついてもう一度回れ右し、立ち去りかけたが、突然僕は回れ右し、来た道を引き返していき、どんどん足を速めて、静かな吹雪の中をすたすた歩いていき、玄関に86の数字が付いた灰色の家が見えてくると心臓が痛いほど高鳴り、熱っぽい疲労感が僕を捉え、僕は目を伏せて足早に歩き去った。何軒か離れたところで立ちどまり、回れ右して、動かなかった。「こんなの馬鹿げてる」と僕は声に出して言った。僕の背後でどこかの家のドアが開いた。青いコートを着て白いミトンの手袋をはめた女の子が現われて、眉をひそめて僕を見た。僕はさっと目をそらして歩道をそそくさと歩いていき、右側に一軒の灰色の家が見えて僕は五段の灰色の階段を早足でのぼって呼び鈴を鳴らした。それは灰色の楕円の中にぐらぐらに収まった黒いボタンだった。

電話のような音がした。こわばった、毛羽立った玄関マットの上で僕は両足を踏み鳴らした。そして突然、自分の体にだまされたような思い、どこへ行くのかわからないうちにさっさと体に先に行かれてしまったような思いを僕は抱き、自分がここで、この知らない界隈のこの知らない通りで、茶色いロッキンチェアと緑色の金属椅子が置かれ暗い窓の向こうの暗い色のテーブルにゆらめくランプが見える知らない灰色の玄関で何をやっているのか僕には理解できず、はるか上から階段を下りてくる足音が聞こえ、突然僕は自分が知らない界隈の知らない通りの知らない灰色の玄関に立っていることに気づき、それからドアが開いて目の前に黒いワンピースを来た背の高い銀髪の青白い女の人が現われた。彼女は漠然とした目で僕をちらっと見てから、さっきより強まっている雪に目をそらした。ゆっくりと視線を僕に戻しながら、僕がそこに立っていることを忘れていたかのように彼女は突然眉間に皺を寄せ、細長い乾いた手を喉に当てて「はい?」と言った。そして長いこと黙っていたせいである種の束縛が僕を捉えていたのか、僕は降る雪の方に頭を、全面的にではなく向けて「ずいぶん強くなってきました」と言った。僕が向き直ると女の人は眉間に皺を寄せて僕を見ていて、怒っているのか戸惑っているのか僕には判断できず、目を伏せて僕は「エリナー……」と呟いた。そしてすぐに口をつぐんだ、なぜなら「エリナー」なんて言うつもりはなかったのだ、「僕、アーサー・グラムと申します」と言うつもりだったのだ。「エリナー……」と女の人は助け船を出すように呟き、僕はすぐさま目を上げて「僕、アーサー・グラムと申します」と言った。そして自分が「僕、アーサー・グラムと申します」と言っている声があたかも遠くからのように聞こえて、僕は思った――もう帰ろう、階段を駆け降りて雪を横切って銀色の柱の列の前を過ぎて鉄製の兵士たちの前を過ぎて黒い鉄橋の下を抜けて、でも女の人はなだめるような口調で「え? あなた、エリナーのお友だち?」と言った。「あ、はい」と僕は心底ホッとして言った。「はい、あ、いえ、違うんです、そうなんです、だけどそ宿題のリストを届けようと思って、もしかして要るかなって、あの、一通り書きとめてきたんです、えっとどこだ、どっかにあるはずなんです、えっと見つから」――そうして僕は教科書にはさまれてぴったり閉じているノートをあたふためくりはじめた。と、束の真ん中から教科書が一冊滑り落ちるのを僕は感じ、でももう手遅れで、本は大きな音を立てて玄関先に落ち、黄色い紙がバラバラに飛び出して、僕がかがみ込むともう一冊教科書が落ちて、あわてて膝をついて散らばった紙をかき集め出すと、頭の上で「まあそれはご親切に、アーサー。どうぞお入りになって。エリナー、きっと喜ぶわ」と言う声が聞こえた。そうして女の人はうしろに下がって、ドアを開けたまま押さえて待ってくれて、僕はあたふたと教科書を拾い集めて敷居をまたぎランプの灯った居間に入っていった。「座ってちょうだいアーサー、疲れたでしょう」と女の人は僕のコートを受けとりながら言い、僕が有難い思いでふかふかの暗い色の肱掛け椅子に沈み込むと椅子はふうっと息を吐き出しながら微かに喘いだ。「はい」と僕はコートハンガーがこすれる音を聞きながら言った。「ここまで遠かったし、雪も降ってきましたから」、そして僕は疲れた思いで目を閉じたがまたすぐ開いた。ミセス・シューマンは暗い、憂いに沈んだまなざしで僕を見下ろしていた。「可哀想に。さぞ疲れたでしょうね」と彼女は言った。僕が目を伏せると彼女は声を落として「エリナー、きっと喜ぶわ」と言った。「あ、はい」と僕は呟いて目を上げたが彼女はすでに向こうを向いていて、すたすたと部屋の反対側まで行って左側の壁に沿ってのびている暗い階段をのぼって行った。階段をのぼり切ったところで彼女の姿が消えるのを僕は見守り、疲れた思いで僕は目を閉じたがまた無理して開け、重たい瞼であたりを見回していると頭上でドアが静かに開いて閉まった。僕はほのかに光るランプのかたわらに座っていて、空っぽの暖炉と向きあっていた。暖炉の前に大きな白い磁器製の猫が座っていて、その黄色いガラスの目がランプの光にきらめいていた。散らかった炉棚《マントルピース》の真ん中に、ガラスケースに収まった古い真鍮の時計があった。黒い数字が書かれ、レースのような針の付いた丸い真鍮の文字盤の下で振り子がゆっくり、横向きになってぐっすり眠っている銀色の鍵の上で左右に揺れていた。炉棚のあちこちに、ガラスに収まった楕円形の写真が置かれ、白い口ひげを生やした男の人や黒いショールを羽織った女の人がいて、ほかにも、色褪せたピンクと青と金色の三連祭壇画《トリプティク》、小さな男の人と女の人が前に立っている小さな山小屋、赤い煙突が立っていて小さなお祖母さんが窓から外を見ている茶色い磁器製の靴、三匹横に並んで座り一匹は手で目を覆い一匹は耳を覆い一匹は口を覆っている小さな象牙の猿たち、そして小さな磁器製の人の群れ――黄色い三つ編みで白いエプロンを着け木靴を履いたオランダ人の女の子、黒い帽子をかぶりバックルシューズを履き茶色いマスケット銃を肩にしょった巡礼の徒、歌の本を手に持ち口を〇の字にして天を仰いでいる翼の先端が金色の白い天使、白い鬘《かつら》をかぶり黒い膝下ズボン《ニッカーボッカーズ》と白い長靴下を履いて片腕を上着の中に入れている男、だぶだぶの青い膝丈ズボン《ブリーチーズ》を履いてフィドルを弾《ひ》いている笑顔で頬の赤い男、樽の上に座ってニタニタ笑っている小鬼《ノーム》。それから僕は、部屋じゅういたるところ、テーブルの上、棚の上、幅の広い窓台の上に小さなガラスや磁器の者たちがいて僕を見ていることに気がついた。赤と白の狐が前足を岩に載せ顔を僕の方に向けて立ち、キルトを履いたスコットランド人が厳めしい顔で僕を見ながら音なしのバグパイプを奏で、木の実を食べている背中の丸いリスが大きく開いた目で僕をじっと見、ヒョウがふり返って僕を見ていた。疲れた思いで僕は目を閉じ、赤い狐がテーブルの上を歩いていき、頬の赤い笑顔の男がフィドルを奏ではじめ、目の黄色い白猫が暖炉の前で丸まり「可哀想に」と言い、僕が目を開けるとミセス・シューマンが目の前に立っていた。「可哀想に、さぞ疲れているのね」と彼女は言って、暗い、憂いに沈んだまなざしを僕に向け、疲れた思いで僕は「ええ、このごろあまり眠れないんです」と呟いた。「ええ、ええ」と彼女は呟き、悲しげに僕を見下ろし、突然僕はひどく悲しい気持ちになった。まるで何か恐ろしいことが起きたみたいな気持ちになって、彼女がかがみ込んで僕の額に頬を当ててくれたらと焦がれたが、違う声で彼女は「エリナーがどうぞって」と言った。そうして階段の方に向き直って片腕を漠然と物憂げなしぐさで持ち上げ、「廊下のつき当たり、右側の一番奥の部屋よ」と言った。「ありがとうございます、ミセス・シューマン」と僕は呟いて、重たい体をどうにか立ち上がらせようとすると何だかまるでうしろから引っぱっている力に抗って立とうとしているみたいだった。ミセス・シューマンは片腕をつき出し方向を指し示したまま立っていたが、目はもう下へ漂い降りてランプテーブルの足をぼんやり見ていて、僕は疲れた思いで急な階段を、暗い茶色の手すりにつかまりながらのぼって行った。薄暗い踊り場で、ガラスに覆われたベネチアの色褪せた情景が、ガラスに覆われた麦わら帽を目にかぶせて乾草の山に寝転がっている青い服の男の色褪せた絵の上に掛かっていた。壁の角の棚には、小さな銅の薬罐《やかん》、鼻を持ち上げた小さなガラスの象、白いズボンに青い上着に三角帽という格好で太鼓を叩いている磁器の兵士が載っていた。踊り場から右にさらに二段だけの階段があって、そっちを向こうとするとたまたま階段の下に目が行き、ミセス・シューマンが一番下で片手を柱に当てて立ち暗い、憂いに沈んだまなざしで僕を見上げていた。「はい？」と僕は小声で言ったが、彼女は何も言わずに僕を見上げるばかりで、この薄暗い、本当に暗い踊り場にいる自分は彼女に見えているんだろうかと僕は考えた。それから向き直って二段だけの階段をのぼると、薄暗い廊下に出た。少し波打った栗色の細長い絨毯が、床の真ん中に沿って敷いてあった。くすんだ黄色い壁紙は色褪せた紫の葡萄と色褪せた緑の蔓とを小さな色褪せた狐が見上げている構図を反復していた。廊下の行き止まりで細い縦長の鏡が床から立ち上がり、わずかに前に傾いていた。傾いた鏡の方にゆっくり歩いていきながら自分の両脚が僕の方にやって来るのを僕は見ていたが、鏡の中の僕は険しい坂を下りていって、前方に転げ落ちてしまわずにいるのがやっとという感じで、前進しながら僕はかかとにぐっと力を入れて坂から転落しないように努めたが、ふと見下ろすと、力の入った僕の両足は平たい、波打つ敷物の上をのんびり進んでいるのだった。それで僕は母さんと父さんと公園道路《パークウェイ》を走ったときのことを思い出し、砂色の道路が遠くの方で暗い木々に両側からはさまれ険しい上り坂になっていて、僕たちの車がその遠い高みめざして懸命に懸命に頑張っているのだからやがてついに目も眩む眺めが現われて車は向こう側に急降下していくのだと僕は予想したが、遠い丘はなぜかいっこうに現われず、道路は僕たちの車の重みでだんだん平たくなっていくように思え、僕は戸惑い、がっかりして窓の外に目をやり、飛ぶように過ぎていく路肩と、もう少しゆっくり滑り去っていく木々を見るのだった。ドア右側の一番奥のドアがわずかに開いていて、僕は広げた指を軽くその木に当ててそっと押した。ドアは動かなかった。僕は指をさっと引き、何か悪いことでもやったみたいにうしろをふり返り踊り場の方をちらっと見て、少しのあいだどうすべきか思案しながらそこに立っていた。鏡の中で僕自身が片手を上げたまま指を鉤爪の形に広げて立っているのが見えた。僕はただちに手を下ろし、少しのあいだ鏡とドアのあいだの壁の角に寄りかかって涼しい薄闇を味わい、突然前に歩み出て、ドアノブをがっちりつかみ、ドアを内向けに押して――ドアはあたかも向こう側からも引っぱったかのように驚くほどのすばやさで開いた――それからそっと、薄暗い、ほとんど闇と言っていい暗さの部屋に入っていった。

　入るとすぐそばに右の壁があった。部屋は左に広がっている。目の前は狭い通り道になっていて、片側にマホガニーのベッドの足板《フットボード》、もう一方には右側の壁に面して暗い色の鏡台があった。向かい側の壁には窓が二つあるらしく、重たい暗い色のカーテンが引いてあった。カーテンの下に薄黒い机があって、その上に散らばった紙やノートに混じって、柔らかい人形が二つ、足を前に投げ出し頭を寄せあって座っていた。机の真ん中に大きな黒いタイプライターが構えていて、その前に柔らかい人形が一つ、キーに頭を載せて座っていた。引き出されたデスクチェアの上では大きな薄黒い人形が背もたれに寄りかかって座っていた。机の左側に、背が高くて暗い色の、ガラスに覆われた、足が曲線を描いているキャビネットがあった。棚には小さなこわばった人形が所狭しと並び、それぞれ勝手な方を向いていた。前方につき出たこわばった小さな腕、キラッと光る目、赤いビロードや白いサテンの布地、持ち上げられた剣、高く結い上げた髪に飾られた宝石が見えた。キャビネットの左側、壁の角には両端の自在板を降ろした、真ん中の脚が三本に分かれて外向きにそり返っている小さな高いテーブルがあった。テーブルの左、壁に接して、この薄闇では正体の見きわめようもない小さな品々がひしめく低いマホガニーの本箱があった。本箱、テーブル、ガラスのキャビネットの一部が作り出す隅で、暗い色の椅子がベッドと向きあっていた。背の高い暗い色の頭板《ヘッドボード》が壁に接して本箱の左側に立ち、大きなベッド自体はガラスのキャビネットを越え机の半分を越えてほぼドアまで達していた。青白く、影のように彼女は二つの枕に頭を載せて横たわり、目は閉じて両腕がキルトの上に置かれていた。白い両手がゆったりした黒い絹のような袖から出ていた。顔は心持ち横を向き黒い髪は頰を流れて枕を越えキルトに達していた。ベッドの左側にもうひとつ、一つ目とまったく同じ本箱があったがこっちは本がぎっしり入っていた。本箱の前の床に白い靴下が片方投げ捨てられ、床に落ちた木の人形の上に載っていた。僕のすぐ左、壁に接して高いたんすがあって、彫刻を施した引出しそれぞれに鍵穴が二つ空いていた。たんすの上に柔らかい人形が一つ、だらんと前に体を傾け、両脚を広げ頭を片方の足に押しつけて座っていた。たんすのすぐ手前が僕の立っている戸口だった。残ったもうひとつの壁に接して、低い暗い色の足板と向きあって鏡台があり、鏡になったトレーに、カットグラスの薬壜がいくつか載っていた。詰め物をした長椅子が鏡台の前にあった。並んだ薬壜が、台のうしろの壁に接して立つ、マホガニーの渦巻模様に囲まれた横長の鏡に映っていた。机の一部と暗い色のフットボードの隅も映っていた。「来るかなって思ってたわ」と薄闇の中で言う声が聞こえ、僕がハッと向き直ると彼女がなかば閉じた目で僕を見ていた。「そこに座るといいわ」と彼女は言い足した。そしてぼんやりと、投げやりに左腕を上げ、ベッドの向かいに置かれた暗い色の椅子の方を指した。そしてその腕を、あたかも重すぎるかのようにどさっとキルトに降ろした。手首を囲む黒い袖が、ゆっくりはたはたと落ちていき、静止した。

僕はドアをそっと閉めて、足板と鏡台のあいだを、暗い鏡台の鏡の中を通っていく僕自身を見ながら爪先立ちで歩いていった。左へ曲がって、机の前をゆっくり過ぎていくと、いきなり片足がデスクチェアに引っかかって短い、鋭い、こすれるような音が立った。大きな人形が静かに滑っていき、平たい丸い頭が椅子の背をゆっくり落ちて、ぽっちゃりした白っぽい脚が座部の前面を滑って突然両膝が折れ曲がり、僕はさっと手をのばして柔らかい肩をつかんで人形を椅子に引き戻した。手を離すと頭が横に滑っていったが背の縦板に引っかかって止まった。薄闇のなか、長い黄色い髪の糸、丸い青く塗った目、微笑みをかたどったはずが陰険な悪意を感じさせてしまう曲がった黒い口の線が僕には見えた。ベッドと高いガラス扉のキャビネットとのあいだの狭い通り道を僕はそろそろと進んでいき、キャビネットの中では深紅のドレスを着たほっそりした人形がこわばった無関心な人形たちに埋もれて横たわり、やがて椅子までたどり着くと、その上に小さな、陽気な笑顔を浮かべたラガディアン人形が座っているのが見えた。赤い毛糸の髪が顔を囲むようにして輪を描き、くしゃくしゃの青いワンピースに白いエプロンを着けている。エプロンの下から赤白ストライプのコットンの脚がのびていて、黒いコットンの足先は爪先が外を向いていた。腕はそれぞれ、つながったソーセージみたいに縫いあわされた詰め物入りコットン二つから成っていた。片手はエプロンをした膝に置かれて、もう一方の腕はだらんと下に垂れていた。僕はエリナーをちらっと見て——彼女の目は閉じていて、顔はいくぶん横を向いていた――人形を取り上げてそっと椅子に腰かけた。それは古い椅子で、革張りの座部にひびが入り、背もたれも革張りで、細い木の肱掛けがあって、革の縁に沿って真鍮のボタンが並んでいた。僕は人形を自分の脚の上に降ろしてぼんやりあたりを見回したが、ふと下を見るとラガディアンは腹這いになって苦しそうに横たわり、片腕はねじれ片脚は背中に載っていたので、僕は彼女を取り上げて置き場所を空しく探し、結局自分の膝に、頭が僕の肋骨に寄りかかって両腕がエプロンを着けた膝の上にきちんと載るよう注意深く置いた。それからもう一度エリナーの方をちらっと見ると、ぐっすり眠っているように見えたので、僕は自分のかたわらの本箱に入った品々を吟味しはじめた。どれも何らかの玩具、いままで見たこともない入念な彫刻を施した玩具のように見えた。白い木馬と赤い木馬がいて白鳥形の座席がある高さ七センチくらいのメリーゴーラウンド、銀色の檻の中でふかふかの黒い熊が本物に見える藁の上に立っている緑のサーカスワゴン、帽子を手に持った小さな猿の前に立った怖い顔の手回しオルガン弾き、悲しげなピノッキオを膝に抱いている笑顔のジェペット、長い黄色い髪の美しい女性が座っている三本脚の小さな丸椅子を添えた木の紡ぎ車、黒いケープを羽織り高い黒い帽子をかぶって杖と真四角の箱とコップを置いて黒い布を掛けたテーブルの前に立つ口ひげの手品師。けれども僕の注意を惹いたのは、およそ十センチ四方の、本箱のてっぺんに、紺色の布に木の猿の頭をかぶせて作った指人形と並んで載っている、ラッカーを塗った黒い箱だった。箱の上に、五センチの長さがある綺麗なガラスの鍵が置いてある。それは古風な鍵で、家で使うような鍵よりもむしろ、朽ちかけた城のじめじめした廊下で背の曲がった看守が石の地下牢のギイギイ軋む鉄扉を開けるのに使う重たい鉄の鍵に似ていた。箱の前面、底の近くに、三角形の頂点に円を載せた形の大きな鍵穴が開《あ》いていた。もう一度エリナーをちらっと見てみると、目を閉じて横たわり、お腹の上で両手が軽く上下に動いている。僕はガラスの鍵をそっと手にとった。手のひらに載せてみると鍵は重くて華奢に感じられた。僕は体を静かに横に傾け、静かに、すごく静かに、ガラスの鍵を鍵穴に差し込んだ。そうっと、すごくそうっと、僕は鍵を回しはじめた。カチッと柔らかな音がして、箱の蓋がゆっくり開いていき、メロディが鳴りはじめた。それは悲しい、ガラスのようにチリン、チリンと響く調べだった。幽霊のような、真夜中の、月に照らされた、操り人形《マリオネット》やガラスの動物や悪戯妖精《レプラコーン》がそれに合わせて踊りそうな調べだった。そして箱の蓋がゆっくり開くとともに背丈七センチの青白いバレリーナがゆっくり現われた。艶やかな黒髪はうしろに引っつめられ、高慢に弧を描いた眉の下で黒い目が冷たく見開かれていた。小さな赤い唇はわずかに開いていた。小さな硬い胸が見える紺のレオタードを着て、脚にはぴかぴか光る銀のシューズを履いている。舞台が箱の蓋の高さに達すると、もう一度カチッと音がした。それからバレリーナがゆっくり爪先立ちになり、体をのばすとともに両腕がゆっくり、ややぎくしゃくと両脇から持ち上がって、やがて小さな両の指先が頭のずっと上で触れあった。右脚がうしろでゆっくり上がるとともに腰から上はわずかに前に傾いた。一方の銀のシューズのほっそりした先を軸に、音楽に合わせてバレリーナはゆっくり回転していった。一周し終えるとつかのま静止し、片脚をうしろに投げ出し両腕を頭上に上げたまま体を前に倒していた。それからゆっくりと、うしろに出た脚が降りていって、体がまっすぐ起き上がり、やがて両足で爪先立ちになった。ゆっくり、ややぎくしゃくと腕が両脇に降りてきて、ゆっくりかかとが下がっていき、高慢に弧を描いた眉の下の目は見開かれて遠くを見やり、ゆっくりとバレリーナは下降していった。彼女が下降するとともに蓋が降りてきて、彼女が箱の高さより下まで行くと蓋が上から閉じて音楽がぱたっと唐突に止んだ。すると悲しい気分が僕を襲い、薄闇の中で僕は頭《こうべ》を垂れた。僕はいろんな玩具を想い、サーカスを、冬の観覧車を、赤い木のハンドルが付いた古いオルゴールを想った。来る日も来る日も僕は速く遅く、速く遅くハンドルを回し、あるときはメロディがガラスっぽいにじみと化すほど速く回すかと思えば、あるときは音楽が明るくチリンと鳴る音たちのそれぞれ孤立した断片の中に消えていくほど遅く回した。ある日の午後、一人で自分の部屋にいて母さんも父さんも出かけているとき、箱の側面のダンボールを僕は一枚剝がしてみた。ゴムの硬い黒い出っぱりが針金を叩くのを見ながら僕はゾクゾクしてがっかりし、ゾクゾクしてがっかりし、「どう?」とエリナーが言った。僕はハッと顔を上げた。彼女は眉をわずかにひそめて僕をじっと見ていた。「どう、気に入ったの?」と彼女はややきつい口調で言った。「あ、あの」と僕は言った。「ごめん、起こしちゃったかな、そんなつもりじゃ、でもこれすごく、こんなの一度も……もちろん僕、すごく疲れてるよ。それにすごく不思議な気分だよ、ここに座って、こんなにたくさん人形がいて、はじめラガディを腹這いに寝かせたんだけど何だか体がねじれてるみたいで、それから黒い箱とガラスの鍵が見えて、それで勝手に、ごめんねもし、君のお母さんが……」「ああ、何言ってるのよ、頭が痛くなってくるわ、この人何言ってるのラガディ、一言もわかんないわ……でもおもちゃが好きなんだったら、もっとずっといいのがあるのよ」。そして少し体を起こしながら彼女はぼんやりと、投げやりに、玩具の並んだ本箱の方を示しながら「そこの一番下の段の、その緑の箱」と言った。見れば一番下の棚に、大きなチェスボックスくらいの、銀の星がいくつか上に付いた艶やかな緑色の箱があった。僕はそれをそっと取り上げて、いまやベッドの上でなかば体を起こしているエリナーに渡した。長い人差指で彼女は箱の蓋を横に滑らせ、背丈十五センチの男を取り出した。男はぴかぴかの、紺色の、パジャマのような、そこらじゅうに銀のスパンコールが付いた衣裳を着ていた。顔はピエロみたいに白く、両の頰に丸い青の点があった。小さな青い生真面目な口に、鼻は青い三角形だった。青い髪の小さな房が、白い頭の真ん中から飛び出していた。小さな黒い目にはごく小さな黒い睫毛に縁取られた小さな瞼があって、わずかな動きがあるだけで瞼が揺れた。箱の中には、エンドウマメより大きいけれどビー玉よりは小さい透明のガラス玉が四つ入っていて、色は赤、黄、青、緑だった。「で」とエリナーはぼんやりあたりを見回しながら言った。「そこの、そっちのテーブルを持ってきてくれたら……」僕はすぐに立ち上がりラガディを小脇に抱え、革張り椅子を脇へどけて、両側の自在板を降ろした小さな高いテーブルを持ってきてベッドの横に据えた。テーブルの真ん中の脚は三本に分かれ、それぞれ外向きにそり返って、先っぽに真鍮の鉤爪が付いていた。疲れたようなしぐさで、エリナーは自在板を上げるよう僕に指示した。そうして僕はラガディを膝の上に載せて椅子に腰かけ、エリナーが男を慎重にテーブルの真ん中に置くのを見守った。男はわずかに脚を広げ、僕と向きあって立っていた。両肱はぴったり脇腹に押しつけられ、肱から先はまっすぐ前に伸びて、白い、真ん中を凹ませた両手が手のひらを上にして差し出されていた。小さな黒い目は思いつめたような表情を白い顔に与え、それが道化めいた服装と釣りあっていないように思えた。背中からは長さ一センチあまりの白いレバーがつき出ていた。エリナーは身を乗り出して、男の右手に赤いガラス玉を置いた。それから左手に黄色いガラス玉を置いた。そして背中に手をのばし、レバーを押し下げた。ぶーんという微かなうなりが聞こえた。男の頭が左を向き、瞼を動かして男は自分の左手をまっすぐ見据えた。それから頭が右を向き、瞼を動かして男は自分の右手をまっすぐ見据えた。一瞬、あたかも男が思案に暮れているかのように間が空いた。突然男は右手をがくんと上げ、赤いガラス玉を宙に投げ上げた。そしてすぐさま左手をがくんと右側へ持っていき、右の手のひらに黄色いガラス玉を載せた。そして黄色いガラス玉を宙に投げ上げ、と同時に落ちてくる赤いガラス玉を受けとめようと左手をがくんと元の位置に戻した。男は落ちてくる赤いガラス玉を受けとめ、左手をがくんと右側に持っていき右の手のひらに赤いガラス玉を載せ、それを宙に投げ上げると同時に落ちてくる黄色いガラス玉を受けとめようと左手をがくんと元に戻した。そして落ちてくる黄色いガラス玉を受けとめ左手をがくんと右側へ持っていき、右の手のひらに黄色いガラス玉を載せ、それを宙に投げ上げると同時に落ちてくる赤いガラス玉を受けとめようと左手をがくんと元に戻し、このようにしてつねに一つの玉を宙に浮かせていた。けれど一番すごかったのは男の頭と目の動きだった。それぞれの玉が左手に落ちてきた瞬間からがくんと持ち上がる右手を離れて宙に上がる瞬間まで、男はその動きを一心不乱に追い、投げ上げられた玉をちらっと見てからただちにその落ちてくる玉を受けとめようとしている手に目を戻す——何もかもが驚くほど人間そっくりで、しかも瞼の動きや漆黒の目の思いつめたような表情がそうした効果をさらに高めていた。けれどその人間そっくりの様子は、機械的な要素を隠すどころか、逆にそれをいっそう強調していた。まるで、人工的であることを克服しようとする努力それ自体が、目のガラスっぽさや、両腕のぎくしゃくした動きや、頰の白い木材に注意を喚起しているように思えた。だから、それを見る者の愉しみが、一連の動きが人間そっくりに見えるさまを味わうことにあるのか、それとも見る者をあざむこうとする仕掛けそのものを見きわめることにあるのか、何とも判断がつきかねた。「うーん」と僕はささやいた。「こんなの初めて——」「しーっ」とエリナーが言った。彼女はテーブルの方に身を乗り出して一心に見つめ、親指と人差指で青いガラス玉をつまんでいる。見つめながら手を少しずつ、白い顔の玉投げ師の、がくんと動く上を向いた手のひらの方に近づけていき、青いガラス玉をその手のすぐ横まで持っていった。玉投げ師が赤いガラス玉を宙に投げ上げると、彼女は突然彼の右の手のひらに青いガラス玉を載せ、彼はそれをすぐさま宙に投げ上げた。青いガラス玉を宙に投げ上げると同時に彼は左の手のひらで落ちてくる黄色いガラス玉を受けとめた。そしてただちに左手をがくんと右側へ持っていき、右の手のひらに黄色いガラス玉を載せた。その黄色いガラス玉を宙に投げ上げ、落ちてくる赤いガラス玉を受けとめようとがくんと元に戻った。落ちてくる赤いガラス玉を受けとめると、左手をがくんと右側へ持っていき、右の手のひらに赤いガラス玉を載せ、それを宙に投げ上げるとともに、落ちてくる青いガラス玉を受けとめようとがくんと元に戻った。落ちてくる青いガラス玉を受けとめて左手をがくんと右側へ持っていき、右の手のひらに青いガラス玉を載せ、それを宙に投げ上げるとともに、落ちてくる黄色いガラス玉を受けとめようとがくんと元に戻った。落ちてくる黄色いガラス玉を受けとめて左手をがくんと右側に持っていき、右の手のひらに黄色いガラス玉を載せ、それを宙に投げ上げるとともに、落ちてくる赤いガラス玉を受けとめようとがくんと元に戻り、落ちてくる赤いガラス玉を受けとめると左手をがくんと右側に持っていき、右の手のひらに赤いガラス玉を載せ、それを宙に投げ上げるとともに、落ちてくる青いガラス玉を受けとめようとがくんと戻り――そうやって赤、青、黄のガラス玉を彼は投げ上げ、赤、青、黄の輪を描くそれら玉の動きを白い張りつめた顔で迅速に追った。その白い張りつめた顔、迅速で精緻な動き、瞼が震える下の漆黒の目を見ていると、容赦なく落ちてくる赤、青、黄のガラス玉のプレッシャーが彼を圧迫しているように僕には思えた。明るい白い頬に浮かぶ暗い青の点は、熱っぽい白さから狂おしく噴出する青いほとばしりのように思えた。けれどエリナーがふたたびテーブルの方に身を乗り出し、指で緑のガラス玉をつまんだので、落着かぬ思いに僕は襲われて、「え、それって」と僕はささやいたが「しーっ」とエリナーはささやき、がくんと動く上を向いた手のひらの方に少しずつ彼女は近づいていき、突然その手のひらに緑のガラス玉を落とすと、彼はそれをすぐさま宙に投げ上げた。そして緑のガラス玉を宙に投げ上げるとともに落ちてくる黄色いガラス玉を左の手のひらで受けとめた。そしてすぐさま左手をがくんと動かし、右の手のひらに黄色いガラス玉を載せ、それを宙に投げ上げるとともに、落ちてくる赤いガラス玉を受けとめようとがくんと戻り、落ちてくる赤いガラス玉を受けとめると左手をがくんと右側に持っていき、右の手のひらに赤いガラス玉を載せ、それを宙に投げ上げるとともに、落ちてくる青いガラス玉を受けとめようとがくんと戻り、落ちてくる青いガラス玉をかろうじて受けとめると玉は手のひらでカタカタ鳴って、彼は左手をがくんと右側に持っていき、右の手のひらに青いガラス玉を載せ、それを宙に投げ上げるとともに、落ちてくる緑のガラス玉を受けとめようとがくんと戻ったが戻りは一瞬《いっしゅん》間に合わず緑のガラス玉は手のへりに当たってかちんと鳴り、テーブルに落ちると鋭いガラスっぽい音を立て、短く鋭く何度か跳ねてテーブルの縁の方へ弾んでいくなか、彼の何もない左手はがくんと右に動いたが、何もない右手に何も載せはせず、落ちてくる黄色いガラス玉を受けとめようと彼ががくんと戻るとともに右の手のひらは宙に投げ上げるしぐさをしたが何も投げられはせず、戻りは全然間に合わず黄色いガラス玉はテーブルの上に落ちて鋭く跳ねていきそれとともに緑のガラス玉は床を騒々しく跳ねていって何もない左手はがくんと元に戻り、何もない右の手のひらに何も載せはせず、右の手のひらは投げ上げるしぐさをしたが何も投げられはせず、赤いガラス玉と青いガラス玉が冷凍のエンドウ豆がこぼれる音を立ててテーブルに落ちるとともに左手は何もない虚空の下でがくんと戻り、今度は黄色いガラス玉が床に落下していって騒々しく転がっていくとともに赤いガラス玉と青いガラス玉がテーブルの上をカタカタ跳ねていって何もない右手は宙に投げ上げるしぐさをしたが何も投げられはせず白い必死の形相の顔は何もない両手と見えないガラス玉たちの動きを一心に追い、僕は目をそむけたくてたまらなかったが魅入られたようにがくんと動く両腕、何もない手のひら、瞼が震える下の漆黒の目を見つめ——「見苦しいわねえ！」とエリナーが叫び、曲芸師の腹をわしづかみにして、赤いガラス玉と青いガラス玉が床に落下してカタカタと転がっていくとともに彼を艶やかな緑の箱に押し込み、上から蓋をした。遠くの方でガラス玉が一個、鋭い音を立てて床を跳ねていった。そして何かの表面にぶつかって騒々しく転がっていき、また別の表面にぶつかって静かに転がっていって突然止まった。張りつめた静寂の中で、微かにぶーんというなりと、ゴツン、ゴツンとこもった音が聞こえた。エリナーは上掛けの下にもぐり込み、キルトを首まで引き上げた。そしていまにも非難の言葉を発しようとするかのように暗い、苛立たしげな表情で僕をじっと見たが、結局何も言わず、僕は何か悪いことでもしたみたいに彼女の視線を避け、疲れた思いで身を乗り出し、テーブルに両の前腕を下ろして、交叉させた両手の甲に頬を載せた。けれどもラガディが落ちていくのを感じてほとんど間を置かずにまた身を起こし、彼女を僕の脚の上に戻してから、うしろに寄りかかってなかば目を閉じた。「で？」エリナーはきつい口調で言った。「ぼさっと座ってないでよ。何か言いなさいよ」。「うん」と僕は彼女の凝視を避けながら言った。「何か言う、うん、でもそれって結構難しいよ、だいいち僕、すごく疲れた気分でさ、頭の中の考えがみんなすごく重くて、考えたちが横になって眠りたがるんだけど、眠れないんだよ、だからみんな何度も寝返り打って、それでますます疲れるんだ。それにすごく不思議な感じだよ、こうやってここにいて、もちろんこんなのいままで見たことないしね、バレリーナも顔負けだよね、玉を一個一個目で追うところなんかさ、自分が何やってるのかちゃんと意識してるみたいだよね、もちろんただの機械仕掛けのおもちゃなのにね。でもほんとに生きてるみたいに見えたよね、目とかさ、何もかもを追っていく感じが、それで最後は見ててぞっとしたよね、目をそらしたかったんだけど、そらせなくて、君が『見苦しいわねえ！』って言って、うん、言ってることわかるよ、でも僕には見苦しくはなかったな、僕には気まずかったよ。うん、そういう言い方って変に聞こえるのはわかってるけど、僕ほんとに気まずかったんだよ、顔が赤くなりそうだったもの、どういう感じだったかって言うとさ、サーカスの隅っこでやってるナイフ投げ師みたいだったよ。僕いつもサーカスに行くと、隅っこでやってるナイフ投げ師が楽しみだったんだ、ライオン使いや空中ブランコ乗りなんかよりずっとすごかったよ、ライオン使いって言ったって鞭に頼るわけだし、空中ブランコには緑のネットがあるんだからね、下に張ってあるのが見えたよ、あれって落ちたらすごく面白いだろうなって思ったよ、目を閉じて、力をすっかり抜いて……でもそれは違うな、うん、それは違う。だって僕、心の底ではネットも鞭もライオンも空中ブランコも信じてなかったんだもの、なぜってライオンも空中ブランコも、ライオンも空中ブランコも、ええとライオンも空中ブランコもほんとに不思議で魔法みたいでさ、ほんとに不思議だったからあれって存在しなかったんだよ。だけどナイフは、ナイフは本物だった。だからナイフ投げ師は楽しみだったんだ、けどライオン使いや空中ブランコみたいにはどうしても楽しめなかったんだよね、ライオンも空中ブランコもほんとに不思議だったからあれって存在しなかったんだよ。それに僕いつも怖かったしね、といっても女の人に刺さっちゃうんじゃないかと思ったっていうんじゃないよ、あの車輪に縛りつけられた女の人、あの人に刺さるなんて考えられないよ、最初の一本投げたらもう女の人のことなんか忘れちゃったよ、だけどね、僕はいつもさ、ナイフ投げ師がしくじるんじゃないかって怖かったんだよ、ナイフを投げたら木に刺さらずに壇の床に落ちてゴトンって嫌ーな音がするんじゃないかって怖かったんだ、もうその音を想像するだけで顔が赤くなってきてさ、目をそむけたくてたまらなかったんだけど、絶対そむけなかった。実際には絶対失敗しなかったんだけど、僕はどうしても楽しめなかったよ、終わるといつもホッとしたな。もちろん心の奥ではひそかに失敗を待ってたんだよね、失敗を待ち焦がれてたんだ、だから、終わるといつも、何となくがっかりしたな。だからそこの玉投げ師がさ、あの玉投げ師が、ってもちろんただのおもちゃだけど、あの玉投げ師が失敗したときは僕すごく気まずかったんだよ、目をそらしたくてたまらなかったよ、だけど心の奥でひそかに失敗を楽しんでもいたんだ、はじめからずっと待ってたんだ。うーん、どう言ったらいいかわからないな、自分でも何言ってるのかわかんないよ、とにかくすごく疲れてるし、それにさ、何もかもすごく不思議だよ、ここにこうして、こんなふうだなんて想像もしてなかったよ。いや、想像してたけど、思ってたのは……それとね、雪の中を歩いてきて、兵士たちとか、ガラスの目をした猫とか……何か全然上手く言えてないよね、ひどいよね、でも僕ほんとに疲れてるんだ、それに、これって変に聞こえるかもしれないけど、僕、自分がまるっきり馬鹿みたいにみっともなくてもべつに構わないんだ、いや、そりゃ構うよ、構うさ、絶対自分を許せないよ、でも同時に、全然構わないって気持ちもあってさ、何て言うかまるで、まるで、それとね……ほんとに全然伝えられないんだよね、これがどれくらい不思議な感じか、こうやってここで、人形とか、暗闇とか、ラガディとか、やあラガディ。それに君もわかるだろ、疲れてるとさ、いろんなことが頭の中に入ってきてさ、何から何まで全部言っちゃうんだ、いや違うな、全部ってことはないよね……もちろん僕、少し緊張してるよ、それは理解してもらえるよね、何てったってここに来て、だいたいどうやってここに来たかもわかんないよ、きっとそこの棚の緑の箱から出てきたんじゃないかな、あと何秒かしたら君が『見苦しいわねえ！』って言って僕をひっつかんで箱に戻して蓋を横に滑らせて閉めて、それでいいんだよ。僕、喋るのやめられないみたいなんだ、何でなんだろう、やめなくちゃってわかってるのにべらべらべらべら止まらないんだよ。はじめは思ったんだ、無理だ、行けない、行けるわけない、ありえないって、でもそれから思ったんだ、でもひょっとしてもしって、それで、雪で、歩いて、人形で、暗闇で、不思議な感じだよ、熱があるみたい、いや、ただ疲れてるだけだよ、ほんとにすごく疲れてるからここで目を閉じて永遠に眠れちゃうよ、それでね、君のこと初めて見たとき、なんかすごく、なんかすごく、もちろんほんとに熱なんかないよ、熱はないよ、ふりしてるだけ、いや、ふりしてるってのとも違うな、単に気を張ってないってことだね、ちゃんと気合い入れたらもっとずっときちんと喋れるんだよ、でも何だか、何だかまるで、それでね、ドイツ語の授業で君のこと見たとき、もちろん何でドイツ語なんて取る奴がいるんだろうって思ったよ、だけど僕もドイツ語取ってたんだよね、何でだかわかんない、不思議だよ、たとえばschön《シェーン》ていう単語とかさ、その響きとか、schön, schön, du bist so schön（あなたはとても美しい）、すごく不思議な気分だよ、熱っぽい、人形、暗闇、それでね、ここに来たら君のお母さんが「どうぞお入りになって」って言ってくれたから入ったんだ。それで君がそこに、そうやって女王様みたいに、人形たちの女王様みたいに横になってて、こんなにたくさんの人形見たことないよ。とても伝えられないよ、どんなに不思議な感じか、ここにこうして、人形とか一杯いて、暗闇で、だけどね、全然不思議な感じじゃないんだ、何だかまるで、何だか、それでね……でもこれって最悪だよ！」と僕は叫んで、いきなりパッと立ち上がって、そのせいでラガディが床にふわっと落ちた。「馬鹿みたいに喋りまくって、どうも失礼、もう帰るよ」。するとひどく疲れた気分に僕は襲われ、片手で目をさすりながら、帰ろうとして回れ右しかけた。薄闇の中で僕に向かって眉をひそめたエリナーが言った――「何子供みたいなこと言ってんのよ、まだ帰れるわけないでしょ。来たばっかりじゃないの。だいいちあなた、子供博物館だってまだ見てないんだし。さあ座って、座って、座って……」「子供博物館」と僕はもごもご言いながら、うしろから引っぱられたみたいにどさっと座り込んだ。床の上にラガディが腹這いになって片脚をつき出し転がっているのが見えたので、僕はかがみ込んで彼女を拾い上げ、疲れた思いでうしろに寄りかかった。遠くの方でエリナーが「るかなって思っ」と言うのが聞こえて「うん」と自分が言うのが聞こえた。「うん、それでいいよ。僕ね、このごろよく眠れないんだ」。いきなり袖がぐいっと引っぱられるのを感じて目を開けてみると前は真っ暗闇だった。それから僕はエリナーをめぐる長い、悲しい夢を見たことを思い出し、雪の中で歩いた道、鉄の兵士たち、ガラスの目をした猫、黒いオルゴール、白い顔の曲芸師を思い出したが、すでにそれも薄れかけていて、いま何時だろうと、索漠とした思いでベッドから起き上がろうと体に力を入れた。僕の手の下には椅子の木の肱掛けの感触があった。「眠らないでよ」とエリナーがきつい口調で言い、僕がハッと体を起こすと彼女が眉をひそめてベッドから僕の方に身を乗り出しているのが見えた。

「でもこれって最悪だよ！」と僕は叫び、愕然としてあたりを見回した。「もうきっと真夜中だよ、僕の母さんカンカンに怒ってるよ、いま何時」そして僕は立ち上がろうと動きかけたがエリナーが「真夜中なんかじゃないわよ、五時十五分前よ。うちの母さんが車で送ってくわよ、当然」と言った。そして彼女は手をのばしてパチンと薄暗い黄色いベッドライトを点けた。「あ、そうなんだ」と僕は言って座り直した。「五時十五分前なんだ、僕てっきり……すごく不思議な感じだった、一瞬てっきり……でもほんとにまだ五時十五分前なの？」「ああもう、いちいちうるさいわねえ！」と彼女は叫び、僕に投げつけようとするみたいに上掛けをはねのけ、両脚をベッドの向こう側に投げ出すと薄い青のナイトガウンが一瞬ちらっと見えた。艶やかな黒いローブの、房飾りの付いたベルトを腰で縛りながら、彼女はベッドの横を進んでいき、左に曲がって、衣擦れの音を立て鏡に映った自分の姿をちらっと見ながら足板と鏡台のあいだを抜けていった。そして鏡台の向こう側の、いままで僕が気づいていなかったほの暗いドアの前に出た。そのドアを開けるとともに彼女は眉をひそめて僕の方に向き直り、「で、来るの？」と言った。「うん、行く」と僕はもごもご言って、重たい体を引っぱって立ち上がり、さっとかがみ込んで墜落寸前のラガディをキャッチした。ラガディを椅子の上にしっかり座らせ膝の上できちんと両手を組ませると、ハンガー同士がこすれる音、服がさらさら擦れあう音、ギイッという軋みが聞こえた。ほの暗いベッドライトを頼りに僕はベッドの横を進み、人形たちの入っているキャビネットと大きな机を過ぎて、クローゼットのドアが暗く開いたところへ向かった。「エリナー」と僕はささやいて、目をすぼめて服が暗く並んだ方を見てみたが答えはなかった。クローゼットに一歩踏み込んで、「エリナー」とささやいた。息がだんだん速くなっていき、僕は柔らかな黒い服たちの中へ分け入って、香水と生地の微かな匂いを吸い込み、自分の手が艶やかなローブにくるまれた彼女の腕に触れたとたんびくっと凍りついたがそれは木のハンガーにかかった衣服にすぎず、向こう側まで押し進んで黒い壁の前に出た。「エリナー」と僕はささやいた。「エリナー」、そして疲れた思いで僕は床に並んだ靴のあいだに横たわって目を閉じたいと焦がれた。疲れた思いで僕はしばし、衣服たちの堅固な、けれど押すとわずかに引っ込む列に寄りかかり、そうっとうしろに身を落着けてなかば目を閉じながら黒い柔らかさが支えてくれるのを感じ、それから、自分がうしろに落ちていくように思え、何とか足を床につけていようとあがき、身を起こそうと服を押したが、服に囲まれて無力にあがくばかりで、直立するでもなく倒れるでもなく、一瞬、倒れていく営みのなかに衣服の柔らかい堅固さによって閉じ込められたが、やっとのことでどうにかまっすぐに立ち直り、奥の壁の方に向かって軽く体を前に投げた。何か冷たい物に触れて、炎にでも触れたみたいにさっと手を引っ込めた。僕は用心深く前に手をのばしてみた。指が何か滑らかな金属の突起に触れた。突然何もかもが明らかになって、把手を回しながら僕は軋むドアを押して開けた。

そこは暗い、光のちらつく部屋で、床に置いた蠟燭立てに刺した一本だけの蠟燭にほの暗く照らされていた。部屋の真ん中には大きな、破風《はふ》造りの人形の家が左向きに置いてあった。エリナーはその前に両脚を下にたくし込んで座り、上向きにした右の手のひらを膝に載せていた。人形の家の屋根は彼女の頭より高かった。彼女の右の腿のかたわらに蠟燭立てに刺した蠟燭があり、奥の壁で彼女の巨大な影が、蠟燭の炎が上下するのに合わせて上下に揺れていた。部屋はこもった黴臭い匂いがして、左の壁には長くて厚いカーテンが床まで垂れているのが見えた。と、左の壁と奥の壁が交叉する一角に高さ六十センチばかりの小さなロッキンチェアがあることに僕は気がついた。その上に大きな人形が座っていて、編み物の球を膝に載せ、編み棒が二本、肩の上まで上がっていた。その前の床にもっと小さな人形が座って、片方の肱をぎこちなく持ち上げて髪を梳かしていた。ロッキンチェアの右側、奥の壁に面して小さなテーブルと椅子二脚があった。人形が二人、ぎこちなく座っている。人形それぞれの前に小さなソーサーに載った小さなティーカップがあり、注ぎ口のつき出たティーポットがテーブルの真ん中にあった。テーブルの右側、壁の真ん中に、六十センチくらいの高さのドアがあって、ドアの右側に高さ三十センチくらいの暗い色の本箱があって、三段の棚にミニチュアの本がぎっしり詰まっていた。本箱の上に、帆を張った小さな船の模型があった。船の上の壁に、小さな、蠟燭の火を反射しているガラスに覆われた絵が、上向きに打たれ長い影を投げている釘から下がっていた。本箱の前に人形が一人、開いた本の上にかがみ込んで座っていた。右側の隅で、黒髪の人形がベッドに横たわり、こわばった両腕を上掛けの上に載せていた。人形の家のうしろ、もっと暗い部分に、高さ六十センチくらいのたんすがぼんやり見えた。そして部屋中のほの暗い、あるいは真っ暗なところで、木の人形たち、布の人形たちが遊んでいる姿勢で凍りついていた。ある人形はミニチュアのトランプを広げてソリテアに没頭し、もう一人の人形は腹這いになって寝そべり両手で頬杖をついて片足を膝のところで曲げちっぽけな黒犬をじっと見つめ、二人の人形が両脚を広げて向かいあわせに座り、体を前に傾け、あたりにちらばったジャックス（古いボール遊びに使う六突起の金属体）と小さな赤いボール一個を見下ろしていた。そして部屋中、どの壁際でも、ボタンの目をした布の人形やガラスの目をした木の人形が壁に寄りかかってじっと前を見ていた。「子供博物館へようこそ」とエリナーが、ぼんやり手を振りながら言った。「ここにご覧に入れますのは」、けれど彼女の声は薄らいでいって、腕も下がって、彼女は口をつぐんでうつろな表情で前を見た。しばし僕のことを忘れたかのようにそのままでいたが、やがて突然僕の方に向き直り、眉をひそめて「で？　そこに一日じゅう立ってるつもり？」と言った。僕はすぐさま前に出て、彼女の横に、蠟燭をあいだにはさんで座り込み、大きな、窓のたくさんある、大邸宅のような人形の家の、光のちらつく前面《ファサード》を見渡した。「で？」とエリナーが言った。「中を見ないの？」。そして蠟燭を持ち上げて――影が部屋中を飛びかう――僕に渡し、二階の窓のあたりを身振りで指した。僕は蠟燭を窓まで持っていって、身を乗り出し、中を覗いた。

上下に跳びはねる、暗くなったり明るくなったりをくり返す光のなか、見ればそこは埃の積もった暗い寝室だった。埃に覆われた床には埃の玉がいくつも転がり、分厚い蜘蛛の巣が壁や天井の隅にへばりついていた。とりわけ大きい、埃をかぶった巣がひとつ、一方の壁のてっぺんから中空まで垂れ、そこで別の巣とつながって、こちらは違う平面を成して反対側の壁のてっぺんから床までのびていた。左側の壁に接して、埃をかぶった高さ五センチのマホガニーのたんすが置かれていた。四つの引出しそれぞれにちっぽけな真鍮の把手が二つずつ付いていて、ひとつの引出しは少し開いていて、埃をかぶった白いナイトガウンと埃をかぶった黒い手袋の片方が見えた。たんすの上に、何も刺さっていない、高さ一センチちょっとの真鍮の蠟燭立てが転がっていた。たんすの上を覆う厚い埃のなか、一箇所だけ埃のない部分があってマホガニーの表面の輪が見え、たんすのかたわらの床に、小さな丸い蠟燭が埃になかば埋もれていた。ちっぽけな白い灯心が見えた。たんすの右側の隅に、高さ十センチくらいのグランドファーザークロックが立っていた。蜘蛛の巣をまとった針は十二時二十五分で止まっていた。時計の右側、奥の壁に接して、後部にちっぽけな仕切り棚が何段も並ぶ古風な書き物机があった。仕切り棚から小さな封筒がいくつか顔を出していて、埃をかぶった机の表面には、茶色に変色したためくれ上がった紙のかたわら、長さ一センチの白い鵞ペンがちっぽけな黒インクの壜と並んで横たわっていた。机の前にある高さ五センチの木の椅子はわずかに引き出され、椅子の背に、物憂げに畳まれた、レース飾りのついた、黄ばんだ白の朽ちかけたガウンが掛かっていて、裾は床の埃に埋もれていた。ガウンの足下にちっぽけなハイヒールの靴が片方、黒い巨大な、緑に光る、硬く折れ曲がった脚を宙に上げ仰向けに倒れている蠅と並んで転がっていた。たんすの反対側、右の壁に接して、四柱付きベッドがあった。縦溝の入った高さ十センチのマホガニーの柱のてっぺんに、小さなマホガニーのパイナップルが載っている。こわばった深紅のカーテンが、変色した真鍮の輪からぶら下がり、一方の端に引き寄せられていた。深紅の上掛けの下に青白い、黄色い髪の、埃に覆われた女の人が仰向けに横たわり、ほっそりした両腕をぎこちなく上掛けの上に載せていた。埃の下で女の人の目は閉じられ、微かに笑みを浮かべている唇はルビーの赤だった。編み物のように華奢な蜘蛛の巣が、女の人の両腕のあいだの菱形の空間に広がっていた。ベッドの右側に開きかけのドアがあって、ドアの右に小さな円形のテーブルがあった。テーブルの上に小さなガラスのオイルランプが載っていた。オイルランプの上に掛かった、縦二センチあまりの楕円形の肖像画には、白いドレスを着てラベンダーの花束を抱えている女の子が描かれていた。肖像画のかたわら、大きな華奢な車輪のようにメクラグモが壁にへばりついている。と、マホガニーのたんすの側面、グランドファーザークロックに沿って、四柱ベッドの埃をかぶった深紅の天蓋《キャノピー》の上を、小さな白い蜘蛛たちが蠢《うごめ》いていることに僕は気がついた。小さな白い蜘蛛たちが、埃をかぶった白いナイトガウンや埃をかぶった黒い手袋の片方の上を蠢き、小さな白い蜘蛛たちが朽ちかけたガウンのレースの襞《ひだ》の中で蠢き、小さな白い蜘蛛たちが深紅のカーテンの上で、深紅の上掛けの上で、流れる黄色い髪の上で蠢いている。開きかけのドアの向こうに蜘蛛の巣に覆われた廊下が見え、影になった階段の一部が見えて、「もう行かなきゃ駄目よ」とエリナーが言った。ハッとふり返ると僕のすぐそばで巨大な者が膝をついているのが見えて僕はギョッとした。睫毛は蠟燭くらい長く、椅子よりも大きい巨大な握りこぶしが女巨人の膝に載っていて、重苦しく迫る胸が部屋一杯に広がり、彼女が息をするたびに壁が外へ圧迫され、僕は動けず、息もできず、やがて蠟燭が動いてエリナーが僕のすぐそばで膝をついて両手を膝に載せ夢見るような目で人形の部屋に見入っているのが見えた。「エリナー！」と僕はささやいたが彼女は動かなかった。「エリナー！」と僕はささやき、彼女は夢見るような目で僕の方に向き直り、その暗い、憂いに沈んだまなざしを僕に向けた。そのまなざしに縛られて僕は動くことができず、上下に跳びはねる炎の暗くなったり明るくなったりをくり返す光の中で僕はその大きな、刺すように黒い瞳孔に見入り、きらきら光るマホガニー色の虹彩に、そして、潤んだピンク色の涙管がのびて繊細な赤い切れ目が入った微かにきらめく潤んだ白目に見入った。そうやって見入っていると自分が黒い悲しみの中に溶けていくのを僕は感じ、ますます暗くなっていく水の中をますます深く落ちていく石に自分がなったような気が、ゆっくり沈む石のように自分が重たく無力になったような気がして、僕はゆっくりと彼女の方にかがみ込んだが最後の瞬間に彼女は顔をそらし僕の唇は彼女の温かい頬をかすめた。彼女はすぐさま立ち上がり、その影が背後で跳ねて、僕が顔を上げると彼女が怒りの、あるいは悲しみの表情で僕を見下ろしているのが見えた。「もう行かなきゃ駄目よ」と彼女は言った。「あたし、すごく疲れたの。蠟燭取ってちょうだい。出口まで案内するわ」。疲れた思いで僕は立ち上がり、彼女のあとについて人形の家の向こう側に回り込んだ。ドアが開いて、閉じた。気がつけば僕は暗い廊下に一人で立っていた。僕は倒れてしまいたかった、顔を闇に押しつけたかった、けれど疲れた思いで僕はそばの、居間から届くほの暗いランプの光にゆらめく踊り場に向かって歩いていき、歩きながら、背後の傾いた鏡の中で自分が重い足どりで坂をのぼって行く姿を思い描いた。廊下のつき当たりまで来て二段だけの階段を下り、踊り場で向き直るとミセス・シューマンが階段の下で僕に背を向け頭を柱に寄りかからせて座っていた。「ミセス・シューマン」と僕は呟いたが彼女は動かなかった。疲れた思いで僕は降りていったが彼女は動かず、彼女のうしろの階段まで来ると僕はかがみ込み「ミセス・シューマン」と呟いたが彼女は動かず、僕はすぐ上の段に彼女と向かいあわせに座り込んで疲れた思いで頭を壁に寄りかからせてなかば目を閉じた。やがて彼女の頭が眠たげに持ち上がり、彼女は僕の方を向いて「あら、そこにいらしたの、私きっと……」と呟いた。そして暗い、憂いに沈んだまなざしを僕に向けて「可哀想に。さぞ疲れているのね」と言った。「はい、僕あの、このごろあまり眠れないんです」と僕は呟いた。「急がないとね」と彼女は呟いた。「急ぐ」と僕は呟いた。「あら、でも急がないと」と彼女は言って、手をのばして階段の柱をつかんだ。「急がないと」と誰かの大きな声が言って、僕がハッと目を開けるとミセス・シューマンが階段の柱の上にそびえ立ち、僕の暗い色の冬物コートを開いて差し出してくれていた。

48

雪の降る闇の中をミセス・シューマンが車で送ってくれて、その晩の夕食後まもなく僕は寝床に入って深い眠りに落ちていった。翌朝、まだ疲れを感じたまま目を覚まし、学校での長い一日ずっと窓の外の暗い灰色の空の下にどんより積もった雪の吹き寄せを眺めていた。陽もあたらず荒涼として光りもしない雪は、明るい青空の下の明るい白い雪よりもっと寒くもっと危険に思え、蛍光灯の青白い透明な像、茶色い壁の断片上の青い地図の断片、僕自身のなかば溶解した顔を通して見える陽もあたらず荒涼として光りもしない雪を眺めながら、ブーツの黒い足跡が雪の表面下に沈んでいくさまを僕は思い浮かべ、それらの足跡がふらふら揺れる線を形成しつつとぼとぼ彼方に進んでいくさまを思い浮かべ、左の足跡はやや左を向き、右の足跡はやや右を向き、それらが黒い鉄橋の下を抜け、革砥《ストラップ》で剃刀を研ぐ床屋の前を過ぎ、両腕を上げている木製の男の前を過ぎ、鉄の兵士たちを越えて、ますます暗くなっていく空の下、陽もあたらず荒涼として光りもしない雪の中を前へ前へと進んでいくさまを僕は思い描き、やがてふっと下を向いて暖かい茶色い自習室の心和む蛍光灯の下で教科書に戻るのだった。その日の放課後、僕はバスに乗って家に帰った。自分で鍵を開けて中に入るとすぐ廊下に行って、温度調節器のギザギザの付いたつまみを人差指で、ボイラーがボッと柔らかな音を立てるまで回した。それから自分の部屋に行って、制服から着替え、ブラインドを閉じて、蛍光灯の二つあるデスクランプのボタンを押して、ランプのほのめきが緑の吸取り紙を照らしている机に座り、張りきって勉強に取りかかった。僕の勉強は大幅に遅れてしまっていた。テストはもうじきだし、歴史のレポートの締切も迫っている。強い喜びの念とともに僕は開いたノートの硬い銀色のリングを外し、青い罫の、左側に細い赤線が縦に入った真新しい明るい白い紙を一枚抜きとった。それから硬い銀色のリングをそっと押すと、パチン、といきなり閉じたあごのようにリングはひとつの輪に戻り、僕はノートを脇へやって、抜きとった紙を柔らかな緑の吸取り紙と斜めの角度を成すように置いた。強い喜びの念とともに艶やかな紺の万年筆のキャップを外し、尻軸にはめて押し込むとキャップはキュッと大きな音を立てて収まった。銀色のペン先につながった黒い握りを、盛り上がった部分を人差指が押すようにして持ち、裏側が微かに光り硬くて黒く昆虫の腹を思わせるペン先を僕は押しつけて、濡れて微かに光るブルーブラックの文字がペン先から現われるのを眺めた。玄関先で母さんの車のタイヤがザクッ、バリッと音を立てるのが聞こえると、僕は台所のドアの前で母さんを出迎えようと下に降りていった。食料品の入った茶色い袋を母さんの両腕から受けとって、一つひとつ丁寧にしまう。赤と緑のリンゴは水で洗い、マーガリンは一本を冷蔵庫のバターケースに入れて残り三本は本体の棚に置き、丸々とした茶色い卵は扉の青い卵入れに並べた。それからまた、暗くなっていく部屋でだんだん濃くなっていく白い光を発しているデスクランプの安らかなほのめきに戻っていった。僕の暖かい部屋で、蛍光灯のランプの心地よいほのめきのなか、茶色い読書椅子のかたわらに据えたフロアスタンドの茶色い光の下で、僕は自分が茶色と黄色の安らぎの中に溶けていくような思いがした。

そして僕の暖かい部屋で、その後に続いた日々、僕は自分が茶色と黄色の安らぎの中に溶けていくような思いがした。夕食が済むと居間で父さんと一緒にテレビを観ながらお喋りに興じ、それから母さんも入って三人でダイニングルームの食卓でハーツかカナスタをやった。そのあと自分の部屋に戻って、宿題を済ませ、本を読みながら安らかに寝入る。時おり夜中に目が覚めると、ブラインドを脇へ押しやって、暗い青の空の下の、淡い青の雪を眺めた。ある日、自習室へ向かう途中にウィリアムに出会い、僕は彼を家に誘った。一瞬、気まずい沈黙が生じた。わずかにしかめ面を浮かべ目をそらしたウィリアムは「じゃあロッカーで」と言った。「わかった」と僕は言った。その日の放課後、僕たちは前と同じゲームに戻っていって、あたかもしばらくのあいだ遠ざかってなどいなかったかのように、あたかもただずっと待っていただけだったかのように、ウィリアムは毎日授業が終わると僕のロッカーの前に現われて僕と二人でバスに乗って帰るようになった。「でさ」と僕は、隣で陰気に黙って座って窓の外を見ているウィリアムに言った。「クラブはどう？　きっと例によって忙しくしてたんだろうな」。「いや」とウィリアムはまだ窓の外を見ながら言った。「クラブはもうやめたんだ」。「何だって！」と僕は声を張り上げ、眉を吊り上げ、目を丸くして片手を心臓に押しあてた。「全部やめたのか？　こいつぁ驚いたな」。ウィリアムはしかめ面で僕の方をちらっと見て、それからまた窓の方に向き直った。「大したことじゃないさ」と彼は言って肩をすくめた。僕の家に着くと僕たちは僕の部屋の床でモノポリーをやり地下室のボイラーの横の暖かい場所で卓球をやった。ある日の午後、トランクや壊れた家具のただなかまでボールを追っていった僕は、それぞれにビールの円形の広告が赤で印刷された、硬くて丸いダンボール製コースターの山に出くわした。じきに僕は、壊れた椅子で仕立てたバットを構えて立つウィリアムに向かってコースターを投げていた。一枚一枚、人差指と中指でまっすぐ立てて持ち、スナップを利かせて投げて大きくカーブをつけるのだ。籐の座部に穴の開《あ》いた椅子を越えたらシングルヒット、ボイラーを越えたら二塁打、ダンボール箱を越えたら三塁打、奥の壁に当たったらホームラン。ウィリアムはすっかり盛り上がってバットで床をこんこん叩き、〈スタン・ザ・マン〉のフォームで背を丸め、その間《かん》ずっと実況中継をくり出した――「三回裏ツーアウトランナー二三塁メイズがセンター深く守り内野も下がってベーブのカウントはツーボールナッシングベーブ期待に応えられるか果たして応えるでしょうか三塁ランナーカップがじりじりリードをとり二塁ランナーはディマグ観衆は大変な声援ですビッグ・ベーブは第一打席レフトに鋭いライナーのシングルヒットを放ちましたが今回ファンは大きいのを待っています誰もが大きいのを待っています人間機関車《ザ・ビッグ・トレイン》にとってはピンチ観衆は絶叫しています三塁ランナーカップがじりじりリードをとり打席のバンビーノはクールそのものピッチャー振りかぶった投げた！大きく外れてスリーボールナッシング観客は熱狂しています皆さんシェーファーをどうぞ」そして突然人間機関車が笑い出し強打のスルタンがしかめ面を浮かべて「おい、何だよ、何がそんなに」と言ったがじきに自分もゲラゲラ笑い出し、すぐさま烈しいしかめ面を浮かべて笑いやんだがまたゲラゲラ笑い出し、よたよたうしろに下がって朽ちかけた椅子の背にぶつかり人間機関車は腹を抱えて肋骨が痛くなるまで笑って笑ってその夜僕たちはまだ笑ったまま、厚いマフラーを巻いてジェファソン中学裏の雪の積もった坂のてっぺんに橇を下げて立ち突然僕はぴかぴか光る雪の殻からつき出ている草のかたわらを雪の粉が目に吹きつけるなか飛ぶように降りていった。（〈スタン・ザ・マン〉はカージナルスの名打者スタン・ミュージアル／「メイズ」はジャイアンツの名打者ウィリー・メイズ／「ベーブ」はヤンキースの強打者ベーブ・ルース、「バンビーノ」はその愛称／「カップ」はタイガースの名打者タイ・カップ／「ディマグ」はヤンキースの名打者ジョー・ディマジオ／「人間機関車」はセネタースの名投手ウォルター・ジョンソンのあだ名／「シェーファー」は有名なビールのブランド名／「強打のスルタン」はベーブ・ルースのもうひとつのあだ名）ウィリアムは僕の少しうしろにいたがぐんぐん近づいてきてやがて坂が平らになり僕は氷の張った草の上をするする滑っていきだんだん速度が落ちていってついには止まりウィリアムはその横をするする滑って過ぎていき、僕たちは木が並ぶ坂の端まで橇を引きずっていってえっちらおっちらのぼって行き、バックルを止めたブーツがじゃらじゃら鳴る音、橇で滑り降りてくる人たちの叫び声、白い息、橇の刃が鋭く雪をこする音、僕の頬の感覚を奪う冷たい空気、澄んだ黒い空に浮かぶ澄んだ白い月、そのすべてに悦びの叫びを上げたかったけれど僕はウィリアムの方を向いて「僕の刃、錆びてると思う」と言った。ウィリアムはしかめ面で僕の方を向き厳めしい声で「スチールウールで磨かないと」と言い、僕は友に何かを告白したいという突然の欲求に駆られたが、何を告白したいのか自分でもわからなかった。

49

ある朝ブラインドを脇へ押しやると生垣の半分の高さまで積もった雪の吹きだまりが見えた。ブランコの平行したロープ二本が雪の中に沈んでいた。学校は休みになった。朝食後まもなくウィリアムがやって来て、晴れた青空の下、僕たちはブーツをじゃらじゃらじゃらじゃら言わせて、シャベルで雪かきされ黒々と濡れた歩道をバス停めざして進んでいった。雪が僕の肩より高く積まれたところもあちこちにあった。と、道路の向かい側の歩道から大きな、キーッとこするような音が聞こえて、突然雪が舞い上がり、アルミ製の雪かきシャベルと帽子の青いてっぺんがそれに続いて現われた。「危ない！」とウィリアムが叫んで僕を押しやり自分も跳びのくと同時に何かがどさっと僕の爪先に撥ねかかった。僕が顔を上げると、黒光りする枝が一本見えた。雪がそこらじゅうでどさどさ落ちていた。

木の枝、雨樋、電信柱の横木に積もった大きなかたまりが落ち、雪をたたえた電話線を見上げると、白い雪の線のところどころが黒くなっていた。空気中いたるところに細かい白い粉が舞っていて僕の頬や目に吹きつけた。紫っぽい黒のムクドリモドキがぽつんと一羽、車庫の明るい白の樋にとまっていた。鳥は突然青空に舞い上がり、迅速に飛び去って見るみる小さくなったが完全に消えはせず、僕が片手で目の上にひさしを作って見ていると自分が迅速に飛び去って見るみる小さくなる気がして、黒い鉄橋の上を僕は飛び去り鉄の兵士たちの上を飛び去り……不意に僕はウィリアムの方を向いて「鳥って南へ飛んでくものと思ってた」と言った。ウィリアムは「あいつ、汽車に乗り遅れたんだな」と言った。僕はかがみ込んで重たい濡れた雪をひとつかみすくい上げた。ぎゅっと押してぽんぽん叩くと、指の跡が溝になった硬い雪玉が出来上がり、僕はそれを通りの向かいの電信柱に思いきり投げつけた。玉はバシッとよく響く湿った音を立てて命中し、焦げ茶色の柱に白い点が出来た。「お見事、お見事」とウィリアムが言った。「何かしようぜ」と僕は言った。「いいとも」とウィリアムが言ったが、することなんて何もなかった。バス停で僕たちは左に曲がり、道端のきつく固められた淡い茶色の雪に沿って進んでいった。茶色い筋の入った高い吹きだまりに、除雪車がはね上げていった小石舗装のかけらが何枚かぎこちなく寄りかかっていた。ある四つ角で、両側から雪の高い土手にはさまれた黒光りする歩道の細い帯が現われて、たどって行くと僕たちは開店しているドラッグストアに着いた。店内の突然の暖かさに僕はぽたぽたと溶けていった。淡い青のスリップを着た黄色い髪の女性がくしゃくしゃのベッドの上で肱枕《ひじまくら》をしていた。微かな笑みを彼女は浮かべ、ピンクの手紙、灰皿に載った煙草、黒い拳銃を見下ろしていた。カウンターの中にいる年とった男の人が「君たち、この天気はどうかね?」と言った。「楽しいです」とウィリアムは言った。「雪玉《スノーボール》買いたいです」と僕は言った。「え?」と男の人は言って、わずかに前にかがみ込んで僕の方に耳を向けた。「スノーボール買いたいって言ったんです。ただの冗談です（「スノーボール」は「雪玉」の意にも「かき氷」の意にもなる）」。男の人は身を引いて「あ、そう」と呟いた。ヒョウ皮の腰巻を着けた、ねじ曲がった木の根をつかんだ男が一人、崖の側面から身を乗り出し、川の青い線と、遠くに並ぶ白い塔を見下ろしていた。黒いスリップを着た赤毛の女の人がふかふかの肱掛け椅子の端っこに腰かけ、髪のうしろを片手で押さえて、もう一方の手でかざした鏡を覗き込み、その背後で赤シャツを着たしかめ面の男がトランプテーブルをひっくり返し、白いTシャツを着たしかめ面の男がぎゅっと両のこぶしを握りしめて立ち上がりかけていた。外に出るとウィリアムがすごい剣幕で「何であんなこと言ったんだ？　あの人、君がからかってると思ったぞ」と言った。僕が氷のかけらを蹴飛ばすと氷は歩道をくるくる回って転がっていった。「何かしようぜ」と僕は言った。「することなんかないよ」とウィリアムは言った。僕たちは黙ってざくざく音を立てて歩いた。ある四つ角の郵便ポストはオリーブグリーンの丸屋根しか残っていなかった。裏道に駐車した冷たい青い車はドアの把手から上が雪に覆われていた。明るい白の雪の上で、濡れた焦げ茶色の糞便の輪が油絵の具のように光っていた。突然、高く積もった雪と雪のあいだに、まぶしく黄色い消火栓が現われた。「何かしようぜ！」と僕は叫んだ。「することなんかないよ」とウィリアムが言った。長さ三十センチのつららがいくつも、シートカバー店の深緑のひさしから鍾乳石のように垂れ、陽のあたる居間に足を踏み入れるとともに僕の顔はちくちく痛み、僕の目は燃え、僕のこめかみはずきずき疼いた。

　その晩、夕食後にウィリアム、母さん、父さん、僕とでダイニングルームの食卓でハーツをやっていた。僕は手持ちの札から三枚を抜き出して伏せ、右側の母さんに回した。しかめ面で手持ちの札を見ている母さんは、ついいましがたウィリアムに回す札を一枚だけ選んだところだった。僕は左側の父さんから回ってきた三枚を取り上げ、手の中でそれらを並べ直し、まだしかめ面で手持ちの札を見ている母さんの方をちらっと見た。「ねえ、早くしようよ」と僕は言った。「急《せ》かさないでよ、アーサー。あたし、急かされると駄目なのよ、あんたが急かすと集中できないのよ」。「急かしてなんかいない」と僕は言った。「とにかく一晩中かけたりしないでよ」。ウィリアムを見てみると、やっぱりしかめ面で手持ちの札を見ている。台所の時計の大きな、ゆっくりしたカチカチが聞こえ、遠くからかすかな、もっと速い居間の時計のカチカチが聞こえた。母さんを見てみると、まだしかめ面で手持ちの札を見ていた。カード一枚一枚の空色の裏面で、薔薇色の胸をしたコマドリが二羽、ピンクの花が咲き乱れ葉が茂った枝に頰を寄せあってとまっていた。何羽かは上下がひっくり返っていた。「ウィリー、君は年寄りにこんな仕打ちをするのかね？」と父さんが言った。すると母さんが「あらまあ、そんな言い方よしなさいな。年寄りだなんて！　ほんとに、聞いてるとまるで――」「喋るのよしなよ、プレーしてよ」と僕は言った。母さんは遠近両用眼鏡の上から僕にしかめ面を向け、そのレンズの中にひどく小さなカードが見えた。「急かさないでよ、アーサー。あんたが急かすと集中できないのよ」。「やれやれ」と僕は天を仰いで言った。「急かしてなんかいないよ。ねえみんな、僕、急かしてる？とにかくまずプレーしてから喋ってよ。そう頼んでるだけだよ」。「慌てない、慌てない」と父さんは言って唇をつき出し、あごを上げ、片手に広げて持った札を読書用眼鏡ごしに睨んだ。そして一方の端から一枚をゆっくり持ち上げ、上下ひっくり返してもう一方の端に挿し入れた。ウィリアムが軽く咳払いした。僕は首をぼりぼり搔いた。「よし」と母さんは言って、残りの二枚を置いた。そして突然、手のひらでそれを覆った。「違う違う、ちょっと待って。急かさないで、急かさないで」、そして一枚をひっつかんで、代わりに別の一枚を置いた。そろそろと慎重に三枚をウィリアムの方に押しやりかけたが、突然引っ込めて、さっきの別の一枚を取り上げ、ひっつかんだ元の一枚をばしんと置いて、三枚を乱暴にウィリアムの方へ押しやり、不意に顔をそむけてぎゅっと目を閉じた。そして「いまの、絶対違ってたわ」と言って顔を元に戻し、ウィリアムがまったくの無表情で一枚一枚手にとるのを不安げな面持ちで眺めた。「まあいいわよ」と母さんは言った。「しょせんただのゲームだもの。世界の終わりじゃないんだから。どうだっていいのよ。ほんとに、ただのゲームだもの」。母さんはため息をついた。そして突然、自分の左にカードが三枚伏せて置いてあるのを目にとめた。一番上になったカードの裏側に母さんは指を一本載せて、それを食卓の縁まで引き寄せた。ゆっくりとカードの端を持ち上げながら、首を横に傾け、わずかに体を横にそらす。「あっ！」と母さんは叫んだ。「やっぱりあのスート、削るんじゃなかったわ」。「いい加減にしてくれよ」と僕は自分の手持ち札を叩きつけて言った。「いっそ僕が渡したカード、みんなに全部バラしたらどうだよ。さぁ。その方がみんなの手間も省けるしさ。そうしなよ。さあ。僕はいいから。さあ。さあ。僕、待ってるよ」。ウィリアムが目を上げて僕を見た。母さんが僕の方を向いた。父さんがしかめ面を僕の方に向けた。「何でみんな僕のこと見てるのさ？」と僕は叫んだ。父さんが厳めしい声で言った。「母親に向かってそんな口の利き方するもんじゃない。みんなと同じようにゲームやるか、それとも全然やらないか、どちらかにしろ。いいか、本気だぞ。楽しめないんだったらべつにみんなとゲームしなくたっていいんだぞ」。「わかったよ」と僕は言って椅子を軋ませて引きながら立ち上がりかけた。「僕もそれでいいよ。一晩じゅう狂人たち相手にトランプなんかやってられないよ。あんたらといると頭おかしくなってくるよ」。「悪かったわ」と母さんが言った。「でもわかるでしょ、あんたに……」「ヘイ！」とウィリアムが言い、静粛を求めるかのように片手を上げた。「まあまあ、座れよ、落着け、カッカするなって」

そして、あたかも彼が魔法をかけたかのように、一瞬すべての動きが止んだ。母さんは握ったカードを胸から斜めにつき出しわずかに唇を開いてウィリアムの方を見、父さんは読書用眼鏡の上から微かにしかめ面を浮かべてウィリアムを見ながら扇形にひっくり返した手持ち札に片手を載せもう一方の手は頬の高さに上げ宙で止めた指は依然として僕を指し、僕は椅子から立ち上がりかけたまま体をわずかに前に傾け片手をうしろの木の椅子の背に載せ両脚は椅子の脚に絡まったままになっている。と、父さんの片手が下ろされて、母さんが僕の方に向き直り、椅子が軋んで、時計がカチカチ鳴り、どこかで水がポタ、ポタ、ポタ垂れて……

疲れた思いで、僕は座ってカードを手にとった。

50

何晩かあとに地下室の階段をのぼっている最中、ある段の陰に五セント貨が落ちているのが見えた。拾おうとしてかがみ込むと、その上の段に十セント貨と五セント貨が見えた。僕はいそいそとかがみ込んでそれらを拾った。その次の段に十セント貨、五セント貨が何枚も散らばっているのが見えて、それらを次々拾い上げてポケットにつっ込んでいると、その段の真ん中に、小さな茶色い、べとべとした感じの水たまりがあることに僕は気がついた。硬貨の何枚かは茶色くてべとべとで、僕が目を上げると階段の上で黒い犬が哀れっぽい声を上げながら脇腹を下にして横たわり、その壊れた口からは茶色い液体がどくどく流れ出ていた。どこかでドアがギイッと開いた。僕は熱狂して残りの硬貨を拾いにかかったが、それらは指にべとべと貼りつくので一枚一枚剝がさないといけなかった。重い足音が聞こえて、僕は硬貨を拾う手をどんどん速めていき、突然誰かの靴のかかとが僕の指を踏みつぶし、目を開けるとともに僕は消えた冷たい硬貨たちの感触を両手に感じた。澄んだ闇のなか、僕の部屋の肱掛け椅子が見えて、片方の肱掛けに黒い本が載っていた。床の上、フロアスタンドの黒い基台のかたわらで靴の片方がもう一方の爪先を踏んでいた。机の下で熱風の通気孔がド、ド、と微かに音を立て、空気が流れ出るせいで鎖が軽くカチカチ鳴った。暑い冬の夜だった。喉と口蓋《こうがい》が乾いて感じられ、首が汗ばんでチクチクした。乾いた唇の上下がくっついていて、ゆっくり開いていくと、くっついた唇の肉がべたべたのテープみたいに剝がれていった。チクチクするウールの毛布に僕は片手を載せ、熱い乾いた空気を吸い込みながら自分が喉の中に熱い乾いた空気を全部吸い入れ熱い乾いたウールからくねくね出ている細いチクチクする糸も全部吸い入れているような気がした。どこかで車が通り過ぎていった。湿気の霜が貼りついたコップに入っている冷えたレモネードを僕は思い浮かべた。時計がチクタクとせわしく鳴るこもった音がだんだん大きくなっていった。僕は手をのばし、パンツでくるんだ目覚まし時計を拾い上げ、その光る緑の針先でいまが11時48分であることを見てとった。時計を下ろして、丹念にくるみ直してから、脇腹を下にして横たわった。額が熱く感じられ、チクタクとこもった音が聞こえた。僕は耳たぶに指を一本、耳の中で指が脈打つのが聞こえてくるまで押しつづけた。遠くの方で微かなチクタクという音が聞こえた。首がチクチクし、顔が火照り、熱い冬の夜のなか僕は息をすることもできず、体を起こしてブラインドを脇へ押しやると窓ガラスから冷気が流れてくるのが感じられた。

青い冬の夜だった。霜に覆われたガラスの下の方、闇の中でほのめく青い空で白く冷たい月が燃え、その下、一方の側は光の縞で飾られもう一方の側は影の縞で飾られた小さなカエデの枝が何本かくっきりと浮かんでいた。青っぽく白い、月に照らされた雪のなか、ブーツの凹んだ足跡一つひとつが鮮明に、月面写真のクレーターみたいに浮かび上がっていた。足跡それぞれの一方の壁面から影が投げられ凹み全体に広がっていたが外までこぼれ出てはいなかった。雑草の茎が一本、雪の殻を破ってつき出ていた。ブランコの上に積もったキラキラ光る雪の小山は一斤の食パンみたいな形をしていた。と、カエデの木の中心が靄に溶けはじめ、僕は片腕を上げてパジャマの袖で窓をこすった。幹はまた見えるようになったが、微かに波打っていた。新たな息の点が現われ、ピンクと緑のちっぽけな糸をゆらめかせていた。僕は前にかがみ込んで、ガラスに息をしっかり吹きかけ、一本指で垂直の平行線を二本描いて、水平の平行線を二本、それに交叉させた。そして真ん中のスペースに×を書き、右上のスペースに○を、右下のスペースに×を、左上のスペースに○を、真ん中上のスペースに×を書き、突然僕は額を冷たい、湿ったガラスに押しつけた。

手を放すとブラインドがかたかた鳴った。僕は少しのあいだベッドの上で身を起こしたまま闇の中で眉をひそめていた。額は燃えるように熱かったが、指先を持ち上げるとさっき触れたガラスの冷たさが一点に感じられた。僕は突然、自分の頭がガラスを叩き割って向こう側につき抜けガラスの尖った冷たい破片が瞼や首に刺さったさまを思い浮かべた。明るい赤の血の滴が雪の上に散らばっている。僕は怒りとともに額をこすり、ずきずき疼く目を腕で覆って横たわった。こめかみが脈打ち、シーツがあごをくすぐった。僕は乾いた唾を呑み込んだ。遠くの方からチクタクと微かな音が聞こえた。僕は横向きに寝返りを打ち、指一本で耳を押さえつけたが、指を通してチクタクと微かな音が聞こえた。僕は指をぎゅっと強く、痛みが感じられるまで押した。首がずんずん疼き、頭がずんずん疼き、脳が破裂しそうで、涙が目の中で燃え、僕は上掛けをはねのけてそそくさと服を着た。

オーバーシューズは台所のドアのそばに置いてあって、寒い裏手のポーチに出ると、燃えるこめかみに誰かの冷えた両手を当てられたような気がした。ポーチで僕はゆっくり深く息を吸い、澄んだ冷気を胸深く吸い込み、小さな溶けかけの氷の点をいくつも含んでいるように思える細長い、ゆらめく、青っぽい灰色の息の雲を吐き出した。ポーチの手すりは硬い雪の殻で覆われ、僕は手袋をはめたこぶしでそのひとかけを叩き落とし、燃えるように冷たい雪にかぶりついた。それから少しのあいだ、氷のように冷たい手すりのそばに立ちつくし、刺すように白い、霜のかかった太陽のように目にじりじり焼きつけてくる月を見上げた。ほぼ満月のその月の、円形の方の面はくっきり鋭く浮かび上がり、指が切れそうに見えた。もう一方の面は、あたかも溶けかけているかのようにいくぶん柔らかに見えた。靄のかかった、赤味を帯びた光が月を後光のように囲んでいて、その光の向こう、空は闇の中でほのめく青色で、それがどんどん濃くなっていき、ずっと遠くの方ではほとんど黒かった。

裏庭を歩いていくとオーバーシューズが雪の殻をざくざく鳴らし、硬い霜のような層を破りはしたが中まで沈み込みはしなかった。雪の一番高く積もった箇所を踏み越えると、まるでどこかの町の一番高い華奢な一点をまたぎ越し、つぶれた屋根から屋根へと慎重に歩を進めているような気がした。

生垣を押し分けて向こう側に出ると、雪の冷たいひとかけが僕の頬を打ち、首筋をちろちろと流れ落ちていった。

小さな斜面をなかば滑るように降りていき、雪に覆われた原っぱをよたよたと進んでいった。時おりオーバーシューズの片方が雪の殻をつき抜けた。僕は転び、雪が僕の手首を燃やした。雪の川辺から僕は雪の中に飛び降り、雪が膝の高さまで来て、向こう側の岸を這い上がっていくなか、ズボンの冷たい脚が肌にべっとり貼りついた。つるつる滑る斜面をよじのぼり、車体工場の裏の、影に覆われぽつぽつ小穴の空いた雪の中を進み、歪んだ、月に光る、錆びた金属が飛び出した雪のかたまりの前を過ぎ、閉店したガソリンスタンド、暗い洗車場、雪の上に黄色い平行四辺形を投げている突如出現した開いている食堂を過ぎて、金網をよじのぼって越え、月に照らされた雪がざくざく鳴る裏庭をずんずん歩いていって、雪の積もった生垣に体を押し込んで向こう側へ抜け、氷のように冷たい柵をよじのぼり、そして最後に、高い、氷のような、行く手を遮る生垣の前に出た。僕は左に曲がり、幅の狭い横庭を通って道路に出た。街灯のかたわらに平たく広がる雪の上で、淡い赤の光が淡い緑の光に変わった。

ドラッグストアの角で左に曲がり、道端に固められた雪の上を騒々しく歩いていった。歩きながら、枝と枝のすきまごしに僕は燃える白い月を見上げ、両手を思いきり叩いてぱんと革っぽい音を立てて雪のしぶきを散らした。

冷たい白い教会の角で右に曲がり、大きな暗い家々が道路から引っ込んで建っている雪の積もった通りに出た。次の四つ角で左に曲がり、その次の角で右に曲がって、僕はやっと、道路から引っ込んだ、玄関までの通路はないウィリアム・メインウェアリングの家に着いた。

道路から車庫につながる、雪かきをした車寄せをずんずん歩いて、月に照らされた車庫の扉まで来ると僕はオーバーシューズを二度踏み鳴らし、ジャラジャラ音を立てる雪を散らした。小さな黒い窓の中に、しかめ面を浮かべた自分の顔を僕は認めた。背後の黒い車寄せを見ると、幽霊のような白いオーバーシューズの足跡がひそかに近づいてきていた。オーバーシューズの足跡のあちこちに小さな×の模様が見えた。

僕はゆっくりとかがみ込み、手袋をはめた指先を銀色の把手に載せた。

扉がオーバーシューズの一番上まで上がると動きを止め、自分の息を眺めた。それから慎重に、とても慎重に、扉を下ろした。僕はただちに立ち上がり、回れ右して、車寄せを道路に向かってずんずん歩いていった。

ウィリアムの家がある通りを、ウィリアムの部屋の暗い窓を見上げながら先へ進んでいって、彼の家を通り過ぎるとともに、枝の絡まりが作る白黒の格子のすきまから、さざめく月を見上げた。月が作る暗い青の影たちが、もつれ合って雪の上に広がっていた。金網のダイアモンドが、ナプキンに刷られた模様のように、滑らかな雪の上にくっきり刷り込まれていた。突然一匹の犬がキャンキャン甲高く鳴き出した。「黙れ！」と僕は青っぽい息を一気に吐き出して叫んだ。犬は一度吠えて、静かになった。僕は笑顔で空を見上げ、ベルトをした冬物コートのバックルに片手を当てて、目もくらむような月に向かってお辞儀をした。わが貴婦人たる月に僕は一礼した。僕は陽気だった。月に浸って陽気だった、サクランボみたいに僕は陽気だった——僕は月に酔っていた、僕の何もかもが月だった。月の光を浴びてずんずん歩きながら僕は狂える月の戯歌《ざれうた》を頭の中で聞いた——おお月《ムーン》よ月よ、大きな風船《バルーン》みたいに、あの人は甘い声《クルーン》で歌い出した、大っきなバスーンみたいに、あの人は甘い声で歌い出した、月の光を浴びて、月よ月、あの人は甘い声で歌い出した、大っきなバスーンみたいに、月の光を浴びて、月の光の光の光を浴びて、月みたいな月の光を浴びて。そうして月は、月は月は、あの人は甘い声で歌い出した、光を浴びて、光の光の、月の月の月の、ああ月月月、月月月、ああ月みたい《ムーニー》に狂った月《ムーニー・ムーン》、月月、月夜の明るく白い光を浴びて、月月、月の、月月……通りが上りになってきて坂のてっぺんに至って僕は左に曲がり、その夏に自転車で走った通りを、左側には家並、右側には雪野原の続くなかを下っていった。下りきってさらに四ブロック行ってから右へ曲がった。少しのあいだ、もっと暗い裏道を歩いていった。ところどころ、街灯が雪を照らしている地点で白色が一気に生々しく噴き出していた。オレンジ色のポーチ灯のほのめきのなか、雪をかぶったポーチの手すりがキラキラ光った。僕は左に曲がった。遠くの家の屋根のさらに上に、高校の黒い一角がそびえていた。

そして月は、月《ムーン》は、大きなスペイン金貨《ダブルーン》みたいに……僕は学校の裏手の雪に覆われた駐車場を渡った。明かりもろくにない裏道を進んでいって、どこかの店の裏の小さな駐車場に入っていった。二軒の店にはさまれた狭い通路の向こう、床屋の縞模様がガラスの筒の中でくるくる回っているのが見えた。床屋の明るく黒いウィンドウの中で床屋の縞模様の鏡像がくるくる回っていた。緑の光を浴びて、白いタートルネックセーターを着てチャコールグレーのズボンをはいた厳めしい木製の男が疲れそうなポーズで両腕を上げていた。商店街の裏手を僕はさらに進んでいき、雪をかぶった裏口階段やゴミバケツの前を過ぎていきながら、狭い通路越しに、どこかの店のウィンドウで点滅している警告灯や、青いネオンの笑顔の上で光る赤いネオンの眼鏡や、壜や注ぎ口の紺色のほのめきの上で黄色くほのめく**ンゴールド**という文字に目をやり、そして最後に、低い金網をのぼって越え、裏庭を横切り、とある裏道に出た。左側、隣の四つ角で、深緑の兵士たちが白い雪の大理石模様に包まれていた。

車が一台通りかかった。黄色い光のなか、雪の波が上って下り、静止した。

雪かきされた、小石舗装の遊歩道の向こうに並ぶ、白い大きな、窓の黒い建物を僕は見つめた。遊歩道の反対側を車が何台か通っていった。灰色のカトリック教会の角で僕は左に曲がり、ろくに雪かきもしていない裏道に入った。暗い四つ角の、奥に灯った薄暗い黄色い電球の下に黒いレジと傾いたカレンダーが見える食料雑貨店を見ながら、僕は右に曲がった。月に照らされた、雪がてっぺんに積もった銀色の柱が並ぶ前を過ぎて、黒い字が盛り上がった白い金属の道路名表示を僕は見上げた。少ししてから左に曲がった。

雪をかぶったあちこちの屋根が、月の光を浴びて微かにきらめいた。駐車した車の、微かにきらめく、ところどころが錆びたリアフェンダーから、キラキラ光る小さなつららが何本も垂れていた。右側では短い煙突が一本、黒くて硬い影の縞を、屋根の斜面と、家の前の芝生から道路までの広がりとに投げていた。左側では木が一本、こんがらがった巨大な影を、別の家の前面と、月に照らされた屋根とに送り出していた。古い茶色のロッキンチェアと緑色の金属椅子に雪がこんもり積もっていた。雪に覆われた玄関前階段に黒っぽい足跡が見えた。玄関の右側の黒い窓の中に、氷のようなポーチ柱が立っていた。二階の部屋の窓で、黒い枝のすきまから青い夜空の断片がいくつか見えていた。

家の側面の、車庫に至る雪の積もった車寄せの、氷で覆われたわだちに沿って僕はそっと進んでいった。氷で覆われたタイヤの跡、畝《うね》模様のオーバーシューズのかかと跡、地下室の細い窓に映る僕のオーバーシューズのきらめき、僕の頭より高くまで雪の積もった窓台に僕は見入った。背後の月が僕の長い影を投げるなか、裏庭の視界の中へ入っていくと、群青色の空の下、家の影が雪の庭の半分に広がっていた。影が終わるあたり、雪は滑らかで、霜のような光沢があった。四段の裏口階段の硬い雪の中に、黒っぽい凍った足跡が見えた。氷に覆われた凹み一つひとつに慎重に足を入れながら、僕は裏手の小さな、屋根のないポーチに上がった。慎重に、ものすごく慎重に、緩みかけたドアノブに僕は指を載せた。ゆっくりと回していった。鍵がかかっていた。手すりの向こう側に、地下室の傾いた扉が見えた。

四段の階段を慎重に下りて、影に覆われた雪の上をざく、ざくと小さな音を立てながら進んで、オーバーシューズの新しい足跡を残していった。重たい、傾いた扉を僕はそうっと持ち上げた。コンクリートの階段を下りながら、扉を静かに頭の上に下ろしていった。階段の真っ暗な底で僕はあちこちを探り、やがてドアノブが手に触った。鍵がかかっていた。

黒い闇の中で僕は眉間に皺を寄せた。片方の手袋を脱いで爪先立ちになり、ドア枠の冷たいてっぺんを手で探り、砂粒、小石、木のかけらに触れるのを感じた。突然、オーバーシューズの爪先が重たいマットの縁にぶつかった。僕はさっとすばやくかがみ込み、冷たい毛羽立ったマットを持ち上げ、湿ったコンクリートを手で探った。鍵はなかった。

冷たい階段に僕は座り込んで、膝の上で腕を組み、疲れた思いで頭を両腕に載せた。

ウィリアムの家の車庫の前で銀色の把手に指を載せて立っている自分の姿を僕は想った。家までの長い、疲れる道のりを僕は想った。突如現われた鍵の冷たい金属に触れる自分を想い、ウィリアムの部屋に通じる真っ暗な廊下をこっそり進む自分を想った。ウィリアムが自分の家からこっそり出ていく姿を僕は想った。僕には見えた、車寄せを道路へと彼が急ぎ足で進み、小川に飛び込み、生垣を不気味に押し分けて僕の家の裏庭に入ってくるのが……「そうだ」と僕は声に出して言い、手袋をはめた指をぱちんと音もなく鳴らした。重たい扉を押し上げて外に這い出し、そうっと下ろして閉めた。

裏手の小さなポーチの、凍った足跡を僕はふたたびのぼって行った。慎重に、氷に覆われた牛乳箱の上に僕は乗った。体を横に傾けて、片手の付け根で台所の窓を押した。窓は簡単に持ち上がり、薄いカーテンが内側になびいた。狭い、氷に包まれた手すりの上に慎重によじのぼって、片膝を窓台に載せようとしたが、それには幅が足りなかった。僕は頭をつっ込んで、痛い思いをしつつ腹を台の上まで引っぱり上げ、流し台の両端をつかんで、バックルを窓台に引っかけたり膝をぶつけたりしながらぶざまに這い進んでいった。

ほの暗い光を放つ流し台の中に立ってそっと窓を閉め、ぽたぽた水の垂れるオーバーシューズを脱ぎ、冷えた靴も脱いだ。

そっと爪先立ちで台所を抜けて、明るく月に照らされた居間に入っていった。磁器の猫の黄色いガラスの目が暖炉のかたわらでほのかに光っていた。炉棚の上の時計の針は1時16分を指している。僕はそっと階段をのぼって行き——そして息を殺して立ちどまった。それからまたのぼって行って、月に照らされた、青い上着を着た小さな兵士が一人微かに光る踊り場で向きを変え、二段の階段をのぼって、廊下を爪先立ちで進んでいった。左側のドアの向こうから、ゆっくりとした、乾いた息遣いが聞こえた。僕はそっと爪先立ちでその前を過ぎ、突然廊下の奥で何かが動くのが見えたがそれは黒い鏡に映った僕の黒い鏡像にすぎなかった。

廊下の奥で僕は鏡とドアのあいだ、壁と壁の交わるところに寄りかかり、荒く息をしていた。遠くから穏やかな息遣いが聞こえた。そして突然、僕は床に横になって目を閉じたくなった。そうして僕は自分の部屋で眠らず横になっている自分の姿を思い浮かべ、壁と壁の交わるところに自分が立っていることを思い出した。そして長いことそうやって立ったまま、自分の部屋で眠らず横になっている自分の姿を思い浮かべ、壁と壁の交わるところに自分が立っていることを思い出した。そうして僕は、ドアノブに片手を置いてゆっくりドアを回しドアをそっと押し開けている自分の姿を自分が思い出しているところを思い浮かべた。暗いベッドの中に彼女は、暗く夢見る人は、黒い髪を周りに降らせて横たわっている。閉じたカーテンの隅から忍び込む一筋の月光が、呼吸に合わせて胸の上で上下する、青い血管の浮かぶ青白い手を照らしている。僕はベッドのかたわらに置かれた椅子にそっと腰かけ、身を乗り出して「エリナー」とささやいた。彼女の目がゆっくりと開き、その暗い、憂いに沈んだまなざしを僕に注ぎ、僕がさらに身を乗り出していくと、踊り場に掛かったガラスで覆われた絵の黒い光沢が見えた。月光のひとかけらが小物棚に縞模様を作っていた。兵士の青い上着と、小さな薬罐の真鍮の光沢がはっきり見てとれた。僕は大きく息を吸い込み、壁から歩み出た。そしてノブに手を掛けて、ゆっくり回し、そっとドアを押して開けた。

薄暗い黄色いベッドの明かりの中で、彼女は眉をひそめて目を上げた。持っていた本を腹に下ろして彼女は苛立たしげにじっと僕を見、一本の指に黒髪を一筋ぐるぐる絡めて、拗《す》ねたような口調で言った。「あら、あなたなのね。また来るかと思ってたわ。外はいい天気？　あなた、人殺しみたいに見えるわよ。ラガディ、どいてあげなさい」

51

「しーっ」と僕は声をひそめて言い、中に入ってドアをそっと閉めた。その夜僕は彼女のベッドのかたわらの革張りの椅子に一時間座って、僕の月をめぐる冒険をささやいていた。「それでね、ラガディ」と彼女は言った。「王子様はブーツを流し台に忘れていったのよ」、そうしてその後に続いた暗い、雪の降る日々の午後、僕はエリナー・シューマンの家までの長い道を歩いていって、ミセス・シューマンの暗い、憂いに沈んだ目に出迎えられた。階段をのぼり、絨毯が波打ち鏡が傾いた細い廊下を歩いて、薄闇に包まれたエリナーの病室に入っていく。時おり、僕が入っていくと彼女は目を閉じて横たわっていて、僕はそっとドアを閉め、爪先立ちで枕許の椅子まで行った。ラガディを僕の脚の上に載せてワンピースをのばしてやってから、僕はエリナーの微かに皺の寄った眉を見つめ、その白い頬に垂れた黒い巻き毛を見つめ、花弁の四枚あるピンクの花の模様の紺色のキルトに横たわった青い血管の浮かぶ白い手を見つめ、やがて彼女の瞼に緊張が生じるのが見えて、彼女の目がゆっくりと開き、眠たげに僕を見据えながら彼女は、眉をわずかにひそめて「あなた、夢?」と言うのだった。そして僕は身を乗り出し、そっと「そうだよ」とささやいた。またあるときは、僕が入っていくと彼女は目をなかば開いて、あるいはなかば閉じて横たわっていた。枕許の椅子まで行って、ラガディを抱き上げると、僕は半分ラガディに、半分エリナーに、その日一日学校であった些細なことをあれこれ話した。時おり、薄闇の中で、彼女は疲れたような笑みを浮かべた。そして時おり、僕が入っていくと彼女は女王様のようにベッドで体を起こし黒髪を周りに降らせていた。そして女王様のように僕に手招きし、彼女のかたわらの定位置に座らせた。そして女王様のように彼女は少し退屈していて、少し拗ねていて、少しむくれていて、だから僕が何か言っても「うんうんうん」と言うだけで眉をひそめ目に黒い光を浮かべて顔をそらすのだった。実際、露骨に軽蔑を示したり、ミセス・シューマンの言う「むらっ気」を起こしていることもあって、エリナーが「今日はちょっと悪い」ときはミセス・シューマンがあらかじめ一階で警告してくれるようになった。そりゃああの子も辛いわよね、とミセス・シューマンはさらに言った。あんなふうに一日じゅう部屋に閉じ込められているんですもの、あれだけ耐えているのが驚きよね、本当に偉いわよ、思えばいつだって天使みたいな子だったわ、それに頭もすごくよくて、六年生のときにペラーノ先生が「知的で非常に成熟した小さな貴婦人」って書いてきたのよ、まさにそういう言い方だったのよ、もちろんいつだって全科目Aだったわ、まあ去年の家庭科はBマイナスでしたけど、エリナーに言わせればホワイティング先生は片手にアメリカの国旗持って片手にアップルパイ持ってるような女の子しか認めないのよ、でもエリナーときたらアップルパイとピザパイの違いもわからないのよ、だってどっちも丸いでしょなんて言ってね、まったくエリナーらしいわ、でもほんとに（と僕を階段の方に導いていきながらミセス・シューマンは続けた）、考えてみればあんなに立派に耐えてるのは驚きよね、あなたが会いに来てくれるのはほんとに有難いわ、あの子にはすごくいいことなのよ、わかるでしょう、あの子もとにかく大変なのよ、まあだから時たま少しむらっ気起こしても大目に見てやってちょうだいね。そうして階段をのぼりながら僕がふり向くと、ミセス・シューマンは階段の下で片手を柱に当ててその暗い、憂いに沈んだ目で僕を見上げているのだった。エリナーの病室に入っていくと彼女はベッドの上で体を起こしていて、暗い顔を僕の方に向けていた。僕は目を伏せて椅子まで歩いていって腰を下ろし、ラガディを抱き上げてワンピースをのばしてやり、黙って座ったまま、指人形のかたわらの黒いオルゴール箱をぼうっと見つめた。あるとき、黙って座っている僕の方にエリナーは向き直り、軽蔑を込めた口調で「これってあなたにはほんとに退屈なんでしょうね」と言った。そして黒い、苛立たしげなまなざしを一瞬僕に投げ、一筋の黒髪を白い指にくるくる巻きつけはじめた。「ううん」と僕は静かに、彼女の視線を避けたまま言った。「ううん、これってむしろ落着くよ、エリナー」。彼女はさっと顔をそむけ、ベッドがぎいっと軋んで、僕は彼女の頬で筋肉が一本張り、また緩むのを見てとった。少しすると彼女は僕の方に笑顔で向き直り、「ねえ、アルトゥール」――彼女はいつも僕のことを、ドイツ語の授業のようにアルトゥールと呼んだ――「今日学校はどうだった《ハウ・ワズ・エヴリシング・ホイテ・イン・デア・クラッセ》?」と言った。そうしてなおも笑みを浮かべていたが、それはどうにも露骨すぎる笑みで、鼻孔のあたりにも不自然に力が入っていた。「うん、よかったよ、すごくよかった《フンダーバール》、でもエリナー、君少し、ええと、頭が痛いの? 薬でも取って――」「私の頭痛だったら」とエリナーは言った。「とことん完璧よ。あたしどこも全然悪いとこなんかないのよ。ねえちょっとそのアホな人形いじくるのやめてくれない、見てると気が変になりそうよ」

　けれどそんな不機嫌もじきに、しばしばまったく唐突に過ぎて、まるで何事もなかったかのように僕たちは話をするのだった。彼女はお祖父さんのことを好んで話した。お祖父さんは白い口ひげの垂れたひどく年老いた人で、彼女がまだ小さいころに亡くなった。人形の家を作ってくれたのもこの人で、彼の家の、たくさんの木の時計、黄色い帆を張った大きな茶色い船の模型、小さな手彫りの木の鯨やアザラシなどがある神秘的な居間をエリナーは覚えていた。お祖父さんはエリナーを膝に乗せ、白い毛の房が生えた濃い茶色の指で彼女の髪を撫でながら、ドイツのどこかの森にある村の、素敵な木の玩具を売る店ばかり並んでいる石畳の通りの話をしてくれた。その通りを歩いていると、店のウィンドウに、針金でぶら下がっている大きな木の操り人形、頭が動き翼を持ち上げて歌もうたう木の鳥、木の馬たちに引かれる精緻に彫られた乗合馬車、掛時計、ピエロ、オルゴール、揺り木馬、見ていると突然大きな鉤鼻《かぎばな》で上向きのあごで黒い帽子をかぶった魔女の飛び出すびっくり箱等々が見える。エリナーのお祖父さんと玩具の通りの話を聞くのは僕にとっても楽しかったが、エリナーはまた、アトランティスの失われた文明とか、よその惑星の生命とかいった話をするのも好んだ。彼女はアトランティスの失われた文明の存在を固く信じていた。僕の嫌疑に彼女は愕然とし、僕の無関心に腹を立てた。これを読むといい、といろんな本の名前を僕にたびたび教え、うんうん、時間が出来たら読むよと僕は言った。「時間」と彼女は蔑むように言い、それを葬り去るかのように不意にちょっとした仕種をしてみせた。よその惑星の生命については、「レーダー銃を持った緑色の小男たち」といったイメージは軽蔑していたが、他の太陽系の他惑星に高度に発達した文明が存在するということ自体は情熱的に信じていた。僕にとってはこの話題全体が退屈だったが、さして興味もないまま、こう論じてみた――複雑な生命体といっても、僕らが知ってるどんなものとも全然似てなくて、文明なんかとも全然関係ない、まるっきり面白くも何ともないようなものだってありうるんじゃないかな、たとえば高度に発達した細菌の惑星とかさ。ところがエリナーはこれを聞いて激怒し、軽蔑、苦痛、憐憫の入り混じった表情で僕を見て、僕の想像力の欠如をなじった。そして、死後の生を信じないと僕が打ちあけたときもふたたび同じ非難を浴びせた。彼女自身、「小っちゃな赤い悪魔どもが三つ叉の槍持って駆け回ってる」型どおりの地獄を信じはしなかったし、「退屈な天使たちがクリスマスキャロル歌ってる」型どおりの天国も信じなかったが、「何らかの形」の死後の生は信じていた。僕は地獄も天国も、死後の生も、いかなるたぐいの神も信じなかった。それを聞いてエリナーは愕然としたが、それは宗教上の理由というよりは芸術上の理由からだった。信じないのは想像力が乏しいからだというのだ。そして彼女は、さも蔑むように「健康な人たち」がどうこうと言うのだった。

本や作家に対する僕の趣味もエリナーは共有しなかった。一番好きな本は『ハックルベリー・フィンの冒険』だと思う、三度読んだよと僕が言うと、あたしは三度読みはじめたけどどうしても第一章の先に行けなかったわと言った。あたし「スラング」で書かれた本嫌いなのよ、と彼女は言った。彼女が一番好きな本は『オデュッセイアー』だったが、僕はこの本を授業で読まされたので好きではなかった。スティーヴンソンについては、史上最高に退屈な作家だと彼女は言った。ロング・ジョン・シルヴァーのこと考えただけであくびが出るわ。剣の闘い、海賊、埋められた財宝、そもそも少年向けの冒険物語全部が乗馬好きの女の子の物語と同じくらいつまんないわよ、あたし馬は嫌いなのよ、羽が生えてれば別だけど。スティーヴン・ルイス・ロバートソンだか何だか（ロバート・ルイス・スティーヴンソンの名をわざと間違えている）の書いたどんな作品より『アイヴァンホー』の方が十倍上よ、と彼女は言い、あなた『アイヴァンホー』どう思う、と訊くので僕が「まあいいんじゃないかな、馬上槍試合とか、勘当の騎士とか、ガースとウォンバとか、あとリチャード獅子心王、アセルスタンなんていう名前とか、うん、ハラハラさせたままで章を締めくくる手際とかね、でもやっぱり——何と言ってもさ、エリナー、スコットはポーじゃないよね」と言うと彼女は「あ《オー》、ポー《ポー》ね」と疲れたように、わざとらしい顔で言った。「で？」と僕は冷たく言った。「ほかに何も言わないのかい。『あ、ポーね』なんて議論になってやしないよ。『あ、ポーね』、おしまい、なんて駄目だよ。何も言ってないじゃないか——『あ、ポーね』」「ごめんなさいね。ほんとに言おうとしたのはポー《ポー》ね、あ《オー》、だわ。これならいい？　でもああいうもろもろの傷だとか、青白い乙女だとか、荒涼たる夜更けとか何とか——ちょっとやり過ぎだと思わない？」「ちょっとやり過ぎ！」。そして彼女は、悲しげに面白がっているような顔で僕を見ながら「あたし、あんまり詩的《ポエティック》じゃないみたい」と言った。「そんなことないさ」と僕ははじめ駄洒落に気づかず断言した（「詩的」「poetic」は「ポー的」ともとれる）。エリナーはポーの小説のみならず詩も見下していて、「鐘《ザ・ベルズ》」を僕が大好きだと知ると軽蔑の念を隠さず、この詩を「ザ・ベルズ・ベルズ・ベルズ・ベルズ・ベルズ・ベルズ・ベルズ」と呼んだ（「鐘」のリフレインでは事実「ベルズ」が七回くり返される）。いいえ、オー・ポーは全然本物の詩人なんかじゃないわ、すごく真似やすいってことからそれがわかるのよ。真似できない本物の詩人はキーツよ。エリナーが持っているキーツの詩集は表紙に壺の絵が描いてあって、中には紺のインクでたくさん線が引いてあった。キーツの詩を僕が一行も読んだことがないと知って彼女は愕然とし、いきなり奇妙な表情で僕をじっと見て、片手を鉤爪の形に上げて、「つれなき美女に囚われし汝」と言った。彼女はよくそうやって僕が聞いたこともない詩の一節を暗唱し、時おり僕は彼女の病気が羨ましくなった。ゆっくり本を読む時間がこんなにあるのも病気のおかげなのだ。ベッドの左側にある小さな本箱には、興味をそそる本がぎっしり詰まっていた。金縁、二段組みの、小さなリボンが下から尻尾みたいに垂れている英国の詩人のシリーズ本。皇帝や悪魔をめぐるドイツの伝説集。小さな竜が底の根を齧っている世界樹の図が表紙の古代スカンジナビア神話の本。艶やかな六色刷りの挿絵が半透明の紙で覆われたグリム童話集。伝説的な山や島をめぐるドイツ語の古い三巻本。それぞれ操り人形、オルゴール、サーカス、小人の歴史を綴った図解入りの本。『ライン川の神話』と題された暗い色で金縁の本もあって、岸に建つ陰鬱な城、ねじれた黒い樹木、すすり泣く乙女などを描いた線画が添えられ、ある一枚の絵では、高い岩の上に、靄になかば包まれて、長いもつれた髪のローレライが座っていた。僕はその絵から顔を上げ、にっこり笑って「君と同じ髪型だね」と入った。するとエリナーはさっと顔をそむけた。少ししてから彼女は、ゆっくりと「あなたに言わなくちゃいけないことがあるの」と言った。そして握りこぶしを額に押しつけ、「ああ、こんなことになってほしくなかった」と言った。僕の笑顔が一気に消えた。彼女は大きく息を吸い込み、ゆっくり吐き出した。そして目を上げ、ただし僕に横顔を向けたままで、悲しげにこう言った――「あなたに知ってほしくなかった。ほかの人たちと同じになってしまうのが怖かったから。いつかは話すつもりでいたのよ。ああ、どうしてこんなことになってしまったのかしら。実は、エリナーってあたしの本当の名前じゃないの。どうか怒らないでね。毎晩、真夜中に、あたしが岩の上に座っているのが見えるわ……」そういうささいな冗談をエリナーは好み、僕をよくからかったが、そのやり方はどこか心穏やかでないものがあった。

おポーとかそういうのが好みなんだったらもっとずっといい作家がいるわよ、と彼女は言った。そして身を乗り出し、本箱から本を二冊取り出して僕の膝の上に置いた。上の本の表紙に、整然とした黒い大文字で**作品集　第一巻**と書いてある。その下に、もう少し小さな黒い大文字で著者名――**エドワード・オーエン・ホワイトロー**。表紙をめくってみると、半透明の紙が白黒の口絵を覆っていた。その華奢な、パリパリ音の立つ、ページに貼りつく紙をそっと持ち上げると、著者の陰気な写真が目に飛び込んできた。黒いスーツを着た堅苦しい感じの紳士が、暗い色の本が並ぶ壁の前に立ち、彫刻を施した大きな椅子の背に片手を載せて、細い目、ぎゅっと閉じた唇で読者を厳めしく見据えている。写真の下には**エドワード・オーエン・ホワイトロー　一八四〇―一八八四**という言葉。目次に目を移すと、「黒檀《こくたん》の箱」、「エドワード・カーター」、「ヴァルトシュタイン・ソナタ」、「リオノーラ」、「八角形の塔」、「オットー・フォン・ヘンネガウ」、「エディントン博士の物語」、「ウォルター・ラッシャーとウィリアム・リー」といった題名が並んでいた。ところどころに、微かに光沢のある紙に描かれた白黒の挿絵がはさまれている。一枚は粗末な木のテーブルについた男が、前のめりになって両手で頭を抱えている絵だった。目の前のテーブルの上に、小さな黒い箱があった。絵の下に**蓋は黒檀で、銀が嵌め込まれ、種々の奇妙で不可解な道具を用いて彫刻が施されていた**という言葉があった。もう一枚は膝下ズボン《ニッカーボッカーズ》をはいている小さな男の子の絵だった。自分の頭上を越えて絵のてっぺんまでのびた、ものすごく高い草の葉と思しきものに囲まれて男の子は怯えた表情で立っている。絵の下には**すっかり迷子になってしまったのだという事実を少年は徐々に実感していった**という言葉があった。その晩、僕はエドワード・オーエン・ホワイトローの作品集に読みふけった。それらの物語は僕に、漠然とした恐怖に彩られた、重苦しい気分とともに目覚めたあともその気分が一日じゅう続くたぐいの夢に似た作用を及ぼした。それでもなぜか、こんな不愉快な夢見なければよかったのに、とは思わない。その夢に導かれて、途方もない秘密の瀬戸際まで来ていたのに、と思ってしまうのだ。一八——年、一人の疲れた旅人がD——村の宿屋にやって来る。馬丁が彼の馬を厩《うまや》に連れてゆく。宿屋には年老いたあるじ以外誰もおらず、そのあるじが黒いスープと赤ワインの食事を持ってくる。食事が済むとあるじは旅人を、高い四柱式ベッドのある薄暗い部屋に案内する。この部屋には何となく見覚えがあると旅人は思う。壁には美しい、悲しい目をした貴婦人を描いた楕円形の肖像画が掛かっている。旅人は疲れた頭を枕に載せ、たちまち眠りに落ちる。真夜中に微かな物音がして彼は目を覚ます。遠くで誰かがすすり泣いているような音だ。細い蠟燭に旅人は火を点け、寝室の中を見回す。部屋には自分しかいない。廊下に出てみると、今度はすすり泣くような音は自分の部屋から出ているように思える。旅人は心乱されて部屋に戻るが、長いこと探しても何も見つからない。疲れはてて、落着かぬ眠りに入ってゆく。夜明けどきに、少しも休まらぬまま旅人は目を覚まし、夜のあいだの出来事を、まるで邪悪な夢でもあったかのように思い出す。肖像画にちらっと目をやると、彼に何かを訴えかけているように見える。旅人は急いで階下に降りていき、馬を出してくれと頼む。馬丁がすぐさま、無礼なニタニタ笑いを浮かべてやって来る。旅人は馬に乗って去っていき、森の緑の静寂を通して陽がその黄金の光を注ぎはじめるなか、胸に疚しさと重苦しさを覚える。小説はそこで終わる。別の物語では、一人の男が二十年会っていない友人の家に招かれる。男は真夜中に、森の中の朽ちかけた屋敷の前に行きつく。ノックをしても返事はなく、男はためらいつつ中に入る。半月の光で、だだっ広い客間は朽ちかけていることがわかる。漠然と不安を抱いたまま、男は朽ちかけた部屋から部屋を回り、何かのぼんやりした記憶を呼び起こされる。ある部屋では、鵞ペンが三本置かれた、埃をかぶった書き物机がある。またある部屋では、ひびの入った鏡が、光沢を失った金箔の枠に収まっている。学生のころ、男自身もまさにこんな机のある部屋で暮らしたものだ。亡き妻の化粧室にもまさにこんな鏡が掛かっていた。ギイッと軋むドアを男は押して開け、小さな部屋に入っていく。朽ちかけたベッドの上に、首なしの玩具の兵士が転がっている。一方の隅に、壊れた揺り木馬が、木の剣と並んで転がっている。重苦しい気分とともに、それらが自分が幼いころ遊んだ玩具であることを男は見てとる。恐ろしい、疲れた思いがどっと押し寄せてくる。男は「逃げ、とどまる」ことを欲する。「熱っぽい、疲れた思いで」最後のドアの前に出る。恐怖の念とともにドアを押して開けると、螺旋階段がそこにある。黄燐マッチに火を点け、のぼって行く。のぼり切るとまた別のドアがあって、それを押し開けて八角形の塔に入っていく。八つの壁はどこも本が並んでいる。白いテーブルクロスを掛けた小さな丸テーブル以外、部屋には何もない。テーブルの上に、黒い仮面がひとつと、赤い薔薇が一輪ある。男の胸に漠とした恐怖が湧いてくる。恐ろしいのはこれらの物ではなくそれらに見覚えがないという事実だということを男は感じとる。恐怖、圧迫感、「恐ろしい好奇心」とともに彼はそれらにじっと見入る。そこで小説は終わる。どの作品も意図的に、あたかも傲慢さの表われのように、唐突に、よくわからないまま話が終わる。そのことが僕を怒らせ、疲れさせ、僕の好奇心を焚きつけた。あたかも途方もない啓示の瀬戸際まで読み手を導いてゆき、まさにその瀬戸際に永久に放り出していくことこそエドワード・オーエン・ホワイトローの芸術的意図であるように思えた。本をエリナーに返したとき、苛立ち混じりの魅惑を僕は表明した。「ああ、アルトゥール」と彼女はからかい気味に言った。「あなた、ハッピーエンドが好きなの？」「アルトゥールって呼ぶの、よせよ」と僕はきつい口調で言ったが、胸の内には不安と憂鬱があった。

こうして僕たちは、エリナーと僕は、自分の霊廟と彼女が呼んだじわじわ暗くなっていく病室で、自分の墓と彼女が呼んだベッドのかたわらに僕が座り、二人で話をした。まもなく彼女は眠たげに、物憂げになっていくのだった。そして僕は、そういう夢のような眠たい気分を、キルトの下に彼女が動いていって目をなかば閉じる時を楽しみに待った。そうすると心地よい悲しみに僕は見舞われ、椅子に座った体がずるずる滑り落ちていくなか、脚の上に座っているラガディを、ベッドの向こう側のたんすを、カットグラスの壜の上に立った暗い鏡を見つめるのだった。そしてひっそりした、暗くなっていく部屋で、エリナーの静かな息と僕の息以外は何も聞こえなかった。時おり僕たちの呼吸がぴったり重なり、それからまた徐々にずれていって、やがてまた重なる。そして僕は、このままここにとどまれればどんなにいいかと思ったことか、エリナーの静かな息と僕の息以外は何も聞こえないまま永久に。時おりエリナーの目が閉じて、彼女は落着かない眠りに落ちていく。枕許の椅子に座った僕には、彼女の眉間の皮膚にあたかも考え込むかのように力が入るのが見え、僕が見守るなか、彼女は深く眉間に皺を寄せては力を抜き、深く眉間に皺を寄せては力を抜いた。そして見守りながら僕は、僕の視線に引っかかれるのを彼女は草の葉の先っぽを感じるように感じているにちがいない、という思いに囚われるのだった。そして僕が見守るなか、突然エリナーの目が開き、夢見るような落着かぬまなざしで僕を見ながら、彼女は手の甲で額をこすって言った――「あら、まだいたのね、あたしてっきり……ねえまだ帰らなくていいんでしょう……あたし庭にいたのよ、花が頭の上に広がって、あたし迷子になって……ねえ言ってよ、帰らないって……」そしていつも、いつも、帰る時間なのだった。そうして重たさが僕にのしかかり、僕はとうてい椅子から立ち上がって自分の気だるい体を部屋の向こうまで引きずっていくことなどできそうになく、体はさらにずるずる椅子から滑り落ち、僕はなかば目を閉じて、帰らなくていいふりを、全然帰らなくていいふりをするのだけれど、そのときにはもう、階段をのぼるミセス・シューマンの足音が聞こえて、ちょうどそれは、暗い冬の朝に、夢の向こう側からドアを開け閉めする音が聞こえてくるのに似ていた。ドアを開け閉めする音だと認識し、それらから何とか逃れようと夢の中へ必死に戻っていくものの、夢はもうすでに変わりはじめていて、森の太い木々のあいだで遠くのドアが閉じ、森の中で枕の硬い縁が頬骨をぐいぐい押しているのが感じられ、それから、水道栓から流れ出る水のしゅうっという音が脳をぐいぐい引っぱって、突然、苦痛の感覚とともに心は夢から引き剝がされ、血が流れ出るように朝の中へと出ていく。そのようにして僕はエリナーの暗い病室からわが身を引き剝がし、彼女の病室ではない見知らぬ世界へ出ていって、自分の部屋に足を踏み入れながら混乱した思いで部屋の中を見回し、古びた茶色い肱掛け椅子や、コードのすり減ったフロアスタンドや、引き出された壁灯の下、下向きにベッドに転がっている本を見るのだった。

ある暗い午後、帰る時間になって、重たい体を立ち上がらせる試練に向けて僕が覚悟を固めていると、エリナーがゆっくり顔を僕の方に向けて、その暗い、憂いに沈んだ目で僕を見据え、「帰らなくてもよければいいのに」と言った。「え」と僕は言った。「あ、うん、わかるよ言ってること、ここってすごく眠たげで、すごく安らかで、帰るなんてできやしないよね、でも帰らなくちゃいけないんだ、そうするしかないんだよ」。「するしかない」と彼女は言った。「それって妙な言い方よね――するしかない……でも素敵じゃないかしら、もしずっといられたら、ずっと……永久に……」。「うん、永久に、だなんて言わないでよ、そんなこと言われると……でもエリナー、僕もう帰らなくちゃ、君の母さんが……」「あたしの母さんはあなたがあと一秒いたところで神経衰弱起こしやしないわよ」。ベッドの上で彼女は身を起こし、キルトの下で膝を立て、両脚を抱え込んで頬を膝に載せた。そうして、横目でじっと僕を見ながら、「あなたいたくないの、アルトゥール?」と言った。「いや、そりゃもちろん」と僕は言った。「そりゃいたいさ、頼むからそんなこと言わないでよ、君どう思う、でもエリナー、もう帰る時間だよ、わかるだろう、僕帰らなくちゃいけないんだ、それにだいいち……」「あ、そう」と彼女は言った。「わかったわ。さよなら」。そうして彼女はさっとキルトをはねて向こう側に飛び降りた。「エリナー」と僕は言った。「ちょっと君、何を」、けれどすでに、薄暗いベッドライトのなかで、彼女がクローゼットに向かってベッドの角を曲がるのが僕には見えた。「エリナー」と僕は言って立ち上がり、落ちかけたラガディをキャッチしようとあわててかがみ込んだ。ラガディを椅子の上に置いたが彼女はずるずる横に滑っていき、クローゼットの扉が閉まるのと同時に僕は彼女を拾い上げてキルトの上に横たえワンピースをのばしてやった。「エリナー」と僕は呼びかけ、クローゼットの方へ進んでいきながら、あたかもテストに失格したかのように疲れとみじめさを感じていた。クローゼットの扉を開けてすぐ、ぎっしり並んだドレスを僕はかき分けていき、壁に達した。手探りでドアノブを見つけた。僕はすぐにドアを開けて子供博物館に入っていった。エリナーはすでにふたたび蠟燭を灯していて、破風のある人形の家の前にふたたび座り込んでじっとまっすぐ前を見ていた。僕は寄っていって彼女の横、蠟燭立ての向こう側に膝をついた。「エリナー」と僕は疲れた思いで言った。彼女は背中をうしろにそらし、頭をさっと振って、嫌悪もあらわな目を僕に向けた。「で?」と彼女は問いつめるように言った。悲しい思いで僕は彼女の方にかがみ込み、自分の唇が彼女のわずかに開いた唇にぎこちなく触れるとともに、彼女の背後の闇の中で薄暗い人形たちが一列に並んで座っているのを見た。疲れと憂鬱の波が次々に僕の中で湧き上がり、やがて僕は溺れ死んだ。

52

ぐずぐずと続く、憂いを帯びた、心乱されるキスの時期が始まった。僕はそれらのキスから、燃える唇を抱え、弱さと疲れの気分とともに離れるのだった。そして僕が枕許の革張り椅子から滑り落ちつつなかば目を閉じる一方、エリナーはなかば目を閉じわずかに唇を開いて枕に頭を載せて横たわった。そして僕は、そこに永久にとどまれればとどれだけ願ったことか、自分の霊廟と彼女が呼んだじわじわ暗くなっていく病室で、自分の墓と彼女が呼んだベッドのかたわらで……ひっそりした、暗くなっていく部屋はエリナーの静かな息と僕の息以外何も聞こえなかった。時おり僕たちの呼吸がぴったり重なり、それからまた徐々にずれていって、やがてまた重なる。そして僕は、このままここにとどまれればどんなにいいかと思ったことか、エリナーの静かな息と僕の息以外は何も聞こえないまま永久に。そしていつも、いつも帰る時間なのだった。そしてある日、帰る時間になって僕が気だるく椅子に座っていると、エリナーが僕の方を向いて、その暗い、憂いに沈んだ目で僕を見据え、そっと小さな声で「晩ご飯食べていかない、アルトゥール？」と言った。「え」と僕は呟いた。「あ、晩ご飯ね」と僕は呟いて、階段をのぼる足音を遠くに聞いた。突然ドアをカッカッと叩く音がした。「どうぞ」とエリナーが言って、ミセス・シューマンがドアを開けた。「あ、母さん」とエリナーは言った。「アルトゥールが晩ご飯食べていくの。いいわよね？」「もちろんよ、エリナー」。ミセス・シューマンは一瞬間《ま》を置いた。「アーサーは知ってるのかしら――」「あら、アーサーは気にしないわよ。何でしかめ面してるの、母さん？　場所ならたっぷりあるでしょ」「まあそうね」とミセス・シューマンは疑わしげに言った。「でもアーサー、あなたお母様に電話した方がよくなくて？」「え」と僕は呟いた。「あ、僕のお母さんですよね」と僕は呟いて、疲れた思いで体を椅子から持ち上げ、立ち上がるとともにズボンが革から剝がれる微かな音を聞いた。それから、黄色い皿立てが目に入り、僕の手の中に黒い受話器があった。母さんは怒っているような声で、僕の宿題のことを心配したが、宿題は「ひとつもない」からと僕は請けあい、受話器を置いて、薄暗いベッドライトと玩具の入った本箱の上に置いた小さな薄暗いランプが灯っただけのエリナーの心和む病室に戻っていった。そうして革張り椅子に腰かけて、なかば目を閉じた。少しすると階段をゆっくりのぼる足音と、とん、とん、という柔らかな音が聞こえてきた。エリナーを見てみると、なかば目を閉じてうしろにもたれていた。軋む音、とん、とん、という音が踊り場まで来て方向を変え、廊下を進んで、止まった。三度の静かなノックがドアから響いた。「どうぞ」とエリナーが言って、ドアがゆっくり開いた。わずかに身を前に傾けて、磨き込んだステッキに寄りかかり、彼はゆっくり前に歩み出た。暗い色の、だらんと垂れたスーツを着た灰色の髪の紳士。目の下に暗いたるんだ隈があって、歩くと時計の鎖の輪が震えてチョッキに当たった。僕は立ち上がりかけたが、彼は片手でぽんぽん叩くような仕種をし、僕は腰を下ろしながら、彼がベッドとたんすのあいだを枕許の方に向かうのを見守った。指の太い両手を、磨き込んだステッキのてっぺんに載せて、几帳面な口調で「お姫様のご機嫌はいかがかな？」と彼は言った。「ちょっと疲れてるわ、お父様」。そして彼女は顔を上げ、父親がキスするようにと白い頰を向けた。「そうそう、お父様」と彼女は言った。「紹介するわ、アルトゥールよ」、そうして漠然と、投げやりに片手を僕の方に向けて上げた。彼はゆっくりと体をまっすぐにのばし、ぎくしゃくと僕の方を向いて、ベッドの向こうからじっと目を注ぎながら、少し大きすぎる声で「やあ君、元気でやってるかね？」と言った。「ええ元気です、おかげさまで、ミスター・シューマン」「え？　何だって？　もっと大きい声で言いたまえ」「元気です、おかげさまで！」と僕は言った。「よろしい！」と彼は憂い顔を少しも変えずに言った。それから、エリナーに長い、悲しいまなざしを投げ、僕に長い、悲しいまなざしを投げてから回れ右し、ゆっくり部屋から出ていった。背はわずかに丸まり、体は磨き込んだステッキに寄りかかっていた。僕はなかば目を閉じて横になっているエリナーを一目見てから、椅子に座った体が滑り落ちていくとともに自分もなかば目を閉じた。ひっそりした、暗くなっていく部屋はエリナーの静かな息と僕の息以外何の音もしなかった。少しすると階段から足音が聞こえ、ドアをカッカッと叩く音がした。「どうぞ」とエリナーが言い、ミセス・シューマンが大きなトレーを持って入ってきた。トレーの上に、食べ物が湯気を立てている皿が二枚、ジュースの入った背の高いグラスが二つ、ナプキン二枚、銀器二組、銀色の蓋が付いたガラスの塩入れが載っていた。疲れた思いで僕は立ち上がりかけたが「いいのよ、いいの」とミセス・シューマンは首を横に振りながら言った。薄暗いランプの光の中で彼女はトレーを机の方に運んでいき、タイプライターの横に下ろした。デスクチェアに載った大きな人形を彼女は手にとり、少しのあいだぼんやり周りを見回した。それから、タイプライターの向こう側に、頭が紙巻き《キャリッジ》に寄りかかるよう人形を下ろした。そしてデスクチェアを引き出して、わずかに波打っている木の座部に皿を一枚、ジュースのグラスを一つ、ナプキン一枚、塩入れ、三つ一組の銀器を置いた。そうして、それらが載った椅子を片脚でそうっと僕の方に押し出し、暗い、憂いに沈んだ目で僕を見ながら「狭くてごめんなさいね、アーサー」と言った。「お母さんったら、よしてよ」とエリナーが、ベッドの上で身を起こし苛立たしげな顔で両腕をつき出しながら言った。ミセス・シューマンが机からトレーを持ち上げてエリナーに渡すと、彼女はそれをキルトに覆われた膝の上に載せた。「みんな冷めてきちゃったわね」とミセス・シューマンは悲しそうに言った。「いえいえ」と僕は言った。「お母さんったら」とエリナーは言って、顔をしかめてかがみ込みながら鶏のウィングにナイフを入れはじめた。「何か要るものがあったら」とミセス・シューマンは言って、そのまま自分の声が消えていくに任せた。そうして、僕たち二人にもの悲しげな視線を投げたあと、部屋を出てそっと静かにドアを閉めた。エリナーの病室のランプに照らされた闇のなか、軋むベッド、軋む椅子の音、銀器が静かにカチャカチャいう音以外何も聞こえなかった。「塩をとってちょうだい」とエリナーは言い、その後に続いた日々、僕はエリナーの家で晩ご飯を食べていくようになり、母さんは宿題のことを心配してひどく気を揉んだが、宿題なんてひとつもないと僕は請けあい、塩入れを横にして持ったエリナーは人差指を細かく動かしてガラスをとんとん叩いた。食べ終わると僕は皿をまとめてトレーに載せて下りていき、それからミルクとデザートを持って上がっていった。デザートが済むとまたトレーを持って下りていき、ミセス・シューマンがいつも「あなたってほんとにいい子ねえ」と言い、時おりミスター・シューマンが顔をしかめて目を上げ、「え？　何だって？」と言い僕は顔をしかめて下を向くのだった。それから僕はエリナーの病室に戻っていき、中に入ってドアを閉め、枕許の革張り椅子に沈み込んでなかば目を閉じた。時おり僕は、彼女と並んでベッドの上に横たわった――僕はキルトの上、彼女はキルトの下に。そして僕は、このままここにとどまれればどんなにいいかと思ったことか、自分の霊廟と彼女が呼んだ安らかな病室に、自分の墓と彼女が呼んだベッドの上に、そしてひっそりした、ランプに灯された部屋は彼女の静かな息と僕の息以外何も聞こえなかった。時おり僕たちの呼吸がぴったり重なり、それからずれていって、やがてまた重なる。長いあいだ僕はそんなふうにそこにとどまった。疲れた思いで、安らかに、動かずに。やがて帰る時間になって、彼女は暗い、憂いに沈んだ目で僕の方を向いて「もうちょっとだけいられないの、アルトゥール……もうほんのちょっとだけ……」と言うのだった。

ミセス・シューマンに車で送ってもらって、明かりの灯ったわが家の居間に足を踏み入れた僕の方を母さんと父さんが向くと、僕はふっと、自分がはるか遠くエリナーの病室で眠りに落ちたのであって、この部屋、この父親、このしかめ面の母親を夢に見ているのだという思いに襲われた。

53

ある晩、もうそろそろ帰る時間になって、キルトから起き上がる試練に向けて僕が覚悟を固めていると、エリナーがゆっくり僕の方に顔を向けて、暗い、憂いに沈んだ目で僕を見据え、「帰らなくてもよければいいのに」と言った。「え」と僕は眠たげに言った。「あ、うん、そうだよね、でも無理だよ、もうそろそろ時間だよ……」「だってあなたいつもそう言うじゃない、アルトゥール。どうしてずっといられないの、ずっと……永久に……」「いや、永久って、だってそんな……永久に……そしてもう二度と誰にも邪魔されずに……そうだよね……そうだよ……でもわかるだろう、無理だよ、もうそろそろ、ほんとに……けどエリナー、この話って前にもしなかったっけ?」「あ、そう」と彼女は唐突に言った。「あなたがそういうふうに思うんだったら」、そうして上掛けをはねるとそれが僕に当たって落ち、彼女はさっとベッドの向こう側に舞い降りた。「エリナー」と僕は呟き、薄暗いベッドルームの中で彼女がベッドの角を曲がってクローゼットへ向かうのを見た。「エリナー」と僕は疲れた思いで言い、枕から頭を持ち上げたがクローゼットの扉が閉まるとともにまた枕に戻した。ありったけの力をふり絞って上半身を押し上げ、それから両脚をさっとベッドから降ろし、革張り椅子に脚をぶつけて、ラガディがゆっくり滑り落ちていって仰向けに横たわり天井に向かって微笑むのを見守った。疲れた思いで僕は彼女を起き上がらせて座らせ、両手をきちんと膝の上で組ませて、疲れた思いで目をこすりながらクローゼットを進んでいった。クローゼットの扉を開けてぎっしり並んだドレスをかき分けていき、壁に達した。手探りでドアノブを見つけ、ドアを開けて子供博物館に入った。

闇はあまりに黒く、少しのあいだ僕はバランスを失わないようドアノブにしがみついていた。「エリナー」と僕はささやいたが、答えはなかった。心の内で僕は黒い闇の中にいろんな物を配置していった。部屋の真ん中にある大きな、破風のある人形の家を僕は思い出し、それから左の奥にある人形の座ったロッキンチェアを思い出し、奥の壁に接したティーテーブルを思い出した。そうやって子供博物館を僕が思い描くとともに、黒い闇の中からもっと黒い闇がいくつも現われ出てくるように思え、人形の家の黒いかたまり、隅のロッキンチェアの黒いかたまり、奥の壁に接した黒いティーテーブルを僕は見た――見た気がした。僕は慎重に足を踏み出し、片手をつき出して目の前の空気をぽんぽん撫でた。突然、何かが脚に触れるのを感じて僕はぎゃっと声を上げたが、しゃがみ込んでみると人形の冷たい木の頰に僕の手は触れ、滑らかな開いた目の上の硬い、尖った睫毛に触れた。「エリナー」と僕はそこにうずくまってさっきより大きな声で言い、一心に耳を澄ましてあたりを見回し、彼女が手をのばして長い尖った爪で僕に触れるのではと恐れたが、そのときふっと、角が丸くて平たいさんざん嚙まれた彼女の爪を思い出した。彼女は何とも答えず、僕は黒い闇の中で、あたかもあまりの闇に目が痛むかのように目をすぼめながら、そんなに遠くないところに見える、あるいは感じられる人形の家の黒いかたまりに向かってそろそろと這うように進んでいった。ゆっくり這うように進みながら、埃っぽい床に手のひらをゆっくり下ろしていき、這うように進みながら僕の右の手のひらは何か柔らかいものの中に沈んでいってその何かがワァァァァ！と声を上げ僕はさっと手を引っ込め、じっと見張っている闇の中で一心に耳を澄ました。やがて僕の指先が突然現われた人形の家に触れ、僕は左から右へ回り込んで這うように進み、途中で膝を蠟燭立てにぶつけて倒してしまった。一周し終えると爪先を上げてかかとで立ち、部屋の中を見回して、あちこちに見える、より暗い闇の小さなかたまり一つひとつに目を向けた。それらのあいだに、いまやおぼろな形が見てとれるようになっていた。そこここに、目が黒光りするのが見えた――見えたと思った。僕はそっと声に出して「君、ここにいないんだね」と言った。答えはなく、一瞬僕はエリナーが人形の家の中でぐっすり眠っているのだと想像したが、突然、壁にあった小さな扉を思い出した。

両手両足をついて慎重に這って進み、奥の壁にたどり着くと、ティーテーブルの黒い輪郭と、本箱の黒い輪郭が見えた。その二つのあいだの、冷たい壁に僕は指先で触れた。滑らかな表面にゆっくり手のひらを這わせていくと、不意に金属の蝶番に行きあたった。扉のてっぺんが、膝をついている僕の首の高さだった。扉を半分下ったあたりで、小さな金属のドアノブに手が触れた。そうっと回して押したが、何も起こらなかった。僕は怒ってもっと強く押し、どなるか泣き出すかしたかったが、今度は引っぱってみると扉は滑らかに、微かに軋みを立てて開いた。冷たさが僕の皮膚に触れた。膝をついて中を覗き込むと黒い闇しか見えなかったが、片手をのばしてみると何かの布に手が触れ、ハンガーがこすれる微かな音が聞こえた。

頭を低くして小さなクローゼットの中へ入っていき、いくつものドレスの分厚いかたまりに頭を押しつけてそれらをかき分けながらゆっくり這っていった。居並ぶドレスの上から竿が一本僕の首をぐいぐい押してきて、僕は腹這いにならねばならず、ドレスのかたまりが僕をぐいぐい押し竿をこするなかで体をよじらせつつ進むことを余儀なくされた。半分くらい行ったあたりでドレスの向こうに手をのばして壁を探ったが、指は何にも触れなかった。空気は冷たかった。それから僕は目を閉じてドレスのかたまりの向こうまで頭を押し出し、冷たい黒い闇に出た。腹這いになったまま、ドレスに両肩を押されながら、両脚はまだ子供博物館につき出た状態で片手を前に出すと、くすぐったい蜘蛛の巣に手が触れた。ゆっくりその手を左へ回していくと、壁に至った。右側にも壁があった。クローゼットの幅で両者は隔てられている。手を上にのばすと、クローゼットの高さでごつごつの梁に触れた。どうやらここは通路のようだった。両手両足をつけば、ちょうど僕も入れる大きさだ。

ゆっくりと、キシキシ騒々しくこすれる音の立つドレスのかたまりから身を引き抜いた。膝を立てて身を起こすと、くすぐったい蜘蛛の巣が顔に触れた。背中のすぐ上から、ざらざらで棘々しい天井が押してきた。床の上で、手のひらが絨毯に触れた。絨毯の上を手を横に、壁の方へ滑らせていくと、突然小さな椅子に触れた。その隣で、小さなテーブルに触れた。テーブルの上で小さな皿二枚、小さなフォーク二本、小さなグラス二つに触れた。

黒々としたその通路をゆっくり、指先で目の前の絨毯をとんとん叩きながら這って進み、這っていくさなかに膝で何度もいろんな小さな家具を倒してしまった。背中のすぐ上からざらざらで棘々しい天井が押してきて、僕はトカゲの家にいる巨人のアリスのことを思い浮かべた。とてつもなく大きい腕が、小さな窓からつき出ている。もうすごく長いあいだ這っている気がしたが、実のところろくに動いてもいない――と、いきなり別の扉の前に出た。さっきの扉よりもっと小さいように思えた。ドアノブの下で手がごく小さな金属の鍵に触れた。鍵を回してみると扉は前に開いて中は闇で、僕は腹の高さまで体を低くして身を押し込んでいった。狭い側面が両側からぐいぐい肩を押してきて、上の面が背中を押し、僕の体はしばし戸口につっかえてしまったが、やがて突然、一気に向こう側へ抜けた。

中に入ると薄寒い黒い闇に包まれて僕は膝をつき、片手を前にのばした。左右でからっぽの黒い闇に触れた。頭上でも空っぽの黒い闇に触れた。床は滑らかな冷たい木だった。僕はゆっくり、片手を頭の上にかざしたまま立ち上がった。指が木に当たった。僕はまだ完全に立ち上がってはおらず、半分体を曲げていた。ざらざらの、水平に広がる木の表面に沿って慎重に手を動かしていくと、突然、水平だった表面が上向きになった。垂直になった表面に沿って手を動かしていくと、手のひら二つ分くらい上に、別の水平の表面が出てきた。この新たな面に沿って手を走らせていくと、それがまた上向きになって別の垂直な面に変わり、今度はその面がもっと高い水平な面につながり、これらもろもろの垂直面、水平面は妙に覚えのあるものに感じられた。段々と高くなる天井の斜面に向かって僕はゆっくりと動いていき、何歩か行くと完全に立ち上がれるようになるとともに、見えない天井は上につき出した手が届かないくらい高くなった。それから一歩僕はうしろに下がって、黒い闇の中で奇妙な天井に手を当てて体を安定させた。ざらざらの斜面に手を当てて立ちながら、階段みたいな天井を逆さまに歩いていく自分の姿を僕は思い浮かべた。巨大な昆虫のように表面にしがみつきながら、僕はどんどん高くへ進んでいく。やがて僕はめまいがしてきて、本当なら自分の下にあるはずの頭上の階段につかまった。一瞬、世界がまるごとひっくり返ったように思えて、黒い闇の中で僕はぎゅっと目をつむり、突然、さっき天井の階段の下側に触れたことを僕の指が思い出し、僕は目を開けて黒い闇の中でしばたたかせたが、心の内では頭上にそびえる階段の下の空間に立っている自分の姿が見えていた。「エリナー」と僕はささやき、一心に耳を澄ました。それからゆっくり進んでいって、片手を前にぴんとつき出し、一杯に広げた指で空気をとんとん叩いた。一歩一歩、慎重に足を前に出し、もう一方の足をその横へ持っていくと、突然何か柔らかいものが片脚に触れるのを感じて僕はハッと息を呑んだが、彼女は何も言わず、僕はしゃがみ込み、冷たい一つ目の、尖った針金が一本つき出したふかふかの動物に触れた。それから慎重に立ち上がり、冷たい黒い闇の中を僕はさらに、両足を床に滑らせ爪先でいろんな柔らかいものをつつきながら前へ進んでいき、突然一杯に広げた僕の指が棘々しい木に当たった。それは細い、垂直に据えられた棒で、ざらざらの木の壁からつき出ていた。手の幅いくつ分か右に、もう一本垂直の棒があった。なおも壁をぽんぽん叩きながら進んでいくと、突然、二本の棒のあいだで、短い横木に触れた。その上にもう一本横木があった。梯子の段みたいにそれらは宙にのびている。僕はゆっくりのぼって行き、ざらざらの縦棒にしっかりつかまって、一段ごとに立ちどまって頭上に手をのばした。一度、首をうしろに回して下を見てみたが、黒い闇以外何も見えなかった。けれど僕の頭の動きが僕をうしろに引っぱるのか、僕は自分が下に、下に落ちていくのを感じ、それから頬を木に押しつけてぎゅっと目をつむった。そして僕はたまらなく横になりたかった、疲れた目を閉じたかった、けれど僕は目を開けて慎重に次の段にのぼり、手を上にのばすと棘々しい天井に触れた。少しのあいだ僕は闇の中で眉をひそめてあちこち手で探った。それから木に手を当てて体を押し上げると、木はゆっくり重々しく、大きな軋みを立てて上がっていき、やがてその向こうに、そこらじゅう埃の舞うなか、新しい闇がくさび形に広がっていくのが見えた。

54

左の腕と肩で重いはね上げ戸を押し上げながら、右の前腕で床を押さえつけた。見れば目の前には、大きな黒いトランクや黒い木の樽がいくつもそびえている。あちこちで金属の縁がキラッと暗く光った。トランクや樽の向こう、梁を渡した天井が急角度で下にのびている。僕は慎重に這い上がって、軋むはね上げ戸を下ろして元に戻し、これまでの闇ほど暗くない闇の中であたりを見回した。ぎざぎざの黒さに満ちた、床が傾斜しただだっ広い屋根裏の端に僕は立っていた。遠くの方で、薄暗い、ちらつく光がひとつ、影に包まれた何本かの梁にほのかな定まらぬ明るさを降らせ、その場全体の暗さに縁や角の暗いきらめきを施していた。はね上げ戸からさして遠くないあたりに、影に包まれた手すりが見えて、黒い階段が急角度で下にのびている。はね上げ戸と階段のあいだに狭い通り道があるように見え、一連のぎざぎざの黒さの方へ広がっていて、その向こうで薄暗い光が定まらぬほのかな明るさを降らせていた。

腹をぐっと引っ込めて、ほとんど触れあっている二つの樽のあいだに体を押し込み、大腿骨《だいたいこつ》を擦りながら進み、通り道に出た。蜘蛛の巣に覆われた黒い樽の縁を右手でたどり、左手で細長い木のテーブルの棘々しいへりをたどりながら僕はゆっくり進んでいき、テーブルの上に並んだ、黒い冷たい缶詰、ロープの黒いとぐろ、凹んだ黒いビーチボール、冷たいゴムと金属から成る何なのかも不明な物体などを手で感じとった。テーブルの端まで来ると黒いトランクや壊れた家具がそびえ立ち、右側では黒いランプがひとつ、倒木のように傾いて倒れて道をふさぎ、遠くの方で薄暗い光がほのめいて、僕は左へ曲がってさらに深い黒い闇の方へ向かいながら、片手をテーブルのへりに添えたまま散らかった床を慎重に進んでいき、一歩踏み出すたびに足を膝まで上げて、かならず一拍間《ま》を置いてから、ガタゴト音を立てる黒い物体たちのすきまと思えるところにゆっくり足を下ろした。テーブルのへりが終わって、僕は手のひらを椅子の、湿っぽい、詰め物をした肱掛けに下ろした。クッションも置いていない、バネのでっぱりが感じとれる硬い座部をぽんぽん探ると、散らばったゲームのコインや、腹は下に顔は上に向けて横たわっている裸の木の人形が手に触れた。椅子の向こう、左側に、触ると籐細工と思える四角っぽい黒いかたまりがそびえ、その籐細工の物体の横を僕は過ぎて、行く手を遮る大きな黒い形の前に出た。小さな木の出っぱりがあちこちにある、滑らかな木の表面に僕は触れた。右へ曲がり、左手はたんすと思しきものの滑らかな表面から離さずに進むと、突然、障壁にぶつかった。左側はたんすで、右側には古い冷蔵庫と思われるもうひとつ大きな黒い形がそびえている。障壁は両者のあいだに位置し、僕の腰の高さまであった。木のへりに僕は触れ、その向こうに、ふわふわの堅固さとも言うべきものがいくつか横たわっていた。小さな木の手があり、ふわっと柔らかそうな耳がある。どうやらそれは人形や動物の入った大きな開いた箱らしかった。先へ行くには、この人形たちの箱を乗り越えるしかない。へりをつかんで、一匹の大きな黒い獣の柔らかな腹にそっと膝を食い込ませると、ずっと下から、すごく小さな、こもった叫び声が聞こえたがそれも突然ぴたっと止んだ。それから僕は、もう一方の膝を、柔らかな、押すと沈む人形たちのかたまりの中に食い込ませ、向こう側のへりをつかんで沈む両膝をじわじわ進めて頭や脚の上を渡ろうとしたがこれは上手く行かず、人形たちの作る流砂《りゅうさ》の中で僕は立ち上がり、まず片脚を、そしてもう一方の脚をぎこちなく持ち上げて向こう側のへりをまたぎ越した。するとそこもまた、僕の頭の高さまで積み上げられたトランクや箱が何列も並んでいる散らかった通り道だった。一歩一歩慎重に足を下ろしながら先へ行くと、右足だけが何か硬いものを踏み、それがかくんと下に沈んだ。あわてて足をどかすと、完全に黒くはない闇の中で、黒い揺り木馬が激しく、音もなく揺れているのが見えた。まだ動いている馬と、一連の冷たいトランクとのあいだを慎重に進んでいくと、高いテーブルが現われて僕の行く手を遮った。ぎざぎざの黒さがいくつもテーブルから立ち上がっていた。バケツに入ったモップ、ひっくり返った椅子、尖った金属片を僕は感じとった。厚い、重たい、湿っぽいテーブルクロスが床まで垂れて、裾が黒く盛り上がっていた。僕はゆっくり身を下ろしてしゃがみ込み、膝が何か柔らかいものにぶつかり、僕はクロスを持ち上げて中へ這っていき、角張った横木に膝をぶつけた。中に入ってクロスを放すと、あたりは真っ暗闇になった。僕は一寸一寸慎重に這っていった。頭の上から尖ったネジが何本も下がっているのを僕は感じとり、床の上で手のひらが何かべたべたするものの中に食い込んだ。それから目の前に重たいクロスが垂れているのを僕は感じとり、カーテンの分かれ目を見つけられない役者のようにぎこちなくそれを押すと、その向こう側にある何かに行きあたった。クロスに沿ってずっと障壁が立ち上がった。ゆっくり、ぎこちなく、左側を重しで止めてある重たいカーテンを持ち上げると、目の前に黒い、平たく見える、高さ五、六十センチのかたまりがまっすぐ上にのびていた。重いテーブルクロスを頭上まで持ち上げて首に載せ、僕は上へ、外へ向かって身をよじらせていった。堅固な柔らかさに体を押しつけ、角張った縁を膝が乗り越えていき、テーブルの天板に首をぐいぐい押されながら、僕はゆっくり這い出して、ふわふわの動物たちのひしめく凹んだベッドの上によじのぼる。真正面で黒い物体たちが立ち上がり、僕はベッドの上をゆっくり、ふかふかの脚や冷たい目や熊の滑らかな鼻のあいだを手探りしながら右側に這っていき、突然腹這いに横たわって、疲れた目を閉じた。けれどすぐまた目を開け、ベッドの端まで這っていって、向こう側に降り、積み上げられた黒さと黒さのあいだの狭い通り道を進んでいった。片足が何か硬いものに食い込み、それがチリン、チリンと金属的な音とともに沈んで、あわてて足を離すとどさっと金属的な音が聞こえた。小さなベルが鳴った。かがみ込むと僕の手は冷たい、キー同士が絡みあったタイプライターに触れた。タイプライターをまたぎ越すと片脚が何か軽いものにぶつかってそれがわずかに揺れ出し、通り過ぎていく僕の脚に軽く当たった。それから、高い本箱の前に僕は出て、右に曲がって、重たそうな、へりの角張った、いくつかは僕の頭より高いトランクが集まった山のあいだを歩いていった。あちこちでトランクのてっぺんが黒光りした。トランクの作る通り道が左に曲がり、やがて僕は、行く手を遮る高くて黒い四角っぽいかたまりの前に出た。

目の前にあるそのかたまりは、僕の頭より高くそびえていた。その背後に、四角い柱が一本暗く見えて、定まらぬ光にわずかに照らされている。僕は指先でそうっと黒いかたまりに触れた。それは滑らかな木だった。わずかに高くなった部分に指先が達し、それからまた滑らかな表面が続いた。表面をとんとん叩いてみると、うつろな音がして僕は驚いたが、脇へ押しやろうとするとかたまりはびくともしなかった。重たそうなトランクがいくつも、両側からそびえ立っていた。迷路に閉じ込められた僕は、疲れた思いで長い帰り道を想像した。トランクの作る道を通り、積み上げられた黒さのあいだを抜け、動物たちのベッドを乗り越え、危険なテーブルの下を通って……でも次に何が来るのか僕は思い出せず、低いトランクの狭い側面に疲れた思いで腰かけて、闇の中で頭《こうべ》を垂れた。疲れた思いで僕は顔を上げ、一連のトランクの作る壁と、高い黒いかたまりを見据えた。それから疲れた思いで立ち上がり、顔をそらし、怒りの念とともに顔を戻して、うつろな音のする大きな箱に近づいていった。手のひらを表面に沿って、わずかに高くなった、僕の手くらいの幅の部分まで滑らせた。それから、高くなった部分の表面から指を滑らせていき、ひとつの大きな長方形の輪郭をなぞっていった。長方形の底辺が、床から五、六十センチの高さにあった。僕は闇の中で眉をひそめ、長方形の中をとんとん叩いて探り、突然僕の手は、引出しの把手大の小さな突起に触れた。把手を引っぱると扉が開いて、防虫剤と布の匂いが漂ってきた。僕はへりを踏み越え、冷たい、ちくちくする毛皮の中に入っていった。いくつものコートがぎっしり並んでいて、二つの厚い肩を引き離して出来たすきまに顔を押し込むと、毛皮の作る固い壁が四方からぐいぐい押してくるのが感じられた。そうやって毛皮に押され身をかがめて立ちながら、僕は向こう側めざして頭と手を押し進めていった。指がダンボール紙に触れると紙は脇へのき、もうひとつ高い扉が開いた。

高い暗いカーテンが目の前にあって、その上から薄暗い光が定まらぬ明るさを降らせていた。カーテンのてっぺんから、影に包まれた垂木が左右斜めにのびて、三角形の空間を作っていた。僕は衣裳だんすの縁をまたぎ越し、二歩進んで、カーテンの襞々の中に分かれ目を探った。布地は厚く滑らかで、黴臭い匂いがした。ここで膝をつき、顔を床に近づけ、重たいカーテンの生地を持ち上げると、目の前に小さな凹室《アルコーブ》があった。

そこは床に置いた蠟燭立てに刺した一本の蠟燭に照らされた、ちらちら光の舞うアルコーブだった。高い垂木が左右斜めに下りて床まで達し、向こう側の壁を三角形に切りとっていた。壁に沿ってベッドが置かれていたが、長い、紺色のビロードのカーテンが、斜めにのびた垂木のあいだに渡した高い吊り棒から垂れて、ベッドをすっぽり隠していた。カーテンで隠されたベッドの前、左側に、キャスターの付いた全身鏡があった。鏡はわずかにうしろに傾いていて、暗い垂木を映し、一番下の方に、そばにある蠟燭の炎のゆらめく先端が映っていた。右側には彫刻を施した木箱があった。箱の蓋が開いていて、衣服のかたまりが見えた。皺の寄った黒い袖が一方の縁に垂れて、あたかも疲れた体に鞭打って箱から這い出ようとしているみたいに見えた。木箱のそばの床の上に、枯れた茶色い花が一輪と、色褪せた青いリボンで縛ったしみの浮かんだ手紙の束と、皺の寄った黄ばんだ白のハイヒールが片方転がっていた。重いカーテンの下を僕はそっと這っていき、小さな部屋の中に入って立ち上がった。僕はそっと三歩進み、紺色のカーテンの前に行った。「エリナー」と僕はささやいたが返事はなかった。僕は片手を上げてカーテンのさざ波に触れ、そうっと脇へ押しやった。

ベッドはざらざらの木の壁にぴったりくっつけて置かれていた。一点の中心から放射状に広がる四片の木によって分割された小さな丸い窓に、眉をひそめた僕の顔と、暗い色のカーテンを脇で押さえている青白い片手が映っていた。長い、黄ばんだ白のガウンを着たエリナーは窓の下のベッドに横たわり、目は閉じ、腕を胸の上で組んでいた。一筋の濡れた跡が頬で光っていた。ゆらめく蠟燭の炎が作る薄暗い黄色い光の中に僕は立ち、じっと彼女を見下ろした。僕の凝視の下で彼女の閉じた瞼が震えた。闇のなか、僕は疲れた思いで彼女と並んで横たわり、彼女の冷たい髪に頰を寄りかからせた。

55

その晩僕はいつもより遅く家に帰り、その後に続いた日々、僕はいつもより遅く帰るようになって、ますます深まっていく母さんのしかめ面の前を目を伏せて通り過ぎ、自分の部屋に入ってドアを閉め机に向かって座った。蛍光灯スタンドのボタンを押して、まず片方のランプが、次にもう一方が点灯するのを眺めてから、教科書を開いて読みはじめた。けれど少しすると疲れてきて、硬い椅子から立ち上がってベッドに行き、ブラインドを脇へ押しやった。そして月に照らされた空を背景に浮かぶ黒いカエデの枝、雪の殻からつき出ているこわばった草の葉、雪がこんもり積もった冷たいブランコをじっと眺め、自分の顔にガラスから冷気が流れてくるのを感じた。

ある晩、デザートが済んで、枕許の革張り椅子にだらしなく、背中のくびれを座部の縁に当て、低い背もたれに頭を気だるく寄りかからせ、重い瞼をなかば閉じて僕が座っていると、その日は少し不機嫌で、いまは眉をひそめて体を起こしていたエリナーが、落着かなげに部屋の中を見回しはじめた。やがて彼女は上掛けをはねのけてベッドから滑り降り、黒いローブの紐を結んで、ベッドの足の方に衣擦れの音を立てながら歩いていき、夢心地で彼女に見入っている僕の方をふり返った。そして、鏡台の鏡に自分の姿を認めると立ちどまり、台の前の詰め物をした長椅子にさっと腰かけ、二つの薄暗いテーブルランプを灯して、髪を梳かしはじめた。ゆっくりと、パチパチ音を立てて豊かな黒髪に櫛を通していきながら、櫛が髪に引っかかるたびに小さく憤りの息を漏らし、一回通し終わるごとにさっと首をうしろに投げる。ランプに薄暗く照らされた闇の中で、持ち上がった片肱が薄黒い鏡に映っているのが見えた。頭の上に、鏡の櫛を持った鏡の手が現われては消えた。少しのあいだ彼女はそこに座ってパチパチ鳴る髪を梳かしていたが、少しすると「鏡よ壁の鏡よ、一番綺麗なのは誰？」と言って、答えを待つかのように櫛を止めた。それからまたパチパチ大きな音を立てて櫛を動かしはじめ、髪を梳かしながら彼女は「アルトゥール、あなたあたしのこと綺麗だと思う？」と言った。ふたたび手が止まって間《ま》が生じた。僕は眠たい思いで「エリナー壁際のエリナー、誰より綺麗なのはあなたです」と呟いた。彼女の手がふたたび櫛を動かし、少し経ってから「アルトゥール、あたし今夜は悲しいの。悲しくて退屈なの」と彼女は言った。ふたたび間が生じた。彼女は「今夜はあまり喋らないのね、アルトゥール」と言った。彼女は櫛を下ろして、身を前に乗り出した。彼女が鏡に映る自分をじっと見つめるのを、僕はなかば閉じた目で見た。それから彼女は鏡のトレーのうしろにある箱に手をのばした。蓋を上げると、暗い赤のビロードの裏地が見えて、オルゴールがメロディを奏ではじめた。二つのイヤリングを彼女は取り出し、まず首を一方に、それからもう一方に傾けてイヤリングを両耳につけ、それから突然身を前に乗り出して自分の顔に何かをした。さっと向き直った彼女は「どう、これ？」と言った。「え」と僕は呟いた。「見えないよ」、すると彼女は長椅子から立ち上がり、衣擦れの音を立てながら僕の方へやって来て、椅子のかたわら、ベッドの縁に腰かけた。まず一方に、それからもう一方に顔を回して彼女は小さな銀色の花のイヤリングを見せた。そして彼女の眉はいつもより黒くていつもより少し長かった。片手には先っぽがひどく黒い、暗い赤色の鉛筆を持っていた。「で？」と彼女は言って、黒くした眉をひそめて僕を見て、それから突然「動かないで」と言い足した。そして前にかがみ込んで暗い赤色の鉛筆を僕の右の眉に押しつけた。丸まった先端がまず一方、そしてもう一方の眉の曲線をなぞるのを僕は感じ、少しすると彼女が「はい、もう見ていいわよ」と言った。そうして僕の手をとって僕を椅子から引っぱり上げ、危うく落ちかけたラガディにしがみつく僕を鏡の方へ導いていった。疲れた思いで鏡の方に乗り出すと、だらんと垂れた瞼の上で僕の眉が弧を描いてひどく黒くなったのが見えた。じっと見入っていると、鏡の僕の顔に、自分自身の顔には感じない微かな笑みが浮かぶのが見えた。「うん、いいね」と僕は呟き、突然鏡の顔が眉をひそめた。「それ、くれるかな」と僕は言った。赤色の鉛筆で僕は眉を長くしていったが、じきに眉は歪んでしまった。「そんなの駄目よ、馬鹿ね」とエリナーは言った。「座りなさいよ、ううん、そっち向きじゃなくて」、そして彼女は僕を鏡に背を向けて長椅子に座らせ、鉛筆を僕の眉に滑らせていき、時おり一歩うしろに下がってしかめ面で僕を吟味した。それが済むと僕は鏡の方に向き直ろうとしたが、「まだよ」とエリナーは言った。「さ、目を閉じて」。金属のネジ蓋が外されるのが聞こえた。それから、指先がブリキをとんとん叩く音が聞こえた。香りのついた埃が空気に満ちるように思えた。突然僕は粉のついた指が顔に触れるのを感じた。彼女は僕の頬、あご、額、鼻をぽんぽん叩き、ごしごしこすり、時おり止めてはブリキを指でとんとん叩いた。「目、開けちゃ駄目よ」と彼女は言った。引出しが開いた。ブリキが滑る音がした。それから、瞼に軽い圧力を僕は感じた。「まだよ、まだよ」と彼女は言って、蠟のようなものが唇にしっかり押しつけられるのを僕は感じ、両方の頬の真ん中にも蠟のようなものがしっかり押しつけられるのを感じた。それから別の引出しが開くのが聞こえ、柔らかい物がいくつか動かされるのが聞こえた。突然、何かが頭にかぶせられるのを感じて僕は目を開けた。エリナーがしかめ面で僕を見ていて、首を一方に傾げ、指を一本立てて頬に当てている。「うーん、まだ何か足りないわねえ」と彼女は言って、身を前に乗り出し、僕の髪の両横をくしゃくしゃに乱しはじめた。「おいおい」と僕は呟いた。「静かに」とエリナーは言った。「えーとね、えーと……」、そしてクローゼットに彼女は行ってガサゴソ騒々しく服を引っかき回した。真鍮のボタンのついた赤いドレスジャケットを持って彼女は戻ってきた。「さ、これを着て」と彼女は言った。「何よ、着たって死にやしないわよ」。腋の下が窮屈だった。エリナーもボタンを止めようとはしなかった。そして一歩下がる――「うーん」と疑わしげに言う。「これってあんまり……そうだわ、ねえ、靴脱いで」。僕が靴を脱ぐと彼女はクローゼットに戻っていき、服を引っかき回して、太い灰色のコーデュロイのスラックスを持って戻ってきた。「これ、はいてごらんなさい」とエリナーは言ってから「もちろん、いまはいてるやつの上にはくのよ」と言い足した。腰はきついけれど尻は緩いそのスラックスをはくと僕は、あたかもエリナーの中に自分を封じ込めているかのような、不思議な、眠たい興奮に襲われた。

「はい、見ていいわよ」と彼女は言って、僕が鏡の方を向くとそこには白い顔の道化師がいた。大きな赤い口には笑みが浮かび、頬に赤い点が二つあって、瞼はターコイズブルー、赤いポンポンのついた白いウールの帽子をかぶっている。

僕は口紅を手にとって、両の口許が悲しげに垂れるように描き込んだ。

「可愛いピエロ」とエリナーは言った。「あなた踊れる、ピエロ?」

埃っぽい鏡の中で、赤い上着に包まれた両腕がゆっくりぎくしゃくと持ち上がるのを僕は見守った。腕が上がるとともに、こわばった上着の肩がぴんと上がり、ボタンをはめていない折襟《ラペル》が左右に広がった。腕が止まって、コートハンガーの両側みたいに斜めに下がった。両の手首がだらんと垂れ、疲れた頭が横に傾いた。鏡の中で、エリナーがベッドに座っているのが見えた。両脚をベッドの足板に引っかけて垂らし、両膝を合わせて、足首は離している。黒く描いた眉の下で彼女はじっと見入っていた。僕はゆっくり、ぎくしゃくと回りはじめた。回りながら、胸の内に悲しい、狂おしい思いが湧き上がり、詰め物をした長椅子にラガディが顔を下にして両腕を投げ出して横たわり、僕は突然彼女をがばっとつかんで持ち上げ、ゆっくりワルツを踊りはじめた。長い一ステップに短い二ステップ、鏡台とクローゼットのあいだの空間をぐるぐる回る。ラガディを少し離して支え、右手を彼女の腰に当てて、左手は彼女の腕をつかみ、ぐるぐる回って僕はクローゼットと革張り椅子のあいだの狭い通り道でワルツを踊りはじめ、机の尖った角に腿をぶつけて、ぐるぐる回りながら自分の悲しい赤い口が人形たちのキャビネットの暗いガラスに映るのを見た。回りながら僕は、眉を黒くして銀のイヤリングをつけたエリナーがベッドの足板から見守っているのを見た。どんどん速く僕はラガディと踊り、狭い空間でぐるぐる回って、長い一ステップに短い二ステップ、そうやって踊りながらも僕の靴下が床を静かに打つ音と僕の息がどんどん速くなっていく音以外は何の音もしなかった。なおも踊るなかで帽子は床に落ち、シャツはスラックスからはみ出して汗が体の両脇を垂れていった。けれども、まるで止まらなくなったかのように僕はますます速く踊り、こめかみがずきずき脈打ち、息が喉で燃え、僕は両腕をつき出してぐるぐるますます速く旋回していき、ランプに照らされた闇のなか、なかば閉じた目でガラス壜、銀のイヤリング、人形のキャビネットの黒光りするガラスを目にし、ぐるぐるぐるぐる僕はますますますます速く回って——突然止まった。ラガディが落ちて、僕は机の縁をつかんで身をかがめ、ゼイゼイ苦しく息をした。けれど部屋が僕の周りでぐるぐるぐるぐる回って、僕はぎこちなく片膝をついて片手で机の縁につかまりもう一方の手で椅子の縁につかまり、部屋がぐるぐる回るなかで頭を垂れていた。大きな人形がそっとゆっくり僕の方に滑り落ちてきて、遠くの方で「ああピエロ、あなたの帽子はどこ、ピエロ?」と言う声が聞こえた。目をがばっと開いた僕はかたわらの床に帽子が転がっているのを見た。めまいを感じながら僕はかがみ込んで帽子を拾い上げ、斜《はす》に頭にかぶせた。「ああピエロ、可愛いピエロ、踊ってくれる、ピエロ？」。けれど椅子の縁につかまりながら僕は額を重たく垂らし、粉のついた指に押しあてた。

56

ある夜僕たちは子供博物館で結婚した。彼女と僕、彼女と僕――エリナーと僕。蠟燭の灯ったエリナーの病室で、僕は一人で婚礼用の服に着替えた。黴臭い硬い黒の上着は一面細かい皺に覆われ、すり切れたてかてかの袖は指関節までのびていた。片方のポケットのフラップは折れ曲がって歪み、張りのない両肩はだらんと二の腕の方に垂れていた。だぶだぶのズボンは一方の太腿に錆色の揺らぐ線が一本しみになっていて、あちこち白黴が浮かんでいた。張りのない裾の下から、小さなひびや皺に覆われた黒い靴の爪先が見えていた。鏡台の薄暗い鏡を見ながら、プツプツ音を立てている蠟燭の前で、冷たい、皺の寄った黄ばんだシャツの首に締めた、力なく垂れた黒い蝶ネクタイを僕は整えた。遠くの方でオルゴールがチリン、チリンとメロディを奏ではじめた。「いいわよ」とエリナーが小声で呼んだ。僕は大きく息を吸ってクローゼットの扉を開け、居並ぶ黒いドレスの中をくぐり抜けて子供博物館に入った。

破風のある人形の家の前に一本だけ置かれた蠟燭のちらつく光が、部屋全体を薄暗く照らしていた。長い、黄ばんだ白のウェディングガウンを着た彼女が、向こう側の壁から静かに歩み出てきた。うしろに引きずった長い裳《も》すそが柔らかな衣擦れの音を立てた。こわばったくしゃくしゃのベールが顔を覆い、背中の真ん中あたりまで垂れている。両手には茶色い茎を束ねた花束を持っていて、ゆっくり前へ出てくるとともに、乾いた茶色い花弁がはらはらと落ちた。人形の家まで来て彼女はひざまずき、夢心地の表情でじっと目の前を見た。チリン、チリンというメロディがふたたび始まると僕は音楽に合わせてゆっくり前へ歩み出た。彼女の横にそっとひざまずき、白黴の微かな匂いを吸い込んだ。長いあいだ僕たちは蠟燭をあいだにはさんで並んでひざまずき、チリン、チリンというオルゴールのメロディが何度もくり返されるとともにだんだんゆっくりになっていくのに耳を傾けていた。ますますゆっくりに、ますます気だるそうにメロディはなっていって、ついには、チリン、とひとつの疲れた音が、どんどん長くなっていく休止のあとに響いて、これが最後の一音かと思えるのだけれど、やがてまた次の一音が鳴って、突然二つの音が続けざまに鳴って、そのあとに長い、気だるい静寂が生じて、そこからまた、あたかも渾身の力をふり絞ったかのように、微かな、ガラスにも似た響きの、かろうじて息をしているような一音が浮かび上がり、これであともう一音鳴ればフレーズが完了するというところまで来た。僕は長いあいだその最後の息絶える一音を待って一心に耳を澄ませたせいで耳の奥がくすぐったく感じられてきたほどだったが、音楽はすでに終わっていた。エリナーの方をチラッと見ると、夢心地の表情でじっと目の前を見ている。そして僕はポケットから、大きな、多面体の、虹のゆらめくダイヤモンドを小さな爪と琥珀色のにかわで固定した金の指輪を取り出した。「エリナー」と僕はささやいた。夢心地で彼女は僕の方を向き、手首が力なく折れた片手を持ち上げた。その柔らかい、冷えた手を僕は取って、きらきら光る指輪を薬指にはめた。彼女の手が力なく膝に落ちた。「エリナー」と僕はふたたびささやき、彼女は僕の方を向いて、その暗い、憂いに沈んだ目で僕を見据えた。それから僕は、こわばった、皺の寄ったチクチクするベールをそっと持ち上げ、ゆっくりと彼女の方に身を乗り出したが最後の瞬間に彼女は顔をそらし僕の唇は彼女の冷えた頰に触れた。彼女はすぐさま立ち上がり、蠟燭を手にとった。彼女の影が部屋中に広がった。奥の壁に向かって、彼女はゆっくり、ガウンをうしろで引きずり衣擦れの音を立てながら歩いていった。ティーテーブルの真ん中に彼女は蠟燭を下ろした。蠟燭の横に小さな青と白のティーポットが見え、それぞれの席に小さなカップとソーサーがセットしてあった。二つの椅子には誰も座っていなかった。左側の小さな椅子をエリナーは引き出し、ゆっくり慎重に腰を下ろして、身を乗り出し片肱をガウンに包まれた膝に下ろし、片手の甲で頬杖をついた。それから僕もゆっくり立ち上がり、テーブルに向かってゆっくり歩いていった。右側の椅子を引き出して僕は慎重に腰を下ろした。目の前のカップは高さ二センチだった。指を入れることもできないちっぽけな把手があって、全体の白い、キラキラ光る表面は、小さな風車、小さな家、片膝を曲げスカーフをなびかせて池でスケートを楽しむ小さな人々を描いた紺色の絵に覆われていた。カップの左側に小さなナプキンがあって、その上に長さ五センチの小さなフォークが載っていた。カップの右側に銀のナイフと銀のスプーンがあった。右手の親指と人差指でエリナーはティーポットの把手をつまんで持ち上げた。左手の人差指で蓋を押さえながら彼女は注ぎ口を僕のカップのへりの上で傾け、突然パッと顔を上げて問うようなまなざしを向けた。僕は手のひらを上げて合図し、彼女はポットを元の角度に戻した。それから今度は自分のカップの上で注ぎ口を傾け、いったんポットをまっすぐに戻したがもう一度ちょっとだけ傾け、それから蠟燭のかたわらに戻した。そして今度は、小さな砂糖壺の、突起のついた蓋を外して、スプーンを手にとり、壺の中に下ろして、そっと持ち上げ、慎重にカップの上へ持っていって、ひっくり返した。そしてチリンと静かな音を立ててかき混ぜた。左手で砂糖壺の蓋を元に戻し、壺を僕の方へ押しやった。突起のついた蓋を僕は外して、スプーンを手にとり、壺の中に下ろして、そっと持ち上げ、慎重にカップの上へ持っていって、ひっくり返した。それからもう一度スプーンを壺の中に下ろして、そっと持ち上げ、慎重にカップの上へ持っていって、ひっくり返した。それからチリンと静かな音を立ててかき混ぜた。エリナーがスプーンを下ろした。そしてティーカップの小さな把手を親指と人差指でつまんでカップを唇に持っていき、へりを自分に向けて傾け、元に戻し、カタン、と静かな音を立ててカップをソーサーに下ろした。ティーカップの小さな把手を僕も親指と人差指でつまんでカップを唇に持っていき、へりを自分に向けて傾け、元に戻し、カタン、と静かな音を立ててカップをソーサーに下ろした。長いあいだ僕たちは、カタンという静かな音のみが破る静寂の中でお茶を飲んだ。エリナーの背後の壁で彼女の大きなぼんやりした影が、蠟燭の炎が上下するのに合わせて上下し、隅のロッキンチェアに座った人形がその燃えたぎる黒い目で僕を睨んでいた。エリナーはティーカップを下ろしてナプキンを唇に持っていった。そして唇をぽんぽんと二度拭いてからナプキンをソーサーの左に下ろしてその上にぴかぴか光るフォークを置いた。それからソーサーの右側に、ナイフときちんと並べてスプーンを置いた。僕はティーカップを持ち上げて唇に持っていき、首をうしろにそらして、それから前に傾けた。そしてティーカップを下ろしてナプキンを唇に持っていった。そして唇をぽんぽんと二度拭いてからナプキンをソーサーの左に下ろしてその上にぴかぴか光るフォークを置いた。それからソーサーの右側に、ナイフときちんと並べてスプーンを置いた。エリナーが椅子をうしろに引いた。彼女はゆっくり立ち上がり、高く高く上がっていってやがて膝がテーブルの上板の高さに達し、黒い髪が星々の中に流れ出た。僕はゆっくり立ち上がり、高く高く上がっていってやがて止まった。エリナーが椅子をそっと元に戻した。僕も椅子をそっと元に戻した。僕たちは腕を組んで、蠟燭をテーブルの上に残したままゆっくり部屋を横切っていった。何も言わずにエリナーはクローゼットの扉を開けてかがみ込み、黒い服のかたまりの向こうに消えた。それから僕も黒い服のかたまりをかき分けて進んでエリナーの病室に戻った。

鏡台の上に置いた蠟燭の薄暗いゆらめく光の中で、彼女は僕に背を向けベッドの足側に立っていた。僕は黙って彼女の横に歩み出た。少しのあいだ僕たちは黙って立ち、自分たちの揺らぐ影が、ベッドの向こうまでのびて頭板に沿って立ち上がり壁にまであふれ出ているのを眺めていた。それから彼女は黙って体を左に回し、ベッドの横に沿って、たんすのかたわらを歩いていった。ベッドの頭側まで来て彼女は腰を下ろし、両肱をついて体をうしろに傾け、両脚をわずかに持ち上げて、軽く蹴る動作を始めた。靴が片方落ちる音、肌がこすれる音、もうひとつ靴が落ちる音がした。それから、ベッドの端でエリナーは身を起こし、黄ばんだ白の手袋を片方脱いで、二本指でつまんでかざし、床に落とすとんと布が柔らかい音を立てた。彼女はもう一方の手袋を脱いで、二本指でつまんでかざし、床に落とすとんと布が柔らかい音を立てた。それから指先を上げて両肩の上に持っていった。ゆっくりと持ち上げていって、頭を垂れ、両手を前に、弧を描くように動かしていき、やがて両腕が手のひらを上にして前方につき出される格好になった。彼女は頭をゆっくり持ち上げ、親指と人差指を一緒に丸めて小指をつき出す格好で片手をかざした。そして親指と人差指をゆっくり開き、その手を傾けながら、ブライダルガウンが音もなく床に落ちるのを見守った。エリナーはベッドから起き上がって上掛けを引き下ろした。その下に体をゆっくり滑り込ませ、キルトをあごまで引き上げて、両腕をその上に置き、目を閉じた。彼女のかたわらに僕の長い、緩やかに揺らぐ影が横たわり、彼女の片肱、首、髪の一部を覆っていた。僕は黙って体を右に回し、ベッドの横に沿って歩き、机を過ぎ人形たちのキャビネットを過ぎて革張り椅子まで行った。ひび割れた、微かに光る革の座部を、色褪せたピンクの花模様の厚いキルトを、エリナーの閉じた目を僕はじっと見た。そしてゆっくりと手を上掛けの僕の側、一番上のところにのばした。持ち上げると同時にエリナーの目が開いて、彼女はしかめ面を僕の方に向けた。僕はすぐさま上掛けを手放し、背をのばして、首が熱く脈打つのを感じながら目を伏せた。目を上げると、彼女がさっきよりしかめ面を深めて僕を見ていた。そして僕はやめて！　やめて！　やめて！　と叫びたかったが「靴」と彼女は呟いて、僕が足下を見るとそこに小さなひび割れや皺に覆われた黒い靴の爪先が見えた。それから僕は右足を持ち上げ靴の緩いかかとを左の向こう脛でこすると靴は床に落ちた。それから僕は左足を持ち上げ靴の緩いかかとを右の向こう脛でこすると靴は床に落ちた。顔を上げるとエリナーが目を閉じて横たわっていた。僕はゆっくりと手を上掛けの僕の側、一番上のところにのばした。そしてゆっくりとキルト、毛布、シーツから成る上掛けを下ろしていった。そして上掛けの僕の側の下に体をゆっくり滑り込ませ、上掛けをあごまで引き上げ、両腕を外に置いた。長いあいだ僕は、脈打つ首を抱えてじっと動かずに横たわり、呼吸しながら湿った黴臭い匂いを吸い込む静かな音に聴き入っていた。それから、黒目を右に動かすと、エリナーの左腕がキルトの上に横たわっているのが見えた。長い、きっちりした、皺の寄った袖が腕全体を覆い、手首のところでこわばったレースへと広がっていた。レースの向こうに、彼女の手の甲の斜面が見え、何本ものごく細い線が甲の上に複雑な模様を作り出し、蠟燭の炎に照らされて微かに光っていた。一本の指の付け根が尖って赤っぽく見え、二本の緑がかった青の血管がそれに巻きつき、向こう側に消えていた。黒目を痛くなるまで右に動かしていくとエリナーの顔がなかば僕の方を向いているのが見えた。目は閉じていた。黒い髪が一筋、鉛筆で描いた線のように白い頰の上にのびていた。ゆっくり、着実に彼女は息をしていた。蠟燭がパチパチ鳴った。どこかで車が通り過ぎていった。それから、エリナーと僕自身の静かな息づかい以外何の音もしなくなった。疲れた思いが僕を襲い、心和む闇の中で僕は目を閉じた。

57

エリナーと過ごす時間がますます長くなるにつれて、宇宙が微妙に変化したことに僕は気がつくようになった。事物全体が曖昧さに包まれたというよりも、部分的な溶解が生じて、靄の向こうから突き出ている事物の輪郭だけが残されたような感覚。母さんは眼鏡の上からしかめ面を向けている一対の眉に縮み、父さんは詰め物をした肱掛けの縁に置かれランプに照らされたぽっちゃりした片手だったし、高校はその全体が茶色っぽいにじみで、そこから突然、机の硬い縁、ウィリアムの苦痛と怒りに彩られた顔、ロッカーの表面の黒い輪から何本も放射された短い銀色の線、壁の凹みに収まり影に包まれた白い陶磁器から立ち上がる銀色の曲線に浮かぶ湿気の滴などが現われたのもつかのま、ふたたび溶解して、僕は瞼の重い目で夢心地に見つめながら白と茶の断片のあいだをさまよい、突然一軒の家の硬く白い縁が飛び出てきて、それもまたふたたび溶解するのだった。心地よい物語の本によくあるように、自分が二つの異なった世界に生きているように思えたというのではない。ひとつは晴れた退屈な昼の世界、もうひとつは夜の神秘な領域ということではなく、あたかもエリナーの世界がもう一方の世界を流し去りつつあって、その世界を青ざめた実質のないものにしつつあるように思えたのであり、ゆえに僕が長い茶色い廊下を歩いたり、上掛けをあごまで引っぱり上げたりするさなかにも、僕は上掛けや廊下の夢の中を漂っているのであって、いずれそこから覚めて、鏡台の上のガラス壜、人形たちのガラス張りキャビネット、枕許の革張り椅子等々の重さ、硬さ、緊密に結びついた精緻さに戻っていくのだと思えたのである。

　日々が過ぎていくうちに、僕の病んだ花嫁が落着かなさに包まれているのが感じられるようになった。僕が訪ねていくと、彼女はしばしばベッドの上で身を起こしていて、不機嫌な表情で僕を見て、僕が何を言っても「ええ、ええ、ええ」と答え眉をひそめて目をそらすばかりだった。部屋に入ってそっとドアを閉めた僕は、枕許の椅子までそっと歩いていって、ラガディを抱き上げて膝に載せ、椅子の上でずるずる体が滑り落ちるに任せ、なかば閉じた、瞼の重い目で前を見つめるのだった。そして僕は、ここに永久にとどまれればどんなにいいかと思ったことか、自分の霊廟と彼女が呼んだじわじわ暗くなっていく病室で、自分の墓と彼女が呼んだベッドのかたわらで。じわじわ暗くなっていく薄暮れの中で僕は思った、永久にとどまれたら、永久にこの魔法を解かなくてよかったら、彼女のかたわらで眠りに落ちて二度と目覚めなくてよかったらと。そしてじわじわ暗くなっていく薄暮れの中で僕はなかば生きた身でなかば夢に見た、塔に閉じ込められた眠れる美女《ドルンレースヒエン》を、長い旅をしてきた王子を。最後の枝を王子は脇へ押しやって、馬も猟犬もぐっすり眠り屋根の上で鳩たちも頭を羽の下にたくし込んで眠る静まり返った中庭に足を踏み入れる。無言の驚きとともに、眠りの魔法に包まれた中庭を王子はそっと抜け、微睡《まどろ》む城へと至る。そして中へ足を踏み入れると、蠅たちが壁で眠り、料理人が台所で少年を叩こうとするかのように手を上げ、眠っている黒い雌鶏《めんどり》の前で女中が眠っている。やがて王子が、男も女もぐっすり横たわって眠る大広間に出ると、その頭上、玉座のかたわらに王と妃が横たわって眠っている。大広間では王子自身の息づかい以外何の音もしない。やがて王子は塔に行きつき、螺旋階段をのぼって小さな扉に至り、扉を開けるとそこに眠れる美女が横たわってぐっすり眠っている。その姿のあまりの美しさに、王子は目をそらすことができない。そして王子は知る、自分が眠れる美女にキスすれば彼女の目が開くだろうと。やがて王と妃が、そして宮廷中が目を覚ますだろう。中庭の馬たちも目覚めて身をぶるっと震わせ、猟犬たちは跳び上がって尻尾を振り、屋根の鳩たちは羽の下から頭をもたげ、周りを見回して飛び去るだろう。壁の蝿たちもふたたび飛んで、台所のかまどに炎が上がり、料理人は少年を叩き、女中は雌鶏の羽根をむしるだろう。それから王子と眠れる美女との婚礼の宴が催され、二人はいつまでも幸せに暮らすだろう。そして、横たわってぐっすり眠る眠れる美女を見下ろして立ちながら、王子の胸に悲しみが訪れた。眠る猟犬と眠る馬を王子は想い、頭を羽の下にたくし込んだ鳩を想い、眠る王と眠る妃を想い、眠る蝿と眠るかまどを想い、あたかもそれらの眠りの呪縛に囚われたかのように、王子は眠れる美女の横たわる許に行き、そのかたわらに横たわって、永久に目を閉じた。

58

ある日の午後に死を語ったのは彼女だった。その日彼女はいつもより苛ついてピリピリしているように見え、暗い顔でじっと僕を見て、指に髪を巻きつけながら、僕がいつも来てくれて本当に「有難く思っている」と言い、その間僕はなかば目を閉じて眠たく座り、雨がガラスに当たって垂れる音、雨水が樋に吸い込まれてゴボゴボ流れる音に聴き入っていた。少しすると、エリナーが上掛けをはねのけた。両脚をさっと回して彼女はベッドから飛び降り、しかめ面で黒いローブの紐を締めながらたんすとベッドのあいだをせわしなく行ったり来たりした。それから今度は足板の向こうに回り込んで、ベッドと鏡台のあいだを行ったり来たりしはじめ、時おり立ちどまっては、カットグラスの薬壜の上の薄暗い鏡に映る自分の姿に見入り、その間僕はなかば眠った状態で座り、彼女のスリッパがパタ、パタと静かに鳴る音とローブのシュッシュッという衣擦れの音に聴き入っていた。少しすると彼女は机まで歩いていって、身を乗り出し、カーテンの一部を脇へどかした。どんよりした灰色の光が部屋に差し込み、鏡台、薬壜、たんすの真鍮の把手に微かな輝きをもたらした。「おいおい」と僕は呟いた。カーテンを持っていた手を彼女は放して元に戻し、闇に近い暗さが戻ってきた。それからまた彼女は部屋の中を行き来し、少ししてから言った、「ねえアルトゥール、あたしこのごろずっとよくなってきたのよ」――そして突然、死を彼女は語りはじめたのだ。彼女は自分を死の花嫁と呼んだ。暗く光を放つ目をそらして、世に名高い愛の死を彼女は語りはじめた。ロミオとジュリエットを、アントニーとクレオパトラを、トリスタンとイゾルデを彼女は語った。彼女が語るなか僕は、かつて見た、二人の恋人が嵐模様の暗い色の雲の下、ねじくれた一本の木のかたわらの茶色の地面に並んで目を閉じて横たわる姿を描いた絵を思い出した。やがて僕も死のことを語りはじめた――けれど彼女は銃を軽蔑していて、そんなものは「思春期の男の子向きのカウボーイ映画」の産物だと切り捨てた。そして彼女は女王たちを、酒杯《ゴブレット》を、霊薬を、毒を語り、彼女がそうやって語るなか、僕の脳裡に何かの忘れられた映画の情景が浮かんだ――紅《くれない》色のカーテンの前で、金の杯《さかずき》を握っている二本の白い手。

　その晩エリナーは、僕たちの死のドラマを計画しはじめた。柔らかなキルトの上で僕が眠たく横たわるなか、エリナーは衣擦れの音を立てながら部屋の中を行き来しつつ、考えうる設定や衣裳を論じた。「うん」と僕は時おり呟いた、「うん、うん、いいね」。「うん」と僕は呟いた、「うん、僕、起きてるよ」、そして次の日僕が彼女の部屋のドアを押して開けると彼女が部屋の隅、クローゼットのかたわらに立っていた。片方の肱を手のひらでくるみ、長い人差指が頬の上を横切っている。彼女はしかめ面でベッドを見ていた。ベッドは一面、波打つ黒い線の浮彫り模様を施した、古そうな黒いベッドカバーにすっかり覆われていた。埃っぽい房飾りが床を引きずっていた。「で?」とエリナーは言った、「何も言わないの?」「あ、いいよ、いいと思うよ」と僕は呟いた。「どうかしら」とエリナーは言った、「どうかしらねえ……コート脱いで横になりなさいな、アルトゥール」、そして僕は仰向けに横たわって黒い枕に頭を沈め、湿った、黴臭い匂いを吸い込んだ。エリナーは足板の前を行ったり来たりしはじめ、立ちどまってはさまざまな角度から僕を見た。やがて彼女は言った、「目を閉じて、アルトゥール」、そして僕は目を閉じると彼女がだんだん近づいてくるさまを想像し、やがて彼女はじきに僕を見下ろすように立ち、暗い、憂いに沈んだ目で僕を見つめ、突然僕は目を開けたが彼女はクローゼットの扉の前に立ってしかめ面で僕をじっと見ていた。「目を閉じてって言ったでしょ。今度は腕を前で組んで、ううんそうじゃなくて、そうそうそれでいいわ」。やがて彼女の足音がベッドのたんすの側を回ってくるのが聞こえた。マットレスが沈むのが感じられ、スプリングがドンと鈍い音を立てるのが聞こえるとともに彼女は僕のかたわらに、僕の頰をくすぐる一筋の髪以外は僕に触れないように身をのばして横たわった。そしてほぼ間《ま》をおかずに立ち上がって「これでいいわ」と言い、僕が目を開けると彼女はたんすのかたわらに立ち、しかめ面で僕を見下ろしていた。僕は椅子の側に降り立ち、ベッドを見下ろすと二つ並んだ枕の上に二つの頭の窪みが見え、黒いこわばったベッドカバーの上に二つのおぼろな輪郭の凹みが見えた。「うん」と僕は呟いた、「これでいいね」、そしてベッドの向こうのエリナーを見ると彼女は暗い、憂いに沈んだ目で僕をじっと見ているのだった。

次の日僕が彼女の部屋のドアを押して開けると彼女はベッドの上で体を起こし、持ち上がった翼の格好で持っている二本の編み針と睨めっこしていた。かたわらに、花弁はピンクのビーズ、茎と二枚の葉は緑のビーズで作った花がひとつ模様に付いた麦わらの編み物袋が転がっていた。袋の口から黒い毛糸が出ていて、それがラベンダー色の長い編み針から出ている黒い編み物の細い縁につながっている。彼女はしばし顔を上げ、またすぐ下を向いて、僕はいつもの枕許の椅子に気だるく腰かけて少しのあいだ針がかちかち鳴る音に聴き入りながら、長い緑の針の先端が黒い毛糸の輪のつらなりを器用にまとめていきラベンダー色の針先の黒い縁を取り込んでいくのを見守った。縁は幅がおよそ八センチ、それが二センチくらい垂れている。少ししてから僕は「これ何なのか教えてくれないのかい、エリナー?」と言ったがエリナーは黙って編みつづけた。夕食の時間が来るころには縁は十センチくらいまで広がっていて、デザートが済んで僕が部屋に戻ると、ラベンダー色の針から黒い編み目が一列出ていて、キルトの上、麦わらの編み物袋の前に長さ十センチくらいの小さな黒い毛糸の筒が横たわっていた。「ねえ、これは何!」と僕は叫んで、黒い筒を指にはめた。「僕に手袋を作ってくれてるのかい、エリナー?」。毛糸をはめた指を僕はくねくね振って見せた。エリナーはそのまま編みつづけ、やがて突然ぴたっと手を止め、針を二本とも編み物袋につっ込んだ。次の日の午後、僕が入っていくとキルトの上に筒が二本あって、ラベンダー色の針から新しい編み物が垂れていた。その日の昼と晩エリナーはずっと編みつづけ、長さ約二十センチ、幅約十センチの編み物を二つ仕上げ、次の日の午後に僕がドアを押して開けると彼女は麦わらの編み物袋を横に置いてベッドの上で体を起こし、わずかにしかめ面を浮かべて僕をじっと見た。ラベンダー色の長い針は髪に挿していた。手には緑の長い針を、先っぽが肩に軽く食い込むような位置に保ち、片方の人差指が反対の端にある銀色のボタンを軽く押さえていた。「編んでないんだね」と僕は言い、彼女は相変わらず僕を見つめ、革張り椅子までたどり着いて初めて僕は、長い黒のドレスを着て黒い毛糸の帽子をかぶったラガディが笑顔で僕を見上げているのを見た。

準備は続いた。ある晴れた、春のような午後、重たい冬物コートを着て汗をかいている僕がエリナーのひんやりした病室のドアを押して開けると、黒い絹のようなローブを着た彼女が僕がいつも座る椅子に座っているのを見て僕は驚いてしまった。ラガディはベッドの上に、顔を下にして両腕をつき出し片脚を背中に載せた格好で転がっていた。「あ、来たのね」とエリナーは言って、すぐさま立ち上がり、ベッドを回って、重たい教科書を抱えドアの前で立っている僕の方に寄ってきた。「で？」と彼女は自分の足下を見下ろしローブをわずかに持ちあげながら言い、しかめ面を上げて僕を見た。「でも何だかよく」と僕は言いながら前に出た。「で？」と彼女はローブをさらに少し高く持ち上げながら言った。「それってなんかすごく」と僕は膝近くまであるぴっちりの埃っぽい黒いブーツをじっと見ながら言った、「ほんとにすごく、それ屋根裏で見つけたの？」「トランクの中」と彼女は言ってベッドに腰かけ、ブーツを履いた両脚を低い足板の上に引っかけて垂らした。それぞれのブーツの前面に黒いフックが連なり、それぞれのフックに黒い紐が掛かっていた。エリナーは両手をうしろについて体を倒し、まず一方に首を傾けもう一方に傾けながらまず一方のブーツを持ち上げもう一方を持ち上げた。「それと、ほら」と彼女は突然立ち上がりながら言った、「あなたにもあるのよ、アルトゥール」。そしてデスクチェアの方に彼女は行って黒いくしゃくしゃの布を手にとり、僕の前に差し出した。それはくしゃくしゃの黒いドレスに見えた。「でもそれって何？」と僕は言った。「コートを脱ぎなさいな、アルトゥール」と彼女はしかめ面で言った。「で、向こうを向いて」。その重たい黒い布を彼女は僕の両肩に載せた。裾が僕のふくらはぎまで来た。それから彼女は僕を向き直らせ、それをあごの下で止め、僕は鏡台の前をゆっくり行き来しながらカットグラスの薬壜が並ぶ上に立つ鏡の中を自分が何度もよぎるのを見、黒いケープが背後をさざ波のようにゆらめいているのを目にした。

僕たちの死の夜が近づくにつれて、悲しい思いに僕は包まれていった。ある午後僕は、ラガディと並んでキルトの上に横たわり、じわじわ暗くなっていく天井と睨めっこしながら、「ねえエリナー、僕、考えてたんだけど」と言った。革張り椅子に座っていたエリナーが読んでいた本から目を上げた。

「考えてたって、アルトゥール?」「うん、まあ」と僕は彼女の目を避けながら言った、「考えてたって言うのとも少し違って、ただちょっと……君、これって何かちょっと変じゃないかって気がすることない?」「変って、アルトゥール? いまそう言った? でも何が『変』な気がするわけ?」「いや、よくわからないけど、変って言うと違うな、ちょっと不思議って言うか、なんかこう、なんかこう……」「あなたさっきからセンテンス言い終えてないわよ、アルトゥール」「うん、わかってる、だけどほら、これってなんかこう、なんかこう……よくわからないけど……なんかこう……僕たちどうしてもこれやり遂げるべきだと思うかい、エリナー?」

間《ま》があった。

「そんなに陰気な言い方しないでよ」エリナーがピシャッと言った。

59

僕たちの死はある夜エリナーの病室でデザートのあとに起きた。子供博物館のちらつく蠟燭の光で僕は最期の衣裳に着替えた。脱いだ靴、ズボン、シャツをきれいに積んで、破風のある人形の家の横に置いた。それからエリナーの黒い膝丈ソックス、アイロンをかけた彼女の黒いスラックスをはいて、むき出しの腕にチクチクするだぶだぶの黒いセーターを着た。首には黒いナイロンのネッカチーフを巻いた。ポケットミラーの助けを借りて上唇を黒く塗った。肩に長い黒のケープを羽織り、袖の切れ目に腕を通し、喉のところで上を留めて、手には黒く長い、指を曲げられないくらいきつい手袋をはめた。仕上げに、鼻と目を覆う黒い仮面を顔に着けた。エリナーを待ちながら僕はせかせか歩き回り、片手で内側からケープをつかみ、布地がうしろに流れ出るのを感じた。僕が通ることで生じる風に蠟燭の炎が折れ曲がり、黒い衣裳に身を包んだ僕はせかせかせかせか歩き回りながら自分が隠され曝《さら》され、隠され曝され、隠され曝されるのを感じていた。

「いいわよ、アルトゥール」とエリナーが声を上げた。僕は仮面を整え、ケープを体に引き寄せて扉を開け、服をかき分けて抜け、把手を手探りで探し、蠟燭に照らされた病室に足を踏み入れた。

蠟燭は四本あった。鏡台に一本、背の高いたんすに一本、机に一本、玩具が並んだ本箱の上に一本。黒いビロード地、長袖の、上は喉元から始まり、下は紐を縛った黒いブーツの下まで垂れている黒いガウンを着たエリナーは、黒い枕をいくつも立てた集まりに頭と肩を載せ、黒いベッドカバーの上に横たわっていた。両膝が横に向けられ、体がうねって見えた。むき出しの片手がうなじに当てられ、黒いビロードの肱がつき出てマホガニーの頭板を押し、片腕は上を向いた腰と横になった太腿に沿って垂れていた。白い片手で赤い宝石がきらっと光った。たっぷりとした黒髪はきつくうしろにひっつめ、キラキラ光る緑色のカットグラスの小片をちりばめた黒いビロードの帯で止められ、髪のその豊かな黒さの中から烈しく暗い赤色の薔薇が一輪開いていた。彼女は目に黒い仮面を着けていた。揺らめくオレンジがかった赤の蠟燭の光のなか、クリーム色がかった白い頰と手が蠟燭のほのめきを微かに反射していた。クローゼットの扉のそばに立った僕がわが死の女王の姿をほれぼれと眺めていると、仮面の切れ目の向こうから彼女は僕を見据え、やがてピシャッと「で？　何か言わないの？」と言った。僕はすぐさま片膝をつき、黒い手袋をはめた片手をさっと振って「エリナー女王は国中で誰より美しいお方です」と言った。「お立ちなさい、わが王」と彼女は宝石で飾った気だるげな手を上げながら言い、僕が立ち上がるとともに「ほんとに気に入った、アルトゥール？」と言った。「いかにも、わが妃《きさき》」、すると彼女は突然小声で笑い出し、愉快げな黒い目で僕をじっと見た。「どうしたの？」と僕はきっとなって言った。「べつに、何も」と彼女は言ったが、のけぞってなおも笑いつづけるので、僕は鏡台の鏡のところへ行って自分の黒い仮面、黒い口ひげ、黒いケープ、黒い細長い手をしげしげと見た。「で？」と僕は荒々しく向き直りながら言った、「べつにどこもおかしくないよ」。そして彼女はなおもさんざん笑い、何とかやめようとしながら「ああ、アルトゥール」と絞り出すように言ってなおもさんざん笑ったが、やがてその笑いを否定しようとするかのように首を大きく横に振り、片手でさっと一掃するしぐさをしてみせた。「べつにその」と彼女は喘ぎあえぎ言った、「だからその」、そして突然両のこぶしをぎゅっと握ってぶるっと体を震わせ自分を抑え、「あなたがあんまり可愛いから、アルトゥール」と言った。自分ではさっそうとして危険に見えているつもりだった僕はその言葉に愕然としたが、女王様から賞められたのだからやはり嬉しくもあり、しかめ面を浮かべて「ま、とにかく……」と言った。そして革張り椅子の方へ堂々と歩いていきながら、ケープをぎゅっと体に引き寄せた。玩具が並ぶ本箱の上に載った蠟燭の光のなか、突然僕は、何だか馬鹿みたいな、落ち込んだ気分になって、さっさと腰を下ろしてラガディを脚の上に載せながら椅子をうしろに引き、黒い重たい外套をぎゅっと体に巻きつけた。エリナーはいつしか僕の方を向いていて、少ししてから小声で「あなたあたしのこと見てないわよ、アルトゥール」と言った。それで僕は目を上げ、すぐさま彼女の暗い、憂いに沈んだまなざしから目をそらして言った、「もう引き延ばすのはよそうよ、エリナー。えっとどこにあるんだい、君言ったよねあれをここに――」「そこにあるわよ」と彼女は言って僕の背後の隅にあるテーブルを指さし、僕がそっちを見ると黒い絹の布が何か大きな物体を覆っていた。僕はさっと向き直って言った、「じゃあ準備は出来たんだね？」「ええ、わが公《マイ・ロード》」。「どれくらいかかる？」「薬が効くまで十分もかかりませんわ、わが公」「で、君のお母さんは？」「時計が九時を打つまでは現われませんわが公。きつく言い渡してありますから」「結構、わが妃《マイ・レイディ》。それでは――だがまず、別れを告げねば」。そして僕はラガディの体を回してこっちを向かせ、黒い毛糸の帽子からはみ出ている赤い髪の束、曲線を描いた眉、丸い目の上に描いた三本の睫毛、目の下に描いた三本の睫毛、三角形の赤い鼻、笑みの浮かぶ長い口の線、めくれ上がった黒いドレスの下から覗いた赤白縞の脚、脇腹に力なく垂れている片手、黒い毛糸の膝に載った片手をまじまじと見た。「それじゃ、ラグズ」と僕は言いかけたが、突然それ以上続けられなくなって、怒りの念とともに彼女の体を回し、僕の腰に寄りかかるように座らせて、彼女の両脚が僕の腿の上で交叉し両手が彼女自身の膝に載るようにした。僕がこっそり目を上げるとエリナーがあごを喉に押しつけて下を向き、仮面がいくぶん曲がった姿でガウンの肩の何かを直そうといじくっているのが見えた。「ねえあのさ」と僕は言った、「僕、あの玉投げ師もう一度見たいな。ねえそれ、僕手伝お――」「いいのよいいの、ただこれがちょっと――まさかぜんまい巻いて一からとか言うんじゃないでしょうね」「いやいや、ただ見るだけさ」、そして僕はかがみ込んでサテンのような緑色の箱を引っぱり出して膝の上に載せた。蓋をゆっくり、自分の腹の方に滑らせると、髪の青い房と頭の白いてっぺんが見え、蓋をさらに自分の方に引き寄せるとあとはもっぱら白しか見えなかった。彼の顔はのっぺらぼうで、目鼻は消えうせ、彼はスパンコールで飾ったぴかぴかの青い衣裳に身を包んだ悪夢の産物だった。と、レバーがつき出た背中が突然見えて、僕は蓋を一杯に横へ滑らせて彼をそっと裏返した。真っ黒な目、房になった睫毛、頬に浮かぶ青い点、厳めしい青い口を僕はまじまじと見て、その烈しい、まばたきもしないまなざしに心乱されてそそくさと蓋を元に戻し、彼を棚に戻した。「さあ」とエリナーは言って、片手をかざし、人差指で親指をさっさっと前後に撫でて、小さな、昆虫のような音を立てた。短い白い糸がふわふわと舞い降りてきた。彼女は仮面を整え、暗い、憂いに沈んだ目で僕を見て、小声で「何考えてるの、アルトゥール？」と言った。その口調に苛ついた僕は仮面のうしろで顔をしかめ、肩のうしろに親指をぐいっと向けて、覆いの掛かった物体の載ったテーブルを指した。彼女はいくぶん口を尖らせ、「さだめしわが公は売女《ばいた》なる死に一刻も早く言い寄りたきご様子」と言った。「否、わが妃よ、誤解したもうな、我はただ――ねえエリナー、こんな話し方よそうよ」「そう、じゃ好きになさいな」と彼女は言って、苛立たしげに僕を切り捨てるしぐさをした。

僕はラガディを小脇に抱えて立ち上がり、テーブルまで歩いていって、覆いを両端からそっと押して、中の物体の輪郭を感じとった。覆いごと慎重に持ち上げて椅子に戻っていき、少しのあいだ、どうしたらいいかよくわからずに周りを見回しながらつっ立っていた。それから、デスクチェアの前まで行って、黒い靴下を履いた片足を椅子の脚に巻きつけ、もう一方の足でぴょんぴょん跳ねながらデスクチェアを革張り椅子の方に引き寄せていった。大きな柔らかい人形が僕の膝の方に横向きに滑り落ちてきた。

デスクチェアがベッドと革張り椅子のあいだまで来ると、僕は荷をそっと降ろし、大きな人形を拾い上げてタイプライターに寄りかかるよう机の上に座らせ、革張り椅子に戻っていって自分も座った。少しのあいだ僕は、目の前の椅子に載せた黒い覆いの掛かった物体をじっと見ていた。それから目を上げてエリナーを見た。彼女は脇腹を下にして、頬杖をついて横たわっていた。口には拗ねたような表情が浮かび、頬の皮膚がつっぱっているせいで口の一部が横に引っぱられていた。指は黒い上掛けを音もなくとんとん叩いている。僕は言った、「この覆い、自分で外すかい、それとも僕がやろうか？　頼むからそんな退屈そうな顔しないでよ、エリナー」

「退屈なんかしてないわ」とエリナーは口を尖らせて言い、身を乗り出して覆いをパッと持ち上げると錫合金《ピューター》の脚付杯《ゴブレット》が現われた。

高さ二十センチくらい、杯《さかずき》部分の直径十センチくらいのゴブレットだった。脚にはほっそりした錫合金の蛇が二匹、頭をそれぞれ反対方向に向けて絡みつき、杯を下から支えているように見えた。蛇たちのあごは開いていて、先の割れた舌がカールして飛び出ていた。杯のてっぺんを囲む細い帯に、小さな象たちが行進している浮彫り模様が施されていた。それぞれの象の尻尾を、そのうしろの象の鼻がつかんでいる。象が並んだ下は杯の側面も滑らかで、蠟燭の光を浴びて微かな光沢を帯びていた。

「でもエリナー」と僕は出し抜けに言った、「これ、何も入ってないよ」

脇腹を下にして頰杖をついて横たわったまま、エリナーは親指と人差指で黒い絹の布をかざし、仮面の切れ目の奥から布をじっと見上げていた。そして彼女が親指と人差指を広げると、黒い布はゆっくりはらはらと、うねりを描きながら彼女の腰に落ちていき、小さく波打ってから突然静止した。

彼女は顔を僕の方に向け、漠然と、投げやりなしぐさで片腕をさっと振り、「鏡台のトレーの上よ。左の奥」と言った。手はしばし宙に浮かんだまま止まっていた。やがて手が突然ベッドに落ちて、ぽんと一度弾んで静止した。

革張り椅子とデスクチェアとの狭いすきまを、炎の立つ鏡台まで僕が進んでいくと、鏡のトレーの上に、高さ七センチくらいの、茶色っぽい液体の入ったダイヤ形のガラスの薬壜が載っていた。

僕は薬壜を手にとり、慎重に革張り椅子まで運んでいって、腰を下ろした。重い、上に向かって広くなっているガラスの栓をゆっくり持ち上げた。栓の上半分はつるつるで透明であり、下半分は曇りガラスでざらざらだった。僕は薬壜を鼻先へ持っていき、つんと鋭い、甘くて苦い匂いを吸い込んだ。目が微かにひりついた。

エリナーの方にちらっと目を上げると、彼女は気だるげに一筋の黒髪を指に巻きつけていた。

「君、ちゃんと見てる?」と僕はきっとなって言った。エリナーが唐突に目を上げた。僕はすばやい動作で薬壜を傾け、錫合金のゴブレット杯の縁に当てた。茶色い、やや濁った液体が音もなく流れ出た。杯の底で、暗い色の小さい池がぐんぐん高くなっていき、やがて止まった。僕は壜を振って最後の一滴を落とした。杯はほぼ三分の一中身が入っていた。僕は空になった壜を革張り椅子の上に置いて、ガラスの栓を元に戻した。エリナーはさっきから髪をいじくるのをやめて、仮面の切れ目からじっと厳かに僕を見ていた。大きく開いた、黒光りする瞳孔の中に、ごく小さなオレンジ色の蠟燭の炎が見えた。僕が片手を錫合金の杯の脚に巻きつけると、手の端が蛇たちの冷たい頭の下に収まり、光る茶色い液体の入った杯を僕はゆっくり持ち上げ、目の前に掲げて、「僕たちの死に」と言った。杯を唇まで持っていきながら、もう一度つんと鋭い、甘くて苦い匂いを吸い込み、一瞬間《ま》を置いて、「単なる好奇心で訊くんだけど、これ何なの、エリナー?」と言った。「死の妙薬よ」とエリナーは言った。一瞬間《ま》が空いた。「そうじゃなくて」と僕は言った、「正確な名前だよ」「何言ってんのよ、そんなの何の関係があるの?　大したロミオねえ」。僕はそっと杯を椅子に下ろした。「エリナー」と僕は静かに言った、「教えてくれよ、これが何というものなのか」「ああ、何てうるさい人でしょう!」と彼女は叫んで、突然手をのばして杯をひっつかんで口まで持っていき、首をうしろに倒してごくんと大きく飲んだ。それから首を前に戻して、ギラギラ光る目で僕を見た。「さあ、どう?」と彼女は頭をさっと振りながら迫るように言った。女王のふるまいに僕は自分を恥じて、すぐさま杯を手にとり、椅子から立ち上がって脇へ歩み出た。そしてケープをさっとうしろに払って、彼女の前で片膝をつき、杯を唇まで持っていって、ごくんと大きく飲んだ。喉が焼けるような感じがして、杯を下ろすと、エリナーがギラギラ光る目でじっと僕を見下ろしていた。

　突然彼女は目をそらし、片手の甲を額へ持っていって「ああ、気が遠くなってまいりました、わが公」と言った。

「気が遠くなったと、わが妃？」――そして立ち上がりながら僕もいくぶん気が遠くなる感じがした。こめかみがずきずき疼き、心臓もあまりに速く打っている気がした。僕は慎重にゴブレットを下ろし、どきどき脈打つ心臓に手のひらを押しつけた。

「ああ、わが公」と彼女は陽気に言った、「踊りましょうよ」。そしてベッドから滑り降りて僕の前に立ち、蠟燭の炎に光る目で僕を見た。「踊る」と僕は呟いた、「どうかなあ、踊るって……」「前にあなたがラガディと踊ったみたいによ」とエリナーは言った。「あ、死の踊りか」、そして僕はエリナーの腰に手を回し彼女の手を持ち上げ、狭い通り道をゆっくり回りはじめた――長い一ステップ、短い二ステップ。二人でぐるぐる回りながら、エリナーが**陽気な未亡人のワルツ**のメロディをハミングしはじめて「**ディー　ダディー　ダディー　ダディー　ダディー　ディー　ディー**」と歌い、僕は「ウン＝パ＝パ　ウン＝パ＝パ　ウン＝パ＝パ　ウン＝パ＝パ」とリズムを取って――そして僕はクスクス笑い出しながらもその笑いをウン＝パ＝パ　ウン＝パ＝パで抑えつけながらぐるぐる回っていると突然エリナーがクスクス笑い出し、**ディー**でその笑いを抑えつけたけれどもまたクスクス笑い出し、のけぞって口を開けゲラゲラ笑い出し骨みたいな喉の柱が喉の皮膚を押して輪郭を浮かび上がらせた。けれど僕はなおウン＝パ＝パ　ウン＝パ＝パとぐるぐる回り机やベッドの横に軽くぶつかりながらますます速く踊り、一方エリナーはゴクンと息を呑みゼイゼイ喘ぎながらなおも笑いつづけ、濡れた線が両の頰を流れていった。ぐるぐる回る彼女の背中の筋肉に力が入ってはまた抜けるのを僕は自分の手の下に感じ、ウン＝パ＝パ　ウン＝パ＝パとますます速く回りながら僕は彼女の腰が突然パッと息づくのを手のひらの下に感じ、僕の首筋はますます速く脈打ち、突然僕は太腿を机に思いきりぶつけ、タイプライターが怒ったようにカタカタ鳴って、人形が床に落ち、エリナーは僕の胸に片方の手のひらを当てて僕を押しのけ、身をよじらせて僕の抱擁を解いた。そしてヒイッと声を上げげて息を吸い込み片手で喉をつかみ、苦しげに、息が詰まったかのように喘ぎながら弱々しく「ああ神様」と叫んだ。「エリナー」と僕はハッとして言い、荒く息をしながらずきずきと脈打つ自分の胸に片手を押し当ててわずかにかがみ込み、「どうし──」「死が」とエリナーは言い、僕の頭の中で僕たちはくるくる回ってクローゼットを抜けて子供博物館に入り、くるくる回って人形たちを蹴散らし、小さな扉を抜けて暗い廊下を通っていき、もっと遠くへ遠くへ踊っていって、ますます小さくなって、くるくる回ってますます速くますますます小さく永久に踊りつづけた。

「死が、わが妃？」。そして僕は荒く息をしながら片手の甲を自分の生温かい湿った額に持っていった。

「いいえ、ほんの一時《いっとき》の発作でした」とエリナーは言い、ベッドの端にどさっと座り込んだ。「じきに過ぎます、わが公」

「左様か、じきにとな、わが妃」

「左様です、じきに《スーン》、わが公……失神《スウーン》、わが公……スウウウウン……あたし子供のころよく両腕をつき出してぐるぐる回ってからベッドに倒れ込んだの……部屋が自分の周りでぐるぐる回るようにしたくて……それから夜になって目を閉じて自分が死んだふりして、目を開けるとあたりは暗くて、一瞬思ったのよ、これって……あたしのことほんとはどう思うの、アルトゥール？」

「君のこと、君のことねえ、でも死ぬってのは、うん、僕も子供のころ……でもさエリナー、僕たちあんまり時間ないよね」

「あら、死ぬ時間は十分にありますわ、わが公」

「いやいや、わが妃、時はいかなる人間《マン》も待ちはせぬ」

「わたくしは男《マン》ではありませぬ、わが公。ゆえに時はわたくしを待ってくれます」

「ハハ、それって可笑し――いやいや、わが妃、そうではあらぬ、そうではあらぬぞ」

「なぜです、わが公？」

「それはだ、汝が人間《マン》でなければ、汝は誰でもない。誰でもなければ死んでいるということだ。死んでいるならばつまり、時は汝を待たなかったということだ」

「いいえ、もし死んでいるのであれば、時間などわたくしにとってどうでもいいこと、時間にとってもわたくしなどどうでもいいこと」

「ハハ、君こういうのすごく上手いね、エリナー」

「死ぬこと《ダイイング》がということでしょうか、わが公？」

「ため息《サイイング》もだとも、わが妃」

「消えろ、消えろ、つかのまの蠟燭！　死ぬことはかくも甘美な哀しみ。恵みの雨のごとく天から降ってくる（シェークスピア『マクベス』『ロミオとジュリエット』『ヴェニスの商人』に基づく）。わたくし、寒いですわ、わが公」

「寒いと、わが妃？」

「いいえ、暑いですわ、わが公」

「暑いと、わが妃？」

「いいえ、どうやら暑くて寒いようですわ、わが公」

「暑くて寒いと、わが妃？」

「ああじれったい。あなた一日中そこにつっ立ってるつもり？」。そして彼女はげんこつで黒いベッドカバーを二度、音を立てることなく叩いた。

　僕はケープを体に引き寄せて、足板の向こうに回り込んで本が入っている方の本箱に堂々と向かい、そうやって歩きながらケープが自分の背後でずり上がるのを感じた。ベッドの頭の方でしばし立ちどまると、ケープがふくらはぎのあたりに落着くのが感じられた。僕はすぐさま、ケープを体に巻きつけたまま黒いベッドカバーの上に横たわった。「さ、目を閉じて」とエリナーが言い、僕のかたわらでベッドの上に膝をつき、仮面の向こうから僕を見下ろした。僕が目を閉じると、彼女の指が、手袋をはめた僕の左手首に触れるのが感じられた。彼女が僕の手首を持ち上げるのを僕は感じ、それから彼女の手のひらが僕の手のひらに押しつけられるのを感じ、それから何かが僕の手首に巻きつけられるのを感じた。僕の手がベッドに下ろされるのを僕は感じ、それから彼女のこわばった太腿にその手が載せられ、ふたたびベッドに下ろされるのを感じた。「そんなふうにぼさっと寝転がってないでよ」とエリナーが突《つ》っ慳貪《けんどん》に言い、僕が目を開けて首を持ち上げると彼女が僕たち二人の手首を黒いリボンで縛ろうとしているのが見えた。「そこに指入れて」とエリナーが言った、「そう、そのままにしてて、ほんのちょっと、そうそう。そうそう。うん。そう」。そして彼女は自分の手首を持ち上げ僕の手首も持ち上げながら、首を横に傾げて二人の手首をじっと見ていた。それから自分の手首を下ろし僕の手首も下ろしてから、ベッドの上でぎこちなく体を回して僕と並んで仰向けに横たわった。僕たちは腕を体の両脇にのばして横たわり、手のひら同士を重ね、指と指をきつく絡めていた。厚いケープ越しにも、僕の太腿に当たる彼女の指輪の硬さが感じられた。蠟燭がプツプツ鳴った。エリナーが自分の側頭部を僕の側頭部に軽く押しつけた。「君の髪、くすぐったいよ」と僕は言った。エリナーは縛りつけた手首を持ち上げかけ、またすぐに下ろして、もう一方の手を持ち上げて髪を整え、頭を元の位置に戻した。「これで宜しいかしら、わが公?」「宜しいとも、わが妃」。エリナーがため息をついた。「じき終わりますわ、わが公」「どれくらいじきなのだ、わが妃?」「あら、あなた感じないの、寒気がのぼって来るのが……足先から……膝に……氷みたいに……死が……子供のころあたし、まさにそんなふうに思い描いてたわ……のぼって来る……そしてあたしは動けなくて……息もできなくて……それからあたし、お日様が照ることを考えて……草原を……川辺の柳の木を……それから、心臓まで届くと……あなた何考えてるの、アルトゥール？」「え、うん、考えてるっていうか、でも死って、うん、僕も子供のころ……それからね、生垣の前で腹這いになって、原っぱや小川の方を見て、それからある日、ミセス・シュナイダーが家に入って……すごく不思議だったよ、どう言ったら……雪の中を歩いて、兵隊たちがね、ガラスの目をした猫が……そして黒いオルゴールの箱と、白い顔の玉投げ師が……『見苦しいわねえ！』って君言ったよね……それから、毎日の午後……晩……そして君はいつも言ったよね、『もうちょっとだけいられないの……もうちょっとだけ』って……それで僕は思ったんだ、このままいられたらって……」「このままあなたがいられたら……」「永久に……」「永久に……それでね、アルトゥール……」「何だい、エリナー……」「このままあなたがいられたら……」「このまま僕がいられたら……」「永久に……」「永久に……」「それでね、アルトゥール……」「何だい、エリナー……」「時間がなくなってきてるのよ、それでね、アルトゥール……」「何だい、エリナー……」「うぅん、いいわ、それでね、アルトゥール……」「何だい、エリナー……」「別れるのってほんとに甘美な哀しみよね、それでね、アルトゥール……」「何だい、エリナー……」「このままあなたがずっといられたらねえ……」「僕がずっとこのままいられたら……」「永久に……」「永久に……」「わたくし寒いですわ、わが公」「左様、寒いとも、わが妃」「わたくし、脚が……」「私も、脚が……」「今度はわたくし、膝が……」「私も、膝が……」「これがわたくしの心臓に届けば……」「これが私の心臓に届けば……」「死です、わが公」「死だね、わが妃」「それでね、アルトゥール……」「何だい、エリナー……」「このままあなたがいられたら……」「このままいられるのは君だけ……」「永久に……」「永久に……」「今度はわたくし、腰が……」「私も、腰が……」「これがわたくしの心臓に届けば……」「これが私の心臓に届けば……」「氷です、わが公」「氷だね、わが妃」「さようなら、アルトゥール」「さようなら、エリナー」「それでね、アルトゥール……」「それで、エリナー……」それから彼女の顔が僕の方を向き、僕の顔が彼女の方を向いて、彼女は暗い、憂いに沈んだ目でじっと僕を見た。そして僕が見守るなか、目の上側の、潤んだピンクの目尻に小さな涙がひとしずく浮かんだ。涙は膨れ、広がり、彼女の睫毛を濡らし、そこから一気に転がっていって、わずかに曲がった黒い仮面の下に消えていった。それから彼女の目が閉じて、僕の目が閉じて、僕たちの唇が軽く重なって離れ、重なって離れ、重なって離れ、僕たちの唇が重なって離れるなか僕は熱っぽい、疲れた気分を感じ、侘しい、燃え上がった気分を感じた。「今度はわたくし、肋骨が……」「これがわたくしの心臓に届けば……」「これが私の心臓に届けば……」「死です、わが公」「死だね、わが妃」「さようなら、アルトゥール……」「さようなら、エリナー……」「いよいよわたくし、心臓が……」「私も、心臓が……」「息が苦しくなって参りました……」「息が苦しくなってきた……」。「さようなら、アルトゥール……」「さようなら、エリナー……」「さようなら……」「さようなら……」「さようなら……」「ああ神様！」とエリナーは叫び、力をふり絞ってなかば座った姿勢に身を起こし、息がどんどん速くなって、彼女は喉をつかみ、突然息ができなくなって、押さえ込まれた喘ぎが聞こえ、顔が赤くなり、彼女は狂おしくあたりを見回し、ハッと苦しそうに息を呑んで、こわばった体でベッドに倒れ込み、頭はそむけられ、黒髪が僕の体に当たって流れた。

痛みを感じつつ僕は首を持ち上げ、まだ温かい死体の、開いた唇をじっと見た。片耳の下の、白い頬の上に、髪が作るほっそりと暗い線が見えた。僕が自分の縛られた手首を持ち上げると、彼女の手首が力なく持ち上がった。僕が力を抜くと両の手首がどさっと落ちた。「エリナー」と僕はささやいた、「君死んだの、エリナー？」。返事はなかった。僕は力をふり絞ってなかば座った姿勢に身を起こし、黒い手袋をはめた片手をゆっくり前につき出した。ぴんとのばした黒い人差指で、柔らかな頬を僕はそっと押した。頬が凹み、開いた唇がわずかに引っぱられた。僕は指をゆっくり離し、頬がふたたび膨らむのを見守った。僕は顔の向こうに手をのばして、暗い赤色の薔薇を外した。花弁は赤いビロードで、針金の茎はきつくねじった緑色の紙で包んであった。僕は黒い手袋をはめた手で、偽の薔薇を自分のケープの喉元に留めた。蠟のような白い頬を、流れる黒髪を、黒いビロードの胸のわずかに盛り上がるさまを、黒いビロードの腰のうねりを僕はじっと見た。僕の息が速くなっていった。こめかみがずきずき疼き、心臓は高鳴り、突然僕は息ができなくなって、抑え込んだ喘ぎを漏らし、血が頭にのぼって、痛みを伴った喘ぎとともに僕はどさっとうしろに倒れ込んだ。僕の頭がごろんと横に転がった。死が僕の心臓をつかんだ。

60

春が、かの名高い季節がやって来て、徐々に明るくなり暖かくなっていく空気のなか、僕は死後のごとく幽霊のごとく歩み、わが死せる花嫁の徐々に明るくなり暖かくなっていく墓へ向かった。重たい冬物コートに汗をかきながらドアを押して開け、一瞬立ちどまり微かに眉をしかめてあたりを見回す。そこはもう心和む薄闇と影の広がる場ではなかった。青い陽光が閉じた青いカーテンを貫いて入ってきて、すべてを濃い青のしみで汚したからだ。埃っぽい机の前の、引き出されたデスクチェアの上に、紐のような黄色い髪に色褪せたピンクのワンピースを来た大きな白い人形が座っていた。左側、人形たちのキャビネットのガラス扉には埃と光の縞が入っている。ベッドのかたわら、小さな茶色い本箱の上に黒い箱がひとつ、青いボロ切れみたいに見える指人形と並べて置いてあった。ベッドには、小さなピンクの花が点在した水色のキルトの下、僕の死せる花嫁が横たわっていた。戸口に立つ僕には彼女の肌の蠟のような青白さ、青っぽい唇の冷たい青白さがはっきり見えた。上唇の両端には黒っぽい毛がうっすら見えていて、眉間や鼻の両脇に微かな脂の艶が見てとれた。ベッドのかたわらの床には白いソックスが片方、埃のかたまりに包まれて転がっていた。鏡台のかたわらにクローゼットの茶色い扉があって、二枚の羽目板にペンキの刷毛の跡が残っていた。上の方の羽目板に黄ばんだ新聞漫画が画鋲で留めてあった。暖かい、くっきりした空間を僕は、茶色い肱掛けに刻み傷があり革の座部がひび割れた革張り椅子まで歩いていって、光に背を向けて腰を下ろし、もどかしい思いで夕暮れを待つのだった。

しばらくすると、深まる青さが部屋中に広がり、涼しさがいろんな物を包んで、縄跳びの縄がアスファルトを打つ音、ローラースケートがコンクリートの上をゴロゴロ転がるこもった轟き、自転車のタイヤが道路の砂を踏む繊細なざざっという音、あるいは砂を擦る耳障りな音に僕がなかば耳を澄ますなか、周りじゅう、急速に、音もなく、壁際に置いた徐々に暗くなっていくたんすの上、カットグラスの薬瓶が並んだ上に立つ薄暗い鏡の中、黒いオルゴールの隣の眠たげな指人形の上に、急速に、音もなく、夕暮れが訪れた。

ただし、さほど遠くもない、散らかった机の上に掛かったカーテンの奥の端だけは、埃が明るい青い光を浴びて渦巻いていた。

気候が暖かくなってくるにつれて、落着かない気分が僕の死せる花嫁を包んでいった。僕が行くと、このごろはいつもベッドの上で身を起こしていて、暗い髪が周りに垂れていた。僕がいつもの椅子にゆっくり身を落着け、なかば目を閉じるとともに、永遠相手に和睦した眠たげな幽霊たるエリナーは暗い顔で目をそらすのだった。時おり彼女は本を手にとって読みはじめ、騒々しくせわしない音を立ててページをめくり、時には上掛けをはねのけ両脚をぐるっと回してベッドから飛び降り、部屋を行ったり来たりしはじめ、行ったり来たりしながら黒いローブのベルトを、まるで自分を真っ二つに切ろうとするかのように乱暴に巻きつけるのだった。時おりずんずんとカーテンの方に歩いていって、端を荒々しく脇へ払う。刀で切りつけるみたいに日の光が部屋を貫いた。そして一瞬、その光に捉えられて、微睡《まどろ》む埃がハッと目を覚まし、ひどくうろたえ、怒りか痛みかに震えつつ周りを見回す。それからカーテンがはらりと落ちて、心乱された埃は寝返りを打って目を閉じ陽光の悪夢を眠たげに思い起こし、落着かぬ幽霊エリナーはまた落着かなげに行き来を再開するのだった。彼女はしばしば苛立たしげな目を僕に向け、一度など、両手を腰に当てて頭をうしろに倒し「これって最高に機知豊かな会話よね」と言った。そうしてまた行き来を続けた。

ある日、僕がドアを押して開けると、彼女はベッドの上で身を起こし、ベッドライトのほのかな光で、しかめ面で本を読んでいた。茶色いカバーを掛けた本の上の方を左手で押さえ、右手は暗い赤の万年筆の端で下唇を押していて、そのせいで唇の片端が少し引き下ろされていた。目の前のキルトの上には、開いたノートが置かれている。僕が入っていくと彼女は目を上げたがまたすぐ下ろし、しかめ面をさらに深め、僕が革張り椅子に沈み込むとともに鋭い音を立ててページをめくり読書を続けた。読みながら万年筆を持ち上げ髪の中に入れてゆっくりねじっていたが、と、いきなり顔を上げて本を僕の方につき出し「複数形第一グループをおさらいしましょ」と言った。僕は眉を軽くひそめて本を受けとった。疲れた目で、微かにずきずきするこめかみを抱えて僕は**単数**と**複数**と記された棘々しい黒い名詞二列をじっと見た。その下にはさまざまな規則が並べられ、**要約　グループI**と記されている。エリナーは言った。「グループIの複数形は、A）-el, -en, -erで終わる多くの男性名詞と中性名詞と、B）-chen, -lienで終わるすべての中性縮小辞。そしてC）女性名詞二つのみ――Mutter（母）とTochter（娘）――を含む。間違えたら直してよね。ウムラウトの四つの規則は――この頭おかしい規則どうしても覚えられないのよね。A）名詞の単数形にすでにウムラウトがある場合は複数形でもそのままウムラウトが残る。例 Schüler（生徒）、Schüler; Mädchen（少女）、Mädchen; Fräulein（若い女性）、Fräulein。B）B、Bは、えっとBは何だっけ、言ったでしょどうしても覚え、最初のところ言って、いや待ってわかった――母音eとiには決してウムラウトがつかない。例 Lehrer（教師）、Lehrer; Fenster（窓）、Fenster。C）ううん、Aに戻ってちゃんとやりましょ。A）名詞の単数形にすでに――あんたちゃんと聞いてるの、アルトゥール？」

61

午後が長くなっていき、夜を押し戻すようになるにつれ、エリナーの落着かなさも募っていった。彼女は学校についてあれこれ質問するようになった。実際、気の滅入る学校の一日の、ごく些細な事柄にまで貪欲な興味を示し、僕が何か省いていると感じると腹を立てるのだった。ホームルーム、英語クラス、ドイツ語クラス、ホームルーム、その全員を彼女は覚えているみたいだった。リンダ・ストラウスがまだ前髪をまっすぐ切り揃えているか、リチャード・チャプコがまだ「さよなら《アウフ・ヴィーダーゼン》」と言わずに「阿呆《オーフ》ヴィーダーゼン」と言っているかを彼女は知りたがった。どんな課外活動をいまやっているのか、毎朝校内放送でどんなアナウンスが流れてくるのかを知りたがった。あるとき、僕の教科書の一冊に、ホームルームで配られたガリ版刷りの通知が折り畳んであるのを見てそれを引っぱり出し、熱心に読みはじめた。そして突然それをベッドの上に放り投げ、悲しそうにキルトを見つめて「春のダンスパーティ……」と呟いた。「ふん、退屈なダンスパーティなんてどうでもいいさ」と僕が言うと、彼女はギラッと光らせた目を上げて「何よ、あんたって偏見のかたまりね」と言った。彼女はしばしば僕に対して癇癪を起こした。質問に「さあ、わかんないなあ」と答えたり、気だるく肩をすくめて「いつもと同じクズさ」と言ったりすると、目が燃えるようになって、学校の課外活動を擁護し、僕の「無関心」と「想像力の欠如」を詰るのだった。そういう議論全体が僕は嫌だったが、それでもこう言い返した——無関心どころか僕はデート、ダンスパーティ、クラブ、フットボール、年度アルバム《イヤーブック》、チアリーダー、学校指輪《スクールリング》、学校新聞、チームセーターとか何とかいった全部が大嫌いなんだ、積極的に軽蔑してるんだ、みんな学校の精神《スピリット》だか何だかをさんざん飲みまくって頬を火照らせてるけど、あんな代物僕には何の効き目もないね、ちっとも酔いやしないさ、どれもいわゆる大人の生活の一番退屈な部分のどうしようもない猿真似だよ。するとエリナーはカンカンに怒って、「何もかもに退屈する」のは知性の低い人間だけだと言った。知性ある人間こそが一見つまらなそうなものを楽しめるのよ、知性によって対象を興味深いものに変えるのよ。そりゃまあチアリーダーってたしかに馬鹿みたいだけどべつに本質的に不快ってわけじゃないでしょ、花が飾ってあるみたいなものと思えばいいのよ、それに新聞とか生徒会とかいった課外活動はほかでは絶対に得られない貴重な体験を与えてくれるのよ。それに——「あのさ、僕そういう話、したくないんだ」と僕は言って、彼女がなおもどすどすと部屋の中を行ったり来たりしながら論じつづけるなか、突然僕は、下ろされたブラインドの下で自分のベッドに安らかに横になって開いた本を前にしている僕自身の姿を思い浮かべた。

冬の始めのあいだエリナーは学校の課題にきちんと追いついていたが、そのうちだんだん遅れをとっていった。それがいままた、すさまじい熱心さで宿題に取り組むようになった。毎日かならず、乗り気のしない僕を相手にドイツ語の復習をするのは言うに及ばず、僕はいまや、エリナーの教師五人のところへ出かけていって、しばしば彼女からの具体的な質問を伝えて答えを聞いてこなければならず、彼女の歴史のレポートに使う本を探しに学校の図書館にも二度行かされた。夕食が済むと、電球も新しい明るいものに変えたベッドライトをエリナーは点けた。ベッドの上で体を起こし、両膝を持ち上げ開いた本を太腿の斜面に立てるか、もしくは、開いたノートを前にしてしゃがみ込み、しかめ面でページを見下ろしながらペンでささっささっと書き込む。僕は彼女の横に拗ねた顔で座り、狂おしく動くペンをぼんやり見つめ、しばらくすると立ち上がって部屋の中を行ったり来たりし、窓辺で立ちどまってはカーテンを脇へのけて深まりゆく青い薄闇と向きあうのだった。エリナーはしかめ面で顔を上げて僕を見、それからまた下を向いてノートを見下ろす。結局僕も革張り椅子に戻って、玩具たちの並ぶ本箱の方に椅子を押していき、小さなランプの薄暗い光で歴史の教科書を読もうとするのだが、しばらくすると目が疲れてしまい、腰も痛くなってきて、ふたたび立ち上がって部屋の中を行き来しはじめるのだった。ある夕方にエリナーが「あなた机で勉強したら、アルトゥール？」と言った。僕は眉をひそめて机を見た。それから、タイプライターを脇に押しやり、大きな人形を椅子からどかして、デスクランプを点けて机に向かい、黄色っぽい光の下で教科書を読みはじめた。じきに僕は落着かなくなってきて、椅子がとにかく硬すぎるし、紙の上でギラつく光が僕の両手の影も作ってしまうしで、どうにも集中できそうになく、僕は明かりを消して革張り椅子に戻っていき、ベッドの側面をじっと見つめるのだった。

62

ある気持ちのいい暖かい晴れた午後、僕はいつものようにエリナーの家に向かった。まだ重たい冬物コートを着ていたけれどボタンはもう留めていなかったし、重い教科書の束を何度も持ち替えながら歩いていると、汗が何列にもなって脇腹を伝っていくのがわかった。玄関でまぶしい笑顔のミセス・シューマンに迎えられて、いつものように階段をのぼり、涼しい、埃っぽい、左側の半開きのドアから入ってくる日の光で明るくなった廊下を歩いていった。廊下の奥まで来て僕はもう一度教科書を持ち替え、軽くノックして、エリナーのドアを押して開け、あたかも殴打をかわそうとするかのように突然パッと片腕を上げた。

部屋は日の光にあふれていた。エリナーはゆったりした袖を引っぱり上げた黒いローブを着て明るいベッドの真ん中に座り、目もくらむほど白い開いたノートの上にかがみ込んでいた。机のうしろの重たい青いカーテンはすっかり引かれて二つの窓をさらし、窓を通して、向かいの家二軒の黒い二階の窓、きらめく赤い屋根がひとつときらめく黒い屋根がひとつ、そして熱い青空を背景にわずかに傾いたテレビアンテナが見えた。片方の窓はわずかに上げてあって、入ってくる気だるげな微風がタイプライターに差した紙を波立たせ、デスクチェアに座った人形の髪の黄色い紐を揺らしていた。

「あ、来たのね」とエリナーは言いながらわずかにしかめ面の浮かぶ顔を上げ、ほつれ毛を目から払ったけれどもそれがまたはらりと落ちた。僕は何も言わずにどすどすとベッドの横を抜けて、窓に背を向けて革張り椅子に腰を下ろした。

エリナーが「あなた今日はえらく生きいきしてるじゃない。お訊ねしてもいいかしら、どうかしたの？」と言った。

少ししてから僕は言った。「僕は大丈夫だよ、エリナー、ただけっこう疲れていてさ、あと少し頭も痛いんだ。実際驚いたよ、君がこんなに肌寒い風の吹くただなかで寝床から出ているなんてさ、僕もこの風で首が冷えそうだよ。気をつけた方がよくないかい？　君、少し疲れてるように見えるよ。いいかな……これ少し……」そして僕はいきなり立ち上がって机の方に行き、ばんと窓を押し下げ、厚いカーテンをぴっちり閉めた。「ちょっと！」とエリナーは言った。暗い青さが部屋に染みわたっていった。「これでよし！」と僕は言って、席へ飛んで戻った。「この方がずっと、ずっといい。上掛けの中に入りなよ、エリナー、そんなふうに体をさらすのは良くないよ、いやいや、何も言うなって、それにいまは日の光ならたっぷりある、あせって事を進めて不要な危険を冒すなんて愚かってものだよ、物事、自然な流れに任せるのが一番だよ、そう思わないかい、ラガディ？」

ラガディは三回すばやくお辞儀し、前にのばした両脚に頭のてっぺんで触れた。

63

こうしてエリナーの容赦ない回復が始まった。あたかも彼女の病気が病気になって、健康の感染に抗う力がなくなってしまったみたいだった。翌日僕が太陽に狂った部屋に入っていくと、彼女は僕に背を向け、外にさらされた窓辺に立って街路をじっと見下ろしていた。青白いふくらはぎの上までまくり上げた色褪せたブルージーンズを彼女ははき、その尻ポケットの下まで垂れている白いシャツを着ていた。重心を左足にかけて立っているので、左の腰がわずかにつき出ている。シャツは左の尻ポケットの上の部分が持ち上がっていて、彼女は左手をポケットに半分、手のひらを外に向けてつっ込んでいた。右の肱が脇腹に押しつけられ、右手は前に回って肩をつかみ四本の指先がこちらに見えた。シャツの左側、腰から上は体に触れていなくて、窓からの光を生地が通し、彼女の腰のシルエットを浮かび上がらせている。左肩には古シャツのボロ切れが掛かっていた。ベッドと鏡台にはさまれた空間に円筒形の缶がひとつ、ラムウールの布切れと並んで置いてある。柄の長い木のモップがベッドの足板に立てかけられ、詰め物をした鏡台の長椅子の下まで先っぽが届いていた。円筒形の缶に至るまでの床はあちこちべたべたした感じに濡れていた。彼女の髪はポニーテールに高く束ねられ、白いリボンでまとめられていた。黒っぽいほつれ毛がいく筋か――「あ、びっくりした」と彼女はくるっと翻り片手を胸に当てて言った。「駄目、待って！　ちょっと一秒間だけ待ってくださる？　もうほとんど乾いたから」。黒っぽいほつれ毛がいく筋か、リボンからはみ出ていて、白い首筋に垂れていた。

その日の夕方近くになって彼女は急に疲れてしまい、ベッドに横になり片腕で目を覆ったが、次の日の午後にはまた春の大掃除を続け、その晩僕たちは下の台所で夕食をとった。

晴れた、暑い、重苦しい四月のある朝、軽い頭痛と微かに熱い目を抱えて僕がホームルームの教室に入っていくと、窓際の列に彼女が座っているのが見えた。しかめ面で一心に何かノートに書き込んでいた。タンカラーのプリーツスカートに幅広い青いベルトを締め、半袖の白いブラウスを着て、その上に羽織ったオレンジ色のカーディガンは喉元のボタンは留めていたけれどケープみたいに両肩からだらんと垂らしていた。両横になでつけられて耳をさらしている黒髪は銀色にキラキラ光る艶やかな赤いバレッタで留めてあった。前髪はふわっと持ち上がり、全体が真ん中で分けられて白い一本線が見えていた。校内放送の最中に彼女が笑顔でこっちを見たので僕も唐突に笑顔を返し、いまだ笑顔が口に貼りついているのを感じながらしかめ面で下を向いた。そして何と奇妙だっただろう、彼女が午前の英語の授業にいるのを、午後のドイツ語の授業にいるのを、一日の終わりのホームルームにいるのを見るのは……。その日の午後、僕は彼女と一緒に夢のような四月の陽光の中を歩いて下校し、暗い黒い日蔭と淡い黒い日なたとに分割された黒い鉄橋に向かい、黒い鉄橋の下で突然の涼しさに包まれ、油と湿った石のつんとする匂いの中へ入っていき、それからまた突然の暑さの中に入っていって、白いビキニ姿で笑顔のダンボール女性が緑色のダンボール壜をかざしている前を過ぎ、赤い海水着を着た厳めしい木製の男性がひどく疲れそうなポーズで両腕を上げている前を過ぎ、乗馬ズボンをはいた女性が腰から上をうしろにそらし片腕を前にのばして白い日よけ帽が長い赤毛から落ちかけていて黄色いライオンが岩から跳び出しつつある前を過ぎ、その向こうにある平たい銀色のレンチの大小セットが透けて見えている透明化したエリナーの前を過ぎ、明るいけれど涼しい居間に入っていくと僕は重たいコートの袖が腕からずり落ちていくのを感じ、ハンガー同士がこすれ合う鋭い音がして、どすどすと部屋を横切ったエリナーはカウチに腰かけ、平たい黒い靴を蹴るように脱いで、両脚を体の下にたくし込み、カウチの陽のあたる背もたれに片腕を投げ出して、ぴたっと止まった。僕は磁器の猫の向かいの肱掛け椅子に座っていた。陽のあたる静寂のなか、僕は首をうしろに倒して暖かい椅子の背に載せ、なかば閉じた目で、キラキラ光る銀色の巻き鍵が転がっている上で揺れている振り子を陽光を通して眺め、先端が金色の翼をつけていて讃美歌帳を手に天を仰ぎ口を〇の字にしている白い天使を眺め、緑のガラスの茎と緑のガラスの葉脈があるカエデの葉形をした緑のガラスの灰皿を眺め、陽の当たるカウチの茶色い前面の前に横向きに転がった平たい靴の片方を眺めた。エリナーが

「あたし上に行って着替えてくる、アーサー。すぐ戻ってくるわ」と言った。「うん、それでいいよ」と僕は呟き、目を上げると彼女がすばやく階段を駆け下りてくるのが見え、彼女は垂らした両手を脚の前で組み、色褪せたブルージーンズをふくらはぎの上までまくり上げ白いシャツの裾が垂れていた。彼女はすばやく部屋を横切ってカウチに腰かけ、両脚を体の下にたくし込み片腕をカウチの背に投げ出した。少ししてから彼女は「ジンジャーエールでもいかが？」と言った。「あ、ジンジャーエールね、どうかなあ、いや、いいよ、どうぞお構いなく、そんな面倒なこと」と僕は言った。「何言ってるのよ、全然『面倒』なんかじゃないわよ」、そうして彼女はキッチンから、ジンジャーエールと面が凹んだ丸っこい氷の入った、背の高いかたかた鳴るグラスを持って現われた。グラスの底と、そこから少し上がオレンジと緑のウールに覆われていて、何だかグラスが靴下を履いているみたいだった。「どういたしまして」とエリナーは言った。「何か一緒に召し上がる？　プレッツェルならあるし、たしかポテトフリルも……」「あ、いや、いいよ、ありがとう、これだけでいいよ、ほんとに」と僕は言い、グラスを見下ろすとそれがゆっくり僕の方にせり上がってきて突然鼻に冷たいジンジャーのしぶきがほとばしってくるのが感じられた。エリナーが「あ、母さんだわ」と言って窓辺に行った。「違ったわ。誰かがうちの車寄せに入ってUターンしただけ」と彼女は言った。そして彼女は「ねえアーサー、話があるのよ」と言った。僕は「お母さんを殺したから死体の始末を手伝えっていうんだね」と言った。エリナーはあははと笑った。「そうよ、そのとおりよ」と彼女は言った。エリナーは眉間に皺を寄せた。「でも、真面目な話。こうやって来てもらってることよ。これってものすごく言いにくい話なんだけど」。間《ま》が空いた。湿ったグラスと金色のジンジャーエールの向こうで陶器の猫が波打った。「きっとわかってくれてると思うけど、来てくれてものすごく楽しかったのよ。こんなに楽しかったことって、いままでなかったと思う。あたしが病気だったあいだものすごくよくしてもらったし、そのことはいつまでも恩に着るわ。ああ嫌《や》だ、『恩に着る』なんてまるっきり馬鹿みたいな言い方よね、『恩に着る』なんてもんじゃないのよ、あなたが尽くしてくれたってことは絶対忘れないし、二人で一緒にやったいろんなことも忘れない。いま思うと何だか途方もない夢みたいよね。でもねアーサー――で、ここが肝腎なんだけど――あたしももう学校に戻ったから、とにかく宿題でまるっきり手一杯なわけ。ほんと、考えられないくらいひどいのよ。レポートが五本たまってるし、あ、いま発狂しそうになってるやつ入れれば六本か、しかもずっと授業休んでたからってドナヒュー先生から追加の課題をどっさり出されたのよ。まるっきり意味ない課題なんだけど、とにかくやるっきゃないの。まあほんとに留年する危険はないと思うけど、教師ってけっこうアレだったりするじゃない、それにまあこっちはほぼ四か月休んじゃったわけだし――いけない、話がそれたわ。要はね、とにかくあたし、やらなきゃいけないことがどっさり山積みなわけ。一分も無駄にできないのよ。いや、『無駄』ってのは違うな、『無駄』って言うんじゃないのよ、ああどうしようこんなこと言ってあなたに嫌われちゃうわね。要するに前みたいに寝転がってお喋りしたりする時間がないってことなの。正直言ってね、息する時間もないのよ。たとえば今日なんて六時間、七時間分の課題がしっかり待ち構えてて、明日なんか、明日なんかもう考えたくもないわけ。ねえ、聞いてる？　こういう提案なの。あなた、ここで宿題やらない？　あなたが人と一緒に宿題やるの好きじゃないってことは知ってるし、前にもそう言ってたけど、でもねアーサー、ほかに手はないのよ。あなた母さんの部屋を使うといいわ、いやそれよか、母さんの部屋あんまり良くないから、ねえ聞いてる、あたしはあたしの部屋使うからあなたは子供博物館使いなさいよ。ちょっと手をかけたらあそこ理想の勉強部屋になるわよ。地下室にある古い机を持ってきて窓の前に置けば、まるっきり何の邪魔も入らずに勉強できるわよ。それで晩ご飯の時間までいれば、そのとき一緒に過ごせるじゃない。晩ご飯済んだら少しお喋りして、まあでもあたし宿題がどっさりダモクレスの剣みたいに頭上からぶら下がってるからそんなに長くは喋れませんけどね」とギリシャ神話を彼女は持ち出した。とにかくね、それがあたしの提案よ、と彼女は、陰気な沈黙に包まれて座っている青白い若者の方を心配げに見ながら言い足した。

「あなた何も言わないのね、アーサー。あたしのこと怒ってるの？　この話、気に入らないのね。『勉強デート』なんてあなた嫌いなのよね。でもね、言わせてもらえばね、あたしだってそんなのほんとは好きじゃないのよ。ほんとはあたしだって大っきな怠け者の猫みたいに寝転がってさ、まあそのうち何とかなるさなんて言ってたいのよ。でもね、残念だけど、そのうち何とかなったりはしないのよ。あたし本気で机にへばりつかないと一巻の終わりなのよ。これだけの課題抱えてるかぎり、一日二十六時間奴隷なのよ。

あなた助けてくれないのね、アーサー。あたしもうこれ以上言うこと思いつかない。ねえ、ちょっと考えてみてよ。きっと何か解決策があると思う。もしここで勉強するのが嫌なんだったら――嫌じゃないといいなってあたし思ってるのよ――だったらあたしたち、少しのあいだ会わないのがいいんじゃないかしら――ほんとに少しのあいだだけ。ねえ、ちょっと考えてみてよ。あなたが決めて。ここで一緒に勉強したければ、結構。あたしとしてはそれが最高。もしそれが嫌だったら、で、どうやらあなた――あ、母さんだわ。ちょっと失礼。何も見えないわ……あ、ミセス・カセッティだ。どこ行ってきたのかしら。どこへも出かけない人なのに。一年じゅう同じコート着てるのよ。とにかくね、話を戻――アーサー？　アーサー！　アーサー、あなた何――」

踊り場のところで僕は向きを変え、残りの二段を一足でのぼった。廊下をぐんぐん進んでいくと、明るい傾いた鏡の中に、駆け下りていく僕の両脚、ベルト、長袖シャツ、青白い首、突然そらした顔が見えた。僕はドアノブを乱暴にねじって彼女の部屋のドアを押して開けた。窓は大きく開いていて、突然開いたドアのすきま風でカーテンがぎゅっと腹をすぼめた。ベッドはメークしてあって革張り椅子は消えていた。カーテンがゆっくり息を吐き出した。青白く疲れて見えるラガディが、キルトの上に仰向けに転がっていて、両腕は広げられ水色のワンピースがめくれ上がって皺の寄ったブルマーが見えていた。彼女の横でデスクチェアの人形が腹這いに倒れて片脚がねじれていた。黒い大きなタイプライターに差した白い紙が窓からの風でわずかに揺れていた。遠くの方から階段をのぼる足音が聞こえた。僕は一気にベッドの方に行ってラガディを起こして枕に寄りかからせ両手を膝の上に載せてやった。大きい人形もひっくり返して頭を枕に載せてやった。今度は早足でクローゼットに行ってぐいと扉を開け、シャツのボタンをつかんで僕を捕らえようとする重たいドレスをかき分けて進んだ。向こう側へ着いて内側のドアノブをつかみ、ぐいっとねじって、ドアを押して開け、突然立ちどまった。

「うん、それでいいよ」と僕は呟いた。

部屋はほとんど真っ暗だった。床を引きずる重たいカーテンはまだしっかり閉じたままだった。破風のある大きな人形の家は依然として部屋の真ん中にそびえ、暗い人形たちがそこらじゅうに座っていた。奥の壁に接したティーテーブルで人形が二人お茶を飲んでいる。踊り場がきしむ音、廊下を足早に進む音が聞こえた。厚いカーテンの方に行って僕は引き紐を探った。足音がエリナーの部屋に入ってきた。僕は蜘蛛の糸に顔をくすぐられ、それを払いのけた。突然、ハンガーがこすれ合う鋭い音が聞こえた。重たいカーテンを僕がゆっくり開けると、カーテンはシュッシュッと埃っぽい床を滑っていった。青白い人形たちが腕を上げて目を覆い、黒い影がいくつもパッと形を成し、蜘蛛が一匹、きらめく糸をせかせかのぼって行って、入ってきたエリナーが熱く白い太陽に衝撃を受けて額一面に皺を寄せると、僕は片腕をさっと振って「子供博物館へようこそ!」と叫んだ。

その日の午後、夕食に間に合うよう家に帰り、ブラインドが下ろされ眠たげな肱掛け椅子があってランプが首を曲げ頭を垂れて微睡んでいる自分の部屋の涼しい薄闇に入っていくと、心乱される陽光の夢から覚めて心強い闇に戻ってきた思いを僕は覚えた。

64

そしてその後の日々、僕が目を上げると、下ろされたブラインド、微睡む肱掛け椅子、首が折れ頭の垂れた眠たげなランプが見えるのだった。学校から帰ってきた僕が鍵を開けて中に入り、自分の部屋に足を踏み入れると、下ろされたブラインド、微睡む肱掛け椅子、首が折れ頭の垂れた眠たげなランプが見えた。ベッドのかたわらの床には開いた本が一冊下向きに転がっている。肱掛け椅子のすり切れた座部には別の本が閉じて置いてあった。そして僕はベッドの上に腹這いになって横たわり、引っぱり出した壁灯の下で本を読みはじめ、目を上げると下ろされたブラインド、微睡む肱掛け椅子、首が折れ頭の垂れた眠たげなランプが見えた。しばらくすると母さんが「言ったでしょアーサー、食卓で本読んじゃいけないって。さ、その本閉じて片付けてちょうだい」と言うので僕は眉をわずかにひそめて顔を上げる。そして自分の部屋に足を踏み入れると下ろされたブラインド、微睡む肱掛け椅子、首が折れ頭の垂れた眠たげなランプが見えるのだった。朝になってホームルームの教室に入っていくと僕は突然下を向き、学校から帰ってきた僕は鍵を開けて中に入った。そして自分の部屋に足を踏み入れると下ろされたブラインド、微睡む肱掛け椅子、首が折れ頭の垂れた眠たげなランプが見えた。そして何と奇妙だったことか、午前の英語の授業に、午後のドイツ語の授業に、一日の終わりのホームルームに彼女の姿を見るのは、けれど僕は目を伏せて読書を続けた。その春僕はかなりよく勉強していた。学校では誰も相手にせず目を机に釘付けにし、放課後はバスに乗って帰り鍵を開けて中に入った。そして自分の部屋に足を踏み入れると下ろされたブラインド、微睡む肱掛け椅子、首が折れ頭の垂れた眠たげなランプに吸い込まれるような思いを僕は覚えた。あるとき、カフェテリアに入っていくと彼女がテーブルから立ち上がるのが見えたが、僕はぐいっと目をそらして高い窓を見やり、その茶色の窓台に塩入れがひとつ載っていて、またあるときはドイツ語の時間が終わって席から立ち上がると彼女の靴のぱた、ぱたという音が近づいてくるのが聞こえた。僕は動かずに立ちつくし、しかめ面で自分の机を見下ろし、自分の部屋に足を踏み入れると下ろされたブラインド、微睡む肱掛け椅子、首が折れ頭の垂れた眠たげなランプが見えた。そしてある日の午後、自分の部屋に足を踏み入れると僕の机に彼女が座っているのが見えた。彼女は机の上にかがみ込み、すいすい手早く何かを書いていた。茶色いカバーの掛かった本の不揃いな山が左側に積み上がっていた。そのてっぺんにラガディが座って陽気に微笑み、脚は組んで手はエプロンをつけた膝の上に載っていた。椅子の背に灰色のロープが一本垂れていた。「エリナー」と僕はきつい声で言ったが、彼女はなおも書きつづけた。僕は早足で寄っていって彼女の肩をつかみ、指でぎゅっと押さえつけたが彼女はなおも書きつづけた。僕は怒って彼女の髪をつかんで引っぱりはじめた。黒いかつらがビリビリ騒々しい音を立てて剝がれ、あちこちに髪の房が糊付けされたツルツルの禿げ頭が現われて、僕の手が何か硬くて冷たいものに触れて僕はガバッと目を開けたがそれはただの壁だった。学校では誰も相手にせず目を机に釘付けにし、自分の部屋に足を踏み入れると下ろされたブラインド、微睡む肱掛け椅子、首が折れ頭の垂れた眠たげなランプが見えた。

暖かい日々が過ぎていくにつれ、鈍い満足感のようなものが僕を包んでいった。僕は退屈もせず焦がれもせず、心乱されることもなくその日の義務を着々とこなしていった。夕食が済むと、眠たげな薄闇のなか、細長い玄関ポーチに座り、本から目を上げては、影に包まれた家並、徐々に上がってていく夜の影の線の上でまだ陽を浴びている明るい緑の梢、潤いが抜け色褪せていく空を背景に黄色く光る電話線を眺め、両腕をのばして大きくあくびをし、目を伏せてまた本を読むのだった。時おり網戸が開いて僕が興味もなしに顔を上げると、上着を脱いだ父さんが畳んだ新聞を脇に抱えて出てきた。両手をこすり合わせ、大きく息を吸い込みながら父さんは「うーむ、なかなかの天気じゃないか。そうそう、刃を研がないとな」と言い、一方僕はこの介入を歓迎もせず不服にも思わずに、父さんが籐のソファをギシギシ大きく軋ませて腰かけるのを見守った。父さんは読書用の眼鏡をかけて、新聞を開き、半分折りながら手の甲でぱんと叩き皺をのばして折る作業を完了する。そうして新聞をばさっと揺すり、眉間に深く皺を寄せて読みはじめ、「お前、あのクーシックの子供と学校で一緒じゃないか？　どうやらあの子の兄貴とあと誰かもう一人、イーストメインのデランシーに強盗に入って捕まったみたいだな。白昼堂々とだとさ。信じられんね」とか「満塁ツースリーでフォアボールとは――フォアボールとはね」などと言う。しばらくすると新聞を下ろして、もういまでは四割バッターもいなくなったとか、野球は前より活気があるとか言い出したり、あるときなどは父親と行った釣り旅行の話を始めて、まだ太陽も出ていない暗い寒い朝に松林の中の陰気な湖に行ったのだと言った。しばらくすると「ちょっと肌寒くなってきたな」と父さんは言い、「うん、ちょっと肌寒いね。でもまあそんなに寒くない」と僕は言う。「うんうん、寒すぎるなんてことはない」と父さんは言った。そしてしばし黙った。「でも大気に寒さが漂っている」。しばらくするとドアが開いて母さんが「噂をすれば影でしょ」と言う。そうしてクッションを入れた金属椅子に腰かけて編み物を始め、一方僕は暗くなっていく葉むらを見上げながら、僕たち三人が——母さん、父さん、僕が——徐々に涼しくなっていく薄暮れに細長い玄関ポーチに座っている姿を想像した。「肌寒くなってきたわね」と母さんが言う。「アーサー、あんた上着着たほうがよくない?」「うん、どうかなあ、着るよ、もう少ししたら」、そして父さんが「この時期は風邪をひきやすいそうだな。温度が急に変わるのがいけないんだ。暑いと思ってたら、いきなり寒くなる。体が対応できないんだ」「あら、冷たい風ねえ」と母さんが言い、父さんが「ちょっと寒気がしてきた」と言う。「あなた風邪じゃないでしょうね、ウォルター。風邪なんかひいちゃ駄目よ」「大丈夫さ」と父さんは言って、平気だとばかりに片手を振る。「風邪ひくときはいつだってわかるのさ。鼻先がかゆくなるんだよ。それにこの時期は絶対ひかないんだ。ひくのはもっぱら冬さ」「でもこないだの春は、ウォルター? こないだの春に寝込んだでしょ。八度三分の熱が出たのよ、覚えてないなんて言わないでよ、こないだの春に八度三分の熱出して寝込んだこと」「あ、そうだった、すっかり忘れてたよ。八度三分。そうだったなあ。なんで忘れちゃったのかなあ」「忘れちゃった! どうしてあんなこと忘れられるのよ——二週間寝込んで八度三分の熱があったのに」「ああ、変だよな、でもすっかり忘れてたのさ。しかも八度三分。うんうん、もう思い出したぞ。二週間寝たきりだったんだ。変だよなあ、忘れちまうなんて」「前は病気だったこと忘れたりしなかったのに。どうしてあんなこと忘れちゃえるのよ、ウォルター。しかも八度三分あったのに。名前や電話番号忘れるのとは訳が違うわよ。もちろんあなた、電話番号覚えるのは前々から得意だったわよね。それに人の顔も絶対忘れないし」「そのとおり。こないだもジェイコブソンに言ったんだ、なあボブ、俺は人の名前となるとからきし駄目だが、顔は絶対忘れないんだって。で、奴にもそれはわかった。奴としても否定できなかったよ」「そりゃ否定できなかったでしょうよ。人の顔となったらあなたほどすごい人知らないもの。あたしは顔は全然駄目なのよね、もちろん知ってる人は別だけど。リタの妹のロテイ覚えてるでしょ。あの人も顔は全然駄目なのよね。だけど電話番号となると、ほんとに見せてあげたかったわよ。いったいどうやったのか、見当もつかないわ。あたしは絶対書きとめないと駄目なの。ところがそれでも、その紙どこに置いたかいくら考えても思い出せないのよねえ。これならはじめっから書きとめたりしなくたって同じことよね。それで、そんなものもう要らないってときになって置いたところにちゃんとあるのが見つかったり。ジーン・スモールに電話しなくちゃってずっと思ってるんだけど。あの人まだ腰が悪いのよね。あの人たち呼んであげないとね。どうして忘れちゃえるのよ、八度三分の熱出して二週間寝込んでたこと」「おかしいよな、ほんとに綺麗さっぱり忘れてたんだよ。言われたとたん思い出したよ。八度三分。お前、よくこんな暗いところで本読めるな」「まさかこの子、こんな暗いところで本読んでるなんて。あんた、絶対目を悪くするわよ。こんなに年じゅう本読んでばかりいる人間、聞いたことないわ」「僕、ほんとに読んじゃいなかったよ。本を開いて膝に載せてただけ」「あらまあ、ずいぶん変わった読み方ねえ、本を開いて膝に載せて、それを見ないなんて。あたしのころはそんなふうにはしなかったわ。まあもちろんずっと昔の話ですけどね。恐竜の時代よね」「よしてよ、ママ。そこまで昔じゃないでしょ。マンモスより昔ってことはないでしょ」「マンモス！　あんた何言ってるの？　マンモス！」「ファァァ」と父さんはあくびをして両腕をのばし、ぶるっと軽く身震いして、両手を腹の上で交叉させる。母さんは「この時間、いいわよねえ。すごくのどかで」「うん、のどかだね」と僕は言った。「うん、気持ちのいいのどかな時間だ。まあちょっと肌寒くはあるが」と父さんは言った。

しばらくすると僕たち三人は中に入って食卓でカナスタをし、それから僕は自分の部屋に行って宿題をした。

週末には僕は家族の遠出に加わった。ゴボゴボ小川が鳴るかたわらの赤い木のテーブルでのピクニック。穏やかな湖のほとりの灰色の木のテーブルでのピクニック。小さな滝のかたわらの茶色い木のテーブルでのピクニック。曲がりくねった小径があって木の幹に白い矢印がペンキで描いてあって緑色の頭をしたカモがいる茶色い池が突如現われるバードサンクチュアリ行き。そしてある暖かい土曜の夜に父さんと母さんは僕を、いままで行ったことのない愉快な場所に連れていってくれた。照明の黄色いほのめきが僕は気に入ったし、赤い木の枠に収まった明るい緑の布の帯も、叫び声、喚声も、高さ一メートル弱の赤い屋根の白い教会、高さ一メートル強の灯台、金属製のジェットコースター、ぐるぐる回る水車、口を開けたピエロ、木が硬いゴムを打つ柔らかな音、明るい緑の斜面をのぼって行く小さな赤いボール、それがてっぺんに達して幅広の開口部に落ち、いきなり側面の空間から現われて、明るい緑の布の上をするする穴に向かって転がっていき、どんどん近づいていって最後の最後で横にそれて赤い木の枠にぶつかって弾んでおお！　やった！　と喚声が上がるさまも、そばの自動販売機からジュースの壜がごとんと落ちる音も、遠くで野球のボールがバックネットに当たる音も、その何もかもが好ましく——あとになってピッチングマシンに行った僕はバットを肩に載せ、おっかなびっくり待つとともに赤い金属のアームがゆっくり、ゆっくり上がっていき、僕は突然ぐっと身を引いて力一杯バットを振り、木が革に当たる衝撃のスリルを両の手首に感じた。そのあとで僕は自動販売機に十セント貨を入れて壜が金属の扉に当たるごとんと柔らかい音を味わい、湿った冷たいガラスをつかんで穴に栓を差し入れて強く下に引いて、しゅうっという快い音を聞き栓が折れ曲がる感触をガラスを通して感じとった。車の後部席に乗っての帰り道、ところどころ淡いほのめきに照らされた闇に僕は見入ったが——ガソリンスタンドのポンプの上で光る黄色いほのめき、閉店したスーパーマーケットの大きな店名の上の赤いほのめき、ドラッグストアのウィンドウの青いほのめき——やがて悲しい気分に僕は包まれていった。一人の男の子が見せた卑猥なしぐさ、父さんのぶざまな構え、アスファルトの上で割れた壜のかたわらに広がった暗い紫のしみ、小さなかたまりが中に見えるピンク色の吐瀉物《としゃぶつ》の池を僕は想い、僕のおぞましい人生を想い、やがて苦悶が胸に湧き上がってきて僕は早口で「あのいまいましいバンカーでヘマしなかったら3オーバーパーで済んだんだ。それだったら初心者としちゃ悪くないよね」と言った。母さんが「あらまあ、よく言うわねえ。天性のプレーヤーが謙遜しちゃってさ」と言った。父さんが「おかげで父親は形なしだったさ」と言った。僕は「いや、それはないんじゃないかな。あそこで何度も砂打ち上げてまるっきり手も足も出なかったこと、やっぱり気になるよね」と言った。「名選手にだってあることさ、アーサー」と父さんは言って、僕は自分の部屋に帰るとベッドに横になって本を読みはじめたが、突然僕は本を閉じて部屋の中をせかせかせか歩き出した。それから横になってまた本を読んだ。

学校ではこつこつ勉強したが、べつに興味を惹かれたわけではなく、休み時間には時おりクラスメートとぶらぶら歩いて勉強のことを話したり時おり冗談を言いあったりした。学校から帰ってくると鍵を開けて中に入り、自分の部屋に足を踏み入れると眉間にわずかに皺を寄せ、ベッドに横になっていろんな本のページをぱらぱらめくりはじめた。ある晩、母さんと父さんと並んでポーチに僕は座り、特に何をということもなく考えごとをしていた。椅子が軋み、鳥が一羽舞い上がって、羽毛の小さなかたまりがフワフワ落ちてきた。すると不安な気分が僕を包んでいった……やがて僕の心はすっかり暗くなって、紫色の空にぴんとつき出た黒い電信柱が僕の胸を苦悶で満たし、僕はがばっとそこから身を引き剝がしてせかせかと中に入り、ドアがばたんと乱暴にうしろで閉まった。

五月も終わり近いある蒸し暑い夜、僕は片腕で目を覆い寝つくのを待っていた。この数日、僕はすぐ寝つくことができなくなっていた。疲れた思いで、疲労してチクチク痛む目を抱えてベッドにもぐり込み、憔悴しきって何時間も横たわるのに目は覚めたままで、その日一日の些細な出来事を僕はくよくよ気に病み、突然の怒りを爆発させ、妙に侘しい気分へと落ちていった。左へ寝返り、右へ寝返り、腹這いになり、仰向けになって遠くの車の音に耳を澄まし、それから左へ寝返り、右へ寝返り、腹這いになり、仰向けになった。何かがポーチで軽くごとんと音を立てた。どこかで猫が鳴いた。遠くで静かにエンジン音が響いた。突然猫の爪が僕の部屋の網戸をごりごり掻く騒々しい音がした。僕は眉をひそめ、暗い色の猫が外の窓台にしゃがみ込んでいる姿を想像した。疲れた思いで僕は左へ寝返り、右へ寝返り、猫の爪がふたたびごりごり掻き、カッとなった僕がブラインドをばんと叩くとブラインドはかたかた鳴った。気が張って、憔悴して、怒りに包まれ、目が覚めたままの僕はベッドの上で身を起こし、ブラインドを脇へ押しやった。

唇の前で指を一本立てて、ウィリアムが僕に向けて、僕を非難するかのようにしかめ面を浮かべていた。夏物の上着にジーンズという格好だ。唇に指を当てたまま、もう一方の手で彼は三回、生垣の方を指すしぐさをしてみせた。それからパッと右を見て、パッと左を見て、向き直り、一歩進んで、片手をポーチの手すりに載せて、ひょいと飛び越え、音もなく芝生に着地した。そしてふり返りもせず早足で芝生を横切り、生垣の向こうに消えた。

僕はまたたく間に服を着終えて、爪先立ちで部屋から出てポーチに行き、外からそっとドアを閉めた。月に照らされた芝をすばやく横切り、生垣をかき分けて向こう側に出ると、ウィリアムが両腕を膝に巻きつけて斜面の小径に座り込んでいた。

彼は首を回し、驚いたように顔を上げて僕を見、すぐに立ち上がってジーンズの尻をはたいた。そしてしかめ面で僕を見てから目をそらした。「でもいったい、何かあっ」と僕は彼が喋らないので言った。

ウィリアムは気まずそうに見えた。「いや、べつに何も、ただちょっと……」と軽い口調で言った。

そしてしかめ面を浮かべ、足下のシダを蹴った。「あのさ、ベッドで横になってたら、眠れなくてさ……あの夜のこと覚えてるだろう……思ったんだよ、よくわかんないけど、君が何かやりたいかなって……」彼は僕の方を向いて、唐突に「あのさ、起こしちゃったんだったら謝るよ」と言った。

「いや、寝てなかった、それに」と僕は声色を変えて演説者口調に転じ、青い夜空に向けて片腕を投げ出した。「この崇高なる場にあって、偉大なるウィリアム・メインウェアリングは……」

「静かに」とウィリアムは命じ、しかめ面であたりを見回した。

65

いくらも経たぬうちに僕たちは原っぱを忍び足で抜けて小川に出た。雑草のただなかに飛び降りて、一瞬迷ってから右へ曲がり、冒険の夜にくり出していった。月に照らされた、あちこちでガラスの破片や泥のかたまりが光る、枯れて小径と化した小川の草深い端を進んでいく。まもなく両側の原っぱが消えて、裏庭の並びが僕たちの首の高さでコンクリートの土手につながっていった。犬が一匹、けたたましく吠えながら僕たちめがけて突進してきた。そして突然ぴたっと止まり、ロープになかば息を止められた。がくん、がくんと犬は何度も前のめりし、耳をべったり下ろして歯を剝き出し、片方の前足を妙に優雅なしぐさで持ち上げて、息をゼイゼイいわせては歯を剝いた。月に緑色に染まった生垣や青っぽく白い柵が土手の上に見えてきて、進んでいくにつれ塀がどんどん高くなっていってそのうちに僕たちの頭より上まで来た。やがて塀の並びがくっきり右に折れて、少しすると今度はだんだん低くなって僕たちの腰の高さまで下がってきた。雑草のはびこる裏庭の並びは何もない原っぱに代わり、枯れて小径と化した小川が突然高さ三十センチの土管となって終わり、道路の下に入り込んでいた。道路の向こう側は塀がなくなった。木が茂った両側の斜面も、雑草になかば埋もれた狭い小径となっていた。木々が月を締め出し、暗い、カサコソと音の立つ場を作っていた。何かが葉むらをよぎっていった。突然木々が終わって、月に照らされた原っぱが左右両方に広がっていた。遠くの方で野球場のバックネットがそびえ、そのうしろで黒い木々と家々の屋根が紺色の空に浮かび上がっていた。狭い小径の両側で草が僕たちの腹の高さまでのびていた。径はだんだん泥深く、曖昧になってきて、とうとう月に照らされた沼の中に消えた。暗い浅い水が、硬い草深い盛り上がりや泥深い干潟のあちこちで光った。僕たちは立ちどまり、戸惑ってあたりを見回した。「残念だな」と僕は呟き、錆びた缶を蹴飛ばした。ウィリアムはしかめ面で水を指さし、「ほら、ここ、流れてる」と言った。

葦に囲まれた浅い入江のなか、枯れた草がもつれて渦を巻き、動かず横たわっている。けれどそこここで草の切れ端が浮かんでゆっくり流れては、もつれた渦に絡みついていった。

しっかり硬い草深い小島に僕たちは乗って、浅い水たまりや入江のあいだを進んでいった。水のゆっくりした流れが見てとれ、あちこちの浅く泥深い箇所でとぎれていた。

僕たちの方に向かってくる水の動きがはっきりしてきて、やがて僕たちは澱んだ泥深い流れの硬い縁に出た。草のかたまりがあちこち水からつき出ていた。

沼のような流れの硬い縁に沿って僕たちは進み、流れは時おり広がったり急に狭まったりした。しばらくすると土手が硬くなって、浅い小川がゆるやかに流れるようになった。コオロギたちの甲高い歌と、遠くの車の呟きとに混じって、浅い水が石の上を着実に流れていく音が聞こえた。

小川をはさむ土地は両側とも斜面になってきて、川べりに沿って進む僕たちは徐々に下降しているような気がした。やがて、僕たちの頭上で高い黒い屋根を形成している道路に出た。道路の下を抜けて、月光から闇へと僕たちは入っていったが、その奥には月に照らされ勢いよく流れる小川が見えた。

道路の下を抜けきると、流れが速く浅い、幅一メートルちょっとの小川が、木々に覆われた険しい斜面に両側からはさまれて流れていた。あちこちで木々の影が月光を締め出していた。「ここに座れる」と僕は硬い地面を踏みつけながら言ったが、ウィリアムはしかめ面で高い木々を見上げて「いや、ここじゃない」と言った。

木々が少なくなってきて、ゆるやかに上向いた斜面のあいだを小川は流れていった。木々のあいだのあちこちに平べったい草深い場所があって、大きな石の皺の寄った表面がそここここに顔を出していた。「ここがよさそうだ」とウィリアムが少ししてから言った。

たしかにそこはよい場所だった。僕は一本の木に寄りかかって座り、月光の切れ端があちこちに浮かぶ月影のなか、月に照らされ勢いよく流れる小川を見下ろした。黒光りする水を背景にたえまなく動く白い水泡が、暗い森の山道を照らす木洩れ日のような模様を作っていた。濡れた石があちこちで黒々と光った。小川の向こう側では、藪の茂る斜面が紺色の空にのぼっている。僕のいる影の縁の、僕より少し下の左側でウィリアムは月光を浴びて立ち、しかめ面で水を見下ろしていた。僕の座っているところから部分的に見える彼の顔は、月の澄んだ光のなか、厳めしく陰気に見えた。ジーンズの尻ポケットに両手をつっ込んで彼は立ち、それぞれ指四本はポケットに入れ親指だけ外に出していた。じっと少しも動かずに立ち、しかめ面で水を見ている。小川の向こうで藪の葉むらが風を受けてサラサラ鳴り、暗い緑から銀色っぽい緑に変わった。やがてウィリアムの上着の袖がはためいて、髪が一部ぴんと立ち、僕は喉に突然の涼しさを感じた。ポケットから持ち上がったウィリアムの右手が、何か黒い物体を握りしめていた。彼は首を左に傾けて髪を丹念に梳かしはじめ、左腕で頭上に弧を描き、櫛を入れた髪を指で撫でつけた。それから櫛を右の尻ポケットにつっ込んで、両手をポケットに戻し、指四本は中に入れ親指は外に出した。彼は依然しかめ面で水を見下ろしていた。僕は「いい思いつきだったな、ここへ来たのは」と言った。ウィリアムは動かなかったが、ますますしかめ面が深まっていくように思えた。不安な気分が僕の胸に広がっていき、僕はそっと、ほとんどささやき声で「君が来てくれてよかったよ」と言った。ウィリアムはなおも黙ってしかめ面で下を見ている。僕はもっと大きな声で、苛ついた口調で「君が来てくれてよかったって言ったんだよ」と言った。

ウィリアムは肩から上だけふり向いて、しかめ面で僕を見た。それから体ごと完全にこっちを向いた。月光のなか、彼の目は黒く、荒々しく見えた。彼はポケットから両手を出して、その両手を腰に当てて立ち、わずかに両脚を開いて、しかめ面で僕を見下ろした。あたかも僕の影の中に僕を探しているかのように目がすぼまって、僕はいくらか身を縮めて木の方に下がった。少しのあいだ彼はそうやって立ち、しかめ面で僕を見下ろしていた。僕はカッとなって言った。「おい、いったい――」だがウィリアムは黒い怒った目で僕を見て、荒々しい声で「裏切り者」と言った。

66

「僕は裏切り者じゃない!」と僕は彼の凝視を避けながら叫んだ。その夜僕は彼に、吹雪の中を歩いたこと、ガラスの目をした猫、白い顔の玉投げ師、子供博物館のことを話した。そして壁の中のドア、死の花嫁……はじめウィリアムは月に照らされた斜面に、持ち上げた膝を両手で抱えて座っていたが、話が続くにつれて両肱をうしろについて体を倒し、両脚を前にのばして足首のところで交叉させた。月に照らされた小川の上の、僕が陣取った木の影の中で、黒い箱が開いて青白いバレリーナがゆっくり上がってくるのを僕は見た。彼は左手をがくんと右側へ持っていき、右の手のひらに黄色いガラス玉を載せ、それを宙に投げ上げると同時に落ちてくる赤いガラス玉を受けとめようとがくんと元に戻った。深紅の上掛けの下に黄色い髪の青白い女性が埃に包まれ目を閉じて横たわっていた。そして僕は華奢な、パリパリ音の立つ、ページに貼りつく紙をそうっと持ち上げて、黒いスーツを着た堅苦しい感じの紳士をじっと見つめ、「どうぞ」とエリナーが言って、わずかに身を前に傾けて磨き込んだステッキに寄りかかり彼はゆっくり前に歩み出て、背中の上からざらざらで棘々しい天井が押してきて、ティーカップの小さな把手を親指と人差指で僕はつまんでカップを唇に持っていき僕の心の中で僕たちはぐるぐる回りどんどん速くどんどん小さくなって、落ちてくる赤いガラス玉を受けとめて彼は左手をがくんと右側に持っていき、右の手のひらに赤いガラス玉を載せ、それを宙に投げ上げると同時に落ちてくる青いガラス玉を受けとめようとがくんと元に戻り、「見苦しいわねえ！」とエリナーが言い、重たいカーテンを僕がゆっくり開けるとカーテンはシュッシュッと埃っぽい床を滑っていき、僕の部屋の涼しい薄闇に足を踏み入れると涼しい微風が額に当たって、突然の静寂の中で水の立てる大きな音を僕は聞いた。月に照らされた斜面の、僕の陣取った木の影のかたわらでウィリアムは両肱をうしろについて体を倒し両脚を前にのばして、勢いよく流れる小川をしかめ面で見下ろしていた。明るい月光を浴びたその顔は紙のように白く見えた。黒い影がひとつ、ひさしのようにつき出た眉から目を越えて上向きに押し出された頬骨まで落ちていた。彼は庭園に据えられた彫像のように見えた。少しすると彼は小枝を一本拾い上げ、水の方に投げ、両肱をうしろについた。小枝は彼の足下の草に落ちた。ウィリアムは黙ってしかめ面で水を見下ろした。小枝に苛立ち、沈黙に、白さに、黒さに苛立った僕はきつい声で「おい、何が言いたいんだ?」と言った。ウィリアムは首から上だけ向き直ってしかめ面で僕を見た。黒い洞窟に収まった彼の目が微かに光った。彼は僕の影の中に僕を探しているように見えた。それから元に向き直って水を見下ろした。少しすると「ここはいいな」と彼は言った。「うん、ここはいい。いいとも」と僕は言った。ウィリアムは石ころをひとつ手にとって小川に投げ込んだ。軽くバシャンと音が立ったがそれもたちまち勢いよく流れる水の音にかき消された。そして一瞬彼は投げた姿勢のまま凍りついた——左の肱をついて、頭をわずかに左に曲げ、投げた方の腕は宙に静止し、手首から先が垂れている。それから彼は右の肱をうしろについて体を倒した。少しすると彼は言った。「小さいころカヌーに乗ったインディアンの本を読んだ。小さなカヌーに乗った木彫りのインディアンだ。そいつがちょうどこんな小川をいくつも下っていく。これがなかなかいい感じのインディアンでさ——うん、ほんとにいい感じなんだ。何ものもこいつをとどまらせることはできない。こんな小川がそいつにとっては大河さ——オハイオ川、ミシシッピ川、リオグランデ川。とうとう奴は海に出る。ああ、よかったなあ、あのインディアン——いろんなところに行ってさ。遠くまで。二度と帰ってこない」。沈黙のなかでウィリアムはじっと水を見下ろした。水が勢いよく石の上を流れていく音以外、何の音もしなかった。水の音は沈黙であり沈黙は石の上を勢いよく流れる水の音だった。僕は軽く咳払いした。ウィリアムは動かないまま、石の上を勢いよく流れる水をじっと見下ろしていた。それから石ころをひとつ拾い上げて水に投げ入れた。さっきより重たい、ボトンという音が立って水が撥ねた。僕が「さあ、そろそろ——」と言うと彼はいきなり「ここから出よう」と言って唐突に、あたかも怒ったかのように立ち上がった。僕の凝視を避けて彼はジーンズについた土をはたき、自分の背中を見ようとしかめ面で首を回した。肌寒い夜気の中で立ち上がりながら僕は奇妙な、あたかも裏切られたかのような侘しさを覚えた。

次の日の放課後にウィリアムは僕のロッカーの前に現われ、教科書の束を腰に当ててぎこちなく立った。「無事帰ったか?」と僕は訊いた。彼はしかめ面で一度だけうなずき、目をそらした。僕の家で僕たちはかつてのゲームに戻り、地下室でピンポンをやり、裏庭でバドミントンをやり、僕の部屋でモノポリーをやった。月に照らされた僕たちの冒険のことを彼は決して口にせず、その冒険はじきに遠い、なじみのないものに思えてきて、僕は何度か、一冬ずっと来なかった彼をあの夜僕の許に来させたのは何だったのだろうと思案した。彼はいつになくよそよそしくぎこちないように見え、僕が時おりモノポリーの盤から目を上げると、微かなしかめ面で頭をわずかに横に向け目にほんの少し不自然な表情を浮かべた彼がぼんやり遠くを見ているのだった。そして僕がぱちんと指を鳴らすと、彼はわずかにハッとして、苛立たしげな表情でこの世界に戻ってくる。実際、拗ねているような、苛ついているような顔を見せることもしばしばで、ある暑い日の午後、いつものように盤にサイコロを落として自分の軍艦をゆっくり動かし、軍艦のくっきりした縁で盤を叩きながらひとマスずつ進めている最中、彼はいきなり顔を上げて「こんなゲーム飽きあきだ」と言って、また目を伏せてひとマスずつ進めていった。「ま」と僕は愛想よく肩をすくめ、「ほかのことやったっていいんだぜ、チェスか何か」と言った。「いいや」とウィリアムはきっぱり言い、僕の資産一軒に行きついて、「することなんて何もない」と言って指をたくみに動かし百ドル札を一枚すくい上げて銀行に置き、すばやく五十ドル札一枚、二十ドル一枚、十ドル二枚、五ドル一枚、一ドル五枚を取り去った。

暑くなっていくにつれてウィリアムはますます苛ついてくるように見えた。ゲームの最中に苛立たしげな表情が顔をよぎり、もどかしさと退屈をしばしばあらわにした。と同時に、あたかも帰るのを嫌がっているかのように前より僕の家に長居するようになった。夕食後しばしば、蒸し暑い薄暮れのなか僕たちは、道路のコールタール、木の葉、家々の台所の開いた窓から漂ってくる夕食の匂いを嗅ぎながら細長い玄関ポーチに座り、特に何を話すでもなく話し、空は灰色に褪せていってその色合いも刻々変わり――そして突然街灯が灯るのだった。「さ、そろそろ行かないと」と彼は言い、動かなかった。時おり玄関のドアが開いて、スリッパ、くしゃくしゃのカーキズボン、腕まくりしたランバージャックシャツという格好の父さんが現われた。「よう、諸君」と父さんは言って、両の親指をズボンにつっ込んで大きく息を吸う。「うーん、こいつはなかなかいい天気じゃないか、え？　なあアーティ、邪魔する気はないんだが、そろそろお開きにしたらとママが言ってるぞ」――そして籐のソファをものすごくやかましく軋らせて腰を下ろした父さんは、メイズがルースの記録を破る可能性があるか否かをウィリアムと話しあう。ある晩、あれこれお喋りしていた父さんがふと、学校のことを話題にした。父さんは学ぶということにいささか過剰な幻想を抱いていて、教育は日々改善されていると信じていた。「今日びは九年生でもう、私のころは、うーん、高校に上がってずいぶん経ってから教わったようなこと教わってるんだよな。お前たちほんとに恵まれてるよ」と言った。「うん」と僕はあくびをこらえながら言った。「僕たち恵まれてるよ、そのとおり。ラッキーな現代の若者、それが僕らさ。ラッキーで一服」。僕は怠惰に街路を見やり、潤いの抜けた暮れゆく空、ポーチの手すりの上に垂れている茶色くなりかけたライラックのしぼんだ房、僕の隣に座ったウィリアムを見やった。驚いたことにウィリアムは、唇をぎゅっと結び怒った目をして、しかめ面で自分の膝を見下ろしていた。そしていきなり「この暑さ、耐えられない」と言って唐突に立ち上がって中に入り、網戸がバタンと閉まった。

六月なかば近くのある暑い平日、開いた教室の窓からは何の風も入ってこず、疲れた旗柱から国旗もくたびれた様子で垂れ、力なくぼってりした緩慢な白い雲がひとつ、死んだ青空に仰向けに寝そべっていると、僕はいつしか、ウィリアムと過ごす午後をひどくもどかしい思いで待ち望んでいた。その日はいつも以上の量の茶色い退屈とともに過ぎていき、陰気な茶色の廊下を疲れた思いで進んでいきながら、僕はウィリアムがいないかと目を光らせた。その朝、英語の授業に向かうときも彼とはすれ違わなかった。午後の自習に向かうときもすれ違わなかったし、時の流れがますますのろくなり、授業がますます長くなり、死が不可避に思えてくるにつれて、自分が奇妙に見捨てられたような、圧迫されたような気分に僕は包まれていった。その日の午後、最後のベルが鳴っても彼は僕のロッカーの前に現われず、僕は見覚えのある他人と並んでバスで下校するなか、長い退屈で空っぽな一日をとうてい生き抜けない気がした。家に帰ると僕は鍵を開けて中に入った。家具磨きの匂いがする涼しい茶色の居間を抜けて、陽がブラインドから差し込む斜めの模様が壁に浮かぶせいで居間よりは明るいダイニングルームも抜け、まばゆいほど明るい、皿立ての小物入れに立てたフォークやナイフがピカピカ光っている台所に僕は入っていった。重たい教科書の束を下ろして背の高いグラスに冷たい牛乳をなみなみ注ぎ、チョコレートシロップをひとさじ入れてかき混ぜる。スプーンを持ち上げると、シロップの膜の皺が寄っていかにも冷たそうに見えた。牛乳を飲みながら僕はあたりを見回し、キラキラ光る銀の引出しの把手、黄ばみかけた冷蔵庫の扉に付いたキラキラ光る銀のメーカー章、窓台の明るい乳搾り娘――そうした明るさ、空っぽさ、キラキラ光る静寂、それらは僕に、テレビで見た大平原のゴーストタウンを思い起こさせた。埃っぽく人けのない通りで回転草《タンブルウィード》が転がり、保安官事務所の外の板張り歩道に置かれた木の椅子二脚には誰も座っていなくて、突然風が吹いてきて酒場の扉の片方が内側にぐいっと開き、一瞬、居並ぶ空っぽのテーブル、空っぽの椅子、人けのないカウンターの奥の空っぽのキラキラ光る鏡をさらす。扉がふたたびぐいっと、今度は外側に開き、また内側に開き、外に、内に、そのたびにさらされるものはだんだん少なくなっていき、一方静まり返った通りでは、見捨てられた繋《つな》ぎ柱の前で眠たげな馬が頭を埃に垂らし厚ぼったい唇から疲れたように息を吐き重たい眠たげな尻尾を気だるげに振ったりすることもない。悲しい心持ちで僕は牛乳を飲み終え、疲れた思いで食卓から立ち、重たい教科書の束を持ち上げると、動くにはあまりに気力がなくとどまるにはあまりに落着かない気分だった。疲れた思いで、あたかもまたもうひとつの教室に向かうかのように涼しい茶色の廊下に足を踏み入れ、自分の部屋のドアを押して開けたところで僕は突如、手でドアノブを握ったまま立ちどまった。

彼は横向きに、僕の方に顔を向けて、僕のベッドのかたわらの肱掛け椅子に座っていた。両手で肱掛けをつかんだ彼は、あごを上げ険しい目を燃え上がらせて荒々しい表情で僕を見た。ベッドのかたわらの床には彼のノートと、彼の教科書の山があった。膝には僕が図書館で借りた本が一冊、下向きに載っている。少しのあいだ僕たちは黙ってたがいを見ていたが、やがて彼が言った。「で？　どうだ？　ずいぶん遅かったな。学校はどうだった？　心配するな、誰にも見られちゃいない。十一時ごろサンドイッチを食べたよ、誰も気づかないと……だいたいずっと本を読んでいたよ。どうしたんだ？　おいおい、君、喋れないのか？」

わずかな間があった。

「ウィリアム、まったく君ときたら」と僕は苦笑して言った。

67

暑い夏の朝、息苦しい夏の午後、ウィリアムと僕は閉めきってブラインドも下ろした僕の部屋の蒸し暑い薄明かりでだらしなく体をのばしていた。僕は頬杖をついてベッドに寝そべり、図書館で借りた小説をいい加減に読むか、古いクリスマスのカタログをパラパラめくるかし、ウィリアムは僕の読書椅子の肱掛けに片脚を投げ出して座り、数字のついた四角いタイルを親指で前後左右にカチャカチャ動かしていた。少しすると僕たちは重い腰を上げ、疲れた思いで玄関ポーチの日蔭へ出ていく。僕はそこで籐のソファに、硬い肱掛けを枕に両膝を立てて寝そべり、図書館で借りた小説をいい加減に読むか、古い『ナショナル・ジオグラフィック』をパラパラめくるかし、ウィリアムは籐のロッキンチェアに深々と座ってカチャカチャ音を立てるか、丸い金属テーブルに身を乗り出してシュッシュッとカードを動かす音を立てて時計ソリテアをやるかした。「まあまあ」と母さんは、園芸バサミ、木のバスケット、房のついたクッションを手にポーチに出てくると決まって言った。「あんたたちここに一日中いるつもり？　何かすることないの？」。そして母さんは手袋をはめた片手の甲を、汗ばんで赤味のさした顔に持ち上げ、湿ったほつれ毛を額から拭った。「暑すぎるよ」と僕は答え、しかめ面で蠅を追い払い、疲れた思いで立ち上がって邪魔の入らない蒸し暑い自分の部屋に戻り、ウィリアムもついて来るのだった。僕は頬杖をついてベッドに寝そべり、図書館で借りた本をいい加減に読むか古い漫画本をパラパラめくるかし、ウィリアムは僕の読書椅子の肱掛けに片脚を投げ出してだらしなく座り、カチカチ音を立てるか僕が放り出した『ナショナル・ジオグラフィック』をパラパラめくるか自分の膝と睨めっこするかした。時おり彼は椅子に座ったままぐるっと体を回し、僕の茶色の木の本箱に並んだ本をしかめ面で吟味した。一冊を引っぱり出して、怒ったように背表紙を見つめ、座ったまま元に向き直って、本を開き、しかめ面で読みはじめる。「何かするか？」と僕は少しすると言い、「どうかなあ」とウィリアムは答えた。少しすると僕は「テレビ、何かやってるかな？」と言い、「どうかなあ」とウィリアムは答えた。時おり彼は何も言わずに立って部屋を出て、少ししてから片手に牛乳の入ったグラスを、もう片手にはピーナツバターとジャムのライ麦パンサンドの載ったソーサーと、オレンジピールの周りを半ダースのチョコレート・グレアムクラッカーで囲んだもう一枚のソーサーをその上に持って戻ってきた。そうして椅子に腰かけ、一方のソーサーを一方の肱掛けに載せ、もう一方のソーサーをもう一方の肱掛けに載せ、牛乳のグラスを床に置いた二冊の本の上に載せて、本に戻っていく。少しすると僕が台所に出ていって、ピンクレモネードの入ったグラスと、皮を剝いて八等分に切ったリンゴと、オレオクッキー一皿を持って戻ってきた。

時おり僕は目を上げ、彼が微かにしかめ面を浮かべて遠くをぼんやり眺めているところを捉えた。僕がぱちんと指を鳴らすと、彼はわずかにハッとして、苛立ちの表情とともにこの世界に戻ってきた。

夕食が済むと、明るい熱気のなか、ウィリアムと僕は暑苦しい夏の晩にくり出していった。夏の午後に足を踏み入れたように思えたけれど、僕の家がある側の家並は、道路のアスファルトを越えて向かいの家の半分の高さまで影をのばしていたし、家々の屋根の燃えるような黒と赤の石綿スレートの向こうで空は青白く疲れたように見え、その一番豊かな青色はもう抜けてしまっていた。僕たちは色褪せたジーンズ、はき古しのスニーカー、ほんの一、二センチだけジッパーを上げた薄手の上着という格好で、生暖かい家の影や、影と影のあいだに突然生じた明るく熱い空間を並んで通り抜け、僕の家のある通りに並ぶ古い二世帯住宅を過ぎて、低い陽ざしに燃えている埃っぽい裏通りを渡り、遠い界隈の原っぱや空地を越えて、前へ前へ、どこへも向かわずに進んでいった。歩いているあいだ僕たちはまっすぐ前を見て、唇をきつく結びしかめ面を浮かべ、肩をきっちりうしろに引いていた。僕は目をすぼめて、危険はないかと抜かりなく見張った。眠たげな、狂暴な空気の中で僕は、自分が用心深く危険な人間、タフで危険な人間になった気がした——そう、唇をきつく結びしかめ面をした僕たちは、子供たちをはるか下に見下ろす高校生二人組なのだ。時おり僕はウィリアムの方をちらっと見て、その厳めしいしかめ面、張りつめた両腕、櫛で撫でつけてウェーブをつけた黒髪を好ましい思いで吟味した。うなじに生えた濃い生えぎわの髪が上着の襟に垂れていた。彼はもうズボンを腰のくびれの高さではいたりせず、腰の出っぱりまでしかるべく下ろしていた。時おり微風が吹いて上着の背中を膨らまし、髪の毛が一筋持ち上がった。それから彼は尻ポケットに手を入れて短い黒の櫛を取り出し、髪を何度か丹念に、手で均しつつ梳かしてから、また櫛をポケットに戻し、何も言わずにまっすぐ前を見て歩きつづけた。時おり僕たちは野球場まで歩いていき、沈みかけた太陽の長い影の中で試合を見物した。ピッチャーが目をすぼめて前にかがみ、グラブをはめた手を曲げて背中に当て、血管の膨らんだもう一本の手をだらんと垂らしている姿を眺めるのが僕は好きだった。それにまた、ピッチャーの両腕がすうっとうしろに引かれたのちに前に来て胸元で出会い、間《ま》があって、一塁をちらっと見て、片脚が上がり、体がうしろにのびて、ファウルボールが金網のバックネットに当たって、スパイクについた土をバットがはたき落とし、とんとん叩かれたホームベース上で土埃が舞い、ピッチャーが前にかがみ、間があって、一塁をちらっと見て、片脚が上がるのを眺めるのも好きだったが、いつしか僕の目は試合からそれてそばの人の顔に、暮れゆく空に、遠くの屋根に移っていき――そして突然ウィリアムと僕は球場を離れ、ひたすら歩きに歩いて、どこへも向かっていなかった。そうして二人で歩きながら僕はいつも、あたかもいまにも、角を曲がったらすぐ、何かが起きるかのように張りつめた興奮を感じていた。陽が沈み、西の空が赤くなり、東は薄闇となって、古い歩道では葉の鬱蒼と茂るカエデの木の下に夜が訪れはじめていたが、表通りは熱い黄昏の光に包まれてまだ昼間なのだった。時おり僕たちは四つ角の空地に立ち寄り、定まらぬ思いであたりを見回してからまた先へ進み、ひたすら歩きつづけ、暮れゆく夏の黄昏を歩いているさなかに、僕はあたかも昼が終わるのを熱望するかのように、募る興奮とともにあたりを見回すのだった。けれど時間はほとんどなかった、なぜなら僕は昼が終わってほしいとは思ったけれど暑苦しい夏の夜が楽しみなのではなかったからだ。そして暮れゆく大気の中を二人で歩きながら、何かがすり抜けていくような、あたかも僕が望んだものは暮れゆく夏の黄昏でしかなかったかのような感覚に僕は襲われた。そして僕はどんどん速く、絶望に駆られたかのように速く歩き、ウィリアムに「おいおい、あわてるなって」と言われた。暗くなっても僕たちは歩きつづけたが、僕はすでに挫折感に襲われ、暗い未知の家々の黄色い窓の並びは僕を妙に圧迫し、ランプに照らされた暑い僕の部屋に二人で戻ってくると僕は落着かない、気だるい気分、疲れはて満たされぬ気分に駆られるのだった。黄色い電球のほのめきの下で僕たちはモノポリーをやり、僕の部屋の網戸には縁がギザギザの小さな穴が開いていて、その下に空気銃の弾が一個、窓のプランターの埃に包まれて錆びかけ、その網戸を通ってブレーキのキーッという音、コオロギたちの狂おしい声、遠くのジュークボックスの高い音低い音が聞こえ、ずっと遠くのハイウェイで重たいトラックが邁進する音が微かに聞こえてきた。

そして夏の黄昏、あの夏の黄昏……静寂、夏の黄昏の中の突然の叫び声……そしてあなたは知っているだろうか、夏の老人たちを……夏の黄昏の暑い日蔭のポーチに座った老人たち……

熱い電球の下、黄色い光の下、ウィリアムの額に浮かんだ汗の微かな光沢……

熱い電球の下、ある暑苦しい夏の夜、ウィリアムと僕は息苦しい僕の部屋でだらしなく体をのばしていた。外のじめじめ暑い闇で、蒼ざめた稲妻が雷鳴なしにチカチカ光った。長い、結末の見えないモノポリーの一戦を僕たちはいましがた打ちきったところで、もはやウィリアムが帰るのを待つ以外することは何もなかった。僕は彼に帰ってほしかった。彼がいることに僕は苛々していたのだ。でも僕は彼に帰ってほしくなかった。彼が帰ってしまうとひどく不安な気持ちになるのだ……彼はベッドのそばの僕の肱掛け椅子にだらしなく座っていた。左脚はまっすぐ床につき出され、すり減った幅広の黒いローファーを履いた足先は左に傾いている。ローファーと、ジーンズのすり切れた裾とのあいだに、厚い白の靴下が見えた。右脚は膝のところで曲げられ、大きく右に投げ出されていた。足先は椅子の脚のそば、かかとが持ち上がり足指が下になった姿勢で床と接し、白い靴下を履いた黄色っぽいかかとからローファーが脱げかけていた。左腕は詰め物をした肱掛けにべったり平たく載って、手はだらんと向こう側に垂れている。右腕は肱のところでくっきり折れて右の肱掛けと交叉していた。彼は右手の人差指と親指で黄色い鉛筆をはさんでいて、それを腹の近くでサッサッと前後に振り、ピンクの消しゴムと真鍮とが作るぼやけた像を、しかめ面を浮かべ集中した表情で見つめていた。僕はベッドの窓際の方に壁を背にして座り、両脚を投げ出していた。「さて、今日一日も終わったな」と僕は言った。僕は両手の指を絡ませ、絡めた両手を、手のひらを外に向けてぴんとのばした。どこかひとつの関節が微かに鳴った。ウィリアムは何も言わなかったが、依然しかめ面を浮かべ集中した表情で、高速で揺れる鉛筆を見つめていた。額がうっすら汗に覆われて光沢を放った。僕の十センチばかり左で、プリーツの入った明るい茶色の、暗い茶色と暗い緑色が交叉するカーテンが窓枠の木の縁を覆っていた。「ああ、クソ暑いなあ」と僕は言ったとたん、テレビの白黒映画で見たメキシコのどこかの町の息苦しい部屋ののろのろ回る天井ファンの下で硬い椅子に座って眉毛に汗の玉を浮かべている無精ひげの男を思い出した。それで僕は「そぉともさ、こいつぁもぉ川へひと泳ぎに行くっきゃないぜ。この暑さじゃ息もできやしねぇ」と言ったがウィリアムはまだ忌々しい鉛筆にしかめ面で見入っていて、僕は「みなさん今晩は、アーサー・グラムです、テレビの国から今夜も番組をお届けします。今日もみなさん元気でお過ごしでしょうか？」と言ったがウィリアムはまだ鉛筆に見入っていて、僕は「タール人形なんにも言わね、フォックス兄ぃこっそり構え」と言ったが（ジョエル・チャンドラー・ハリスの黒人伝承に基づく物語『リーマスじいや』から）ウィリアムはまだ鉛筆に見入っていて、僕は「秘密の言葉を当てて賞金百ドルを。ごく普通の言葉です、毎日ご覧になっている物です」と言ったがウィリアムはまだ鉛筆に見入っていて、僕は「ねえジョージ、私たちあの人の名前一度も訊かなかったわよね。あの仮面の男、いったい誰だったのかしら?……え、知らないの? あれはね、ロォォォン・レンジャーだよ……」と言ったがウィリアムはまだ鉛筆に見入っていて、僕は「死はおそらく過大評価されている。おそらく我々人間にはこの世しかないのだ。とはいえ、本当のところは誰にもわからない。個人的には天使なんてものに僕は惹かれたこともない。天使ってやつはいつだってぽっちゃり太りすぎてるからね。フィリップ・スクールクラフトと二人でよくやったゲームの話はしたっけ? ファァ、また一日、また一ドル。誰かテニスしない? キンコンカン、こちらは悪魔です。点線の上にご署名を。お一人様一点限り、申し訳ありません、返金はいたしかねます」と言った。ウィリアムは何も言わず、揺れる鉛筆に見入ったままだった。鉛筆の動きが徐々に遅くなり、やがて止まった。少しのあいだウィリアムは動かないまま、ぼんやり鉛筆を見つめていた。それから、疲れた様子で頭を椅子の背に持たせ、目をすぼめて僕をじっと見、微かな、剝ぐような音とともにゆっくり唇を開いて、「聞かせてくれ」と言った。

68

数日後の晴れた土曜の朝、七人が車二台で遠くの湖に出かけた。ジーンズ、スニーカー、半袖シャツという格好でズボンの下に海水着を着たウィリアムと僕は、前部席に父さんとマージョリーが乗った僕の家の車の後部席に乗った。僕とウィリアムのあいだの座席には、小さな白い注ぎ口の付いた赤と銀の魔法瓶、ぞんざいに畳まれ両端に暗い茶の縞が入った僕の明るい茶のタオル、きっちり巻いて緑のゴムバンドで留めたウィリアムの白いタオルがあった。マージョリーは古いジーンズを切った色褪せた半ズボンジーンズ、赤いスニーカー、下に着た水着のストラップが透けて見える裾の長い白いシャツという服装で、前髪は額のところで切り揃え、高く弧を描いたポニーテールを赤いゴムバンドで留めていた。車が跳ねるなか時おり彼女は手を上げ、ずり落ちてくる水着のストラップを引っぱった。僕はなかば目を閉じ熱い座席カバーに寄りかかって、膝に載せた開いた本の上をかすめる陽と影のちらつきに見入ったり、窓の外を過ぎていく木々を眺めたりした。ゆっくり近づいてくる太い一本の木に僕が視線を集中させると、木は僕の目を自らの方へ引き寄せていき、木はどんどん近づきどんどん速くなり、やがて突然ヒュッと通り過ぎるときに窓の縁によって抹殺され、僕の目はあたかもバネの先端に据えつけられているみたいにがくんと前に跳び、僕がまた別の木に視線を集中させると、その木も僕の目を自らの方へ引き寄せていき、やがて突然それも窓の縁によって抹殺され、僕の目はがくんと前に跳んで別の木に視線を集中させ、また別の木、また別の木、また別の木、また別の木に、そしてとうとう僕は疲れた視覚を休ませようと、外を過ぎてゆく緑のぼやけたかたまりを見るともなく見、窓には暗い赤の前部席とその上の父さんの首と頬の動かぬ鏡像が淡く映っているのだった。ウィリアムは自分の側の隅に寄りかかって座り、しかめ面で窓の外を見て、日なたと日蔭に区切られた片手に持った閉じた本を太腿に載せていた。マージョリーが「ねえ見て、雌牛《ユヌ・ヴァッシュ》よ。ボンジュール、マダム・ラ・ヴァッシュ。今日はごきげんいかが《コマンタレ=ヴ・オージュルドゥイ》？　ねえアーサー、ドイツ語で今日はごきげんいかがってどう言うの？」。退屈した一本調子の声で僕は「ヴィー・ゲート・エス・イーネン・ホイテ」と言った。「まあ、何て醜い言語かしら！　ねえウィリアム、ドイツ語って醜い言語だと思わない？」とマージョリーは叫んだ。「いやべつに」とウィリアムは疲れたように言った。蒸し暑い光の中で彼はなかば目を閉じた。少しするとマージョリーは横向きになり、座席の背に片手を掛けて、その手にあごを載せ、僕を見て「あんた何読んでんの、アーサー？」と言った。「うーん、わかんない。ただの本だよ。『白い中隊《ホワイト・カンパニー》』って題」「誰が書いたの？」「アーサー・コナン・ドイル」と僕は答え、ひそかにゾクッとした。苛立たしいことにマージョリーは「それってシャーロック・ホームズの作者じゃない？」とは言わず軽くうなずいて「ふぅん」と言っただけだったので僕は「ほら、シャーロック・ホームズとかの。これはシャーロック・ホームズの話じゃないんだけどね」と言い足した。「あっそう」とマージョリーは言って、手の上であごを回し「あんたは何読んでんの、ウィリアム？」と言った。ウィリアムはしかめ面で窓から向き直り、膝に抱えた本を、あたかもいま初めてそれに気づいたかのように見下ろした。そして唐突に本を持ち上げ、しかめ面で背表紙を見て「『新アラビア夜話』」と呟き、本を下ろすとまた窓の方に向き直った。「誰が書いたの？」とマージョリーは言った。ウィリアムはまた本を持ち上げ、また背表紙を見た。「スティーヴンソン」と彼は言った。「面白い？」とマージョリーはなおも追及した。「けっこう面白いと思う」とウィリアムは言った。少しのあいだマージョリーは横向きのままでいたが、やがてまた前に向き直り、片手を上げて、ずり落ちる水着のストラップを引っぱり上げた。

　森のはずれの、土の地面の駐車場に、マニー叔父さんのピカピカの新車のツートンカラーのビュイックと並べて父さんは車を駐めた。海辺を隠している林を通して、遠くの叫び声や水の撥ね音が聞こえた。毛布とピクニックバスケットを持って、僕たちは高い松、オーク、ブナの林に囲まれた日蔭の曲がりくねった小道を歩いていった。「たぶんブナ《ビーチ》だと思うけど」と僕は言った。「もしかしたらカバ《バーチ》かもしれないし、ブロントザウルスかもしれない。基本的に僕、木は二種類しか知らないんだ――カエデと、電信柱」「笑わせてくれるわね。木って醜いドイツ語で何て言うの？」「アッシュ、ドゥ・ビスト・アン・ドゥメス・メートヒェン。長い単語なんだ（本当は「ああ、君は馬鹿な娘だな」の意）」。マージョリーは疑わしげに僕を見た。「あ」と彼女は突然言った。「海《ラ・メール》よ」。小道はわずかに上り坂になり、のぼりつめると前方で木々が減っていくのが見えて、茶色のピクニックテーブルが点在し、その向こうに毛布で混みあったビーチが見え、毛布の向こうには林に囲まれた、しかし全貌が見える小さな灰色がかった緑の湖が見えた。岸から四分の一くらい行ったところでお決まりの白い樽が浮かんで並び、白いロープでたがいにつながれていた。ビーチの右の方に白い、わずかに傾いた救助員用の椅子があって、そこから暗い赤のビーチパラソルが花開いていた。パラソルが作る日蔭に、白いヘルメットをかぶった気だるげな救助員が、象の背中に据えた天蓋付き玉座に座ってターバンをかぶったどこかの傲慢な君主みたいに座って本を読んでいた。ビーチの左側に短い桟橋があって、手すりのついた四段の階段がその端にあり、キラキラ光る濡れた飛込み板につながっていた。黒い水着を着て白い水泳帽をかぶった女の子が飛込み板の端に立ち、両腕をつき出しあたかも祈るかのように頭を垂れていたが、やがて突然水に飛び込んで、それとともに背が高く肩幅の広いインディアンの肌の色をして金髪を角刈りにした男の子が階段をのぼり、一瞬てっぺんに立って鉄の手すりにしがみつき、いまだ揺れている飛込み板を見ていたが、次の瞬間にはもう手すりを離して、すたすたと板の端まで歩いていき、すぐさまエビ形ダイブを決め、そのうしろでおどけたティーンエイジャーがまだ揺れている板に早くものぼって来ていて、あたかも撃たれたかのように腹を押さえながらよろよろと前に出、恐怖を装って鼻を押さえながら、片脚を宙に投げ上げ板の端から飛び込んだ。

　岸から三メートルくらいの高さのところに、僕たちは日蔭になった木のテーブルを見つけた。ハンバーガーのパン屑が散らばって、茶色い松の針があちこちに転がっていた。一方の隅にケチャップの濃いしみがあり、二枚の板のあいだから小さく四角にきっちり畳んだ蠟紙のポテトチップ袋がつき出ていた。僕は片腕をつき出し小声で暗唱した――「山々の頂《ユーバー・アレン・ギプフェルン》に憩あり《イスト・ルー》、木々の梢に《イン・アレン・ヴィプフェルン》――」（ゲーテの詩「旅人の夜の歌」から）「ひいっ！」とマージョリーが言って耳を覆った。「何でそんな言語、我慢できるわけ？　理解できないわよ、どうしてドイツ語なんかやる人いるのか」「オー、オー、オー」と僕は言った。「ふらんすゴ、ハナシマスカ《パー・リー・ヴー・フロー・セイ》ァ？　オー、オー、オー。どっちが醜い言語だよ」「発音できないからって悪口言ってさ」「あのさ、俺は思うんだが」とマニー伯父さんがグリルをがたんと下ろしながら言った。「お前ら二人も頭おかしいと思うね。ようビル、お前も外国語やってんのか？」「やってます」とウィリアムは言った。間が生じた。「で？　何語なんだい」とマニー伯父さんが言った。「フランス語です」とウィリアムは少し退屈そうに言った。

みんなでタオルや毛布を持って林を抜け、茶色い、硬い、わずかに湿った砂浜に着いた。浜は陽のあたる湖に接していて、草地に囲まれて半円形を形成している。新しい巨大なスカート形水着を着た母さんは父さんと並んで毛布に座り込み、青白い太い両腕に陽焼けオイルを塗り、父さんはタオルを顔に掛けて仰向けに寝転がった。二人の横、二センチあいだを置いた毛布にマニー伯父さんとルー伯母さんが横になった。ウィリアムと僕は自分たちの毛布を、大人たちの毛布二枚の斜め下、毛布の右上の角がルー伯母さんたちの毛布の左下の角から十分離れるよう気をつけて広げた。マージョリーはしばし迷ったが、やがて大きなピンクのタオルを、大人たちの毛布のすぐ下、僕たちの毛布から二メートルばかり離れたあたりに広げた。ウィリアムと僕はスニーカーを脱ぎ、立ち上がってすばやくジーンズを脱ぎ、ぐるぐる巻いて枕にした。マージョリーはタオルに両膝をつき、しかめ面で下を向いて裾の長い白いシャツのボタンを外した。やっとシャツをするっと脱ぐと、ぽっちゃりした胸を彼女は一瞬つき出した。それから両脚を前に投げ出して座り込み、ウィリアムと僕が立ったままシャツのボタンを外すのと同時にスニーカーの紐をほどいた。ウィリアムは毛布に膝をついて、本をシャツで丁寧にくるみ、マージョリーは座ったまま半ズボンジーンズのボタンとジッパーを外し、するっと脱いで、すばやく腹這いになって顔を向こうにそらした。そして不意にうしろに手をのばして水着のスカート部分を引き下ろした。遠く、はるか遠くでイーヨーがマージョリーの背骨の凸凹を歩いていって彼女の髪に到達した。マージョリーは頭の両側にそれぞれ手を持っていった。何だかピンク色の島に追放されたみたいに見えた。「ヘイ、マージ、泳ぎに行くかい?」と僕は言った。「ううん」と彼女は顔を向けもせずに言った。僕は肩をすくめ、シャツを毛布に放り投げて、肩をうしろに引き、ウィリアムと一緒に、騒々しい、混みあった水の方へぶらぶら歩いていった。

湖の底は平坦ですべすべしていたが小さな丸い石ころがたくさんあった。一メートルばかり入っていくと、水はもう頭より深かった。ウィリアムはさっきよりずっと遠く見える樽の列に向かってまっすぐ泳ぎ出し、僕は胸の高さのところで立って、彼が水から顔を上げてはまた水につけ、上げてはまたつけるのを見守った。たどり着くと彼は樽のひとつを片腕でつかみ、目から髪を拭って、君も来いよと僕に合図した。水に顔をつけることを学んでいないのでもっと遅いし疲れるのは早いストロークで僕は彼めざして泳いでいき、同じ樽の反対側をつかんだ。僕は騒々しい飛込み板を見、日蔭の傾いた椅子にいる救助員、父さんが体を起こして僕たちを指さしている小さな混みあった浜辺を見て、仰向けに横たわっているけれど顔は上げているマージョリーは片手で目の上にひさしを作ってじっと僕らの方を見ていた。それから僕は向き直ってのどかな灰色の湖を、さらに向こうの暗い緑色の林を見はるかした。突然ピーッと笛が吹かれて、ふり向くと例の救助員が怒った様子で僕たちに合図を送っていた。

荒く息をし、熱い陽ざしを浴びてぽたぽた水を垂らしながら、僕はタオルを肩に羽織って砂浜に立ち、ウィリアムはぽたぽた水を垂らしたまま毛布の上に横になった。「ならず者たちのお帰り」とマージョリーが、仰向けに横たわったまま片手でひさしを作って僕を見上げながら言った。僕はいきなり頭を下げて髪をごしごしこすり、彼女に軽くしぶきがかかった。「やめてよ！」と彼女は怒って叫び、片腕で顔を覆い、ふっくらした膝を片方持ち上げた。

僕は毛布の上にウィリアムと並んで横になり、肋骨と腰が硬い砂に当たるのを感じた。それから、巻いた暖まったジーンズに頬を載せ、目を閉じた。

昼食は煙を上げているグリルのかたわらの日蔭のピクニックテーブルで供された。ボタンを外した、裾の濡れているシャツを羽織ったウィリアムは、タオルを尻の下に敷いてベンチの一番奥に座り、グリルで焼いてロールパンのトーストにはさんだハンバーグ、細長く切ったピクルス、パプリカとパセリをまぶしたポテトサラダを盛った紙皿と向きあった。皿の横には彼の本が置かれ、平たくつぶれた黄色いガム包装紙がつき出ていた。僕はウィリアムとルー伯母さんのあいだに座った。一、二メートル離れたところでマニー伯父さんが、じゅうじゅう音を立てているグリルの前に汗をかいて立っていた。テーブルの反対側はマージョリーがルー伯母さんの向かいに、父さんが僕の向かいに座り、母さんはテーブルの端でウィリアムの向かいに立って紙コップにピンクレモネードを次々注いでいた。「さあさあ」と父さんがフォークを母さんに向けて振った。「もういいから座んなさい、あとは私がやるから」、そうして父さんは立ち上がろうと体を前に曲げテーブルにつかまってベンチとテーブルのあいだにはさまった片脚を抜きとろうとした。「座ってなさい」と母さんが言うと父さんはただちに座って、「失礼、どうも」と父さんを通そうと少し横にそれてくれていたマージョリーに小声で言った。マニー伯父さんは巨大な白いハンカチで顔を拭きふき、煙を上げているグリルに思いきりふうっと息を吹いた。と、伯父さんは何かを動かしていきなり指をパッと離し、急いで振った。「あらあら気をつけてよ。ウィリアム、ポテトサラダもっといかが？」と母さんが言った。蝿が一匹、開いたケチャップ壜の口にとまった。「ケチャップに蠅がとまってるわ」とルー伯母さんが言った。「フランス語で言わないといけないんだよ」と僕は言った。マージョリーが顔を上げ、蠅を払いのけ、また下を向いた。蠅は気だるげに輪を描き、ケチャップの口に降り立って、満足げに前足をこすりはじめた。「これ聞いたことある?」とルー伯母さんが言った。「カトリックの司祭とユダヤ教のラビとプロテスタントの牧師が飛行機に乗っていて、突然片方の翼が燃えていることに気づく。司祭はアベマリアを唱えはじめ、ラビはユダヤ語で祈り出し、牧師は——」「いや違う違う」とマニー伯父さんが言った。「ジョークを半分抜かしてるぞ。司祭、ラビ、牧師がニューヨーク発サンフランシスコ行きの飛行機に乗ってるんだ。で、スピーカーからアナウンスが流れて——」「あたしそれ、覚えてると思う」と母さんが言った。「これってあれでしょ、牧師が言うんでしょ」——「待て、私は聞いたことないぞ」と父さんが言った。「キッチャップにハエとまってるアルよ」と僕は言い、ウィリアムの方にかがみ込んでひっそり「何も言うなよ。ここは任せろ」と言った。ウィリアムは僕を見もせずに一度うなずいただけで、そのままハンバーガーを食べつづけた。

「おお、すごい!」とマニー伯父さんが叫んだ。「まあ、こんなにしてくれなくても」とルー伯母さんが言うのをよそに、母さんは嬉しそうに頬を赤くし、大きなアップルパイをテーブルに下ろした。アップルパイが済むと掃除と後片付けが大々的に行なわれ、それからビーチへ戻るべく毛布とタオルが大々的に集められた。僕は両腕をのばして小さくあくびをし、「ふぅやれやれ。よかったらちょっとそこまでウィリアムと散歩してくるよ。たっぷり食べたから消化しないと」と言った。ぱん、と僕は腹を騒々しく叩いた。「どこ行くの?」とビーチタオルを腕に掛けた母さんが言った。「いや、すぐそこだよ。遠くへは行かないよ。車のあたりまでかな。心配ないって。すぐ戻ってくるから。さあ行こうぜ。じゃあね。バイ」「ちょっと待て。マージーも一緒に行きたいんじゃないか」と父さんが言った。僕はわずかに顔をしかめた。ウィリアムは下を向いた。マージョリーはすぐさま「ううん、ウォルター叔父さん、あたしちょっと疲れたから、ほんとに。じゃ、あんたらまたあとでね。オールヴワール、って花の都パリじゃ言うのよ。ところでさ、『ここは任せろ』ってドイツ語でどう言うの？」と言った。「あのさ、彼女疲れてるから長い散歩は行きたくないんじゃないかな」と僕もすかさず言った。「短い散歩なんじゃなかったの」と母さんが言った。「うんうん、相対的には短いってことでさ、さすがに一メートルでおしまいってわけじゃないよ、それにワタシ、ふらんすゴハナセマセンデスカラ。それじゃ。サヨナラ三角。腹痛とか起こさないようにね。アウフ・ヴィーダーゼンって陰気の都ベルリンじゃ言うんだよ。行こうぜ」。ウィリアムと僕は車の方に向かって小道を歩き出した。歩いていると背中に燃えるような感触があったが、さっとふり向くと父さんとマージョリーが歩き去るのが見えた。坂をのぼり切ったところで僕はちらっとうしろをふり返った。木々の向こうに、魔法瓶とピクニックバスケットが載った誰もいないピクニックテーブルが見え、ピクニックエリアの向こうにビーチ、飛込み板、傾いた救助員席、水に膝まで入って立ち手をうしろで組んで白い樽が並んだ方を眺めている父さんが見えた。「危険なし」と僕は言い、僕たちはすぐさま小道を離れて林の中に入っていった。葉や枝が絡まったすきまから依然湖は見えていて、じきに飛込み板の付いた桟橋が横五、六メートルあたりに現われた。湖に沿って林を抜けていくにつれて、ビーチの見え方が刻々変わっていく。人々がぎっしり固まっている細い棒かと思えば、毛布や駆け回る子供で混みあった広がる弧になり、藪の多い土手が飛び出して真っ二つにビーチを切っていたりで、進んでいくにつれて湖の形も刻一刻変わり、ここでは出っぱりが生じこっちでは切れ目が出来、小さな岬がなくなったかと思えば突然入江が現われたりしつつ、樽の並ぶ白い線の周りを僕らはつねにゆっくり時計回りに回っていた。樽の列を過ぎると僕たちは湖のほとりに近づいていき、誰か遊泳者が樽の線をめざすたびにまたうしろへ下がった。軽い下生えのあいだを僕らはすいすい歩いていき、湖の周りを早足で回り、じきに向こう岸に着いた。僕はしゃがみ込んで藪の枝を一本押しやり、湖の向こう、樽の並ぶ白い線の先のビーチを見やった。

二本の木の根が露出した、湖のほとりにも近いけれど藪で隠れている平坦な場所を僕らは見つけた。僕は一方の幹の、大きく隆起した樹皮に寄りかかって座り、藪の小枝や葉を通して湖がはっきり見えるよう位置を調整した。そして足首を交叉させ、両手を首のうしろに当てて「やっとそれらしくなった」と言った。「ちょっと失礼」とウィリアムは言って、視界から消えた。パチパチと鳴る足音が止んだ。ジャバジャバと撥ねる音がした。少ししてからウィリアムが現われた。もう一本の木に彼はもたれて座り、前に乗り出して藪の枝の位置を調整し、うしろに寄りかかった。僕は本を開いて、ブヨを追い払い、ウィリアムの方をちらっと見た。彼は片手で本の縁をつかんで座り、水の方を見ていた。葉のすきまから湖の、小枝や茶色い葉の浮かぶ、日蔭になった茶色い水際が見え、その向こうでは陽のあたる金色がかった茶色い水が灰色がかった緑へと徐々に変わっていき、それから白い樽の列があって、遠くで遊泳者たちが水を撥ね上げ、傾いた救助員席があってビーチの茶色い半月が広がり、その毛布の上で、母さんが体を起こして座り、顔を背後の暗い林に向けていた。毛布のかたわらの砂の上に、父さんが僕に背を向け両手を腰に当てて立って暗い木々を見やり、隣の毛布でルー伯母さんが腹這い寝そべり頭を上げ片脚の膝を曲げて足先を上げ、マニー伯父さんは両手を腰に当て顔をピクニックテーブルの方に向けて横向きに立ち、二つ並んだ毛布の下側でマージョリーがピンクのタオルに座って体を起こし、手でひさしを作って湖の向こう、僕たちの隠れ場所からはちょっと横にずれたあたりをじっと見て、その横に、誰もいない僕たちの大きな毛布が広がり、ぐるぐる巻いたジーンズが二着、畳んだ白いタオルが一枚、投げ出された茶のタオルが一枚載っていた。僕はウィリアムの方をちらっと見た。彼はまだ片手で本の縁をつかんだまま座り、わずかにしかめ面を浮かべて水の方をじっと眺めていた。僕は「あれ見ろよ。みんなどうするのかな、捜索隊出すか？　ほんと、一秒も放っといてくれないんだよな。へイ」と僕は言って指をぱちんと鳴らした。ウィリアムがハッと我に返った。僕は「君、何を――」と言ったが彼はそれを苛立たしげに遮って「何でもない、何でもないよ」と言い、本を手にとって、持ち上げた両脚に立てかけて開き、しかめ面でページを見下ろして、その間、黄色いチューインガム包装紙を握りしめた右手はシャツのポケットの口に何度も何度もつっ込まれた。

69

変わりばえしない夏が続いた。変わりばえしない太陽が変わりばえしない空から照りつけ、変わりばえしないウィリアムが僕の読書椅子にだらしなく座って、変わりばえしない雑誌をしかめ面で見下ろし、耳障りな、怒ったような、じれったそうな音を立ててページをめくったり、あるいは日蔭になった玄関ポーチで僕のかたわらの籐のロッキンチェアにだらしなく座って、数字の入った四角をしかめ面で見下ろしながら親指でカチャカチャカチャカチャ何度も何度も動かしたり、そのさなかにも母さんの園芸バサミはじわじわ近づいてきた。「その音、気が変になりそうだよ」と僕が言うといったん音は止むが、またカチャカチャという音が再開され――時おり彼は出し抜けに立ち上がって中に入り、僕の頭上で網戸がばたんと閉まった。少ししてから僕が中に入ると、彼は僕の読書椅子にだらしなく座って、数字の入った四角をしかめ面で見下ろしながら親指でカチャカチャカチャカチャ何度も何度も動かしていて、変わりばえしない夏が続いて変わりばえしない太陽が変わりばえしない空から照りつけるなか、苛立ちがウィリアムを捉えるようになっていった。日蔭になった玄関ポーチの籐のロッキンチェアにだらしなく座り、軽い頭痛がある人間のように頭をうしろに倒し目をすぼめて街路の方を見やっている彼に、籐のソファに寝そべった僕が「最近何か面白い本読んだか？」と訊いたりすると、あたかも僕の声の響きに苛立ったかのようにそのしかめ面はますます深まった。それ以上何も言うべきでないとわかっていても、彼が苛立っていることに僕も苛立って、「かくしてまたしても我ら、勤労意欲満々の少年二人が怠惰の国に赴いたってわけだ」と僕は言い、彼の唇がぎゅっと締まってしかめ面が深まるのを僕は眺め、「元気出せよ、死はかならず来るんだから」と僕が言うと彼は出し抜けに立ち上がってどすどす歩いて中に入り、僕の頭上で網戸がばたんと閉まるのだった。僕の持ち上げた両膝のあいだからロッキンチェアが上下に何度も揺れるのが見え、何だかそれが、映画の中で灰色の背広を着たしかめ面の男が灰皿で煙草をもみ消して一瞬カメラがそのつぶされたわずかに開きかけている煙草、細い煙の線、吸殻の山、灰を、それらすべてに何か意味があるかのように凝視しているみたいな感じだった。

夕食が済むと僕たちは、蒸し暑い、何もすることのない玄関ポーチに座り、時おり、暮れかけた、何もすることのない日の中へ散歩に出かけた。帰ってくると時には母さん、父さんと一緒にピノクルをやってから二人で僕の部屋に引っ込み、そこでも何もすることがないのだった。そして本当に僕たちは、僕たち二人とも安らかな気持ちになれるようウィリアムが帰るのを待っていた。そして僕は彼がいるのが鬱陶しいので彼が帰るのが待ち遠しかった。けれど僕は彼がいないのが鬱陶しいので彼に帰らないでほしかった。ついに彼が去ると、僕はベッドに身を投げ出し本を読みはじめるが、しばらくすると部屋の中を行ったり来たりしはじめ、それからベッドに身を投げ出し本を読みはじめるのだが、しばらくすると部屋の中を行ったり来たり行ったり来たりしはじめるのだ。時おり僕は、何も悪いことなどしていないのに、全然何もしていないのに、僕の存在自体が頽廃の一形態であるかのような、なぜだか自分が劣化しつつあるかのような思いに囚われた。そして僕は禁じられた渇望に襲われ……違う、そんな渇望じゃない、禁じられた渇望だ、いわゆる人生というやつの対極にある危険で未知な自由の領域に焦がれる渇望だ。暑い夜に僕はなかなか寝つけず、次の朝ウィリアムはいつものようにやって来て、僕たちはまたも僕の部屋か日蔭になった玄関ポーチの籐の家具の上でだらしなく過ごすのだった。時おり、彼が何か言おうとしている、何かものすごく大事なことを言おうとしていると思えることがあって、そんなとき僕は彼の不意を捉えようといきなり顔を上げ、一度は彼がパッと目を伏せるのを見た。そしてある暑い夜、ウィリアムが立ち去るのを僕たちが僕の部屋で待っていると、ウィリアムが読書椅子の、詰め物をした肱掛けを指で軽くとんとん叩きはじめた。少しのあいだ僕は、苛々を募らせつつ、そのとんとんという、微かな、かろうじて聞こえる程度の、行進曲のメロディを形作るようでいてたえず少しずつ変わりつづける音を聴いていた。音が止んで、僕は本に戻っていったが、突然また音が始まり、怒って顔を上げた僕は彼がすごく真剣な目でこっちを見ているのを見てハッと驚かされ、そのあまりにも真剣な視線に僕たちは数秒経ってからようやくパッと目をそらした。

ある暑い夜、ウィリアムが立ち去るのを僕たちが僕の部屋で待っていると、ウィリアムが読書椅子の、詰め物をした肱掛けを指で軽くとんとん叩きはじめた。少しのあいだ僕は、苛々を募らせつつ、そのとんとんという、微かな、かろうじて聞こえる程度の、行進曲のメロディを形作るようでいてたえず少しずつ変わりつづける音を聴いていた。音が止んで、僕は本に戻っていったが、突然また音が始まり、怒って顔を上げた僕は彼が頭を気だるげに椅子の背に寄りかからせて座っているのを見た。「夏っていつまでも終わらないみたいだな」と彼は言った。

僕は苛立って「ここじゃみんな映画みたいに喋るんだな」と言った。

少し経ってから僕は「だいいち、そのうち終わるさ」と言い足して本に戻っていった。

ある暑い晩、ウィリアムが帰って僕が明るい、空っぽの、無用な僕の部屋に戻っていくと、烈しく落着かない気分に僕は襲われた。僕はベッドに横になったが、すぐさまパッと跳び上がり、部屋の中を行ったり来たり行ったり来たりしはじめ、とうとう夏用の上着を羽織ってそっと居間に出ていくと、母さんが分厚い小説を読んでいた。僕は「散歩に行ってくる。すぐ帰ってくる。その本、面白い？」と言った。「こんな時間に！」と母さんは顔を上げて言った。「アーサー、こんな時間に出かけるのはやめてちょうだい。家にいなさい。外は暗いわ。母さんもそろそろ寝るつもりだったのよ」「どならないでよ、僕耐えられないよ」と僕は静かに言い、外に出てドアを乱暴に閉め、自由の味がする闇の中で大きく息を吸い込んだ。僕は左へ曲がってすたすたと、特にどこへも向かわずに歩き、暗い家並の、明かりの灯った窓の並びに目をやった。突然、どこかの家のポーチの明かりが消えた。僕は歩みを速めた。暗い通りは静まり返り、人けもなく、多くの家はすでに真っ暗だった。どこかの二階の窓で明かりが消えた。僕は奇妙な懸念を、あたかも着くのが遅れてしまったかのような懸念を抱き、追われているみたいにうしろをちらっとふり返り、さらに歩みを速めながら、真っ暗になった家々や、時おり現われる黄色い窓に目を向けていた。「でもこんなの狂ってる」と僕は声に出して呟き、少し経ってから「こんばんは、ちょっと通りがかったところでして、もしかして……やあ、たぶん君は僕のこと覚えてないよね、僕の名前は……」と言った。暗くなったポーチで突然の声が「シーッ、誰か来る」と言い、女の子が低い声で笑った。空は黒く、月は出ていなかった。遠くの、どこかの家の屋根の上に、ショッピングセンターかぽつんと一軒開いている食堂の光だろうか、くすんだ赤いほのめきが浮かんでいた。少しすると、車が両方向に往き来する、街灯が明るく灯った道路に出た。ひとつの四つ角で、店じまいしたガソリンスタンドが明るい黄色の光を発していた。僕は道路を横断し、ほぼ瞬時のうちに、時おり薄暗い街灯がはさまっただけの真っ暗闇に入っていった。闇のなか、僕は自分の影がそれら街灯の下で短くなったり長くなったりするのを眺めた。光のほの暗い輪に近づいていきながらちらっと影の方をふり返ると影は僕のうしろにずっと遠くまでのびていて、光にますます近づくとともに影はぐんぐん短くなっていき、やがて街灯の下を通り過ぎると僕は一瞬影なしになり、それからまた僕の影の先端が爪先から出てきて、ぽっちゃりした赤ん坊から見るみるほっそりした男になってほっそりした男がもっともっと痩せた巨人となり巨人はますます長く長くますますぼんやりしていってついには道路の闇に消える——そしてふり返ると長いぼんやりした影が僕のうしろに長くのびているのだった。そして時おり、僕の影から少し違った角度で、第二の、よりぼんやりした影が、何か別の光のせいで現われるが、それも突然溶けてなくなる。道路が一気に下りになって別の道路の下を抜けていき、向こう側に出るとそこは小さな暗い公園だった。一本しかない街灯の青白いぎらつきの下、ぽつんと一個置かれたベンチが薄板を連ねたような影を投げていた。僕は公園を抜けて、暗い、歩道もない道路を歩いていき、少しすると大木が両側に並び枝が上で交わりアーチを描く暗い通りに出た。葉の茂る黒い大枝の下はひどく暗かった。大きな古い家々は道路からずいぶん引っ込んで建っていて、あちこちで閉じたカーテン越しに黄色い電球の明かりが薄暗くほのめいていた。「遅かったか」と僕は呟き、ますます歩みを速めて、右手に並ぶ暗い家々に目をやった。突然、歩道を歩いていて緩んだ敷石に僕はつまずいたが、すぐに態勢を立て直して先を急いだ。猫が一匹、怪我をした子供みたいなうめき声を上げ、僕の頭の中で「猫《キャッツ》はコウモリ《バッツ》を食べるか？　猫はコウモリを食べるか?」という言葉が聞こえ、どこでその問いを聞いたのだったか思い出そうとしたが思い出せなかった。先を急ぐとともに僕は「猫はコウモリを食べるか? コウモリ《バッツ》は鼠《ラッツ》を食べるか? 鼠《ラッツ》は帽子《ハッツ》を食べるか? 帽子《ハッツ》はコウモリ《バッツ》を食べるか?」と考え――いきなり考えが止まった。僕は歩道を離れて、歩道と車道のあいだに生えている一本の高い木のかたわらに立った。道路と玄関をつなぐ黒い通路に僕は目を凝らし、黒い空を背景に黒々とそびえる二本の高い木に、黒い闇のシャッターが降りた窓の黒い二列に、そして頭上高く、斜めになった黒い屋根の中のそれぞれ黒いとんがり屋根の付いた三つの黒い窓に目を凝らした。何もかもが微睡み、何もかもが死んでいた――だがそうやって目を凝らしていると、左側の高い窓に、微かな光が、わずかなほのめきが見えた気がし、あたかも分厚い闇が一本のマッチの死にかけた炎に照らされているかのように思えた。僕は長いことそこに立って、高いおぼろげな窓を見上げ、あまりにおぼろげなせいで時にはまったくの黒い闇かとも思えるのだった。それから僕は大きく息を吸い込み、玄関に至るひびの入った通路を歩いていった。暗い玄関のドアの前に立って僕はちらっとうしろをふり返ってから、右へ踏み出してガラスの細い帯の中を覗き込み、消えかけた石炭の暗いほのめきを闇の中に見てとった。僕はうしろに下がり、しばらくそこに立って、玄関ドアと睨めっこしていた。それから手を上げ、大きな鉄のノッカーをつかんで、放した。大きなノックの音が微睡む夜一帯に響きわたった。荒く息をしながら、僕は待った。自分の両手を見下ろすと、ぎゅっと握りしめられていた。二度、近づいてくる足音が聞こえたように思えて、そのたびに僕はうしろに下がり、それからまた前に出て、ドア板に耳を押しつけ、パッとうしろに飛びのいたが何も起こらなかった。少ししてから僕は回れ右し、追われているみたいにうしろをふり返りながらすたすたと歩き去った。

僕の家がある通りの家々はどこも暗かった。僕の家の居間の二つの窓から漏れる微かな黄色い光が、篠のロッキンチェアのこちら側まで落ちていて、ポーチの細い手すりを通ってこぼれ、黄色っぽい緑の点でもって黒い葉に触れていた。薄暗い、影深い、読書スタンドの小さな電球が灯ったのみの居間に足を踏み入れると、青い夏用バスローブを着た母さんがカウチに座り、顔を横に向け目は閉じていた。「ただいま、ママ」と僕は静かに言った。母さんは目を開けると眠たげに顔をしかめ、もごもごと「あら帰ってきたのね、あたしいつの間にか……何だかものすごく不思議な……玄関の鍵閉めてちょうだいアーサー、あんた何度言ったら、自分の母親にそんな口利いて。あんた前はほんとにお行儀のいい子だったのに、どこでどう間違ったのか」と呟き、疲れたように立ち上がってローブの紐を締め直し、足を引きずって立ち去りながらなおもごもごと呟いていた。「前はあんなにお行儀がよかったのに、いったいどこでどう、でもいいのよ、心配ないわ、ええと何だっけ……父さんの菜園よね、何だってまた……小さなキュウリとか……」

その夜僕は、暗い階段をのぼっている夢を見た。のぼり切ってドアを押して開けるとまた階段があって、その階段をのぼって行くと別のドアに出た。押して開けるとそこは暗い廊下で左右にドアがあった。あちこちに転がっている白い皿を踏まぬよう気をつけてゆっくり廊下を進み、行き止まりまで来て右側のドアを押して開け、僕はウィリアムの部屋に入っていった。部屋には蠟燭が灯っていた。彼はベッドに仰向けに横たわって煙草を喫っていた。ベッドのかたわらに黒いローブを着たエリナー・シューマンが立っていた。ひそめられた眉は黒く塗られ口は明るい赤だった。彼女がかがみ込んでウィリアムをくすぐりはじめるとウィリアムはゲラゲラ下品に笑い出した。「静かに！」と僕は言ったがエリナーものけぞってゲラゲラ笑い出しぎゅっと目を閉じ、目を開けた僕はまだメークしたままのベッドの上に服を着たまま、静かなランプの光に、空っぽの夜に包まれて横たわっていた。

70

「あーあ、ほんとにだれた夏だったわねえ」と母さんが数日後の夜、トランプのカードを団扇がわりに扇ぎながらため息をついた。「このあとまた慣れるのが大変よね。何だか昨日夏休みが始まったばかりの気がするわ。時間、どこに消えちゃうのかしらねえ」

「うん、時間ってそこがすごいんだよ」と僕は言った。「過ぎていくんだよ、時間は。だから喋ってないでプレーしたらどう」

「両方したっていいのよ、アーサー」と母さんは言った。「それに、母親にわざわざ失礼な口利かなくてもいいんじゃないかしら」——そして突然、僕をしげしげと見ながら——「あんた、髪切らないといけないわね」

「『いけない』ことなんか何もないよ」

「そんな格好で学校行けないわよ」

「どんな格好さ！　どんな格好だよ！　どういうつもりさ、僕のこと馬鹿にしてるの？」

「まあまあ、落着け」と父さんがなだめるように片手を動かしながら言った。

「まったく！　ほんとに癇癪持ちの子ねえ。何も言えやしないわ。つい昨日だって——」

ウィリアムがカードを叩きつけた。「失礼、お手洗いに行ってきます」と彼は言って、どすどすと部屋から出ていった。

71

九月初めの暑い、あまりに暑い、靄がかかって埃の立ったぐいの日、疲れた犬たちが前足から頭を上げて長いピンクの舌を垂らして人の顔にハアハア熱い息を吐きかけ、垂れ下がった枝からまだ枯れていない葉が重たくぶら下がり、疲れと不満を抱え喉の乾きに苛まれた者がもはや動くこともできず動きたいと思うこともできず容赦ない埃に包まれべったり仰向けに横たわる、そんな日の朝食後まもなくにウィリアムが英国製の自転車に乗ってやって来た。疲れて、苛立っている様子だった。僕は偽の陽気さとともに彼を迎えた。彼は不機嫌そうな目で僕をじろっと見てから、僕の読書椅子にどさっと座り込み、しかめ面で遠くを見やった。午前中ずっと、僕たちは一言も言葉を交わさなかった。彼の疲れ、苛々した様子、しかめ面、不機嫌な目、そのすべてが僕を不快にし、苛立たせ、暑い、あまりに暑い、まるっきりあまりに暑い、退屈な、灼けるようなその午後、僕は近所を散歩することを提案した。「暑すぎる」とウィリアムは目も上げずに言い、僕はその何もかもの退屈かつ灼けるような愚かしさに憤慨して一人どすどすと壊滅的に暑い昼間へと出ていった。歩道の日蔭は暑く、白い輪を描いた陽ざしがあちこちに侵入していて、長いピンクの舌を垂らした犬が駐車した車のひび割れて泥がこびりついたタイヤのそばに座ってゼイゼイ喘ぎ、車の磨き込まれたボンネットは陽を浴びて強烈な緑色に光りピンクと青の小さな斑がゆらゆら光って、頭上では大きなカエデの葉がぴくりとも動かず重たげに、ほとんどゴムのように見え、僕が自分の部屋のドアを押して開けるとウィリアムはハッと、あたかも不意を衝かれたかのように顔を上げた。その午後僕たちはモノポリーの長い、気のない一戦を続け、晩はウィリアムがいなくなるのを待って二人で長いことじっとしていて、彼が帰ると僕はベッドの上に腹這いになって片手を床に垂らしチクチクするベッドカバーにあごを押しつけた。

その夜僕は突然闇の中で目を覚ました。目を閉じたが、瞼はじわじわ開き、心は駆け回り、闇の中で僕は覚醒し疲れはてていた。僕は気だるく目を閉じ、瞼はじわじわ開き、僕がなすすべもなく深さのない闇を見上げるとその闇から薄暗い天井が徐々に現われた。僕の足先の向こうの闇のなか、ブラインドの作る斜めの模様が暗いたんすの表面に現われた。模様はゆっくり上がっていって、たんすのてっぺんまで来て途切れ、うしろの壁にふたたび現われた。そして壁を上がっていって、天井と接したところでいきなり折れ曲がり、天井をゆっくり進んでいって、半分くらい来たあたりで細い板が一枚一枚、あたかもポケットの中へ滑り込むかのように消えていって、最後の一枚が消えるとともにもうひとつのブラインドの模様がたんすのてっぺんで途切れ、壁をのぼって行って、天井のすぐ下の緑形でいきなり折れ曲がり、天井をゆっくり進んで溶けていった。僕は次の模様を待ったが、何も生じなかった。ブラインドの向こうの、わずかに開いた窓を通って、遠くを走っていく車の流れの静かな音が聞こえた。退屈な闇の中で壁のてっぺんに縁形の帯が見え、天井の明かりの笠の黒い縁が見えた。窓の上では闇の暗さがわずかに薄まっていった。僕は疲れた思いで首を左に回し、フロアスタンドの黒い基部、モノポリーの箱の黒い長方形、ウィリアムのローファーの黒い爪先、横向きに転がった僕の黒いスニーカーに視線を落とした。僕は疲れた思いで目を閉じ、瞼がじわじわ開き、闇の中で僕はふうっとため息をついた。疲れた思いで体を起こし、こめかみが微かに疼くなか、僕はブラインドを脇へ押しやった。

空は大部分真っ黒で、生垣の上あたりは黒っぽい青に変わっていた。星がいくつかチカチカと、震える神経のように不規則に点滅した。生垣の上空に細い三日月が浮かび、さも疲れそうな角度で体がうしろに傾いていて、あたかも少し滑り落ちすぎてしまい何とか身を起こそうとあがいているみたいに見えた。ブランコのロープがわずかに不揃いの長さで垂れ、座部は少し前に傾き、その縁近くに大きめの小枝が一本、いまにも狂おしく転げ落ちてしまいそうな様子で載っかっていた。

僕は苛立たしい思いでブラインドを離し、横になり、目を閉じた。目がじわじわ開き、僕は怒りとともにフロアスタンドの黒い基部を見た。ウィリアムのローファーの黒い爪先を、フロアスタンドの黒い基部を、ウィリアムのローファーの黒い爪先を、モノポリーの箱の黒い長方形を、ウィリアムのローファーの黒い爪先を、横向きに転がった僕の黒いスニーカーを、ウィリアムのローファーの黒い爪先を、靴下の暗い帯を、つき出している黒い袖口を、黒い膝を僕は見て突然ギョッと息を呑み、「しーっ」とウィリアムが言って、僕は激しく脈打つ心臓を抱えて体を起こした。彼は僕の読書椅子にこわばった様子で座っていて、闇の中で呼吸する一個の黒い形を成していた。夏物の上着のジッパーをあごまで上げて着ている。両肱は肱掛けの奥の方に載っていて、暗い手がひとつ、あたかも痛みがあるかのように腹に押しつけられていた。僕の頭の中で彼が窓から這って入ってきて廊下を忍び足で歩きドアをゆっくり押して開けるのが見えた……「びっくりしたぜ」僕はまだ息も荒々しいまま言った。少しのあいだ、僕はワッと泣き出しそうになったほどだった。「起こしちゃったか」と彼はささやいた。「僕がここにいること、てっきり知ってるものと思ったんだ、知らないふりしてからかってると思ったんだ」「いやいや、君のこと全然見えなかったぜ、いったいどうやって……」「地下室だよ、その方が静かだからな、心配するなって、鍵は戻しといたから……」「あ、鍵ね、君が殺人鬼でなくてよかったぜ、まさかこんな……」「お芝居はよせって、僕が来るのが望みだったんだろ」「いや、望みってことなら、いろんな望みがあるさ、それにこれって、たぶん全部夢なんだよな、あと何秒かで覚めるんだ、そうしたら、そうしたら……」「嘘はよせ、無理な言い逃れはよせ」「言い逃れって、何から逃れるってことだよ、君いったい……」ささやきに声を落とすことなくウィリアムは「よう相棒、俺《おい》らちょっとさ……」「しーっ！　みんな起きちゃうじゃ……」僕は声をひそめて詰った。「ハ！ほうらな」と彼はささやいた。「わかったよ、しーっ、それで君……」「あいつあの夜、君のこと見たんだぜ」「あいつ！　いったい何の……」「窓から外を見て、君が立ち去るのを見たのさ。降りていったけど、君はもういなくなってた」「僕を怯えさせようっていうんだな、メロドラマもいいところだぞ、闇にかこつけて、それであいつが僕を見たんだな、君それいつ……」「今夜だよ、ここを出ていってからさ……こんなにヒソヒソヒソささやき《ウィスパー》声で喋ってるとさ……」「そうとも、いい言葉さ、ウィスススススススススススススススパリングってのはさ、君なぜ……」「うん、ちょっと物を取りに」「物を取りに、それで君、あいつは、何もかも同じだったかい？」「こないだより少し不潔だったけど、まあ同じに見えたよ、あんまり明るくなかったけどね。あいつ僕のことは、一目見てすぐ思い出した。ほんと、しっかり覚えてたよ」「君のことは覚えていたと、なるほど、あのとき君は、僕はいずれ謝るつも、君どれくらい……」「まあ三十分ってとこかな。二人でいろいろ本の話をしたよ」「本！　うん、あいつはいつも、きっとあいつが一方的に喋ったんだろうな、あいつはいつも……」「いいや、全然……それにこっちは、借りたい本が一冊あったんだ」「あ、借りる本か、うん、それはすごく、それであいつ……」。突然体を動かしてウィリアムは上着のジッパーを外した。暗い色の本を用心深く両手で持ち上げて、そっと膝の上に置いた。「この暗さじゃ読めないだろ」と僕はささやき、ブラインドの方に体を押しつけた。「それはそうだ」と彼はささやき、本を開いて、黒い物体を取り出した。「撃つな」僕はほとんどベソをかいていて、体をのけぞらせ、片腕で両目を覆った。「馬鹿言うな」とウィリアムは言った。何かがくるくる回る音がした。回転がだんだん遅くなって、やがて止まった。背をのばして座った彼は、銃口を自分のこめかみに当てた。「やめろ」と僕はささやいた。彼は引き金を引いた。「ほうら！」と彼はささやき声で叫び、烈しい、勝ち誇った顔を僕の方に向けた。僕は疲れた思いで、ずきずき疼く頭を垂れた。

72

まったく突然に、あたかも僕が予想していなかったかのように、学校が始まった。そして何と奇妙だったことか、幾何学の授業で彼を見るのは、二列横の二席前に……そして何と奇妙だったことか、生物の授業で彼を見るのは、二列横の一席うしろに……生物が済むと昼食の時間で、僕たちは二人縦に並んで銀色のレールのカーブに沿って茶色いトレーを滑らせていき、大きな黒いレジにたどり着いた。そうして天井の高い、騒々しいテーブルが何列も並ぶ茶色いカフェテリアに入っていき、僕はしばし立ちどまって、トレーを腹に押しつけシェパーズパイの香りが鼻に入ってくるのを感じながらウィリアムを待ち、なじみのない人波を見渡した。僕たちは一緒に歩いて隅っこに空いたテーブルを探し、一緒にトレーを下ろして向かいあわせに座り、一緒に椅子をうしろに押して一緒に席を立ち学校の横の舗道へぶらぶら出ていった。放課後に彼は僕のロッカーの前に現われて僕たちは一緒に僕の路線のバスに乗って帰った。僕の家で僕は鍵を開けて二人で中に入った。僕の部屋に二人で入ってドアを閉めると僕はウィリアムがつかつかと窓に行ってサササッと手早くブラインドを下ろすのを眺めた。それから僕はデスクチェアの背に上着を掛け壁を背にしてベッドに腰かけ、ウィリアムは僕の読書椅子に腰かけた。突然彼が立ち上がった。クローゼットから、ごそごそかき回す音、物が擦れる音が聞こえ、かがみ込んでいたせいで頬をわずかに紅潮させた彼がくすんだ赤の表紙の本を両手で抱えて現われた。そしてベッドまで来て本を下ろして表紙を開き、銃を取り出した。弾倉をパカッと開き、二つある銃弾の一方を指で押さえ、もう一方の銃弾をベッドカバーの上に落とした。それから弾倉を元に戻し、背中をこわばらせ唇をきつく結んで読書椅子の先の方にちょこんと座った。彼は一度も僕を見なかった。少しのあいだ銃を膝に載せ、片手を銃に載せたままじっと動かず——そしていきなり銃を持ち上げて左手で弾倉を狂おしく回した。そして僕はその弾倉が自分のこめかみでくるくる回るのを感じ、その回転がどんどんどんどんゆっくりになっていって、突然の静寂のなか僕の首が微かにギイッと軋む音が聞こえた。彼はふたたびじっと動かずに座り、銃をぎこちなく、痛々しいくらいぴんと立てて持ち、片肱は上がり二頭筋はなかば収縮し、静寂のなか彼が息をするゆっくりした音が僕には聞こえ、突然彼は銃口を自分のこめかみに押しつけた。そして僕はその銃口が僕自身のこめかみに押しつけられるのを感じ、彼の目がすぼまり、僕の目がすぼまり、彼が引き金を引くとともに僕は突然頬にチクチクくすぐったい、蜘蛛が頬を駆け降りているような感触を抱き、片手を上げると指先に湿り気の一本線が感じられた。やがて彼の目に膜がかかったような表情が訪れ、片手ががくんと落ち、肩が前かがみに丸まり、彼は疲れたような姿勢で床をじっと見下ろし——やがていきなり顔を上げ、目の前を烈しい表情で睨んだ。彼は弾倉をパカッと開けて銃弾の位置を見、勝ち誇ったような声を上げた。銃弾はすぐ隣にあったのだ。そして弾倉を押して戻すと、烈しい表情で僕の方を向き、銃の握りを前にして差し出した。僕はしかめ面で目を伏せて銃を受けとり、きちんとした体勢を採った。ぶざまな、醜い姿勢で死んでいるところを発見されるなんて考えただけで耐えられなかったからだ。はじめはベッドの縁に座ってみたが、床に倒れ込んだり、うしろに倒れて壁に頭をぶつけるのが嫌で、今度はベッドの上に横向きに、両脚をまっすぐ投げ出し体をわずかにうしろに傾けて座ってみたが、どうもぎこちなくて落着かず、結局仰向けに横たわった。重たい銃を目の上に掲げて、弾倉をくるくる回しながら、僕はその黒い銃を、それがいまにも自分の方に落ちてきそうであるかのようにじっと見た。回転が止まると銃を慎重に下ろし、しかるべき位置、すなわち右のこめかみから二センチのところに持ってきて、曲げた腕をベッドの上に平らに置いて肱で壁に触れた。それから目を閉じて銃口をこめかみに押しつけ、一瞬間《ま》を置いて、椅子に座って僕の方を烈しい、すぼめた目で見ているウィリアムの姿を想像した。終わると僕は少しのあいだ微睡むように横たわり、やがてようやく疲れた思いで体を起こしたが、なぜか銃弾がどこにあるのか知りたいとは思わず、誰にもわからないよう弾倉をもう一度くるくる回した。それから銃をウィリアムに渡すと、ウィリアムはもうひとつの銃弾を元に戻し、銃を本の中にしまい、本をクローゼットに戻しに行って、僕たちはその後たがいの視線を避けながらいつものゲームに戻っていった。

このささやかな新しいゲームを、僕たちは毎日やったわけではなかった。最初何回かやったあと、週に一回行なうということで僕たちは同意した。すでに可能性を限界点まで押し進めてしまったような気がしたのだ。そしておそらくはこの理由ゆえに、僕の恐怖は弱まるどころかプレーするたびにますます鋭く切り込んでくるように思えた。自分が奇妙な感受性を育みつつあるのを僕は感じた。ウィリアムが椅子の先っぽにぴんと背をのばし唇をきつく結んで座り、弾倉がくるくる回っているリボルバーをかざしているのを見ると、あたかも何かおぞましい、恥ずべきものを見ているかのように僕はにわかに目を伏せた。やがて憤怒の念に僕は包まれ、跳び上がって彼から銃をもぎ取って窓に叩きつけてしまいたくなり、心の中で銃口が彼のこめかみに押しつけられるのが見えて、僕自身のこめかみが疼いて痛みはじめ、僕は突然顔を上げたが彼はまだそこに、銃を宙に掲げたまま座っているのだった。そして僕は叫びたかった。やれよ！　さっさとやれよ！　何を待ってるんだ？　あるいは、やめろ！　よせ！――そして彼が銃口をこめかみに下ろすとともに僕は金切り声を上げるかワッと泣き出すかしたかったが何も言わず何もしないまま、彼が椅子に崩れ落ちるように座ると僕は自分の肩がだらんと前に垂れるのを感じ、横になって疲れた目を閉じたくてたまらなかったがすでに彼は暗い高揚の表情で銃を差し出していた。わずかに湿ったその額、光った肌に貼りついた濡れた一筋の髪、すぼまった烈しい目、わずかに歪んだ唇の線を見ると、そこにある何かゆえに僕は思わず顔をそむけてしまった。そして僕の血のなか、脳のなか、部屋の空気のなかで何かがズキズキズキズキいまにも破裂しそうに脈打つのを僕は感じた。と同時に、彼の顔にわずかに混じった挑むような表情にカッとなって、銃を受けとってベッドに横たわりながら僕は、椅子に座って一心に僕を見つめているウィリアムの姿を想像するのだった。

ウィリアムが帰ると僕はホッとして、いそいそと机に向かい午前零時を回るまで勉強したが、翌日にはまた幾何の授業で二列横の二席前に座っている彼が見え、昼食のテーブルから目を上げると向かいに座ってしかめ面で皿の上にかがみ込んでいる彼が見え、放課後に彼は僕のロッカーの前に現われて、僕たちは一緒に僕の路線のバスに乗って帰った。

ある日の午後、帰り道のバスの中で、僕たちは幾何の問題をめぐって激しく言い争った。僕の部屋に入ってもまだ言いあっていて、二人とも何枚もの紙に証明を書き殴っていたが、突然ウィリアムが意味ありげな表情で「これはあとに取っておこうぜ」と言った。彼の表情にカッとなって「いいや、いま解決するんだ」と僕は言い、紙を一枚くしゃくしゃに丸めて部屋の向こうに投げ飛ばしてから別の紙にこりこり新しい証明を書きはじめた。突然、車寄せからタイヤの音が聞こえた。「母さんだ」と僕は言った。「言っただろ」とウィリアムは言った。無言の憤怒とともに僕たちは母さんが裏口を開けて台所をのしのし抜けていく音に耳を澄ました。ウィリアムと僕は出ていって母さんに声をかけてから部屋に戻った。少しのあいだ僕たちは母さんがいろんな部屋で立てる足音を聴いていた。ウィリアムは座って指でとんとん肱掛けを叩いていた。僕たちの目がパッとそれた。僕はブラインドの紐をもてあそんだ。ウィリアムの方を見てみると僕の方を見ていた。僕たちの目がパッとそれた。ほとんどすぐさま僕はもう一度見た。彼ももう一度見た。ウィリアムは立ち上がり、ドアまで歩いていって、錠を回した。「駄目だ、何か変だって気づかれちまう」と僕は荒々しくささやいた。彼は肩をすくめ、錠を元に戻した。それからクローゼットに行って、本を持って戻ってきた。居間での母さんの足音にじっと耳を澄ましてから彼は銃を取り出し、銃弾を一個抜いて、本と抜いた銃弾とをベッドの下に滑り込ませた。そして読書椅子の縁にぎこちなく腰かけ、銃を腿に載せて、烈しい表情でじっと前を見た。突然銃を上げて、弾倉を回した。少しのあいだそのままでいた。それから大きく息を吸い込み、銃をこめかみに下ろして、引き金を引いた。膜のかかった、遠くを見るような表情が目に現われた。廊下で足音がした。「んんん！」と僕は声を殺して言いながら必死で銃を指さした。けれどウィリアムはトランス状態に陥ったかのように奇妙にのろのろと銃を腿に下ろし、どんよりした目で前を見た。カッカッと鋭いノックの音がしてドアが勢いよく開いた。「あんたたちクッキー欲しいかと思って」と母さんは言いながらチョコレートチップ・クッキーの載った皿を持って入ってきた。「ありがとう」と僕は飛び上がりながら言った。「でも年じゅう黙って入ってこないでくれた方が有難いんだけど」「『黙って』入ってきたりしてないわよ」と母さんは傷ついた表情を僕に向けて言い、しかめ面であたりを見回しながら「どうしてあんたたちこんな日にブラインド下ろしてこもってられるの、理解できないわよ」と言った。そしてウィリアムの方を向いて「目が駄目になっちゃわないのが不思――まあ！　何それ？」と言い僕は、殺せ、殺せ、母さんを殺せ、と胸の内で言った。「これですか？」とウィリアムは言ってリボルバーを掲げてみせた。「僕の父親が持ってた、古い陸軍のリボルバーですよ。むろん、まるっきり無害です。アーサーに見せてたところなんです。やってみせましょうか?」「まあ呆れた、次はどうなることやら」と母さんはしかめ面で銃を見ながら言った。「遠慮するわ、あたし銃って好きじゃないのよ、どんな形でも型でも種類でも。それ、ほんとに危なくないの?」「絶対大丈夫です。ほとんど骨董ものですよ。じゃなけりゃ父親だって貸してくれやしません」「ま、気をつけてよね。事故っていつ起きるかわからないんですからね」と母さんは言ったがもうすでにクッキーを置く場所を探していた。「僕がもらうよ」と僕は言って、母さんが出ていくまで立ったままでいた。ドアが閉まるとベッドに行き、縁に腰かけて前にかがみ込み、両の前腕を腿に載せて、手に持ったクッキーの皿をじっと見た。ぼんやりと僕は「君、父さんが帰ってくる前に帰らなくちゃいけない、そうすれば銃は君が持って帰ったって言えるから」と言ったが、目を上げると銃が握りを前にして僕の方に差し出されているのが見えてハッとした。

十月はじめのある午後、僕たちはいつものように僕の部屋に入った。僕は机の上に教科書を置いて上着を掛け壁を背にして座り、ウィリアムは教科書を床に置いてブラインドの紐を引き読書椅子に腰かけた。少しのあいだ何も起こらなかった。前回もウィリアムはすぐには跳び上がらず、僕たちのどちらかが口を開くのを待つかのように躊躇したのだった。今日も少し緊張している様子で椅子をとんとん指で叩き、僕は自分の膝と睨めっこしていた。少ししてから彼が「なあ考えたことあるかい、もし――」と言って黙った。僕は何も言わなかった。僕たちは黙ってそのまま座り、たがいの視線を避けていた。ようやくウィリアムが立ち上がって、銃を手にとり、いつものとおり自分を殺害し、自分の番が来ると僕もいつものとおり横になって、くるくる回る黒い爆弾を頭上にかざし、それが止まるのを見守った。腕をゆっくり定位置に持っていく――銃口はまだこめかみに当てていない。そしていつものとおり、その瞬間の前、微かに、夢のような眠たいような気分が訪れたが、肉体はくっきり覚醒しているように思えた。シャツが腕に横たわる重みを僕は感じ、きっちりしたアンダーシャツの中で肋骨が上下するのを感じ、尖りすぎの坐骨がベルトに食い込むのを感じ、鼻孔から微かな生暖かい空気がほとばしり出るのを上唇に感じ、無数の穴が開いている漆喰みたいな木目が白い天井に広がっているのを目にとめ、肱がわずかに曲がるにつれて腱が軋る微かな音が聞こえ、すでに僕はこめかみに鋼鉄の柔らかな圧迫を――「よせ!」とウィリアムが叫んだ。僕の手が凍りついた。椅子が軋みを立ててうしろに下がった。僕のこめかみが疼き、あたかも夢から痛みとともに覚めたかのようにぼんやり混乱した思いで僕が前を見るなか、ウィリアムが僕の手から、なぜだか僕が手に持っているらしい銃をもぎ取った。激昂《げっこう》した表情で僕を見下ろすように立ったウィリアムは弾倉をパカッと開き、僕はずきずき脈打つ脳味噌が想像の銃弾に貫かれるとともになかば目を閉じた。僕の頭上でウィリアムが「あ」と言ったがそれはむしろうめき声で、銃はベッドの上、僕のかたわらに落ちた。開いた弾倉のなか、銃弾が二つ離れたところにあるのを僕は眠たい思いで認めた。「思ったんだよ、絶対……」とウィリアムは呟き、疲れたように腰を下ろしたが、すぐあとには部屋の中をせかせか行ったり来たりしていた。その午後、彼は盟約を提案した。

73

その夜僕はよく眠れなかった。夜明け近くになってやっと深い眠りに落ち、肩を揺する手に起こされた。学校でも疲れた気分で頭も重く、ウィリアムとバスで帰るときも熱い革張りの席の背に寄りかかり、夏の蒸し暑さの中で目を閉じた。蒸し暑い陽光が手の甲を覆い、うなじは熱く、目を開けると緑の、あまりに緑の木の葉が青い、あまりに青い空の下に見えたが、突然、木の残りの部分が暗い赤の葉を伴って視界に飛び込んできた。

上向きに傾いたブラインドを通って蒸し暑い陽光が流れ込み、僕の部屋を厚ぼったい黄色いほのめきで満たした。ウィリアムがつかつかとブラインドまで行って紐を引っぱった。僕は疲れた思いでベッドに横たわり、何かが擦れる耳障りな音が聞こえ、顔を上げるとウィリアムが部屋から大股で出ていくのが見えた。僕のベッドのかたわらにはデスクチェアがある。ウィリアムが黒っぽい色の壜と黄色いグラスを持って入ってきた。そしてグラスと壜をデスクチェアの上に置いて読書椅子に腰かけ、背もたれに寄りかかったがすぐまた体をのばした。「眠ってるのか？」と彼はからかうような声で訊いた。「ああ」と僕はもごもご言い、疲れた思いで起き上がり壜とグラスの前にあぐらをかいて座った。重たい壜を両手で取り上げ、グラスのへりに向けて傾けはじめた。重たい液体が前向きに転がっていくのを僕は指に感じた。突然、液体が止まった。「何やってんだ？」とウィリアムが言って、怒ったように壜をもぎ取った。そして壜を左手で胸に押さえつけた。右肱が持ち上がり、顔が赤くなった。僕は彼の手がパッと跳び上がるのを待ったが、彼は半分濡れたコルクを椅子の上に逆さに置いて僕に壜を渡した。彼は体を前に傾けて両手でグラスを差し出した。僕がゆっくり壜を前に傾けると、血のように赤い流れがどっと出てきた。流れはグラス内側の上の部分に当たり、下へ落ちていき赤い水たまりが出来てその水位がだんだん増していった。突然、黒っぽい線が一本、椅子の上をすーっとのびて、縁からぽたぽた垂れていった。「何やってるんだ？」ウィリアムが歯を剝いて、椅子の座部、側面、そして床を拭いた。赤いしみの広がるくしゃくしゃに丸めた紙が、わずかに開くとともにパサッと鳴った。ウィリアムが僕に針と紙マッチを渡した。「マッチは要らない」と僕は言ってそれを放り投げた。マッチは壁に当たって、まっすぐ下に落ち、静止した。ぴんとのびた自分の、あたかも大量の血を含んでいるかのように血色よく見える指先を僕は見下ろした。ウィリアムがかがみ込み、僕は突然針を突き刺して痛みにハッと息を呑んだ。指をグラスの上にかざすと、太い一滴がポチャンと撥ねて、透明なワインの中に小さな雲を作った。そのかたわらに別の雲が現われ、さらにまた別のが現われた。指はずきずき疼き、血の滴を次々打ち出していた。血が帯となり指を伝って流れ、指と指のあいだの裂け目に落ち、手の甲を流れていった。僕は皺くちゃのハンカチを引き出して指に巻きつけ、血が一杯に染みてしまうたびに位置を変えた。「大丈夫、心配要らない」と僕は自分が微笑むのを感じながら言った。ウィリアムがしかめ面を浮かべた。彼は手の甲で針先を拭い、指を一本立てた。それから針を指先の上まで下ろしていった。「カージ」と彼は呟いた。「え？」と僕はきっとなって言った。「え？」とウィリアムも出し抜けに顔を上げながら叫んだ。僕はギョッとして「いやべつに、君が何か言ったかと、それで……」「勇気《カレッジ》と言ったんだ」。彼は自分の指を見下ろした。「言い忘れたけど」と僕はささやき、ウィリアムがしかめ面を上げた。「指をこういうふうに絞れば……」ウィリアムは親指をその指先に当て、針を上にかざして、試すように下ろし、あちこち触ってから、そっと押していった。針の下で皮膚の表面が下に上に下に上に動くのが見えた。やがて彼は針を持ち上げ、宙にとどめてから、サッとすばやく刺した。小さな赤い血の滴が現われた。「完璧じゃないか！」と僕は叫んだ。「何わめいてるんだ」とウィリアムが言った。そして黄色いグラスの上に指をかざして血を一滴絞り出した。血は落ちてごく小さくポチャンと撥ねた。彼はなおもグラスの上に指をかざした。「あ、それで十分だよ」と僕はもういいというふうに手を振りながら言った。「それ以上は要らない」。ウィリアムが二滴目を絞り出した。「すごくいい！」と僕は熱を込めて言い、身を乗り出して一心に見入った。ウィリアムが三滴目を押し出した。「よし！」と彼は目を上げて言った。少しのあいだ僕たちはたがいをじっと見ていた。ウィリアムがしかめ面をした。「何見てるんだよ？」と彼はぼそっと言ってうしろに寄りかかった。そして体をまっすぐのばして「君の指、どうだ？」と言った。僕は血があちこち染みたハンカチをじっと見た。「大丈夫だ」と僕は言った。「そうか、よかった」とウィリアムは言った。そして背もたれに寄りかかり、指でとんとん肱掛けを叩いた。「で？」と彼は出し抜けに言った。僕はギョッとして顔を上げた。それから、ニヤッと剽軽《ひょうきん》な笑みを顔に浮かべた。「うん、君の考えてることはわかる」と僕は言った。そして訳知り顔でグラスを見てから、ウィリアムに目を戻した。彼はムッとして顔をそむけた。僕はグラスを手にとり、高くかざして、雲のようないくつかの筋をしげしげと見た。「けっこうおぞましい見た目だなあ」と僕は言ってグラスを下ろした。ワインが渦を描いた。僕はそっと「君、ほんとに――」「わかった、よそう」ウィリアムはパッと立ち上がった。「君ときたら見るからに――」「いやいや、違うよ」と僕は言って肩をすくめた。「君のことを考えてただけさ」。そしてグラスを持ち上げてごくごく飲んだ。グラスを下ろすと目がヒリヒリ熱く、あごを滴が伝うのがわかった。ウィリアムが険しい目でじっと見ていた。「垂れてるぞ」と彼は言った。そして腰を下ろした。「さあ」と僕は言って半分飲み干したグラスを彼に渡し、あごを袖で拭いた。ウィリアムは背をのばして座り、グラスを目の前に保っていた。そして突然グラスを持ち上げ、頭をうしろに倒した。喉ぼとけが上下に何度も動き、彼が頭を前に軽く傾けると目がキラッと光り濡れた唇はわずかに歪んでいた。「君、邪悪に見えるぜ」と僕は言ってクックッと甲高く笑い、ぴたっと笑いやんだ。ヒリヒリ熱い目を僕は閉じた。ワインがこめかみで脈打った。目を開けるとウィリアムが期待するかのように僕を見ていた。僕は苛立って「君の唇、血か何かが付いてる。違う。そっちだ。もっと上。うん。そこ。もう大丈夫だ」と言った。僕は目を閉じると夢心地で唱えた

――「僕の血は君の体内にあり君の血は僕の体内にある。僕たちはいまや血の兄弟だ、ウィリアム……ビル……」目を開けると彼の真っ赤に腫れた頬骨の背が、ヒリヒリ熱い目が見えた。「さ、これでもう――」と僕は目をそむけながら言い――突然何かが手に置かれるのを僕は感じた。「おい、何を――」僕はしゃがれた声で言い、手をねじって離そうとしたが、彼はがっちり、ほとんど痛いくらい強く握っていた。

74

彼は僕の手を離し、あたかも突然静けさがあたりに訪れたかのようだった。暗い色のワインボトル、黄色いグラス、銀色の針が僕の部屋から消え、木の椅子が机の下に座って物憂げに脚をのばし、床の上では僕の向かいにウィリアムが座り込んでしかめ面でサイコロを振っていた。指が開いて、赤いサイコロが薄緑の盤に転がり、やがてサイコロが止まって軍艦が動きはじめた。静けさがあたりに訪れていた。そして何と奇妙だったことか、幾何の授業で二列横の二席前に彼を見るのは……僕たちは誓いの日から三週間後ということで同意したのだった。そして何と奇妙だったことか、生物の授業で二列横の一席うしろに彼を見るのは……放課後に彼は僕のロッカーの前に現われて僕たちは一緒に僕の路線のバスに乗って帰った。僕の家で僕たちはいつものゲームに戻って、モノポリーの盤上でサイコロを振り、地下室の暖かい一画でピンポンをやり、いつものカードを親指で巧みにシャッフルした。ウィリアムは罫が柵のように並ぶかつての記録帳まで復活させた。僕たちの秘密の盟約には彼は一度も触れなかった。僕としては何となく、親密な十月の午後の暗い交友、死をめぐるくつろいだお喋りと宿命に包まれた血の温かさ、ワインのほのめく闇の中での友情の燃え上がりを楽しみにしていた。そのことについては考えない方がなぜか好ましかったからであり、と同時に僕は静けさにホッとしてもいた。ウィリアムの厳めしい沈黙は一種よそよそしく感じられた。時おりあまりの静けさに心乱されて、叫び声で静けさを叩き壊したくなったが、僕は指を開いて赤いサイコロが薄緑の盤上を転がるのを目で追った。目を上げるとウィリアムが床の上に僕と向きあってあぐらで座り彼の小ぎれいな札の山が盤の下に一つひとつたくし込まれ、オレンジ色の十月の陽光が少し開いたブラインドから流れ込んで、ウィリアムの新しい秋の上着がデスクチェアの背に掛かっていて、僕は目を伏せてプレーを続けた。

はじめは日が僕めざして突進してきて、穏やかに過ぎていく十月の午後の二倍の速さで動いていたが、じきに日は動くのをやめてしまっていくぶん後退しさえし、のっぺらぼうの不動の未来の中に固定されてとどまり、そこから特定の日々がちぎれるように飛び出しては僕めざして流れてきて、僕の中を通り抜けて反対側から、過去から出てくるのだった。

日々は穏やかに僕の中を流れていき、一日一日が音もなく剝がれていって、日々が過ぎ時間が静止するなか、自分は何かを捉えそこねているという感覚を僕は抱いた。教室に座って、なかば目を閉じ眠たい思いでぼんやり遠くを見ていると、ひとつの像が脳の裏側を通っていった。やがて僕は半分の眠りから半分目覚め、眠たい思いでまなざしを内側に向ける。するとそこに埃っぽい窓、太い旗柱、くるくる回る弾倉、灰色の空が見えた。やがて目の前に埃っぽい窓、太い旗柱、灰色の空が見えた。そして疲れた思いが訪れた……。僕の脳は濁って澱んでいるように思え、暗い片隅で横になって疲れた目を閉じることを脳は何より欲した。僕は時おり、これは危険な欲望なのだ、手遅れになる前にしっかり覚めなければと思ったが、僕の心はあくびをして伸びをし、疲れた目を閉じるのだった。そして僕には思えたのだ、僕が横になれて疲れた目を閉じられさえすれば、日々は僕の中を流れていき、そうすれば、そうすれば……そして僕はふたたび自分は何かを捉えそこねているという感覚を抱いた、僕が考慮しそこなった何か小さな事実が、僕には把握できない何か危険で重苦しいものが――そして僕は自分の心のドアをパッと開けて僕自身を不意打ちしようとしたが、ドアをパッと開けるとそこには僕自身が急に伏せた目でベッドの上に動かず座り、僕の向かいの、ランプに照らされた肱掛け椅子にはつき出した片方の肱が見えた。そして僕は、すべてが何か間違っている、何か僕がいまひとつ把握できない間違いがある、と感じてまなざしを外側に向けるとウィリアムが僕と並んでバスに座って埃っぽい窓の外をしかめ面で眺めているのが見えるのだった。ある夜、片腕で目を覆ってベッドに横になりながら僕は明るい銀色のメスが解剖皿の黒い蠟の上に置いてあるさまを思い浮かべた。それから僕は顕微鏡の各部分を思い浮かべた。接眼レンズ、繰出し筒、鏡筒、対物転換器、対物レンズ、標本台、標本押さえ、反射鏡、粗動ハンドル、微動ハンドル、そして突然自分がベッドに腰かけて黒い銃をこめかみに持ち上げている姿を僕は思い描いた。僕は引き金を引き、大きな爆発音がしたが、なぜか僕はまだそこに腰かけていた。僕の向かいには椅子があるべき何もない空間があった。やがてドアが開いて、僕が大股で部屋に入ってきて、僕はふたたびベッドに腰かけ、ふたたび銃をこめかみに持ち上げ、大きな爆発音がした――そしてふたたびドアが開いて、ふたたび僕が大股で部屋に入ってきて……日々は穏やかに僕を通って流れ、一日一日が音もなく剝がれていき、そしてある朝、落着かぬ眠りから覚めた僕は、長い年月が経ったのだ、このすべてを僕ははるか遠くからふり返っているのだと想像してみたが、まさにそう思ったことでなぜか動揺してしまい、こめかみがずきずき疼き出し、何か途方もない発見のとば口まで来ているように僕は感じたが、すでに僕はそれを捉えそこねてしまい、僕はベッドの上で身を起こしてブラインドを脇へ押しやり外の冷たい青空に目を向けた。そして疲れた思いが訪れた……日々は穏やかに僕を通って流れ、一日一日が音もなく剝がれていって、ある午後僕の部屋に僕が座り込んでウィリアムが薄緑の盤上でサイコロを振るのを眺めていると友情の念がどっと押し寄せてきてあたかも喉を殴られたかのような気分に僕は襲われた。見慣れた彼の手が前後に何度も揺れるのを僕は眺め、カチャカチャ鳴るサイコロがカチャカチャ言うのを聞き、彼の指が開くのが見え、僕のこめかみがずきずき疼き、僕は息ができずに……「何？」ウィリアムが突然顔を上げた。「何でもない」と僕は呟き、ぴくぴく脈打つ目を伏せて、赤いサイコロが薄緑の盤上を転がった。

こうして僕は静けさに身を任せ、モノポリーをプレーし、カードをシャッフルし、丁寧に解剖したミミズの図六枚を入念に仕上げた。ウィリアムはしばしば夕食に残り、土曜日には父さんの運転する車に乗ってみんなで名高き紅葉を見に田園へ出かけていった。ある晴れた、暖かい、ほとんど暑いと言っていい秋の朝に僕たちはいつもより遠くまで出かけていった。赤と黄の木の葉は、カレンダーの十月のイラストや秋のコネチカット田園風景の絵葉書に似ようと精一杯頑張っていた。空はテクニカラーで撮影されていた。時おり道端に屋台が出ていて、深緑の瓜や薄い黄の瓜や斑の瓜、粒が赤、黄、紫のトウモロコシ、カーブを描いた太い茎があちこちにつき出し本体は剝いたミカンの仕切りみたいに何本もの垂直線で区切られたオレンジ色の太ったカボチャなどが並べてあった。遠くの丘の方、ぽっちゃりした小さな木々の丸っこい梢《トウヒ》はオレンジと黄のガムドロップが集まったみたいに見えた。ところどころに青緑の唐檜や深緑の松が、インディアンの祝祭に紛れ込んだ黒服の清教徒のように華やぎから厳めしく離れて立っていた。広告板では白いビキニを着て緑のサングラスをかけた赤銅色の肌をした女の人が、浜辺に敷いた毛布に片肱をついて寝そべり首をうしろに倒してキラキラ光る緑の壜に入ったソフトドリンクを飲んでいた。時おり道端に、ロープみたいに縒《よ》りあわせた灰色の金属綱でつながれた焦げ茶色の短い杭が並んでいた。あちこちに灰色の金属の棒が現われて、てっぺんにオレンジ色のガラスの円板が二枚縦に並んでいた。突然ある場所で木々がなくなり、ぴかぴかの黄色い運転台が付いた起重機が十字に交叉した黒い腕木《ビーム》を空に向けてつき出し、そこから太い黒いケーブルが垂れて、先っぽにはクエスチョンマークを引っくり返した黒いフックが付いていた。父さんは母さんが膝の上に開いたガイドブックの地図について何度も質問し、赤い葉と黄色い葉がどっさりあった末に盾みたいな形をした焦げ茶色の標識が現われて、僕たちはただちに森へ通じる狭い道へ入っていった。父さんは木の橋が掛かった茶色い小川のほとりに開《ひら》けた地面に駐車した。僕たちはみんなドアをばたんと閉めて橋の上を意気揚々歩き森の山道に入っていった。道は古い茶色い葉が何層もふわふわ積もった上に、落ちたばかりの赤や黄の葉、松ぼっくり、朽ちかけた枝、セロハンの窓が残ったままのつぶれた緑のチクレットの箱などが載っていた。大きなオークやカエデや僕の知らない木が両側にそびえ、赤やオレンジを見せつけていた。十月の濃厚な木洩れ日が、影深い山道の上に暖かい震える断片を作っていた。歩きながら、沼にでも生えていそうな苔の小さな葉に足をこすりつけてみると、裏側は湿っていて黒っぽかった。僕の前を母さんとウィリアムが歩き、ずっと前を闊歩する父さんは時おり立ちどまってはうしろをふり向いた。母さんは学校の〈秋の森テーブル〉に並べる小物を拾い集めていて、何度も足をとめてはウィリアムに持たせた靴箱に黄色いオークの葉、赤いカエデの葉、ドングリが二つ付いた小枝、緑の苔が貼りついた灰色の石、傘の裏側に黒っぽい切れ目が輪になって入った大きくてゴムみたいな生っ白いキノコなどを放り込んでいた。ウィリアムは右手で靴箱を持ち左手では樹木についての小さな本を開いて持っていた。時おり靴箱を左の腋の下に抱えてページをめくった。「いいじゃないですか、ドングリにもいろいろ種類があるってことを教えてやっても」とウィリアムが言っていた。「あらあらウィリアム、相手は一年生なのよ。ドングリだってわかれば十分よ」。リスが一匹、オークの幹をせかせか登っていき、母さんに異を唱えるかのようにぴたっと止まり、また登っていった。やがて山道が折れ曲がって上り坂になった。道端に一本の朽ちかけた、陽光と薄緑の苔がまだらに広がる焦げ茶色の丸太が現われた。僕の五、六メートル前を歩いている母さんとウィリアムはすでに坂を半分くらいのぼっていて、父さんはもう見えなくなっている。いくぶん退屈して、いくぶん疲れもして僕はその丸太に腰を下ろした。肩が前に落ち、背中が丸まり、両手が腿と腿のあいだに垂れた。目の前の暖かい日蔭のあちこちに陽光のかけらが転がっていた。僕は平べったい破れた茶色い葉に目をやり、半分日なたに半分日蔭に転がった蠟みたいな表面の濃い赤のオークの葉に目をやり、雲母の斑が陽を浴びてキラキラ光る花崗岩のかけらに、一方の縁に赤い帯がのびている色のないセロファンの切れ端に、雨で色褪せたマッチの先がチョークっぽい桃色になっている開いた紙マッチに、道端に咲く紺の野生の花二輪に、両側に槍形の葉がつき出ていて先端に近づくほど小さくなっていく深緑のシダに目をやった。暖かい陽光が僕の手首と右の頰を打った。陽で温まったジーンズを通して両腿が熱く感じられた。快い眠気が訪れて、少しのあいだなかば目を閉じると、夏の蒸し暑い湖でボートを漕いでいる自分が見えて、オープンシャツを着たウィリアムが座っている向かいで僕はオールを操って松の枝を押しのけていた。温かい、晴れやかに優しい気持ちが訪れた。目を開け、顔を上げて木洩れ日に彩られた山道を見ると、坂のてっぺん近くでウィリアムと母さんが光と影の動く模様の中を動いていき、葉の影や陽光の環が二人の背中で動くのが見えた。僕は眠たい思いで目の前の落葉に視線を落とした。夏のような暖かさに包まれて重たい瞼が閉じるのを僕は感じた。眠りに落ちはしなかった。自分の下にある硬い丸太を意識していたし、手首と頰を打つ暖かい陽光も、瞼の奥で躍る暗い赤さも意識していたからだ。躍る暗い赤さに包まれて、ウィリアムと母さんが陽の格子模様に彩られた山道の上の方にいるのが見えた。ウィリアムが首から上だけ僕の方をふり向き、それから母さんの方に向き直りまた山道をのぼって行った。二人が視界の外に出た。次の瞬間ウィリアムが一人で山道のてっぺんに現われた。少しのあいだ彼は両手をポケットにつっ込んで立ち、わずかにしかめ面を浮かべて僕を見下ろした。それからすたすた早足で僕の方へ下りてきはじめ、一度だけふり返り、落葉を蹴り上げながら歩いてきた。彼が僕の方へ下りてくるとともにあたりを影が覆いはじめ、僕は両腕が寒く感じられて、立ち上がって歩き去りたかったが動くことができなかった。彼が僕の方へ下りてくるとともに葉の音はますます大きくなって僕は息が速まり、彼が僕の方へ下りてくるとともにその湿った額、歪んだ口がはっきり見えてきて、僕は皮膚が裂けるかというくらい力をふり絞って目を開けた。山道は影に覆われ、僕の手首も影に覆われ、いたるところに落葉があった。空気は冷たかった。暗くなった山道は人けがなく静まり返っていた。何か不思議な、おぞましいことが起きたかのように僕には思え、リップ・ヴァン・ウィンクルとその錆びた銃を僕は想い、山で眠るさなかにもあごひげはのびて石の卓をつき抜ける皇帝を想い、暗い水の下で、海の底で僕はよるべない、よるべない気持ちに包まれ、アトランティスの冷たい都が僕には見え、僕が見守るなか木洩れ日が目の前の山道のあちこちに現われて、僕の手首の裏側が暖かく感じられ、陽光が坂をすーっとのぼって行き、僕が額に手をかざし目をすぼめてまぶしい青空を見上げると太陽が半分、暗い灰色の雲から顔を出していた。山道の明るいてっぺんにウィリアムが現われた。彼は額に手をかざして僕を見下ろした。「ヘイ、来いよ!」と彼は呼びかけ僕に手招きした。「いま行く!」と僕は叫んで立ち上がり、陽を浴びた落葉の中を半分つまずくようにして彼の方へ急いだ。

75

ある寒い朝に深い、ひどく疲れる眠りから目覚めながら、僕は目を開けずに一種重苦しい目覚めの中に横たわっていた。上掛けの下で体は暖かく、暖かいけれど頬には枕の冷たい部分から流れてくる寒気が感じられ、横たわって冷たい壁、冷たい窓、冷たい黄色い太陽を想っていると、冷たい壁と冷たい窓が左側に、部屋の広がりが右側に立ちのぼるのが感じられた。やがて僕は微かな混乱、肉体的な居心地悪さを感じ、突然自分が反対方向に寝てしまったことを悟った。冷たい壁が左側に、部屋の広がりが右側に立ちのぼっている。どうしてそんなふうに、冷たい壁を左側に部屋の広がりを右側にして寝てしまったのか理解できなかった。そして僕は目を開けたくて仕方なかったけれど、依然目を閉じたままそこに横たわって、左側に立ちのぼる冷たい壁と、右側の部屋の広がりとを不安混じりに楽しんでいた。なぜなら僕は不安だったのだ、本当に不安だったのだ、もし目を開けたら何か恐ろしいことが起きる気がして、目をぎゅっと閉じるとすぐ左に薄緑の壁紙が、その銀と深緑の網模様までこの上なくはっきり見え、その上に灰色の窓台が見え、けばだった結び目が下から飛び出している鐘型の握りが見えた。動いてはならない、考えてはならない、この部屋の不思議で脆弱《ぜいじゃく》な裏返しの幻像を乱さぬよういっさい何もしてはいけないとわかっていたけれど、それでも僕は暖かい上掛けの下から左手を抜き出し、パジャマの緩い袖から寒さが入ってくるのを感じた。指を広げて左手を外に出していき、壁の突然の硬い衝撃を待ったが、壁は僕が思い描いていたより遠いらしく、心臓の鼓動がだんだん速くなり、僕は目をぎゅっとつむって手を外に、外に、外に、外に出していき、突然一気に落下する感覚が脳を襲って僕はどんどんどんどん落ちていき、引き裂くように目を開けると部屋の広がりが左側にすーっと退くのが見え右側には硬い壁と窓が見えて――そして心の中で小さな立方体がくるくる速く回るのを僕は感じた。そしてあたかも海の底をバスローブで歩いている夢から覚めたかのように僕は幻滅の念に刺され、目を閉じて部屋の裏返しの幻像を取り戻そうとした。何かが滑るような動きを僕は心の中に感じ、銀と深緑の網模様の入った薄緑の壁紙が左側にゆらゆら立ちのぼり、その上に灰色の窓台が現われた。もし一秒でも気を抜いたらこの何もかもが溶解してしまう気がしたが、そう考えること自体、すでに注意が散ってしまったことの危険なあかしのように思え、想像力を新たに奮い起こすと左側に冷たい壁が立ちのぼるのがこの上なく生々しく見えて、左側に沿ってずっと壁の冷たい近さが僕には感じられるのだった。そして左側に沿ってずっと壁の冷たい近さを感じているからこそ、右側に薄緑の壁紙を想像することをほんの一秒でも自分に許したらどうなるだろうと僕は自問し――そしてあたかも右側に手をのばして壁に行きあたったかのように突如として幽霊壁が崩れ落ち、僕の心の中で本物の部屋が一気にこの上なくくっきり視界に入ってきて、目を開けるまで僕は自分が目を閉じていたことにも気づかなかった。そうして僕が疲れた思いで、いまや曖昧模糊としたあってもなくてもいいような部屋を見るとともに心の中でフィリップ・スクールクラフトの部屋のたんすの像が細部まで精緻に、黒っぽい液体がいくらか入った深緑のワインボトルを伴って浮かび上がり、どこかでウィリアムが片手を投げ出して腕時計を見、突然僕は約束の日が来たことを悟った。それから僕は目を閉じて横向きになり暖かい上掛けを頬まで引き上げた。それから僕は、寒い季節のあいだずっと洞穴の熊みたいにこんなふうに横になっていられたらどんなにいいだろうと考えたが、僕の目はすでに開きかけていて僕はすでに上掛けをはね上げていた。

朝は寒く、澄んでいた。紙切れが一枚、晴れた歩道を転がっていき、開いたバスの扉から入ってくる微風は外では暖かく中では冷たく、ホームルームの教室に僕が入っていくと燃えるような平方四辺形が六つ、二列に並ぶ机の上に投げかけられ、暗い色のラジエーターの上、窓の明るい開口部に、濃くて重い波打つ空気が、風に飛ばされた布のようにはっきり広がっていた。そして何と奇妙だったことか、幾何の授業に……けれど僕は目を伏せて、自分のノートの縁の、すり切れた、青い糸が途切れた下から灰色のボール紙が覗いているさまにじっと見入った。十一時近くなって空一面が暗くなり冷たい霧雨が降ってきた。やがて雨は止み、太陽のない明るさが広がった。そして何と奇妙だったことか、生物の授業に……半透明の暗い雲を通して、白い毛皮のような、部分的に空気の抜けたビーチボールを思わせる太陽が、のろのろ急いで動いているように、夢を見ながら進んでいるように見えた。不透明な層の奥に太陽は消えたかと思うと、かすんだ白いにじみとなってまた現われる。突然黄色い縁が滑り出て、雨粒が窓で光り、硬い黒い影があちこち飛び出し、濡れた茶色い木の幹が磨かれたマホガニーのようにきらめいて、それから木の幹が黒ずみ、影たちが消え、窓の雨滴から光が抜けて、夕暮れになった。昼食のあとウィリアムと僕は、濡れた黄色い葉がぺたっと平たく散っている濡れたアスファルトの上を歩いた。誰も喋らなかった。ウィリアムが立ちどまって靴の爪先から黄色い葉を一枚引き剝がし、かがみ込んだせいで顔がわずかに赤くなって小さな血管がこめかみの皮膚を通して浮き上がった。僕の脳の奥で、おぼろげな銃が濡れた黄色い落葉の広がるなかに消えていった。一枚の黄色い葉の縁が自分の左の靴の下からつき出しているのが見えて、僕は歩きながら背後のアスファルトに靴の裏をこすりつけたが足がパッと視界に戻ってくると黄色い葉はまだそこにあった。「ちょっと待ってくれ」と僕は小声で言って、貼りついた葉に右の靴の内側の縁を当てて左の靴を宙に浮かせたが、歩き出すと葉はまだ左の靴の裏側にくっついたままなのが見えた。もう一度立ちどまって左脚を右の膝の上に上げ、片手で左の足首をつかみ、もう一方の手で濡れた黄色い葉を引き剝がすと今度はそれが指に貼りついた。僕はその手をすばやく前後に振ったが貼りついた葉はいっこうに剝がれなかった。左手の親指と人差指で慎重に葉の茎をつまんで持ち上げ、指を開いて葉が落ちるのを見守り、くるくる回る茎を上にして葉は何度も回転しながら落下していき、やっとのことでズボンの裾にふわっと落ちたが今度はそこにまたべったりくっついた。僕はムカッとしてかがみ込み葉を引き剝がしたが葉は指にくっついた。僕はしゃがみ込んで葉を濡れたアスファルトに押しつけ、指を一本ずつ順番に持ち上げていった。アスファルトの路上に葉を残して僕はさっと立ち上がった。「これでよし！」と僕は言った、「苦労したなあ！　何てひどい葉っぱだ！」「何てひどい日だ」とウィリアムが呟き、しかめ面で暗い雲を見上げたがそのすきまからは青い空間がいくつも覗いていた。「うん、何てひどい日だ」と僕も言った、「けさ起きたとき、ていうかまだ起きてなくて目が閉じてて、といって眠ってもいなくて、そのときにすごく奇妙な――」ベルが鳴って、ウィリアムが首を回した。「感覚が訪れたんだ」と僕は言った。「え？」とウィリアムは言ってしかめ面で向き直った。「感覚が訪れたって言ったんだ。すごく奇妙な感覚が。ものすごく奇妙な――」「何の感覚だよ？　何の話だ？　とにかくさっさとこんなところから離れようぜ。何てひどい日だ。じゃ、ロッカーの前で、な？」「うん、そうだな、でも何か変な感じだよ、何も言わないってのもさ、つまりその、まあもちろん君もさ、べつに僕も何かほのめかそうとかなんて気はないんだぜ、ハハ、けどそうは言っても、どうなのかなあ」。ウィリアムはしかめ面を浮かべた。「君、メチャクチャ言ってるぞ」と彼は言い、「一晩ぐっすり寝た方がよさそうだぞ」と言い足した。「うん、実際、一晩ぐっすり寝た方がいい」と僕は言ったが彼はもうすたすた立ち去りかけていた。僕は疲れた思いで陰気な茶色の廊下を歩いていき、茶色い階段をのぼって、席について片手で頰杖をつき窓の外に目を向け、落ちてくる赤いガラス玉を受けとめて彼は左手をがくんと右側へ持っていき、右の手のひらに赤いガラス玉を載せ、それを宙に投げ上げると同時に落ちてくる青いガラス玉を受けとめようとがくんと元に戻り、水っぽい淡い青の空一面に羊毛のようなちぎれ雲が、あたかも一個の巨大な雲が空の水っぽい溶液の中で溶けはじめたかのように何列も何列ものびていた。

　その午後ウィリアムは僕のロッカーの前に現われて、僕たちは一緒にバスに乗って帰った。埃っぽいバスの窓を通して僕は灰色の街路よりわずかに暗いだけのほのかな灰色の影に目をやった。黒っぽい電信柱の根元の方で水っぽい溶けかけの影が突然黒ずんでこわばったがすぐに霞んで溶けてなくなった。黄色い葉が二枚、縁の方から蒸発しかけているせいで黒いギザギザの湿った輪郭が浮かんできている茶色い水たまりの岸に坐礁していた。「それでさ」と僕がウィリアムの方を向いて言うと彼はしかめ面をした顔を上げた。僕の家に着いて僕は鍵を開けて二人で中に入り、僕の部屋のドアを押して開けると開いたブラインドの向こうに氷に包まれた青い山並が見えた。やがて山並が大きな青い雲になって、光輝く白い頂がいくつも前後に連なっていた。ウィリアムはつかつかとベッドに行ってブラインドの紐を一つひとつ引っぱって閉じた。「いやあ、すごいよな」と僕は言った、「雲って一日に、いったいいくつ」、そして僕はベッドに腰かけて両脚をつき出し背中を壁に寄りかからせ、カーテンに覆われた窓枠に頭を寄りかからせて半分目を閉じた。反対側の壁の方でウィリアムが残ったひとつのブラインドを閉じてから読書椅子に腰かけた。薄暗い静寂の中で彼の指がこもった音の行進曲をとんとん叩き出した。僕は自分の、皺の寄った、凸凹につき出たズボンの膝に見入った。「さ！　始めようぜ！」とウィリアムがぱんと両方の腿を叩いて叫んだ。僕が目を上げると彼が僕の前に立っていて、畳んだモノポリーの盤を左の腿に押しつけていた。「あ、うん」と僕は曖昧に言った、「それってすごく、それって実際すごく……」「どうした？」と彼はきつい声で言った、「君、眠りかけてるんじゃないよな？」。あざけるような目で彼は僕を見下ろした。「いや、それについては」と僕は言い、どうでもいいさというふうに片手を振ってみせた。ウィリアムは床に座り込んで手早く札を数えはじめた。「君、ほんとにもう熟練だな！」と僕は言って身を乗り出し、彼の機敏な指の動きを一心にたどった。僕は疲れた思いで床に彼と向かいあわせに座り込み、頭をベッドの横に寄りかからせた。「君、どうしたんだ？」とウィリアムが言った、「一晩ぐっすり寝た方がよさそうに見えるぜ」「うん」と僕は曖昧に言った、「一晩ぐっすり寝た方が」「そうとも」とウィリアムが言った、「一晩ぐっすり寝た方が」、そして赤いサイコロが薄緑の盤に転がった。赤いサイコロが薄緑の盤に転がった。赤いサイコロが薄緑の盤に転がった。赤いサイコロが薄緑の――カッカッとドアをノックする音がした。「あんたたちちょっと手伝ってくれない？」と母さんが呼びかけた。ウィリアムと僕は外に出て食料品の袋を運び込んだ。「夕ご飯、食べてく？」と母さんは空っぽの袋を腹に当てて騒々しく叩いて平たくしながら訊き、僕は箱入りシリアル、缶入りグレープフルーツジュース、冷たい箱入りのブロッコリを袋から出した。

夕食のあと僕たちは食卓にとどまりみんなでピノクルをやった。それから父さんと僕とでウィリアムを車で送っていった。「お休み！」とウィリアムは言い、板石の小径をすたすた歩いていった。僕は家に戻ると自分の部屋に入って片腕を目に押しつけて横になった。何か間違いがあったにちがいない。でもたしかに今日なのだ、水曜日なんだから、やっぱり彼が、何もかも……そして僕は横になって疲れた目を閉じたくてたまらなかったが、僕はもうすでに横になっていてもうすでに目を閉じているのだった。疲れた思いで僕は立ち上がり、机に行き、椅子に腰かけた。大きな本を開けて、片手の付け根で頬杖を突き、口の横が頬のつっぱりに引っぱられるのを感じた。月光のなか、彼の目は黒く、荒々しく見えた。黒い太い活字と黒い細い活字の並ぶ、白い艶やかなページに僕はじっと見入り、彼の目があたかも僕の影の中に僕を探しているかのようにすぼまって、黒い怒った目で彼は僕を見て、荒々しい声で「裏切り者」と言った。ページの隅に、白黒の線画で、スリッパみたいな形の、縁に毛皮みたいな房のついた、いろんな大きさの円が中に入った物体が描かれ、その周りを囲む矢印付きの線が芋虫みたいな単語を指していた。細胞質《エクトプラズム》、内 質《エンドプラズム》、大 核《マクロニュークリアス》。少ししてから僕はベッドに戻り片腕を目に押しつけて横になり、疲れた思いで起き上がり、机に行って椅子に腰かけた。

　その夜僕は左に寝返り、右に寝返り、仰向けに寝返った。「ほうら！」と彼は言って、烈しい、勝ち誇った顔を僕の方に向けた。蛙が一匹、小石が落ちたみたいな音を立てて水に飛び込んだ。「君、ハックルベリー・フィンみたいに見えるぜ」と僕は言った。「ハックルベリー・メインウェアリング」とウィリアムは言った。「ほうら！」と彼は言って、烈しい、勝ち誇った顔を僕の方に向けた。月光のなか、彼の目は黒く、荒々しく見えた。彼はポケットから両手を出して、その両手を腰に当てて立ち、わずかに両脚を開いて、しかめ面で僕を見下ろした。あたかも僕の影の中に僕を探しているかのように目がすぼまって、彼は黒い怒った目で僕を見て、荒々しい声で「裏切り者」と言った。「裏切り者」と僕は呟いて、左に寝返り、右に寝返り、仰向けに寝返った。「ほうら！」と彼は言って、烈しい、勝ち誇った顔を僕の方に向けた。暗い枝が何本か横に動き、音もなく、亡霊のように、ウィリアム・メインウェアリングが月光に照らされた庭に身を押し込んできた。月光に照らされたスニーカーを履いた足で、漫画に出てくる悪者の誇張された忍び歩きを彼は進めていき、僕は六月以来見ていなかったケラケラ笑っている男子たちの集団の方へためらいつつ歩いていきながら、ふとふり返ると僕の分身がバスの乗降段に立っていて、いろんな色のプラスチックのタブが虹のように付いた大きな青いノートを片手に持っていた。「わかると思います」とウィリアムは考え深げに言った、「つまりあるけれど――しないと」「ほうら！」と彼は言って、烈しい、勝ち誇った顔を僕の方に向けた。暗い枝が何本か横に動き、音もなく、亡霊のように、ウィリアム・メインウェアリングが月光に照らされた庭に身を押し込んできた。月に照らされたスニーカーを履いた足で、漫画に出てくる悪者の誇張された忍び歩きを彼は進めていった。そして芝生を半分来たところで立ちどまり、ささっと鋭く左右に目をやって、しばし凍りついたと思うとまた歩き出した。裏の階段へ彼が近づいてくるにつれ、暗い枝が何本か横に動き、音もなく、亡霊のように、ウィリアム・メインウェアリングが月光に照らされた庭に身を押し込んできた。「ほうら！」と彼は言って、烈しい、勝ち誇った顔を僕の方に向けた。暗い枝が何本か横に動き、音もなく、亡霊のように——突然僕はベッドの上で起き上がって冷たいブラインドを脇に押しやった。

ガラスの一番下の、曇った部分を通して、僕は死んだ暗い庭を、死んだ黒い生垣を、死んだ黒い空を見やった。

ブラインドを手放すとブラインドはかたかた音を立て、僕は横になった。ひりひりと疲れた目に片腕を当て、落ちてくる赤いガラス玉を受けとめて彼は左手をがくんと右側へ持っていき、右の手のひらに赤いガラス玉を載せ、「ほうら！」と彼は言って、烈しい、勝ち誇った顔を僕の方に向けた。月光のなか、彼の目は黒く、荒々しく見えた。彼は黒い怒った目で僕を見て「裏切り者」と言った。「裏切り者」と僕は呟いて、左に寝返り、右に寝返り、仰向けに寝返り、突然僕は起き上がってブラインドを脇に押しやって荒涼とした夜を見やった。僕は疲れた思いで横になり、暗い枝が何本か横に動き、流し台から静かに歩みを進めて彼はそっと忍び足で台所を抜けて廊下に入ってきた。ゆっくりと忍び足で僕の部屋のドアまで来て、ゆっくりと片手を黒っぽいノブに載せ、ゆっくりと回しはじめた。ぎいっと軽く軋む音がした。僕はドキドキ高鳴る心臓を抱えてベッドの上で身を起こした。けれどそれはただの風、ただの風だった。「ただの風だ」と僕は呟いて、横になり、僕は横になって疲れた目を閉じたくてたまらず、そっと忍び足で彼は暗い階段を下りて寒い車庫に入っていった。車寄せを早足で進み、小川に飛び込み、窓から這って入り、僕の部屋のドアをパッと開けた。車寄せを早足で進んだ。小川に飛び込んだ。窓から這って入った。ドアをパッと開けた。車寄せを早足で進み、小川に飛び込み、窓から這って入り、ドアをパッと開け、両手を腰に当てて立ち彼は「裏切り者裏切り者裏切り者」と言い僕は上掛けをはねのけて急いで服を着はじめた。

外に出ると自分の息が見えた。澄んだ黒い大気に散らばるまばゆい星の点々がはっきり際立ち、巨大な〈点つなぎ絵〉みたいに見えた。僕は左腕をきっちり腹に押さえつけてパチパチ音の立つ裏庭を急いで越えていった。あちこち引っかく生垣をかき分けて早足に抜け、坂を足早に下りて黒い原っぱを越え、急ぐさなかにもどくんどくんどくんというこもった響きを腕と腹に感じていた。そして急ぐさなかにもつるつる滑る本が腋の下からずり落ちるのを感じ、突然本の下の縁が滑り落ち、僕はそれを押し上げてもっと強く抱え込んだ。小川まで来て僕は飛び降り、片足で空缶の縁を踏んづけてよろけ、両膝をついた。よろよろ立ち上がって、ぎざぎざした出っぱりにぎこちなくよじのぼった。疲れた思いで険しい土の斜面を這い上がり、車体工場の裏手の炭殻敷きの車寄せに出た。閉店したガソリンスタンドや食堂や洗車店の裏手を足早に進みながら、建物と建物のあいだから赤信号、青信号にも目をとめ、急ぐさなかにもどくんどくんというこもった響きを腕と腹に感じ、重いつるつる滑る本がずり落ちるのをつねに感じていた。コーンフレークでも撒いてあるみたいにジャリジャリ鳴る裏庭を次々足早に抜け、生垣をかき分け、柵を乗り越え、熊手につまずいて転びかけ、突然現われたフットボールを蹴るとボールは静かに、くるっと上下に、くるっと上下に、くるっと上下に転がっていき、高い黒い生垣が現われて通せんぼされたので細長い横庭に入ってその家の縁まで行った。通りの向こうに並ぶ暗い店舗が街灯と郵便箱を映し出していた。僕は本をぎゅっと腹に押しつけて表の庭を駆け抜け、チクチク痛い生垣を跳び越え、本がずり落ちるのを感じた。二本の街灯のぎらつく光を浴びつつ、僕は体を二つに曲げて通りを渡った。反対側の歩道に足を踏み入れると同時に本が落ちてしまい、表紙がパッと開き、銃が道端の溝に転げ落ちた。明るい、人けのとだえた歩道にしゃがみ込み、銃を本に戻して表紙を閉じると同時に一対のヘッドライトが視界に飛び込んできた。本をぶざまに両手で押さえ僕は疲れた思いでドラッグストアに急ぎ、真っ暗な戸口に隠れて車が通り過ぎていくのをやり過ごした。それからまた道に出て、左に曲がって静かな通りに入っていった。一本の太い木の蔭で、本を上着の下に滑り込ませた。自分の体をぎゅっときつくきつく抱え込み、生垣や黒い柵のうしろに建つ小さな二階建ての家々の前を過ぎていった。暗い教会の角で、道路から引っ込んで建つ大きな屋敷が並ぶ通りに入っていった。通りの端まで来て左に曲がり、その端まで来て右に曲がり、やっとのことで、道路から引っ込んで建つ、道路と玄関をつなぐ通路のないウィリアム・メインウェアリングの家に着いた。

足早に、疲れた思いで、暗い車寄せを進んでいった。暗い扉の前にかがみ込み、冷たい金属のハンドルを摑んだ。熱病のようなのろさで重たい、キーキー軋む扉を一センチ、一センチ持ち上げていき、持ち上げては止まり、持ち上げては止まった。扉が膝の上まで来ると、その位置で押さえ、冷たい車寄せに座り込んだ。頭をうしろに、ぐっとうしろにそらして身をよじらせうしろ向きに黒い車庫の中に押し込んでいった。頭が何か硬いものにぶつかって、僕はぎゅっと目を閉じ息をひそめて、頭蓋骨のうしろで痛みが柔らかく疼きはじめるとともに闇に耳を澄ました。柔らかく疼く頭蓋骨のうしろの髪を通して、冷たいフェンダーが頭皮に触れるのが感じられた。頭をゆっくり横にねじっていき、突然冷たい殻のような排気筒の金属が頰に触れるのを僕は感じた。体をよじり、くねらせて頰をバンパーの下に押し込み、背中を床につけ頭をわずかに持ち上げて車の下に横たわった。持ち上げた両膝の上に車庫の扉が載っていて、これで脚を下げようとしたら重い扉がどすんと落ちてきてつぶされてしまうだろうなと思った。頭を上げっぱなしにしているせいで首が痛み、僕は横になって疲れた目を閉じたくてたまらず、ゆっくり少しずつ膝を下げていって、突然重たい扉が僕の向こう脛の斜面をこするようにずり落ちてきて、両足の甲に重くのしかかった。硬い扉がスニーカーをぐいぐい押すのを感じながら、足を一本ずつ、少しずつねじって引き出していき、ゆっくり体をねじり、くねらせて、セメントと油の臭いがつんと鼻を突くザラザラの床をうしろへ仰向けに這っていった。一方の二の腕にタイヤの硬いゴムが当たるのを感じた。タイヤが腰の出っぱりまで来ると体を今度は横向きにねじり、くねらせた。じきに頭が真っ黒の闇から暗がりに出て、僕は体をねじり、くねらせて車の側面の下から出ていき、何か柔らかい物がぎっしり詰まった袋に軽く頭をぶつけた。ゆっくり、危なっかしく、傷を負った犯罪者のように腹を抱えて立ち上がった。車の冷たい側面に右手を這わせて、散らかった作業台まで進んでいった。ぎこちなく這い上がり、ドアのてっぺんの、ザラザラの出っぱりに手を這わせて、鍵の冷たい金属の感触を探した。

覚えていたとおりのギイッという音とともにドアが開いた。危険な真っ暗闇のなか、まったく何も見えなかった。僕はゆっくり手をのばし、チクチク疼く指先を前に出していきながらも、何かの硬い表面が僕の手があと少しで届かないところにあるのだという感覚を覚えた。腕をのばし切ったところで今度はゆっくり横に腕を振ったが、あたかも車庫から真っ暗な戸外に出てしまったかのように、動いている僕の手の上を微かな風が動いていくのが感じられただけだった。それから一歩前に出ると、壁が飛び出してきてぴんとのびた僕の指先にぶつかり、僕は冷たい滑らかな表面に片手を慎重に這わせていった。手すりまで来ると僕はよじのぼって行った。階段をのぼり切ったところで二つ目のドアノブを求めてあたりを手探りし、二つ目のドアを押して開けながら、左側に緑色の浴室があり奥に電話のある廊下を細部までくっきり思い出そうと努めた。慎重に一歩前に出ると、突然片足が階段の一段にぶつかり、忘れていた階段が心の中で僕の前に立ち上がった。左にも右にも闇より暗い闇が現われたが、またすぐ溶けて消えた。ぶつかった階段からうしろに下がるとともにスニーカー越しに何かこわばったたぐいの柔らかさが感じられて、ウィリアムが靴を脱いで茶と黄の縞が入った靴下で居間に入っていったことを僕は思い出した。左腕で腹を押さえつけながらかがみ込んでスニーカーの紐をほどいた。階段の下に貼ったビニールの帯の上にスニーカーを並べて置いた。ゆっくりと、黒い絨毯を踏んで、僕はのぼって行った。

黒い踊り場で右に曲がり、突然壁にぶつかって、心の中で僕は波打つ絨毯を傾いた鏡の方へ進んでいった。ぶつかった指を振りながら左に曲がって二段のみの階段をのぼった。二段目をのぼりつめると右に曲がり、真っ暗闇の廊下にじっと目をやった。右手をのばして右側の壁に触れた。ゆっくり、一歩ずつ、指で壁に触ったり、指先をぴんとのばし手を前につき出したりしながら進んでいった。前進しながら、あたかも殴打を予期するかのように頭をうしろにそらし、烈しいしかめ面を僕は浮かべた。覚えていないドア枠の木の起伏を手に感じ、前進しながら廊下をその細部まで再構築しようと努めたが、思い出せるのはどこか左にあった緑色の浴室と、奥にある茶色いテーブル、黒い電話、それなりにはっきりした形の鏡、それだけだった。前進しながら心の中ではずっと、波打つ絨毯、傾いた鏡が見えていて、突然指が壁の滑らかな丸い盛り上がりに触れた。何かがそこにぶら下がっているのか、がしゃんと落ちたら大変だと思ってそっと注意深く触ってみた。直径五センチくらい。円周に沿って、細い盛り上がった線が並んでいるのが感じとれる。壁にあるその滑らかな丸い盛り上がりを僕は理解したくてたまらず、それをそうっと前後に動かそうとしてみたがどうやらがっちり固定されているらしく、前後に動かそうとしているうちにどうやらそれが車輪のように回転することが判明し、指先でゆっくり回していくと突如、遠くの方で、どさっと柔らかい音がして、ぶーんと静かなうなりがあとに続いた。それから僕はゆっくり前に、小さなテーブルが自分の前に控えていると想像したりずっと遠くにあると想像したりしつつ進んでいった。二つ目の暗いドアの起伏あるフレームに手が達し、きっとこれがそうだと思えたが、反対側では壁がまだ続いていた。何だかドアが多すぎるような、なぜか間違った廊下に、間違った家に、間違った町に来てしまったような気がしてきて、突然もうひとつのドアの前に僕は出て、目の前にテーブルの縁の感触を感じとり、そっとドアノブに手を置いて回しはじめた。

ドアは滑らかに、音もなく開いた。黒い部屋に足を一歩踏み入れてから静かにドアを閉めた。黒い闇の中で一心に耳を澄ましたが、自分の速い息遣いしか聞こえなかった。「裏切り者」と僕はささやいたが、答えはなかった。深く息を吸って、右手をゆっくり、ベッドがあるべき場所に向けてのばしていった。そうやって手をのばしながら、もし何かひどい間違いを犯して間違った部屋に入ったとしたらどうなるだろうと自問し、しばし間を置いて、息もしていない闇に耳を澄ました。「ウィリアム」と僕はささやいたが、答えはなかった。ゆっくりと手を、チクチク刺す頬、柔らかい胸、ハッと息を吞む音、叫び声を思い描きつつ下ろしていき、突然パッと手を引っ込めたがすでに僕の指は、ひんやり涼しいわずかに皺の寄ったシーツを認識していた。「ウィリアム」と僕は怪しい静寂の中でささやいた。ゆっくりと手を、ひんやり涼しいわずかに皺の寄ったシーツに下ろしていき、軽くポンポンと探っていった。突然パジャマの縁の感触があった。「ウィリアム」と僕はささやき、指で彼の体をつついた。パジャマをつき抜けてベッドの感触があった。急いでポンポンと探っていき、凹んだ枕に手のひらを押しつけ、はね上げられた上掛けの線に指を這わせていった。疲れた思いで僕は横になり、頬を枕に載せて、重い目を閉じたが、またすぐ起き上がった。少しのあいだベッドの縁に腰かけて、自分の息遣いを聴いていた。それから疲れた思いで立ち上がり、ドアを開け、廊下に出て、そっとドアを閉めた。

　右腕で自分の体を抱え込むようにして、左手で壁を撫でながら、黒い廊下をゆっくり戻っていった。奥まで来ると黒い闇が少し明るくなったように思え、あたかも外の夜めざして洞窟を進んでいるみたいだった。指が滑らかな丸い盛り上がりまで来ると指はゆっくり逆向きに回りやがてカチッと音がして、静寂があたり一帯に生じた。廊下の終わりまで来て僕は左に曲がり、二段のみの階段を下りて踊り場に至り、右に曲がり、階段を下りていった。暗い階段の下まで行って忘れていた自分のスニーカーに僕はつまずき、疲れた思いで座り込んでスニーカーを片方はいて紐を締めはじめた。下から始めて徐々に上がっていき、てっぺんまで来て両端を引き上げたが、左端ははるか上までのびるのに右端は穴から出るのがやっとだった。紐を上から下まで緩めて一方の側に引っぱり、下から上へ締めていった。てっぺんまで来て両端を引き上げたが、今度は左端が穴から出るのがやっとで右端ははるか上までのびた。僕はカッとなって紐を上から下まで、見えない金属穴を通っていく際に紐の先が立てるカチカチという音を聴きながら引き抜いていった。下まで来て、両端がまったく同じ長さになるよう引っぱり上げた。それから、疲れた思いで、一方の先端を穴に通したらもう一方の先端を穴に通し、と一穴一穴上がっていった。てっぺんまで来て両端を引き上げたが、左端が全然短すぎ、僕は頭に来て紐を上から下まで緩めて下から上に締めていった。そうして両端を引き上げると一方がまだ短すぎ、僕の目に涙がヒリヒリたまって、この闇のなか、階段の最下段に僕は永久に座っていなければならない気がしてきた。僕は横になって疲れた目を閉じたくてたまらず、遠くで鈍いギイッという音が響いた。上の階でドアが開いた。重たい足音が廊下を進んできて、突然明かりが点いて、そっとふり返ると踊り場と階段の上の方がうっすらほのめいていた。足音が僕の方に下ってくるにつれて明かりはだんだん暗くなっていった。「うん、大丈夫」と僕は呟いた。重たい足音が廊下を、階段に向かって進んできて、僕は疲れた思いで手すりに寄りかかり半分目を閉じた。どこかでドアが開いて、閉じた。縁の鋭い手すりに頭を寄りかからせスニーカーを片方履いて片方脱いだ状態で僕は階段に座り、僕は横になって疲れた目を閉じたくてたまらず、ドッと水が落ちるような音がしてドアが開き、重い足音が廊下を進んできた。足音が止まり、遠くでどさっと鈍い音がして、ぶーんと静かなうなりがあとに続いた。それからまた足音が聞こえた。明かりが消えて、ドアがそっと閉まり、僕は暗い手すりに頭を寄りかからせて疲れた目を閉じたがすぐまた体を起こした。かがみ込んで、靴紐を結んだ。もう片方のスニーカーも履いて、手早く紐を結び、二つ目の階段を下りて寒い車庫に向かった。

外に出ると、夜はさっきより少し寒く感じられた。澄んだ黒い大気に散らばるまばゆい星の点々は難解で哀調に満ちた音楽の巨大な楽譜上の小さな音譜のように見えた。少しのあいだ僕はじっと動かずに立ち、霜のような息が現われては消え、現われては消え、現われては消えるのを眺めた。それから左腕で自分の体をぎゅっときつく抱え込んで駆け出した。

車寄せを走っていって、通りのかたわらの、落葉が積もった道端に出て左に曲がり、道路から引っ込んで建つ大きな屋敷が並ぶ前を駆け抜けていった。通りの終わりまで来て右に曲がり、次の通りで左に曲がり、暗い教会の角まで来ると、生垣や柵のうしろに小さな家が建つ通りに入った。ドラッグストアの前で信号が変わるのを待った。通りを走って渡り、茨の生垣を跳び越え、横庭を駆けて裏に回った。そっと、足早に、ジャリジャリ鳴る裏庭や閉店した食堂の裏手を次々抜けていき、走りながらどくんどくんどくんというこもった響きを腕と腹に感じていた。車体工場裏の炭殻敷きの車寄せを走って渡り、土の斜面を滑り降り、硬い小川に飛び込んだ。向こう側に這い上がって原っぱを走り抜け、小さな斜面を駆け上がった。生垣の枝を脇へ押しのけ、裏庭を急いで越えた。ポーチの階段を慎重にのぼり、網戸と木のドアを慎重に開けて、慎重に台所を抜けて廊下に出た。廊下の終わりまで行って一瞬止まり、ゼイゼイ荒く息をし軽く体を前に折って立った。それから、自分の部屋のドアをそっと開けて、真っ暗な部屋に足を踏み入れた。

76

部屋に入ってそっとドアを閉め、少しのあいだドアに寄りかかって立ち、自分の重い息遣いを聴きながら不透明な黒い闇に目を凝らした。「ウィリアム」と僕はささやいたが、答えはなかった。ドアのかたわらの壁に片手を上げて、電灯のスイッチを探った。すばやくカチ、カチと動かして頭上の照明を一瞬点けてまた消した。闇と闇のあいだで光がひらめくなか、じっと前を見ていた顔をウィリアムがパッと脇へそらした。目に見える闇が戻ってきたあとのまる一秒、僕の目にはくっきり明るく、白いカーテンレール、閉じたブラインド、灰色の窓台、銀と深緑の網模様の入った薄緑の壁紙、焦げ茶と深緑の網模様の入った明るい茶のベッドカバー、横を向いた肱掛け椅子、ウィリアムのぎゅっと閉じた目、皺の寄った額、持ち上がりかけた一方の前腕の残像がとどまって、それから目の内の光も消え、闇の中で椅子が軋んだ。怒りのこもったささやき声で彼は「やっと来たか」と言った。「え、ああ、やっと来た」と僕ははっきりしない声で言い、見慣れた闇を進んでいって、ベッドに腰かけ両脚をのばし背中を壁に寄りかからせて目を半分閉じた。「どこ行ってたんだ?」と彼は乱暴にささやいた。「なあ、そんなに怒るなよウィリアム、僕はただ……君いつも怒ってるじゃないか、年中しかめ面して、僕のやることを……君だったらどんな気がすると思う、誰かにいつもしかめ面されたらさ、そのうちだんだん……もちろん僕、近ごろよく眠れないんだ。それにさ、初めて君のこと見たのはバスの中だったよな、君はうしろに座ってたからあまりよく見えなかったけど、でも次は、僕が歩道に立っていて……そうして僕たち友だちになって、母さんがいつも言ってたよ、君はお行儀のいい子だって、覚えてるかい僕たち、それであの夏にさ、あの藪の家で、一緒に過ごして楽しかったよな、君はいつも僕の一番の、僕は決して、でも君はいつも、君は絶対……それに君はいつもすごくよそよそしくて、ウィリアム、君は絶対……もちろんこれって全然うまく言えてないよ、それはわかってる、でも僕いまは疲れてるんだ、すごく疲れてて永遠に眠れる気がするよ、小さいころ父さんに死ぬっていうのは眠りに落ちていつまでも覚めないようなものだって言われて、それで僕思ったんだ、思ったんだよ……」

「声を下げろ。君、どうなってるんだ？」

「いや、どうなってるって言われても……どうなってるんだって……誤解しないでくれよ、ウィリアム、君は僕の一番の、ただ一人の、僕はいままで、でもときどきさ……それにさ、あの春、僕がどうしようもなく落着かなかったときにね、僕思ったんだよ、誰かと話せさえしたら……それでいままでずっと……君は一度も本当に……それにさ、あのとき、あそこの小川で、僕のこと裏切り者って言ったただろ、君そう言ったんだぜ、裏切り者って、そう言われてさ、そう言われて僕はさ、君こそ、君の方こそ……」

「声を下げろ。じゃあやめるってことか？」

「じゃあやめるって、何でそんなこと、君ほんとに疑り深い奴だなあウィリアム、これだけずっと一緒に……ほんとにさ、君はいつも僕を欺《あざむ》いて……」

「君を欺いた……」

「いつも何もかも隠して……僕には何も打ちあけないで……それに僕を家に呼んだあのときも……君ってほんとに何もかも隠してさウィリアム、友だちらしくないよ、全然ほんとの友だちらしくない……全然……」

「じゃあやっぱりやめるんだな……」

「君は嘘つきだ、嘘つきだよ、それに……ええと忘れちゃったよ、何だっけ……」

「で、君はもっとマシだったって言うのか？　君いままで僕に何を打ちあけた？」

「何もかも打ちあけたさ！　いや、ま、何もかもじゃないけど……」

「それにしかめ面って言うけど、君の方こそ……いつも僕のことじろじろ見て……白い目で……」

「怒ったんだなウィリアム、僕がちょっと本気で……話をしようとしただけなのに……」

「これで話のつもりか……人のことほんとの友だちじゃ……本気で打ちあけるだの何だの……じゃあやっぱりやめるんじゃないか……さんざん言っといて……」

「やめるやめるって、君それぱっかり言うけどさ……僕はただ思ったんだよ、君は、君がさ……それに今日、君なんにも言わなかっただろ……」

「言うことなんて何もなかったさ……」

「そうかい、何もなかったのかい……それにいままでもずっと……話そうぜウィリアム、僕話したいんだよ、君全然話とかしないじゃないか……」

「話すことなんて何もないさ……」

「そうかい、何もないかい……だけどあのときはどうなんだ、それにあのときも……それと、覚えてるかな、あの……」

「こんなの時間の無駄だよ……」

「無駄だ無駄は時間が無駄だ……楽しいと思わないか、話したらさ、一晩中ずっと話したら……僕ほんとに楽しかったよ、こうやって二人で話してさ、これって映画みたいだよな、人が一晩中ずっと、ずっと話して、おしまいには……忘れちゃった、おしまいにはどうなるのか」

「もう済んだのか？　やることは一杯あるんだぞ」

「ああ、やることは一杯やる……あることは一杯やる……何だ、いまの？」

「ただの風だよ」

「ただの風だよ……あれはただの風よ……不思議だな、母さんにあの話初めて読んでもらったとき、僕魔女のことは怖くなかったんだ、あ、いやもちろんあの魔女は怖かったよ、そういうんじゃなくてさ、だけど僕魔女ってものには慣れてたからさ、魔女が怖いことは怖くなかったって言うかさ、つまりその、つまりその、ヘンゼルとグレーテル二人の方がね……あの名前がさ……悪魔の名前みたいで……何だ、いまの？」。闇の中で何かがポケットから出される、布が擦れるみたいな音が聞こえた。紙の音がして、それからいきなり引っぱるような裂くような音が続いて、次にシュッと鋭い、ひどく聞き慣れた感じの音がした。シュッという音がくり返されて、突然部屋が燃え上がったかのように姿を現わし、だがすぐまたすうっと、一本のマッチの震えるオレンジと青の炎へと縮んでいった。オレンジと黒の顔のウィリアムが黒い曇った目で僕をじっと見た。それぞれの瞳孔の中で小さなマッチの炎が震えた。それから彼はマッチを吹き消した。黒い闇の中で硫黄の匂いが僕の鼻孔に流れ込み、僕の目をヒリヒリさせた。「びっくりしたぜ」と僕はささやいた。「静かに」とウィリアムは言った。彼が椅子の上で動くのが聞こえた。ポケットの中でコインが鳴った。それから聞き慣れた、封筒が開くような紙の音がした。椅子がわずかに動いた。彼の両手がベッドを押す圧力を僕は感じた。パラパラッと紙が弾ける鋭い音がしてから、スルッと滑るようなもう少し柔らかい音が続いた。そしてもう一度パラパラッと紙が弾ける鋭い音がしてから、スルッと滑るようなもう少し柔らかい音が続いた。そしてもう一度パラパラッと紙が弾ける鋭い音がしてから、スルッと滑るようなもう少し柔らかい音が続いた。そしてもう一度パラパラパラッと――「そうか！」と僕は叫んで、ニコニコと顔中をほころばせた。「声を下げろ」とウィリアムは言った。パラパラッと紙が弾ける鋭い音がしてから、スルッと滑るようなもう少し柔らかい音が続いた。「よし、切れ」とウィリアムは言った。僕は手をのばし、ポンポンと手探りして、冷たいカードの山に行きあたった。一方の側面を親指で押さえ反対側を指三本で押さえて僕は慎重にひとつかみ持ち上げ、それをベッドの上の、山の残りの横に置いた。それからその残りの方を持ち上げて隣の山の上に重ねた。慎重に縁を押して山を整える――まず長い辺を揃え、次に短い辺を揃え、長い辺を揃えた。「よし」と僕はささやいた。シュッと擦る音と、ボッという破裂音がした。ベッドの上に黒っぽい艶々の、チラチラ明滅するカードの山が見えた。深緑色を背景に、大きな耳の赤んぼ象が、側面が斜めになった太鼓みたいな台に乗っていた。頭にはひしゃげかけた円錐形の、赤いポンポンがついた黄色い帽子をかぶり、背中には黄色い房飾りのついた赤い毛布が掛けられ、鼻で持ち上げた竿の先には赤く縁取られた黄色のペナントがはためいていた。「早くしろよ」とウィリアムがささやき、僕が顔を上げると彼のオレンジと黒の顔が見えた。「さあ」と彼はせわしげにカードの山を指しながら低い声で言った。「え、つまり」と僕は言って手首をひねってひっくり返す真似をしてみせた。「そうだ、早くしろ」とウィリアムが言った。僕は手を下ろし、一番上のカードを取って、ベッドの上、カードの山のかたわらに表返して置いた。燃えつきかけたマッチの揺らめくスポットライトのなか、ハートの5がくっきりあざやかに浮かび上がった。三つのハートが下を指し二つのハートが上を指している。濃い赤色のそれぞれのハートの両横はわずかに凹んでいて、それが細長い尖った先端に収斂し、あたかもハートから滴が垂れているみたいだった。カードの四隅にはそれぞれ赤い算用数字の5があってそれぞれの5の下に小さな赤いハートがあった。ウィリアムはカードを一枚山から横にずらし、めくって現われたクラブのジャックをハートの5の上に丁寧に重ねた。ジャックがわずかに横に滑って、逆さの5の一部と逆さのハートの一部が下から現われた。長方形の枠の中で双目《ふため》のジャックは拗《す》ねた、瞼の重たげな表情をしていた。太い幾筋かに分かれたまっすぐな黄色い髪は先っぽだけ渦巻き模様のように丸まっていた。頭には黒い模様の入った赤い冠をかぶっている。ストライプやジグザグがたくさん入った赤黄黒の衣裳を着て、片方の握りこぶしで、赤と黒の縞がある黄色の長い計算尺のように見えるものを垂直に保っていた。四つの小さな白い爪が付いた四本の小さな指が黄色い計算尺を握って水平に並び、四つの爪の向かいでは小さなぽっちゃりした白い手のひらから白い親指がつき出て人差指の上に弧を描いて載っていた。ジャックの下では逆さまのジャックがジグソーパズルの蓋の艶々の湖に映った山の鏡像みたいに第一のジャックから生えていた。枠の外、四隅にはそれぞれ、「早くしろよ」とウィリアムが言い、黒いJがあってその下に小さな黒いクローバーの葉があった。僕はカードを一枚横にずらし、「シーッ」とウィリアムが言い、明かりが消えた。僕は表返していないカードを持ったまま凍りついた。シュッと擦る音がして、突然カードが現われ、僕の手が動きを続けた。いましがたのジャックの上に今度はハートのジャックが載っていた。横顔を見せていて偉そうで蔑むような顔をしていた。白い模様の入った赤い冠をかぶっている。「ちょっと待って」と僕はウィリアムがめくりかけるとともに言った。下向きになった口の線の上で、黒い口ひげの薄い線が丸まって弧を描き小さな螺旋を成していた。頭のうしろには戦斧《せんぷ》の黄色い刃があり、握りこぶしには黄色い花と見えるものを持っている。ジャックは突然スペードの6の下に消えた。「君気づいてるかい」と僕はささやいた。「早くしろよ」とウィリアムが言った。僕がめくくるとダイヤの3だった。ウィリアムがめくるとハートの10だった。僕がめくるとクラブの2だった。ウィリアムはマッチを振って消した。「早くしろよ」と僕はささやいた、「早くしろよ」。カードが突如出現した。ウィリアムがめくるとクラブのキングだった。髪は白く、もじゃもじゃもじゃの白いあごひげに、上を向いた白い口ひげ。「早くしろよ」とウィリアムは言った。僕がめくるとダイヤの9だった。ウィリアムがめくらないようカードの山に手を載せた。僕がめくると――「わ、見ろよ！」と僕は息を呑み、ウィリアムがめくるとダイヤの7だった。彼は尖った黒い靴と、横に黄色いストライプが入っただぶだぶのズボンをはいて、青と黄のダイヤの柄がついた膨らんだ上着を着て、赤と黄のチェックの高い帽子をかぶっていた。目は伏せられ、顔は白い仮面みたいに見えた。一方の肩の陰からギザギザの赤い帽子をかぶりギザギザの青い襟をつけた小さな白いしかめ面の顔が覗いていた。「手をどけろよ」とウィリアムがささやいた。火が消えた。ウィリアムがマッチを擦った。彼がめくるとダイヤの2だった。「またダイヤか」と僕は言った。僕がめくるとスペードの8だった。ウィリアムがめくるとハートのエースだった。僕がめくるとクラブの5だった。ウィリアムがめくるとスペードの7だった。僕がめくるとクラブのクイーンだった。ウィリアムがマッチを振って消した。もう一本点けた。ウィリアムがめくるとスペードの2だった。僕がめくるとクラブの4だった。ウィリアムがめくるとハートの7だった。僕がめくるとダイヤの7だった。ウィリアムがめくるとクラブの8だった。僕がめくるとハートの3だった。ウィリアムがマッチを吹き消した。もう一本点けた。ウィリアムがめくるとクラブの10だった。僕がめくるとダイヤの8だった。ウィリアムがめくるとスペードのエースだった。僕がめくるとダイヤのキングだった。「何してんだよ」ウィリアムが怒ってささやいた。そしてキングを手にとり裏返して山に戻した。それは長さ五センチくらいある、太い黒い輪郭に縁どられた大きな灰色の剣《スペード》だった。剣の中には二つ目の、黒い輪郭に縁どられた剣があり、二つ目の剣の中には白黒の大きな耳の赤んぼ象が白黒の台の上に乗って、白黒の帽子をかぶり白黒の毛布をまとって白黒の鼻で白黒の旗を持っていた。剣の下にはエーストランプ社　セントルイス　USAとあった。突然カードが消えた。闇の中でウィリアムが息を吐き出した。僕は疲れた思いで硬い壁に寄りかかった。「それでさ」と僕は夢心地で言ったが、何と言うつもりだったか忘れてしまった。僕は横になって疲れた目を閉じたくてたまらず、横になって疲れた目を閉じる僕自身を僕は想像し、想像の僕自身は目覚めて、シュッとマッチを擦る音、ウィリアムのオレンジと黒の顔、赤いポンポンが付いた黄色い帽子をかぶった大きな耳の赤んぼ象を眠たげに思い出し、やがて眠気交じりの満足感が訪れて、闇の中で僕は目を閉じたが、何かが間違っていて、心臓の鼓動が速まり、僕は目を開けて闇の中でしかめ面を浮かべ、その闇はあちこちでより濃い闇に溶け込んでいた。そして僕には思えた、ウィリアムがいなくなりさえすれば僕は横になって疲れた目を閉じられるのだと。「本をよこせよ」ウィリアムが突然言った。そして心の中で僕は聞いた――「それじゃあの本、取ってくれるかい。こっちへ持ってきてくれ。でも気をつけろよ。ああいう古い本はすごく脆いから」「うん、大丈夫」と僕ははっきりしない声で言った。そしてすぐに秋用の上着のボタンを外して重い本を慎重に取り出し、ベッドの上、自分のかたわらに置いたがじきにそれを遠くへ遠くへ、遠くの闇の中へ押しやった。そうして唐突に両手を引っ込めるとこれで何もかも大丈夫という気になって僕は心底ホッとし、両手を腋の下にたくし込んで熱っぽく「話をしようぜ、僕話したい気分なんだ、君ちっとも僕と話してくれないじゃないか……」「話すことなんて何もないよ」「うん、何もなくてもさ……それにさ、時間は一晩中あるんだし……それに僕言いたかったことが……言おうと思ってたことが……妙な気分だよ、君、妙な気分だと思わないか……雨が降ってたらなあ……よく映画にあるみたいにさ、夜に……映画の雨がざあざあ降ってるのって……本物の雨より強く降ってさ……うん、映画の雨って独特だよ、波が窓に打ちつけてるみたいで、ゴボゴボ音が立ってすごい勢いで流れて、突然映画の雷が鳴って、蠟燭立ての上の炎が横に曲がって……鎧戸が風でガンガン鳴って……で、結局……君、べつにしなくても……気が変わったとかだったら……何も無理して……」「気が変わっ、じゃあ君要するに……じゃあ君やっぱり裏切るんだな……」「いや、裏切るなんてさ、何だよそんな……だけどとにかくさ、ほんとにこれって……君から見て……つまりさ、ハハ、君絶対……」「じゃあ君、何もかも考えてたわけか……」「いや、何もかもって、だけどやっぱり、ハハ、きちんと確かめるすべはあるわけで、君もきっと考えたと思うけどさ……ときどきさ、ときどき……」「僕はできると思う……君に頼まれたら……」「あ、ハハ、そいつは有難い、恩に着るよ、どうもご親切に、僕……じゃ君やっぱりほんとに……僕が頼んだら……」「君絶対頼まないだろ……でも考えてはいたんだな、自分が僕を裏切るんじゃないかって怖かったんだな……」「君、その言葉ばっかりだな……」「裏切る、裏切る、裏切る……誓えよ、ほんとにやるって」「いや、それは……」「うん、じゃよせ、情けない奴だな……そのくらいわかってしかるべきだったよ、君っていつだって尻込みしたもんな……結局は……」「尻込みって、どういう……尻込みって、どうしてそんな……」「で、もしあいつが、い、い、やったら、君もそれにならって……」「だけどあいつは絶対に……それにさ……」「もっと喋れよ、これ、面白くなってきた……」「うん、これって楽しいよなウィリアム、ずっと喋ってようぜ、君絶対に……」炎がパッと上がり、僕は片腕を投げ上げた。ウィリアムが身を乗り出し、本の上におぼろなオレンジの輪が浮かび上がった。「さあ、これ持ってくれ」と彼は命じてマッチを差し出した。慎重に、繊細に、親指と人差指で、炎を上げている、すでに三分の一くらい燃えてしまったマッチを僕はつまんだ。マッチを自分に近づけると炎は僕から離れるようにゆらめき、それから沈んでいった。「もっと近くで持て」とウィリアムが言った。僕がマッチを遠ざけると炎は僕の方にゆらめいた。「もっと近く」とウィリアムは言い、僕は無理して体を左側に傾けた。そして催眠術にでもかかったみたいに、ダンボールの短い軸をじりじり進んでいく低く不安定な炎を見つめた。薄暗いほのめきのなか、ぱっくり開いた本に僕は目をとめ、燃え立つ銃、しかめ面のオレンジの顔に目をとめ、突然僕はハッと息を呑み何もかもが消えた。もうひとつの炎が現われ、僕は慎重にそれをウィリアムから受けとり、次の瞬間に弾倉が閉じてウィリアムが椅子の背に寄りかかった。青い腹をした小さな炎の動物を僕はじっと見て、黒い硬い先端と縮んでいく炭の線とを見て、ほのめくオレンジの点と進んでくる黒っぽい線を見て、僕は慎重に親指の先っぽと人差指の先っぽとを一番端まで動かしていき、それから反対の手の親指の先と人差指の先を濡らして、燃え尽きたマッチの先端をそっとつまみ、焦げて皺の寄ったダンボールの短い軸を持ったまま小さな炎がゆっくり一番端まで動いていくのを僕は見守り、突然炎が舞い上がって明るくなり、オレンジの点が先端に現われ、それから二つのオレンジの点がひとつに合わさって、炎が消えた。僕は夢心地にオレンジのほのめきがあった場所を見つめ、突然、ドキドキ高鳴る心臓を抱えて体を起こし、疲れた思いで壁に寄りかかって両脚を引き寄せ片手を両膝のあいだに差し込んだ。

「うん、大丈夫」と僕ははっきりしない声で言った。「それにさウィリアム、僕近ごろよく眠れないんだ……もちろんたぶん何もかも夢なんだよ、僕じきに覚めるよ、そうしたら……話したい気分なんだ、君話したい気分じゃないかい、話そうぜ、覚えてるかい僕たちあのとき……でもそれってずっと前のことだよな……それに君はいつだって僕の一番の、僕絶対に……あのときコースターで、人間機関車、覚えてるかい君さ……あれは楽しかったなあ、あのときはさ、湖でボート乗って、松の枝を押しのけて、それから島も、またいつか……来年の夏とか……それに君無理しなくても、べつに約束、もちろん君っていつも頑固だったよな、一番はじめから僕気づいて……それで僕が何かもし君を傷つけるようなこと言ったとしたらさ、わかってくれよそれってただ……でもそんなこと話すのはよそう、どうせ話すなら……それでカード引いてさ、僕なんか全然、君ほんとに何もかも考えて……もちろんもし僕がスペードのエース引いてたらさ、どういうことになったかわかんないよね、まあだけど、それってべつに……何だか変な気分だよ、熱っぽい気分、たぶん何もかも夢なんだよ、うんそうだよ、夢さ、僕じきに覚めるよ、そうしたら、そうしたら……」どこかで銃声が鳴った。もうすでに消えたつかのまのオレンジがかった黄色い閃光のなか、艶やかな銃身が一瞬見え、がくんと横を向いた頭、張りつめた青っぽい白の指関節、ランプシェードの底のカーブが見えた。黒い闇の中でウィリアムが椅子の上で激しく動いた。重たい金属の物体がけたたましい音を立てて床に転がった。それからすべてが不可解に静まり返った。「ウィリアム」と僕はささやいたが、答えはなかった。「ウィリアム！」と僕はささやいた。だが答えはなかった。僕は横になって疲れた目を閉じたくてたまらず、横になって疲れた目を閉じられさえすれば、そうしたら横になれて疲れた目を閉じられるのだと思えて、そうしたら、そうしたら、そうしたら、そうしたら……

そして君よ、夜の旅人よ、わが兄弟よ、わが他人よ――君のことも僕はうたう、おお暗い夢想者よ……

訳者あとがき

この本は、緻密な描写と緊密な構成に裏打ちされた、いわば「職人的な幻視力」に貫かれた数々の名短篇で知られるアメリカの作家スティーヴン・ミルハウザーが一九七七年に発表した長篇小説である。

『イン・ザ・ペニー・アーケード』『バーナム博物館』『ナイフ投げ師』といった既訳の短篇集に親しんでいらっしゃる読者から見て、この本は、いかにもミルハウザーらしい、と思える面と、およそミルハウザーらしくない、と思える面があるのではないかと想像する。

だが、ミルハウザーらしいにせよらしくないにせよ、これは、すべての読者をまんべんなく喜ばせることはなくても、一定数の読者を強烈に魅了する本だと確信する。

二〇一一年にはドン・デリーロの『天使エスメラルダ』などを破って「ストーリー・プライズ」も受賞した名短篇作家ミルハウザーだが、実は最初の著作四冊のうち三冊は長篇小説である。

第一作は、すでに岸本佐知子の邦訳がある『エドウィン・マルハウス』。原作は一九七二年刊。夭折の天才作家（十一歳で長篇を書き、十一歳で死ぬ！）をめぐる物語で、「あるアメリカ作家の生と死」という副題も示唆するとおり（そして原題の直訳『エドウィン・マルハウス――あるアメリカ作家の生と死　一九四三―五四　ジェフリー・カートライト著』からはいっそう明確に窺えるとおり）ボズウェルのジョンソン伝などの伝記文学の古典をはっきり意識した、パロディ色の強い、しかし幼年期に人が世界に抱く魅惑をみずみずしく伝えてもいる作品である。

そして第二作が、一九七七年に発表された、この『ある夢想者の肖像』。『エドウィン・マルハウス』が幼年期の物語だとしたら、こちらは思春期の物語である。といっても、よくありそうな甘酸っぱい初恋やら両親や友人たちとの最終的には心温まる交流やらの話を期待する読者は、およそ予想を裏切られることになる。いや、たしかに初恋のような話は出てくるし、両親や友人との交流もたっぷり語られるのだが、その語り口は、たとえば「ヤングアダルト」といったジャンル名が喚起するようなイメージとはおよそ違っている。端的に言って、もっとずっと緊迫感があって、もっとずっと暗い。そしてすべてにおいて、濃い。

『ある夢想者の肖像』は、何よりもまず魅惑と退屈の物語である。世界がひそませている驚異に対する魅惑と、凡庸な日常に対する退屈。驚異への魅惑を綴る筆致が魅惑的なのは当然だろうが、退屈を語り、描写する語り手の語りにしたところで少しも退屈ではない。登場人物アーサー・グラムが抱えている思春期の倦怠に語り手アーサー・グラムが魅了されていて、その語りが我々を魅了するからだ。そして、魅惑されていようが退屈していようが、あるいはその両方であろうが、登場人物＋語り手アーサーはつねに、何ひとつ見落とさない究極の観察者である。


「ありがとう」と彼女は言って目を伏せたが、翌朝ロッカーで別の女子と話している彼女が、その目を突然上げて、ハッと見入っている僕の前で、ふたたび目を伏せてしまう前の一瞬、その刺すように黒い大きな瞳孔、きらめくマホガニー色の虹彩、潤んで微かに光る白目、その上を走る潤んだピンク色の涙管《るいかん》とそのきめ細かい赤い切れ目をさらすのを僕は見た。（第44章）

ポー、スティーヴンソン、ウォルター・スコットなどの作品が登場人物によって詳しく語られ、時には彼らの作品を彷彿とさせる一節もあったり（たとえば冒頭は、アメリカ民主主義の夢を誰よりも体現した詩人ホイットマンの声の暗い語り直しだし、第42章の書きだしはポーの「アッシャー家の崩壊」の書きだしを踏まえている）、デビュー作『エドウィン・マルハウス』同様この作品も文学的言及に満ちている。だが、『エドウィン・マルハウス』が仕掛けに満ちつつも幼年期の魅惑をあざやかに伝えていたのと同様に、この『ある夢想者の肖像』も、まずは思春期が生きられる瞬間瞬間の息づかいを濃密に伝えて読み手に取り憑く。アーサーが見る風景は木の葉一枚一枚まで、彼が聴く音楽はその一音一音まで描写される。この作家はさりげない暗示など信じない。書くべきことはつねにみっちり書き込む。

またこの長篇には、自動人形、夏の月夜の徘徊、偽書など、その後ミルハウザーがその職人的諸短篇において展開することになるいくつかのテーマが、いわば素材の形で入っている（そしてそれを言えば、一九八六年に出た第三長篇 *From the Realm of Morpheus* は、まさにそうした素材の一大宝庫と言っていい）。

その一方で、この作品は、同じ単語、同じフレーズを多用し、緊密な構成というには程遠いと思える語り口を採っていて、その点ではこの後の短篇群とおよそ似ていない。ミルハウザーらしくないと思えるかもしれない、と言ったのは特にこの点である。だがそうした一見ルースな語られ方は、語られている生のありようと密接に結びついている。「暗い《ダーク》」という言葉の多用は、アーサーをはじめとする主要人物たちの心性の基調に呼応しているし（だからたとえば、普通なら「濃い赤」と訳しそうなところを「暗い赤」と訳した箇所も少なくない）、「突然《サドゥンリー》」という言葉の多用はアーサーの落着かなさ、世界に対する過剰な感度を伝えている。それらのあきらかに意図的な反復は、アーサー少年が生きる日々における反復の感覚――たとえば夏休みに同じ日々がはてしなくくり返される感覚――を文章において反映している。

思春期にあっては、やりたいことと、やれることの落差が大きい。むろんどの年齢においても落差は大きく、歳をとると単に落差に対する諦念が増すだけで、それを我々は成熟と呼んでいるにすぎないのかもしれないが、いずれにせよ、その落差に対するもどかしさ、苛立ちが、意図的に限定されくり返し使われるボキャブラリーを通して生々しく伝わってくる。もちろん、その後のミルハウザー作品を見ても、語彙の豊富さ・絢爛さで人を圧倒しようとすることはまずなく、ごく普通の単語を精細に粘りづよく積み上げていって驚異を創造するところにこの人の真骨頂があるのだが。

『ある夢想者の肖像』ののち、千ページを超えた第一稿を経て結局三七〇ページまで短縮された第三長篇 *From the Realm of Morpheus* が刊行されたのと同じ一九八六年に、初の短篇集『イン・ザ・ペニー・アーケード』が出版され、精緻な技巧を凝らして幻視力を飛翔させる職人作家ミルハウザーのキャリアが始まる。以後は今日に至るまで、遊園地、自動人形、雪景色、ミニチュア、博物館、ゲーム等々のテーマを自在にくり広げた短篇小説を着実に発表しつづけていて、アメリカ小説の一番斬新な流れがリアリズムから非リアリズムに移行しつつある現在、ミルハウザーの先駆性はいよいよ明らかになりつつある。下の世代の作家や編集者、一般読者からも敬愛され、*McSweeney's*, *Tin House*, *Electric Literature* といったアメリカ文学の先端をリードする文芸誌、*The New Yorker*, *Harper's* といった大御所的雑誌の両方に作品がコンスタントに掲載されている。

ミルハウザーのこれまでの作品は以下のとおりである。

Edwin Mullhouse: The Life and Death of an American Writer, 1943-1954, by Jeffrey Cartwright（1972）長篇『エドウィン・マルハウス——あるアメリカ作家の生と死』岸本佐知子訳、白水社

Portrait of a Romantic（1977）長篇　本書

In the Penny Arcade（1986）短篇集『イン・ザ・ペニー・アーケード』柴田元幸訳、白水Uブックス

From the Realm of Morpheus（1986）長篇

The Barnum Museum（1990）短篇集『バーナム博物館』柴田訳、白水Uブックス

Little Kingdoms（1993）中篇集『三つの小さな王国』柴田訳、白水Uブックス

Martin Dressler: The Tale of an American Dreamer（1996）長篇『マーティン・ドレスラーの夢』柴田訳、白水Uブックス

The Knife Thrower and Other Stories（1998）短篇集『ナイフ投げ師』柴田訳、白水Uブックス

Enchanted Night（1999）長篇

The King in the Tree（2002）中篇集
Dangerous Laughter: Thirteen Stories（2008）短篇集
We Others: New and Selected Stories（2011）短篇集
Voices in the Night（2015）短篇集

訳文を作成する上で、服部滋さんにお世話になった。また『ナイフ投げ師』に続いて、牛尾篤さんに素晴しいカバー装画を描いていただいた。この場を借りてお二人にお礼を申し上げる。

私事で恐縮だが、一九八九年にアメリカ小説の翻訳を出しはじめるにあたって、最初からひとつだけ決めていたことがある。それは、訳者あとがきに「訳者の多忙により刊行が大幅に遅れたことをお詫びする」といったような弁明をいっさいしない、ということだった。そんなのは、たかが訳者という脇役にすぎない人間が、自分の忙しさを暗に自慢しているだけじゃないか、と思ったのである。その気持ちはいまも変わらないが、この『ある夢想者の肖像』に関してだけは、訳者の能力の貧しさゆえに刊行が大幅に遅れたことを、読者の皆さんと、辛抱強くお待ちくださった白水社編集部の藤波健さんに心からお詫びしたい。イベントなどで声をかけてくださる読者の皆さんから、「ミルハウザーのあの長篇はいつ出るんですか」と何度訊かれたことか。お待たせして本当に申し訳ありませんでした。あとは、待った甲斐があった、と皆さんが思ってくださることを祈るばかりである。そして『ある夢想者の肖像』は、訳者によって加わってしまったかもしれないノイズを消去して考えるなら、きっとそう思っていただけるにちがいない本当に素晴らしい作品なのである。

この翻訳が出せて、本当に嬉しい。

二〇一五年八月

柴田元幸

装丁　緒方修一
カバー装画　牛尾篤

訳者略歴
柴田元幸（しばた・もとゆき）
一九五四年生まれ。米文学者・東京大学特任教授・翻訳家。ポール・オースター、スティーヴン・ミルハウザー、スチュアート・ダイベック、スティーヴ・エリクソン、レベッカ・ブラウン、バリー・ユアグロー、トマス・ピンチョン、マーク・トウェイン、ジャック・ロンドンなど翻訳多数。『生半可な學者』で講談社エッセイ賞、『アメリカン・ナルシス』でサントリー学芸賞、『メイスン&ディクスン』で日本翻訳文化賞受賞。

ある夢想者の肖像

二〇一五年 九 月一五日 印刷
二〇一五年一〇月一〇日 発行

著 者 スティーヴン・ミルハウザー
訳 者© 柴 田 元 幸
発行者 及 川 直 志
印刷所 株式会社 三 陽 社
発行所 株式会社 白 水 社

東京都千代田区神田小川町三の二四
電話 営業部〇三（三二九一）七八一一
編集部〇三（三二九一）七八二一
振替 〇〇一九〇-五-三三二二八
郵便番号 一〇一-〇〇五二
http://www.hakusuisha.co.jp
乱丁・落丁本は、送料小社負担にてお取り替えいたします。

誠製本株式会社

ISBN978-4-560-08467-0

Printed in Japan